Martin Kessel
Lydia Faude

W0236242

SERIE
PIPER

Zu diesem Buch

»Lydia Faude«, nach »Herrn Brechers Fiasko« der zweite große Roman Martin Kessels, ist eine Berliner Skandalchronik und die Komödie einer rettungslosen Illusionistin: Nicht nur die Wilmersdorfer Künstlerkolonie, sondern auch die Reichen in Nizza sind von Lydia Faude und besonders von ihrem erwarteten Millionenerbe angetan. Doch die Hoffnungen platzen, weil das Erbe, die Confiserie Morawé am Kurfürstendamm, nur noch ein Mythos ihrer selbst ist, überaltert und abbruchreif. An diesen Namen und die Aussicht auf Millionen knüpfen sich Gier, Betrug und Kriminalität. Abenteuerliche Pläne werden geschmiedet, vom Kultursalon bis zum Aspasia-Film – aber die Hoffnungen entlarven sich als Luftschlösser … Martin Kessels großartiger Roman über das Berlin der frühen sechziger Jahre ist temperamentvoll, witzig und ein zeitkritisches Lesevergnügen.

Martin Kessel, 1901 in Plauen / Vogtland geboren, starb 1990 in Berlin. Er studierte in Berlin, München und Frankfurt Germanistik, Philosophie sowie Musik- und Kunstwissenschaft, promovierte 1923 und lebte als freier Schriftsteller in Berlin. Sein Werk wurde mit zahlreichen Preisen ausgezeichnet, darunter der Kleist-Preis 1926, der Georg-Büchner-Preis 1954, der Fontane-Preis 1960 und der Literaturpreis der Bayerischen Akademie der Schönen Künste 1961. Drei seiner Romane liegen in Neuausgaben vor: »Herrn Brechers Fiasko«, »Lydia Faude« und »Die Schwester des Don Quijote».

Martin Kessel
Lydia Faude

Roman

Mit einem Nachwort von
Wilfried F. Schoeller

Piper München Zürich

Die Personen dieses Romans sind frei erfunden, nicht nur die Namen. Die Firma Morawé am Kurfürstendamm hat nie existiert, sie ist nur ein Beispiel für ähnlich gelagerte Fälle. Auch die sogenannte Künstlerkolonie dient nur als lokales Modell im Hinblick auf die spezielle Soziologie und Mentalität ihrer Bewohner, die für gewöhnlich einen Tick mehr besitzen als andere Mieter und sich schon deshalb am besten zur Demonstration einer Charakterkomödie eignen.
M.K.

Von Martin Kessel liegen in der Serie Piper vor:
Herrn Brechers Fiasko (3534)
Lydia Faude (3535)

Ungekürzte Taschenbuchausgabe
Piper Verlag GmbH, München
Mai 2003
© 2001 Schöffling & Co. Verlagsbuchhandlung GmbH,
Frankfurt am Main
Umschlag/Bildredaktion: Büro Hamburg
Isabel Bünermann, Julia Martinez/
Charlotte Wippermann, Kathrin Hilse
Foto Umschlagvorderseite: Ullstein Bild
Satz: Reinhard Amann, Aichstetten
Druck und Bindung: Clausen & Bosse, Leck
Printed in Germany   ISBN 3-492-23535-2

www.piper.de

Jeder Mensch wird als Zwilling geboren: als der, der er ist, und als der, für den er sich hält.

Martin Kessel »Gegengabe«

I Lydia und Alice

1 Lydia Faude wohnte zur Zeit, als die Ereignisse spruchreif wurden, in der Künstlerkolonie zu Wilmersdorf, in einem jener berlinischen Wohnblocks, die auf summarische oder jedenfalls unumgängliche Weise an von Fachschaften verwaltete Privatgefängnisse erinnern.

Sie bewohnte daselbst, gemeinsam mit ihrer Schwester, einer Schneiderin und Modistin, auf die auch der Mietkontrakt lief, eine im Erdgeschoß gelegene Dreizimmerwohnung, mit wundervollem Ausblick auf einen gleichfalls von Wohnblocks umstellten Park.

Das heißt, was die Größe der Zimmer betraf, so waren es eigentlich nur zwei und ein halbes, denn das dritte war mehr eine Zelle. Da aber Lydia Faude, allein schon in ihrer Eigenschaft als Tragödin, es von sich wies, sich irgendwie beschränken oder moralisch beeinträchtigen zu lassen, sondern im Gegenteil stets darauf hielt, zur kleinen erlesenen Schar der Berufenen und Auserwählten zu zählen, bestand sie auch darauf, die Gemächer, die sie bewohnte, nicht zuletzt auch den Ausblick auf den ziemlich bescheidenen Park, der in Wirklichkeit nur ein Platz war, so zu bezeichnen, wie es ihr paßte.

Sie war zweifellos eine der besten Schauspielerinnen dieses Jahrhunderts. Zumindest behauptete sie das selbst, und genauso dachte auch ihre sie bewundernde Schwester, wenn auch beide sich eingestanden, daß das Theater, das Lydias Talent entspräche, erst noch gebaut werden müßte. Aber davon abgesehen, war sie auch eine ihres Wertes bewußte und ihre Persönlichkeit pflegende Frau, noch jugendlich zwar, aber schon von jener Reife gezeichnet, wo die Frau interessant zu werden beginnt, sei es, daß sie bereits verheiratet ist oder wieder geschieden, sei es, daß ihr bereits Gelegenheit geboten wurde, ihre persönliche Lebensidee zu erproben und damit ihr Schicksal.

In Gesprächen mit ihrer Schwester, die oft bis Mitternacht

ausgedehnt wurden, war von alledem häufig die Rede. Dabei zeigte sich auch, daß Lydia diese ganze, zuweilen recht heikle Materie glänzend beherrschte. Jedenfalls verfehlte sie nie, darauf hinzuweisen, daß sie keinesfalls gewillt sei, sich vom Schicksal benachteiligen zu lassen, wie immer dessen Himmel sich auch gestaltete, und daß es im Gegenteil ihr Entschluß sei, den Traum ihres Lebens – so nannte sie es – an die Sonne zu führen.

»Ach, Alice«, rief sie dabei einmal aus, »wenn ich doch die Herzogin von Wilmersdorf wäre!«

Es war nun freilich nicht abzustreiten, daß die Wirklichkeit etwas nüchterner aussah, zugegeben selbst, daß die Wirklichkeit stets viel nüchterner ist als unsere Meinung von ihr.

So wohnte Lydia Faude, wie leider gesagt werden muß, nicht freiwillig bei ihrer Schwester. Diese, obwohl sie die jüngere war, hatte sie bei sich aufgenommen, weil Lydia gewisser privater wie beruflicher Mißhelligkeiten halber ein etwas wärmeres Dach gesucht sowie das dringende Bedürfnis verspürt hatte, sich einmal auszusprechen. Inzwischen war aber die Zeit, seit der diese Aussprache stattfand und in der sie sich durchaus wohlgefühlt hatte, wie im Fluge vergangen, so daß sie den Charakter einer bloßen Übergangszeit kaum noch besaß. Es waren doch immerhin ein, zwei Jahre, und es war unterdes zur Gewohnheit geworden, was ursprünglich nur als Zwischenakt gedacht war, als ein leichter, etwas ausgedehnter Besuch. Das ging so weit, daß beispielsweise die Nachbarn, die die Verhältnisse nicht so kannten, es gar nicht anders erachteten, als daß beide Schwestern zusammengehörten, die eine, indem sie schneiderte, die andere, indem sie dabei das Modell abgab oder eine Art Haus- und Empfangsdame spielte. Drittens aber, um das auch zu erwähnen, wie peinlich oder indiskret auch immer es sei, war Lydia Faude – wie gesagt, zumindest vorübergehend – von ihrer Schwester so gut wie abhängig. Ja, man kann sagen, sie lebte von ihr, da sie trotz gemeinsamer Kasse recht eigentlich die Nutznießerin aller Einkünfte war.

Aber das lag nicht an Lydia Faude! Wäre es nach ihr gegangen, so wäre sie jederzeit bereit gewesen, an einem der ersten Theater

Berlins die Elektra zu spielen oder die Medea oder sonst eine sensationelle Rolle. Wenn das nicht geschah, so lag das lediglich an den Herrn Intendanten, deren unbegreifliche Blindheit es leider unterließ, sich eine so einzigartige Kraft zu sichern.

Sie hatte, kaum von der Schauspielschule herab, an mehreren Natur- und Felsentheatern, oft sogar trotz Regen und Schnee, aber stets im Beisein einflußreichster Minister, den Geist im »Urfaust« gespielt, wovon sie, wenn sie bei Laune war, nicht ohne Selbstironie erzählte. Sie hatte sich in Krefeld oder in Viersen, jedenfalls in einer dieser industriewütigen Gegenden vor Hutfabrikanten und Kleinstadtmillionären, deren es dort eine erschreckende Anzahl gab, nach vorn gespielt, wobei diesen Herrschaften mehrmals der Hut hochging und sie selbst sich mehrmals hätte verheiraten können. Man bedenke: als Millionärin! Sie war dann, jede Versuchung zur Bürgerlichkeit mißachtend, nach Flensburg geeilt, gleichsam immer die Leiter hinauf, und von dort einem Ruf nach Bielefeld gefolgt, dessen junger Intendant sich glücklich schätzte, sie gewonnen zu haben, und sich hinterher dreifach dafür bedankte. In Bielefeld war auch ihr Durchbruch erfolgt, ein gelinde gesagt phantastischer Durchbruch. Hatte sie doch eine Ysot gespielt, eine ins Mythische gewandelte Isolde, von deren schimmernd entblößter, unnachahmlicher Hoheit die Bielefelder noch jahrelang schwärmten.

An Erfolgen hatte es also nicht gefehlt. Darin übertraf sie so manche der hierorts wohnenden, verhinderten und zerquetschten Maria Stuarts, die es über Nebenrollen niemals hinausgebracht haben. Wenn sie trotzdem eine Art Rückschlag erlitten hatte, an dessen weiteren Folgen sie jetzt noch krankte, so beruhte das auf einem Irrtum rein privater Natur, nämlich darauf, daß sie sich in Bielefeld, berauscht von ihrem Erfolg, wenngleich nicht entgegen ihrer inneren Stimme, verheiratet hatte, und zwar eben mit Doktor Faude, demselben, dessen Namen sie trug, einen Namen, den sie auch nicht wieder abzulegen gedachte, obwohl ihre Ehe nicht glücklich verlaufen und inzwischen die Scheidung erfolgt war beziehungsweise ihre gütliche Trennung.

Es war dies einer jener Punkte, über die Lydia Faude stundenlang zu phantasieren vermochte, sobald auch nur der Anflug einer Erinnerung in ihr geweckt war.

»Mein Herr Gemahl!« rief sie dann aus. »O je! – Ich beginne zu frieren an deiner Seite, spürst du das nicht? – Aber o je! Der Herr Doktor! Der Herr Privatdozent! – Mir gegenüber blieb er stets der Sohn eines Würstchenfabrikanten.«

Faude, so erzählte sie, sei der Sohn des angesehensten Würstchenfabrikanten von Halberstadt gewesen, der sich später nach Bielefeld abgesetzt habe, ein hoffnungsvoller Privatdozent, eben auf dem Sprung nach Berlin, wo ihm eine Professur in Aussicht gestellt worden war. Er habe sie so stürmisch umworben und als Schauspielerin so glänzend bestärkt, namentlich in ihrer Rollenauffassung der Ysot, deretwegen sie sich mit dem völlig talentlosen und wahrscheinlich auch eifersüchtigen Intendanten beinahe überworfen hätte, daß sie nicht daran gezweifelt habe, als Gattin oder als Frau womöglich noch besser verstanden zu werden. In dieser Erwartung sei sie ihm in die Ehe gefolgt und dann nach Berlin, selbstverständlich unter Wahrung und Zusicherung ihrer künstlerischen Freiheit. Vor allem der Gedanke an Berlin habe dabei den Ausschlag gegeben, Berlin, das doch nur auf sie gewartet, das doch keine Tragödin besessen habe, die es mit ihr hätte aufnehmen können. Welche Möglichkeiten sich hier geboten hätten, das müsse man sich einmal vorstellen, welche Ausblicke auf gemeinsame Wirksamkeit! Hie Wissenschaft, hie Kultur! Hier die Freiheit der Forschung, dort die Freiheit des sich selbst darstellenden Lebens! Um so unerträglicher sei es gewesen, mitansehen zu müssen, wie ihr dieser Traum, der wahrhaftig kein Hirngespinst war, zerstört worden sei.

Da sei zunächst die Sache mit Bernhard gewesen, ihrem Herrn Gemahl. Nicht nur, daß sie ihm ihre Laufbahn geopfert, indem sie von Bielefeld weggegangen sei, sozusagen bei Nacht und Nebel, denn rechtlich gesehen, sei sie sogar kontraktbrüchig geworden, wenn auch das Ganze durch eine Art schwiegerväterlicher Würstchenvermittlung vertuscht worden sei; nicht nur also, daß sie diesen Makel auf sich genommen habe, sie habe es auch über sich gebracht, in der ersten Zeit wenigstens, ihre eigenen Pläne und damit ihren Weiteraufstieg seinen akademischen Standesauffassungen unterzuordnen. Man stelle sich vor: sie habe ihrem Gatten als Magd gedient – wie rührend! Es fehlte nur noch, daß sie sich hingesetzt und ihm die Strümpfe gestopft hätte, diese durchlöcherten Fersen eines unentwegten Privatdozenten, diese pöbelhaften Löcher. Die edle verwundbare Ferse Achills, diese wahrhaft klassische Ferse, wie entsetzlich war sie hier deformiert! Auf die Dauer sei das natürlich unmöglich gewesen. Als ob der Welt der Bühne nach Theaterschluß irgendwelche Grenzen gesetzt werden könnten! Als ob sie ihre Persönlichkeit in der Garderobe oder im Fundus hätte zurücklassen können, um nur noch Frau Professor zu sein wie die Vogelscheuchen seiner Kollegen! Ja, nicht einmal Frau Professor, denn er blieb ja zunächst ein von väterlichen Gnaden gespeister und vom Wohlwollen einer äußerst beschränkten Professorenschaft abhängiger, sich nach allen Seiten hin sichernder Privatdozent.

Selbstverständlich habe sie sich auch erlaubt, seinen Vorlesungen beizuwohnen, in großer Toilette und ein Schwarm für seine Studenten, doch offenbar ein Ärgernis für die Auffassungskraft seiner Herrn Kollegen, denn er habe sie gebeten, ihre Auftritte doch künftighin einzuschränken oder ganz davon abzusehen. Dabei habe das Thema seiner Vorlesungen sie sehr interessiert. Er sprach über Goethe und Frau von Stein, eine Beziehung also, die einen prachtvollen Spiegel für ihre eigenen Beziehungen hätte abgeben können, wenn sie auch vorausschicken müsse, daß sie sich für reizvoller halte als jene Dame. Freilich habe sie gleich den Eindruck gehabt, als spare er all seinen Geist für Frau von Stein auf oder für sonst so ein Wesen, das nie existiert hat außer in der Vorstellung derer, die sich platonisch damit beschäftigen. Denn als es darauf angekommen sei, die Probe aufs Exempel zu machen, habe er sich nicht als fähig erwiesen, ihr geistig wie sinnlich gewecktes Liebesverlangen in die entsprechenden Bahnen zu lenken und gebührend zu kultivieren. Es sei mehrmals zu einem intimen, gleichsam von Kathederhöhe beschatteten Fiasko gekommen, worauf sie sich entschlossen habe, sich ihm zu verweigern.

»Nein, er hat mich nie als Dame behandelt«, rief sie meist aus, sobald sie an diesem Punkt angelangt war, und wenn ihre Schwester bemerkte, das wünsche ja auch nicht jede, dann erhob sie sich einfach, nun ganz Tragödin, und sagte: »Ich nur! Ich nur!«

Diese unvergleichliche Ehetragödie mitsamt ihrer skandalösen Achillesferse wäre aber noch zu verwinden gewesen, wenn sich wenigstens das andere, das Künstlerische und rein Berufliche, in gebührender Weise entfaltet und eingespielt hätte. Aber auch diese Erfahrung hatte erst gemacht werden müssen, bevor sich Lydia Faude instandgesetzt sah, in Tönen höchster Entrüstung davon zu sprechen.

Nach Berlin geeilt, in die nach ihrer Meinung unentbehrlichste aller denkbaren Metropolen, in die Stadt der Publikumswirkung und des Erfolgs, um mit einem der ersten Theater Verbindungen anzuknüpfen, in der Hoffnung, wie eine Entdeckung begrüßt und ganz groß herausgestellt zu werden, hatte sie wochenlang in Vorzimmern und bei Agenten gesessen wie in einer Art Marterstuhl, dabei immer vertröstet, immer zwischen Hoffnung und Angst, um schließlich zu erfahren, daß für größere, ihrem Talent entsprechende Aufgaben, zumal für schlechthin tragische, im Augenblick keinerlei Möglichkeit vorlag. An die führenden Direktoren kam sie überhaupt nicht heran, man speiste sie ab. Als sich dann einmal, wenngleich nur am Rundfunk, die Gelegenheit bot, vor einem kleineren Prüfungskreis zu beweisen, in wie glänzender Weise die Welt, die sie in sich trug, sich mit der Welt ihrer Darstellungsfähigkeit deckte, seien ihr leider, wie sie behauptete, die Nerven gerissen, und dies, obwohl sie sich nahezu barfuß ans Mikrophon herangewagt hatte. Ja, es sei zu einer richtigen Szene gekommen, das heißt zu einer Szene neben der Szene, veranlaßt durch die unmögliche Rolle, die man ihr aufgeschwätzt hatte. Sie sollte eine Märchentante spielen statt einer Tragödin! Und da sei sie einfach in Schreikrämpfe verfallen. »Ja, meine liebe Frau Faude, wenn Sie so gespielt hätten, wie Sie sich hier aufgeführt haben, dann wäre ja alles in Ordnung«, habe einer dieser Herren wie zur Bekräftigung dessen gesagt – aufs tiefste beeindruckt von der Echtheit ihres Nerventheaters.

Dabei habe dieser Herr überhaupt nicht begriffen, inwieweit sie als mit Einsicht und Selbstbewußtsein begabte Frau seine Wenigkeit überragte.

Es war später ihr Trost, den sie diesem Fehlschlag als Dämpfer aufsetzte, indem sie bemerkte, daß dem Rundfunk das Fluidum fehle, während gerade sie eine Schauspielerin sei, die vom Publikum angeströmt zu werden verlange, wenn anders sie imstande sein solle, ihr Bestes zu geben. »Wüßte ich nur, wie ich auf ihn wirke!« Diesen Ausspruch gebrauchte sie tatsächlich sehr gern.

Unter solcherlei umfangreichen Erfahrungen, die aber keineswegs abschreckend wirkten, war sie mittlerweile zu einer Erscheinung geworden, deren Auftritt die umliegenden Straßen beglückte, indem nun einfach der Gehsteig es war, den sie zum Podium erkor, so daß jedermann, ob Bäcker oder Fleischer, ob Schriftsteller oder Steglitzer Postrat, sich eingestehen mußte, dergleichen noch nie gesehen zu haben. Es genügte ein Blick, um das zu erkennen.

Sie selbst empfand diese Wirkung als angenehm, auch wenn in den Augen ihrer Bewunderer meist etwas Schreckhaftes mitsprach. Sie schwelgte dann in dem Gefühl, als sei sie eine aufrecht wandelnde Boa Constrictor, wobei sie nicht daran zweifelte, es in einem früheren Leben tatsächlich gewesen zu sein. Und wenn etwas daran bedauerlich war, so nur, daß die Herren Intendanten diese Wirkung nicht miterlebten und es ihr nach wie vor am Widerhall eines wohlorganisierten Publikums fehlte. So blieb ihr nichts übrig, als sich auf andere, rein öffentliche Weise dafür zu entschädigen, was ihr zweifellos auch gelang. Wer wäre denn auch imstande gewesen, ein viertel Pfund Aufschnitt zu verlangen wie sie, so wählerisch und herablassend zugleich? Und wer hätte denn die Gabe besessen, einen Kurzwareneinkauf, wie ihn ihre Schwester fast täglich bestritt, mit soviel Wichtigkeit zu umkleiden? Es war gewiß empörend, daß sie seit der Trennung von Doktor Faude kein Mädchen mehr hatte, daß sie sich also gezwungen sah, mit der üblichen Zugehfrau auszukommen, aber das hieß noch nicht, daß sie nicht Vernunft und geistige Freiheit genug besaß, sich selbst zu bedienen, und zwar in einer Weise, die der Vorstellung, in der sie lebte, nicht den geringsten Abbruch tat.

Seit sie Alices Gemächer bewohnte, die sie allesamt nach eigenem Dafürhalten in Besitz nahm und gelegentlich wie Kulissen durchstreifte, war sie wieder, wie sie erklärte, ein Mensch. Sie verstand sich mit ihrer Schwester, jedenfalls war ihre Eintracht niemals getrübt. Und man muß sagen, daß es nicht nur Alice war, die dazu beitrug. Auch Lydia hatte ein Verdienst daran. Denn sobald man ihr gestattete, ihre Luftschlösser zu beziehen, war sie äußerst verträglich. Außerdem konnte es auch recht kurzweilig sein. Sie besaß Phantasie, aber auch Auffassungsgabe und Urteilskraft, worin manche ihrer Aussprüche sich ausnahmen wie Juwelen. Und das gab dann jedesmal lange Gespräche.

»Weißt du, Alice«, sagte sie eines Tages, indem sie auf ein in der Luft liegendes Angebot anspielte, »dich umwerben zu lassen, das steht dir eigentlich gar nicht. Du bist eine große Gewährende. Deine Einsicht in die Lage des anderen ist deine Stärke. Du verstehst andere besser als dich selbst. Wenn du dich so zurückhältst, verlierst du die Hälfte deines Charmes.«

»Das tust du ja auch«, erwiderte Alice.

»Ja, ich«, sagte Lydia sofort. »Darin sind wir ganz unterschiedlich. Ich möchte ihn im Staub vor mir sehen, und ich bin überzeugt, es wäre das Höchste, wozu ich ihn reizte. Oder meinst du, ich hätte das nicht verdient? Alice, sag mir ein Wort der Bewunderung!«

Und Alice sagte das Wort, was ihr freilich nicht schwerfiel. Damit lag das Gespräch aber auch schon wieder bei Lydia, die sofort zu phantasieren begann.

»Siehst du, Alice, manchmal frage ich mich: wann ist es soweit? Einmal muß es doch sein, einmal kommt es. Ich bin überzeugt, man brauchte nicht einmal sich selbst zu bemühen. Denn sich anbieten, das kenne ich, das ist entsetzlich. Nein, irgendwer findet sich schon, der sagt: ›Was kann ich für Sie tun? Bitte folgen Sie mir! Sie sind die Einzige.‹ Es kostet dann nur den Entschluß.«

»Irgendwann reicht er dir doch die Rechnung«, meinte Alice.

»Ah, diese erbärmliche Rechnungswirtschaft!« fuhr Lydia

auf. Es war in der Tat, als ob ihr beim bloßen Gedanken daran ein Lebensnerv risse. »Wohin ich auch blicke, überall wird nur gerechnet, und überall herrscht eine panische Furcht vor dem eigenen Lebensanspruch. Nur das nicht verraten, nur das nicht! Wenn ich an Bernhard denke... Er wäre ganz gern eine Leuchte gewesen und insgeheim hielt er sich auch dafür, aber was ihn daran gehindert hat, auch eine zu sein, das war einfach die Furcht, seine Meinung über sich zu verraten und natürlich auch zu vertreten. Es war der Rechner in ihm, der sich verpuppte. Es war seine Angst vor der Lächerlichkeit. Und so denken sie alle. Dabei weiß jedes Kind, daß die wahre Natur des Lebens nur durch den Luxus entsteht, durch die freie Verfügung über sich selbst, denn nur durch den Luxus gewinnt es erst Beispiel und Form. Meinetwegen mag man auch Überschuß sagen, wenn man an sozialer Empfindlichkeit leidet. Nicht durch das, was ich leiste, durch das, was ich mir leiste, bin ich ein Mensch. Wenn Bernhard das hörte, wurde er wütend. Aber ist es nicht so? Dieses abgefeimte, ausgeklügelte Leben, das bringt doch nur den Ausschuß hervor.«

»Bernhard wütend zu sehen muß reizend gewesen sein«, sagte Alice. »Er war ja immer ein Logiker, er hing an den Worten.«

»Das war es ja eben!« rief Lydia wieder. »Daß er auch mit Worten noch rechnete. Rechnete und rechtete! Dabei sollte doch nur gesagt sein, daß ich nach Menschen suche, die am Ende ihres Lebens gesagt haben dürfen: ich habe gelebt. Wer sagt denn das heute, wer kann das denn? Doch nur der, der lebt, weil es das Leben überhaupt gibt. Und ich will leben. Ich mache vor niemandem ein Hehl daraus, daß ich das will.«

»Ja, natürlich«, sagte Alice, »leben will jeder. Nur will mancher in beiden Reichen zugleich sein, ohne dafür zahlen zu müssen.«

»Und warum nicht?« versetzte Lydia beharrlich. »Warum soll man das nicht? Soll man etwa das Gegenteil wünschen und für jeden Wunsch erst das Fahrgeld bereithalten oder die Steuer oder was weiß ich? Ich jedenfalls möchte sein, die ich bin und die ich sein könnte. Ja, wenn ich immer so bliebe wie du. Du rennst auf deinen zwei Gleisen wie zwischen zwei Endstationen.«

»Ich sehe genug«, sagte Alice ruhig.

»Aber du läßt dich niemals verlocken.«

»Ach, du mit deinen wilden Reden«, versetzte Alice. »Das ist wieder echt Lydia.«

Alice war auf ihre Art ein ebenso beachtliches Wesen wie ihre Schwester, nur daß sie, dies aber in erstaunlichem Maß, eine schlechthin natürliche Mitte besaß. Die Gabe der Natürlichkeit und Aufrichtigkeit ist aber selten, bedenkt man, unter welch künstlichen Vorspiegelungen die meisten sich geben. Ihrer Natürlichkeit entsprach eine natürliche Frische, ihrer Frische eine so warme, wohlig beregte Durchblutung, daß es schon angenehm war, sie um sich zu wissen und den Hauch ihrer Gegenwart zu verspüren.

Schon in ihrer Jugend hatte Alice, verehrend und mit gutwilligem Aufblick, im Dienst ihrer frühreifen Schwester gestanden, indem sie die Zofe war, wenn Lydia die Königin spielte, oder indem sie als Zuschauerin in Lachen ausbrach, wenn Lydia, die darin großartig war, ihre Eltern nachäffte, insbesondere Mama. Nach Lydias Ansicht war Mama unmöglich. Allein schon die Tatsache, daß sie sich, obwohl eine geborene von Hassewitz, nicht standesgemäß verheiratet hatte, war in Lydias Augen ein unverzeihlicher Fehler, während Alice das gleichgültig war. Überhaupt pflegte Alice die Dinge zu nehmen, wie sie waren, sie verstand stets, das Beste daraus zu machen, wie sie auch verstand, ein Kleid umzuarbeiten oder einem Hut einen neuen modischen Schick zu verleihen, jeweils den Wünschen ihrer Auftraggeber entsprechend und trotzdem unter Wahrung der eigenen Note. Diese Fähigkeit des Einverständnisses mit allem und jedem, nicht zuletzt mit den Absichten ihrer sie so hoch überragenden Schwester, war vielleicht die einzige Schwäche, die sie besaß, wobei noch dahingestellt bleibt, ob es tadelnswert war. Zunächst einmal war es ein Zeichen von Einsicht und Treue.

»Du kennst doch Mama«, pflegte Lydia zu sagen, sobald das Gespräch die Besonderheiten ihrer Herkunft berührte, und das war für Alice stets ein Signal, das sie nicht ohne Nachsicht befolgte. »Wie hätte sie sich verheiraten können, eine geborene von Hassewitz! Gewiß, sie ist nicht allzu gebildet. Geistige Dinge sind für sie böhmische Dörfer. Aber muß man sich deshalb nach Biesepapp verheiraten, an diesen Herrn Schlör, an eine Art Wirtschaftshamlet, wie Papa es war, einen halb kranken Mann und halb pleite dazu? Der ärmste Privatdozent wäre da besser gewesen.«

»Du wirst doch nicht bestreiten wollen, daß Mama ihren Mann geliebt hat, Lydia?«

»Geliebt? Ich höre immer geliebt«, sagte Lydia, sichtlich erwärmt durch Alices naive Bestürzung. In Anbetracht jener Erbsünde aber, die darin besteht, daß man sich die Aufführungsweise seiner Eltern leider nicht aussuchen kann, fühlte sie sich zur Kritik berechtigt. »Daß sie ihn geliebt hat, mag zutreffen, Alice. Ich schließe das jedenfalls aus uns beiden, aus der Güte ihrer Zeugungsprodukte. Aber es gibt Arten der Liebe. Und dann: kannst du dir von Mama das vorstellen? Ich glaube viel eher, sie hat ihn genommen, weil Papa es war, der sie als Erster vor die Entscheidung gestellt hat. Sie hat sich nur eingeredet, daß sie ihn liebt, vor allem aber, daß er sie braucht. Und du weißt doch, daß sie sich einreden kann, was sie will, und daß sie's dann glaubt. So kleinbürgerlich ist doch Mama. Genau wie sie glaubt, daß ich Bernhard nicht richtig behandelt hätte. Als ob ich ihn überhaupt zu behandeln gehabt hätte! Und daß es falsch von mir war, zur Bühne zu gehn.«

»Das versteht sie nicht so«, meinte Alice.

»Ja, sie versteht nichts davon, aber sie urteilt darüber. Andere fällen Holz, Mama fällt immerzu Urteile. Ich entsinne mich noch, wie sie einmal nach Krefeld kam, um mich zu sehen. Ich spielte die Rhodope, und einer dieser Schlipsfabrikanten, ein Stadtrat, begehrte mich zur Frau. Als Millionärin! Es war so ein kleiner runder, mit deutscher Regimentsfrisur, glattgeschoren und oben ein Wäldchen, durch das eine Schneise lief in Form eines rosigen Scheitels. Wir nannten ihn nur den theoretischen Schweinskopf oder den Textilkandaules, und das ganze Theater lachte darüber. Nicht so Mama! Die zeigte sich hochbeglückt. Sie gestand mir später, sie habe sogar geweint, derart hat sie der Gedanke, mich als Frau Stadtrat zu sehen, erregt. So wenig kennt Mama ihre Tochter.«

»Sie ist eben immer sehr aufgeregt und ein wenig konfus.«

»Sie ist absolut unselbständig, das ist es«, versetzte Lydia. »Denk doch nur an den Tod von Papa. Ich gebe gern zu, sie hat ihn zu Ende gepflegt. Was hätte sie sonst auch tun sollen? Aber daß sie auch an die Liquidation gedacht hätte, das war schon zuviel. Da hat sie sich abspeisen lassen, nicht als eine von Hassewitz, sondern wie eine Mamsell. Ich verstehe das nicht. Man kann darauf verzichten, Millionärin zu werden, aber man begibt sich doch nicht seiner Rechte, zumal als Frau. Aber ich glaube, sie ist auch noch glücklich mitsamt ihrer Rente und all den Papieren, die man ihr zugeschanzt hat und die alle nichts wert sind.«

»Mama war immer sehr anspruchslos«, meinte Alice.

Offenbar genügte es ihr, daß die Mutter ihr Auskommen hatte und im übrigen ohne Verpflichtungen war. Sie wohnte im Westen Berlins, in der Nähe des Wittenbergplatzes, und wenn diese Gegend auch etwas verbraucht und die Wohnung es gleichfalls war, denn sie war in der Tat nur aufgestockt und mansardenhaft, so lebte sie doch ganz leidlich.

»Anspruchslos, sagst du?« fuhr Lydia fort. »Das schon. Aber nur in bezug auf sich selbst. Als ich meinen Konflikt mit Bernhard hatte, da war sie empört. Da genügte es ihr durchaus nicht, daß ich darauf verzichtete, so schuldlos zu sein, wie Mama sich das ausgedacht hatte. Juristisch natürlich, denn moralisch war ich ja schuldlos. Es war geradezu eine Schrulle von ihr, sich statt meiner beleidigt zu fühlen. Und es war wieder ganz Mama, daß sie dabei vergaß, sich auch in die Rolle ihrer Tochter zu versetzen, das heißt in deren Lebensauffassung, in deren Charakter, die beide eben nicht so anspruchslos sind. Diesmal war ich zum Beispiel so anspruchsvoll, auf irgendwelche Gelder und Rechtsansprüche zu verzichten. Oder findest du, daß ich es nötig gehabt hätte, als Bittstellerin zu erscheinen und dem Rechtsanwalt eine

Szene zu machen, indem ich die Wehrlose spielte? Stell dir das vor: ich, eine Ysot, und dann diese Wäsche!«

»Er ist immerhin leidlich davongekommen, dein Bernhard.«

»Ja, ganz so wie ich ihn eingeschätzt habe und wie er es wert ist«, rief Lydia. »Aber weißt du, der Rechtsanwalt war so reizend und berief sich so köstlich auf mein Talent, daß ich einfach nicht anders konnte als großzügig sein. Die Szene verlangte es einfach. Sollte ich mich da um Würstchen streiten? Niemals!«

Mit Gesprächen dieser Art, die gelegentlich bis zur Komödie gediehen, wobei es ihr gleichgültig war, ob die wirkliche Lage der Flüchtigkeit ihres Gelächters entsprach, vertrieb sich Lydia Faude im Beisein ihrer Schwester die Zeit. Noch lebhafter wurde es in Gegenwart von Bekannten. Es gab welche darunter, Schauspieler und Kapellmeister, sogenannte Restbestände aus Lydias tragisch-heroischer Zeit, die wie die Fürsten auftraten, sei's nun, daß sie im Taxi vorfuhren, mit Trinkgeldern um sich werfend, sei es in eigenen oder geliehenen Wagen. Das waren die Eintagsfliegen und mehr Offiziellen. Und es fanden sich auch welche ein, die gleich um die Ecke wohnten, sogenannte Künstlerkolonisten, hochbegabte Geisteshelden und Kleinstdarsteller, die den Vorzug genossen, daß sie nur so hereinzuwehn brauchten nach Lust und Laune. Ganz ohne Menschen hätte Lydia es einfach nicht ausgehalten. Sie war immer bestrebt, sich mit Zuschauern zu umgeben, Kreise zu bilden und im Mittelpunkt zu stehen, wenn auch gesagt werden muß, daß die unentwegte Schar derer, die sich freiwillig dazu verstanden, bis auf wenige eingeschrumpft war, denn es ging schließlich immer um ein und dasselbe.

Da traten aber plötzlich Ereignisse ein, wie sie niemand vorausgesehen hatte und die jede Befürchtung, es könnte mit der Zeit der Gesprächsstoff ausgehen, hinfällig machten. Die Ereignisse, wie Lydia sofort mit unwiderlegbarem Scharfsinn bemerkte, waren spruchreif geworden, und zwar wirklich und gänzlich ohne ihr Zutun.

2 Es war niemand anderes als die vielberufene Mama, die geborene von Hassewitz, von deren unverzeihlicher Harmlosigkeit und Unerfahrenheit nichtsdestoweniger der erste entscheidende Anstoß ausging.

Sie hatte eines Tages ein Schreiben erhalten – Lydia nannte es ein Papier – mit der Aufforderung, sich unverzüglich beim Amtsgericht einzufinden zwecks Wahrnehmung eines Erbschaftstermins in Sachen eines gewissen Herrn von Zembrowski, der vor kurzem, ohne ein Testament hinterlassen zu haben, eines gewiß seligen, zumindest aber amtlich beglaubigten Todes verblichen war. Wie nicht anders zu erwarten, hatte sich Mama dieser hochnotpeinlichen Neuigkeit nicht gewachsen gezeigt, so daß Lydia sich hatte aufopfern müssen.

»Was kommt dabei schon heraus?« hatte Mama, der es in erstaunlichem Maße an Vorstellungskraft gebrach, erklärt. »Ich kenne ihn kaum noch. Er war der Besitzer von Morawé. Erinnerst du dich? Das bekannte Schokoladengeschäft. Und was zieht man denn an, aufs Gericht? Muß ich da Trauer anlegen? Und dann die Beerdigung.«

»Beerdigt ist er ja schon«, hatte Lydia gesagt.

»Ach so, das ist er. Meinst du wirklich?«

»Bestimmt.«

»Dann ist es ja weniger gefährlich.«

Trotz dieser undurchsichtigen Schlußfolgerung war Mama aber nicht beruhigt. Im Gegenteil, es hatte sich wieder ihr altbewährtes Gesichtszucken gezeigt, das sie immer bekam, wenn irgendein Unheil drohte, und so hatte es Lydias ganzer Überredungsgabe bedurft, um Mama bei der Stange zu halten, ihre ewige Unschlüssigkeit zu beseitigen und sie schließlich zur Abgabe einer Vollmacht zu bewegen, der zufolge ihre Tochter Lydia berechtigt war, ihre Angelegenheit zu vertreten.

»Du brauchst mir nur eine Vollmacht auszustellen«, hatte Lydia gesagt, »und dann bist du die Sache los.«

»Ist das schriftlich?«

»Was heißt schriftlich? Es ist doch nur eine Formalität.«

»O, mein Kind, ich kenne deine Formalitäten mit Bernhard, und das hat mich schlaflose Nächte gekostet«, hatte Mama noch gesagt.

Es stellte sich heraus, daß der alte Herr von Zembrowski ein Bruder der echten von Hassewitz war, also ein Onkel Mamas und demnach ein Großonkel Lydias, ein Umstand, der aber, so beglückend er war, insofern wieder beeinträchtigt wurde, als Zembrowski zeitlebens ein Sonderling war, der keinerlei Wert darauf legte, sich zur näheren oder weiteren Verwandtschaft zählen zu lassen. Außer einer älteren, privat sonst nicht in Erscheinung getretenen Nichte namens Jelka, die ihm den Laden versorgte, weshalb man auch angenommen hatte, daß sie es sein würde, die ihn beerbte, hatte er niemanden um sich geduldet. Auch Mama, obwohl sie gleichfalls als Nichte hätte auftreten oder sich einschmeicheln können, hatte ihn höchstens ein- oder zweimal gesehen. Aber das genügte anscheinend, um sie beim bloßen Gedanken daran in einer aus Angst und Entsetzen gemischten Ehrfurcht erzittern zu lassen. Er sei schon als Junge ein Einzelgänger gewesen, irgendwie nicht ganz normal, und Soldat sei er auch nie gewesen und verheiratet auch nicht; überhaupt sei das Buch seines Lebens sehr dunkel, manche Seiten seien herausgerissen, andere befleckt, und im übrigen werde man schon erfahren, was erfahrenswert sei – frühzeitig genug.

Diese Auskunft, wie wohlgemeint auch und wie deutlich das Gesichtszucken, das sie begleitete, war nun allerdings nicht dazu angetan, Lydias einmal erwärmte Erwartung zu dämpfen. Es erfüllte sie mit Stolz, sich als Großnichte zu fühlen, und von ihrem Großonkel sprach sie fortan, als ob er ein verewigter Großfürst wäre oder sonst ein Magnat.

»Seit ich Mamas Vollmacht besitze«, sagte sie zu Alice, »fühle ich mich wie zur Erbin geboren«, wobei sie selbstverständlich versprach, auch Alices Interessen mit wahrzunehmen. Überhaupt war Lydia nicht kleinlich. Als Alice einmal bemerkte, selbst wenn nichts dabei herausspränge als für jede von ihnen ein Kleid, so wäre es immerhin etwas, erhob Lydia sofort Protest:

»Ein Kleid? Alice, wann entdeckst du in dir den rechten Gedanken? Eine Flut von Kleidern! Das ist das mindeste, was ich erwarte.«

In der Hauptsache aber drehte sich ihr Interesse um die Gestalt des alten Herrn von Zembrowski, dieses von Mama so sträflich vernachlässigten Erblassers, in dem sie eine Neuerwerbung ersten Ranges erblickte. Mit einem Augenaufschlag, so unendlich, daß sich ganze Schicksalsfluchten darin eröffneten, gab sie bekannt, daß sie früher oder später berufen sein werde, seine Ehrenrettung in die Wege zu leiten, was am besten dadurch geschähe, daß man ihn nicht nur beerbe, sondern sich entschließe, das von ihm hinterlassene Objekt, also die Firma Morawé, in seinem Geist weiterzuführen und zu verwalten, sei es durch Gründung einer Erbgemeinschaft oder Erbverbrüderung, sei es auf eigene Faust.

»Du meinst, Mama hat ihn nicht zu nehmen verstanden«, sagte sie zu Alice, und Alice pflichtete ihr auch bei. »Aber«, fuhr sie fort, »wer hat denn mich zu nehmen verstanden oder sich auch nur die Mühe gemacht, es zu versuchen? Es rollt ein Tropfen in unserem Blut, der erstklassig ist, Marke extra dry, und Zembrowski hatte den Tropfen. Er war Kavalier, er stammte überhaupt nicht aus diesem pöbelhaften Jahrhundert, und daß er nichts wissen wollte von Verwandtschaft und Weibern, das kann ich ihm nicht verdenken. Möchtest du etwa mit Mama verheiratet sein?«

»Mit Mama vielleicht nicht«, meinte Alice. Ob aber mit ihm?

»Mit ihm vielleicht eher als mit sonst einem Mann!« rief Lydia emphatisch, wobei sie sich in eine Behauptung verstieg, deren Aufleuchten sie allerdings durch ein rasches Senken der Augenlider verdeckte. Doch dann faßte sie sich, und mit leidenschaftsloser Sachlichkeit begann sie den Fall auseinanderzusetzen.

»Schließlich ist Morawé ein Objekt, es ist eines der besten Schokoladengeschäfte Berlins. Es ist eine Gesandtschaft des guten Geschmacks. Da kann doch der Mann, der das schuf, kein Dreikäsehoch gewesen sein.«

Das vielleicht nicht, meinte Alice, und Lydia fuhr fort:

»Mama spricht von fixen Ideen, die er gehabt haben soll, und von dunklen oder herausgerissenen Seiten. Das ist so ihre Art, sich auszudrücken, sobald sie einen Menschen nicht einordnen kann. Aber wer weiß? Vielleicht hat sich Zembrowski politisch betätigt, vielleicht als Verbindungsmann zu Gesandtschaften und Ministerien? Kannst du das wissen? Graue Eminenzen gibt's überall. Und dann darfst du auch nicht vergessen: Morawé liegt am Kurfürstendamm und nicht erst seit heute. Es hat schon mehrere Regierungen und Regierungsformen erlebt, darunter sogar ganz unmögliche. Und dann die Kundschaft! Die amerikanischen Millionäre! Reisepublikum, gewiß, aber doch kein alltägliches. Und wer sagt denn, ob die Fruchtbomben und Trüffels, die holländischen Hopjes und türkischen Loukhums immer so harmlos waren? Es gibt auch Opium und Kokain in Pralinenform oder irgendein Aphrodisiakum, Liebesperlen oder dergleichen. Ich behaupte ja nicht, daß Zembrowski mit alledem etwas zu tun gehabt hat, aber es wäre naiv zu glauben, daß man gerade dort nicht darum gewußt hat. Dort in der Zoogegend und in all den Pensionen! Bei einem derart internationalen und zugleich diskreten Geschäft ist diese Möglichkeit immer vorhanden. Und das alles nennt Mama dann fixe Ideen.«

Merkwürdig bleibe es trotzdem, meinte Alice, sich einfach so aus dem Staub zu machen – ohne Testament, ohne irgendeine Verfügung. Wie sich Lydia denn dazu stelle?

»Ich bin keine Sibylle«, erwiderte Lydia. Plötzlich aber glänzte in ihr etwas auf, und sie sagte: »Vielleicht aber bin ich dazu berufen, noch eine zu werden. Man wirft mir immer vor, ich könnte die Wirklichkeit nicht erkennen, ich sähe die Welt nur durch einen Schleier von Wünschen. Aber ich kann dir versichern, Alice, daß ich mich jeder Überraschung gewachsen fühle und daß ich eine Vollmacht, wenn ich sie erst besitze, nicht als Toilettenpapier benutze. Ich bin eine Frau, und ich werde das Bewußtsein, daß ich es bin, zu gebrauchen verstehn.«

Einen Augenblick stutzte Alice. Sie betrachtete ihre Schwester, nicht anders als sonst, bewundernd und selbstlos. Trotzdem war ihr Verhalten diesmal nicht ohne Vorsicht. Der Fall war zu schwierig, als daß man ihn einfach so hinnehmen konnte. So schien es zumindest.

Wahrscheinlich werde man sich zunächst mit Jelka auseinanderzusetzen haben, meine Alice. Jelka, da sie den Laden versorge, sitze unmittelbar an der Quelle. In diesem Fall sei sie die Hauptperson.

»Was heißt hier Hauptperson!« rief Lydia indessen. »Ich bitte dich, Alice. Sie ist eine Partnerin wie ich und du, und sie kennt uns so wenig wie wir sie. Gewiß, sie sitzt an der Quelle. Im Augenblick genießt sie noch dieses Vorrecht. Dafür ist sie aber auch verpflichtet, uns einzuführen. Wahrscheinlich besitzt sie auch die Rezepte, und wenn sie sie nicht besitzt, so weiß sie zumindest, wie man an sie herankommt. Gesetzt, es käme darauf an, eine Gesellschaft zu gründen, so würde ich vorschlagen, Jelka zur Prokuristin zu machen. Jedes Jahr wird ein Aufsichtsrat einberufen, wir besprechen das Ganze, und der Reingewinn wird geteilt. Wir aber reisen, Alice, wir reisen! Mir scheint, du hast die Tragweite der Sache noch immer nicht ganz begriffen. Wir reisen!«

Aus Lydias Art, die Sache zu sehen, könnte man fast entnehmen, daß sie sich schon als Besitzerin fühle, meinte Alice. Sie besitze ein ausgesprochenes Talent, ihr die Angelegenheit höchst schmackhaft zu machen. Wie wäre das aber mit Mama?

»Es ist gut, daß du das gleich zur Erörterung stellst«, erwiderte Lydia. »Die Gefahr, daß Mama sich einmischt und daß es ihr hinterher leid tut, mir die Vollmacht gegeben zu haben, ist tatsächlich vorhanden. Mama korrigiert sich ja immer. Wie ich sie kenne, wird sie womöglich darauf bestehen, sich an die Kasse zu setzen. Sei versichert, sie bringt das fertig. Sie berichtet dann aller Welt, was ihre Töchter im Augenblick treiben, daß die eine geschieden ist und die andere schon jahrelang halb verlobt...«

»Aber Lydia!«

»...und daß der geschiedene Mann ihrer Ältesten an der Universität Vorlesungen hält, sehr interessant, erst über Frau von Stein, dann über die Liebesrasereien einer portugiesischen

Nonne, während er selbst in diesen Dingen leider zu wünschen übrig läßt. Lauter so Zeug gibt Mama dann von sich. Lauter Intimitäten! Das ist entsetzlich. Ich wüßte nicht, was entsetzlicher wäre. Schon der Gedanke hat etwas Entnervendes.«

»In dieser Art schon«, meinte Alice, während Lydia ihrem Gedankenflug nachhing, prüfend und ohne geringsten Seufzer. Diese Mama stand plötzlich vor ihr wie eine Wolke, die es zu beseitigen galt.

Es läßt sich nicht leugnen, daß Alice die in Rede stehenden Aussichten nicht weniger begrüßte als ihre Schwester. Ja, es schien geradezu, als rollte ihr eine Last vom Herzen, trotz der Einwände, die sie manchmal glaubte vorbringen zu müssen, um Lydias phantastischen Übereifer etwas zu dämpfen. Das Vakuum in der Zwischenzeit hatte doch auch oft trübe Gedanken in ihr hervorgerufen oder zumindest besorgte, besonders im Hinblick auf Lydias Karriere. Es war zwar verständlich, daß Lydia seither nichts unternommen hatte, sondern alles auf Schwindel erregende Weise links liegen ließ, meistens unter dem Vorwand, daß ihr die Rückkehr zur Bühne so lange versperrt sein würde, als die Krise des Theaters anhielte mitsamt der von ihr so verachteten Intendantenwirtschaft. Aber nach menschlichem Ermessen konnte das Jahre dauern, wenn nicht Jahrzehnte. Und was dann? Lydia wäre dann nicht mehr die Jüngste. Mochte sie dann auch, wie sie es nannte, menschlich gereift sein, so nützte das wenig. Für die meisten war es ein Todesurteil. Sie legten sich hin und nahmen Veronal oder drehten den Gashahn auf. Hierfür gab es Beispiele genug. Nun, vor so tragischen Extravaganzen hatte Alice ihre Schwester bewahrt. Dabei hatte sie Lydia immer als ihren Besuch und als Gast betrachtet, niemals als Bittstellerin oder Untermieterin. Soweit hatte Alice sich nie herabgewürdigt, nicht einmal in Gedanken. Das Talent ihrer Schwester war ja auch außergewöhnlich, und das Außergewöhnliche war ja auch immer das Schwierige, das sich nicht so leicht Anpassende und Fügende. Und so schien es auch ganz in Ordnung, daß Lydia das alles hinnahm, graziös und unbekümmert, ohne jeden Hintergedanken. Sie hatte eine Art, über den Dingen zu stehen, die bewunderswert war, und Alice wäre die letzte gewesen, das nicht zu begreifen. Im Gegenteil, sie empfand es sogar als Leistung, als eine Leistung von höchster Moralität. An die Zukunft durfte man allerdings weniger denken, da wurde es schwierig.

Glücklicherweise war für Alice der Tag so ausgefüllt, daß sie nur selten dazu kam, die Stunden zu zählen. Die Gegenwart war für sie eine Kraft, in diesem Punkt dachte sie wie ihre Schwester, die ebenfalls ganz der Gegenwart lebte, wenn nicht dem Augenblick. Im Vergleich dazu war Mama die reinste Kassandra.

Alices Erleichterung hatte ihren Grund also nicht in Erwägungen egoistischer Art, wozu sie ihrer ganzen Veranlagung nach auch nicht neigte. Trotzdem konnte sie nicht umhin, auch einmal an sich zu denken. Die ganze Atmosphäre war mit einem Mal wie erfrischt, und das freute sie ganz besonders. Frühmorgens beim Frisieren, in Anbetracht ihres Haares, dessen rötlich schimmernde Flut sich lockig drehte, freute sie sich ihres Lebens wie eines ihr zugefallenen Schatzes. Ihr Lächeln war freundwillig heiter, es spielte sogar ein Anflug von Neugier und Erwartung darin, im Bewußtsein, daß das Leben mit Lydia nie langweilig wurde. Irgendwie herrschte bei Lydia immer ein Gemisch von Lampenfieber, Generalprobe und Premiere. Sie war so wunderbar aufgedreht, so entschlossen zum Einsatz der ganzen Person, und das übte seine spannungsvolle Wirkung auch auf sie aus, es beflügelte sie, sie bekam dann förmlich Lust, auch ihrerseits etwas zu tun, und sei es auch nur, daß sie zu trällern begann im Vollbesitz ihres Eigenlebens. Gewiß, sie war nicht so effektvoll wie Lydia, und die Frage, ob schön oder nicht, spielte in ihrem Fall gar keine Rolle; aber Vorzüge und Reize, teils ganz natürlich, teils mehr verhüllt, hatte auch sie, und sie war nicht so kindlich, das nicht zu wissen. Wieso käme sie auch dazu?

Mit Lydia verglich sie sich allerdings nicht. Diesem Aberwitz wäre sie nie verfallen. Auch hatte sie nie ihr Vorbild in ihr gesehen, geschweige eine Rivalin, denn Lydia war für sie einfach etwas ganz anderes.

»Wenn jemand befähigt ist, uns zu vertreten, dann bist du es,

Lydia«, meinte Alice. »Daran zweifle ich nicht. Die Frage ist nur…«

»Ich sehe nur eine Frage«, rief Lydia dazwischen. »Diese Frage dämmert vor mir empor wie ein Paillettenkostüm, wie ein Modellkleid, wie der Witz eines exzeptionellen Hutes. In vierzehn Tagen ist der Termin. Bis dahin muß ich so schick sein, daß ich jedem den Kopf verdrehe. Wir brauchen Betriebskapital, meine Liebe. Man kommt nicht mit einem Drahtesel an, um ein Millionenobjekt zu kassieren. Das schädigt das Ansehen und untergräbt das Vertrauen. Auch Jelka gegenüber! Besonders ihr gegenüber sind wir verpflichtet, als Gleichberechtigte aufzutreten, nicht etwa als die armen Verwandten. Das siehst du doch ein?«

»Fürs erste schon«, meinte Alice. »Um dich auszustaffieren, greifen wir in die Kasse. Dafür langt es gerade. Aber was dann?«

»Wieso dann? Dann sind wir erst einmal da, und was da ist, ist nicht so leicht aus der Welt geschafft.«

So wie sie dastand, war Lydia zweifellos nicht zu übersehen, geschweige beiseite zu schaffen. Wuchs sie doch vom Boden empor wie der leibhaftige Lebensanspruch! Alice genoß das nicht ohne Beifall, ehe sie fortfuhr:

»Auf die Gefahr hin, daß du mich mit Mama verwechselst, muß ich dich trotzdem auf etwas aufmerksam machen, nämlich wer dir gegebenenfalls das Geld vorstreckt, um unsere Ansprüche zu verfechten. Höre mich recht: tatkräftig zu verfechten. Damit, daß wir sie anmelden, sind sie erst einmal angemeldet. Das ist schon richtig. Es könnte sich aber auch als notwendig erweisen, sie zu verfechten, sie durchzusetzen, nötigenfalls unter Einsatz einer bestimmten Summe. Woher willst du die nehmen?«

»Zum Beispiel von Morawé!« rief Lydia mit Verve. »Ich schreibe einen Wechsel auf Morawé aus und gehe damit zur Bank.«

»Entschuldige«, sagte Alice, »aber das ist unmöglich – ich meine rein technisch. Du kannst nicht einfach einen Wechsel ausschreiben auf etwas, das dir noch gar nicht gehört.«

»Aber wieso? Ich habe doch die Vollmacht.«

»Ja, eine Vollmacht Mamas. Eine Vollmacht, Mamas Ansprüche zu vertreten, die aber vorerst nur Ansprüche sind.«

»Glaubst du denn plötzlich, daß diese Ansprüche aus der Luft geholt sind?«

»Das nicht. Aber Ansprüche worauf? Zunächst einmal muß doch festgestellt werden, was überhaupt an Erbmasse da ist. Das heißt, deine Ansprüche würden wahrscheinlich auch anerkannt werden, wenn gar nichts da sein sollte. Aber damit bist du noch nicht berechtigt, über das Objekt deiner Ansprüche zu verfügen.«

»Gar nichts da sein sollte? Aber Alice!«

»Nun ja, ich meine doch nur. Das möchte ich sehen, mit was für Gesichtern dich die Bankbeamten empfingen.«

»Alice, Alice!« rief Lydia belustigt. »Ich seh schon: du bleibst immer Alice. Glaubst du denn, ich präsentierte meinen Wechsel am Schalter? Ich trete doch nicht als Kleinhändler auf. Ich parliere doch nicht mit irgendeiner untergeordneten Drahtpuppe. Wenn ich schon auftrete, trete ich in Erscheinung. Ich begebe mich zum Direktor. Ich gehe zum Präsidenten, zum obersten Präsidialpräsidenten. Und den Bankpräsidenten möchte ich sehen, der keine Zeit für mich hätte, für die Großnichte von Zembrowski. So ein Bankpräsident ist doch kein Intendant, der um jeden Pfennig seines Etats mit irgendwelchen Magistratsfiguranten Veitstänze aufführt. Das ist ein Weltmann, souveräner als jeder Minister. Da kommt es lediglich auf die Sicherheit meines Auftretens an. Und ich trete ja nicht als Frau Niemand auf, das mußt du beachten. Im Hintergrund steht meine Firma, eine Weltfirma ersten Ranges. Morawé, Herr Bankpräsident, die Süßigkeit in Person!«

»Wenn du es so siehst, Lydia.«

»Wie soll ich's denn sonst sehen? Etwa aus der Froschperspektive?«

Da Alice nicht gleich zu antworten wußte, blickte sie reichlich ausdruckslos vor sich hin, bis ihre Miene sich wieder erhellte. In der Tat, durch Lydia erhielt das alles einen ungewöhnlichen Anstrich.

»Na, siehst du«, sagte Lydia, belustigt wie bisher.

Aber dann sah sie sich plötzlich verlockt, einen fiebrig erregten Scharfsinn walten zu lassen, einem Scheinwerfer gleich, der eifrig und übergrell sämtliche Ecken abtastet.

Herr Präsidialpräsident! so werde sie sagen. Sie erscheine hier mit einem Wechsel, ausgestellt auf Morawé. Morawé sei ihm doch wohl ein Begriff. Dieser Wechsel sei ungedeckt, sie präsentiere ihn auch nur pro forma. Das ändere aber nichts an der Wichtigkeit ihrer Überzeugung, der zufolge es einer der großartigsten Wechsel Europas sei, wenn nicht der Welt, sei es doch auch ein Wechsel auf die Zukunft der Menschheit. Jawohl! Auf die Zukunft der Menschheit. Es handle sich nicht um drei Lutschbonbons, nicht um Kognakbohnen und Hopjes, auch nicht um Wirtschaft und Geld, sondern um etwas Größeres, Differenzierteres, Geistvolleres, nämlich um die so sträflich vernachlässigte Kultivierung des guten Geschmacks, um die Kultivierung des Reizes, die Kultivierung der Köstlichkeit, sozusagen des Züngleins der Intimität, und damit auch um die Erhaltung beziehungsweise Wiedergewinnung alles dessen, wodurch der Sinn fürs Edle, Erlesene, Sorgfältig-Kostbare im Menschen geweckt wird. Nichts sei heutzutage so heruntergewirtschaftet wie der Mensch. Der Mensch selber laufe als ungedeckter Wechsel umher, voller Zwitter und Angst, denn er habe sich um sein Bestes gebracht und sich selbst verloren. Gewiß, manche lachten darüber und sagten: verlier dich mal selber! Aber wenn es darauf ankäme, einen Menschen zu entdecken, so entdeckte man lediglich Stellvertreter, Spezialisten, Personal. Überall ersterbe die Welt vor Abstraktionen, Institutionen und Organisationen. Das grenze an Fetischismus, an Götzen- und Molochdienst. Und was wäre die Folge? Daß niemand den Mut aufbrächte, er selbst zu sein, daß alles verhext sei, in ein Netzwerk von Befugnis und Unbefugnis verstrickt, und daß jeder als irrsinnig gelte, der überhaupt noch zu leben versuche – aufgrund seiner Freiheit, seiner Selbstverantwortung, seiner Lebensidee. Sie aber, Lydia Faude, habe diesen Bann durchbrochen. Hier stehe sie, einen ungedeckten Wechsel in Händen! Würde wahrhaftig jemand es wagen, sie deshalb der Hochstapelei zu bezichtigen? Sie besäße eine Vollmacht, Morawé betreffend, hier sei sie, aber sie besäße auch die Vollmacht ihres Gewissens, und mit Hilfe dieser Vollmacht stehe sie hier, bereit zur Verhandlung von Mensch zu Mensch.

»Danke, Präsident! Das genügt mir.« – Mit diesen huld-voll-vertraulichen Worten beendete Lydia ihren imaginären Appell, nicht ohne sich von Alice versichern zu lassen, wie glänzend sie das wieder hingelegt hätte.

Allerdings eilte das alles den Tatsachen weit voraus, so daß die Wirklichkeit erst allmählich wieder zu ihrem Recht kam. Zunächst einmal stand der Erbschaftstermin bevor und im Zusammenhang damit die nicht weniger wichtige Kleiderfrage, die die Schwestern am meisten beschäftigte. Sie hatten sich für Schwarz entschieden, für schwarze Seide. Alice meinte, das wirke so statuarisch, und Lydia meinte, es flösse zugleich so glänzend an ihr herab. Das Kleid war nicht neu, aber dank Alices Umarbeitungskünsten wirkte es hochmodern. Nein, das war kein Begräbnisschwarz, wie Mama sich das ausgedacht hatte! Es war ein Glanz, ein alle Trauer aufhebender Glanz von raffiniertester Delikatesse. Aufgehellt wurde das Schwarz durch drei weiße Tupfen links an der Brust, Tupfen, von denen Lydia behauptete, sie wirkten pervers, während Alice sie als Blickfang bezeichnete. Der Amtsrichter, der diese drei Tupfen erblickte, vergäße sie zeit seines Lebens nicht mehr, meinte Alice. Aber es blieb nicht bei diesen Tupfen. Die drei Tupfen wurden kontrapunktiert durch drei Tupfen am Hut, diesmal rechtsseitig. Alice bezeichnete das als Diagonaleffekt. Dadurch werde der Blick hin und her gejagt und elektrisiert. Gemildert wurde das wiederum durch eine Andeutung von Schleier, eine hauchdünne Komposition, die hochgeklappt werden konnte, je nach Belieben. In entscheidenden Momenten konnte Lydia, wie um nachzudenken, die Hand an den Schleier führen, dabei kamen auch ihre Handschuhe zur Geltung, selbstgefertigte, randgenäht. Zuletzt wurde noch die Frage entschieden, ob Mantel oder nicht. Alice plädierte für einen offen zu tragenden, schlafrockähnlichen Umhang, der auf mildeste Weise die Schultern bedeckte und öffentlich dartat, daß ein zwar freies und selbständiges, aber kostbar zu hütendes Wesen darunterstak, ein Zephirwesen, ganz leicht umweht.

Derart beschäftigt, Lydia behauptete: überbeschäftigt, verrannen den beiden Schwestern die letzten Tage. Begreiflicherweise geschah das nicht ohne Nervosität. Lydia fegte manchmal wie eine Windhose durch die Gemächer, wie mit dem Kopf durch sämtliche Wände. Die Türen standen meist offen. So war es begreiflich, daß sie behauptete, daß es eigentlich nicht vier, sondern vierundzwanzig Wände wären, die sie durchfegte, Diele, Küche und Bad mit eingerechnet. Dann rannte Alice hinter ihr her, mit Schere, Stecknadel und Zwirn, und es gab jedesmal ein großes Hallo, wenn sie Lydia wieder beim Wickel hatte, wieder eingefangen und beruhigt.

Auch darin nämlich, im Widerstreit ihrer Empfindungen, war Lydia unerschöpflich. Ihre Vorstellungen jagten einander auf der Suche nach Plastizität und Kristallisation. Als störend empfand sie vor allem, daß sie kein Bild von Zembrowski besaß. Und vielleicht war es dies, weshalb ihr manchmal, in Augenblicken plötzlicher Selbstentfremdung, zumut war, als ob sie im Luftleeren schwebte, als ob sie dort nach einem Geist namens Zembrowski suchte. Ihr als der Erbin, ihr sollte der Himmel diese Gnade doch gönnen! Dann bewegte sie die Lippen, oft ganz mechanisch.

»Wolltest du etwas?« fragte Alice.

»Ich? Wieso?«

»Ich dachte, du hättest etwas gesagt.«

»Habe ich das?«

»Mir schien so.«

»Ja, weißt du«, sagte Lydia, »ich muß jetzt manchmal laut denken.«

Bei einer der letzten Anproben war das. Seitdem unterließ es Alice, in sie zu dringen oder sich sonst zu erkundigen. Es kam darauf an, Lydia in Form zu halten, und das gelang am besten, indem man sie wie eine Kundin umsorgte.

»So ein Erbschaftstermin«, sagte Lydia, »das ist eine Sache, die man wahrnehmen muß.«

»Nimm ihn wahr!« sagte Alice. »Nimm ihn wahr!«

In sämtlichen Tonarten wiederholte sie das, eindringlich flüsternd.

Endlich aber war es soweit, und der Tag dieser denkwürdigen Wahrnehmung kam heran. Auch er kam glücklicherweise wie von selbst, wie das ganze Ereignis. Eines Tages stand ein Taxi vorm Haus. Zehn Minuten mußte es warten. Vorher nämlich hatte es leider noch eine Art Auftritt gegeben, ganz zufällig. »Hast du die Vollmacht?« hatte Alice gefragt. Aber Lydia war plötzlich außer sich gewesen. Die Vollmacht fehlte! Ihre Handtasche durchwühlend, suchte sie und suchte, und es dauerte eine Ewigkeit, bis sie sie fand. Sie lag genau dort, wo sie sie gesucht hatte, im Seitenfutter des Täschchens. Aber das war für Lydias Nerven zuviel gewesen, und so war sie in Schreikrämpfe verfallen, wobei sie ausrief: »Nagle sie mir auf den Leib, Alice! Brenn sie mir mit der Brennschere auf die Brust! Ich werde verrückt.« Darauf hatten sich beide umarmt, ausgiebig, wortlos.

Als Lydia im Rahmen der Haustür erschien, eine hochelegante Figur, mit Alice im Hintergrund, riß es den Taxifahrer vom Sitz. Er benahm sich wie ein Privatsekretär. Sichtlich beeindruckt, war er der Dame beim Einsteigen behilflich.

»Spuck mich an, Alice!« hatte Lydia noch rasch geflüstert. »Ich habe Premiere.« Aber nun sagte sie, gnädig lächelnd: »Tschüß, tschüß!«

Und dann ging's los. Alice stand in der Haustür und winkte. Ein Glück, mußte sie denken, daß Mama nicht dabei war. Sonst hätte sich alles noch mehr verwirrt.

3 Es war noch im Stadium der ersten Ungewißheit, in den ersten zwei Wochen vor dem Termin, daß durch alle drei Wohnblocks der Künstlerkolonie – Tintenburg, Wanzenburg und Stempelburg, wie die Kinder sie nannten – die Kunde von einer Art Volltreffer lief, den die beiden Schwestern im Erdgeschoß drüben erzielt haben sollten. Die Meinungen waren zwar noch geteilt, aber es war doch auch wieder von nicht weniger als einer Million die Rede, zumindest bei denen, die sich besonders dafür interessierten. Nun, eine ganze Million war vielleicht etwas zu hoch gegriffen, deshalb sagte auch jeder: ›ne halbe reicht auch‹ – immerhin war es ein nicht zu verachtender, einfach vom Himmel gefallener Brocken, mit dem sich schon etwas anfangen ließe. Es herrschte denn auch kein Zweifel darüber, daß Lydia sowohl wie Alice die Fähigkeit besaßen, etwas Brauchbares daraus zu machen.

Selbstverständlich hatte die Sache noch einige Haken, wie das bei Erbschaften so zu gehen pflegt, weshalb sich die beiden Schwestern vorerst auch nur in Einsilbigkeiten ergingen. Es stellte sich nämlich heraus, wenn auch nur andeutungsweise, daß besagte Million überhaupt noch nicht als solche vorhanden war, das heißt, sie war noch nicht greifbar. Das hieß aber nicht, daß nicht sämtlichen Anrainern zumindest eine Art Geschmacksreiz vorgeschwebt hätte, denn Morawé war immerhin ein Begriff, und zwar kein geringer, sondern einer, der ebenso klangvoll war wie Goethe, Praxiteles, Shakespeare oder sonstwer.

Eine der Ersten, die davon Wind bekommen hatte, war Katrix gewesen, eine Kundin und gute Bekannte Alices und außerdem die Freundin des jungen Schriftstellers Woldemar Schreieck, der allgemein als verkanntes Genie galt. Katrix hatte sich gerade ein Kleid machen lassen, ein gewöhnliches Straßenkleid, und war eines Vormittags, zufällig an dem Tag, da Lydia endlich die Vollmacht in Händen hatte, zur unwiderruflich letzten Anprobe erschienen, als ihr im Wesen Alices, zu schweigen von Lydias gesteigerten Blicken, etwas ungewohnt Lockeres und Schimmerndes auffiel. Nun, es war einfach gute Laune gewesen. Aber obwohl es Alice auch sonst nicht an Munterkeit fehlte, war es diesmal doch anders. Sie hatte nämlich etwas Singendes im Ton gehabt, trotz einiger Stecknadeln auf den Lippen, und als sie beim Glattstreichen einer Falte eben dieser Falte gut zuzureden beliebte, indem sie vor sich hinsang: »Ja, ja, ja, das heben wir etwas, das ziehn wir um eine Idee zurück – ja, ja, ja, der Lenz ist da«, hatte Katrix begriffen, daß das an Laune zuviel war, um unbegründet zu sein. Außerdem hatte Lydia dabeigestanden, gönnerhaft lächelnd, als ob hier etwas verschenkt werden sollte.

»Sag mal, Alice, du hast wohl in der Lotterie gewonnen?« hatte Katrix gesagt, worauf Alice mit sonst nicht gewohnter Leichtfertigkeit erwidert hatte:

»Noch nicht, noch nicht.«

»Oder hat sich irgend etwas bei dir realisiert?«

Mit dieser Anspielung war Alices Beziehung zu einem verwitweten Kapellmeister gemeint, der regelmäßig bei ihr einsprach und mit dem sie als sehr befreundet galt, wenn nicht so gut wie verlobt, ein Zustand, der sich allerdings schon jahrelang hinzog und insofern zu keinem Abschluß gelangte, als der Kapellmeister einen idiotischen Sohn hatte, für dessen Wohlergehen er sich allein verantwortlich fühlte. Auch war mittlerweile Lydia gekommen, die das Augenmerk ganz auf sich zog.

»Aber Katrix!« hatte Alice gesagt.

»Du tust aber gerade so, als ob du demnächst auf der Tauentzienstraße einen Modesalon aufmachen wolltest.«

An diesem Punkt hatte Lydia mit todernster Miene sich eingemischt und erklärt, sie habe das auch schon in Erwägung gezogen. Die Frage sei überhaupt, was man zu tun gedenke, wenn man beispielsweise über Nacht unverhofft zu Einfluß und Kapital gelange und damit zur freien Verfügung über sein Leben, welch letzter Umstand daran ja die Hauptsache sei.

»Ich frage mich, ob man überhaupt noch mit euch verkehren kann«, hatte Katrix gesagt. »Seit wann seid ihr denn Kapitalisten?«

Die Wirkung war verblüffend gewesen, jedenfalls war sie ganz anders als erwartet. Während Katrix es nur als Scherz gedacht hatte, hatten Lydia und Alice sich angesehen, ganz unbeschreiblich, nämlich so, als ob ihnen allerlei bisher noch kaum ins Blickfeld gerückte Komplikationen durchs Gehirn gezuckt wären. Schließlich hatte Lydia daran erinnert, daß sie schon einmal Gelegenheit gehabt hätte, Millionärin zu werden, damals in Krefeld, im Kreis der dortigen Textilfabrikanten.

»Ach so«, hatte Katrix gesagt, ziemlich ernüchtert, worauf Lydia nichtsdestoweniger hinzugefügt hatte, die Materie sei ihr also vertraut. Nur eben, die Träger dieser Materie, das sei das Problem. Dieser spezielle Herr Nullmann, dieser Kandaules, der dann immer zum Vorschein käme und mit dem eine Frau von Format doch einfach nicht fürlieb nehmen könne, es sei denn, sie ginge darauf aus, sich zu verkaufen ...

»Was würdest denn du anfangen?« hatte Alice, auf Katrix blickend, hier eingeworfen, um aber gleich fortzufahren: »Ich weiß schon – Schreieck.«

Katrix war eine kleine, schwarzhaarige, behende Person, eigentlich Opernchoristin, gelegentlich aber auch bereit, für allerlei Leute zu tippen, nebenbei war sie auch arbeitslos und bezog Unterstützung; in der Hauptsache aber lebte sie ganz im Bannkreis von Schreieck, der ihr Idol war und dessen Ansichten über alles, was falsch gemacht wurde in Kultur, Politik und Wirtschaft, sie mit unverminderter Leidenschaft kolportierte.

»Nun gebt schon zu, daß mit euch etwas los ist«, hatte sie gesagt, und dann hatte sie alles erfahren, selbstverständlich unter dem Siegel tiefster Verschwiegenheit.

Wenn, so hatte Lydia unter Ausmalung wahrhaft illuminierter Perspektiven erklärt, wenn die Sache mit Morawé erst aufgeblüht wäre, wenn sie erst auf den Beinen stünde, nur eben, daß die Gliedmaßen erst noch trainiert werden müßten, kurz, wenn alles perfekt sei, dann wäre zum Beispiel auch eine Handhabe da, um Schreieck zu helfen, das wäre dann gar kein Problem, zumal sie, Lydia, von seiner Potenz überzeugt sei.

Schreieck, muß man wissen, war ein Universalmensch ersten

Ranges, auf seine Weise nicht minder als Lydia auf ihre. Jedenfalls war das die allseits herrschende Meinung, unter Abzug derer, die kein Urteil darüber besaßen oder deren Skepsis so unrein war, daß sie unmöglich auf lauteren Motiven beruhte. Schreieck wußte alles. Er hatte Streiks vorausgesagt und Revolten, er sprach von indonesischen Giften und von Ananas aus Hawaii, er kannte Völkerschaften aus Sarawak, Ubangi-Chari und Gabun, und was die Künste betraf, so wußte er von Dingen zu berichten, deren Atonalität einfach haarsträubend war, denn es handelte sich um nichts Geringeres als ganz neue Auffassungswerte und Systeme. Ein Bekannter von ihm spielte beispielsweise nicht mehr Klavier, er zerlegte das Instrument und beklopfte nur noch Deckel und Saiten. Aber es waren nicht nur die Künste, die ihn durchschwirrten, es war ein Universum, es war der interplanetarische Mikro- und Makrokosmos, eine besternte Struktur drinnen wie draußen, wobei er selbst zugab, daß er nicht mehr imstande sei, die eigene Person noch länger als Mensch zu bezeichnen. Mensch sei gar nichts, pflegte er zu sagen, Mensch sei Pampe. Er, Schreieck, sei ein spinnebeiniges Zentralphänomen, ein Spektrum, mit Myriaden von Eigenschaften durchsetzt, die keinesfalls auf rein logische Weise reagierten, sondern sprunghaft, akausal, subkutan. Seit über fünf Jahren schrieb er an einem Werk, das er nur den Verlegern zuliebe als Roman bezeichnete, eigentlich nur, um sie zu täuschen, in Wirklichkeit sei es eine komplexe Figuration, eine Art Kosmosophie, die alles überträfe, was seit Dantes Komödie in hiesigen Breiten aufgetischt worden sei, zumal alles Bisherige, selbst Goethe nicht ausgenommen, nur mit Bildungshypertrophie tapezierter Privatklatsch sei. Alles Zeitgemäße lehnte er ab. Zustände, meinte er, seien immer suspekt, jede Epoche experimentiere mit ihrer eigenen Krise; später, wenn historisch Bilanz gemacht werde, überdecke die Summe für gewöhnlich alle wackligen Fatalitäten der Einzelposten, das Blut begänne zu leuchten, sogar als Rose.

Leider war Schreieck selten zu sehen, er arbeitete nachts, außerdem war er halb taub.

Natürlich war Katrix äußerst gespannt, wie er die Neuigkeit

aufnehmen würde, die sie ihm gleich nach der Anprobe hinterbrachte. Es war um die Mittagszeit, er lag noch im Bett. Damit er sie ertrug, die Neuigkeit nämlich, hatte ihm Katrix ein Glas Orangensaft auf den Nachttisch gestellt. »Sußlackel, Bundilein!« hatte sie gesagt. Aber merkwürdigerweise blickte Schreieck einfach durch sie hindurch, spitznäsig, wie er war, mit zottig in die Stirn hängendem Haar. Soso, hm, hm.

»Lang werden die nicht mehr hier wohnen«, sagte er dann. »Vielleicht fahren sie nächstens zum Mars oder sonstwohin, hauptsächlich sonstwohin. Es wird ihnen nichts daran liegen, uns wissen zu lassen, wohin.«

»Aber wieso denn, Bullimann?«

»Erfolg haben verändert die Lebensoptik«, sagte Schreieck, indem er einen Schluck Orangensaft nahm, dessen Kühle er mit einem erfrischten »Ah!« begleitete. »Alle meine Freunde sind ausgeblieben, sobald sie sich herausgemacht hatten. Das ist der Fluch des Empor. Der Handschuh wird umgestülpt, es riecht alles anders, weißt du. Und die Lydia hat ja seit je einen Stich gehabt, so daß ich, als ich sie das erstemal sah, einen richtigen Schreck bekam. Guter Geist, sah das aus! Das war ja, als käme die reinste verschleierte Maja durch die Kreuznacher Straße spazieren.«

»Aber Alice ist nett, wirklich sehr nett«, beteuerte Katrix, worauf Schreieck sich einfach im Bett umdrehte und sagte:

»Wer redet denn von Alice? Das ist wieder mal deine Logik, an der du noch einmal zugrunde gehst. Ich prophezeie es dir. Das ist so deine Methode. Das ist genau so, als wenn einer sagt: ›Am Äquator kocht es vor Hitze‹ – worauf du dann sagst: ›Aber am Nordpol ist's weniger schlimm.‹ Kann mich das ärgern. Nein, sowas von Logik!«

»Zottelbär, kleiner«, erwiderte Katrix. »Wer spricht denn von Logik? Es ist eine Chance, auch für uns.«

Katrix verstand zwar nichts von dem, was Schreieck an artifizieller Universalität zu bewältigen hatte, dafür aber um so mehr von seiner närrischen Art, auf Neuigkeiten zu reagieren, gleichgültig, worum es sich handelte, ob um eine neue Tapete oder ein neues Kleid. Er lehnte das alles zunächst einmal ab, und wenn sie es trotzdem angeschafft hatte oder wenn es sich trotzdem bewahrheitet hatte, fand er es schlecht, um dann später, nachdem er sich eingewöhnt hatte, zu behaupten, er selber sei es gewesen, der die Neuigkeit begrüßt, veranlaßt oder ausgesucht habe. Schreieck mußte immer erst alles verdauen, und Katrix war dazu ausersehen, es ihm zu servieren, so appetitlich wie möglich.

Nicht anders war sie auch diesmal verfahren, indem sie sich damit begnügt hatte, ihn zunächst mit dem nebligen Vorfeld der in Aussicht stehenden Morgenröte bekannt zu machen, im Vertrauen auf die Stunde ihres wonnig klaren Erscheinens. Bis dahin verging ja wohl auch noch einige Zeit.

Neben Schreiecks, die in der billigsten, in der Stempelburg wohnten, ganz oben im vierten Stock, von wo sie einen prachtvollen Längsblick auf die von Lydia gelegentlich so bezeichnete Piazza hatten, hatten aber auch noch andere die Ohren gespitzt und verhältnismäßig frühzeitig etwas davon erfahren. Sie zeigten sich sogar genauer unterrichtet als Katrix, aus dem einfachen Grund, weil sie lediglich das Objekt im Auge behielten, während Katrix nur lauter goldene, einzig um Schreieck kreisende Wagenräder sah.

»Ich habe so was läuten hören. Stimmt das? Die Lydia hat 'nen Rebbach gemacht«, sagte Baronin Pißnelke vorn in der Einkaufsbude am Breitenbachplatz eines Tages zu Katrix. »Na, hör mal, du – prima! Feuer im Frack.«

Baronin Pißnelke sprach immer so laut, als ob ihr alle Welt gleichgültig wäre. Nicht, daß sie die Absicht gehabt hätte, irgendwen zu schockieren. Sie tat nur einfach, als wäre sie allein da und als spräche sie von Balkon zu Balkon, dies selbst in der kleinsten Bude. Katrix war dieser mangelnde Sinn für das Tabu der Öffentlichkeit etwas unangenehm, aber sie nickte und lachte, genau wie die Krämersfrau auch, die es auf diese Weise gleichfalls erfuhr und der das nicht unlieb war, da Lydia und Alice gelegentlich bei ihr anschreiben ließen.

»Naja, das arme Luder«, fuhr die Pißnelke fort. »Sitzt da wie mit 'ner Tüte voll Mücken. Ich sage, du hast wohl Speck in der

Tasche? Unsereiner tut, was er kann, aber die kann ja nicht, was sie tut. Das ist wie 'n Blinder mit 'ner Säge im Wald.«

Das würde sich nun wohl ändern, meinte Katrix.

Sie sprach auffallend leise, hauptsächlich mit Rücksicht auf andere Kunden, die sich schon nach ihnen umgedreht hatten und die das schließlich nichts anging.

»Oi!« rief die Pißnelke aus. »Verstehe! Nicht gehört.«

Baronin Pißnelke hieß mit richtigem Namen Edeltraud Fumfek, wie auch ihr Wohnungsschild im Erdgeschoß der Wanzenburg lautete, von wo aus übrigens ein Diagonalblick über den Platz hin genügt hätte, um Lydias und Alices Gemächer im besten aller Wohnblocks, der Tintenburg, zu beobachten, hätte nicht eine Anzahl Birken und allerlei Gebüsch dazwischengestanden. Früher wäre das noch ohne Umschweife möglich gewesen, inzwischen war aber das Grünzeug inmitten, wie die Pißnelke es nannte, herangewachsen in trauter Gemeinschaft mit den ringsum beheimateten Hunden, Katzen und Kindern. Ihren Spitznamen hatte die Fumfek im Grunde sich selbst zu verdanken. Eine entfernte Bekannte, die einen Baron geheiratet hatte, obwohl sie auch nur aus dem Papierkorb stammte und nur eine Pißnelke wäre, war von ihr so bezeichnet worden. Das paßte aber auch auf sie, abgesehn davon, daß sie selber von unten kam und seit kurzem gleichfalls auf Vornehmheit und höhere Weihen spekulierte. Ihr zur Zeit von ihr verkösttigter Freund, der Olaf, war nämlich wirklich von Adel, wenn auch derart verarmt, daß er weder Heizer noch Hauswart hätte das Wasser reichen können. Er war Schlattenschammes beim Film, eine Art Mädchen für alles. Die Pißnelke hatte ihn aufgegabelt, angeblich beim Zahnarzt, wo sie beide geschwollene Backen gehabt und sich mit allerhöchster Grandezza darüber mokiert hatten, die Pißnelke mehr laut, Olaf von Tettendorf – so hieß das Veilchen – mehr zugeknöpft und angelernt steif. Seitdem hatten sie sich zusammengetan, und wenn es von der Pißnelke hieß, daß sie an sprachlichem Sodbrennen litte, so sagte man von ihrem Olaf, er müsse wahrscheinlich vom Lohnkutscher gezeugt sein, denn es reichte bei ihm tatsächlich nur bis zur Charge. Überhaupt war beiden ein Zug ins Unseriöse und Unglaubwürdige gemein, trotz ihrer unentwegten Angeberei oder eben deswegen. Das erstreckte sich auch auf ihren Beruf, falls sie überhaupt einen hatten, denn niemand wußte genau zu sagen, worin er bestand. Vor Jahren einmal hatte die Pißnelke, damals noch Fumfek, eine Tanzgruppe zusammengetrommelt, seitdem nannte sie sich Vermittlerin und Agentin, als welche sie auch ihrem Olaf versprochen hatte, daß sie ihn schon noch durchboxen würde gegen all die Flunzen und Klaften. Ihr Vermittlungstalent war indessen derart entwickelt, daß es die Grenzen von Film, Bühne und Funk gelegentlich überstieg, denn ehe sich Olaf bei ihr eingesargt hatte, in der Tat wie im Glaskasten, hatte sie auch, diskret und gewiß nur unter der Hand, allerlei Bekanntschaften vermittelt, dann und wann auch ein Tageszimmer zur Verfügung gestellt. Die dabei zutage getretene Mischung von Mitgefühl und Geschäftssinn war ganz erstaunlich. »Eisgekühlte Sülze? Kalter Kaffee? Damit sie auch mal was hat«, hatte sie von einer Bekannten gesagt, der sie durch einen Opernbuffo zu einem neuen Kleid, zwei Flaschen Sekt und einer warm durchbluteten Sommernacht verholfen hatte. Damit war beiden gedient gewesen, der Pißnelke natürlich auch. Lydia jedenfalls fand sie schrecklich, freilich auch wieder großartig kraß. Aber das ist ja das Schreckliche immer.

»Auf das Ei, das die legt, bin ich gespannt«, hatte die Pißnelke zu ihrem Olaf gesagt, kaum daß sie von Lydias neuen Erfolgsaussichten, die sie den zweiten Wind nannte, erfahren hatte. Von Alice war bei ihr nie die Rede, deren Tätigkeit interessierte sie nicht. Aber um Lydia hatte sie sich schon einmal bemüht, weil sie ihr gern ein Engagement vermittelt hätte. Sie hatte ihr sogar schon geraten, doch wieder nach Bielefeld zu gehen, statt hier herumzusitzen. Wenn gewünscht, würde sie das vermitteln. Gewiß, der Intendant dort habe sie zur Sau gemacht, wie der Fachausdruck lautete, aber er hebe sie auch wieder empor. »Wie meine Büste«, hatte die Pißnelke gesagt. »Guck mal, meine Büste! Frisch gekirnt, zu euch emporgehoben.« Nun, inzwischen schien Lydia es nicht mehr nötig zu haben, worauf Olaf wohlweislich um Bedenkzeit gebeten hatte.

Bei ihrem Geschäftssinn hatte es der Pißnelke aber keine Ruhe gelassen, etwas tiefer in die näheren Umstände einzudringen, zumal die Welt ohnehin kleiner sei als gedacht und es folglich auch möglich sein müsse, irgendwelche Aussichten nicht nur durch die Nase zu sehen. Dabei war sie auch von Olaf angespornt worden, der eines Tages überraschend erklärt hatte: »Da sollte man ran!« – eine Ansicht, der die Pißnelke ihre Zustimmung nicht versagte, mit der Nebenbemerkung, daß es darauf ankäme, einer von denen zu sein, die übrigbleiben, wenn die Welt unterginge, oder andererseits darauf, den Zipfel schon dann zu erwischen, bevor der Vorhang sich hebe. In diesem Bestreben hatte sie herumgefragt in ihrer Bekanntschaft, um schließlich über drei Ecken zu erfahren, daß Morawé, obwohl reif und morsch genug, um irgendwie liquidiert, fusioniert und kassiert zu werden, dennoch kein Schrott oder Luftschloß sei. In ihren Gesprächen mit Olaf hatte sie sogar einen Ausdruck gebraucht, der sie redlich durchschauerte, nämlich historisch. Es handle sich um eine Firma nicht ohne Ehrwürdigkeit, eben historisch, und der letzte Alleinbesitzer, irgendein von Boffsky oder so, sei sogar adlig gewesen, allerdings mehr polnische Linie, während Olaf, wenn sie nicht irre, doch mehr nach Mecklenburg hin tendiere. Die vierundvierzig Lakaien, von denen Olafs Großvater noch umringt gewesen sein soll, hatten in Neustrelitz die Fackel geschwungen. War's nicht so? Na, Schwamm drüber!

In Anbetracht dieses praktischen Eifers war es nicht weiter verwunderlich, daß alles, was bis dahin in der Künstlerkolonie bekanntgeworden war, geschäftlich und rein juristisch, auf Füßen stand, die der Baronin Pißnelke gehörten. Und es waren das keine tönernen Füße, schon deshalb nicht, weil die Pißnelke dafür bekannt war, daß sie sie täglich massierte und pediküre, wie sie denn überhaupt erklärte, ihr Körper sei ihr das Liebste. Trotzdem läßt sich nicht sagen, daß sie besser im Bild gewesen wäre als andere, sie besaß nur die Fähigkeit, das allseits Bekannte auf seinen wirklichen Wert hin abzuschätzen und es für ihre Begriffe und Zwecke zurechtzulegen. »Bei mir ist das so«, pflegte sie zu sagen, »ich mach erst das eine, und dann sag ich: nun du mal!« Mit anderen Worten: sie war immer auf eine Art Handel oder Zwischenhandel erpicht, auf Wechselseitigkeit und Partnerschaft, und bei allem, was sie betrieb, durfte durchaus Geselligkeit herrschen, aber es mußte dabei ein Brocken für sie herausspringen, andernfalls ließ sie sich gar nicht erst darauf ein. Große Schwärmereien und Illusionen waren nicht ihr Fall, womit nicht gesagt ist, daß sie nicht auch ihre Pläne hegte, darunter sogar ganz enorme, zum Beispiel eine standesamtlich gesicherte Verbindung mit Olaf, wodurch sie selber zur Baronin aufgerückt wäre, aber diese Pläne mußten in einer bestimmten Reichweite liegen und nicht drei Treppen hinter der letzten Laterne. »Dafür ist in meinem Kopf einfach kein Platz«, sagte sie dann. Das sagte sie übrigens auch in Hinsicht auf Lydias hochfliegende Spekulationen, denn als Katrix einmal bei ihr angetippt hatte, ob sie gegebenenfalls in einer kulturellen Liga, selbstverständlich mit Schreieck als Originalgenie und mit Lydia als Mäzenatin, mitmachen würde, hatte sie rundweg erklärt: »Ich? Ich hab doch nicht Scheiße im Kopf.« – Nun ja, es war etwas kraß wie das Schreckliche immer.

Unter denen, die ihre Zukunft noch vor sich hatten oder sich vorerst noch zurückgesetzt fühlten und auf einen günstigen Einfluß von Saturn und Jupiter warteten, zeigten sich neben Katrix und Baronin Pißnelke selbstverständlich auch noch andere nicht weniger unterrichtet, wenn sie auch unterschiedlich darauf reagierten. Nicht bei allen begannen sich sämtliche Jahrmarktsräder zu drehen, sei es, weil sie es unpassend fanden, sich wie die Fliegen auf den Käse zu stürzen, sei es auch aufgrund eines leichten Erschreckens über das plötzlich hereingebrochene Glück, angesichts dessen sie sich die Frage vorlegten, ob es denn auch die Richtigen getroffen habe und ob sich der Glücksfall, aufs weitere gesehen, überhaupt als vorteilhaft erweise. Die silberhaarige Schauspielerin Ellida Landeck, früher als Salondame bekannt, nun aber infolge eines schlecht verheilten Beinbruches an zwei Stöcken gehend, saß beispielsweise Tag und Nacht über den Wahrsagekarten, wobei sie sich bald veranlaßt sah, aus freien Stücken hinüber zu Alice zu gehen und sie zu warnen, bald sich, obwohl es sie eigentlich gar nichts anging, als guten engelhaften Geist betrachtete, der dazu ausersehen sei, Lydia mit schützendem Flügel zur Seite zu stehen, vor allem gegen die Machenschaften der Männer. Manchmal lief nämlich ein Pik-Bube über den Weg, dem aber trotzdem ein Herz-König folgte und in weiterem Abstand sogar ein Schellen-As, das der reinste Schellenbaum war voller Geld und Musik. Ganz Gleichgültige gab es natürlich auch, desgleichen einige Spötter, die auf ihre Pointe warteten, ferner andere, die erst mal nachdenken wollten. Am schwierigsten waren diejenigen daran, die früher »Chez Lydia«, wie sie sagten, verkehrt hatten, dann aber die Beziehungen, weil zu langweilig, hatten einschlafen lassen. Hier überlegte sich mancher, wie das so sträflich Versäumte wiedergutgemacht werden könnte. Insgesamt aber ließ sich doch sagen, daß vor allem die Weiblichkeit es war, die als erste die Tragweite der Sache begriffen hatte und es, einmal beim Wickel, auch offen besprach, so daß die Straßen und Hinterhöfe der Wohnblocks erfüllt waren von einem eigentümlichen Klang, das heißt von jenem bienenhaft summenden s-Laut der deutschen Bühnensprache und von allerlei in Gold und Messing schwingenden, ausgefeilten Vokalen, die immer so klangen, als wäre das Organ von Mund und Scham ein und dasselbe, mit dem Unterschied höchstens, daß es bei den einen mehr lockend-erotischer Wohllaut schien, bei den andern mehr unumstößlicher Sexus.

Dieser erste raunende Widerhall, vorerst nur als leichte Brise zu spüren, hatte den beiden Schwestern recht eigentlich erst vor Augen geführt, was ihnen bevorstand, allein auch insofern, als ihnen beim Blick durchs Fenster eine Merkwürdigkeit zum Bewußtsein kam, die sie nicht ohne leises Prickeln genossen. Ganz unwillkürlich schätzten sie die Nachbarschaft anders ein als bisher, es ergaben sich Unterschiede, kaum merklich zunächst, aber doch spürbar wie Klimaschauer, Gradunterschiede, die sich auf alles erstreckten, sogar aufs Pflaster, das bei Sonnenschein seltsam einladend dalag, obwohl es auch nicht öfter gekehrt wurde als bisher.

Im letzten Augenblick, als wäre das unvermeidbar, war natürlich auch noch Mama erschienen, die geborene von Hassewitz. Es war am Abend vor dem Termin, wo man ohnehin nicht bei Verstand war. Mit dem schüchtern-gezierten Bemerken, daß es ihr schließlich nicht verargt werden könne, sich um ihre beiden in die Selbständigkeit verirrten Töchter zu kümmern, folgte sie ihrer aus den Händen gegebenen Vollmacht.

»Aber Mama!« sagte Alice. »Ausdrücke bringst du mit. In die Selbständigkeit verirrt. Wie macht man denn das?«

»Nun, nun«, sagte Mama, »das wißt ihr schon selber. Ihr habt es euch schließlich so gewünscht. Es ist ja nicht meine Art, es so zu machen. Für richtig halten müßt ihr es. Ich habe euch nie hineingeredet. Das ist mir alles ganz fremd. Ich habe nur um euch gezittert.«

»Jetzt frage sich einer, was es denn hier zu zittern gibt.«

»Bei euch ist immer was anderes. Wer euch drei Wochen lang nicht gesehen hat, der muß immer schon zittern, daß ihr wieder etwas peksiert habt.«

»Peksiert!« rief Lydia mit schmerzerfülltem Gesicht aus der hintersten Ecke, indem sie sich demonstrativ einem Spiegel zuwandte.

»... peksiert oder in petto habt, sag ich. Kaum daß man sich dran gewöhnt hat, kaum daß man sich gesagt hat: nun ja, nun ja, kaum daß man sich beruhigt und angepaßt hat ...«

»Was soll denn da sein?« fragte Alice. »Nun sag's schon, Mama.«

»Was soll schon sein? Das wißt ihr ja selber. Eben wieder so eine Sache.«

Die Schwestern blickten sich an, ehe Alice sagte:

»Das Leben bleibt doch nicht stehen, Mama, das Leben geht weiter.«

»Vor allem bei euch. Bei uns war das anders. Da blieb es dabei.«

»Was blieb dabei?«

»Eben alles: Anfang und Ende.«

»Nun sieh mal, Mama«, begann Alice, durchaus im Begriff, sich auf gleich und gleich zu verständigen. Da trat aber plötzlich

Lydia hinzu, die das Gerede nicht mehr mitanhören konnte, und sagte zu Alice: »Laß mich mal!« Und zu Mama gewandt, fuhr sie fort:

»Du brauchst uns ja nicht zu verstehen, Mama, das erwartet kein Mensch. Es verlangt aber auch niemand, daß du deswegen zitterst und dir irgendwelche Verirrungen ausmalst. Das grenzt ja an Atavismus. Es fehlte nur noch, daß du dir die Lippen an lauter Beschwörungsformeln wundriebest.«

»O, das fehlt gar nicht. Das geschieht unentwegt, meine Liebe, das geschieht. Aber durchaus.«

»Das ist eben töricht, Mama. Wozu hast du denn deinen Verstand, das Bewußtsein deiner selbst? Wir leben doch nicht in der Wildnis, nicht im afrikanischen Busch. Auf dem Sofa allerdings auch nicht. Es ist eben alles hell und klar. Und was wir tun, geschieht mit Vernunft. Es kostet uns Überlegung genug, uns einzurichten.«

»Ach ja, ach ja!«

»Gar nicht: ach ja! Im Gegenteil, alles mit Überlegung, ganz souverän. Wir können nichts hinnehmen, wie es ist, wir müssen erst einen Grundriß entwerfen, und dann sind wir so frei, uns zum Aufbau unserer Existenz zu ermächtigen. So ist der Gang der Dinge. Für uns gibt es keine gemachten Betten.«

»Ich hatte für eure Aussteuer gesorgt. Für euch beide.«

»Für mehrere Generationen hast du gesorgt, für ganze Geschlechter. Aber leider! Wir können es nicht gebrauchen.«

»An eigene Kinder denkt ihr wohl gar nicht?« sagte Mama.

Diese Frage kam plötzlich so hoch, daß sie wirkte wie ein die Empfindungen verbrühender Geysir, abgesehen davon, daß sie gar nicht zur Sache gehörte. Offenbar kam sie aus seit Jahren verschütteten Tiefen. Einen Augenblick stutzten die beiden Schwestern, in der Tat zu verblüfft, als daß man es hätte souverän nennen können. Sie mußten sich erst verständigen. Dann sagte Alice:

»Immer hübsch der Reihe nach. Zunächst einmal steht jetzt die Morawésache zur Diskussion. Das ist jetzt das nächste.«

»Ich habe auch nichts gesagt«, erklärte Mama.

»Du sagst aber unentwegt etwas«, rief Lydia dazwischen. »Du sagst unentwegt etwas, indem du behauptest, nichts gesagt zu haben. Das ist pervers. Das macht ja das Reden mit dir so schwierig. Du sagst immer nichts, und du sagst dabei immer alles.«

»Der Mensch hat ja schließlich die Sprache«, sagte Mama, und es war schon fast süffisant, als sie hinzufügte: »Wozu hat er sie denn?«

»Wenn du mich so fragst, weiß ich es auch nicht«, rief Lydia, nun reichlich nervös und nicht ohne Erinnerung an die von ihr entdeckten Klimaschauer beim Verkehr mit Menschen. Aber Alice war auch noch da.

»Alles nur halb so schlimm«, begütigte sie. »Wie du siehst, Mama, leben wir noch. Du warst so lieb, uns die Vollmacht zu geben. Mit dieser Vollmacht werden wir operieren. Siehst du, ein Minister hat auch eine Vollmacht, und mit dieser Vollmacht wird operiert. Du brauchst dich um nichts zu kümmern. Wir geben dir rechtzeitig Bescheid. Den Kopf kann es nicht kosten. Nein, so schnell verlierst du uns nicht.«

»Ach, Alice, du bist, wie du bleibst. Ich meine, du bleibst, wie du bist. Eben Alice.«

»Und ich?« sagte Lydia.

»Laß nur, Lydia! Ich bin euch eben nicht mehr gewachsen. Auf Wiedersehen! Macht's gut!«

Den ganzen Abend noch war Lydia mit der Frage beschäftigt, was die geborene von Hassewitz – so nannte sie Mama – mit diesem Besuch eigentlich bezweckt haben könnte, so kurz vor dem Termin. Es sei nervenaufreibend und unheilvoll. Allein schon die Liebe zur Logik gebiete, daß hier ein Weg gefunden werden müßte, sie fernzuhalten.

»Ich bitte dich, Alice, sorg bloß dafür, daß Mama überhaupt nicht begreift, worum es sich handelt. In diesem Sinn muß sie bearbeitet werden«, erklärte Lydia.

»Und wenn sie sich nicht bearbeiten läßt? Was dann?«

»Dann vergifte ich sie!« rief Lydia.

Das war nun freilich zu theatralisch, um ernst genommen zu werden. Aber konnte man's wissen?

Schließlich brauche man seine fünf Sinne, meinte Lydia entschuldigend, sie behauptete sogar, einen sechsten dazu, einen Spürsinn, einen Sinn fürs Mögliche und Wahrscheinliche, um so mehr, als sie mit ihrer ganzen Person bald im Scheinwerferlicht der Begebenheit stünde, diesmal nicht nur im Theater, sondern auf der Bühne des Lebens, umringt von einer Schar nicht abzusehender Menschen, deren Karat und innerer Gehalt schließlich erst noch geprüft werden müßte. Selbst Cäsar sei nicht imstande gewesen, alles auf einmal zu machen, und es wäre durchaus empfehlenswert, sich Gedanken darüber hinzugeben, worauf der verhängnisvolle Irrtum in der Auswahl seiner Mitarbeiter beruht hatte. Vielleicht sollte man sich an Bernhard um Auskunft wenden, den verflossenen Herrn Gemahl? Allen Ernstes! Da Alice darüber lachte, kamen die beiden Schwestern überein, zunächst auf dem Teppich zu bleiben. Sie beratschlagten aber noch lange, und um Mitternacht war ihr Fenster noch immer erleuchtet. Halb schon im Einschlafen murmelte Lydia teils vor sich hin, teils durch die Wand ihres engen Privatgemachs zu der nebenan schlafenden Alice hinüber:

»Vielleicht sollte man auch noch ein Kinderdorf gründen? Mama zuliebe.« Und dann kam noch ein Seufzer. »Auch das noch«, sagte sie, tief beglückt von der Last der ihr aufgebürdeten Pflichten.

4 Gleich nach der Abfahrt zu dem in Charlottenburg liegenden Amtsgericht, sie war noch kaum um die Ecke, hatte Lydia den Moment, nun ganz sie selbst zu sein und ganz ihrem Wunschbild zu entsprechen, unsagbar genossen. Ins Polster gelehnt, ließ sie die erste besonnte Spiegelglätte des baumbestandenen Südwestkorsos vorüberziehen, ohne durch die meist erschreckende Geschäftsmäßigkeit der Alltagsgesichter gestört zu werden. Diese flitzten vorüber, ganz nur Figur, gleichsam entgiftet. Das schonte die Nerven. Das gestattete eine Lässigkeit, hinter der sich der Wunsch nach äußerster Konzentration verbarg, und das war ihr ein Bedürfnis schon deshalb, weil es galt, den glanzvollen Widerstreit, der sie durchrauschte, zu ordnen und auf einen brauchbaren Nenner zu bringen. Nicht nur, daß sie laut denken mußte und manchmal noch lauter, es schien einfach alles mobilisiert. Im übrigen war sie jetzt ganz Lydia Faude, geborene Schlör, aus der geborenen von Hassewitz. Wer wollte ihr das je nehmen?

Sie sprach in Gedanken mit Bernhard, dessen ästhetische Skepsis und Leisetreterei ihr plötzlich vor Augen stand, eigentlich ein wenig unangenehm, weil ihr, indirekt gleichsam, auf eine Sekunde nur, aber unheimlich tief, zu Bewußtsein kam, daß sie allein war. Nicht, daß sie sich schutzlos fühlte, nicht, als ob sie des Schutzes bedurft hätte, als ob sie nicht in der Lage gewesen wäre, sich selbst zu vertreten! Aber eine Stimme sagte ihr auch, daß eine zu Höchstem berufene Einmaligkeit wie sie niemals ohne Begleitung ausgeht, und sei es in Begleitung eines Pudels. Und nicht zuletzt deshalb spürte sie, daß sie allein war, ferner auch, weil ihr eigentlich etwas fehlte. Dieses Fehlende war es, was sie im Augenblick etwas beklemmte, denn es fehlte ihr außerdem noch an allerlei: Geld, Protektion, Erfolg und so weiter. Als Ersatz besaß sie lediglich ihre Überzeugung, und wenn diese Überzeugung auch viel mehr war als ein Ersatz, wenn es auch eine primäre Potenz war, so war es doch ziemlich anstrengend, in so wichtigen Momenten eben nur diese allein zu besitzen, sozusagen als Schutz gegen die Tücken der Praxis.

Sie sprach wieder mit Bernhard, merkwürdigerweise mit ihm, von dem sie wußte, daß er es fertiggebracht hatte, manch Häßliches über sie zu verbreiten, wenn auch in höflicher Art. Er nannte es kritisch, sie nahm sich die Freiheit, es häßlich zu nennen. Oder war es das etwa nicht, wenn er Alice gegenüber behauptet hatte, sie, Lydia, beherrsche sämtliche Phrasen und von allem, was existiert, die Begriffe, aber niemals die Sache selbst? Nun, das war seit je ein alter Streitpunkt zwischen ihnen gewesen.

»Du appellierst fortwährend an die Zukunft«, hatte Bernhard gesagt, »du schreibst immerzu Wechsel aus und vernachlässigst in sträflicher Weise die Notwendigkeiten des Alltags. Deine Illusionen sind deine Riesen, die betest du an; aber die Kleinarbeit der Zwerge, die auch getan werden muß, unterschätzt du grundsätzlich.«

»Das ist Philologie!« hatte Lydia sich widersetzt, und da sie einmal dabei war, hatte sie reinen Tisch gemacht und ihm vorgeworfen, daß er an Restbeständen von Geheimratspreußentum litte.

»Aber der Dienst an der Sache?« hatte Bernhard gesagt. »Die natürliche Ordnung und Unterordnung? Die Anerkennung des Rangs? Die Leistung? Die Selbstverständlichkeit der Eingliederung? Die Ausschaltung des rohen Erwerbs? Das Prinzip: mehr sein als scheinen?«

»O, mein Lieber!« hatte Lydia gestöhnt. »Das sein, was man ist. Wozu das Versteckspiel?«

Es war wohl der Gedanke ans Gericht überhaupt, was ihr die Argumente wieder heraufrief, die schließlich zu ihrer Scheidung geführt hatten. Diese Scheidungskomödie, damals vorm Landgericht Zehlendorf, in dessen Warteraum lauter Geweihe hingen, lauter Hörner an den Wänden als hochbedeutsames Symbol, hatten sie beide tadellos durchgeführt, ganz nach Absprache, jeder in seiner Rolle, mit zwei willigen Rechtsanwälten, die sich an der Fiktivität der Gründe ergötzten, nicht weniger als sie. Ihr selbst war das Theater nicht schwergefallen, sie hatte ihr Haupt mit Asche bedeckt und ihren Teil Schuld auf sich genommen, und auch Bernhard, das mußte sie ihm lassen, hatte das putzig-pedantische Zeremoniell mit der nötigen Mischung aus Ernst und Eleganz zur Zufriedenheit des Richters abgespult. Bernhards Musikerkopf, sie sah ihn noch vor sich: die fliehende Stirn, die weichen Züge um Mund und Wange, die träumerische Wachheit des Blicks, und dann plötzlich eine Schärfe der Lippen, einen Glanz, eine Energie um die Schläfen – wirklich perfekt, wie beim Examen! Nur hinterher hatte er irgendwie Schmutz unter den Nägeln gehabt, er brachte es nicht fertig, die Angelegenheit ad acta zu legen und auch zuinnerst zu bereinigen, und so kam es, daß er sich immer wieder in Ressentiments erging, die er als kritisch bezeichnete, als reine Charakterisierungen ihres Wesens, ihres Formates. Das Format sprach er ihr nämlich nicht ab, diesen Mut hatte er nicht.

Lydia war überzeugt, daß es auch diesmal vorm Amtsgericht ebenso glattgehen würde wie damals. Damals war sie ganz Ysot gewesen, diesmal würde sie Porzia sein. Nein, auch das nicht! Die Großnichte Zembrowskis würde sie sein. Und übrigens: was heißt würde? Sie war es. Nur war diese Rolle noch mit Blut zu durchdringen, dieses Blut mußte noch leuchten, damit eine Blutleuchte davon ausging, die angestammte Berechtigung ihres Anspruches als Erbin, gleichsam die spirituelle Idee der Erbschaft an sich. Die Millionen waren es nicht, das ging so nebenbei mit, denn Reichtum ist selbstverständlich, und wo er es nicht ist, besteht er aus Protz. Reichtum war kein Erfolg, den hatte er hinter sich, er lag jenseits dessen, also letzthin im Stil.

Was das betraf, so befand sie sich noch in einem gewissen Dilemma, denn ihre Träume hatten sich bisher hauptsächlich um den Erfolg bewegt, der in ihren Augen so etwas wie eine Lawine war, die, losgelöst, einfach zu rollen begann, eigenmächtig, dank der entfesselten Schwungkraft. Der Erfolg, das war, nachdem er geschafft war, ein nächsthöheres Stadium, wo sich alle Bemühungen mit einem Mal lohnten, wo alles gerannt und gelaufen kam, wo Gerüchte mitschwirrten, wo das Auge zu schimmern begann, wo die Luft sich als Äther erwies und der Widerhall ein Narkotikum war, der Trank des Ruhmes. Und trotzdem haftete jedem Erfolg auch etwas Unreines an, etwas Erstrampeltes. Eine Erbschaft hingegen, das war kein Erfolg, das war etwas anderes, Edleres, etwas zu Empfangendes und zu Verwaltendes.

»Siehst du, Bernhard«, sagte sie vor sich hin, ziemlich laut denkend, wobei sie gar nicht bemerkte, daß sie immer nur ihn zum Leben erweckte und nicht etwa Alice, Mama oder sonst einen Bekannten, so als ob sie sich vor ihm rechtfertigen und doppelt bestätigen wollte, »siehst du, mein Lieber: abgesehen vom persönlichen, fühle ich mich auch verpflichtet, unser europäisches Erbe zu retten und sinngemäß zu verwalten. Europa oder das Abendland! Patina, Tradition.«

»Pi-Pa-Po«, hörte sie plötzlich ihren Fahrer vorn sagen. Aber es war nur ein phonetischer Reflex in Anbetracht eines unvorschriftsmäßig abbiegenden Wagens.

»Die Menschheit«, sagte Lydia, begleitet vom rollenden Untersatz ihres sie so wundervoll erwärmenden Selbstgespräches, »diese Menschheit gleicht ohnehin einem Mann, der eine große Erbschaft gemacht hat, der aber, statt von den Zinsen zu leben, das Kapital angreift und es mit vollen Händen zum Fenster hinauswirft. Was aber, wenn das Erbe verpraßt ist? Es ist ja doch keiner imstande, wieder von vorn zu beginnen, nicht so, von vorn vielleicht schon – selbstverständlich von vorn! –, aber nicht so, nicht als Höhlenmensch oder Neandertaler. Es beginnt überhaupt niemand ganz von vorn. Schon durch die Geburt empfängt man ein Erbe in Form von Sprache, Sitten, Gebräuchen, selbst der Ärmste empfängt das. Man braucht ja nur um sich zu blicken: außer der Mode ist nichts von heute. Reden wir nicht von hundertjährigen Firmen, denen sich selbstverständlich auch Morawé anschließen wird! Selbst das neueste Kunstwerk, einst ausgetragen im Anonymen, ist eine dargebotene Erbschaft, ein früher oder später klassisches Erbe. Und in diesem Bewußtsein...«

Lydia schrak auf, da das Taxi scharf bremste. Sie hätten ums Haar einen die Straße durchstreunenden Hund überfahren, dessen Herrin vom Randstein herüber lächerlich gestikulierte. Es war ein Terrier, zum Glück nichts Schwarzes, denn das wäre ein Schatten gewesen nicht ohne Vorbedeutung.

Draußen drehte sich inzwischen die Flanke des Preußenparkes vorbei, dessen schmuckes Vormittagspanorama sie bald hinter sich ließen wie den winzigen Zwischenfall auch. Aber war es nun der Schreck oder war es dieses Beispiel protestierender Ohnmacht, in Lydia regte sich seitdem ein Gefühl, als wäre ihr Körper ein fremdes Gehäuse, sonderbar leer. Ausdruckslos ruhte ihr Blick im Verkehr, Fahrzeuge und das Gekribbel der Fußgänger abschätzend, Querstraßen musternd und dann die Kette nicht abreißender Läden, mit diesem ganzen seinen Mann ernährenden Geschäftsbetrieb. Dieses Angebot einer verschwenderisch sich ausbreitenden Praxis mitsamt ihrem grellen Reklamegeschrei wirkte auf sie wie eine Krätze. Das erzeugte genau dort, wo das Herz war, einen brennenden Kranz, zwar schmerzlos, aber merkwürdig zitternd. Die Wirklichkeit, wie sie sich darbot, jagte ihr einen Schauer durchs Rückgrat. Das alles kann leben, mußte sie denken, hat Familie, ist lebensversichert, krebst um sich, hat Kind und Kegel, ist unverwüstlich auf seinen Vorteil bedacht, steht morgens auf und legt sich abends ins Bett, steht wieder auf und legt sich, steht wieder auf – und ich?

Sie saß in ihrem Taxi, wahrlich ein wenig benommen. Alles, was hinter ihr lag, wirkte so seltsam beziehungslos, als wäre es nicht mehr vorhanden, sogar ihre Wohnung; sie selbst aber gondelte durch Berlin, irgendeinem Wahnwitz entgegen, in einer Art Sog, zwischen lauter Kulissen. Oder war diese plötzliche Blutleere im Gehirn nur ein Zeichen von Lampenfieber, wie sie es schon von früher her kannte? Alles ist dann wie weggeblasen, man findet kein Wort mehr. Dabei liebte sie doch so ihre Methode der huldvoll-ironischen Selbstbehandlung, diese süße Distanz, die ihr gestattete, sich nur um so tiefer genießen zu können. Sie beugte sich dann zu ihrer Wenigkeit hinab, im Bewußtsein der Höhe, aus der es geschah, und diese Herablassung war ein Genuß, es war einfach ein Hochgefühl. Aber davon war nun nichts mehr vorhanden, es war vielmehr, als ob sie ganz unten angelangt

wäre, dort, wohin sie sonst lediglich blickte. Das war schmäh-
lich.

Es gelang ihr zum Glück, sich bald wieder abzufangen. ›Ach,
der Kurfürstendamm!‹ stellte sie fest, als sie ihn überquerten.
Von Blickpunkt zu Blickpunkt gereicht, fuhr sie im Gesetz eines
sich selbsttätig entwickelnden Labyrinthes, wobei sich der Grad
von Benommenheit, den sie erreicht hatte, auch wieder als vorteilhaft erwies. Es war ein Abstand vorhanden, ein Abstand zum
Draußen, und das Draußen bewegte sich ganz von selbst, es kam
auf sie zu, und das gestattete ihr, sich aufzurichten je nach Belieben und um sich zu blicken. Vorn lief der Tachometer, dort saß
der Fahrer. Es war alles in Ordnung. Einige Male drückte sie auch
ihre Handtasche gegen die Hüfte, dort lag ja die Vollmacht, und
das empfand sie als Halt. Es ging eine Zuversicht davon aus, das
heißt, nicht eigentlich Zuversicht, sondern ein Anrecht, jedenfalls etwas so Unumstößliches, außerhalb jeder Debatte Stehendes, wie der es verspürt, der im Besitz einer Platzkarte im Theater
erscheint. Ob vorn oder hinten, daran ist nicht zu rütteln.

Gewiß, die Wirklichkeit war entsetzlich. Abgeschminkt, war
sie entsetzlich. Das war beim Theater auch so gewesen. Es gab
immer Intrigen. Man mußte den Intendanten bezirzen, das war
schon eine Art Mehrarbeit, meistens aber auch noch die Frau Intendantin, die natürlich ein Biest war oder ein Scheinheiligkeit
spuckendes Lama. War es da ein Wunder, daß jeder Schritt näher
zum Herzen und jede Bestätigung bereits als Erfolg galt? Jedes Ja
war ein Erfolg, jedes Bravo erst recht. Es war der Wirklichkeit
abgerungen, eigentlich der Praxis, und diese Praxis, worüber sich
Lydia nicht täuschte, war schnöde, sie verlangte den Kompromiß, und der Kompromiß war eine Versuchung, sich mit dem gerade noch Erreichbaren zufriedenzugeben. Alles wurde Routine.

Lydia, die aus Nervosität ihre Handschuhe abgestreift hatte,
blickte, bevor sie sie rasch wieder anzog, auf ihre Hände, von deren Knöcheln sie irgendwelche Erfahrungen ablas, denen sie
aber nicht gern nachhing. Obwohl sie lange, gepflegte Gliedmaßen hatte, die sie in letzter Zeit oftmals bewegte, sie wie etwas

von ihr Abgetrenntes betrachtend, waren sie nicht so glatt wie gewünscht. Es verriet sich etwas durch sie, das ihrem Alter voraus war, eine Tendenz ins Knöcherne, mit allerlei winzigsten Fältchen, was unangenehme Assoziationen hervorrief, zumindest eine Spur von Resignation. Nun ja, man konnte auch sagen von Reife, von Ausdrucksfähigkeit. Das klang besser. Vielleicht rührte es auch nur daher, daß ihr Leben zur Zeit nicht ausgefüllt war, bei dem Zwischenzustand mit Alice, so gut sie ihn auch überspielte, und daß ihre Blicke sich angewöhnt hatten, gelegentlich auf ihren Händen zu ruhen, als müßte sie sich befragen. In ihrem inneren Zirkus war Lydia immer Dompteuse, und die Raubtiere folgten ihr willig, aber der Gedanke an Draußen spielte ihr oft einen Streich, und in der Wirklichkeit selbst war sie oft eigentümlich behindert. Man konnte fast glauben, daß sie immer erst alles falsch machen mußte, um es hinterher besser zu wissen. Aber dann war es zu spät.

So war sie auch einmal bei Morawé gewesen, selbstverständlich inkognito, in der Rolle der Kundin, jedoch mit der unausgesprochenen Absicht, das Feld zu sondieren und gegebenenfalls eine erste Fühlungnahme mit Jelka, ihrer noch unbekannten Partnerin oder Rivalin, herzustellen. Diesem Besuch war ein längeres Palaver zwischen ihr und Alice vorausgegangen, gipfelnd in der Frage, ob es auch klug sein würde, dort zu erscheinen, und ob es überhaupt empfehlenswert sei, ihre Ansprüche so vorzeitig aufzudecken. Es sprach viel dagegen, aber auch manches dafür, so daß es letztlich auf einen Versuch ankam, der jedoch mit Umsicht und Delikatesse durchgeführt werden mußte. Andererseits war die Neugierde groß, und alles Gerede darüber war eigentlich nur ein zitternder Vorhang vor einem unbezähmbaren Verlangen, das allmählich sämtliche Einwände zerrieb.

»Ich tu's doch«, hatte Lydia gesagt, und damit war alles entschieden. Nur war alles ganz anders verlaufen, als sie sich's vorgestellt hatte.

Sie war den Kurfürstendamm entlangflaniert mit einem so biegsamen Körpergefühl, einer so lichtvollen Sorglosigkeit, als ob sie aus Übersee käme und als ob es nur eines Winks bedürfte, um zehn Kavaliere am Finger zu haben. Der Agent der Stadtrundfahrten zum Beispiel hatte dagestanden, ganz Erwartung im Blick und halb auf dem Sprung, ihr die Wünsche von den Lippen zu lesen. Es fehlte nur noch, daß er gesagt hätte: »Willst du meine Herrin sein?« – wie es von anderer Seite schon einmal geschehen war. Er hielt sie wahrscheinlich für eine Ausländerin. Warum auch nicht? Sie hielt sich ja selber dafür, besonders im Augenblick, als sie an ihm vorbeigeweht war, gleich nah, gleich fern. Überhaupt waren überall Einflüsse am Werk gewesen, Einflüsse auch atmosphärischer Art, die sie förmlich umgarnten, die ihr Wesen in einer Weise durchtränkten wie nie bisher. Die kostbaren, vom Schaufensterschliff behüteten Auslagen berückten sie vollends: die Blumenläden, überquellend von bizarrster Exotik, dann die Persianer und Nerze, die Hermeline, daneben die Juwelen, die Ohrgehänge, Ringe und Uhren, ferner Seide und Samt, die geistvollen Moden, die Modelle aus Glocken und Plissees und insbesondere die glänzend zwischen praktisch und elegant das Richtige treffenden Lederwaren mit ihren Riemen und Schnallen, vom Etui bis zum Reisegepäck. Angesichts dessen schlug eine Sehnsucht in ihr hoch, eine Flamme von Großer Welt, und diese Flamme war blau, wie in Adriafluten getaucht, wie im Pazifik erschaffen, wie Miami und Hawaii. Es war ein Sekt in der Luft, schlechthin betörend, es prickelte in den Adern, und es war ein Sport in den Gliedern, eine sich selbst befeuernde Elastizität, unter deren Anreiz dahinzugehen ein Vergnügen für sich war, eigentlich ganz ohne Ziel. Man war erlöst, man schlenderte nur; man fragte nicht, wer man war, sondern man war, der man sein möchte, man erging sich in Illusionen, und die Welt war ein Schimmer, und man selbst, wer immer man war, gehörte dazu. Das unbedingt, man gehörte dazu.

In Erinnerung daran hatte Lydia noch jetzt, da sie durch die konfektionierte Geschäftswelt Charlottenburgs fuhr, einen Glanz in den Augen, der die Kümmerlichkeit aller anderen Fragen in nichts auflöste. Sie war nicht so töricht, das nicht zu spüren, sie wußte überhaupt ganz gut Bescheid. Aber wer wollte ihr denn verwehren, die Akzente nach eigenem Gutdünken zu setzen? Und wer wollte entscheiden, worauf es in Wirklichkeit ankam?

Als sie damals vor Morawé angelangt war, in der Nähe der Uhlandstraße, vor dem winzigen Fenster, im Begriff, hineinzugehen in den schmalen, ständig erleuchteten Schlauch, so genau auf der Schwelle, wäre es zweifellos besser gewesen, es so sachlich wie möglich zu tun, rein als Geschäftsfrau, als Interessentin. Sie war ja auch so gekleidet gewesen, korrekt, im Kostüm, von Alice auf letzte Askese gebügelt. Tipptopp wie ein Börsenbericht! Aber ihr war nun einmal nicht nach Korrektheit, nicht nach doppelter Buchführung und Prozentsätzen zu tun gewesen, geschweige nach irgendeiner Form von Ausfragerei. Sie habe auf der anderen Seite gestanden, ganz Stil, ganz Fluidum und Flair, und so habe sie den Laden in einer Haltung betreten, nun eben, als ob sie aus Übersee käme, als Dame von Welt, geneigt, sich bedienen zu lassen, wozu übrigens auch ein besonderer Schick, um nicht zu sagen eine Begabung gehöre.

Später hatte sie es Alice begreiflich zu machen versucht. Es sei ein Unterschied zwischen drinnen und draußen, zwischen zuschauen und mitmachen, ein grundlegender Unterschied sei das wie zwischen vor und hinter dem Ladentisch stehen. Ach, das sei sogar noch komplizierter. Hinterm Ladentisch sehe manch kleines Putzi wie eine Prinzeß aus, adrett und gewandt, beinahe vollkommen, da ihr der Beruf eine Art Formstütze verleihe; die Geschicklichkeit der Finger wirke perfekt, die angelernte Freundlichkeit passe genau zur Verkaufssituation. Wenn man ihr dann auf der Straße begegne, derselben Person, inmitten der Leute, erlebe man meistens eine Enttäuschung; der Reiz sei verflogen, und übrig bleibe ein harmloses Ding, mit engem Horizont, nicht größer als Küche und Kammer. Das wirke ernüchternd. Auch bei Morawé habe sie so ein Ding angetroffen, eine Sylphide, mit Augen wie Weinbrandkirschen, die reinste personifizierte Praline.

»Hat sie dich bedient?«

»O, sie hat, meine Liebe, sie hat.«

Es sei sonst niemand im Laden gewesen, und sie sei von ihr

förmlich umschmeichelt worden. Nicht, daß ihr die Ware angepriesen worden sei, sofern hier überhaupt von Ware gesprochen werden kann! Es sei vielmehr mit einer katzenhaft-sensiblen Nachgiebigkeit geschehen, ganz vertraulich, so daß ihr die Geschmacksnerven auf der Zunge gezittert hätten. Deshalb habe sie auch, nach kurzem Schwanken zwischen aromatischen Orange- und Ingwerstäbchen, jene dünnsten aller Morawéblättchen erstanden, die auf der Zunge in lauter Einzelblättchen zerfielen, einen Reiz hinterlassend, dessen Kostbarkeit ans Erotische grenze wie ein tausendfach verfeinerter Kuß. Dabei habe sie, wohin sie auch blickte, fortwährend sich selbst erblickt. Schon beim Eintritt sei sie in eigener Gestalt auf sich zugeschritten, aus dem Hintergrund heraus, weil sich überall Spiegel befänden. Diese ganze Atmosphäre, diese Mischung aus Adel und Bruch, der Kakao- und Mandelduft, die Pistazienreize, das Marzipan, die Alchimie von Bitter und Süß, die sich ineinander verjüngten, diese ganze Raffinesse sei ein Zustand gewesen, der Verzauberung nahe, wechselnd zwischen Narzißmus und Selbstentfremdung, und da sei ihr nichts übriggeblieben, als diesem höchsten Grad Rechnung zu tragen. In einer Art Anwandlung habe sie jener Sylphide die Hand gereicht, ihr die Wange gestreichelt und verständnisinnig ›Auf Wiedersehen!‹ gesagt. Beinahe hätte sie sie geküßt. Wieso? Warum? Das wüßte sie auch nicht. Wahrscheinlich habe ein Tumor in ihr, eine Art Zukunftsfaktor, statt ihrer gehandelt, als sei sie bereits die Chefin gewesen, die das plötzlich von Schamröte übergossene Ding willkommen geheißen habe. Das dürfte die richtige Auffassung sein.

Gisela, so nenne sie sich.

»Und Jelka?« hatte Alice gefragt. »Hast du auch Jelka gesprochen?«

Sie habe sich leichthin erkundigt, ob Jelka anwesend sei, und da habe es geheißen: im Augenblick nicht.

»Ah, so!« habe sie gesagt. Dann sei sie gegangen.

Lydia war der Meinung, die sie Alice gegenüber auch erfolgreich verfocht, daß die Situation in diesem Fall klüger gewesen sei als ihrer beider Voraussicht, denn es wäre ihr ganz unmöglich

gewesen, in diesem Moment rasch umzuschalten und Geschäftsfrau zu spielen. Wahrscheinlich hätte sie dann alles verpatzt. So
jedoch habe sie eine Freundin gewonnen, eben in Gisela, was sich
im Lauf der Wochen bestimmt noch als fruchtbar erweisen
werde. Träume habe sie reichlich, habe Bernhard zwar einmal
gesagt, ihr fehle es aber an Ansatzpunkten. Ganz schön und gut!
Was er aber niemals begriffen habe, sei eben, daß ihre Ansatz-
punkte phosphoreszierten, daß es Elmsfeuer seien, die in ihr,
einmal entfacht, nie wieder zum Erlöschen kämen. Das würde er
schon noch merken.

Diese erste Erfahrung mit Morawé, wie ergebnislos sie auch
war, kam Lydia in der Tat aufs beste zustatten, denn sie fühlte
sich jedesmal tief erwärmt, sobald sie auch nur daran dachte.
Auch jetzt zog sie wieder Kräfte daraus, als es galt, vorm Amtsgericht einer ersten Begegnung mit Jelka entgegenzusehen, denn
ihr Taxi steuerte bereits darauf zu.

Das einzige, was sie als störend empfand und wofür, es in
Reinkultur zu besitzen, sie ihr Höchstes gegeben hätte, war, daß
sie kein Bild von Zembrowski hatte, kein Porträt, überhaupt keinen rechten Begriff von ihm. Er, der verewigte Großfürst, nicht
Jelka, war schließlich die Hauptperson. Aber es wollte ihr nicht
gelingen, ihre Vorstellung von ihm mit den widerstreitenden
Aussagen anderer, hauptsächlich Mamas, in Einklang zu bringen, und es wäre doch so wichtig gewesen, in ihm eine Figur zu
besitzen, die sie als strahlendes Sinnbild, als Eideshelfer und ver-
göttertes Idol hätte vor sich aufrichten können. Es hätte ihr das
Auftreten erleichtert, wenn er so gewesen wäre, wie sie ihn in
ihren brennendsten Stunden sich wünschte. Ihr fehlte das sehr:
ein Kavalier, ein Herrenreiter der alten Schule, ein Weltmann
und Finanzaristokrat, ein Gentleman, ein Grandseigneur, so traditionell wie modern, jeder Situation gewachsen, durch nichts zu
erschüttern, auch nicht durch Armut, weil Armut gar keinen
Platz in ihm hatte, denn man konnte sich ja erschießen.

Aus Mama war nichts herauszubringen gewesen als Redensarten. Du lieber Himmel! In deren Augen war er ein Sonderling,
vor dem sie noch nach seinem Tod davonlief, den sie mied wie

eine aus dem Grab emporsteigende Pest, vor dem sie zusammenschrak, weshalb sie ihn auch längst ausgetilgt hatte aus ihrem Gedächtnis. Von verwandt keine Spur! War das nun einfach Dummheit zu nennen, diese Flucht vorm eigenen Verwandtschaftsgrad, oder stak da etwas Verworfenes dahinter? Sie hatte an Mama herumgequetscht, hatte sie gefragt: »Wie sah er denn aus?« – um aber nur erwidert zu bekommen: »So genau weiß ich das auch nicht.« Aber man müsse doch wissen, wie jemand ausgesehen habe, nachdem man ihm einmal begegnet sei. Man könnte doch einmal als Zeuge gebraucht werden. »Als Zeuge?« hatte Mama geschrien. Es war buchstäblich ein Aufschrei gewesen, ehe sie kleinlaut hinzugefügt hatte: »Ich kenne ihn gar nicht. Nein, gar nicht. Ausgesehen? Wie er ausgesehen hat? Ich glaube doch, anders.« Mehr war nicht aus ihr herauszubringen gewesen, und das half nicht wesentlich weiter, denn die Tatsache, daß er anders ausgesehen haben mußte als andere, war ja doch gerade die Voraussetzung seiner einzigartigen Hinterlassenschaft. Diese war es denn auch, mit der Lydia sich endlich getröstet hatte.

Man benötige eine Existenz, in der etwas mitwirkt, das sich täglich erneuert, meinte sie nun. Man müsse produzieren, müsse einsteigen in eine Sache. Man müsse aus der Sklaverei des Sich-Anbietens heraus, indem man die kommerzielle Ader entdeckte. Selbst Filmstars seien nur Sklaven, wenn auch die höchstdotierten. Außerdem müsse man zweierlei erwerben: Sachkenntnisse und Beziehungen. Die Frage sei allerdings, wie man das mache. Die Welt hänge voller wehender Fäden, und die gelte es zu ergreifen. Wenn es aber mit der Wissenschaft nicht gegangen sei an Bernhards Seite, nachdem sich auch das Theater als Fehlschlag erwiesen habe, nun, dann sei eben Morawé das Gegebene. Das sei der richtige Ansatzpunkt.

Auf dem Weg dahin war sie, und je länger sie fuhr, um so unumstößlicher festigte sich in ihr die Gewißheit, daß sie nicht nur einen einzigen jener in der Luft hängenden Fäden in Händen hatte, sondern ein ganzes Bündel und außerdem noch ein Bündel von Zündschnüren dazu. Hierüber wäre noch manches zu sagen, aber sie brach nun ab, indem sie mit einer entschiedenen Geste sich selber das Wort entzog. Sie strich mit der Hand durch die Luft, so daß der Fahrer vorn annahm, es sei ein Haltezeichen gewesen. Er wandte sich um, worauf Lydia ihm aber bedeutete, daß sie nicht zu jenen gehöre, die zehn Meter vorm Ziel versagten. »Also noch drei Ecken!« meinte sie lächelnd. »So ist's richtig«, erwiderte er und gab Gas.

Und so langten sie bald vorm Amtsgericht an.

5 Für den Vormittag, da sie allein war, hatte Alice die Krämers-frau vorn vom Breitenbachplatz zur Anprobe bestellt. Es war dies eine Frau Loschwitzer, an sich, wie Alice erklärte, eine leere Oktave, die aber den Vorzug besaß, daß sie gern redete, wobei sie vom Hundertsten ins Tausendste kam. Auf diese Weise gedachte Alice am besten die mit beträchtlicher Unruhe verquickte War-tezeit hinzubringen.

Frau Loschwitzer unterschied sehr genau zwischen Alltag, wo sie im Geschäft sein mußte, und Sonntag, der für sie nicht nur ein Feiertag war, sondern auch ein Anlaß zur Repräsentation, die hauptsächlich darin bestand, daß sie, aufgetakelt bis zum Äußer-sten dessen, was noch als annehmbar galt, auf ihr Grundstück in Gatow fuhr oder, wie in jüngster Zeit meist, zum Friedhof, zum Waldfriedhof, dorthin deshalb, weil es der vornehmste war und weil seit einiger Zeit ihr Mann dort lag, nachdem ein vulgärer Herzschlag ihn mitten im Sonnenschein vor seinem eigenen Ge-schäft zu Boden gestreckt hatte. Da sie so gekleidet sein wollte, daß jeder sofort erkannte, daß sie wohlhabend war, konnte man sie als gute Kundin bezeichnen. Und so wurde sie auch von Alice behandelt. Es webte überhaupt eine mit Wohlwollen und Einver-ständnis durchwirkte Anziehungskraft zwischen ihnen, was sich schon damals beim Anprobieren der Trauerkleidung bemerkbar gemacht hatte, denn Frau Loschwitzer hatte ziemlich hem-mungslos vor Alice ihr Herz ausgeschüttet, zumal sie einfach nicht über die Todesart ihres Mannes hinwegkommen wollte, namentlich nicht über die von ihr so bezeichneten Begleitum-stände. Er, obwohl der Gesündere von beiden, etwas rundlich und speckig brünett und immer die Ruhe selbst, ausgerechnet er hatte ihr das antun müssen, wie sie mit verschleiertem Kalbs-blick erzählte. Vergeblich hatte Alice sie zu trösten versucht mit der Bemerkung, Herzschlag sei doch der schönste Tod. Das möchte sie nicht unterschreiben, hatte Frau Loschwitzer erklärt, um dann uferlos fortzufahren: für den Betroffenen vielleicht, das ja, aber nicht für die Hinterbliebenen, geschweige die eigene Frau, die es – Alice möge entschuldigen – geradezu als einen Schlag ins Kontor empfände. Nun ja, er sei eben immer seine eigenen Wege gegangen, wozu auch seine Leichtfertigkeit mit Verkäuferinnen gehöre. Und dann diese Rosinen – sie sagte Rosinen – hinsichtlich einer unentwegten Geschäftserweiterung oder Beteiligung an anderen Großhandelsfirmen vom Gemüse- bis zum Butterhandel! Dabei sei er schon einmal pleite gegangen, weshalb das Geschäft jetzt auch auf ihren Namen, Margarete Loschwitzer, handelsgerichtlich eingetragen sei. O ja, sie habe einiges durchgemacht, so daß sie auch mitreden könne, wenn jemand mit Geschäftsplänen schwanger gehe, und ihre Krampfadern habe sie auch nicht vom Nasepopeln. Die stünden in direkter Beziehung zu mancherlei Begleitumständen geschäftlicher Art, denn vor lauter Angst vorm Risiko seien ihr einmal sogar die Venen geplatzt. Als Geschäftsfrau habe sie ihr Fett weg. Das Begräbnis sei trotzdem sehr schön gewesen, nicht zuletzt dank Alices glockenhaft wehendem Trauertüll, es sei alles repräsentabel gewesen, die Genossenschaft der Kleinhändler inbegriffen, deren Vorsitzender ihr denn auch das absolut fällige Beileid ausgesprochen habe, obwohl sie geschäftlich eigentlich konkurrierten. Nun, mittlerweile war das verwunden, Frau Loschwitzer war nicht zuletzt deshalb erschienen, um sich von Alice neu einkleiden zu lassen. Sie brauchte auch einen Hut, etwa in der Art, wie Alice schon einmal einen angefertigt hatte, damals zwecks Tilgung einer anstehenden Rechnung. Dieser Hut, ein Sonntagshut, hatte Lydia sowohl wie Alice weidlich ergötzt, denn es war der reinste Turmbau zu Babel gewesen; er mußte das sein, damit er der angelaufenen Schuldsumme entsprach. O ja!

Frau Loschwitzer war kaum erschienen und die Anprobe in Gang, wobei sie, die Arme hebend, einmal bemerkte: »Wenn ich hier so mache, Fräulein Alice, platze ich hinten raus«, als das Gespräch auch auf Lydia kam sowie auf die neuesten Gerüchte. Frau Loschwitzer, um das auch noch zu sagen, war größer als ihr

Mann, sie verjüngte sich nach oben, besaß aber sehr breite Hüften, so daß es für Alice ein Kunststück war, dieses Mißverhältnis gut auszugleichen. Aber das war kein Geheimnis, sie wußten das beide und noch viel mehr, und so wußten sie auch, daß meistens hier fehlt, was man dort zusetzt.

»Frau Lydia ist heute wohl nicht zu sehen?« hatte die Loschwitzer schon gleich am Anfang gesagt.

»Sie ist unterwegs.«

»Ach? Sie spielt wohl wieder Theater?«

»Das nicht.«

»Das lohnt sich wohl nicht mehr?«

Auf diese nicht eben taktvolle Frage kam Frau Loschwitzer mehrmals zurück, bis sie hinzufügte:

»Entschuldigen Sie nur, wenn ich so frage. Aber man sagt ja, sie geht jetzt zum Film oder so. Es soll ja so etwas gegründet werden. Lydia-Film, sagt man, mit ihr als Star.«

Diese Behauptung war immerhin derart, daß Alice leicht stutzte, ehe sie sagte:

»Es handelt sich nur um die Erbschaftssache. Lydia ist zum Termin.«

Dabei zupfte sie einen etwas verrutschten Abnäher gerade, hinten in Frau Loschwitzers Rücken, so daß es so aussah, als ob sie dort Deckung suchte.

»Na, Erbschaft ist auch nicht schlecht«, meinte die Loschwitzer beiläufig, jedoch in einem mehr lauernden Ton. Anscheinend behagte es ihr, daß sie mit Alice allein war. »Wo Dreck ist, kommt mehr hinzu«, sagte sie schließlich. »Entschuldigen Sie schon, Fräulein Alice! Man erzählt sich ja allerhand.«

»Geredet wird viel«, meinte Alice.

»Das freilich«, pflichtete die Loschwitzer bei.

Dann aber hob sich ihr Brustkorb so ungewöhnlich, daß Alice um ihren Abnäher fürchtete und es für ratsamer hielt, zunächst einmal hinten in Deckung zu bleiben. Es folgte denn auch ein Seufzer kaum noch hygienischen Grades, bis Frau Loschwitzer meinte, eigentlich hätte sie die Absicht gehabt, einmal Tacheles zu reden. Das klang nun wieder so gutmütig oder redselig wie je, so daß Alice nur lachte, nicht ohne Hinweis darauf, daß sie das meistens ja sowieso täten, Tacheles reden.

Frau Loschwitzer indessen schien es anders gemeint zu haben. Sie blickte so vor sich hin, als sei ihr die Luft weggeblieben oder als wüßte sie nicht recht, wie sie das ihr Vorschwebende, offenbar äußerst Schwerwiegende zu sich heranziehen sollte. Aber da kam ihr der Zufall zu Hilfe, das Telefon, das soeben geläutet hatte, so daß diesmal Alice es war, die sich entschuldigte. Sie lief zur Diele, ließ aber die Tür hinter sich offen, wodurch sich Frau Loschwitzer instand gesetzt sah, das Gespräch mit anzuhören. Es interessierte sie um so mehr, als die von draußen hereinschwirrenden Laute auffallend denjenigen glichen, nach denen sie eben selbst noch gesucht zu haben schien.

»Bernhard, du?« sagte Alice.

Es war in der Tat Lydias verflossener Herr Gemahl. Dann verstellte Alice die Stimme, indem sie mit überbetonter Höflichkeit sagte: »Welche Ehre!«, um aber gleich im alten Ton fortzufahren:

»Du bist natürlich willkommen wie immer. Nein, Lydia ist nicht da. Aber Bernhard, warum so häßlich? Wie sagst du? Auffangfirma? Wie war das? Betriebsfirma? Ach, du lieber... Erbfirma? Bereitschafts-G.m.b.H.? Sag mal, du hast wohl deinen Kollegen von der Wirtschaftsfakultät konsultiert? O je, wenn Lydia das hörte: Familienfirma! Da wird sie verrückt. Wie? Davon verstehe ich nichts.« – »Also gut«, sagte Alice zum Schluß, indem sie von draußen der puppenhaft dastehenden Loschwitzer zunickte. »Ich habe hier noch eine Anprobe. Dann jederzeit. Du weißt ja. Lydia? Wann sie zurück ist? Bis Mittag kaum. Vielleicht speist sie auch gleich in der Stadt. Wie sagst du? Vom Kapital, ja.«

Nach Beendigung des Gespräches, kaum daß Alice sich wieder der Anprobe zugewandt hatte, erglänzte auf Frau Loschwitzers Miene eine so sonnige Zuversicht, als stünde selbst dem ernsthaftesten Tacheles-Reden nichts mehr im Weg. Und so verhielt es sich auch. Nur läßt sich nicht leugnen, daß Alices Augen dabei von Mal zu Mal größer wurden.

Als Geschäftsfrau, sagte Frau Loschwitzer, sei sie es gewohnt, von der Leber weg zu reden, zumal wenn es sich um ein Angebot handele. Und Geschäftsfrau sei Alice ja gleichfalls. O ja! »Sie verstehen doch Ihr Fach aus dem Eff-Eff«, sagte Frau Loschwitzer kollegial. »Sie sind doch eine tüchtige Frau, Sie machen doch aus einer Mark dreie.« Alice brauche sich dieser Feststellung nicht zu erwehren, so etwas spreche sich herum, das erfahre man ganz von selbst. Natürlich seien es nur so Brocken, die sie in ihrer Bude vorn aufgeschnappt habe, aber in der Künstlerkolonie wie in dieser Gegend überhaupt funktioniere ja der Nachrichtendienst wie im Urwald, da werde alles prompt weitergetrommelt. In gewissem Sinne seien sie beide jetzt Schicksalsgefährten, meinte die Loschwitzer, da sie durch den Tod ihres Mannes in den Genuß einer Lebensversicherung gelangt sei und also gleichfalls eine Art Erbschaft gemacht habe. Diesen Klumpen ins Geschäft stecken oder sich am Buttergroßhandel beteiligen, daran denke sie aber nicht. Erstens brächte das nur neue Lasten mit sich, und zweitens sei sie dazu nicht mehr jung genug. Wie lang würde sie's denn noch machen? Außerdem sei ihr Herz nicht in Ordnung, die Beine schwöllen ihr fortwährend an, vom vielen Stehen hinter dem Ladentisch, und drittens, viertens und so weiter müsse sie auch damit rechnen, daß ihr in den nächsten Jahren ihre Lebensmittelbude unterm Hintern wegspekuliert werde, da das Grundstück der GE-LU-BAG gehöre, die dort einen Wolkenkratzer zu errichten gedenke, dessen Ladenmieten so gut wie mörderisch sein würden. Also da könne sie nicht mehr mit, und sie habe ja auch genug, um sich zur Ruhe zu setzen, etwa in Form einer stillen Teilhaberschaft.

»Ach so!« sagte Alice.

»Nicht ganz so, wie Sie denken«, meinte die Loschwitzer indessen, obwohl sie im Augenblick beide nicht wußten, was sie eigentlich dachten. In Alices Vorstellung wuchs nämlich plötzlich ein siebzehnstöckiger Wolkenkratzer empor, in dessen Löchern lauter Vermutungen hausten, während Frau Loschwitzers Denkversuche sich derart durchkreuzten, daß sie immer wieder den Faden verlor, was nicht zuletzt darauf beruhte, daß sie, um nicht mißverstanden zu werden, noch einiges vorausschicken mußte.

Kinder habe sie keine, sagte sie nunmehr, nur eine Nichte, die

Edith, die ihr auch, wenn sie einmal abwesend sei, den Laden versorge, allerdings nur aushilfsweise und aus guten Gründen nur kurz. Eigentlich habe die Edith auf Dolmetscherin studiert, da sie nicht gewillt sei, mit Käsefingern durchs Leben zu gehen. Uneigentlich aber, wenn sie so sagen dürfe, spukten ihr lauter Zicken im Kopf. Filmschauspielerin natürlich, wie Theater überhaupt und so! Daran sei aber nur dieser Herr Olaf schuld, der Freund der Baronin, der jetzt immer, Zigaretten rauchend und den Ellbogen aufgestützt, vorn am Zeitungskiosk herumlungere, wo er sein Bärtchen auf der Oberlippe spazierentrage und den erfolgversprechenden Filmfritzen spiele, der mit seinen Beziehungen prahle.

»Das verdreht diesen Dingern den Kopf«, sagte Frau Loschwitzer, und indem sie tief Atem holte, fuhr sie fort: »Ihnen, Fräulein Alice, kann ich's ja sagen.«

Jedenfalls habe er auch ihre Edith belatschert, daß sie hochgradig photogen sei, daß sie ein Filmgesicht habe und daß er aus ihr etwas machen könnte. Voraussetzung sei jedoch eine Anfertigung von Probeaufnahmen. Die Körpersprache sei die Hauptsache dabei. Körpersprache! so nenne man das. Auch die Baronin, die Dame vom Herrn Olaf, habe ihre Edith darin bestärkt und gesagt, sie solle nur mal ein paar Piepen in ihr Gesicht stecken. Als nun von einer Lydia-Film-Produktion die Rede gewesen sei, sei die Edith nicht mehr zu bändigen gewesen, sie habe sogar die Auszahlung ihres Erbteils verlangt, nachdem sie ihr dauernd in den Ohren gelegen habe wegen fünfhundert Mark, die Herr Olaf für die Probeaufnahmen verlangt. Fünfhundert Mark! Und das für die Anfangsgründe der Körpersprache! – Also nein.

»Sie wissen ja, Fräulein Alice«, sagte die Loschwitzer nun erstaunlich direkt, »die Herrschaften hier sind alle sehr talentiert, es frage sich nur, wo. Ihren Reden nach sind sie alle ganz groß, aber wenn man so sieht, wie sie leben, da bekommt man so seine Gedanken. Entschuldigen Sie nur! Für mich sind es Kunden, und als Kunden sind sie mir stets willkommen, und ich kann auch nicht behaupten, daß sie nicht zahlten, wenn auch gelegentlich etwas schleppend. Das ist es nicht. Es geht mich ja auch nichts an. Aber in punkto Körpersprache bin ich empfindlich, dafür habe ich nicht geschuftet, daß die Edith sich dazu hergibt.«

Da Alice auch weiterhin schwieg, denn das alles war ihr noch neu, gestand ihr die Loschwitzer schließlich, daß es Herrn Olaf trotzdem geglückt sei, sein Ziel zu erreichen. Die Edith habe nämlich einfach in die Ladenkasse gegriffen, hinten ins Geheimfach sogar. »Aber einmal und nicht wieder!« rief die Loschwitzer aus. Die Leviten, die sie ihr gelesen habe, seien nicht von schlechten Eltern gewesen. Die Edith habe natürlich geheult, und beschimpft worden sei sie auch von ihr. Aber nein! Nicht dafür! Sollen das getrost die andern machen, sie habe für diese Art Begleitumstände kein Geld.

Nach diesem Abstecher ins Peinlich-Private, der sie so aufgeregt hatte, daß sie fast aus dem Leim ging, denn sie schwitzte schon unter der Achsel, hatte es Alices ganzer Behandlungskunst bedurft, um sie wieder einigermaßen zurechtzurücken. Es gelang ihr das nur, indem sie die Loschwitzer mehrmals um ihre eigene Achse drehte, bis sie wieder am Ausgangspunkt ihrer ursprünglichen Absichten angelangt war.

»Nicht, daß ich geizig bin«, versetzte sie nun, »und daß ich meiner Nichte nichts gönnte. Vielleicht hat sie recht, daß hier manches in Gang ist, denn sie reden ja alle darüber. Aber mir braucht man nicht zu erzählen, wie das Unternehmen aussehen muß, in das ich mein Geld stecken würde. Bei Ihnen, Fräulein Alice, wäre das beispielsweise schon denkbar.«

Sie habe ja eben das Telefongespräch mit angehört – nicht als Lauscherin, ganz bestimmt nicht.

»Sie und Lauscherin! Aber Frau Loschwitzer, wieso denn?« rief Alice mit hochrotem Kopf.

Naja, fuhr die Loschwitzer fort, sie möchte das nur gesagt haben. Und zum Zeichen ihrer wiedererlangten Laune distanzierte sie sich von sich selber und sagte: »Wenn die Loschwitzer das Wort Firma hört, spitzt sie die Ohren.« Da sei sie wie elektrisiert. Firma, das sei bei der Loschwitzer wie eine Spritze. Da zittere sie ab wie ein Rennpferd über die Hürden. Freilich dürfe man nicht vergessen, daß man auch mit einem Millionenobjekt bankrott gehen könne, verwirtschaftet sei das Kapital rasch, zumal bei Fehlspekulationen. Ihr Schwager habe einmal in der Lotterie gewonnen. Sehr ulkig! Man hatte ihm ein Los zugeschickt, das er gar nicht verlangt hatte. Aus Hamburg sei das gekommen. Niemand habe gewußt, warum gerade aus Hamburg, wahrscheinlich weil dort ohnehin alles davonschwimmt. Eigentlich hätten sie es zurückschicken wollen, es lag so herum, aber ihr Baby hatte danach gegriffen und es als Spielzeug benutzt und dabei gänzlich zerknüllt. ›Na, behalt's schon!‹ hatte ihr Schwager gesagt, und dann war's der Hauptgewinn. Aber wie es mit geschenktem Geld so geht, kein Jahr darauf war es weg, futschikato, einfach weg, nachdem er es in eine Weberei gesteckt hatte, obwohl er als Elektriker nicht das geringste davon verstand. Pleite! »Wissen Sie, Fräulein Alice«, sagte die Loschwitzer, »man soll nicht in fremde Branchen gehen, das ist man immer so, so. Da gibt's immer leicht Maden im Käse.« Frau Loschwitzer blickte Alice langwierig an, wie um abzuschätzen, welch einen Widerhall sie erzielte. Aber Alice war viel zu verwirrt.

Sie sage das nicht, um ihr bange zu machen, meinte die Loschwitzer nun, sie sage es nur, um es unzweideutig gesagt zu haben. Und in diese Richtung zielten auch ihre Gedanken, wenn sie nun frage, warum Alice die zu erwartende Erbschaft nicht dazu benutze, um, sagen wir am Kurfürstendamm, einen Modesalon aufzumachen. Über Morawé sei sie zwar nicht unterrichtet, aber wenn es sich so verhielte, daß die ganze Kledasche erst bereinigt werden müßte, dann sollte man die Firma als solche doch eher im vorhinein an einen versierten Fachmann abtreten und rechtzeitig aussteigen, um mit dem noch frischen Kredit etwas zu gründen, worin man bewandert sei. »In diesem Fall«, meinte die Loschwitzer, »wäre ich auch noch da. Mode, das war schon immer mein Schwarm. Und was das betrifft, ich meine das Air und den Schick des Lebens, da hat meine Nichte mein volles Verständnis, denn ich hatte ursprünglich auch nicht die Absicht, ein Leben lang unter Käseglocken zu stehen.«

Als Alice immer noch zögerte, fuhr sie fort:

»Sie denken vielleicht: ›Die Loschwitzer widerspricht sich ja selbst. Vorhin hat sie noch gesagt: lassen Sie man die Finger von fremden Branchen! Und nun will sie selber die Branche wechseln und redet von Modesalon‹. – Vielleicht denken Sie so, Fräulein Alice. Aber erstens ist Mode etwas anderes, davon versteht jede Frau etwas, zweitens wäre auch meine Edith dort untergebracht, dafür würde ich sorgen, und außerdem sind ja Sie es, die das Geschäft betreibt. Ihr Geschäft soll es ja sein. Ich steh nur dahinter.«

Es kam eine Pause, die Alice dazu benutzte, um das eben fertiggestellte Nachtrauerkleid zusammenzulegen. Sie strich es nebenan auf dem Zuschneidetisch glatt. Mechanisch strich sie darüberhin, mehrmals, wie in Gedanken. Dann hob sie den Kopf. Sie blickte Frau Loschwitzer an, recht eigentlich, ohne sie wahrzunehmen, bis ihr Blick sich wieder dem Fußboden zuwandte, als gelte es, dort nach herabgefallenen Stecknadeln zu suchen. Dann sagte sie tonlos:

»Das kann ich meiner Schwester nicht antun.«

»Ihre Schwester kann ja dabei sein«, sagte die Loschwitzer rasch.

»Dabei sein? Damit wird Lydia sich nicht begnügen. Bei uns ist es immer so gewesen, daß Lydia die Arien sang, und ich habe sie begleitet.«

»Sie kann ja«, fuhr die Loschwitzer fort, »sie kann ja die Arien singen, Fräulein Alice. Sie kann ja als Einkäuferin nach Paris gehen, sie kann dort Mannequins engagieren oder die neuesten Modelle erwerben. Auch für sich. Ob das nicht besser wäre als Film? Große Welt, Fräulein Alice! Auf den Rennplätzen dort kann sie auf der Tribüne sitzen, mit dem Opernglas. Sie kommt ins Gespräch, umringt von den höchsten Kreisen, sie knüpft Verbindungen an. Irgend so ein indischer Nabob, so ein Plantagenbesitzer aus Südamerika nähert sich ihr.«

»Ja, ja, ja«, sagte Alice wie unbeteiligt.

Die Loschwitzer aber gab noch nicht nach. Indem sie wieder auf die in Aussicht stehende Erbschaft zurückkam, sagte sie, halb schon im Weggehen:

»Sind Sie sich dieser Sache wirklich ganz sicher?«

»Eigentlich ja«, sagte Alice.

»Ganz sicher?«

»Eigentlich ja.«

»So sicher, als ob alles schon Ihnen gehörte?«

»Das natürlich nicht.«

»Na, sehen Sie!«

»Aber Lydia hat ja die Vollmacht«, versetzte Alice, worauf die Loschwitzer aber nur sagte: »Die hätten Sie auch von mir.«

»Das schon«, sagte Alice.

Sie sagte es, obwohl sie sich keineswegs derart in Sicherheit wiegte, wie es den Anschein hatte. Etwas in ihr hatte sich zusehends versteift. Es war eine Stimme in ihr, die ihr Zurückhaltung empfahl, es war sogar eine Art Abwehr, ein die Sinne aufstörender Instinkt, dank dessen ihr mit einem Mal vieles an Frau Loschwitzer mißfiel, so ein ihr anhaftender Geruch, ferner etwas Gemachtes in ihrer Stimme und nicht zuletzt die Form ihrer schlaksigen, viel zu großen, watschelnden Füße.

»Ich will Sie nicht länger aufhalten«, sagte die Loschwitzer endlich. Alice könne sich's ja überlegen. Es läge ihr nichts daran, die Angelegenheit übers Knie zu brechen, und sie verstünde ja auch, daß man das erst überschlafen müsse. Jedenfalls halte sie ihr Angebot aufrecht. »Überlegen Sie sich's, Fräulein Alice, meinetwegen mit Ihrer Schwester! Ihr Schaden soll es nicht sein. Und schließlich, meine Werteste«, fügte sie hinzu, »wird es für Sie ja auch Zeit, einmal an sich selber zu denken. Einmal werden Sie ja auch – trotz Ihrer Schwester – ans Heiraten denken. Nichts für ungut! Bloß leben, um nicht tot zu sein, ist ja doch auch nichts.«

Damit drehte sie sich, ihr Paket unterm Arm, zum Tempel hinaus. Noch an der Wohnungstür sagte Alice, sie werde sich's überlegen. In Erinnerung an eine Kleinigkeit, die sie noch anstehen hatte, bemerkte sie noch, daß sie das demnächst begleichen werde, worauf die Loschwitzer mit altbewährt-geschäftlichem Übereifer erklärte, das spiele doch gar keine Rolle, jetzt, wo sie bald Millionärin würde.

»O je, beschreien Sie es nicht!« rief Alice.

Dann wandte sie sich zurück, mit einem Gefühl, als folgte sie einem tiefen, ins Zimmer vorauseilenden Seufzer.

»Geschäfte«, sagte sie vor sich hin. »Geschäfte.«

Alice hatte sich ein wenig dem Hin und Her ihrer Stimmungen überlassen, bevor sie sich wieder zur Ordnung rief, was ihr freilich nicht ganz gelang. Drüben lag noch das Kleid von Katrix, das sie gern fertiggemacht hätte, ehe Bernhard erschien; dazu bedurfte es nur weniger Stiche. Auch schwebte auf einem Ständer noch Frau Loschwitzers Hut. Wenn sie trotzdem nicht ganz zurechtkam, so lag das allein schon daran, daß dieser Vormittag nicht so vorschriftsmäßig verlief, wie sie ihn sich für ihre Zwecke zurechtgelegt hatte. Schon das Angebot von Frau Loschwitzer war ein Umstand, der sie verwirrte, den sie zwar von sich wies, ohne ihn aber ungeschehen machen zu können, und angesichts dessen sie sich auch fragte, ob es überhaupt zweckmäßig sei, es Lydia mitzuteilen. Selbstverständlich würde sie's tun, ganz außer Frage! Immerhin stak hier auch etwas dahinter, und sei es als Keim, dies selbst in der billigsten Banalität, zumal sie sich gestehen mußte, schon gleichfalls mancherlei märchenhafte oder, wie ihr jetzt schien, sentimentale Träumereien über ihre berufliche Weiterentwicklung gehegt zu haben, wobei auch die Szenerie eines Modesalons vor ihr aufgetaucht war.

Alice warf einen Blick durchs Fenster, hinaus auf den ihr zur Genüge bekannten Platz mit dem Schwarm schräger Birken, die sie so liebte. Es schien ihr, als liefen auf den Straßen mehr Hunde umher als Geisteshelden, und als wären die Hunde, verglichen mit jenen, weitaus verspielter und einfallsreicher. Rufe erschallten: »Bimba!« – »Schnucki!« – »Faffü!« – »Zilline!« – und Befehle, meist von Herrinnen, ertönten: »Kommst du?!« – »Hierher!« – »Wird's bald?« – »Aber, aber!« – Und in diese Kurzlaute mischte sich das Geschrei der Kinder, begleitet vom Geheul motorisierter Zweiräder, vom Donnern der Flugzeuge oben, die aus Tempelhof kamen, und vom weich surrenden Gesang eleganter Limousinen. Es mochte wohl sein, daß es mehr ein Traumbild war, was als Summe von Erfahrungen in ihr zusammenschoß; jedenfalls hing sie ihm noch einen Augenblick nach, um so mehr, als ihr, so im Vertrauten, eine ungewohnt heiße Welle durch den Sympathicus flog.

»Heiraten«, sagte sie leise. »Nein, diese Loschwitzer! Gar nicht so übel.«

Doch dann mußte sie lachen. Es war ein so perlender Ton, so unverfälscht naiv wie damals, da sie sich als Vierzehnjährige geschworen hatte, erstens niemals zu heiraten und zweitens mit spätestens Dreißig zu sterben.

Lydia wäre dann längst berühmt und brauchte sie nicht mehr.

6 »Du bist immer so gut wie verlobt«, pflegte Lydia zu sagen, wobei sie nicht umhinkonnte, es bei aller Freundschaft leicht komisch zu sehen, ohne daß es Alice verletzte. »Du hast einen Hang zum Unausgesprochenen, du spielst immer nur Anprobe, und kurz vor dem letzten Entschluß kommt dann immer etwas dazwischen. Das kenne ich an dir schon gar nicht anders. Mit deinem Kapellmeister lief das genauso. Wo steckt er denn jetzt? Man hat ihn dir wegengagiert. Und dann kam ich. «

Es stimmte in der Tat, daß Alice bei Männern, die ihr sympathisch waren, mit nahezu schicksalhafter Folgerichtigkeit in eine Art Schwebezustand geriet, der sich eine Zeitlang angeregt hinzog, um dann durch einen Kurzschluß von außen mehr oder weniger ergebnislos zu enden. Sie konnte nicht einmal behaupten, daß ihr das unlieb war. In der Regel war sie sogar erleichtert, dank des Gefühls, vor irgendeiner Fehlleistung bewahrt worden zu sein, jedenfalls vor etwas wenn nicht Falschem, so doch möglicherweise Übereiltem, welch letzteres ihr beim Blick auf Lydia nicht unbekannt war. Außerdem beruhte der bisherige Mangel an einer festeren Bindung wohl auch auf ihrem Hang zur Selbständigkeit sowie auf dem Wunsch, nicht nur die Frau eines Mannes zu sein, sondern, wie sie sagte, ein gleichberechtigter Faktor in einem Gespann aus Mann und Frau. Darin dachte sie ähnlich wie Lydia, nur daß die Voraussetzungen andere waren. Sie hatte nämlich eine Vorliebe fürs Reifere, Gesetzte, in gewissem Sinn Gezeichnete und Profilierte, für solche also, über die Lydia gern lachte, da es im wesentlichen durch ihre jeweilige Berufsbedingungen geprägte Männer waren. Es war kein Wunder, daß es meistens Verheiratete waren oder Verwitwete oder in Scheidung Befindliche und daß es dann, wie vorauszusehen, allerlei Schwierigkeiten gab, die jedoch auch als Anreiz wirkten.

Schon Alices Jugendliebe war derart verlaufen wie später alle anderen auch. Sie hatte nämlich an ihrem Schwarm etwas entdeckt, das sie vorm letzten zurückhielt und wovor sie schließlich regelrecht floh. Der Ärmste, der auch noch Giselher hieß, hatte ein Loch im Ohr, und zwar in dem kleinen Schutzknorpel direkt an der Wange. Es war ein so winziges Loch, daß es selbst für das winzigste Insekt zu winzig gewesen wäre, um hindurchzuschlüpfen. Alice hatte das eines Tages entdeckt. Bemerkt oder halb übersehen hatte sie es schon öfters, nun aber hatte sie es entdeckt, und es hatte sie plötzlich derart gestört, daß sie seitdem fortwährend befürchtete, einen Wurm dort hervorkriechen zu sehen. »Nein, das geht nicht«, hatte sie gestöhnt, überwältigt von ihrer Zwangsvorstellung. Es sei ihr unmöglich, mit Giselher zusammenzuleben, mit einem Wurm im Ohr. Lydia verstand das wunderbar nachzuahmen, so daß beide aus Herzenslust lachten, um so mehr, als sie erkannten, daß diese außergewöhnliche Wurmstichigkeit nur ein Vorwand gewesen war, hervorgerufen durch die Erkenntnis, daß der Zeitpunkt für eine festere Bindung verfrüht und es also das beste gewesen war, die Angelegenheit fahren zu lassen, um sich erst einmal beruflich weiterzubilden. Es war indessen nichts anderes als dieser imaginäre Wurm, der sich auch bei späteren Verhältnissen an einem bestimmten Punkt stets wieder einzustellen pflegte, wenn auch in anderer Gestalt, sei es als kranke Haut oder als idiotischer Sohn oder als nervöses Zucken am Mundwinkel, wobei sich Alice bewußt war, daß es letzthin ein Punkt in ihr selbst war, der hier als Warnsignal wirkte. Sie fühlte sich einfach noch nicht bereit, und so stimmte sie auch zu, wenn Lydia sagte, sie tummle sich bisher immer noch in Gebieten umher, die vom Bademeister bewacht würden.

»Du schwimmst mal ein Stück hinaus«, hatte Lydia erst kürzlich erklärt, »sagen wir bis zur Sandbank, und wenn auch dazwischen mancherlei grundlos ist, was dir eine angenehme Beängstigung verschafft, so treibst du dich doch immer zwischen zwei Größen umher, die dir bekannt sind, Größen, zwischen denen du deine Kräfte mißt. Das war es auch bisher: ein Kräftemessen. Das mag lächerlich klingen in bezug auf Liebe. Aber ist es nicht so? Ich dagegen kenne den Hurrikan und das S-O-S, ich kenne die Fallhöhe in der Erotik und das Fiasko. Aber es ist nicht gesagt, daß das notwendig wäre. Vielleicht ist es dir vergönnt, es nie zu erfahren. Ich kann dir nur sagen, daß du dann nichts versäumt hast.«

Alice vernahm solche Weisheiten, vorausgesetzt, daß es Weisheiten waren, gern, unbeschadet dessen, daß deren Schlußeffekt meistens in eine ans Feurige grenzende Selbstbespiegelung Lydias ausklang. Sie ergötzte sich daran, ohne sich zu irgendwelchen Vergleichen oder Folgerungen veranlaßt zu fühlen. Durch Lydias Optik rückte das alles um einen Grad von ihr weg, und das kam ihrem Willen zur Klarheit zustatten. Sie begriff das vor allem, wenn sie allein war, und sie spürte es auch in Form einer ihr aus allerlei unerklärlichen Hilfsquellen zuwachsenden inneren Gewißheit und Reife. Sich selbst überlassen, anheimgegeben ihren fünf Sinnen, ganz auf ihr vegetatives wie elastisches Naturell gestellt, durchweht von einem Verlangen nach Ausgleich und innerer Wärme, empfand sie dann um so deutlicher, daß es ihr nicht nur auf die Intelligenz der mechanischen Handfertigkeit ankam, sondern daß all das, was Lydia repräsentierte oder verfocht, dazugehörte. Zwar wußte sie noch nicht, wie sich das in ihrem Fall ausnehmen würde, eigentlich wußte sie nur, daß es anders sein würde, aber eine Ahnung oder Witterung sagte ihr auch, daß sie auf dem richtigen Weg war, sich selbst zu behaupten.

Eines der besten Beispiele war für sie Bernhard, mit dem sie sich gut verstand und dessen Konflikte mit Lydia sie von Anfang an miterlebt hatte, nahezu wie einen Schulfall. Nicht, daß sie mehr in ihm gesehen hätte als ihren Schwager, aber das war ja kein Hinderungsgrund, ihn sympathisch zu finden. Wenn sie ihn mit den Gestalten ihrer eigenen Erfahrung verglich, mußte sie sich gestehen, daß er dort gut hineinpaßte, denn er war ein durch seine Lebensaufgabe in Anspruch genommener, speziell orientierter, andererseits nicht unsensibler, ja sogar zu Freundschaft und Liebhabertum befähigter Mann. Selbst Lydia gestand ihm das zu, trotz aller Einwände. Der Umstand, daß es trotzdem bei ihm nicht geklappt hatte, hatte ihr seinerzeit viel zu denken gegeben, und im Grunde war sie auch jetzt noch nicht damit fertig. Seit seiner Scheidung tauchte er gelegentlich bei ihnen auf in der Art eines Hausfreundes, was Lydia nachträglich immer zu allerlei Spitzfindigkeiten veranlaßte, indem sie sagte, der Hausfreund sei der Tourist in der Familie, er schöpfe dort die neuesten Sehenswürdigkeiten ab, und die nehme er mit nach Hause. Später kämen dann Ansichtskarten. Nun, er war trotzdem immer willkommen gewesen. An den Gesprächen, die sie hinterher über ihn führten, zeigte sich sogar, daß das allgemeine Interesse aneinander nicht einseitig war.

So war es Alice nicht entgangen, daß Bernhard mittlerweile ein Verhältnis zu ihr gewonnen hatte, das er zweifellos selber noch nicht beherrschte. Jedenfalls hatte sie den Eindruck, daß er nun ebenso gern zu ihr kam wie zu Lydia, daß er sie ebenso schätzte wie sie ihn und daß ihn dabei ein besonderes Verlangen beseelte, sich mit ihr über Lydia zu unterhalten, so als ob er durch sie gewisse Aufschlüsse zu erlangen hoffte. Sie selbst hatte dabei um einige Grade an Selbständigkeit gewonnen, sie war nicht nur das Anhängsel ihrer Schwester, auch nicht nur die Schwägerin. Außerdem sah er in ihrer Gegenwart Lydia wiederum anders, er sah sie in ganzer Gestalt, in Vorzug und Schwäche, also gleichsam komplex, sogar bis in Einzelheiten aus ihren Mädchenjahren mit deren so charakteristischem, frühreifem Stolz, während er in den Tagen ihrer Gemeinsamkeit nur eine Art Relief von ihr wahrgenommen hatte, eben die jeweils ihm zugekehrte Seite. Von dieser neuen, sei es mehr zurechtgerückten, sei es von ihm abgetrennten Lydia kam er merkwürdigerweise nicht los. Alice erkannte indessen auch, daß seinem Interesse etwas anderes zugrunde zu liegen schien als Liebe; es war eher ein Akt der Auseinandersetzung mit sich selbst, etwa in der Art einer Rechtfertigung, und andererseits war es auch ein geradezu wissenschaftliches Bedürfnis, das an Philologie grenzte. Jedenfalls war es dieselbe Ader in ihm, die ihn bei seinen verschiedenen literarischen Diotimas, Helenas und Dulzineas zur Zergliederung reizte. Alice erschrak nicht schlecht bei dem Gedanken, daß er in Lydia möglicherweise einen historischen Fall sah, angewandt auf sein eigenes Leben, und daß er sich dabei ihrer Mithilfe bediente, so als wäre sie seine Privatsekretärin. Sie saß an der Quelle, sie mußte es wissen. Seine Kritik an Lydia war recht eigentlich der Ausdruck einer dauernden Reibung, wobei sich nicht vermeiden ließ, daß diese Reibung auch Wärme erzeugte, der es ihrerseits nicht an erotischem Fluidum fehlte, denn erwärmen, auch kritisch erwärmen kann man sich nur für etwas, das man ins Herz schließt, das man zumindest ins Auge faßt und mit dessen Eigenheiten man umgeht, wobei der Funke auch vom Objekt auf die Mitarbeiterin überzuspringen vermag. Gleiche Interessen, gleiche Freuden! Und Bernhard hatte sich offenbar Lydia erkoren, als gelte es, eine Doktorarbeit oder ein Gutachten über sie anzufertigen.

Lydia war viel zu klug, um diese Haltung nicht zu durchschauen. Es schien sogar, als wäre es ein Genuß für sie, sich dergestalt unterm Seziermesser zu wissen. Das ermächtigte sie um so mehr, ihn auch ihrerseits zu kritisieren, teilweise sogar mit unverhohlener Entrüstung, da sie es ablehnen mußte, irgendwelchen wissenschaftlichen oder psychologischen Gelüsten als Objekt zu dienen. Sie war kein Objekt, sie war kein Versuchskaninchen!

»O, welche Schmach!« rief sie dann aus. »Aber dieser traurige, über seinen Fakten verkümmerte Bernhard weiß es eben nicht besser.«

In letzter Zeit hatte sich Alice die Freiheit genommen, ihn gelegentlich zu verteidigen. So traurig und verkümmert, wie Lydia es hinstellte, sei er denn doch nicht. Auch habe er ja inzwischen Karriere gemacht und die seit langem erstrebte Professur erhalten, und wenn Lydias Witz diese Professur, die zunächst nur eine außerordentliche war, auch als ganz und gar außerordentlich bezeichnete, so bestand doch kein Zweifel, daß Bernhard begabt und wohl auch geschickt genug war, sie demnächst in eine ordentliche umzuwandeln.

»Er hat sein Leben benutzt, um etwas daraus zu machen«, sagte Alice eines Tages. »Immerhin! Das rechne ich ihm hoch an.«

Aber Lydia war nicht dieser Meinung.

»Ja, er hat etwas aus sich gemacht«, warf sie ein, »aber er hat darüber sein Leben verpfuscht, indem er es nicht gelebt, sondern eben nur, wie du sagst, benutzt hat. So etwas rächt sich.«

Da Alice darauf nicht zu antworten wußte, wiederholte es Lydia.

»Es rächt sich.«

»Es macht sich doch auch bezahlt«, versetzte Alice, worauf Lydia allerdings hochfuhr und ausrief:

»Alice! Widersprichst du mir nur um des Gegenteils willen oder um seinetwillen?«

Alice, die nichts dergleichen im Sinn gehabt hatte, war selber ein wenig erschrocken, deshalb sagte sie einlenkend:

»Er ist noch immer an dir interessiert.«

»Ja«, sagte Lydia. »Ich bin seine Illusion.«

»Das auch«, versetzte Alice. Aber Lydia fuhr fort:

»Ich bin seine Astarte, seine Aspasia. Vor allem aber bin ich sein Fall, sein Reinfall heißt das, um dessen Schandfleck sein Selbstgefühl nicht herumkommt. Ja, das bin ich nämlich, akademisch gesehen: ein hochgradig oszillierender Schandfleck, den er natürlich gern auslöschen möchte. Er hat sich in mir geirrt, und Bernhard ist nicht gewillt, sich geirrt zu haben. Das ist es. Aber wenn er das nächste Mal bei uns erscheint, wäre ich dir zu größtem Dank verpflichtet, wenn du ihm endlich beibringen könntest, daß ich darüber ganz anders denke und daß er nur noch der äußerste Bestandteil meiner Vergangenheit ist.«

»Ich werd's ihm ausrichten«, sagte Alice in gutwilliger Fortsetzung des von Lydia angeschlagenen scherzhaft-pathetischen Tons.

Damals hatte sie noch nicht voraussehen können, daß sie einmal allein sein würde, wenn Bernhard erschien, und obwohl nichts natürlicher war als seine Zufallsbesuche, so löste doch seine Ankündigung diesmal eine nicht näher bestimmbare Beunruhigung in ihr aus. Sie dachte nicht nur an ihn, sondern in Verbindung mit ihm an Tausenderlei. Übrigens erging es ihr, besonders nach dem Angebot von Frau Loschwitzer, beim Gedanken an andere Bekannten nicht besser, denn es schien ihr nunmehr, als ob in den Menschen etwas versteckt sei, vor dem man von Rechts wegen auf der Hut sein müßte, weil nicht vorauszusehen war, wie sie unter gewissen Bedingungen und Gelegenheiten reagierten. Nun, Bernhard hatte ja telefoniert, und sie konnte sich ausrechnen, daß er in irgendeiner Mission kam, die privat oder von Geschäfts wegen mit der Morawésache zusammenhing. Daß Lydia abwesend war, hatte er nicht als Nachteil empfunden, so wenig wie vorhin Frau Loschwitzer, und das war es vielleicht, was in Alices Augen eine Art Störfeuer erzeugte, so daß sie in ihrer Arbeit stockte und abwartend in die Luft sah. Katrix würde wohl auch noch erscheinen, um ihr Kleid abzuholen. Es war ja auch fertig. In der Tat, es war fertig.

Sie brauchte nicht lange zu warten, bis Bernhard erschien. Pünktlichkeit war eine Zier von ihm, das mußte man ihm lassen.

»Tag, Tag«, sagte er verbindlich. »Na, Alice, wie geht's? Immer noch solo? Bist du immer noch dabei, deine lieben Mitmenschen anzuziehen?«

Bernhard fröstelte ein wenig in sich hinein, als hätte er's eilig, nicht zuletzt auch, um die üblichen Begrüßungsfloskeln bald hinter sich zu bringen, auf die zu verzichten ihm andererseits doch nicht statthaft schien. Aber das änderte sich, nachdem er erst Platz genommen und sich beim Rundblick in dem so angenehm nach improvisierter Arbeit aussehenden Wohnraum erwärmt hatte.

»Schieß los, Bernhard!« sagte Alice. »Einen Wermut? Immer noch der Magen?«

»Das sowieso«, erwiderte er. »Diese Gegend über dem Nabel rebelliert bei mir beim geringsten Anlaß.«

»Auch jetzt?« sagte Alice scherzhaft, indem sie den Wermut holte.

Da sie ihm dabei den Rücken zuwandte, verflog ihr Lächeln in entgegengesetzter Richtung, wohin Bernhards Blick ihr gefolgt war, bis er sich rasch wieder losriß. Er verschränkte die Finger und überlegte. Es wäre zuviel verlangt, nicht zuzugeben, daß nahezu ohne sein Zutun seine sämtlichen Sinne im Nu eine Art Bestandsaufnahme gemacht hatten, dank welcher er die Situation begriff, in die er geraten war. Alice war nicht mehr Alice, das heißt, sie war es doch, aber viel freier als sonst, mit einem ihm bisher ganz unbekannten, präzisen Charme. Er nahm das zur Kenntnis, beinahe mehr erleichtert als erstaunt, denn es kam dem Grund seines Hierseins zustatten. Es machte die Gefälligkeit gegenüber Mama, deren ewige Unruhe ihn veranlaßt hatte, einmal nach dem Rechten zu sehen, zur angenehmen Mission, und andererseits verlor die Mission den Charakter des Auftrags, denn zweifellos stand im Augenblick nichts mehr dahinter als sein eigener Wunsch nach einer Aussprache mit Alice, sowohl über das, was hier im Gang war, als natürlich auch über Lydias Eskapaden, wobei allerdings noch ungeklärt war, ob ihre neueste Aktivität eine so abwertende beziehungsweise abflachende Bezeichnung verdiente. Nun, nicht zuletzt, um sich selber ein Urteil zu bilden, war er ja da.

»Ach, du kommst von Mama?« sagte Alice.

Man merkte ihr an, daß sie erst umdenken und sich zurechtfinden mußte.

»Sie war gestern selbst da«, sagte sie noch.

»Kann ich mir denken«, versetzte Bernhard, um aber wesentlich weniger einsilbig fortzufahren: »Auch ohne ihre Anregung wäre ich wieder einmal erschienen, sogar etwas länger als im Augenblick möglich.«

»Das wäre begrüßenswert«, meinte Alice, »obwohl es bedauerlich ist, daß Lydia diesmal durch Abwesenheit glänzt.«

»Begrüßenswert oder bedauerlich – zum Aussuchen«, meinte Bernhard. Er sagte es merkwürdig abschließend, so rein formell, als beglaubigte er damit den Abschluß einer Voruntersuchung.

Also Mama, begann er, sei kürzlich bei ihm gewesen, sie habe ihn aufgesucht, eigentlich abgefangen, unterwegs nach einer Vorlesung, was ihm weniger lieb gewesen sei, schon wegen der Argusaugen der Studenten, auch der Studentinnen, von denen sich einige mehr als erwünscht für ihn interessierten. In solchen Momenten verhalte sich Mama nicht anders als Lydia, nur daß es bei Mama reine Kopflosigkeit sei, während es bei Lydia auf eine bewußte Nichtachtung der Konventionen hinauslaufe, auf die sie doch, wenn es ihr paßte, so großen Wert lege. Nun gut. Mama habe ihn bestürmt, etwas zu tun, irgend etwas. Aus alter Freundschaft, habe sie gesagt. Wenn nicht für Lydia, dann wenigstens für sie, die von abertausend Ängsten hin und her gezerrte, geborene von Hassewitz, Ihre Majestät Mama die Erste. Sie sei wirklich ein Schussel, meinte Bernhard, wenn vielleicht auch zum Äußersten fähig, aus Konfusion. Um den Fall abzukürzen, habe er es versprochen. Er habe es dreimal versprochen. Beim vierten Male habe er kategorisch erklärt, die Epoche der Versprechungen sei nun vorüber, er gehe jetzt gleich zum nächsten Kiosk und rufe an. Nun, er habe es trotzdem bis heute verschoben, wo er zufällig im Staatsarchiv in Dahlem zu tun habe.

»Das ist es«, sagte Bernhard. »Mehr steckt nicht dahinter.«

Es sei denn, daß Alice zu hören wünsche, daß er sich noch einige Zeit über Lydias schwierigen Charakter unterhalten habe, dieses Lieblingsthema Mamas, wobei sie ihm überströmend versichert habe, seit je gleicher Meinung mit ihm gewesen zu sein, vor allem damals in Sachen der Scheidung, die sie auch jetzt noch bedaure.

»Die Studentinnen finden dich interessant?« sagte Alice. Es war nicht ganz sicher, ob das als Ablenkung oder als Fangfrage gedacht war, Bernhard jedenfalls nahm es ernst und sagte:

»Nicht meinetwegen.«

Durch die Sache mit Lydia sei er ein Fall, das sei ein spezieller Geruch, in den man gerate. Die Leute, was man so Leute nennt, interessierten sich überhaupt nicht füreinander, außer wenn sie verliebt sind, sie interessierten sich nur für Fälle, für die besonderen Konflikte der anderen. Das reiche vom Durchfall bis zum Mordfall. Studentinnen! sagte Bernhard nicht ohne Blick an die Decke. Die Tüchtigkeit habe bei einer gewissen Art Frauen etwas Farblos-Unterwürfiges, Anstelliges. Sogar die Erotik werde bei ihnen zum Pensum. Es sei immer, als ob sie sagten: ›Was gibt es noch aufzuarbeiten? Wo ist noch ein Stoß Material, das ich abtragen kann? Den Verlust der Unschuld, dieses Examen muß ich auch noch hinter mich bringen.‹ Das mache die Sache so unergiebig. Dabei sei diese Sorte so kalt wie aus der Konserve, und ihre Sexualität sei das Aspik, in dem ihr verdrängter Ehrgeiz eingeweckt sei.

»Bernhard!« rief Alice.

Von dieser Seite, meinte sie lächelnd, kenne sie ihn noch gar nicht, worauf er aber nur fortfuhr, die andere Hälfte, die größere übrigens, kenne er auch nicht, nämlich jene Studentinnen, die im Verborgenen blühten, obwohl sie gleichfalls anwesend seien. So vom Katheder herab habe das seine eigene Romantik.

»Du weißt aber sehr gut Bescheid«, sagte Alice.

Die Jahre hätten es ihm beigebracht.

»Die Jahre?« fragte Alice. »Oder wer sonst?«

Bernhard, der bisher das Animierte an ihr absichtlich übersehen hatte, blickte sie plötzlich an und sagte:

»Sag mal, Alice, seit wann beherrschst du das eigentlich? Du kurvst so um mich herum, mit einer Eleganz, als ob ich zu deiner Kundschaft gehörte.«

Alice hatte das nicht erwartet. Sie war puterrot, als sie im Schutz seiner eigenen Worte entgegnete, die Jahre hätten es ihr beigebracht.

»Auch mir, Bernhard«, fügte sie noch hinzu.

Dabei spürte sie eine so eigentümliche, fast willenlos wirkende Wärme und Nachgiebigkeit in sich aufsteigen, daß es ihr höchste Zeit schien, etwas dagegen zu tun. Sie suchte nach einem Anhaltspunkt, und sei's eine Phrase, um möglichst wieder aufs Konventionelle zurückzukommen. Und so sagte sie einfach:

»Bloß leben, um nicht tot zu sein, ist ja doch auch nichts.«

»Wo hast du denn das her?« fragte Bernhard.

Das habe vorhin eine Kundin, Frau Loschwitzer, zu ihr gesagt, von deren überraschendem Angebot sie noch ganz erfüllt sei, weil sie es als eine Versuchung oder zumindest Verlockung empfände. Alice erzählte davon, was Bernhard geduldig hinnahm, ohne ein Wort der Erwiderung. Auch als sie zu Ende war, sagte er nichts, und so blieb ihr nur noch ein Seufzer.

Um so dankbarer war sie, als Bernhard wenigstens begann, von Lydia zu reden, indem er darauf hinwies, daß sie keinerlei geschäftliche Erfahrungen besäße. Schließlich redete er sich in Feuer, nachdem er den richtigen Anfang gefunden zu haben glaubte.

»Die Lydia«, begann er, »lebt von irgendwelchen Vorstellungen, als ob sie nur aufzutreten brauchte, mit Worten: da bin ich. Und sie denkt dann, die anderen würden dann schon etwas tun, ihr zuliebe. Hauptsächlich ihr zuliebe! Aber diese anderen verfolgen nur ihre eigenen Zwecke. Ich weiß ja, du hast sie immer verteidigt, das ist alles in Ordnung, und es liegt mir auch fern, ihr nichts zuzutrauen. Aber, meine Liebe, dort wird nicht gespielt, jedenfalls wird mit ganz anderen Mitteln gespielt, mit einem ganz anderen Einsatz. Unwiderrufbar! Ihr verlangt euer Recht. Hm, Recht. Beim Gedanken an Lydia wird aber etwas ganz anderes daraus, nämlich eine Passion. Und das ist der Punkt, in dem ich Mama beipflichten möchte. Die Lydia muß immer Passionen haben, gleichgültig auf welchem Gebiet. Sie ist passioniert. Jeder Handgriff wird bei ihr zum Erfolg. Wenn sie Kaffee aufgebrüht hat, ist das auch ein Erfolg. Nur liegt es in der Natur der Passionen, daß sie an sich selber verbrennen. Sie brauchen ein ständig wechselndes Objekt, immer neue Luft und neue Nahrung. Das ist auch der Grund, weshalb ein Mann, der sich mit ihr einläßt, in spätestens neun Monaten zur Überzeugung gelangt, daß ein gemeinsames Leben mit ihr nicht möglich ist, auf die Dauer jedenfalls nicht. Das ist so das Kind der Erkenntnis. Die Lydia hat keine imaginäre Mitte. Das ist es. Um zusammen leben zu können, muß man in irgendeiner Dimension gleiche Interessen und gleiche Absichten haben, man muß etwas gründen wollen, entweder eine Familie oder eine Art Werkgemeinschaft oder ein Bollwerk gegen die Imponderabilien des Lebens, ich meine, man muß etwas aufrichten wollen, an etwas arbeiten, an irgend etwas, einem Plan, einer Aufgabe, einem Geschäft, man muß leben in Beziehung auf eine Mitte. Das Leben zu zweit ist eine Art Firma, irgendein höherer Gesichtspunkt waltet dort vor. Bei ihr aber heißt alles nur Ich.«

»Da du von Firma sprichst«, sagte Alice. »Das will sie doch gerade.«

»Nun ja«, sagte Bernhard, tief in Gedanken. »Jetzt also Firma.«

»Sie ist überall herumgerannt«, versicherte Alice, und es klang schon fast klagend, als sie hinzufügte: »Überall, an allen in Frage kommenden Stellen. Sie hat sich demütigen lassen. Das ist ja wohl das Infamste.«

»Bei ihren Ansprüchen bleibt das leider nicht aus«, erwiderte Bernhard. »Gewiß doch, Ansprüche hat sie auch an sich selber. Sie treibt sie ja förmlich aus sich hervor. Ich hätte fast Lust zu sagen, sie spricht Hohe Schule. Sie reitet sie nicht nur, sie spricht aus dem Sattel, von oben herab. Nur sind ihre Ansprüche meist illusionär. In bestimmten Grenzen, ganz subjektiv, mag das gerechtfertigt sein, denn sie ist schon jemand. Ich bestreite das nicht. Aber in praxi? Ich bin nicht so kleinlich, ihr keinen Kredit zu gewähren, moralisch und sonstwie. Ich habe das reichlich getan. Es ist auch nicht so, daß ich damit am Ende wäre. Für ausgebrannt – wenn du es so auslegst – halte ich Lydia nicht. Aber sie ist derart von Möglichkeiten umwittert, derart reif zu allem, daß einem angst und bange werden kann, regelrecht angst und bange. Es gibt nahezu keine Situation, in der ich sie mir nicht vorstellen könnte, sogar auf dem elektrischen Stuhl, natürlich auch als Frau Bankpräsidentin, aber auch wieder als halb irres Opfer der Selbstverblendung, als Giftmischerin oder sonstwas. Wenn man bisher so seine Besorgnisse hatte, so entdeckt man plötzlich, daß in unbedachten Momenten eine Flamme hochschlägt, die einfach ein Stich ist. Man sagt dann nicht mehr: was für Pläne hat sie denn jetzt? sondern man schrickt zusammen und denkt: o weh! was nun wieder?«

Alice fand das denn doch zu stark. Sie meinte, er rede schon wie Mama. Aber Bernhard fuhr fort:

»Mama wird wissen, warum sie so redet. Das ist natürlich ein anderes Wissen. Diese Art Wissen sitzt eher im Mutterleib, es klingt oft banal, es stützt sich auf Kindereien. Aber schon bei Kindern und jungen Menschen findet sich ein Faktor wie Stolz, Eigensinn, Wutanfälle und dergleichen, wo man sich sagt: man kann nie wissen. Und dieses Bewußtsein des Nichtwissens, das sitzt in einem, das weiß man. Zum Beispiel weiß man nicht, was das Schicksal mit ihnen vorhat. Man weiß das bei keinem, gewiß, aber bei manchem drängt diese Frage sich regelrecht auf. Und das ist eben diese Art Wissen; es geht eine Unruhe davon aus. Dir gegenüber, Alice, würde Mama nie unruhig sein, selbst wenn du sonstwas in Aussicht hättest. Insofern hat sie ein Wissen von dir oder um dich. Mama mag wirr und naiv sein, es mag alles nur Einbildung sein. Aber schon, daß es überhaupt Einbildung sein kann, daß ihr bisheriges Wissen solcherlei Einbildungen hervorruft, mit anderen Worten: daß sie manchmal nicht weiß, was für ein Geschöpf sie geboren hat, schon das ist ein Symptom.«

»Mama hat unrecht«, sagte Alice nicht ohne Trotz. »Ich kenne doch Lydia. Ich lebe mit ihr zusammen, sehr verträglich.«

Aber Bernhard hörte nicht hin.

»Laß mich das noch zu Ende bringen«, versetzte er nur. »Ich habe den Fall studiert, und wenn es dich beruhigt oder wenn es dir wohltut, es zu hören, so kann ich dir jederzeit bestätigen, daß es ein hochinteressanter Fall ist, mit dem keiner so leicht zu Rande kommt. Es ist nicht nur das. Mama, nun ja, lassen wir sie beiseite! Es ist ja doch viel komplizierter. Man entdeckt jeden Tag mehr, immer noch etwas hinzu. Neulich fiel mir zum Beispiel auf, daß Lydia überhaupt keine Vergangenheit hat.«

»Nanu«, sagte Alice, sichtlich erfreut, daß sie einen Grund zur Erleichterung hatte. Sie blickte Bernhard neugierig an.

»Überhaupt kein Verhältnis zur Vergangenheit«, sagte er, nun wirklich wie ein Professor. »Das heißt, eine Vergangenheit hat sie schon, und sie wird noch mehrere haben, vielleicht mehr, als sie bewältigen kann, aber sie lebt nicht mit ihr, sie strebt von ihr fort. Sie lebt in bezug auf eine Art Fata Morgana, es ist alles nur Wüste. Man muß zwischen dem unterscheiden, was sie sich vorspielt, und dem, was sie verkörpert. Jetzt redet sie sicherlich von Erbschaft und Tradition, vielleicht auch von diesem Herrn Zembrowski, der natürlich der einzige ist, den sie anbetet. Ein hereingewehter Erbonkel! Eine geschenkte Vergangenheit! Simsalabim! Unsere Vergangenheit ist aber unsere Wurzel und nichts Zurechtgezaubertes. Erbschaft ist auch kein Lotteriegewinn. Da steht ein Totes dahinter, etwas Unterirdisches, ein Opfer, woraus dann ein Stamm hervorwächst, der gesund oder morsch sein kann. Wenn das nicht verwurzelt ist, verpufft es. Das hängt von unserem Verhältnis zur Geschichte ab. Manche Völker haben so gut wie kein Verhältnis zu ihrer Geschichte; sie stehen immer da wie die Waisenkinder und fangen in jedem Jahrhundert wieder von vorn an, mit den allerhöchsten Absichten und Plänen. Sie verpuffen sich in Affekten, sie verbluten sich und vergießen Blut, und hinterher war alles umsonst. Bei Lydia läuft das aufs gleiche hinaus, wenn nicht ... wenn sie nicht endlich Fuß faßt.«

»Aber Bernhard«, sagte Alice nachsichtig lächelnd. »Du willst sie doch nicht noch zur Germania machen? Also nein! Da streike ich. So paradox ist sie nicht. Dazu ist sie doch viel zu klug. Lydia ist klug. Vergiß das nicht! Sie ist verteufelt klug. Und Talent hat sie auch. Gemessen an dem, was hier herumläuft und sich als Schauspielerin ausgibt, hat sie nicht nur Talent, sondern einfach Format. Sogar ihre Irrtümer taugten noch etwas, hat sie neulich zu mir gesagt. Das ist prima gesagt, mein Lieber. Das sind nicht nur Tiraden.«

»Na schön«, meinte Bernhard. »Vielleicht ist sie in ein falsches Jahrhundert geboren? Vielleicht fehlt ihr nur ein Salon? Vielleicht fehlt es ihr einfach an Tradition, um das sein zu können, was sie sein möchte. Zu mir hat sie einmal gesagt, ich sollte mir von diesem pöbelhaften Jahrhundert nicht meine Ansichten vorschreiben lassen. Ganz schön und gut. Vielleicht ein geniales Wort. Aber was fange ich damit an? Und sie? Was fängt sie damit an? Sie! Um sie geht es ja schließlich.«

»Sie wird tun, was sie für richtig hält«, sagte Alice.

Aber Bernhard war noch erregt und meinte:

»Hoffentlich steht ihr dabei ihre Klugheit nicht im Weg.«

»Da bin ich auch noch da«, versetzte Alice. Sie war ganz sachlich, als sie hinzufügte: »Außerdem, was soll sie denn tun, um euch zu gefallen? Hier diktiert auch die Notwendigkeit.«

»Das allerdings«, sagte Bernhard.

Während er noch dasaß, ein wenig ermattet wie nach einem Kolleg, wobei er gewohnheitsmäßig auf seine Uhr sah, die ihm

übrigens zu baldigem Aufbruch riet, schlug sich Alice überraschenderweise die Hände vors Gesicht, um fassungslos dahinter
zu lachen. Man wußte nicht, ob es Weinen war oder Lachen oder
beides zugleich.

»Schreck, laß nach!« stöhnte sie auf. »Was treiben wir hier?
Die Leute schlechtmachen, die eigene Schwester!«

»Wer spricht denn von Schlechtmachen, Alice? Kein Mensch«,
versicherte Bernhard, der eben im Begriff war, sich zu erheben,
während Alice noch unschlüssig dasaß. Wahrscheinlich sah es
deshalb so wunderlich aus, als sie nun, kindlich von unten herauf
und beinahe ergeben, fragte:

»Und das ist also der Weisheit Letztes? Das ist also die berühmte Amoralität der Wissenschaft? Ergründen, erforschen,
sezieren. Und dann? Es laufen lassen? Ich danke. Aber ich sehe,
du hast's eilig. Naja, gewiß. Jeder hat's eilig.«

»Darüber sprechen wir noch«, sagte Bernhard, indem er ihr
überaus gütig die Hand hinstreckte und sie zu sich emporzog.

Sie standen noch eine Weile herum, wobei sie sich eben einig
geworden waren, daß sie über dem Eifer ihres Geplauders die
Hauptsache ganz vergessen hatten, nämlich Morawé und die
damit verquickten Nachlaßprobleme, als es draußen an der Vorsaaltür klingelte. Es war Katrix. Sie wollte ihr Kleid abholen.
Statt dessen sagte sie aber nur beim Blick auf die sichtbare Eintracht zwischen Alice und Bernhard:

»Ach, so ist das!«

Es war ihr nur so herausgerutscht. Ein Lapsus, Verzeihung!
Aber es genügte, um alles ringsum als Komödie erscheinen zu
lassen. Alle drei waren denn auch hochgradig amüsiert, um so
mehr, als nichts offenkundiger war, als daß es hier eben nicht so
war wie in den von Katrix bevorzugten Büchern aus der Leihbibliothek. Oder doch?

7 Bei Schreiecks drüben ging das Volksleben wieder einmal auf höchsten Touren. Es roch dauernd nach Lorbeer und Linsengericht, wie die Baronin Pißnelke es nannte, und man konnte nie wissen, ob der Nagel an der Wand, den Schreieck fixierte, ein Anhaltspunkt war für seine aus melancholischen Tümpeln aufsteigenden Meditationen oder ob nicht von ebendemselben, an welchem er nachts seine Hosen aufhängte, eine nicht minder vertrackte Verlockung ausging, und zwar in direkter Wechselbeziehung mit dem Nagel in seinem Gehirn, die Verlockung, sich eines Tages gleichfalls dort aufzuhängen.

Der Beruf, den Schreieck sich ausgesucht hatte, das wußte er selbst, war mörderisch, da machte sich nichts bezahlt, und der einzige Vorteil, der dabei heraussprang, bestand lediglich darin, daß er frühmorgens ausschlafen und sich einbilden konnte, zu irgend etwas berufen zu sein, das den Normalhorizont überstieg. In diesem Punkt traf er sich peinlicherweise mit Lydia, und das war es wohl auch, weshalb er ihre von Katrix so leichtgläubig bewunderten Anstalten mit so überempfindlichem Mißtrauen verfolgte.

Dritten gegenüber der sattsam bekannte Universalmensch, kam innerhalb seiner vier Wände, nicht zuletzt im Beisein von Katrix, die es längst gelernt hatte, ihn zu behandeln, ein ganz anderer Schreieck zum Vorschein, jedenfalls einer von wesentlich gehemmterem und auch labilerem Charakter. Da konnte es beispielsweise geschehen, daß er, besonders frühmorgens, da es für andere Leute bekanntlich schon Mittagszeit war, das Bewußtsein der eigenen Person nicht mehr fand. Diese Person war einfach nicht mehr vorhanden, sondern irgendwo außerhalb seiner, sei es, daß sie ihn in alttibetanischer Art als Kuckuck umschwebte, sei es, daß sie nur noch ein in der Gardine hängender, lichtvoller Schattenriß war, so daß er sich vor die absurde Notwendigkeit gestellt sah, sie erst einmal wieder einzufangen. Genauso verhielt

es sich auch mit der Sprache. Nicht nur, daß er sie dann bomba-
stisch im Mund herumdrehte wie Kauderwelsch, er war auch,
wie Katrix erklärte, nicht ansprechbar. Dabei gurgelte er lauter
Sprachmoränen vor sich her, lauter unverständliches Zeug, das
zwar ungemein artikuliert, aber gänzlich verrückt und exotisch
klang, am ehesten noch den Sprechübungen von Schauspiel-
schülern vergleichbar, bei denen – wenn auch nur der Vokale wegen – ›Barbara ganz nah am Abhang saß‹, nur eben, daß bei
Schreieck nicht einmal das der Fall war, sondern bestenfalls irgendeine Brabrabra in Form eines undurchdringlichen Urnebels
am Schlapprang herumquaste. Wehe aber, wenn ihn Katrix dabei
unterbrach! Bei all ihrem Geschick, wie die Maus mit dem
Löwen zu spielen, wobei sie ihn hundertmal »Dullibein« rief,
mußte sie immer erst einen Ausbruch über sich ergehen lassen
wie bei einem Vulkan, bis er dann wieder ins Gleichgewicht
kam.

»Ich kann wahnsinnig werden«, hatte Schreieck schon am ersten Tag ihrer Bekanntschaft gesagt. »Beachte das bitte! Dann
seh ich die Wand nicht vor Augen. Mein Alphabet beginnt dann
von hinten, meine Nullen gebären dann lauter Millionen. Her-
umgeschleudert wie ein Stück Blech, rase ich am Rand meines
Bewußtseins entlang wie eine mit Tollwut gefütterte Katze. Und
dann kratze ich jedem, der sich mir nähert, die Hirnschale aus.«

»Das ist aber interessant«, hatte Katrix gesagt.

Aber da war es auch schon zu spät gewesen. Da flogen ihm
einfach die Haare vom Kopf, wie Katrix später erzählte.

So also standen die Aktien bei Schreiecks. Aber was heißt hier
Aktien? Aktien besaßen sie ja nicht. So also stand das Barometer,
obwohl sie das auch nicht besaßen, schon seit einigen Tagen und
zwar hauptsächlich deshalb, weil Katrix es nicht hatte lassen
können, ihren lieben Schreieck an die Zeit zu erinnern, da er gelegentlich bei Lydia einen Besuch gemacht hatte, bis es ihm zu
langweilig geworden war.

Schreieck hatte nämlich zu denen gehört, die den Verkehr hatten einschlafen lassen, im Gegensatz zu Katrix, und so glich er
seitdem auch jenen, die in Lydia bei jeder Begegnung eine Art

Menetekel erblickten. Diese Herrschaften grüßten sie zwar, doch hätten sie kaum zu sagen gewußt, was oder wen sie eigentlich grüßten, ob eine Zivilperson und lose Bekannte oder nicht vielmehr eine zwielichthafte Erscheinung, durch deren Anblick sie an nichts Geringeres erinnert wurden als an den Stand ihrer eigenen Chancen. Und das war oft recht heikel. Es wirkte wie eine Gewissensreizung. Mancher, der das nicht wahrhaben wollte, wehrte sich dagegen, indem er es ironisierte, auch sorgte die Gewohnheit allmählich für die Anerkennung unvermeidlicher Tatsachen; es gab aber auch welche wie Schreieck, die dieses Omen nicht so leicht wegzuwischen vermochten, dies um so weniger, als sie seinem Reiz oder selbst Glanz bei früherer Gelegenheit schon einmal unterlegen waren.

Es war dieser Zwiespalt, an dem Schreieck seitdem herumexperimentierte, und Katrix, die zwar naiv, aber in diesen Dingen auch ein Fratz und ein Biest war, hatte das längst begriffen. Jedenfalls bewegte sie sich mit geradezu diebischer Hinterabsicht besonders gern um diesen Brei.

»Tu bloß nicht so, als ob dir die Lydia gleichgültig wäre«, hatte sie eines Tages gesagt, worauf Schreieck merkwürdig aufgeräumt und gefügig erklärt hatte:

»Ja, dieses Aas interessiert mich nichtsdestoweniger. Dieser Schießbudenfigur bleibe ich auf den Fersen. So was bietet sich nicht alle Tage. Der ist der Meerrettich ins Gehirn gerutscht. Verstehste? Wenn die anfängt, mit ihren Spinndrüsen und ihrer Rollzunge zu phantasieren, so ist das der reinste Gallenwickler.«

»Aber Liebling, Quirlkopf, süßer! Wie sprichst du denn von Lydia?« hatte Katrix gesagt, ohne sein Gerede im übrigen allzu ernst zu nehmen.

»Die treibt Inzucht mit ihrer Begriffswelt«, hatte Schreieck behauptet. »Die befleckt sich fortwährend selbst. Eine Odaliske an Frigidität! Die speit Samentierchen aus, kann ich dir sagen, lauter Bildungsmikroben. Die hat ihre Clitoris in der Hypophyse.«

»Nun hör schon auf!« hatte Katrix gesagt, zumal sie nichts weiter davon verstand, als daß Schreieck es offenbar darauf angelegt hatte, sich wieder einmal zu erbrechen. Schreieck indessen hatte sich auch weiterhin hygienisch betätigt.

»Auf hört da alles. Verstehste?« hatte er gesagt. »Da muß mal ein Kerl hin. In der Loggia da drüben fehlt einfach ein Kerl.«

»Du etwa?« hatte Katrix gesagt.

Das war nun ziemlich gewagt gewesen, und so hatte sie rasch hinzugefügt: »Du bist viel zu hart zu ihr, sie hat dir doch nichts getan«, ein Hinweis, der für Schreiecks Ohren nun wieder so unlogisch war, daß er fassungslos seine zwei schwarzbraunen Augäpfel verdrehte, um schließlich fortzufahren:

»Wenn ich auf den Fußboden spucke, so wächst dort noch lange keine Kastanie heraus. Nur ein Fakir kann mir das einreden wollen. Die Lydia aber bildet sich ein, sie kann das. Sie spuckt fortwährend mit ihren großen Worten in der Gegend herum. Sie tritt fortwährend aus der Haustür heraus wie aus lauter Spiegeln. Verstehst du das? Und dann ist sie alles auf einmal: Aspasia, Ysot, Königin der Nacht, Maria Stuart, Miß Astor, Nofretete, Kleopatra, Pi-po-päa.«

»Vielleicht ist sie das auch«, hatte Katrix gesagt. »Sie wär's ja auch längst, wenn sie nicht immer getäuscht worden wäre.«

»Ach, getäuscht!« war Schreiecks Meinung. »Getäuscht wird man immer.« Er hatte es mehr vor sich hin gesagt, so daß Katrix schon jubilierte. »Getäuscht. Alles, was außer uns geschieht, ist eine Vorspiegelung falscher Tatsachen. Auch wir selber, Katrix, spiegeln uns meistens was vor. Es ist keine Lüge, das nicht, aber es ist auch nicht wahr. Es ist zurechtfrisiert. Man muß das zerschlagen.«

»Warum so gewaltsam?«

»Zerschlagen!« hatte Schreieck plötzlich gebrüllt wie ein aus der Fassung geratener Operntenor. Aber dann hatte seine gleichfalls vorhandene Gutmütigkeit ihn veranlaßt, sich zu Katrix herabzubeugen und es ihr zu erklären.

An sich sei jeder der Narr seiner Träume. Man könne es auch noch milder ausdrücken und sagen, es laufe jeder mit einer bestimmten Vorstellung von der eigenen Person umher. Eine vorgefaßte Meinung über sich selbst habe jeder. Das gehöre zur

Luft, in der man lebe, ohne das könnte man gar nicht atmen. Verstehst du das, Trixi? Dieses Fluidum sei unsere Aura. Insofern sei keiner von uns ganz nüchtern, wir alle seien leicht beschwipst, das heißt, daß wir alle bis zu einem gewissen Grade von Träumerei erfüllt seien, von lauter Gespinsten, die unsere innere Leere, unsere von Geburt an fundamentale Ratlosigkeit verschleiern.

»Wir haben in uns einen Maßstab, so eine Art Leuchtröhre, an der wir uns messen«, hatte Schreieck gesagt. »Es ist ein Gradmesser, mittels dessen wir feststellen, was uns eigentlich frommt, was uns eigentlich zusteht, was wir von uns erwarten können, was wir unserer Selbstachtung schulden, was andere oder das Schicksal uns zugestehen sollten. Sollten, Trixilein! Kannst du das begreifen? Bei manchen meldet sich das bewußt, bei manchen mehr instinktiv. Die Mehrzahl allerdings kraucht vor sich hin, da reicht es nicht mal zum Opfer. Wenn's weh tut, machen sie ein Geschrei, und wenn's gutgeht, wird gefeiert, Hochzeit oder sonstwas. Gefeiert wird überhaupt gern, bei jeder Gelegenheit. Idiotenbande!«

Auf diese letzte Entgleisung hatte Katrix sich schmeichlerisch an Schreieck geschmiegt, und dann hatte sie ihm mit dem süßesten ihrer zwei Zeigefinger bald auf die Stirn, bald auf die Wangenknochen getippt und gesagt:

»Die Lydia ist aber nicht so. Zur Mehrzahl gehört sie nicht – wie dein armes Trixilein. Das mußt du doch zugeben. Du mußt doch zugeben, daß Lydia eine Ausnahme ist. Gibst du das zu?«

Noch tagelang war für Katrix des Staunens kein Ende gewesen, daß Schreieck das zugegeben hatte, und zwar ohne Murren. Er hatte das rundweg zugegeben, offenbar nur, weil er sich selber für eine Ausnahme hielt, und auch, weil es ihm drei Minuten lang Spaß gemacht hatte, seine so dumme und darum eben doppelt reizvolle Katrix zu belehren. Er hatte sich sogar noch weiter darüber verbreitet und erklärt, in jeder Gesellschaft müsse es einige Ausnahmen geben. Das sei die höhere Mathematik der Gesellschaft.

»Diese Ausnahmen«, hatte Schreieck gesagt, »gibt es immer

und überall, ganz gleich, auf welchen Konventionen die Gesellschaft beruht, ob sie monarchistisch oder republikanisch, aristokratisch oder bürgerlich, demokratisch oder marxistisch, akademisch oder ein Club von Ganoven ist oder beides zugleich. In jeder Gesellschaft, auf die Dauer in jeder, findet sich solch ein springender Punkt, der von neuen, teilweise noch unbekannten Voraussetzungen ausgeht. Das geschieht nicht aus Willkür oder Ressentiment, es ist einfach eine Potenz, ein Verjüngungsfaktor. Verstehst du das?«

Katrix hatte nicht gezögert, es zu verstehen. Jedenfalls hatte sie das behauptet, wobei sie ihren Schreieck angeblickt hatte, nicht anders als einen extrapotenten Musikautomaten, der unentwegt Einfälle spuckt. Trotzdem hatte sie auch die Gelegenheit benutzt, ein wenig für Lydia zu werben, indem sie sagte:

»Die Lydia hätte schon längst die Kleopatra spielen können – in Bielefeld, wo auch Alices Kapellmeister sitzt. Aber sie will nicht weg von Berlin. Warum nur? In Bielefeld ist es doch auch ganz schön.«

Da war Schreieck aber nervös geworden, sogar nervöser als sonst, denn er hatte mit der Leidensmiene eines kläglich Verkannten gemurmelt:

»Quitschke, quotschke! Quitsch, quatsch, quotschke.«

»Fällt dir nichts Besseres ein?« hatte Katrix gesagt.

Zugleich jedoch hatte sie auch schon erkannt, was die Glocke zu schlagen gedachte, denn Schreieck hatte, und zwar ziemlich drohend, hinzugefügt:

»Im Augenblick fällt mir nur auf, daß du mir fortwährend die Ohren vollsummst mit deiner Lydia. Sei also froh, wenn mir nichts Besseres einfällt!«

»Aber Witzbartel, süßer!« rief Katrix. »Du wirst doch nicht.«

Da hatte er aber auch schon gewollt. Einen brennenden Strich auf der Wange, lief Katrix heulend davon. In der Tat, er hatte ihr eine gelangt. Seine Selbstachtung hatte sich gezwungen gesehen, sich durch eine Ohrfeige von den Einflüsterungen zu befreien, die mit bohrender Eigensinnigkeit von Katrix ausgegangen waren. Dabei schien ihr aber auch gar nichts daran gelegen zu haben, ihn zu verstehen. Alles, was recht ist! Vielmehr hatte sie es allein darauf angelegt, ihn herumzukriegen und für ihre lächerlichen Sonderabsichten zu erwärmen. Und das war denn doch unerhört.

Nun, hinterher hatte dann große Versöhnung geherrscht, und es war alles vergessen. Ja, sie hatten sich sogar damit vergnügt, den Vorgang zu rekonstruieren, um festzustellen, was ein jeder gesagt und wie sie sich beide bearbeitet hatten. »Berlin, Berlin! Von Berlin kommt man doch nicht so leicht los. Da kann man doch nicht einfach Bielefeld sagen. Herrjeh noch mal!« Das war Schreiecks Entschuldigung gewesen. Aber Katrix hatte gleichfalls auf ihre Meinung gepocht, die nun eben von Lydia ausging, und deshalb bestand sie auch darauf, daß Schreieck seinerseits zugegeben habe, daß Lydia eine Ausnahme sei.

»Nur eben«, wie sie später Baronin Pißnelke und auch Alice gegenüber erklärte, »erst gibt er es zu, und dann langt er mir eine. O dieser Schuft!«

An dem Tag, da Katrix bei Alice ihr Kleid abholte, lag dieses Unrecht so bar auf der Hand, daß man es hätte abheben können wie zehntausend Dollar. Zeigte sich doch, daß Schreieck im Tiefsten seiner funkelnden Klüfte ganz hübsch beunruhigt war über den vielleicht doch höchst rosigen Stand der Dinge.

Selbstverständlich hatte diese Unruhe bei ihm ihr eigenes Gepräge. Zunächst einmal war es ein Dauerzustand, hervorgerufen durch das mit seinem epischen Figuralwerk verbundene doppelte oder auch mehrfache Risiko, das sich teils auf seinen ewigen Finanzschwund erstreckte, teils aber auch auf den nicht minder durchlöcherten Aberwitz der Konzeption, deren Durchführbarkeit keineswegs gesichert, sondern eben erst experimentell zu erweisen war. Baronin Pißnelke erzählte jedenfalls mit größtem, wenn auch unbeabsichtigtem Stimmaufwand, daß ein Kritiker einmal gesagt haben soll, in Schreieck läge ein Grenzfall von Begabung und Impotenz vor und die Proben aus seiner epischen Kosmosophie erinnerten eher an einen quallenhaften Gaurisanker als an ein Muster poetischer Architektur. Schon hier also waren Widerstände vorhanden, mit denen er sich herumschlagen mußte. Diese Widerstände konnten aber auch eine

Auszeichnung sein, und nicht zuletzt war gerade Lydia es gewesen, deren angeborene Erhabenheit solche Ansichten verfocht, wie sie denn auch nach längerem Nachtgespräch mit ihm, in dessen Verlauf sie ihn auch gefragt haben soll, ob seine Einfälle mehr von unten oder mehr von oben kämen, worauf er entgegnet haben will, sie kämen im Rundlauf an, und nach flüchtiger Einsicht in mehrere Partien seines Werkes großzügig genug gewesen war, es als Standardwerk zu bezeichnen, für das unbedingt etwas getan werden müßte. Auch jeder andere hätte in soviel Zuspruch zunächst lauter Bienenhonig gesehen. Wer wollte es Schreieck also verdenken, wenn ihn Lydias Urteil für zwei, drei Wochen über die Maßen erfreut hatte? Möglicherweise gewann er durch sie einen Kreis, der die Eigenschaft besaß, sich selbsttätig zu erweitern, und in ihr selbst, vorausgesetzt, daß sie Karriere machen würde, eine Art Gönnerin, eine Art Ersatz-Fürstlichkeit, dank deren Einfluß und Mithilfe sein Werk vielleicht einmal als in Leder gebundener Privatdruck erschien. Möglich war das durchaus, es war nicht nur die reinste Utopie.

Indessen wäre er nicht Schreieck gewesen, wenn ihm seine erste Aufwallung nicht auch wieder zu schaffen gemacht hätte, da ihm das Trügerische an jeder Hoffnung nur allzu vertraut war und er also auch wußte, daß dieses Kraut, selbst wenn man es ausriß, als Unkraut weiterzuwuchern pflegte, sogar gegen jede Vernunft. Auch war ihm nicht entgangen, daß Lydia selbst wie durch lauter Unkraut watete oder vielmehr gerade aus diesem Unkraut ihren Betäubungstee sog, wodurch freilich alles, was sie verkündete, an Bedeutung verlor. Kurz und gut, eines Tages war Schreieck erwacht, mit lauter Sprachmoränen im Mund. Plötzlich sollte das alles leeres Stroh sein. Es war nun wirklich nicht einfach, hier wieder umzuschalten und womöglich abermals an ein Feuerwerk von Verheißungen zu glauben. Das hieße dann wahrlich: rin in die Kartoffeln, raus aus die Kartoffeln! Und das hieße auch, an Lydias größter Idee gezweifelt zu haben.

Darüber hatte es denn auch eine letzte Auseinandersetzung mit Katrix gegeben, nachdem Katrix erklärt hatte, die Lydia verfolge jetzt ihre Idee mit Hilfe einer Vollmacht.

»Vollmacht?« hatte Schreieck sogleich drauflostrompetet. Anfangs überrascht, hatte er's aber gleich abgedämpft. »Naja, Vollmacht. Was die nur immer mit ihrer Vollmacht hat. Ich gebe ja zu, das Wort liegt wunderbar in der Schnauze, der reinste Gulasch. Vollmacht! Aber was will sie denn damit?«

»Sie will tun und lassen können, was sie will«, hatte Katrix gesagt, und als sie auf Schreiecks Miene ein Grinsen entdeckte, war sie einen Schritt weitergegangen, der vielleicht auch ein Rückschritt war. Jedenfalls hatte sie hinzugefügt: »Sie will frei sein, mit Rücksicht auf sich und andere. Das ist ihre Idee.«

Aber Schreieck hatte die Nase bereits so voll, daß ihm gar nichts mehr paßte, und so hatte er einfach weitertrompetet:

»Idee! Ich habe eine Wut auf Ideen. Alle Ideen treiben Schindluder mit uns, sie führen uns nur in Käfige. Leute, die zu leben verstehen, pfeifen darauf. Bis einer mit einer Idee ins reine kommt, ist er entweder schachmatt oder ein Terrorist. Sag ihr das, deiner Lydia.«

»Soll das heißen, daß du das ablehnst?«

»Das soll heißen, daß dir jetzt der Sauerkohl anbrennt, wenn du dich nicht darum kümmerst. Tratsch ku potschke di knotschke!«

»Zuletzt bin immer nur ich gemeint«, hatte Katrix noch aufgeseufzt. Aber dann hatte sie es fürs beste gehalten, sich zu entfernen, um bei Alice drüben ihr Herz auszuschütten. Sie hatte so Sehnsucht nach einer neuen Haut, und sie freute sich auf ihr Fähnchen.

Katrix war voller Sprunghaftigkeit. Wenn sie zu Alice kam, geschah das immer nur so im Vorbeigehen, auf einen Sprung. Aber sie kam doch sehr gern, vor allem auch, weil Alice etwas besaß, was den anderen Bekannten in den drei Wohnblocks nahezu abging: die Fähigkeit, zuzuhören. Jene anderen waren allesamt derart von ihrem eigenen Trödel erfüllt, daß sie fortwährend überzulaufen drohten, auch wenn es hinterher immer leicht angebrannt roch. Das störte sie nicht. In ihrer Eingenommenheit, die übrigens weniger auf eitlen Motiven beruhte als auf einer schon kurios zu nennenden Abart von Aktivität und Engagement, rotierten sie wie ein Hurrikan durch die Gegend; in der Mitte ihres Wesens war es genauso leer wie dort, aber das Drumherum war gelegentlich derart, daß man Schreieck recht geben mußte, wenn er sagte, daß er bei Sichtung mancher dieser Windhosen instinktiv kehrtmache oder schräg seitwärts abdrehe. Katrix war nicht so empfindlich. Auch war sie ja meistens selber von Schreieckiaden erfüllt, die sie bei irgendwem loswerden wollte. Und drittens war das Aufschnappen von Neuigkeiten im Rahmen ihrer Geschäftigkeit einfach ein Akt wie Essen und Trinken, ein Akt alltäglicher Notdurft, dem sie auch mancherlei Hinweis auf manch kleinen Nebenverdienst verdankte. Sie mußte stets auf dem laufenden sein, sie wäre sonst abgemagert. Auch Alice, bei der ja allerlei ein- und ausging, war ihr dabei schon behilflich gewesen, sie hatte ihr bald was zu tippen, bald was auszubessern, einmal sogar auch Nachhilfestunden für ein Paar zurückgebliebene Zwillinge verschafft, und sie war überhaupt ein Juwel, gegen das selbst Schreieck nichts einzuwenden hatte. Jedenfalls sparte er sie geflissentlich aus.

Bei Alice hatte sich Katrix auch diesmal wieder erholt. Das war kein Kunststück gewesen, da Neuigkeiten sie ohnehin rasch erfrischten. Und die größte Neuigkeit war für sie natürlich das Zusammentreffen mit Bernhard gewesen, den sie bei dieser Gelegenheit das erste Mal zu Gesicht bekam, wobei sie ihn – was Wunder! – unwillkürlich mit Schreieck verglich. Auf der Abschätzung solch erster Wirkungen beruhte ja ihr ganzer Instinkt. Nun, es bedurfte nicht viel, um zu erfassen, daß Bernhard aus einem ganz anderen Stall kam. Sie nannte es geistig. Bernhard war geistig, mit allem, was sich daraus ergab: Vornehmheit, Höflichkeit, Vorsicht im Urteil, Zurückhaltung im Verkehr, etwas Indirektes, gleichsam Sondierendes. Im Vergleich dazu war Schreieck allerdings nur genial, jedenfalls keine Spur von vornehm, andernteils auch viel schüchterner in konventionellen Situationen. Niemals wäre Schreieck imstande gewesen, einen faux pas, wie sie ihn beim Anblick von Alice und Bernhard begangen hatte, derart charmant zu überspielen. Dazu war er zu schüchtern, wenn auch seine Schüchternheit nichts eigentlich Befangenes hatte, wie er überhaupt mehr abwartend als höflich, mehr lauernd als zurückhaltend war – eben die reinste Platzpatrone, bei der man nie wußte, wann sie losging.

»Ach, Alice!« seufzte Katrix, nachdem sich Bernhard verabschiedet hatte. Sie hätte es zweifellos gern gesehen, wenn zwischen ihnen noch ein wenig über Bernhard geschwätzt worden wäre, denn ihr Seufzer klang ungemein träumerisch, und dementsprechend verdrehte sie auch die Augen. Doch Alice schien nicht in Stimmung zu sein. Es schien sogar, als hätte sie die Schere genommen und sämtliche diesbezüglichen Perspektiven durchschnitten, so daß Katrix es vorzog, ihr eigenes Planquadrat zu beleuchten.

»Schreieck ist wieder einmal ganz unten«, gestand sie. »Er behauptet, er hätte die Sprache verloren. Jedenfalls tut er, als ob er sie nicht mehr erträgt. Manchmal sitzt er reineweg da und sticht Bilder. Er nennt das: Bilder stechen. Ich weiß auch nicht, was das ist. Jedenfalls ist es schrecklich.«

»Bei euch ist aber auch immer was los«, meinte Alice.

»Genau wie bei dir!« rief Katrix. Dabei freute sie sich, daß Alice zustimmend lächelte. »Weißt du«, fuhr sie fort, »neulich ist mir das aufgegangen. Du hast dich doch sehr an Lydia gewöhnt, fast so sehr, daß dich dein Kapellmeister kaum noch interessiert. Lydia, das bedeutet für dich etwas Ähnliches wie für mich Schreieck. Das ist eine Dynamik, eine ständige Unruhe, ein Durcheinander. Findest du nicht?«

»Wenn du meinst?« sagte Alice. »Bei mir sieht's jedenfalls ziemlich dynamisch aus, im Augenblick.«

In der Tat lag allerlei durcheinander, Modeblätter, Stoffe, Einwickelpapier, und auch die Wermutgläser standen noch da, was Katrix aber nicht störte.

»Das macht nichts, Alice«, entgegnete sie. »Auf mich wirkt das anheimelnd. Alle die Flicken! So bunt, so elegant, die Neuheiten alle, die auf Kundschaft warten. Da sieht man doch wenigstens, daß was geschieht. Ich möchte überhaupt nicht wie in der Klinik leben, zwischen lauter Politur, immer desinfiziert – puh! Und auch nicht zwischen lauter Kunstgegenständen, sondern wie sich's gehört: unter brauchbaren Sachen, hübsch durcheinander. Immer nur Ordnung vor Augen macht unproduktiv, sagt Schreieck.«

»Da hat er wieder mal was gesagt«, meinte Alice und lachte.

»Ich weiß auch nicht, wo er das hernimmt«, versetzte Katrix. »Er weiß einfach alles. Er hat so eine Methode, das ist bei ihm Inspiration. Da hat er sein drittes Auge.«

»Nennt er das so?«

»Ja. Da schaut er durch alles hindurch. Die Fliegen hätten tausend, sagt er, ihm aber genüge ein drittes. Sogar über Lustmorde weiß er Bescheid, besser als jeder Kriminalist. Er hat mich auch schon richtig gefesselt und dann eine Art indianischen Ritus an mir vollzogen. Ich mußte mir eine Maske aufsetzen, mich ausziehen, nackt. Ich dachte, er bringt mich um. Er kann solche Vorgänge haargenau inszenieren. Er weiß, wie es unter Kindern zugeht, aber auch, wie unter Huren und Großaktionären.«

»Woran das ›Und‹ das Reizvollste ist, liebe Katrix.«

»Naja. Er sagt immer: Aktien und Bomben, Konzertsäle und Bordelle, das gehört zusammen. Er nennt das Ejakulationswerte.«

»Kann so bleiben, dein Schreieck«, sagte Alice. »Grüß ihn von mir!«

Da Katrix bemerkt hatte, daß Alice wieder in Stimmung kam, nachdem jener erste, durch den Gedanken an Bernhard hervorgerufene Zug von Nachdenklichkeit wie weggewischt war, spazierte sie noch ein wenig durchs Zimmer, indem sie einige wahllos umherliegende Modeblätter ergriff und die neuesten Modelle studierte. Vorführdame, dachte sie, wäre auch etwas Geeignetes. Warum nicht auch Vorführdame?

Unterdessen sah sich Alice anderweitig beschäftigt, da sie noch das für Katrix bestimmte Kleid einpacken mußte. Sie strich es glatt, legte es sorgfältig zusammen und schlug es in einen Bogen ein, dessen umgeknickte Enden mit je zwei Stecknadeln befestigend. Indessen, schon während sie das in Anspruch nahm, hatte sie ein Gefühl, als ob Katrix in tiefster Versunkenheit vor ihrem Modeblatt stünde. Und das war doch zu sonderbar, als daß nicht Alices Blick, teils nicht ohne Verstohlenheit, einmal zu ihr hinübergewechselt wäre. Katrix spürte das auch, sie tat aber nicht dergleichen, vielmehr hielt sie sich geflissentlich festgesaugt mit ihren Augen. Dann erst kam, indessen halb abwesend, ihre Stimme, die fragte:

»Sag mal, Alice, ist wirklich nichts los zwischen euch?«

»Zwischen wem denn?« sagte Alice, nachdem sie rasch wieder weggeblickt hatte.

»Ich dachte nur«, sagte Katrix, »weil Lydia nicht da ist.«

»Eigentlich müßte sie bald zurück sein. Mir wäre nichts lieber«, versetzte Alice. »Immer so warten.«

»Kann denn ›Er‹ dabei nicht etwas tun?«

»Wer denn?«

»Jener.«

»Ach, Katrix!« sagte Alice.

Größere Neigung zur Erörterung irgendwelcher Intimitäten verspürte Alice anscheinend nicht. Statt dessen holte sie Katrix wieder aus dem Bezirk ihres putzigen Argwohns zurück und übergab ihr das Kleid, mit nochmals besten Grüßen für Schreieck, worauf Katrix nur einfiel, wenn auch nicht ohne Juchzer, daß sie sich reichlich verplaudert hatte. Um so überschwenglicher erklärte sie aber, daß sie ihren Schreieck schon noch herumkriegen würde, hier mitzuhelfen. Davon abgesehen, wollte sie noch allerlei sagen, zum Beispiel auch, daß hier einmal ein Mann hermüßte, um nach dem Rechten zu sehen, ein Mann, der ja nicht gleich ein Kerl oder Supermann zu sein brauchte, so ein Herr Professor wie Bernhard genüge durchaus, wenn es kein Schreieck sein könne. Aber dazu kam sie nicht mehr, da Alice sie unmerklich zur Vorsaaltür drängte, wo der Abschied nichtsdestoweniger sehr herzlich verlief.

Halbwegs zwischen Tür und Angel, ja schon draußen auf dem Podest, ergab sich aber doch noch Gelegenheit zu erzählen, daß der Olaf jetzt überall als Herr von Tettendorf herumfalle und sich aller Welt als Aufnahmeleiter einer demnächst zu gründenden Lydia-Film-Produktion empfehle, was ihm sicherlich nur als Vorwand diene, um den Verkäuferinnen vorn am Breitenbachplatz unter die Röcke zu sehen und sie nach verborgenen Talentflecken abzusuchen.

Ob denn von diesen neuesten Projekten wirklich schon etwas in Angriff genommen sei?

»Geschwätz«, sagte Alice.

Das war alles, was Katrix darauf zu hören bekam.

8 Alice befand sich gerade im Bad, wo sie ein Nachthemd ausschwenken wollte, als draußen die Vorsaaltür ging. Da das Nachthemd ein kostbares, sorgfältig zu behandelndes Stück war, es war aus feinstem Schweizer Batist, den sie der üblichen Kunstfaser vorzog, und da sie dabei, über eine lauwarme Schüssel gebeugt, ein wenig vor sich hingesummt hatte, war ihr das Geräusch nur ungefähr zu Bewußtsein gekommen. Trotzdem hatte sie sofort darauf reagiert. Als sie im Korridor nachsah, traf sie auf Lydia, die regungslos dastand.

»Hast du mich aber erschreckt!« sagte Alice.

Sie hatte noch Schaum an den Händen, den sie erst abtrocknen mußte. Dann aber war sie sofort bereit, sich ihr zu widmen.

Bis dahin stand Lydia indessen immer noch da, wie ein Modell ihrer selbst, wenn auch, so beim ersten unvermuteten Anblick, merkwürdig fremd.

Solche Auftritte waren Alice nicht unbekannt. Immer, wenn Lydia sich wichtig nahm, gefiel sie sich in einem Präludium von Wortlosigkeit und Großäugigkeit, wobei man nie wußte, ob es ernst gemeint war. Sie genoß dann die Wirkung und erhob sich, wie sie sagte, über die Situation. Diesmal aber war sie doch sichtlich bestrebt, besonders willkommen geheißen zu werden. Es war fast wie damals, da sie für länger zu Besuch gekommen war, wobei sie nicht verfehlt hatte, die Verirrte zu spielen und mit dementsprechender Demut um Nachsicht und Asyl zu bitten.

»Wie war's?« wollte Alice schon sagen, ergriff dann aber lieber den Umhang, den Lydia ihr reichte, und umsorgte sie wortlos.

»Hast du schon etwas zu dir genommen?« fragte sie beiläufig, worauf Lydia vielsagend nickte.

Dann begaben sich beide in Alices Arbeits- und Zuschneideraum, wo Lydia genau dort Platz nahm, wo vorher auch Bernhard gesessen hatte, ein Umstand, der Alice zu einem rasch unterdrückten Vergleich anregte. Hier erst, die Beine langstreckend und einigermaßen entspannt, hob Lydia ihr anscheinend von widersprechendsten Erfahrungen beschwertes Gemüt wie zur Decke empor mit der Bemerkung:

»Ich kann dir gar nicht sagen, Alice, wie sehr mich nach einer Gegend verlangt, wo die Anständigkeit regiert.«

Dann starrte sie bedeutungsvoll vor sich hin.

Es war unverkennbar, daß zunächst beide nicht wußten, wie sie ein Gespräch in Gang bringen sollten, Lydia, weil sie nach einem Verfahren suchte, das möglichst effektvoll war, Alice in Anbetracht der kaum noch erträglichen Spannung, aus der sie längst herausgefühlt hatte, daß Lydia nach Hause gekommen war, abermals um eine Aufregung reicher. Ihr Auge, wenn nicht apathisch, hatte einen so fiebrigen Glanz wie von Atropin, und ihre Elfenbeinhaut, sonst etwas Kostbar-Samtenes, Fruchtiges wie bei Südländerinnen, wirkte merkwürdig grau.

Zum Glück fiel Alice ein, daß ihnen ein Mokka guttun würde, und so rannte sie, Lydias Einverständnis voraussetzend, in die Küche. Es erwies sich denn auch, daß es von dort aus, durch zwei offene Türen hindurch, um einiges leichter war, die Sprache wiederzufinden.

»Was war denn nun eigentlich los? Hast du etwas erreicht?« rief Alice von draußen herüber.

»Nichts«, erwiderte Lydia.

»Mach keine Scherze!«

»Reineweg nichts«, wiederholte Lydia.

Diese Neuigkeit schien ihr aber so zu gefallen, daß sie sie nahezu triumphierend servierte. Ja, sie erhob sich sogar und ging mit wippendem Tanzschritt durchs Zimmer, wobei sie Frau Loschwitzers Hut ergriff, um ihn illustrativ auf seinem Ständer rotieren zu lassen.

»Nichts ist in der Tat nichts«, gab Lydia bekannt, nachdem sie offenbar eine ebenso passende wie schützende Rolle zur weiteren Berichterstattung gefunden hatte. »Es ist schlechthin soviel wie nichts. Das habe ich nun gelernt, falls ich es nicht schon gewußt haben sollte. Und es wäre das einzige, was ich nach Hause bringe, wenn, ja wenn nicht – wenn nicht eben darin, daß ich es nach Hause bringe, eine Spur von nichts mitspräche. Insofern ist es vielleicht etwas mehr, das heißt etwas weniger an Negation, denn es ist eine Spur, und eine Spur kann immerhin nicht ganz nichts sein. Aber an sich ist es nichts.«

»Lydia!« sagte Alice, als sie mit dem Mokka erschien.

»Ich sehe, du kannst es nicht fassen.«

»Ich kann es mir denken«, versetzte Alice. »Aber tu mir den Gefallen und hör auf, es mir zu unterbreiten, als ob du irrsinnig wärst. Das halte ich nicht mehr aus.«

»Dann nimm Platz, meine Liebe«, sagte Lydia mit einer so großzügigen Geste, als ob der Fall umgekehrt läge und Alice bei ihr zu Gast wäre. Nachdem das geschehen war, fuhr sie fort:

»Du siehst dem gewöhnlichen Nichts ins Auge und hältst es nicht aus. Das ist natürlich. Dem gorgonischen Nichts begegnen ist leichter. Das ist tragisch, das hat Masken und schneidet Grimassen. Das sitzt nicht am Richtertisch wie ein ausgestopfter Herr Sowieso, das steht auf Kothurnen. Das gewöhnliche Nichts hingegen ist farblos. Es ist trivial, es ist so gut wie nicht vorhanden. Weißt du, es ist einfach unfaßbar. Es ist – es ist – nichtswürdig.«

»Hör auf damit, Lydia! Spann mich nicht auf die Folter!«

»Aber Kindchen«, sagte Lydia in Abwandlung ihrer Rolle, in die sie nun glücklich hineingeschlüpft war, »es hat hier niemand in der weltweiten Runde die Absicht, aus dir eine Märtyrerin zu machen. Niemand, Alice! Aber es bleibt uns beiden nichts übrig, als dem ganzen Komplex ins Auge zu sehen, und zwar so unverrückbar, daß wir bis durchs Letzte hindurch auf den Bodensatz dessen gelangen, wo diese mißgestaltete Ohnmacht von Nichtswürdigkeit sitzt. Wir sind ein Nichts, meine Liebe, und wir werden es bleiben, wenn wir uns nicht entschließen, uns selber beim Schopf zu packen. Entscheide dich, wenn du kannst.«

»Ich verstehe kein Wort«, sagte Alice.

Da ihr dieser Vormittag schon allerhand abverlangt hatte, war sie wahrhaftig nahe daran, die Geduld zu verlieren und sich jeder weiteren Prozedur zu entziehen, dies um so mehr, als sie plötzlich auch Bernhards Einfluß neben sich fühlte. Sie entsann sich indessen auch, daß Lydia nichts hinnahm, ohne es auszuleuchten, und außerdem war da noch etwas im Spiel, einesteils eine nicht nachlassende, tiefere Spannkraft auf seiten Lydias, die sich immerhin um die Bewältigung einer offenbar schwer verdaulichen Tatsache bemühte, andernteils auch und eben darum ein irrlichternder, davon ausgehender Funke, der ihre schwesterlichen Gefühle in Mitleidenschaft zog. Und so sagte sie, wenn auch mit Maßen:

»Manchmal bist du mir rätselhaft, Lydia. Woher nimmst du eigentlich die Gewißheit, daß das, was du tust, immer das Richtige ist?«

»Du wirst bald noch weniger verstehen«, erwiderte Lydia. »Jedenfalls kann ich dir nur empfehlen, dich festzuhalten. Halte dich fest, Alice!«

Bei diesem Rat erwachte auf Lydias Miene ein Ausdruck, der sich ausnahm wie ein abgefeimtes Stück Trost.

Übrigens, meinte sie noch, erfahre man immer erst hinterher, ob etwas das Richtige gewesen sei. Im Moment, da sie getroffen werde, sei aber jede Entscheidung richtig, sofern sie ein Endprodukt sei. »Was heißt überhaupt richtig?« rief Lydia. Auch Fehlentscheidungen könnten sich als richtig erweisen, einfach, weil sie ein Akt der Notwendigkeit seien, durch die man hindurch müsse. Selbst der Irrtum brächte oft erst die Wahrheit hervor, er reize die Wahrheit, er bringe sie in Bewegung. Ohne Entscheidung dagegen bliebe sie lahmgelegt, sie faulte und schwelte so hin, und es geschähe überhaupt nichts zu ihren Gunsten.

»Willst du nun also einen Kampf ausfechten?« fragte Alice.

Wenn's weiter nichts wäre! Das sei ein Kinderspiel gegen das, was ihnen bevorstände, meinte Lydia, ehe sie hinzufügte:

»Ich verlange mein Recht nicht von Herrn Amtsrichter Schulzenschmidt, ich verlange es vom Schicksal. Ich lasse mich nicht mit der erstbesten Vettel ins gleiche Handtuch wickeln.«

»Also Jelka?« sagte Alice nicht ohne Vorsicht.

»Auch sie«, entgegnete Lydia, »kann sein, auch sie. Das wird sich noch herausstellen, und ich denke, sehr bald. Ein Weg dorthin steht schon offen. Du mußt nämlich wissen – deshalb sagte ich: halte dich fest –, es ist da jemand, der mich verfolgt. Ja, Alice, ich werde verfolgt.«

Der Stolz, mit dem sie das sagte, sowie das Prophetische, das dabei mitschwang, waren nun allerdings des Zumutbaren zuviel. Alice fühlte sich plötzlich von einer Art Juckreiz geplagt, so daß sie selber nicht wußte, wie ihr geschah, als sich ihrer Brust ein rauhes, mit Husten untermischtes Gelächter entrang.

»Entschuldige, Lydia!« sagte sie zwar sofort, aber sie gab doch auch zu, daß sie nun wirklich so weit sei, noch weniger als nichts zu verstehen.

»Verfolgt?« wiederholte Alice. »Genau wie im Kriminalroman? Du mußt dich jetzt schon bequemen, von vorn anzufangen, Lydia, wenn ich das alles noch ernst nehmen soll.«

»Ich hätte ja schon längst von vorn angefangen, wenn ich nur wüßte, wie!« rief Lydia begeistert. »Aber hast du eine Ahnung, wie es in mir aussieht? Kannst du das nachempfinden? Dieser Betrieb! Ich hab ja eine Hydra im Kopf, einen tausendarmigen Tumor. Ich befinde mich faktisch dreitausend Meter unter der Oberfläche der Wirklichkeit. Die Wirklichkeit oder was man so nennt – denn was heißt wirklich? –, dieses Scheusal da draußen durchbraust mich. Es ist phantastisch. Und dieses Draußen will mich zur Hure machen. Nicht so, wie du denkst, nicht erotisch! Es ist die Praxis. Durch ihre Gossen will sie mich ziehen. Gemein soll ich mich mit ihr machen, hundsgemein. Auf ihre Fuchsereien soll ich mich einlassen, ihre Schäbigkeiten, ihre Paragraphen und Kniffe. Ah!«

»Nun komm, sei vernünftig!« sagte Alice.

Es war sehr geduldig gesagt, ganz ohne Vorwurf und Bitte, und es tat schließlich auch seine Wirkung. Lydia kam wieder zu sich. Sie suchte nach Worten, bis ihre Lippen sie endlich auch formten, erlösend und frei.

Sie sei also mit ihrem Taxi vorm Amtsgericht angelangt, und der Eindruck, den sie auf den Fahrer gemacht habe, sei zweifellos ein Faktor gewesen, der sie in ihrer Eigenschaft als Erbin aufs schönste bestärkt habe.

»Ist's recht so?« fragte sie Alice, die aufmunternd nickte.

Dieses Amtsgericht in der Nähe des Lietzensees habe zunächst einen durchaus gefälligen, ja willkommenen Anblick geboten, namentlich durch die klassizistische Schmucklosigkeit seiner Fassade. Im ersten Augenblick sei ihr sogar zumute gewesen, als ob sie eine Anfahrt vor der Fassade eines altmärkischen Herrensitzes veranstaltet hätte. Nur freilich sei eine Fassade niemals das Ganze, das in diesem Fall im Verhältnis zu jener ein viel zu umfangreicher Komplex sei. Und ebenso wenig sei das Gebaren der grünberockten Justizdiener, die sie im Inneren angetroffen habe, mit der Haltung patriarchalischer Lakaien oder Bediensteten zu verwechseln gewesen, obwohl sie ausgesehen hätten wie aktenbewehrte Jägerburschen auf der Pirsch durch die Endlosigkeit übrigens vorzüglich gebohnerter Korridore. Auch habe das ganze Gewölbe mitsamt seinen Milchglasscheiben, seinem gegabelten Treppenaufgang und der Enge des schmächtigen Hinterhofes eher den Eindruck einer allzu gedämpften, fast düsteren, irgendwie stillstehenden und tümpelhaften Atmosphäre erzeugt. Die Vielzahl der bezifferten Türen habe sie dann vollends ernüchtert, nicht zuletzt auch die Registratur all der Aufschriften, die ihr mit paukenähnlicher Deutlichkeit vor Augen geführt hätten, womit das liebe Publikum, wenn es nicht im Theater säße, sich hauptsächlich befasse, als da wären: Aufgebote und Arreste, Schuldnerlisten und einstweilige Verfügungen, Unterbringungen (wahrscheinlich in Heilanstalten) und Entmündigungen, Todeserklärungen und Hinterlassenschaften, Zivil- und Strafprozesse. Im wesentlichen also nichts als Rechtsstreitigkeiten!

Alice könne sich denken, daß sie sich bald gezwungen gesehen habe, Atem zu schöpfen, so mühsam wie eine Herzkranke. Falls sie außerdem geglaubt haben sollte, daß die Verhandlung in einem Plenarsaal mit amphitheatralischem Zuschauerraum stattgefunden habe, und falls sie ferner dem holden Wahn gefrönt haben sollte, daß in Anbetracht der Größe des doch durch ehrwürdigste Patina gekennzeichneten Zembrowskischen Objektes ein Spalier von Justizobersekretären bereitgestanden habe, um ihr den Weg zu weisen, so gehöre das einfach ins Reich der Fabel. Eine Holzbank habe draußen unterm Korridorfenster gestanden, und auf diesen Barbarismus von Marterbrett sei sie zurückverwiesen worden, als sie den Verhandlungsraum habe betreten wollen. Unaufgefordert! Das sei ihre Sünde gewesen. Selbstverständlich habe sie sich geweigert, auf dieser Sünderbank Platz zu nehmen. Sie sei einfach im Korridor hin und her promeniert wie im Kurpark, wobei sie auf lauter erregt tuschelnde Grüppchen und Parteien gestoßen sei, alle mit hochroten Köpfen. Einmal habe sie sich auch ans Fenster gestellt mit dem Blick in den Hof, um dort ihre Gedanken spazieren zu führen, was bei der dort herrschenden Monotonie – sie bestehe nur aus drei farblosen Bäumen! – so quälend gewesen sei, daß sie darüber zusehends das Gefühl für die Plastizität der eigenen Person verloren habe. Sie sei bald nur noch ein Strich gewesen, ein Strich und Schemen. »Die Vollmacht« habe eine Stimme in ihr gemahnt, und dieses Pochen auf ihre öffentlich beglaubigte Vollmacht sei ihr einziger Halt gewesen, kontrapunktiert vom Pochen in ihrem Herzen. ›Ich poche darauf, daß ich hier bin‹, habe sie sich dauernd zugeflüstert. ›Ich poche darauf.‹

»Ich kann's nicht ändern, ich muß das erwähnen«, sagte sie zu Alice, die aber nur nickte.

Ihre ganze kunstvolle Aufmachung, ihre Kleidersorgen der letzten Tage, drei Tupfen rechts, drei Tupfen links, dieser ganze brisante Diagonaleffekt, das sei alles verlorene Liebesmühe gewesen. Sie hätte auch in Sack und Asche erscheinen, auch als Tranfunzel auftreten können, das Ergebnis wäre das gleiche gewesen und die Chose genauso verlaufen. Sie sei nicht Lydia Faude gewesen – i wo denn! Keine Spur! Sie sei lediglich die Bevollmächtigte der verwitweten Schlör geborenen von Hassewitz gewesen, als solche eine gewisse Faude, geschieden, von Beruf Schauspielerin, zur Zeit erwerbslos. Welch ein Hohn: erwerbslos! Als ob die Kunst ein Gewerbe sei! Man möge sie frikassieren, wenn sie sich entsinnen könne, als Frau jemals nur das gewesen zu sein, was diese Herrschaften aus ihren Akten herausgelesen hätten. Nur Personalie sei sie niemals gewesen. Niemals!

»Du wurdest also hereingerufen?« sagte Alice.

»Gebeten, Alice, gebeten. Das immerhin.«

»Und die andern?« fragte Alice. »Waren die auch da?«

»Niemand.«

»Die kamen also erst später?«

»Niemand kam. Kein Mensch. Nur...«

»Die Verhandlung wurde also vertagt?«

»Aber Alice!« rief Lydia. »Laß mich doch weitererzählen! Ich bin doch ganz ruhig.«

Es sei gar keine Verhandlung gewesen, sondern erst eine Eröffnung. Der Raum, in den man sie geführt habe, sei nur eine Art Schulzimmer gewesen, und da habe so ein graues, drahtig-perfektes Amtsrichterchen gesessen mit noch so zwei Figuranten. Sie glaube zwar, sie sei den dreien wie eine Vision erschienen, denn das Amtsrichterchen habe ein Gesicht gemacht, na, als ob draußen an der Dachrinne drei spukhafte Ratten entlanggehuscht wären. Er habe sich aber gleich wieder gefangen, indem er so tat, als ob ihre Vorladung nichts weiter wäre als eitel Routine und Formalität. Nur die Beisitzer hätten gegafft. ›Was ist das?‹ habe er zu einem von ihnen gesagt. ›Ach so, diese Morawé-sache.‹ Das sei alles gewesen. Keinerlei Ernst, keinerlei Feierlichkeit, keinerlei Sinn für die schicksalshafte Größe der Angelegenheit! Nichts!

Schließlich habe er ihr eröffnet, daß ein Herr Mambrey, den sie, wie sie später erfahren habe, Doppeldoktor Mambrey nannten, daß also dieser Doppeldoktor Mambrey die Erbengemeinschaft in Sachen Zembrowski vertrete. Es liege da eine eidesstattliche Versicherung vor, der zufolge die verschiedenen Rechtsparteien zusammengefaßt seien zu einer Erbengemeinschaft, vertreten durch eine gewisse Jelka Morawé, die ihrerseits diesen Herrn Mambrey mit der Wahrung ihrer Interessen beauftragt habe, der seinerseits wiederum von einem Herrn Zwirner, offenbar einer Art Aushilfskellner aus Mambreys Anwaltspraxis, vertreten werde. Dieser Herr Zwirner sei auch erschienen, aber nur kurz, er habe nur mal so hereingeschaut, denn er hatte noch anderweitig zu tun. Ob dieser subalterne Herr Zwirner auch nur wieder der

Vertreter eines Nebenvertreters gewesen sei, könne sie nicht beschwören. Sie sei nur gefragt worden, ob sie das Erbe überhaupt antreten wolle.

»Ich?« sagte Lydia und warf dabei einen Blick auf Alice, als ob diese der Amtsrichter wäre.

›Meinen Sie mich persönlich?‹ habe sie gefragt, eigentlich nur, um den Horizont dieser Herrschaften etwas zu erweitern und sie nicht ohne Grazie in ein kultiviertes Gespräch zu verwickeln. Denn was heiße zum Beispiel: antreten? Das Erbe antreten? Man erbe doch schließlich nicht, um nichts zu erben! Sie habe aber von seiten des Amtsrichters nur ein Genäsel vernommen, dem zufolge er annehmen müsse, daß sie dazu bereit sei. Das habe er dann zu Protokoll gegeben. Sie habe es nicht verstanden. ›In Ordnung‹, habe er noch gesagt. Was heißt aber in Ordnung? Nichts sei in Ordnung!

Alice möge ihr glauben, daß ihr die Augen nur so im Kopf herumgerollt seien. Selbst eine in einem von Ringvereinsbrüdern beherrschten Vorort dastehende Litfaßsäule hätte nicht hirnloser dastehen können als sie.

»Tja«, sagte Alice. »Und was nun?«

»Ich weiß jetzt, was ich in den Augen dieser Herrn bin«, entgegnete Lydia. »Eine Akte! Ich schlummere jetzt zwischen Aktendeckeln. Ich bin ein Fall, von zwei Schenkeln umklammert. Das ist pervers. Und es ist nun, als schleppte ich etwas mit mir herum, einen Stein oder so, und als wäre dieser Stein mein Herz, und als schlüge dieses Herz wie rasend gegen die Wände. Und hinter diesen Wänden sitzt eine Frau, und das bin ich. Und ich sage dir, Alice, wir können uns das nicht bieten lassen.«

»Das wohl nicht«, meinte Alice.

Aber Lydia war viel zu nervös, als daß ihr dieses bescheidene Nichts an Beifall genügt hätte. Zum nicht geringen Erstaunen erhob sie sich plötzlich und schwebte davon. Sie begab sich in ihr Solarium, wie sie ihr halbes, manchmal auch sonniges Hinterzimmerchen nannte, kam aber ebenso flammend wieder zum Vorschein. Sie hatte sich Zigaretten geholt, die sie sich selber drehte. Das gab ihren langen, ziemlich mageren Fingern wenigstens etwas zu tun. Dabei hatte Alice sich schon gefragt, ob sie etwa zu gleichgültig gewesen sei und ob sie Lydia etwa zu sehr mit Bernhards Augen betrachtet habe, der einmal gesagt hatte, Lydia schrecke vor keiner Behauptung zurück, sofern sie überzeugt sei, daß es sie vorteilhaft kleide. Nun, Bernhard hatte noch mehr gesagt, ohne immer ins Schwarze zu treffen. Diesmal aber schien Lydia tatsächlich zum Außersichsein berechtigt.

»Ich denke nicht daran, das in Betracht zu ziehen«, sagte sie paffend und blickte weitsichtig in die Luft. »Ich habe es nicht nötig, mir das anzueignen, Herr Amtsrichter. Ich weigere mich einfach, es zur Kenntnis zu nehmen. Sie sitzen so herum und tun so, als wäre das nichts. Was glauben Sie eigentlich, wen Sie vor sich haben. Mich vom Vertreter eines Vertreters abspeisen lassen – o nein! Weißt du, Alice, ich kam schließlich auf die Idee, mir selber ins Auge zu sehen, und das mit Recht. Ja, um so mehr, als der Hintergrund, der dabei sichtbar wurde, nicht sauber ist. Dieser Hintergrund ist nicht sauber. Es ist ein Sumpf.«

»Wir werden uns darauf einstellen müssen«, meinte Alice, die zunächst keine andere Absicht verfolgte, als Lydias Erregung zu dämpfen. Lydia sagte denn auch:

»Das nimmt seinen Lauf.«

Sie sprach das so kategorisch, als ob schon ein ganzes Rudel juristisch-kriminalistischer Räderwerke in Gang gesetzt wäre.

»Mich diesen Herrschaften anschließen – stell dir das vor! Teilen? Mit wem denn? Ich kann großzügig sein bis zur Selbstaufgabe. Aber teilen? Mit einem Phantom? Mit dieser fiktiven Jelka, die es nicht einmal für nötig hält, vor Gericht zu erscheinen, die sich nicht einmal mit uns bekannt macht, die einfach so tut, als hätten wir nichts weiter zu sagen als Ja und Amen. Nein! Das verbietet mir einfach der gute Geschmack.«

»Und dieser Doppeldoktor Mambrey?« erkundigte sich Alice.

»Ach so! Ja, richtig!« sagte Lydia.

Wenn man ihren Erzählungen Glauben schenken konnte, hatte sie felsenfest auf ein Zeichen von oben gerechnet, auf einen nach alledem irgendwie fälligen Wink. Schließlich sei diese ganze Erbschaftsgeschichte auch so von außen gekommen, als Wink, den es nur richtig zu deuten und auszuwerten galt. In diesem Bewußtsein sei sie auch in ganzer Person jede Stufe einzeln durchs Treppengehäuse des Amtsgerichtes hinabgestiegen. Sie habe dieses Aktuarium verlassen und sei ins Freie getreten, wo sie sich vergewissert habe, in welcher Richtung sie ihre halbwegs wiedergewonnene Geringschätzung davontragen sollte. Es hätten sich zwar die verschiedensten Verkehrsmittel angeboten, es sei ihr aber doch lieber gewesen, zunächst ein paar Schritte zu Fuß zu gehen. Die Kantstraße in ihrer soliden, gutbürgerlich-tristen Endlosigkeit sei ihr zu lang gewesen, so habe sie sich seitwärts durch einige Nebenstraßen bewegt in Richtung Stuttgarter Platz, ziemlich mit Selbstgesprächen beschäftigt, in der Absicht, von dort aus nach Hause zu fahren. Dazu sei es aber nicht gleich gekommen, denn es habe sich etwas ereignet, von außen oder von oben herab, je nachdem, genau gesagt aber von hinten. Ein Individuum habe sie angesprochen.

»O!« sagte Lydia, indem sie den Vorgang im Geist wiederholte.

Obwohl die Gestalt, die sich ihr dargeboten habe, nicht eben vertrauensvoll aussah, sei sie angeblich nicht überrascht gewesen. Es war natürlich – weshalb denn auch nicht? – ein Mann, allerdings einer, der ziemlich nach Kriminalgericht roch, wobei man nicht wußte, auf welcher Seite der Strafgesetzgebung er eigentlich stand, ob auf derjenigen der Straffällig-Gesuchten oder auf der oft nicht minder verdächtigen der diese Suche Betreibenden. Mit anderen Worten: der Mann hatte etwas Verkniffenes, Vorsichtig-Verstecktes, recht eigentlich Lichtscheues sowohl im Blick wie im ganzen Gehaben.

Er sei eine Zeitlang hinter ihr hergegangen, meinte Lydia.

Sie habe zwar vorhin behauptet, er hätte sie verfolgt, aber, nun ja, so in der Aufregung wirke manches vergrößert. Immerhin war er ihr auf den Fersen geblieben nicht ohne Bestreben, sich durch ein ständig anwachsendes Murmeln und Räsonieren bemerkbar zu machen. Es war wie ein dumpfer, vorsintflutlicher Widerhall dessen, was Lydia gleichzeitig selber beschäftigt hatte.

»Also doch wie im Kriminalroman?« sagte Alice, was Lydia

nicht ohne Nicken bestätigte, wenn sie auch zugeben mußte, bisher noch viel zu wenig von dieser kessen Materie genossen zu haben, ein Rückstand, der nun aber mit größter Beschleunigung aufgeholt werden sollte.

»Ich gehe noch heute in die Leihbibliothek und beschaffe mir sämtliche Kriminalromane«, rief sie. »Ich lese sie alle auf einmal, von A bis Zett. Ich werde mich nächtelang diesem Studium widmen, schon um keinen Moment mehr aus dieser Sphäre herauszukommen. Schließlich haben wir auch eine Leiche – Zembrowski. Und das ist eine Leiche, die sich sehen lassen kann. Da steckt was dahinter, vielleicht sogar ein Mord. Ich weiß nicht, ob faktisch oder in einem höheren Sinn, jedenfalls grenzt es an Mord. Rufmord gibt es ja auch. Und als Mordversuch kann man ja auch bezeichnen, wie diese Herrschaften uns zu behandeln gedenken. Man muß nur das Ganze vom Ende her sehen, indem man das Ende vorausnimmt. Dieses Ende ist wichtig, Alice, so wichtig wie bei der Tragödie. Auch unsere künftige Taktik hängt davon ab. Wir brauchen Symptome. Davon können wir nicht genug auftreiben, ganz gleich durch wen. Und dann heben wir dieses Räubernest aus.«

Da Lydias Blicke sich so weit verloren hatten, daß sie kaum noch wußte, wo sie sich befand, bediente sich Alice scherzhaft eines Zitats, das lautete:

»Lache nur, Bube! sagte Ellery streng.«

»Was ist das?« rief Lydia.

»Auch so ein Krimi«, versetzte Alice.

Dann aber sorgte sie dafür, daß Lydias Erzählung sich wieder auf jene Stelle besann, die doch wohl der Angelpunkt ihrer neu aufgeflackerten Hoffnung war.

Nicht ohne Glücksgefühl gab Lydia zu verstehen, daß sie sich mit diesem vom Schicksal gesandten Zwischenträger, einem Herrn Hintzsche, vertraut gemacht habe, indem sie ihm in den Dunstkreis einer Stehbierhalle gefolgt sei. In solche Räucherlokalitäten mit Eisbein und Erbsenpüree verlöre sie sich ja sonst nicht, sie habe aber ein schönes Beispiel von Selbstüberwindung gegeben, und bei einer Molle mit Korn habe sie ihn zum Reden gebracht. Dabei sei auch der Diagonaleffekt ihrer drei Tupfen zur Geltung gelangt wie überhaupt der Schliff ihrer Eleganz, denn dieser Hintzsche habe sie nur so angestarrt und nur mit »Gnädige Frau« angeredet. Es fehlte nur noch, daß er ihr die Hand geküßt hätte, so hündisch habe er sie umschmeichelt. Nun, ganz angenehm sei ihr das nicht gewesen, das freilich nicht, zumal das Devote an ihm mit einem süßlichen Grad von Aufdringlichkeit untermischt war. Aber sie habe das eben in Kauf genommen.

»Das steht alles auf sehr schwachen Füßen«, habe er gesagt. »Das ist eine einzige Clique, hüben wie drüben. Da holt jeder heraus, was er kann.«

Er selbst, in Anbetracht seiner Jahre, auf deren Erfahrungsschatz er öfters hinwies – er war etwa fünfzig, konnte aber auch schon sechzig sein, denn er sah sehr verbraucht aus, sehr faltig und übernächtig verwittert –, er habe sich wieder herausgedreht aus dieser Schlinge, nachdem er eine Zeitlang Botengänge und andere Aufträge für Morawé ausgeführt habe. Aber auch ihn hätten sie übers Ohr gehauen, und er könne ihr also nur raten, sich stark zu machen, dann stürze dieses ganze Kartenhaus ein. Er verfolge das jetzt von nebenan, er sei dort in dem Blumenladen beschäftigt, als Austräger von Buketts und so, meistens an die gleichen Herrschaften, denen er früher die Bonbonnieren überbracht habe, in die Villen und Hotels. Der Amtsrichter, der die Sache bearbeite, sei ihm gleichfalls bekannt, auch Doppeldoktor Mambrey, der Notar, der wahrscheinlich als Treuhänder eingesetzt werde. Die gehörten ja zur Kundschaft Morawés, die steckten ja alle unter derselben Decke. Auch mit dem Hauswart, mit diesem Karsunke, wisse er umzugehen, falls es verlangt wird. Der sei früher mal Wachtmeister gewesen, ein Zwölfender, wie man so sagt, und daher rührten auch seine Verbindungen zur Polente. Ein ewiger Aufpasser sei das, bei dem man nie wüßte, in wessen Diensten er stände. Polizei, Hausverwaltung, Grundstücksagenten, Finanzamt, Kavaliere, Vertreter, Strichjungen und Bardamen, das sei alles ein Interessentenhaufen. Da ließe sich schon etwas machen.

»Kaufen Sie dieser Gesellschaft den Schneid ab!« habe Herr

Hintzsche zum Schluß gesagt. Allerdings habe er dann auch durchblicken lassen, daß das eine Kleinigkeit koste. »Prost!«

»Hast du ihm etwas gegeben?« fragte Alice.

»Mein ganzes Stammkapital«, sagte Lydia. »Zehn Mark.«

Beim Verlassen der Stehbierhalle, die sich Bierschwemme nannte, es war am Stuttgarter Platz, kurz nachdem sich Herr Hintzsche verabschiedet hatte, nicht ohne Hinweis darauf, daß er für Auskünfte stets erreichbar sei, sei sie noch in eine Affäre geraten, die sie aber nur mit Abscheu erfülle, so grotesk es auch war. Da hätten sich drei aufgetakelte Weiber an sie herangemacht und sie in unflätigster Weise beschimpft, weil sie es gewagt habe, in deren Revier zu wildern, gleichsam mit Herrn Hintzsche als Zuhälter. Es seien Huren gewesen, die sie für ihresgleichen gehalten hätten. Dabei seien Ausdrücke gefallen, also Ausdrücke, vor denen sie fluchtartig davongestürzt sei, erst zum Autobus, dann in die Untergrundbahn, drei Klafter unter die Erde. ›Olle Drecksau!‹ sei noch das mindeste gewesen.

»Begreifst du nun, Alice, daß ich jetzt kein dringenderes Bedürfnis verspüre, als mich möglichst rasch wieder reinzuwaschen?« rief Lydia. »Ich mache mir jetzt ein Bad, ich steige jetzt in die Fluten. Komm, Alice!« Und im Aufstehen fügte sie noch hinzu: »Da heißt es immer die Wirklichkeit, die Gesellschaft, das Leben ...« Es blieb aber ungewiß, was sie damit gesagt haben wollte, denn sie brach wieder ab. Es fehlten ihr einfach die Worte.

Im Lauf des Tages kam dann aber noch manches zur Sprache, was in Lydias Augen von äußerster Wichtigkeit war und worin ihr Alice meistens auch beipflichten konnte, wenn auch gerade Alice spürte, daß neben dieser einen noch andere Stimmen in ihr erwacht waren, Stimmen, die skeptischer waren. Dazu hatte sich viel zu viel aufgestaut.

In der Hauptsache aber war Lydia damit beschäftigt, all das Unreine und Wüst-Vermischte ihrer jüngst gewonnenen Eindrücke von sich abzuschütteln oder auch zu verarbeiten. Auch diesmal konnte sie sich kaum lassen über den alles andere als klassischen Zustand der städtischen Menschheit. Die Mehrzahl erschien ihr erschreckend häßlich, nicht so sehr häßlich an sich, sondern eher auf Grund einer eingefleischten Verdrossenheit. Nicht nur Herr Hintzsche, wenn sie es recht besah, hatte einen Speichel auf den Lippen gehabt, an dem verwunderlich war, daß er ihm selber schmeckte, auch die Leute in der U-Bahn hatten so dagesessen, als ob sie besser nichts miteinander zu tun haben wollten. Und rätselhaft war auch, wie diese Leute am Leben hingen, zäh wie die Kletten, und daß sie sich alle nicht massenhaft umbrachten, den Lemmingen gleich, in einer Art euphorischer Epidemie. Aber im Gegenteil! Auch noch mit einem Bein trieb sie ein Stachel, ihre Tüchtigkeit zu beweisen. So war unterwegs eine Frau zugestiegen, beinamputiert, eine ganz nett und ansehnlich hergerichtete Dreißigerin, Blondine, mit einer Stupsnase, aber so heuschreckenhaft, mit so geschäftsmäßig abschätzigem Blick, wie sie ihn nur noch von einer ihrer Lehrerinnen aus ihrer Kindheit kannte. Das Schrecklichste an der Beinamputierten war aber nicht das Behinderte, sondern die durch nichts zu hemmende Geschicklichkeit ihrer fünf Finger, mit denen sie beim Aussteigen am Silbergriff ihrer schwarzlackierten Gehstütze herumgetastet hatte, verquickt mit der Absicht, sich rascher zu bewegen als alle anderen. Und das auf Prothesen!

»Übrigens, Bernhard war da«, sagte Alice, sobald sich gegen Abend eine Gelegenheit bot.

»Was?« rief Lydia. »Der Bernhardiner?« Und dann fügte sie mit keineswegs ernstgemeintem Vorwurf hinzu: »Und das sagst du mir erst jetzt?«

»Du hast mir ja keine Zeit gelassen«, meinte Alice, die außerdem an Frau Loschwitzer dachte. »Du warst ja ganz mit dir selbst beschäftigt, mit dir und deiner Umgebung.«

Da lächelte Lydia, wie sie bisher noch nie gelächelt hatte. Es schien zwar eine Weile, als ob sich ihre Wangen unmerklich entfärbten, aber dann strömte ihr das Blut wieder zu, und in einem jener Anfälle, wozu sie sich gelegentlich reizte, Anfälle von wahrhaft unergründlicher Selbstermächtigung, sagte sie beim Gedanken an Bernhard sowie im Bewußtsein ihrer eigenen und der ihr übertragenen Vollmacht:

»Ach, Alice, was wäre ich ohne mich!«

II Morawé

1 Noch bis vor wenigen Jahren war der alte Herr von Zembrowski eine Erscheinung gewesen, die halbwegs zwischen Zoo und Kurfürstendamm fast jedermann kannte und von der auch, zumindest in der Nachbarschaft sowie in dieser und jener der hierorts versprengten kleineren Lokalitäten, fast jedermann wußte, daß es der letzte Alleinbesitzer von Morawé war.

Ein mageres, etwas grotesk-betuliches Männchen, pflegte er täglich gegen zehn Uhr auf der nördlichen, dann meist sonnigen Seite des Kurfürstendamms zu erscheinen, während er bei seiner Rückkehr die andere benutzte, mit der spürbaren Wärme der Nachmittagssonne auf den schon arg rheumatischen Schultern. Eingehüllt in einen uralten Gehrock, der sichtlich einen Anstrich des nicht nur Ehrwürdigen, sondern schon Anachronistischen hatte, bewegte er sich genau auf den mittleren Steinfliesen des Gehsteigs entlang, um dann an einer der nächsten Straßenecken – meist war es das Uhlandeck – ›links schwenkt!‹ zu machen und die doppelseitige Flucht des Fahrdamms zu überqueren, direkt auf Morawé zu. Er bevorzugte den Toreingang neben dem Laden wie den spärlichen Hinterhof überhaupt, wo die Fabrikationsräume lagen, niemals den Laden selbst, wie er denn auch dem illusionären Hochkomfort des Kurfürstendamms kaum noch irgendwelche Beachtung schenkte, um so mehr aber all dem, was auf dessen Rück- oder Kehrseite lag. Und dort lag ja auch seine Wohnung, unmittelbar am Stadtbahnbogen in der Fasanenstraße, aus der er täglich nach so pünktlichem Vormittagsplan herauskam, manchmal in der Tat, als ob er als leibhaftige Nippesfigur aus einem der dort zahlreichen Antiquitätengeschäfte käme.

Wäre Lydia Faude das unbeschreibliche Glück widerfahren, ihm zu begegnen – aber sie wußte ja leider überhaupt nichts von ihm! –, sie hätte ihn, nach Verwindung des ersten Schrecks, wahrscheinlich mit Adolf von Menzel verglichen, jener kleinen

Exzellenz aus vergangenen Zeiten, dem bekannten zwerghaften Maler, dessen Testament seinerzeit die Gemüter so stark erregt hatte dank der Bemerkung, daß er für seine Person oder vielmehr daß das Organ seiner Männlichkeit niemals durch etwelchen Klebestoff mit der Außenwelt in Berührung gekommen sei. Und wahrhaftig, das hätte auch auf den alten Herrn von Zembrowski zutreffen können, wenn auch gesagt werden muß, daß er nicht unempfänglich war für mancherlei erotische Reize.

Man mußte nur einmal mitangesehen haben, wie er so daherkam, denn die Art seiner Vorwärtsbewegung entbehrte nicht der Methodik. Deren Haupteffekt, offenbar praktisch und altbewährt, bestand nämlich darin, daß er stets mit der ganzen Fußsohle auftrat, also eigentlich weniger gehend als stampfend, so daß man, bei gleichzeitiger Ruckhaftigkeit der Armbewegung, mit jeder Sekunde erwartete, nun auch die Beine herumschlenkern zu sehen, etwa in der Art jener Lebegreise, die drüben im nahen Theater des Westens eine Zeitlang die Operetten belebt hatten. Indessen, dieses Schlenkern blieb aus, denn das als »platterdings« bezeichnete Aufstampfen geschah nur, um die Gefahr eines unvorsichtigen Umkippens seiner schon wackligen Knöchel zu verhüten, wie denn überhaupt in seiner Art viel vorbedachte Umsicht und abstraktes System lag.

Offenbar war sich Zembrowski der Einmaligkeit eines in ihm abschnurrenden Uhrwerkes bewußt, weshalb er es dementsprechend behandelte. So blieb er auch manchmal inmitten des Gehsteigs stehen, um zu verschnaufen, meist aber auch, um nicht ins Schwitzen zu geraten, denn das haßte er wie die Pest, da er annahm, daß in den Schweißperlen kleine Mikroben hausten, die ihn verhöhnten. In letzter Zeit liefen ihm häufig solch alterssinnige Vorstellungen durch den Kopf, wodurch sich selbst die gewohntesten Dinge verfärbten oder womöglich zu einem Problem auswuchsen. So erzählte man sich, ihn einmal an der Ecke der Uhlandstraße angetroffen zu haben, wie er dastand und überlegte, wobei er mit dem Zeigefinger quer durch die Luft fuhr, die Bordschwelle der Gegenseite nachzeichnend und vor sich hinmurmelnd: »Wie komme ich nur von hier dort hinüber?

Dieses freie Feld dazwischen muß doch irgendwie geartet sein.« Das freie Feld aber war die allseits bekannte, durch Verkehrsampeln geregelte Kreuzung am Kurfürstendamm.

Nichtsdestoweniger war Zembrowski fast bis zuletzt, da ihn eine Krankenschwester begleitete, in der Lage gewesen, sich selbständig zu bewegen. Krank sah er eigentlich nicht aus, trotz seiner hohen Jahre, eher etwas allzu rosig und hektisch, von jener hochgeäderten, ins Violette spielenden Farbe, wie sie Genießer und Weintrinker auszeichnet. Nur hing an seiner Nase ständig ein Tröpfchen, und die Schniepel seines Gehrocks – es befanden sich zwei Kakaobüchsen darin – standen steif und ungelenk von ihm ab.

Wie mit dem Nimbus seiner Gestalt verhielt es sich auch mit der inneren und äußeren Beschaffenheit seines Geschäftes, von dem der Hauswart Karsunke beiläufig zu sagen pflegte: ›Wie der Herr, so 's Gescherr!‹, obwohl er den Alten sonst hoch verehrte.

Keiner von denen, die an dem kleinen Laden vorbeiflanierten (auch Lydia Faude bekanntlich erst später), hätte auch nur entfernt geahnt, daß diese glitzernde Trödelbude gleichbedeutend war mit einem der ersten Spezialgeschäfte Berlins. Vielleicht hätten die meisten ohne besondere Empfehlung das Schaufenster gar nicht beachtet, zumal es nur schmal wie ein Handtuch war, und so wäre ihnen auch der Verkaufsraum nicht gerade als ein Muster von Neuzeitlichkeit erschienen, obwohl er mitsamt seiner billig-pompösen Wandspiegelverkleidung, mit all den Leisten und Goldzieraten, den niedlichen Löwen- und Katzenköpfen am Ecksatz der Schränke schon mehrmals neu hergerichtet worden war. Man konnte sich geradezu, wenn man sich umsah, in eine Art Urberliner Lachkabinett versetzt fühlen, in eine Art Spieldosen- und Operettendasein, voller Anklänge an Großmutters Zeiten oder wohl gar an Jahrmarktseindrücke mit in Weißgold strahlenden Luftkarussellen – mit dem Unterschied nur, daß alles viel kostbarer wirkte, ja teils sogar so, als ob diese halbechte Pralinémischung aus Gestern und Heute ein mit Absicht einkalkulierter Effekt sein sollte wie in gewissen Sparten der Andenkenindustrie. Die Tatsache, daß die Kasse gleich neben dem Eingang stand in Gestalt eines niedrigen, grünsamtenen Tischchens, während sich im Hintergrund ein gleichfalls durch Spiegel verkleidetes Privatkabinett anschloß, erhöhte nur das zugleich Talmihafte und Anspruchsvolle dieses verwirrenden Eindrucks. Es gehörte also schon eine gewisse Firmenkenntnis dazu, um zu wissen, daß es ein Geschäft war, das Wert darauf legte, für international zu gelten, was es tatsächlich auch war, und daß sein ganzer Ehrgeiz darin bestand, den Wünschen auch der verwöhntesten Kundschaft gerecht zu werden und zu genügen, einer Kundschaft, die schon seit je hinaufgereicht hat bis in die Spitzen von Wirtschaft, Politik, Kultur und Diplomatie und schließlich sogar bis nach Übersee. Mit anderen Worten: es war eine Goldgrube und ein Objekt.

Die Firma selbst, wie aus den weißen, quer aufs Schaufenster gesetzten Porzellanbuchstaben ersichtlich, trug den seltsamen Namen ›Morawé‹, mit dem eingedeutscht slawischen ›w‹ und dem in Verbindung damit kaum korrekten, aber anscheinend als vornehm empfundenen französischen Akzent, und genauso lautete auch der Name der eigenen Herstellungsmarke, die den eigentlichen Ruf der Firma ausmachte, obwohl diese nicht verschmähte, auch andere Marken mitzuvertreiben, allerdings nur erstklassige und ausgewählte. Indessen, dieses ›Morawé‹ war mehr ein Laut, eine Klang gewordene Geschmacksvorstellung, deren Schreibweise außerdem auf eine eigene Geschichte zurückging wie fast alles an diesem Geschäft. Was die anderen Marken betraf, so war aus einem bräunlichen, schon ziemlich verwitterten Glasschild zu Häupten und zu Seiten des Schaufensters ersichtlich, daß Marken wie Lindt, Kohler, Hachez, um nur einige zu nennen, die geläufigsten waren und daß deren Firmensitze und Herstellungsorte sich über ganz Europa verteilten wie Sternbilder eines süßen oder bittersüßen Geschmacks.

Als die Firma gegründet wurde, damals noch Unter den Linden, gab es in Berlin nur wenige Geschäfte, die auf ein hundertjähriges Bestehen hätten zurückblicken können, dafür um so mehr, die ebenso neu und zukunftsreich schienen wie Morawé. Stand doch damals ganz Deutschland im Zeichen der Zukunft, wie denn Zukunftsmusik, angewandt jeweils auf sämtliche Gebiete von der Oper bis zu Wirtschaft und Politik, eines der gebräuchlichsten Schlagworte war, das wahrhaftig nichts Schreckenerregendes an sich hatte wie später. Und das galt erst recht für Berlin – Berlin, das damals eben dabei war, sich zur Weltstadt zu entwickeln, das immer mehr Vororte eingemeindete, dessen Arbeitersiedlungen und Krankenhäuser als vorbildlich galten und dessen Innenstadt Warenhäuser aufwies, auf deren Dächern die Weltkugeln und Herkulesse ein weithin sichtbares Wohlleben führten, wobei aber bezeichnenderweise schon jener Zug nach dem Westen einsetzte, dem anfangs der zwanziger Jahre auch Morawé gefolgt war. Unter diesen Umständen war es ein Glück, diesen kleinen, zwar teuren, aber glänzend gelegenen Laden am Kurfürstendamm gefunden zu haben, an dem sozusagen vom ersten Tag an ein ununterbrochener Strom eines in- wie ausländischen, äußerst wißbegierigen und vor allem zahlungskräftigen Reisepublikums vorüberzog.

Bezeichnend für diesen Auftrieb im allgemeinen ist ein Brief, der sich im Nachlaß des alten Herrn von Zembrowski fand und den er, damals ein Mann in den besten Jahren und doch schon ein Sonderling, an einen seiner Pariser Verwandten gerichtet, aber, wie es scheint, nicht abgeschickt hat. Er bezieht sich noch auf den Laden Unter den Linden.

»Lieber Max!« hieß es da. »Sei bedankt...« Man beachte die Lohengringeste! – »Sei bedankt für Deine Glückwunschfanfare zum zehnjährigen Bestehen der Firma, deren Gründung im neuen Jahrhundert« – es war 1901 – »sich täglich mehr als ein sicher beim Schopf gepackter Glücksfall erweist, so daß ich nur bedauere, daß Morawé nicht mehr dabei ist, und dessen Goldmine, wie ich den Laden vorn nenne, prachtvoll floriert, wobei die Bescheidenheit des Flächeninhaltes in umgekehrtem Verhältnis zur Größe des Umsatzes steht. Ich entsinne mich noch, daß ich anfangs, als ich noch im Laden vorn stand und bediente, von einer widernatürlichen Angst vor der Kundschaft beseelt war und im stillen oft dachte: wenn nur niemand hereinkommt! – Zwar ist der Verkehr mit der Kundschaft auch heute noch nicht mein Fall, ich überlasse das lieber den anderen, aber das hindert mich nicht, hauptsächlich mit den Vertretern hie und da ein Gespräch anzuknüpfen und die hochgespannte Weltlage zu erörtern, wobei wir allerdings bald bei den immer noch steigenden Grundstückspreisen der Innenstadt landen. Denn wisse: Berlin entwickelt sich, wie ein Bekannter aus Paris neulich sagte, in erschreckendem und bewunderungswürdigem Ausmaß (éclatentement), ja geradezu amerikanisch (à l'américaine). Wir besitzen jetzt schon eine Bourgeoisie, eine jüdisch-aristokratische Hochfinanz, einen Mittelstand, eine organisierte Arbeiterschaft und was weiß ich, so daß wir auch eine Korona ausländischer Journalisten beherbergen, die uns analysieren. Las ich doch neulich bei einem, es war ein Franzose: ›Berlin existiert überhaupt nicht‹ – stell Dir das vor! –, ›ihm fehlt es an Individualität.‹ Das Phänomen jedoch sei, daß hier soviel gearbeitet werde, mehr als anderswo, und daß trotzdem die Straßen, die Gaststätten und Cafés bis in den Morgen hinein überfüllt seien. Nun, ich bemerke davon nicht viel, denn ich gehe kaum aus, höchstens einmal in die Oper, weshalb man mich auch als menschenscheu abtut und mir ein ewiges Junggesellentum prophezeit. Dafür hoffe ich um so mehr, wenigstens Dich bald zu sehen, und sei es auch nur, damit Du Dich persönlich vom Vorhandensein Berlins überzeugst und wenn nicht Berlins, was für Dich aber wohl die Hauptsache ist, so doch wenigstens vom Vorhandensein Morawés. Dein Fedor.«

Unter diesen glücklichen Konstellationen war Morawé also gegründet und in die Jahrzehnte hineingeführt worden. Seitdem hatte es die Zeiten, oft wahrhaft historische Zeiten, wenn auch nicht unangefochten, so doch unbeschädigt und heil überdauert. Indem der kleine Laden einer zwar wechselnden, im innersten Wesen aber stets gleichgearteten Kundschaft immer das gleiche Gesicht vorwies, hatte er sich so eingespielt, daß er gleichsam von selbst ging, wenn auch jener höchste und allerhöchste Glanz, der Glanz der Majestäten und des Hoflieferanten, inzwischen verblaßt war. Dafür waren andere Generationen gekommen, namentlich am Kurfürstendamm, und andere Schichten, es waren ihrer eigentlich mehrere, die gleichzeitig nebeneinander lebten, so daß sich aus dem Kreis der Kundschaft wie des geschäftlichen Anhangs eine leibhaft-persönliche Skala hätte herauskristallisieren lassen, eine Skala, etwa von der Altersstufe des letzten Alleinbesitzers, des nun schon über achtzigjährigen Herrn von Zembrowski, sowie seiner ältesten Kundin, der Gräfin von Ujest, der Ingwergräfin, wie man sie nannte, weil sie den Ingwer pfundweise verschlang, über mancherlei Zwischenstufen hinweg bis zur Jugend seiner ihm niemals zu Gesicht gekommenen Urnichte, einer gewissen Frau Lydia Faude.

Denn wie der kleine Laden sich sonst auch darbot, so war er doch bei all seiner Wunderlichkeit ein lebendiges Zeugnis Berlins, auch im Sinne einer lebendigen, sich selbst verjüngenden Kundschaft, und mit Recht hatte Morawé in gewissen, ein reges Gedächtnis pflegenden Kreisen nach wie vor seinen Klang.

Dieser bemerkenswerte Ruf beruhte nun freilich auf Voraussetzungen, die weniger einhellig und klangvoll waren, von denen aber die Kundschaft, die ja nur den Laden vorn kannte, glücklicherweise nichts ahnte. Eine der wichtigsten bestand darin, daß sich die Firma bestimmter Rezepte erfreute, darunter auch solcher, die erotisch sehr anregend wirkten, Rezepte, in die aber niemand sonst eingeweiht war als der alte Herr von Zembrowski. Dieser hatte noch einen Meister, ein ihm treu ergebenes Faktotum, und der Meister hinwiederum eine Gehilfin, die sogenannte Kouverteuse, die aber unmittelbar ohne Einfluß blieb, zumindest solange, als der Chef noch lebte. Insofern stand der Herstellungsbetrieb nur auf vier Augen, eigentlich nur auf zweien, auf denen des Meisters, da im Grunde nur er es war, der die Handfertigkeiten erledigte, während sich Zembrowski oft wochenlang nicht darum kümmerte. Im Laden jedenfalls ließ er sich kaum noch blicken, und in der Werkstatt hinten, wo er zwar täglich erschien, erschien er eigentlich nur, um sich sofort ins Büro zu begeben, in ein eigens für ihn reserviertes Privatbüro. Es kam noch hinzu, daß über die Rezepte keinerlei schriftliche Aufzeichnung vorlag, was trotz der verschiedensten Anmahnungen von seiten des Ladens auch nicht zu erwirken gewesen war, und so führte die Werkstatt bei Lieferung des täglichen Bedarfs und gewissermaßen auf Abruf ein zwar gleichfalls gut eingespieltes, aber doch auch recht undurchsichtiges Sonderdasein.

Gerade diese Werkstatt aber oder Fabrik, wie man im Laden vorn sagte, erwies sich als eine Lokalität, die in ihrer Eigenschaft als Quell- und Herstellungsort, sozusagen als Schokoladenlaboratorium, also als Allerheiligstes, in viel ausgeprägterem Maße als der immerhin adrett sich darbietende Laden der verwitterten, in sich abgeschlossenen Sonderlingsatmosphäre Zembrowskis entsprach. Es hätte schon einer abnormen, ans Krankhafte oder Kriminalistische grenzenden Phantasie bedurft, um sich vorzustellen, wie die Verhältnisse dort in Wirklichkeit lagen, und vielleicht wäre manchem auch dann noch das Wasser im Munde erstarrt.

Nun, sobald man den Hinterhofschacht durchquert hatte, einen in seiner Lichtlosigkeit ernüchternden Ort, dann die Kellertreppe hinab- und links eine schmale Wendeltreppe wieder hinaufgelangt war, kündigte ein brodliger, kakaogetränkter Geruch das Vorhandensein einer Art Waschküche an, worin ein verdreckter, eingemauerter Ofen seine bengalische Glut gegen zwei Holzböcke warf, über die seit ungezählten Jahren eine schwere, braungefleckte, offenbar niemals abgewaschene Marmorplatte gelegt war. Das war der Tisch, wo der Meister die Süßigkeit knetete. Hier entrollte er sein Geheimnis. Vielleicht spuckte er auch manchmal hinein. Jedenfalls geschah das bisher ohne Mechanik, nur mit der Hand, umgeben von Dutzenden verstaubter Likör- und Kognakflaschen. Das Fenster war trüb, teils, weil es ungeputzt war, teils infolge durch Mauervorsprünge bedingter Lichtlosigkeit. Die weißgekalkte Wand ringsum starrte von Ruß, und wenn nicht zufällig ganze Armeekorps von Kakerlaken über den Estrich krochen, so bekundete doch die Rissigkeit der Decke und die mehrfach geflickte Hieroglyphik des Ofens, in welch wahrhaft ehrwürdigem Ausmaß hier das Traditionelle und täglich Gewohnte mit dem schlechthin Verwahrlosten und Ruinösen zusammentraf.

Außer dem Meister kam denn auch niemand hierher. Die Gehilfin hatte ihren Vorratsraum, und Zembrowski begnügte sich mit seinem Büro, aus dem er nicht einmal den Kopf herausstreckte, wenn's draußen klopfte. Ja, man erzählt sich, daß er einmal sogar, weil er nicht hatte gestört werden wollen, eine Staubwolke aus Puderzucker durchs Schlüsselloch herausgeblasen habe, einem Tintenfisch ähnlich oder sonst einem Reptil, das sich seine Gegenfüßler vom Halse faucht.

In Anbetracht dieser zwiefachen Selbstherrlichkeit, deren einzige Zwischenfigur jene weißbeschürzte Gehilfin war, die mehrmals täglich die Ware nach vorn zum Laden brachte, wäre es töricht gewesen, nicht zuzugeben, daß das Gesamtbild der Firma kaum noch jenem Ruf entsprach, den man ihr zuschrieb. Zumindest wies sie ein Doppelgesicht auf, im Laden vorn ein glitzernd-verspieltes, in der Werkstatt hinten ein eigensinnig-verdüstertes, und wenn diese beiden Komplexe bis jetzt noch zusammengehalten wurden, so beruhte das einzig auf dem Geist jenes Schimmers, der Morawé hieß. Dieses Morawé war recht eigentlich das A und O, es war die Hauptvoraussetzung des Ganzen, ein Nimbus, kraft dessen alles übrige erst ermöglicht, ja gewissermaßen heraufbeschworen wurde, zumal nichts Geringeres dahinterstand als die Nachwirkung einer Gestalt gleichen Namens – aus jener Zeit nämlich, »da Morawé noch dabei war« –, bis schließlich Sache und Person in eines verschmolzen und auf unbestimmte Zeit als eine Art Mythos erstrahlten, wie so manche der Leuchtreklamen am Kurfürstendamm.

Für diejenigen, die sich dafür interessiert hätten, wer Morawé war – freilich, außer dem Staatsanwalt war das wohl niemand –, wäre die Befriedigung ihrer Wißbegier, fürs erste zumindest, sehr einfach gewesen. Man brauchte sich nur an Fräulein Jelka zu wenden, die Leiterin des Ladens. In dem Privatkabuff im Hintergrund des Ladens, das nicht größer war als eine Fahrstuhlzelle, hing ein alter verblichener Stich, genauer gesagt eine Daguerreotypie aus Paris, einen jungen, slawisch dreinschauenden Lebemann darstellend. Das war Herr Morawé. Ob er damals schon geahnt hat, daß sein Geist dereinst als Firmen- und Markenname weiterleben würde, war zwar nicht zu erkennen, allein das Träumerische in seinem Blick und die dandyhafte Art seiner Haltung, die ans Stoische grenzte, ließen fast darauf schließen. Jedenfalls erwies er sich als ein Mensch, durchdrungen von der Abenteuerlichkeit seiner Bestimmung und im Augenblick auch bereit, es gelassen und nicht ohne Anflug von Ironie hinzunehmen. Diese durch Träumerei gedämpfte Überlegenheit war es wohl auch, wodurch sich Fräulein Jelka zu einer fast abgöttisch zu nennenden Verehrung hatte hinreißen lassen, so daß sie das Bild wie ein Heiligenbild behandelte und es vor wichtigen Entschlüssen und Entscheidungen geradezu anstarrte und befragte.

Nun war Morawé wirklich ein Mensch gewesen, dessen Format ins Außergewöhnliche reichte und dessen Absichten, wobei dahingestellt bleibe, ob einzig aus jugendlichem Überschwang, die bloße Pralinenproduktion ursprünglich weit übertrafen. In seiner Neigung zu Phantastik und Einspännerei glich er seinem Jugendfreund Fedor, der damals in Paris in der Confiserie Lafayette das Konditorhandwerk erlernte, nur überragte er ihn in der Fähigkeit, sein Gefühlsleben seinen Ideen unterzuordnen. Auch war bei ihm alles gewaltsamer, anfeuernder, empfindsamer und doch zugleich, namentlich in der Ausmünzung eines Entschlusses, gedankenschärfer.

Von Geburt Bosniake, von Staatsangehörigkeit Österreicher, eigentlich Moravec mit Namen, hatte er sich nach dem Tod seines Vaters aus Wien nach Paris begeben, um dort Chemie zu studieren, wobei er sich auch den Akzent zulegte und Moravé nannte. Indessen sah er sich bald veranlaßt, in die Confiserie Lafayette hinüberzuwechseln und so die Giftmischerei, wie er sagte, mit der Süßigkeitsbranche zu vereinen. Hier war es auch, wo er sich mit Fedor von Zembrowski bekannt gemacht hatte. Eine typische Jünglingsfreundschaft hatte sich entsponnen, wobei Fedor der Lehrling war, Moravec oder Moravé dagegen der Initiator, der etwas Ältere und Erfahrenere. Voller Pläne und Spekulationen, sogar voller Utopien hatten beide eine Zeitlang davon geträumt, eine kulturpolitische Liga zu gründen, die Liga zur Befreiung Europas von Vorurteilen, bis Moravec oder Moravé auf den Gedanken verfiel, in Berlin ein Geschäft zu eröffnen – man wußte nicht recht, von welchen Geldern – und Europa zunächst durch Fruchtbomben und andere Mixturen zu beglücken, und zwar auf Grund inzwischen erworbener Geheimrezepte. Unter dem Namen Morawé, diesmal mit deutschem »w«, war diese Gründung denn auch zustande gekommen, damals in Gestalt eines ersten kleinen Ladens Unter den Linden.

In dieser Zeit war Morawé glänzend in Schuß. Es stellte sich heraus, daß er noch immer politische Pläne hegte, abzielend auf eine Erschließung und Umgestaltung des Vorderen Orients – auch von einer Araberliga war die Rede, was damals phantastisch wirkte –, wobei ihm das Schokoladengeschäft lediglich als Deckfirma diente. Sein Freund Fedor sah auf diese Anstalten mit größter Besorgnis herab. Er träumte zwar gleichfalls von ausgewählten Genüssen, nicht weniger phantastisch und luxuriös, doch damit begnügte er sich. Seine Menschenscheu war schon damals nicht mehr normal. Um so mehr begrüßte er es, als Morawé eines Tages erklärte, Fedors jüngere Schwester, die lebenslustige Jannina heiraten zu wollen, da er ihn dadurch näher ans unmittelbare Interesse der Firma gefesselt glaubte. Diese Heirat kam auch zustande, ohne allerdings die von Fedor erhoffte Wirkung zu zeitigen. Aber auch Morawé sollte die Früchte seiner Lebensidee, dieses Mischprodukt aus politischen und kulinarischen Essenzen, nicht recht genießen. Schon nach zweijähriger Ehe verstarb er, ohne daß die Todesursache einwandfrei festgestellt worden wäre. Angeblich war es ein Magengeschwür. Anfälle von Brechreiz und fliegender Hitze hatten sich eingestellt, so daß es nicht ausgeschlossen ist, daß Freund Morawé sich vergiftet hatte – versehentlich, durch einen jener unbegreiflichen Lebenszufälle, die die beste Laufbahn zerstören. Das war jedenfalls Fedors Meinung, der aufrichtig betrübt war und zeitlebens davon einen Schock behielt, ohne sich verhehlen zu können, daß es ihn auch erleichterte. Denn nun war er Alleinbesitzer und, was wohl noch wichtiger war, der einzige in der Werkstatt, während er die Leitung des Ladens zunächst Frau Morawé überließ, seiner verwitweten Schwester. Diese aber, etwas leichtlebig seit je, war nicht zur Seßhaftigkeit geschaffen, sie heiratete wieder, und zwar einen Morawé nahestehenden Ehrenmann, einen Diamantenhändler namens Sinodoro, Mister Ohnegold genannt, mit dem sie vorübergehend nach London zog und dann nach New York, wo sie später auch starb, und seit dieser gleichfalls nur kurzen Ehe, von der es hieß, es sei nur eine Scheinehe gewesen, war, wie es scheint illegitim, eine Tochter vorhanden, eben jenes Fräulein Jelka, die Nichte und als solche seit langem Leiterin und Hauptperson vorn im Laden.

2 Es war nur natürlich, daß bei so alten Geschichten, deren Gegenwart nur noch aus einer Kettenreaktion von Nachwirkungen bestand und deren besondere Zusammenhänge überdies so gut wie unbekannt waren, sich jedermann, der bei Morawé erschien, an Fräulein Jelka hielt, dies um so mehr, als sie sich Jelka Morawé nannte. Sie stand im Laden, aller Welt sichtbar und immer zu sprechen, und außerdem paßte sie glänzend dorthin, sah sie doch aus wie aus lauter Wohlgerüchen erstanden, umgeben vom Inventar einer mehrfach gespiegelten Scheineleganz. Man nannte sie überall Fräulein, obwohl sie schon dreimal hätte geschieden sein können, denn beim Tod von Zembrowski war sie schon beinahe fünfzig. Aber sie hatte das an sich, was zu ihrer Zeit als »sex appeal« bezeichnet zu werden begann, ein Anflug, wodurch selbst Tanten und Großmütter noch begehrenswert wurden dank eines gewissen Verwitterungsreizes. Ihre Hand auf der Kasse funkelte von Brillanten, ihr Wesen war gleichsam dreifach getrüffelt, zusammengesetzt aus einer Mischung von Empfangsdame, Prokuristin und gerade noch gesellschaftsfähiger Halbwelt, und ihr Erfolg bestärkte sie täglich in ihrer Selbständigkeit. Sie war allgemein beliebt und galt als tüchtig.

Über ihr Verhältnis zu Zembrowski war nur so viel bekannt, daß sie sich ihm gegenüber sehr zurückhielt und daß sie beides, das Geschäftliche und das Private, sei es aus Takt, sei es aus Grundsatz, säuberlich trennte. Es konnte sich auch niemand entsinnen, beide jemals gemeinsam gesehen zu haben. Es ging jeder für sich, sogar jeder in eine andere Richtung, da Jelka in Westend wohnte und Zembrowski bekanntlich gleich um die Ecke. Jelka sprach von ihm nur als vom Chef, obwohl sie sich selbst für die Chefin hielt, und höchstens in Ausnahmefällen, aber wirklich sehr selten, nannte sie ihn auch Onkel. Es war ja auch offenkundig, daß er keinerlei Wert darauf legte, mit ihr verwandt zu sein. Dazu hatte sich seine ganze Art, die Menschen zu sehen, schon viel zu weit vom Gewohnten entfernt. Es war geradezu, als ob er sie nur noch als Schemen gewahrte oder als Schachfiguren, verpuppt in irgendein Räderwerk, durch Umgangsformen getarnt und stets darauf aus, ihr Glück zu machen, unter Umständen sogar auf Kosten des Nächsten. Selbstlosigkeit traute Zembrowski niemandem zu, und nichts amüsierte ihn mehr, als wenn so ein Ding von Mensch seine Absichten verriet. »Heidi, heida!« sagte er dann. »Jeden Tag schlägt's mal zwölfe.« Oder er sagte es auch mehr abschließend, indem er hinzufügte: »Da rollt sich der Mops und wird sauer.« Er hielt sie alle für unersättlich. »Eins bleibt sich immer gleich«, hatte ja auch schon Morawé gesagt, »der Appetit der Weiber auf Süßigkeiten und der Appetit der Männer auf Weiber.« Es war der Trieb nach Genuß und Besitz, nach Glück und Macht, und es war also auch eine Warnung, sie sich vom Leib zu halten.

Diese eigentümliche, nahezu insektenhafte Abwehrhaltung gegen jeden Versuch von außen, selbst gegen den bestgemeinten, hatte Jelka schon frühzeitig zu spüren bekommen, hauptsächlich bei ihren Bemühungen, eine Aussprache mit ihm herbeizuführen, um die Fragen der Nachfolgeschaft zu klären. Sie fühlte sich dazu um so mehr berechtigt, als jedermann sah, daß die Zeit drängte, nicht nur seines hohen Alters wegen, sondern auch in Rücksicht auf seinen Gesundheitszustand, den besorgniserregend zu nennen zwar schon beinahe banal war, denn das war er seit je, der aber in letzter Zeit Formen angenommen hatte, die an Todesakrobatik grenzten. Es kam nämlich vor, daß er einfach ohnmächtig wurde, wenn ihm etwas nicht paßte; er schloß dann die Augen und stellte sich tot wie ein Insekt bei Mimikry, und es gab dann immer viel Lauferei, ihn wieder lebendig zu machen, was merkwürdigerweise rasch geschah. Er erhob sich dann einfach und sagte: »Wie denn? Was denn?« und war wieder frisch. Dieses Fit-Machen, wie Jelka es nannte, war aber immer noch leichter, als ihn zu einem brauchbaren Entschluß zu bewegen.

Zembrowski hatte sich nämlich angewöhnt, jedes Gespräch über die unmittelbare Zukunft Morawés als Kesseltreiben zu verdächtigen, und er konnte dann auch sarkastisch werden oder auch pfiffig. Das geschah nicht von ungefähr, Gründe hierfür waren vorhanden, zumal schon einmal der Versuch unternommen worden war, ihn zu entmündigen. Gewiß, das lag schon Jahre zurück. Es war damals gewesen, als Frau Morawé noch im Geschäft stand, und nach dem Ausscheiden ihrer reichlich direkten Person war der Konflikt auch wieder bereinigt worden. Aber begreiflicherweise hatte Zembrowski es nicht vergessen, es war für ihn ein Signal und bestärkte ihn vollends in seiner Methode, sich jederlei Fürsorge vom Halse zu halten – je familiärer, desto entfernter! –, in der nicht unbegründeten Erkenntnis, daß gerade in Familienangelegenheiten nur allzu leicht aus einer Strickweste eine Zwangsjacke wird. Und verrückt war er nicht! Das ließ er sich von niemandem sagen. Im Gegenteil, wenn etwas an ihm in Ordnung war, so war es sein Verstand oder zumindest die Fähigkeit, das Treiben und die Beweggründe derer zu durchschauen, die wie die Hornissen seine ertragreiche Goldgrube umschwärmten. »Jetzt werden wir nie mehr lachen können, ohne dabei zu weinen«, hatte er in Erinnerung an diesen Entmündigungsversuch gesagt, und wahrlich, solcher Aussprüche, die allesamt auf Erfahrung beruhten, hatte er mehrere; er brauchte sie nur aus dem Kopf zu ziehen wie seine Geheimrezepte.

Nichtsdestoweniger hatte sich sein Verhältnis zu Jelka noch am besten gestaltet. Es hatte sich eingespielt auf der Basis des reinen Geschäftsverkehrs, wenn auch sehr temperiert und nicht eben herzlich. Aber in Abständen, die allerdings niemand voraussehen konnte, schwang doch auch etwas mit, das wie Zuneigung aussah, wobei sich eine wenn nicht onkelhafte, so doch neugierig-interessierte Anfälligkeit verriet. Es sprach dabei etwas mit, das nicht durchaus angenehm war, etwas wie heimliche Kumpanei und Mitwisserschaft, ein Zwitterstadium, wobei jeder so tat, als ob er den anderen durchschaute, was wiederum amüsant sein sollte. Vielleicht aber war es auch nur die Anwandlung eines alten, schon ziemlich vergreisten Mannes, der sich, im Vorteil seines Besitzes, an einer Art Katz- und Mausspiel ergötzte. Nun, Jelka wußte ihn jedenfalls zu behandeln. Sie pflegte von ihm zu sagen, er sei großzügig im Großen und kleinlich im Kleinen, und danach richtete sie ihr Verhalten.

Zweifellos konnte man es als großzügig bezeichnen, daß er sie vorn im Laden ganz nach Gutdünken schalten und walten ließ, ohne zu fragen, ob sie dabei auch redlich verfuhr. Er hätte diese Frage wohl kaum bejaht, denn er war überzeugt, daß sie sich hie und da kleine Schwimmerchen leistete, Unkorrektheiten, wie er sie schon an Frau Morawé kannte. Aber das hatte er einkalkuliert, in der Annahme, daß es sich im Rahmen des Erträglichen hielt, und vielleicht auch, weil seine Tätigkeit oder Liebhaberei in der Werkstatt hinten gleichfalls von Eigenmächtigkeiten nicht frei war und es ihm also nur recht sein konnte, wenn beiderseits keinerlei Zwietracht aufkam. Auch wurde der Nachteil, der allenfalls entstand, durch Jelkas unverkennbare Tüchtigkeit wieder wettgemacht.

In den nahezu zwanzig Jahren, die Jelka im Laden stand, darunter sehr schwierige, durch politische Umstände teils leblose Jahre, hatte sie sich eine Praxis erworben und eine Kenntnis, die beide nicht so leicht übertroffen werden konnten. Das reichte sehr weit, teilweise bis zu intimsten Intimitäten. Dabei hatte ihr eigentlich niemand geholfen, sie hatte sich schrittweise hineingewühlt in den ganzen Komplex, mit einer Zähigkeit, die selbst abgebrühte Geschäftspartner erstaunte. Zwar hatte ihr noch ihre Mutter, wenn sie in Berlin zu Besuch war, Verhaltungsmaßregeln erteilt, und Jelka hatte sich das auch angehört, freilich ohne es sich zu Herzen zu nehmen. Es schien ihr denn doch zu abstrus. »Sorg bloß dafür«, hatte die Jannina gesagt – sie sprach von ihrer Mutter nur per Jannina –, »sorg bloß dafür, daß du ihn rumkriegst! Denn sonst, meine Liebe, fliegst du mit in die Luft.« Aber Jannina hatte das so an sich gehabt, nur in Andeutungen zu reden, es war das eine Schwäche von ihr oder auch Hysterie, wie sie überhaupt alle Dinge verzerrte, am liebsten bis dorthin, wo alles fragwürdig wurde, wo alles zwei Seiten hatte, wo einer den andern beganeffte und es überhaupt nur noch Gläubiger, Parasiten und Mitesser gab. Zum Lachen war nur, daß sie selbst daran glaubte. So hatte sie auch gesagt: »Wenn die erst anfangen, mit ihm Schlitten zu fahren.« – »Wer die?« hatte Jelka gefragt. – »Na, die Morawéleute.« – »Ach so!« – »Ich sag nur«, hatte Jannina hinzugefügt, »dann sei du man helle. Für manche ist der Kopf nur zum Küssen da. Aber das reicht nicht. Die Sache ist anders.« – Obwohl hellhörig genug, um zu wissen, daß Zembrowski noch andere Verbindungen hatte, vermochte Jelka im Grunde nichts anderes herauszuhören aus all dem Gerede als eine Verärgerung. So verfehlten diese Hinweise bald jede Wirkung. Nur eines hatte sie gleich erfaßt, und zwar gründlich, nämlich daß es so etwas wie eine Mission war, hier im Laden zu stehen, daß Morawé nicht nur Morawé war und daß es nicht erst der Aufklärung bedurfte, die sagte: »An diesem Puff stößt sich jeder gesund« – denn das hatte sie gleich begriffen, vom ersten Tag an.

Inzwischen war eine ganze Epoche, gleichsam immer das Neueste vom Neuesten, am Schaufenster draußen vorbeige-flutscht, Himmel und Menschen, pflegte der Hauswirt Karsunke zu sagen, und es war auch manche Figur erschienen, der man allein schon am Schnurrbart ansah, daß es ihr nicht nur um Pralinen zu tun war. ›Mehr als eine!‹ wie Fräulein Jelka betonte, wobei sie mit ungemein rasch abschließendem Blick auf jede weitere Erklärung verzichtete. Diese Sonderfiguren, wie man sie nennen konnte, bestanden, abgesehen von den üblichen Spielarten erotisierter Gelegenheitskavaliere, aus Vertretern, aus Zwischenhändlern oder auch aus Agenten und Maklern, deren mancher so seine Vorfühler ausgestreckt hatte, sei es in Form von Erkundigungen nach dem Befinden Zembrowskis, sei es, daß man sich selbst bis zu Anträgen verstieg, die zu Jelkas nicht geringem Vergnügen sogar auf die Möglichkeit einer Einheirat hinausliefen. Aber Jelka hatte stets abgewinkt. »Die Herrschaften beißen bei mir auf Granit«, hatte sie gesagt, »nur leider beiße ich bei Zembrowski auf Watte.« Und in der Tat war eines immer noch nicht zustande gekommen: eine vernünftige Regelung.

Erst letzthin hatte der alte Herr etwas eingeführt, das ihn offenbar auch noch ergötzte, obwohl es das Verhältnis zu ihm wie überhaupt das geschäftliche Miteinander eher erschwerte. Es war der Verkehr mit Zetteln zwischen Werkstatt und Laden, eine

Verständigungsart, die er als Rezept- oder Kurzsprache bezeichnete und durch die Jelka an gewisse Abkürzungsmethoden in Heiratsanzeigen erinnert wurde, wo etwa zu lesen war: Dame aus gut. Famil. sucht Ehepart. gleich. Empfehl. mit vielseit. geist. Interess. Bin 1,67, gepfl. Erschei. sympath. 30, jünger ausseh. Zuschr. mit Bild. – So jedenfalls nahm sich das aus, in Jelkas Beleuchtung. Ihrer Meinung nach war es ein sichtbares Zeichen progressiver Verkümmerung. Sie nannte es Altersverwarzung. Es schien jedoch zweifelhaft, ob Zembrowski es ebenso sah. Nach seiner Meinung hatte er lediglich sein Rezeptsystem auf die Art des persönlichen Umgangs übertragen, zumal überhaupt zuviel geredet werde im menschlichen Leben und es also an der Zeit sei, sich kurz zu fassen. So kam es, daß er fast nur noch Silben flickte und wenn keine Silben, dann Zahlen. Sofern sich die Silben auf die Art der Ware bezogen, die Zahlen auf die Menge der Einzelstücke und Packungen, mochte es wohl noch angehen. Was aber sollte es bedeuten, wenn aus heiterem Himmel solch ein Abkürzungszettel in den Laden geflattert kam, wo dann zu lesen stand: ab sft. f. niemd. z. spr.? – Nun gut, er war also ab sofort für niemanden zu sprechen. Aber ließe sich das nicht einfacher sagen, indem man es durchtelefonierte? Und außerdem: wann wäre er denn zu sprechen gewesen? Das war ja doch ohnehin kaum der Fall, so daß es also auch nicht erst besonderer Anweisungen bedurfte.

Bis zu dieser jüngsten Marotte war es für Jelka ein langer, oft schwieriger Weg gewesen, und man kann es begreifen, daß sie sich, in einer Art Drehpunkt, all die bisherigen Einzelstationen in letzter Zeit mehrmals zurückrief. Man kann sogar sagen: je näher dem in Aussicht stehenden Ende, um so bedeutsamer standen sie ihr vor Augen, manchmal auch grell, je nachdem, wie man die Sache betrachtete, denn von Rechts wegen wurde sie immer abgefeimter und kälter.

Damals, bei ihrem ersten Unterredungsversuch, war von Kurzsprache noch nicht die Rede gewesen. Damals hatte sich der alte Herr eher einer blumigen Ausdrucksweise bedient, blumig-skurril, mag sein, um besser seine Absichten dahinter verbergen zu können, vielleicht aber auch, um überhaupt erst den richtigen Verhandlungsmodus herauszufinden.

»Nun, mein Fräulein, was wünscht Ihr wolkenhoher Verstand?« hatte Zembrowski damals gesagt. Dabei war ihm ein Lächeln um die Lippen gehuscht, dünner als Draht. »Wie geht es Ihren Wünschen und Träumen? Es ist jetzt um zehn, glatt liegt der Vormittag da. Hat Ihr Köpfchen schon ausgeschlafen oder erst aufgehört zu schlafen? Und womit kann ich dienen? Womit wäre Ihnen gedient?« Und dann hatte er, mehr zu sich selber, hinzugefügt: »Sprich! Dann hast du gesprochen. Das ist immer das Beste.«

Diese Unterredung, das heißt der Versuch dazu, hatte im Torbogen neben dem Laden stattgefunden, also stehenden Fußes, nachdem Jelka den alten Herrn abgefangen hatte auf seinem Weg in die Werkstatt. Wenn auch nicht unerfahren, war sie doch im Moment ein wenig betreten, obwohl auch wieder verwundert, und so hatte sie sich ein Herz gefaßt und gesagt:

»Onkel, sieh mal!«

»Ich pflege zu sehen, was gesehen werden muß«, hatte er aber sogleich erwidert. »Nur Sehenswürdigkeiten übersehe ich gern. Aber was ist? Ihre Kehle ist trocken, Ihre sonst so leckere Katzenzunge belegt?«

»Ach, Onkel, man kommt mit dir zu keinem Ergebnis«, hatte Jelka gesagt, ihm beharrlich das Du anbietend, worauf er aber nicht einging.

»Soso, Ergebnisse wünscht das Herzchen. Welcher Art soll's denn nun sein? Das Ergebnis hat einen witzigen Zug, es verblüfft, so à la Graf Schlupski-Dupski oder wie die Gräfin von Ujest sagt: ›lieber finf Minutte gehandelt als drei Woche geschafft‹. Aber vorher steht da der Autobusschaffner an der Treppe zum Oberdeck, wo er kurzfristig ausruft: ›Durch diese hohle Gasse müssense – das Fahrgeld bitte!‹ Aber auch böse Ergebnisse gibt es, puh, das sind stinkende Blumen.«

»Onkel, ich glaube, es geht so nicht weiter.«

Nicht ohne Zeichen von Ungeduld hatte sich Jelka zu dieser Behauptung ermächtigt. Indessen, die erstaunliche Tatsache, daß manche Dinge nicht weitergehen wie bisher, ohne sich selbst zu vergiften, schien den alten Herrn nicht zu erschüttern. Er hatte nur gesagt:

»Echja, echja, wie's euch paßt! Alle drei Jahre soll das Blättchen sich wenden.«

»Drei Jahre!« hatte Jelka gerufen. Es war ein Protest, der klang, als sagte sie fünfzig.

»Nun gut. Ich weiß.« Zembrowski hatte ein wenig gezwinkert, ehe er fortfuhr: »Es ist immer etwas impertinent, zu lange zu leben. Ich weiß. Je schräger die Sonne, um so länger dehnen sich die Gedanken. Dreimal drei ist Donnerstag. Ich weiß. Und man fragt sich: was für eine Wahrheit will die Herrschaft denn hören, die brauchbare oder die ganze? Man hat mich schon einmal entmündigen wollen. Echja! Es stimmt schon. Man steckte mich in ein Loch und bemerkte nicht, daß es ein Ausgang war. Ich kam wieder heraus, zurück aus dem Tunnel. Echja! Wer Töchter hat, verheiratet sie; wer Pferde hat, läßt sie laufen. Und wer an die Wand gespielt wird, hat hinterher viele Gesichter. Denen gesagt, nicht dir.«

»Aber du kennst mich doch, Onkel. Du weißt doch Bescheid. Vielleicht sprechen wir einmal darüber. Heut abend? Ganz unter uns.«

So weit war Jelka gekommen, und sie hatte schon geglaubt, sich beglückwünschen zu können, als Zembrowski mit einer in sämtlichen Fältchen spielenden Hinterabsicht erklärt hatte, sie könnten darüber noch so oft sprechen, wie Jelka es wünsche, nur wäre er heute verhindert und im Laufe der Woche gleichfalls, da er Besuch aus London erwarte.

»Alfredo«, hatte er gesagt und war weitergegangen, hinein in die Trübnis des Hinterhofschachtes.

Es war nicht nur die Zweideutigkeit dieser Auskunft allein, es lag mehr noch an der damit verbundenen Ausweichtaktik, daß Jelka diesen ersten Unterredungsversuch im Endeffekt als einen Stich empfand. Es war wie ein kleiner giftiger Stich. Sie war abgespeist worden, wenn man es nüchtern sah. Und wenn auch nicht sogleich ersichtlich war, inwieweit die erwähnte geschäftliche Abhaltung vorgetäuscht, inwieweit wirklich Tatsache war, so war doch ein Argwohn in ihr erwacht, den sie auch später nie ganz verlor. Mochte auch Zembrowski dem Hauswart Karsunke gegenüber erklärt haben, daß ihm das Köpfchen auf Jelkas Schultern gefiele, während das anderer meist nur aus erotischem Nougat bestünde.

»Wissen Sie, Karsunke«, soll er hinzugefügt haben, »die Weiber – echja! –, die haben kein Gefühl und kein gar nichts. Da tummeln sich lauter kleine Eierchen, und aus diesen Eierchen kriecht alles hervor, diese ganze Kapriziosität, dieser ganze Schaum aus Verdrehtheit, diese Spitzfindigkeit, diese Berechnung und Bosheit. Wie gesagt, lauter kleine Eierchen, eins neben dem anderen.«

»Danke für Fallobst!« hatte Jelka, nun ebenso anzüglich wie abweisend, gesagt, als Karsunke es ihr hinterbrachte.

Wenn man nachträglich einen ganzen Geschäftskomplex aufrollt oder auch ein ganzes Lebensverhältnis, so gehört kein besonderer Scharfsinn dazu, in diesem Kakao, wie Jelka es nannte, allerlei Faktoren zu finden, die mit Moral nichts zu tun haben, geschweige daß sie einer musterhaften, schulgerechten Verhaltensweise entsprechen. Das festzustellen oder zu beanstanden ist wahrlich kein Kunststück. Wesentlich anders, eben um viele Grade weitherziger und salopper nehmen die Dinge sich aus, solang sie noch heiß sind, solang der Kakao noch brodelt und der Taler noch springt, denn im Gegenwartszustand ist alles noch flüssig und unausgereift, und es ist sogar so, daß die Umstände und Verhältnisse die Spielarten bestimmen, oft in einer Weise, die der spätere Blick nicht durchaus gutheißen würde, wenn er sie nicht sogar ablehnt oder verdammt.

Da ihre ersten Anläufe so wenig gefruchtet hatten, indessen auch sonst keine Wendung eingetreten war, die ihr hätte von Nutzen sein können, war Jelka bald dazu übergegangen, sich anderweitig zu sichern. Sie war nicht zum Antichambrieren geboren, ihre Natur war auf Aktivität und Selbständigkeit erpicht, und nachdem ihr erst einmal gelungen war, Ladenkasse und Tageseinnahme in die Hand zu bekommen, hatte sie ihren Wirkungskreis systematisch erweitert, bis ihr schließlich die ganze Geschäftsführung unterstand, von der Rohstoffbeschaffung über den Vertreterverkehr bis zur Jahresbilanz.

Sie war dabei sehr geschickt verfahren, teilweise unter dem Vorwand, dem alten Herrn alle anfallenden Sorgen und Lasten ersparen zu wollen, teilweise aber auch aus purer Notwendigkeit, wie es der Alltagsverkehr diktierte. Bei Nachbarschaft wie Kundschaft war denn auch der Eindruck allgemein, daß sie die Firma innen wie außen beherrschte, desgleichen, daß sie sie mit Grazie und wohlumdufteter Eleganz repräsentierte, während Zembrowski mitsamt seiner Wunderlichkeit allmählich nur noch eine Art stiller Teilhaber war, der gleichsam auf dem Altenteil saß und dort sein Spielchen trieb unter Wahrung gewisser traditioneller Vorrechte, wobei er im Laden so etwas wie seine Pensionskasse sah, die denn auch prompt ihren Obulus abwarf. Es schien sogar, als ob er seinen Spaß daran hätte, das ihm Zustehende zu quittieren, und Jelka war klug genug, seine Bestätigungszettelchen nicht zu zerreißen, sondern zunächst einmal aufzuspießen wie lauter vertrackte, halb chiffrierte Trophäen. Daß sie sie nach einiger Wartezeit trotzdem im Papierkorb verschwinden ließ, ging niemanden etwas an, es interessierte auch keinen. Jelkas beide Mitarbeiterinnen – sie hatte sie selbst engagiert –, ein flottes appetitliches Schokoladenmädchen, Gisela Stoy mit Namen (eben jene Gisela, von der Lydia Faude dann so entzückt war), und eine ältere Aushilfskraft in Gestalt einer gemeinsam mit ihr in Westend wohnenden Freundin, die Margot, konnten höchstens darüber lachen. Zembrowski war für sie nur ein Kauz, eine Reliquie, reif fürs Museum; ihr Chef hieß Jelka. Auch hatten sie genug mit der Kundschaft zu tun, unter der es die ausgefuchstesten Grade gab, vom Lack der bloßen Laufkundschaft bis zur Crème jener übernervösen Vorzugskunden, die grundsätzlich nur von Jelka bedient sein wollten. Es war, wie man sieht, ein ganz hübsches Pensum, das hier geschafft sein wollte, und es war das schließlich nur der Normalverkehr. Es kamen aber auch noch jene schon erwähnten Sonderfiguren hinzu, einschließlich dieser und jener Eintagsfliegen, was alles eine Wissenschaft für sich war, und so läßt sich schon mit einiger Berechtigung sagen, daß eine Kraft ersten Ranges erforderlich war, um diese bis ins kleinste verästelte Vielfalt von Anforderungen zu bewältigen.

An Gerüchten fehlte es trotzdem nicht, dies schon seit Jahren. Man ahnte schon, daß hier noch manche Merkwürdigkeit im Spiel war, vor allem aber, daß Zembrowski nicht so leicht willens war, vielleicht auch nicht willens sein konnte, das Heft aus der Hand zu geben, in Anbetracht so weitverzweigter Ansprüche und Verbindungen. Hauswart Karsunke, eine jener Typen, die die Nase in alles stecken, wofür er von Zembrowski wöchentlich eine Zigarre erhielt, die er sich dann von Jelka ein zweites Mal zustecken ließ, erklärte sogar: »Wenn ick so sehe, der alte Herr, det is mir peiniglich.« Aber andererseits ging das Geschäft seinen Gang, die Ware war prima, und ein triftiger Grund, geschweige ein verrufener, bestand jedenfalls nicht, um Jelka nicht die nötige Achtung zu zollen und ihr nicht jeden gesellschaftsüblichen Kredit zu gewähren.

Ihr Erfolg wie ihre Beliebtheit beruhten auf ihrem angeborenen Umgangstalent. Sie war einfach begabt für den speziellen Hautgout, der die Firma durchtränkte, für all das Aphrodisische und Erotisierte, diese Wolke von Essenzen und Gewürzen, für all diese Zungenreize und Leckereien, zugleich aber auch für das mehr oder weniger abgebrühte Kalkül, das dieser ganzen Genuß- und Geschmackssphäre zugrunde lag, obwohl Jelka auch im finanziellen Bezirk nicht eben phantasielos war. Mehr als einmal hatte sie hinten in ihrem Privatkabuff vor Morawés Bildnis gestanden, um nicht zu sagen gekniet, sie hatte ihn befragt, hatte vor ihm gezittert, und sie war überzeugt, daß er ihr, aus der Höhe seiner lächelnden Übersicht, zugenickt hatte, besonders als es ihr darum zu tun gewesen war, Zembrowski für sich zu gewinnen und damit bestimmte Vorrechte und Gewohnheiten zu durchbrechen, die ihm allein zu gewähren allmählich bedenklich wurde. Es hatte sich dabei vornehmlich um Besucher aus dem Ausland gehandelt. »Lassen Sie nur, ich bringe das schon in Ordnung«, hatte Jelka eines Tages gesagt, eigentlich mehr aus Zeitmangel als aus Berechnung, und dann hatte sie dafür gesorgt, daß die Ware, die von einem dieser Herrn auch Sore genannt worden war, baldmöglichst bereitlag. Später hatte es zwar einen Tanz mit Zembrowski gegeben, da er aber an dem fraglichen Tag sowieso nicht zu sprechen gewesen war, hatte Jelka zur Selbsthilfe gegriffen und die Sache erledigt. Die Umstände hatten es erfordert, das war alles. Sie war indessen nicht der Mensch, einen einmal erlangten Vorteil aus den Händen zu lassen – wozu gab es denn Winke des Schicksals? –, und so war sie seitdem doppelt bestrebt, auch diesen Zweig an sich zu reißen. Merkwürdigerweise gelang ihr das auffallend rasch. Anfangs hatte sie noch geglaubt, daß Zembrowskis Menschenscheu und Zurückhaltung einzig auf Laune oder Altersverrücktheit beruhte, später aber war sie dahintergekommen, daß möglicherweise auch noch andere Gründe vorlagen, so zum Beispiel der Versuch, sich lästig gewordenen Verpflichtungen zu entziehen, sich irgendwelchen selbstauferlegten Fesseln zu entwinden und eine Verbindlichkeit loszuwerden, deren eingespielte Routine sich derart entwickelt hatte, daß es schon beinahe frivol oder fahrlässig war. »Alfredo war da.« Wenn sie das zu Zembrowski sagte, dann war es in der Tat, als bekäme er das Zittern wie andere die Masern.

Nun, ihr Wohlergehen war mittlerweile viel zu sehr mit demjenigen der Firma verknüpft, als daß sie beides noch hätte zu trennen vermocht, ohne sich selbst zu schaden. Also sorgte sie auch dafür, daß die Fassade gewahrt blieb. Sie war liebenswürdig, gewiß, aber kaltblütig konnte sie gleichfalls sein, und irgendwelche Schreckschüsse wären das letzte gewesen, was sie aus der Fassung gebracht hätte. Sie pflegte zu handeln, Schritt für Schritt, ihrer Methode gemäß, die einfach darin bestand, daß sie Tatsachen schuf, die sie dann später bereinigte, indem sie sie Zembrowski unterbreitete, der dann auch meistens klein beigab. In diesen Dingen wußte sie ihn zu nehmen. Außerdem bedurfte es seinerseits dabei so gut wie keines Entschlusses, was ihm, je länger, je lieber, nur angenehm war, auch wenn sich der Radius seiner Einflußnahme dadurch verringerte.

Eines allerdings war unverkennbar, und es fiel auch in letzter

Zeit allen Beteiligten auf: es war das eine beträchtliche Nervosität auf seiten Jelkas, was zu ihrer bisher zur Schau gestellten Selbstsicherheit einigermaßen in Widerspruch stand, obwohl sie sich nach Kräften bemühte, es zu verdecken. Gewiß, es ließ sich mit der Sorge um Zembrowskis Befinden erklären, zumal es, namentlich vor der Kundschaft, verheimlicht werden mußte, abgesehen von dem damit verbundenen Blick aufs Ende. Das war zweifellos eine Nervenbelastung. Aber das allein schien es nicht zu sein, wie gesagt, nicht nur, es schien vielmehr, als ob auch noch andere Einflüsse und Erwägungen mitsprächen.

Um so begrüßenswerter war es daher, daß es Jelka schließlich gelungen war, ihren Onkel, unter Hinweis auf einen kürzlich erlittenen Ohnmachtsanfall mitten im Hinterhof, zur Duldung einer als Hausdame oder Stütze getarnten Krankenschwester zu bewegen. In letzter Zeit wurde er bekanntlich in Begleitung einer jüngeren Kraft gesehen, man kann auch sagen: Dame, nachdem er sich anfangs geweigert hatte, die Tatsache dieser Aufpasserin zur Kenntnis zu nehmen. Eingewilligt hatte er zunächst nur für innerhalb seiner vier Wände. Indessen, da er schließlich selbst zur Einsicht gelangt war, daß er auch einmal mitten auf dem Fahrdamm umkippen konnte, um dort womöglich als Verkehrsopfer zu enden, hatte er nichts mehr dagegen gehabt, daß sie ihm unauffällig folgte und ihn später sogar begleitete. Jelka hatte sie ihm besorgt. Es war ein Fräulein Skepsgardt, etwa Mitte der Zwanzig, etwas farblos und sehr korrekt, aber zuvorkommend und taktvoll. Sie brachte ihn bis zur Hinterhoftreppe und holte ihn dort wieder ab, dreimal täglich. Nachdem er sich an sie gewöhnt hatte, schien ihn diese Lösung sogar zu befriedigen. Er scherzte sogar mit ihr. »Wie sagt doch Bokkatz?« erklärte er eines Tages. »Keine zählte mehr als 28, keine weniger als 18.« Für dieses Kompliment konnte ihm Fräulein Skepsgardt nur danken. Es war schon ein Bild sondergleichen, sie so einträchtig nebeneinander daherkommen zu sehen, stehenbleibend und dann wieder weitertrottend, und gewissermaßen war es auch ein Triumph für Jelka, deren Fürsorge für den alten gebrechlichen Herrn nun auch öffentlich sichtbar ins Licht trat.

Nur jener innerste Unruhefaktor sowie ein immer deutlicher zutage tretender Mangel an Zeit bei allem, was Jelka betrieb, waren damit noch nicht beseitigt, auch wenn sie in Fräulein Skepsgardt nunmehr eine Verbündete hatte. Diese Unruhe, manchmal zur Unrast gesteigert, ließ nicht nach, sie verebbte zuweilen, kam aber wieder wie in Perioden, und das läßt darauf schließen, daß Jelka auch noch mit anderen Entschlüssen oder Versuchungen rang. Ihre ganze Besorgnis konzentrierte sich seither aufs Ende, und dieses Ende empfand sie offenbar als etwas Bedrohliches. Es war nicht der mögliche Tod Zembrowskis allein, es war etwas anderes, damit Verbundenes, und vielleicht sogar war es die Angst (falls dieses Wort nicht zu stark ist), in einer Falle zu stecken, oder die Befürchtung, daß schlechthin unkontrollierbare Fremdkräfte auftreten könnten, die den so kunstvoll ausbalancierten Weitergang störten, und daß sie dann dastand, entweder mit nichts in Händen oder mit einer ihr aufgebürdeten Verantwortung, durch die sie sich letzthin ausgeliefert sah – wer weiß an wen.

Es muß dieser von überallher gespeiste, sich gewittrig zusammenziehende Argwohn gewesen sein, der sie veranlaßt hatte, es ein letztes Mal bei Zembrowski zu wagen, indem sie ihn einfach zwang, Farbe zu bekennen und sich ihr, wenn nicht auszuliefern, so doch zumindest zu offenbaren.

»Wenn es nun einmal zu Ende geht«, hatte Jelka gesagt, »was dann?« Und sie hatte es nicht nur so hingesagt, sondern absichtlich geheimnisvoll, mit jenem zwischen ihnen üblichen Doppelsinn, der schon beinahe anrüchig war. »Ich will's ja nicht hoffen«, hatte sie hinzugefügt, »aber man muß doch damit rechnen.«

»Rechnen muß man. Diese Rechnung zahlt jeder.«

»Aber was dann?«

»Abfahrtsscheibe!« hatte Zembrowski gesagt. »Rest weg! Bin nicht mehr zu sprechen.« Aber dann hatte sein Blick sich verändert, ihr unvergeßlich, und es war, als ob er einen Freudentanz hätte aufführen wollen. »Dann sollst du mal sehen«, hatte er gekichert. »Dann sollst du mal sehen, wie die Erde sich auftut und wie es dann wimmelt. Je näher dem Ende, um so zahlreicher die Parasiten. Nein, so ein Gewimmel! Lasus, lasus, zitnuß masus!

Neue Freundschaften tauchen dann auf, lauter Witwen und Waisen, die ganze Verwandtschaft. Und jeder trägt ein Schildchen am Hals, ganz allerliebst: dorther komme ich, dorthin will ich. Das wirst du erleben. Mein Name ist Zwicklifax. Und dann sorg nur dafür, daß du selber noch weißt, wie dein eigener lautet. Sie reißen ihn dir sonst heraus. Versteck sie dann, deine Pralinkazunge! Lauter Preislisten tauchen dann auf, lauter Steuertabellen, ach, Urkunden, Vollmachten, Berechtigungsscheine. Und dazu immer Öl ins Ohr. Dort aber beginnt es zu rauschen.«

»Aber Onkel, du bist ja nicht gegenwärtig«, hatte Jelka gesagt, zumal sie erkannt zu haben glaubte, daß das von ihm gebrauchte Du mehr der Ausdruck einer Zwiesprache mit ihm selbst war.

»Nicht gegenwärtig? Ix und Zett, meine werte Frau Prokuristin. So gegenwärtig bin ich wie Ix und Zett. Und Ihre Person, was diese betrifft, so ist sie erst recht ganz gegenwärtig, so gegenwärtig wie meine Nase. Verwandt, siehst du wohl? Jeder vergißt seine Nase, gewiß, aber er hat sie doch im Gesicht, von früh bis abends. Ich denke, von früh bis abends. Mittendrin sitzt das Näschen. Und auch Ihr Daumen, Ihr Fingerabdruck steckt in meinem Gehirn. Kahle, kitte, quinde – verschwinde, verschwinde! Nein, das nicht. Hier nicht. Hier ist alles ganz gegenwärtig, alles notiert.«

»Nun, dann kümmere dich auch um die Sache«, hatte Jelka gesagt. »Oder kümmert's dich überhaupt nicht, was daraus wird?«

»Was soll's mich denn kümmern? Wenn ich doch tot bin.«

»Aber du lebst noch, vorläufig wenigstens.«

»Dann kümmert es mich erst recht nicht.«

»Aber die Leute, die Kundschaft, sie alle! Es geht um die Leute, sie reden darüber.«

»Das meiste, meine Dame, was die Leute so reden, nehme ich nur noch körperlich wahr. Wenn jemand Menschheit sagt, so knurrt mir der Magen. Wenn jemand Dankbarkeit sagt, bekomme ich Plattfuß. Und wenn ich mitanhören muß, was die Leute so reden, fährt mir ein Hexenschuß hinten durchs Rückgrat. Das sind die Leute.«

»Du lebst nicht nur in deinen vier Wänden.«

»In allen, mein Liebling, in sämtlichen Wänden. Die Welt hat

Wände, überall Wände. Man horcht an der Wand. Die Luft ist eine, das Geflüster durchdringt sie. Aber siehe, was steht denn dahinter? Eine Wand mehr! Alles Verflixte geschieht hinter Wänden. Auch bei Ihnen, mein Fräulein. Sie haben sich alles so ausgedacht. Und wo denn? In Ihren vier Wänden.«

»Ausgedacht nicht. Aber nachgedacht hab ich.«

»Nachdenken muß man, das ist richtig. Immer noch mal von vorn. Von vorn und dann umdrehn! Umgedreht ist hinten abermals vorn. Auch wieder. Echja! Dichte bi, werte Dame. Das Patente ist stets dichte bi.«

»Ich kann dir nur empfehlen«, hatte Jelka noch gesagt, »eine Verfügung zu treffen und reinen Tisch zu machen. Wenn du willst, setze ich dir ein Schriftstück auf, auch über die Geheimrezepte. Denn sonst – sonst besorgen das andere.«

Es war in der Wohnung Zembrowskis gewesen, in der Fasanenstraße, wo er ein kleines Appartement im Erdgeschoß eines altertümlichen, hochgiebeligen Hauses besaß, an das sich nach hinten ein Rondell anschloß, das einen Garten mit Brunnen vortäuschte. Es war alles nur nachgeahmt, sonderbar stillos. Die Fenstersimse waren sehr niedrig, sie reichten bis knapp übers Knie, so daß man im Dasitzen die Ellbogen aufstützen konnte. In der oberen Etage konnte man auch leicht schwindlig werden, wenn man hinaussah. Es war Anfang des Jahres gewesen, bei ungewöhnlich milder Temperatur, ein falsches Frühjahr war eingefallen, das auch manch anderem die Sinne verwirrte. Jelka war ihm in die Wohnung gefolgt, um einige Rückfragen wegen der Jahresbilanz mit ihm durchzusprechen. Üblich war das sonst nicht. Sie machte das längst allein, indem sie die ganze Tabulatur nach Gutdünken zurechtfrisierte, bisher durchaus zur Zufriedenheit aller, sogar des Finanzamtes. Diesmal aber hatte sie bewußt eine Verwicklung erfunden, nur zu dem Zweck, ihn sprechen zu können und ihm eindeutig klarzumachen, daß sie im Falle seines Ablebens nicht in der Lage sein würde, den Fortbestand der Firma zu garantieren. Sonst besorgen das andere, hatte sie, ihm starr ins Auge blickend, gesagt.

Sie hatte aber kaum ein Schriftstück hervorgeholt, unter das er nur seinen Namen zu setzen brauchte, als sie bemerkte, daß Zembrowski unvermittelt ans Fenster trat – es war offen –, sich dort auf den Fenstersims setzte und dann mit einem Ruck auf allen vier Buchstaben herumschnellte. Es war nur ein Ruck. Aber ehe sie sich's versah, war die ganze zwerghafte Gestalt draußen auf dem Gartenkiesweg gelandet, mit dem Rücken zur Hausfront und am ganzen Leib zitternd. Dort hatte er, sich festhaltend am Steinrand des Brunnens, so lange gestanden, bis sie ihn wieder hereingeholt hatte. Dann sank er in einen Sessel. Diesmal hatte es lange gedauert, bis er wieder ganz bei sich war. Sein Gesicht war rot, die Röte darin teils violett, und die Adern an der Schläfe und auch auf den Händen lagen strickartig da. Kaum aber, daß er wieder erwacht war, wurde sein Körper von einer Wut von Energien geschüttelt, und zwar derart, daß Jelka im Moment überhaupt nichts anderes bemerkte als die Unbegreiflichkeit dieses Aufruhrs. Seine sämtlichen Gliedmaßen zuckten, Haut, Muskeln und Knochen, von oben bis unten, und es schien überhaupt kein Leben in ihm zu sein außer diesem Bündel in sich verknoteter Energie. Es fehlte nur noch, daß er schrie, so wie Säuglinge schreien, aus Widerborstigkeit und Trotz.

Jelka behauptete später, er wäre aus dem Fenster gesprungen. Vielleicht stellte sich's ihr so dar. Das war es aber nicht. Er hatte sich nur hinausgleiten lassen, wozu bei der Niedrigkeit des Fenstersimses keine übertriebene Anstrengung gehörte, auch nicht für einen Achtzigjährigen. Verblüffend und in der Tat sinnverwirrend war nur das Ausnahmemaß an Konzentration, das den Eindruck erweckte, als hätte er sämtliche Extremitäten zusammengerafft, um gegen die Anwartschaften der Zukunft zu protestieren wie überhaupt gegen alles, was auf ihn zukam.

Seit diesem nun schon als unzurechnungsfähig empfundenen Akt hatte sich Jelka entschlossen, ganz eigenmächtig zu handeln, indem sie nun ihrerseits eine Art Ring um Zembrowski zog. Sie ließ niemand mehr zu ihm vor. Über Fräulein Skepsgardt gelang es ihr auch, ihn mehr an die Wohnung zu fesseln, so daß er nur noch zeitweilig in der Werkstatt erschien, von wo er dann seine Kurzzettel ausschickte.

»Wenn Alfr. aus Lond. Kak.Kak.Koka in 30er Pack.«, so lautete einer der letzten, den Jelka aber sofort zerriß.

Das Ende kam trotzdem unerwartet.

Als Fräulein Skepsgardt ihn eines Nachmittags abholen wollte – sie hatte erst noch im Laden zwei Worte mit Jelka gewechselt –, fand sie ihn nach längerem Suchen auf der im Zwischenpodest der Hinterhoftreppe gelegenen Toilette, wo er hatte Wasser lassen wollen. Zusammengesunken, wie in sich verrunzelt, ein kindhaft närrisches Männchen, den Kopf schräg gegen die Wand gestützt, saß er auf seinem Loch. Er hatte ein billet doux in der Hand, ein Kärtchen in Rosa, an die Gräfin von Ujest gerichtet als Begleitgruß zur üblichen Ingwerpackung: mit frdl. Gr. in unverhohl. Verehrg. Ihr Zbski.

»Tot?« sagte Jelka mit einem Ausdruck weitgespannten Entsetzens.

Fräulein Skepsgardt drückte sich sanftmütiger aus. Sie sagte, er sei entschlafen.

3 Die gleiche Vorladung, die auf Lydias Betreiben über Mama in ihre eigenen Hände gelangt war, war seinerzeit auch noch an andere Personen ergangen, sogar nach New York und Paris, wie sich denn herausgestellt hatte, daß der alte Herr von Zembrowski in Verbindung mit Morawé eine ziemlich weitläufige Verwandtschaft besaß, deren wenn auch zuweilen recht lose Glieder nach seinem Tod nun plötzlich zu zittern begannen. Inwieweit sich die Ansprüche dieser Personen – man braucht sie nicht gleich Erbschleicher zu nennen! – als legitim und stichhaltig erwiesen, war freilich noch eine Frage für sich, denn zuletzt ist schließlich jeder mit jedem verwandt, so daß es verwunderlich bleibt, daß nicht einer dem andern die Kehle durchbeißt, aber es ließen sich immerhin drei, vier Hauptlinien oder Verwandtschaftsstränge feststellen, mit denen nach Lage der Dinge zu rechnen war, darunter eine deutsche, eine französische, eine anglo-amerikanische, die ihrerseits aus ursprünglich polnischen und bosniakischen Gliedern zusammengesetzt war. Gewiß, eine direkte Verwandtschaft war es nicht, das stand einwandfrei fest, aber Lydia Faude trat schließlich auch nur als Großnichte auf, und wer wollte voraussehen, aus welchen Löchern und Winkeln noch andere Absenker auftauchen würden unter dem Vorwand, irgendwelche erbberechtigten Stieftöchter, Halbbrüder, Adoptivmündel und Großneffen zu sein.

Am Ende kam hier, wie Doppeldoktor Mambrey einmal gesagt haben soll, eine europäisch-transatlantische Erbengemeinschaft zustande, die die halbe Weltgeschichte repräsentierte und deren bloßes Vorhandensein, wie man fortfahren könnte, zwar Lydias Träumen entgegenkam, dies aber nur in der Sphäre der Träume, während das materiell-ökonomische Fundament allein beim ersten Überschlag sichtbar zusammenschmolz, im Schlimmsten sogar auf Null Komma nichts.

Es fehlte dann nur noch ein Japaner oder Chinese oder ein indischer Fakir, der das Lächeln Asiens dahingab für eine Handvoll Pralinen.

Unter diesem Netz von Fiktivitäten, die sich vorläufig noch im Unkontrollierbaren verloren, war es nichtsdestoweniger ein Vorteil, in Doppeldoktor Mambrey einen Treuhänder gefunden zu haben, der sich der Sache annahm. Jelka hatte sich an ihn gewandt, nicht ohne Appell an seine so oft bewährte Kundschaftstreue, und so war es ihr auch gelungen, allerlei Schriftliches beizubringen und auf sich zu vereinen, dem zufolge sie zur ungestörten Fortführung des Geschäftsbetriebes berechtigt war. Wer sollte das alles denn auch in Gang halten, wenn nicht sie? Die Frage, ob Fusion, Liquidierung oder Verkauf, war dabei gleichfalls erörtert worden, man hatte sie aber in gegenseitigem Einvernehmen zunächst vertagt. Das Gespräch darüber war so sachlich verlaufen, sachlich auch im Bewußtsein des Provisoriums, daß der Begriff der Abwicklung, der dabei stets im Vordergrund stand, jeden Anflug von Schrecknis verlor, wenn auch natürlicherweise eine gewisse Beunruhigung mitschwang, die sich aber lediglich auf die Modalitäten der nächsten Maßnahmen bezog. Und das war immerhin eine dehnbare Frist.

Als dehnbar wurde sie auch von Mambrey bezeichnet, jeweils mit der ihm eigenen Jovialität und auch nicht ohne seine allseits bekannte Gutmütigkeit, bei der man freilich nie wußte, ob sie nicht bloß ein Ausdruck nicht ganz waschechter Taktik und Verschleierung war.

Dieser Doppeldoktor Mambrey, Dr. Jur. und Dr. phil., war in seiner Art eine ebenso unverwechselbare Person wie der alte Herr von Zembrowski oder auch Morawé. Er war einer jener mit ihrer Beleibtheit hadernden Sechziger, denen man schon rein äußerlich ansah, daß sie zur Kategorie der gewichtigen Standespersonen gehörten. Er hatte seine Praxis am hinteren Kurfürstendamm, nach Halensee zu, und war außerdem mit einer Villa in Dahlem gesegnet, wie überhaupt mit all der gängigen Apparatur offizieller Beziehungen und privater Querverbindungen, von denen behauptet wurde, daß sie auch bis zur Unterwelt reichten. Für diese Zwecke, aber auch für leichtere, waren eine

Anzahl Rechtsberater bei ihm beschäftigt, auch Treppenterrier genannt, die außerdem den Verkehr mit Ämtern besorgten, sei es in Entschädigungsfragen, sei es in unkomplizierten Scheidungs- prozessen oder dergleichen, und von denen ja auch Lydia Faude bereits einen gewissen Herrn Zwirner zu Gesicht bekommen hatte. Wie schon angedeutet, wußte man bei Doppeldoktor Mambrey nie genau, ob die Meinungen, die er so von sich gab, auch wirklich das letzte waren, was er vertrat. Es schien das eher eine Methode, den jeweiligen Kontrahenten herauszufordern, ihn zum Widerspruch zu reizen und dadurch in seiner Wesens- art kennenzulernen, oft war es aber auch nur ein Akt reinster Geselligkeit. Auch liebte er, allerdings mehr aus Geltungstrieb sowie im Gefühl saturierten Wohlbehagens, die sprachlichen Ex- tremitäten, indem er etwa von bürokratischer Freiheitssklaverei sprach oder darauf hinwies, daß der Boykott die zivilste Hand- habe sei, die Menschen zum Selbstmord zu treiben, ferner indem er die Zeit, in der wir leben, höchst ungesund nannte, den Verfall der Familie beklagte – er selbst war Witwer – und einen ganz hübschen Stiefel über Massenwahn, Raserei und Neurasthenie zusammenphilosophierte, was alles ihn aber nicht hinderte, sich als Feinschmecker zu betätigen, dessen Nierensteine nur dann und wann durch eine Kur oder durch einen sogenannten Bier- stoß beseitigt werden mußten.

Aus der Tatsache, daß Mambrey zunächst seinen Herrn Zwir- ner vorgeschickt hatte, wäre schon zu ersehen gewesen, daß diese ganze Morawésache für seine Begriffe kaum ein Fall war, den zu bearbeiten sich lohnte, es sei denn höchstens, daß er ihn so ne- benbei aus alter Gefälligkeit mitnahm. Als alteingesessener Ber- liner, der sich manchmal auch einen Jux daraus machte, jedem Ankömmling oder Überdrüssigen mit beschwörenden Worten von Berlin abzuraten, was aber wieder nur eine Art Charakter- test auf dessen Standhaftigkeit war, hatte er möglicherweise auch einige mehr traditionsbedingte Gründe und Stimmungen im Sinn, in der Hauptsache aber schien es doch eher so etwas wie Zuschauerneugier zu sein, was ihn daran ergötzte, eine fast thea- tralische Lust am Konflikt, verbunden mit der Gewißheit, daß es bei solchen Fällen immer auch amüsant zuging, allein schon im Hinblick auf die tragikomische Selbstentlarvung der in Mitleidenschaft gezogenen Partner.

Eines aber schien von vornherein für ihn festzustehen, nämlich daß die Firma als solche herausgeschält werden müßte aus dem allgemeinen Interessenkomplex.

Wenn Mambrey an seinem Schreibtisch saß und telefonierte, dann wirkte er wie eine monumentale, aus Teig geknetete Plastik, und wenn diese Plastik den Mund aufmachte, so kam es eigentlich gar nicht mehr darauf an, was das Ich darin sagte oder ob das, was es sagte, auch treffsicher war oder glaubhaft, die Phonetik allein, der Bariton dieser Phonetik genügte, um einen unwiderstehlichen Eindruck von Wichtigkeit zu erzeugen. Unwiderrufbar wurde es aber, sobald er gewisse Äußerungen seiner verstorbenen Frau zitierte, dann war es in der Tat, als ob selbst die letzten Gemeinplätze einen Anflug sakralen Tiefsinns erhielten.

»Meine Frau hat immer gesagt, das wird die Sektion ergeben«, beliebte er im Hinblick auf Morawé sich zu äußern, wobei er nicht vergaß, einige seiner abgespielten Meinungen einzuflechten. »Da sagt man immer, das sind Phrasen«, fuhr er meist fort. »Aber solche Phrasen sind gar nicht so ohne, sie haben auch immer was an sich. Den Phrasen ist nur der Mantel etwas zu weit. Was darunter steckt, stimmt schon. Das fußt auf Erfahrungen und Gebräuchen, das sind uralte Witze, uralt, aber deshalb doch Witze und nicht einmal zeitgebunden.«

Eine Firma zum Beispiel, meinte er noch, sei immer zu retten, selbst aus den Klauen des Teufels. Eine Firma sei ein Begriff, und solch ein Begriff sei meistens gesättigt mit einem bestimmten Extrakt, der irgendwelche illusionären Werte hervorrufe, oft nur Reklamewerte, aber eben doch Werte. Diese freilich nicht genau erfaßbaren Werte, zusammengefaßt in einer Art Schätzungs- oder Liebhaberwert wie bei einem Gemälde, ließen sich immer verwenden. Eine Muttersau mit dreihundert Zitzen, wie Mambrey sich ausdrückte, sei das allerdings nicht. Immerhin könne solch ein Schätzungswert hochgespielt werden, gelegentlich auch übertroffen, wie das so üblich sei auf Auktionen bei entsprechendem Eifer der Interessenten, wobei nur über der Hitze des Gefechtes nicht vergessen werden dürfe, daß die Auktion als solche dabei die Voraussetzung sei. Und Auktion, das bedeute freilich auch immer ein gewisses, wenn nicht fatales Eingeständnis von Ausverkauf. Im Geschäftsleben sollte man das vermeiden oder eben besser unter Ausschluß der Öffentlichkeit bereinigen. »Meine Frau hat immer gesagt...«, und dann folgte wiederum so eine Floskel.

Mit dieser Floskel gab sich Mambrey für gewöhnlich zufrieden. Nur war damit nicht gesagt, daß er diese Meinungen auch vertrat, geschweige verfocht, denn der Spielraum, den er sich gönnte, war, wie gesagt, dehnbar und weit und mit lauter Imponderabilien gespickt, und das war er im Geschäftsverkehr auch, ja in diesem erst recht, so daß dieser ganze Komplex gelegentlich belebt war mit allerlei nicht geheuren oder zumindest undurchsichtigen Gestalten.

Es kam nämlich vor, daß dieser und jener Klient, teils unter dem Vorwand, es besonders eilig zu haben, teils in der Einbildung, mit lebenswichtigen Informationen aufwarten zu können, sich draußen in Dahlem bei ihm einfand, also unmittelbar in seinem Privatbezirk. Darüber gab es in der Nachbarschaft viel Gerede, oft mehr als in Wirklichkeit vorlag. Besonders eine ausgediente Schauspielerin, die ihm gegenüber ein mit alten Fotos vollgestopftes Leerzimmer besaß und von ihrem Balkon aus den Mambreyschen Garten mit dem Opernglas überblickte, wußte da allerlei zu berichten, sogar von nächtlichen Ruhestörungen und Einbruchsversuchen. Da sie von früher her mit Baronin Pißnelke bekannt war, war diese es, die in der Künstlerkolonie als erste davon erfuhr.

»Da sieht man wieder, daß Berlin ein Dorf ist, von Rixdorf bis Dahlem-Dorf«, hätte Mambrey sicherlich gesagt, denn das mit dem Dorf brachte er gern aufs Tapet.

Aber andererseits wußte man auch, daß Mambrey bis zum Tod seiner Frau ein tadelloses Privatleben geführt und geradezu einen besonderen Ruf als großzügiger Familienversorger besessen hatte, wie er denn für Besuche aus Verwandtschaft und Freundeskreis immer empfänglich war. Einen Neffen von ihm, den Dicky, dessen studentischer Hang zur Weiblichkeit ihm anfangs viel Kopfzerbrechen verursacht hatte, hatte er beispielsweise ein Jahr lang nach England geschickt, bevor er ihn wieder zu sich nahm, auch mit Hauskonzerten hatte er eine Zeitlang aufzuwarten gesucht, nicht zu reden von seiner Theaterleidenschaft, die ihn, wenn es die Zeit erlaubte, als Stammgast in die Premieren zog. In Anbetracht dieser Vielseitigkeit ließe sich freilich auch fragen, ob seine Interessen auch echt und tiefgehend waren oder nicht vielmehr nur einer bloßen Gesellschaftsmaxime entsprangen, aber das Dabeisein, um mitreden zu können und stets auf der Höhe der Saison zu sein, gehörte nun einmal zu seinen Passionen.

Da Mambrey es gut verstand, bei allem, was er betrieb, irgendwelche Helfer und Helfershelfer heranzuziehen, war es auch nicht verwunderlich, sein Hauswesen mit solch einem allseits respektierten Faktotum besetzt zu sehen. Es war das die alte Lina, von der man den Eindruck gewann, daß sie schon immer dazugehörte wie ein Stück Mobiliar. Von ihm selbst wurde sie als Goldstück und Schutzpatronin bezeichnet, von anderen dagegen als Drachen, was insofern verständlich ist, als ihr die unangenehme Aufgabe zufiel, jene ungebetenen Kunden entweder abzuweisen oder auf ihre Glaubwürdigkeit zu prüfen. Im Bejahungsfall wurden sie dann nach oben geführt, in eine Art Privatbüro, nicht ohne barsche, wenn auch korrekte Bitte, sich zu gedulden. Dabei schwang stets ein Unterton mit, als ob Lina gesagt haben wollte: »Was erlauben Sie sich eigentlich, uns zu so unvereinbarter Stunde das Haus einzurennen?« Jedenfalls war das die Regel. Nur einmal im Laufe der letzten Jahre, als eine hochgewachsene Frau in der Haltung einer kultivierten Salondame dort vorsprach und sich als Großnichte von irgendwem ausgab, fing dieser Besen von Lina doch an zu wackeln. Zurückgewandt in die Gemächer, war ziemlich deutlich zu hören, wie sie unschlüssig sagte: »Ich weiß nicht, Herr Justizrat, draußen steht eine Person, eine Dame...« – »Lebedame?« hatte Mambrey dazwischengefragt, worauf Linas

Antwort indessen untergegangen war im Hin und Her eines aufgeregten Getuschels, zuletzt sogar, weil sich die Dame durchaus nicht hatte abweisen lassen, in einer Art ratlos entstelltem Schluchzer.

Es war in der Tat Lydia Faude. Ihr so oft bekundeter Vorsatz, sich nicht an irgendwelche Aktenzeichen oder Instanzen zu wenden, sondern jeweils an die Person direkt, ans Ich persönlich, wie sie es nannte, hatte sie eines Nachmittags nach Dahlem geführt, in diese von Gittern, Mauern, Hunden, Wächtern und sonstigen dienstbaren Geistern abgeschirmte Villengegend. Mambreys Villa war zwar weniger pompös. Verglichen mit denen der Generaldirektoren und Filmschauspieler war sie nur ein etwas größeres Eigenheim, eine Schrumpfvilla, wie man so sagt, mit Vorgarten und Garage. Trotzdem war Lydia erst mehrmals daran vorbeispaziert, nicht ohne Hemmung und auch nicht ohne Kritik, die sich hauptsächlich auf den unentschiedenen, weder radikal modernen, noch radikal traditionellen Stil bezog. »So sind diese Herrn, weder Fisch noch Fleisch, Limousinenmänner, sie wollen's mit keinem verderben«, mußte sie denken. Aber wie das bei ihr so war, zuletzt triumphierte doch der Impuls, und so war auch geschehn, was sie schon immer als wünschenswert angesehen hatte. Sie hatte geklingelt, und als die alte Lina erschien und sie abweisen wollte, war plötzlich eine bis zu trotzigstem Charme gesteigerte Selbstüberzeugung in ihr erwacht, eine von Schritt zu Schritt, paradox gesagt, unnachgiebige Nachgiebigkeit, die fortwährend sagte: »Jaja, ich weiß, der Herr Rechtsanwalt hat keine Zeit, ich weiß, ich weiß. Er hat keine Zeit.«

Und so hatte sie es erreicht.

»Ah, ich verstehe«, rief Mambrey aus, nachdem seine erste Verblüffung vorbei war und er sich vergewissert hatte, daß sein reizvolles Gegenüber so gar nicht dem Taxwert derer entsprach, die sonst bei ihm angeschwirrt kamen. Es war etwas Rätselhaftes dabei, das heißt weniger Rätselhaftes als gesellschaftlich nicht gleich Erfaßbares. »Ich verstehe«, wiederholte er mit einem bedächtigen Nicken. »Sie sind sozusagen in eigenem Auftrag hier, kraft eigenen Befehls und Gewissens?«

Das war nun ganz nach Lydias Geschmack, und da sie sowieso überhörte, was nicht ins Konzept ihrer Anschauung paßte, überhörte sie auch den leicht fragenden Tastversuch im Ton des Juristen. Sie empfand es eher als Ansporn, und das weckte einen Freimut in ihr, als wollte sie nicht nur ihr kostbares Herz verschenken, sondern obendrein eine ganze, wenn auch noch nicht vorhandene Million.

»Ich habe die Absicht, einiges in die Wege zu leiten«, begann sie, »einiges und auch etwas darüber hinaus. Die Sache ist die, daß es mir nicht nur um Morawé geht, ich meine, nicht nur. Morawé ist nur die Basis. Sehen Sie, Herr Rechtsanwalt, ich erwarte vom Leben, daß es mich inspiriert, und vom Schicksal, daß es mich nicht im Stich läßt. Ich bin ein Skorpion. Ich beanspruche für mich – ich mache kein Hehl daraus – ein Ausnahmerecht, nicht juristisch, aber moralisch oder wie Sie das nennen wollen, und zwar kraft jener Faktoren, die Sie gütigerweise eben erwähnten. Ich besitze sozusagen eine persönliche Vollmacht. O, ich bin durchaus bereit, dafür zu zahlen. Ich verlange hier nichts umsonst. Es fragt sich nur, zahlen womit. Irgendwie zahlt man ja immer.«

»Das meiste wird einem abgeknöpft«, sagte Mambrey und lachte. »Vom Zoll, von der Steuer, von der Versicherung.«

Aber Lydia ging nicht auf diesen Ton ein, sie blieb ernst, als sie fortfuhr:

»Die Hauptsache scheint mir, daß man von der Notwendigkeit dessen, was man verficht, überzeugt ist. Und das ist ja bei mir der Fall. Hier gelangt man schließlich an einen Punkt, wo man nicht mehr zurück kann und wo das Gesetz, das man in sich trägt, stärker ist als man selbst. Man wird einfach vorwärtsgetrieben. Deshalb kam ich ja auch zu Ihnen, Herr Rechtsanwalt, und es war sehr freundlich von Ihnen, mich gleich zu empfangen, so stante pede, ich möchte sagen: so menschlich, so frei. Ich hatte ja auch schon einmal telefoniert. Aber...«

»Aber selbstverständlich«, sagte Mambrey ermunternd, wobei er am liebsten hinzugefügt hätte: ›Wir sind ja zu Hause.‹ Da das indessen auch nicht der Fall war und er sich auch nicht erin-

nern konnte, schon einmal mit ihr telefoniert zu haben, unterließ er es aber, nicht zuletzt auch in Anbetracht des Geschäftlichen, das ja wohl noch zur Sprache kommen würde. Zunächst
allerdings erzählte Lydia Faude von einem Bekannten.

»Ein Bekannter von mir«, sagte sie lächelnd, »ein Dichter,
Herr Rechtsanwalt – ich empfehle Ihnen trotzdem, sich den Namen zu merken, er heißt Schreieck, sehr begabt, man sollte etwas
für ihn tun –, dieser Herr Schreieck hat zwar einmal zu mir gesagt, er hat es auch später in einem Gedicht verwandt: ›Die
Überzeugung ist noch kein Geschäft.‹ Aber gerade darum habe
ich mich veranlaßt gesehen, ganze Nächte mit ihm zu diskutie-
ren. Wenn auch die Überzeugung zunächst nicht lukrativ sein
mag, so ist ja damit nicht gesagt, daß sie durchaus ein Wahn sein
müßte, geschweige ein leerer. Um sie fruchtbar zu machen, muß
man sie nur verwurzeln. Finden Sie nicht? Und um das zu er-
möglichen, braucht man in erster Linie einen standhaften Rückhalt.«

»Einen steifen Grog sozusagen«, meinte Mambrey, während
er schon mehrmals vor sich hin gedacht hatte: ›Also ein Dichter,
aha, so ein armer Schlucker, ein Dichter.‹

Er fühlte sich ungemein angeregt. Solche Präliminarien hörte
er nicht alle Tage. Um so gespannter war denn auch seine Erwartung, namentlich auf jenen Moment, da sich herausstellen würde,
wie jener steife Grog nun eigentlich aussah, mit was für Summen
die Dame nun eigentlich aufwarten würde und auf welcher Fi-
nanzgrundlage sie ihren Vorschlag zu entwickeln gedachte.

Er hatte sie inzwischen ein wenig studiert und war mit sich
übereingekommen, daß sie zweifellos eine gepflegte Erscheinung
war, offenbar nicht ohne Vermögen. Sie hätte die geschiedene
Frau eines Arztes, Verlegers oder Intendanten sein können, sehr
selbständig im Auftreten, sehr selbstgewiß im Verstand, voller
Wunsch nach irgendeiner Art Wirksamkeit und Initiative. Eine
Geschäftsfrau war sie jedenfalls nicht, das sah man ihr an, was
wiederum nicht besagte, daß sie nicht imstande war, mit Bank-
konten umzugehen. Es fragte sich höchstens, mit welchen, ob mit
den eigenen oder mit denen ihrer Verehrer. Wenn er seinen ersten

Antrieben hätte nachgeben können, zugestandenermaßen ein wenig sentimental, hätte er nicht gezögert, sie als Hausdame zu verpflichten mit der Aussicht auf spätere Heirat. Unmöglich schien ihm das nicht, so etwas fehlte ihm nämlich, wenn auch zunächst auf unverbindlicher Basis. Nur hatte sie auch einen Zug um die Lippen, ein wenig zu hektisch und wehmutsvoll, als daß es nicht auch von frühen Enttäuschungen sprach. Aber das gab ihr einen Anflug von Reife. Mit ihrem Pfund, dem rein finanziellen zumindest, schien sie allerdings sehr vorsichtig zu wuchern, denn sie blickte zuweilen so vielsagend an ihm vorbei, als ob sich ihr mehrere Möglichkeiten böten und als ob sie erst allerlei innere Stimmen befragte, welchen dieser Wege sie einschlagen sollte. Selbstverständlich den besten, das war ja klar, und das erklärte ja auch ihren Versuch zur Sondierung.

»Sehen Sie, Herr Rechtsanwalt«, sagte sie nunmehr, zumal sie sich ganz gut angepaßt hatte, indem sie in diesem hochwohllöblichen Pudding von Mambrey ein Dickerchen sah, das, wie es schien, ehrlich an ihr interessiert war, »sehen Sie, ich möchte nicht gelebt haben, ohne etwas ins Leben zu rufen, ohne hier im Leben etwas zu fördern, das mehr ist als nur ein materielles Engagement. Gewiß, ich sehe meine Bekannten nach Kanada gehen oder nach Australien, aber das ist doch nur eine Flucht. Sich selber entrinnt man nicht, also ist es auch das beste, mit sich im Einklang zu leben, mit sich selber zu Rande zu kommen. Meine Freundin, die Baronin Tettendorf...«

»Ah, Tettendorf«, sagte Mambrey, nur daß es nicht die von Lydia so freigebig dazu erhobene Pißnelke war.

»Ja, die Tettendorf geht zwar in diesem Punkt nicht ganz mit mir konform. Sie will mich am liebsten wieder zurück zur Bühne verschleppen. Sie hat eine Konzert- und Theateragentur, wissen Sie. Und sie hat noch meine Ysot im Sinn und meine Medea. Ich kann es ihr nicht verdenken. Aber ich sage mir immer: wozu, wenn sich durch Morawé ein ganz anderes Wirkungsfeld bietet? Morawé, möchte ich sagen, ist eine Substanz. Die Tettendorf sagt zwar, es ist auch nur Kakau. Trotzdem. Es ist ja doch auch Produktion, kultiviert bis in den Geschmacksnerv. Die Theater dagegen sind ja nur noch Darstellungsfabriken. Es ist längst nicht mehr so, daß man den Helden die Pferde ausspannt, es ist alles domestiziert, bürokratisiert und genormt, ist alles nur Marke und Klischee. Man müßte da schon an ganz anderen Ecken anfangen. Außerdem wird durch die Technik und deren Spezialapparaturen alles zerlegt, die Persönlichkeit wird auseinandergenommen, so daß nichts mehr wirklich komplex ist. Man ist bald nur Abbild oder nur Stimme, bald nur Bein oder nur Großaufnahme. Es stimmt einfach nicht mehr. Das Augenmaß stimmt nicht mit dem überein, was die Optik gestattet. Wo bleibt da die Kunst? Es wird alles Artistik, nicht Schauspielkunst, sondern Schauspielerei. Nein, wenn schon, dann lieber sich gleich verkaufen. Dann steigt man schon gleich ins Geschäft und macht Filme, am besten in eigener Produktion. Diese Möglichkeit hätte ich allerdings auch. Aber das käme für mich nur in Frage unter Garantie des persönlichen Selbstbestimmungsrechtes. Schließlich gibt es nicht nur das Selbstbestimmungsrecht der Völker, es gibt auch das der Person. Und in diesem Punkt bin ich empfindlich, da bekomme ich Nerven. Immerhin haben wir auch schon an die Gründung einer Lydia-Film-Produktion gedacht. Das Gremium dazu wäre vorhanden, auch der Stoff.«

»Interessant«, sagte Mambrey, ehe er fragte: »Darf man wissen, was da gedreht werden soll?«

»Wir denken an eine Aspasia.«

»Mit Ihnen?«

»Ja«, sagte Lydia. Weiter sagte sie nichts.

Sie hatte wohl selbst das Gefühl, daß sie etwas zu früh in der Zukunft angelangt war, auch wenn sie vor Wochen einmal, als aber von Filmplänen noch gar nicht die Rede war, in kleinerem Kreis erklärt hatte: was dieser Epoche fehle, sei eine Aspasia. Hätten wir eine Aspasia, so hätten wir auch die entsprechenden Männer in Regierung und Magistrat, denn das weibliche Fluidum erzeuge eine besondere Neigung zur Elastizität. Das Quadratische in der Männlichkeit schleife sich ab, es entstünden mehr Schlangenlinien und Kurven, die Gestik werde eleganter, die Bälle flögen gewitzter. »Ich bitte Sie«, hatte Lydia geseufzt,

»führen Sie sich nur einmal die physiognomische Beschaffenheit unserer Bonzokratie vor Augen! Ist das nicht deprimierend?« Es herrsche sozusagen der Plattfuß mit Hängebauch. Jeder sei ein Kleiderständer für sich, behängt mit Fetzen der Selbstüberzeugung. Sich unterhalten, etwas gesprächsweise durchlüften, das könne überhaupt niemand mehr. »Das kann nur noch Standpunkte vertreten«, hatte sie gerufen. Das flösse förmlich über von lauter Aufwasch. Als ob irgendein Standpunkt bereits ein Beweis von Geisteskraft wäre! Entsetzlich, wenn das so weiterginge! Von Kultur könne dann nicht mehr die Rede sein. Das sei alles nur aufgezogen, veranstaltet, hergemacht, angekurbelt. Kürzlich habe man beispielsweise die Philharmoniker auf Reisen geschickt, aber nicht, um Musik zu machen – o nein!, sondern um mit Hilfe der Musik Propaganda für Berlin als Stadt des Fremdenverkehrs zu machen. Eine Erniedrigung sei das, empörend und schlechthin automatenhaft. Und so liefe das denn auch ab, ohne geringsten Charme.

Unterdessen hatte Mambrey seine Schreibtischlade geöffnet und von dort ein kleines Blechschächtelchen hervorgeholt.

»Entschuldigen Sie, wenn ich da mal hineingreife!« sagte er verschmitzt. »Bis zu meinem sechzigsten Jahr bin ich noch ohne das ausgekommen, ohne alles, was Tabletten und Spritzen heißt. Aber seitdem hapert es etwas in meinem Getriebe. Ja, die Belastung. Da haben Sie recht. Diese Mannigfaltigkeit der Ansprüche und der Spezialisierung. Diese Tausendarmigkeit! Meine Frau hat immer gesagt: ›man sündigt eben nicht ungestraft‹.«

»Das kommt auch noch hinzu«, bestätigte Lydia. »Es zerrinnt einem alles unter den Händen. Folglich sieht man sich immer genötigt, seine Siebensachen zu realisieren, jeden Tag neu. Man erlebt es ja auch an Morawé.«

»Es ist gut, daß wir wieder darauf zurückkommen«, meinte Mambrey. »Trinken wir einen Cognac? Ich denke, doch.«

Er hatte absichtlich »wir« gesagt, den Cognac bereits in der Hand. Er hielt nämlich die Zeit für gekommen, auf der Basis vorbereiteter Gemeinsamkeit einen Versuchsballon steigen zu lassen, weshalb er nun sagte:

»Wäre es nicht das beste, gnädige Frau, wenn Sie die Firma einfach aus der allgemeinen Erbmasse herauskauften? – Zum Wohl! – Sie könnten das doch. – Ah, das tut gut. – Amerika hat's damals genauso gemacht. Es hat Alaska gekauft.«

»Aber lieber, bester Justitiator«, rief Lydia, wobei dahingestellt blieb, ob mehr verwundert oder entwaffnend, »ich habe ja doch kein Geld.«

»Ach so«, sagte Mambrey und schmatzte ein wenig, »Sie haben kein Geld? Das ist aber nicht schön.«

Dann blickte er ziemlich fremd in die Luft, wie in Erwartung, ob diese kapriziöse Dame sich nicht eines Besseren besinnen würde.

Offenbar gehörte sie zu denen, die Angst hatten, ihre eigenen Mittel in Anspruch zu nehmen, und also am liebsten alles geschenkt haben wollten. Er kannte solche Typen. Besonders mit Reichtum Behaftete kultivierten geradezu, wie er meinte, die Überzeugung, daß auch die besten Brocken so gut wie umsonst zu haben sein müßten, gleichsam als Vorzugsaktien.

Jedenfalls nahm er Lydias Behauptung nicht ernst. Er hielt sie für einen Schachzug. Auch war er derart ans Verhandeln, Konferieren und Abtaxieren gewöhnt, daß er gar nicht erst auf andere, geschweige absurde Gedanken kam.

»Ich sagte ja schon«, versetzte Lydia, aber nun derart gedämpft, daß es beinahe intim klang, »ich sagte ja schon, daß mich lediglich der Wunsch nach Verständnis für meine Überzeugung hierhergeführt hat, daß ich lediglich an die Einsicht, wenn Sie wollen, an die höhere Vernunft dessen appelliere, der... der... der sie eben hat, dem ich sie zutrauen darf.«

»Ja, Sie Tochter des Himmels«, rief Mambrey aus, theatralisch die Arme hochreckend, »wir leben doch nicht in der Luft, sondern in einer auf Interessen abgestimmten Gesellschaft.«

»Das schon«, sagte Lydia. »Aber mit Geld allein ist trotzdem nicht alles zu machen.«

»Wer sagt denn das oder hat es gesagt? Alles, nun ja, alles. Warum gleich alles?«

Da Mambrey soeben an Jelka dachte, an sie als seine Mandan-

tin, für die er offenbar ein möglichst günstiges Angebot heraus-
schlagen wollte, war er im Augenblick etwas verdüstert, als er
fortfuhr:

»Ich kann Ihnen aber versichern, meine Beste, daß mit Geld
sehr viel mehr in Ordnung zu bringen ist als mit sogenannt guten
Absichten. Nun ja, Geld. Was heißt überhaupt Geld? Kapital
genügt ja. Ich meine, der Nachweis von Kapital. Sicherheiten,
Kreditwürdigkeit. Geld brauchen wir gar nicht. Ich kenne einen
Kapitalisten, der hat nie Geld, es weiß nur jeder, daß er es hat.
Immerhin brachten die Geldleute, die ich kenne, alle etwas zuwege, einfach durch den praktischen Einsatz der Mittel und, nicht
zu vergessen, durch saubere Kalkulation. Die Vereinstanten aber,
die sich auf ihre guten Absichten beschränken – na, ich will sie
nicht kränken, auch wenn es sich reimt, haha, schränken, kränken –, aber sehr viel weiter als bis zum Herumkramen in ihren
Handtaschen hat es da nie gelangt. Verachten Sie mir die Materie
nicht, meine Beste! Das ist eine kapitale Substanz, und jede Substanz läßt sich spalten. Da steckt Energie drin, und die brauchen
wir in der Wirtschaft genauso wie in der Physik. Die Qualität
kommt dann meistens von selbst. Das ist dann eine Sache der
Auswahl und des guten Geschmacks.«

»Das schon«, sagte Lydia wieder. Dabei sah sie ihn aber so
sonderbar an, fast nicht ohne Mitleid, daß es wirkte, als ob sie
das alles längst besser wüßte.

Zum Glück ging gerade das Telefon. Die Art, wie Mambrey
den Hörer ergriff, war jedoch reichlich abrupt, und auch seine
Stimme war ganz verwandelt.

»Wieso?« sagte er barsch. Auch sprach er viel rascher. »Na, da
gehn wir doch einfach ein Haus weiter. Basta. Wozu das? Was
drinsitzt, ist auch nicht besser. Dasselbe. Allerdings. Und das
will man dort auch. Dreimal Geld. Ihr Recht genügt denen nicht.
Das kann stimmen, daß Recht bekommen nicht satt macht. Jaja,
da bleibt was hungrig. Stimmt schon. Glücklich ist anders. Ja,
natürlich, das wollen sie alle. Lotteriegewinn, ja. Also dann, ein
Haus weiter. Machen wir. Gut, fertig.«

»Entschuldigen Sie«, sagte er zu Lydia. Aber er war noch

ziemlich in Wallung, die erst abklingen mußte, und so fuhr er auch ihr gegenüber fast im gleichen Ton fort: »So ist das bei dem allgemeinen Gekrebse. Jeder will hoch und angenehm leben. Müllkübel schleppen will keiner, Latrinen reinigen auch nicht. Mit bloßer Arbeit bringt man's zu nichts. So denkt heute fast jeder. Und natürlich Bewährungsfrist. Die größten Schurken, wenn man sie fragt, welches Strafmaß sie sich selber zudiktieren würden, um sich gerecht behandelt zu fühlen, plädieren auf Bewährungsfrist, selbstverständlich unter Berücksichtigung der Umstände. Meine Frau hat immer gesagt: ›Umstände sind von Natur aus verführerisch. Das ist der Witz daran.‹ Hat sie nicht recht? – Aber entschuldigen Sie, ich bin etwas in Rage geraten.«

»Ich fürchte beinahe, Sie sind ein gehetzter Mann«, sagte Lydia mit derart elegischem Ton, daß sie selber darüber entzückt war, nachdem die plötzliche Schärfe in Mambreys Stimme sie ziemlich ernüchtert hatte. Nun aber weilte ihr Auge auf seinem Schreibtisch, dann hob sie es ihm entgegen, höchst schulgerecht, während er sagte:

»Naja, der Mensch muß wirken, das ist schon klar. Ich so, Sie so. Aber wenn man so im Betrieb steckt, wissen Sie, erschöpft sich die Wirksamkeit bald in lauter Menkenke. Man hängt an der Strippe, Sie sehen's ja, und wenn's klingelt, kommt man gelaufen, wie zum Rapport. Das ist fatal. Man kommt bald dahinter, daß da etwas nicht stimmt. Da geht was verloren. So ein menschliches Aggregat ist begrenzt, Gutwilligkeit auch. Das verpufft. Und da bleibt einem nichts als Knappheit, wissen Sie, das ist ein Schutz, eine Art Schirm, eine Art Entstörer. Übrigens stimmt das alles nicht ganz. Die Frage ist, wie man sich wieder auflädt. Mit Urlaub und so ist das nur halb getan. Es gibt auch noch den Verschleiß. Überhaupt ist es ein Unding, alles auf einen Nenner bringen zu wollen. Der Mensch ist nicht nur Mathematik. Ja aber, was dann? Ich behaupte, das weiß er selbst nicht. Wenn ich Ihnen sage, er weiß es selbst nicht. Er erfährt's nur am eigenen Leib, dieses und jenes. Meist jenes, haha.«

»Wir wissen nicht immer, wer wir sind«, sagte Lydia bedeutsam. Offenbar hatte sie sich entschlossen, von nun ab die Seltsame zu spielen, sei es, weil ihr danach zumute war, sei es auch, weil sie im Augenblick wirklich nicht wußte, wozu sie noch hier war. Sie fühlte sich plötzlich so verloren, sie war so hereingeschneit.

»Man redet auch mal mit fremden Zungen. Da haben Sie recht«, meinte Mambrey. »Ich hatte einen Bekannten, der jedesmal, wenn er vorm Examen stand, einen Stupor bekam. Blitzgescheit war der Kerl, aber er hat es zu nichts gebracht. Apropos«, sagte er plötzlich, zu Lydia gewandt wie aufgrund eines Einfalls.

Trotz all seiner Verve hatte er nämlich bemerkt, daß irgendein Schwächemoment in ihr aufgetaucht war, und das nutzte er aus.

»Sie sind ja doch Schauspielerin, wenn ich recht verstanden habe, beim Film, nicht wahr, gnädige Frau.«

Etwas peinlich berührt, sagte Lydia:

»Das nicht.«

»O, Verzeihung. Unsereiner kennt sich da nicht so aus. Also dann Theater. Städtische Bühnen?«

»Das auch nicht.«

»Ja, verdammt. Ich rede da so. Privattheater also.«

»So kann man's wohl nennen«, sagte Lydia ironisch. »Privattheater ist schließlich alles, was wir unter uns treiben.«

Da Mambrey spürte, daß sie ihm auswich, schwenkte er etwas zurück und sagte, nun aber entschlossen, sie festzunageln und sich endgültig Klarheit zu verschaffen, soweit wie möglich:

»Ich verstehe nicht recht, gnädige Frau, eine Frau wie Sie, Sie können doch sicherlich reiten und schoffieren, haben Freunde und Gönner – was wollen Sie sich eigentlich diesen Turm voller verwinkelter Wendeltreppen aufladen, dieses Morawé? Ich kann ja verstehen, teils auch wieder verstehen, daß es Sie reizt, Licht in diese Sache zu bringen. Ich kann's schon verstehen. Ein Kartenhaus voller Blankoschecks, lauter Wechsel und Fiktivitäten! Gewiß, das auszubalancieren, hat seine Reize, das ist sozusagen, wenn ich Sie recht verstehe, eine Mission für Sie. Aber haben Sie das nötig? Eine Frau von Ihrem Format! Sie gehören doch ans Burgtheater. Sie sind ja doch eine Sorma und Duse. Sie haben doch ganz andere Möglichkeiten als hier diese undurchsichtigen

Fuchsereien. Das kostet Sie doch nur Nerven. Und was haben Sie schon davon? Welche Triumphe sind denn hier schon zu ernten. Doch höchstens die Genugtuung, ein armes Hascherl hinauszufeuern, dieses tüchtige Fräulein Jelka, indem Sie aus der Sache eine Affäre machen. Befriedigt Sie das?«

»Ich suche einen Ratgeber, keinen Juristen, einen über der Sache stehenden Anwalt und Menschenfreund, einen Justizrat«, sagte Lydia, nun überaus kühl und beherrscht. Die Erwähnung des Burgtheaters hatte sie fasziniert. Immerhin dachte sie auch an die Gage, als sie fortfuhr: »Den Einblick in die Geschäftsbücher kann man mir doch nicht verwehren. Oder? Und Sie als Treuhänder, als Berater des alten Herrn von Zembrowski, der ja ein wundervoller Mensch gewesen sein muß, Sie besitzen doch, wie ich annehmen darf, sämtliche Schlüssel.«

›Ach, dahinaus will sie‹, sagte sich Mambrey. ›Sie will partout ins Geschäft, und sie will einen Rechtsbeistand, der sie nichts kostet.‹ Zu ihr gewandt, sagte er aber: »Meine Meinung von Mensch zu Mensch?«

Dabei drehte er einen Bleistift zwischen den Fingern, so aufreizend nüchtern, als ginge ihn die Sache überhaupt nichts mehr an.

»Als Hund würde ich sagen, das wirft kein Fleisch für mich ab«, bemerkte er dann. »Es bleibt immer derselbe Knochen, und dieser Knochen ist auch noch aus Holz.«

Nun, das war eine Dusche. Um so gespannter beäugte er seine Partnerin, die für ihn im Augenblick in der Tat nichts als Partnerin war. Sie beherrschte sich aber und zuckte nicht mit der Wimper, obwohl sie nicht verhindern konnte, daß in ihren Augen ein nahezu liebloser Zug aufglomm, während sie sagte:

»Ich darf dieser Auffassung also entnehmen, daß Sie sich nichts davon versprechen?«

»So nun auch wieder nicht«, beeilte sich Mambrey. »Das hängt ganz von Ihrem Appetit ab. Wenn Sie glauben, diesen Knochen nicht hergeben zu sollen, dann ... dann heißt's eben, sich festbeißen, sich darauf versteifen. Die Erbengemeinschaft ist da, dazu gehören Sie automatisch. Nur eben, die Firma. Hier fragt sich, was Sie gegebenenfalls zu investieren gedenken, ich meine, was Sie zu bieten haben.«

Einen Augenblick wartete Mambrey. Da aber sagte Lydia:

»Zu bieten? Mich.«

»Wie bitte?«

»Mich.«

Sie hatte es so sicher gesagt, so schlechthin außerhalb jeder Debatte, daß Mambrey bis in seine Grundfesten verblüfft war. Später behauptete er zwar, es hätte auf ihn wie Pornographie gewirkt, im Augenblick war er sich aber keineswegs sicher, da er einfach nicht wußte, wie es gemeint war, das heißt, ob er sich als Mann attackiert fühlen sollte, vielleicht auch als Witwer, oder was nun eigentlich, denn die Redensarten dieser Dame, die so gar nicht den üblichen Spielregeln der Juristerei entsprachen, konnten ja auch ein Ausdruck raffiniertester Verhandlungstaktik sein. Immerhin sollte sie's nicht zu weit treiben! Es könnte sonst sein, daß er die Lust verlor, wenn sie durchaus nicht mit irgendwelchen Summen herausrücken wollte.

»Wir werden also mit Ihnen zu rechnen haben«, sagte er nunmehr, »mit Ihrer ganzen Person.« Das klang wie ein Abschluß. Aber dann fügte er noch hinzu: »Übrigens, gnädige Frau, die Berechtigung, die Geschäftsbücher einzusehen, haben Sie, das steht Ihnen zu, das kann Ihnen niemand verwehren.«

»Das wollte ich wissen«, erwiderte Lydia. »Danke.«

Darauf erhob sie sich.

Sie hielt es für angebracht, sich zu empfehlen, dies um so mehr, als während ihres Gespräches schon zweimal die Tür geöffnet worden war und die alte Lina den Kopf hereingesteckt hatte. Naja! Das war natürlich eine abgekartete Sache gewesen, wahrlich zu billig, um sie nicht zu durchschauen. Aber die Tatsache, daß Mambrey stets abgewinkt hatte und sich nicht hatte abhalten lassen, sie anzuhören, war doch auch schmeichelhaft. Ja, war es nicht sogar ein Zeichen dafür, daß es ihr gelungen war, ihn zu bezirzen? Das hatte sie nämlich Alice versprochen, bevor sie sich zu ihrem Überrumpelungsbesuch hatte hinreißen lassen. Ihn einfach bezirzen!

Sie hatte sich einen Nachmittag ausgesucht, der auch äußerlich günstig schien. Die Sonne war ungemein mild, der in Aussicht stehende Frühling vielversprechend, und so war es auch eine Erholung gewesen, daß während der ganzen zwei Stunden bei Mambrey ein eigentümlich sonniges Gelb draußen vorm Fenster mitgespielt hatte. Gelegentlich hatten Lydias Blicke dort ausgeruht. Dieser erste, so zaghaft spielende Schein! Es schmeichelte ihr, daß Mambrey nichts davon bemerkt hatte. Er hatte entweder auf sie geblickt oder auf die Tür hinter ihrem Rücken, gerade dorthin, wo er Lina empfohlen hatte, zu erscheinen, falls die Dame sich festreden sollte. Nun, das hatte sich also als überflüssig erwiesen. Das Gespräch war überaus kurzweilig verlaufen. Nur ließ sich nicht leugnen, daß das Ergebnis trotzdem etwas imaginär war, daß es irgendwie in der Luft hing und daß der Grad von Wohlwollen zwischen ihnen, obwohl noch immer vorhanden, zum Schluß etwas abgeflaut war.

»Jederzeit zu Diensten«, hatte Mambrey gesagt, als Lydia sich verabschiedet hatte, und sie hatte erwidert:

»Ganz meinerseits.«

Dann hatte sie sich nochmals umgewandt und gleichsam privat und mit lächelnder Geneigtheit hinzugefügt:

»Ich darf mich doch wieder melden?«

»Bitte, bitte«, hatte Mambrey versichert.

Niemand konnte behaupten, daß sie sich nicht mit kultiviertester Höflichkeit voneinander verabschiedet hätten.

4 Es blieb natürlich nicht aus, daß Jelka schon wenige Tage später von Lydias extravagantem Besuch bei Doppeldoktor Mambrey erfuhr und daß sie sich seitdem in widerstreitendsten Erwägungen erging, wie und mit welchen Mitteln dieser doch wohl ausgemachten Schikane entgegenzutreten wäre. Schikane! so nannte sie es, nicht zuletzt deshalb, weil ein schon immer in ihr schlummernder Argwohn einen gegen ihre Buchführung wie gegen ihre Geschäftsmethoden gerichteten Schachzug darin erblickte. Da ihre Nerven durch das in Aussicht stehende Ostergeschäft sowieso sehr beansprucht und in Anbetracht der durch Zembrowskis Tod heraufbeschworenen Situation sogar überbeansprucht waren, befand sie sich begreiflicherweise in einem Zustand latenter Erregung. Sah es doch beinahe so aus, als ob es an allen Ecken und Enden zu wimmeln begänne, als ob die ganze Materie in eine Art Gärung und Fäulnis geraten sei und als ob nun plötzlich die Vergangenheit irgendwelche Personen ausspie, deren Versuche zur Einmischung in die innersten Angelegenheiten wohl auch einen Anschein von Berechtigung hatten.

Nun, rein geschäftlich gesehen, war Jelka nicht so leicht aus der Fassung zu bringen, das hatte sie schon mehrmals bewiesen, und in ihrer Eigenschaft als inzwischen sogar notariell beglaubigte Geschäftsführerin war sie seitdem auch nicht müßig geblieben. Sie hatte ihr Wirkungsfeld abgesteckt und nach allerlei Seiten gesichert. Auch war sie, man konnte schon sagen von früh bis spät, ohne ein Auge davon zu lassen, mit der Einschätzung und kalkulatorischen Einstufung derjenigen beschäftigt, die ihr innerhalb der vereinbarten Abwicklungsfrist, so dehnbar sie war, irgendwelche Schwierigkeiten hätten bereiten können, ob sie ihr nun von sonstwo in die Karten gucken wollten oder sie schlimmstenfalls zu erpressen versuchten, Personen, unter denen diese Lydia Faude nicht einmal die wichtigste war. Trotzdem flogen ihr beim Gedanken an sie sämtliche Glieder. Sie flog am ganzen Leib in einer schon unerklärlichen Antipathie, und sie schwor bei allen Heiligen, zu denen bekanntlich auch Morawé zählte, daß sie dieser hergelaufenen Quertreiberin, dieser Dame, wie sie höhnisch bemerkte und worunter sie offenbar das Gegenteil von dem verstand, was der Begriff besagte, die Suppe schon noch versalzen werde. Im Affekt, der sie weit übers Ziel trieb und ihr hinterher trotzdem wohltat, worauf man nun freilich auch einen Falscheid hätte leisten können, im Affekt erklärte sie sogar: »Da wird sie was auszulöffeln haben, falls sie es wagt, hier hereinzukommen und hier herumzupfuschen. Süß ist das nicht, das ist Rattengift.«

Es war der wie immer von Mambrey vorgeschickte Herr Zwirner gewesen, durch den sie über diese neueste Zumutung in Kenntnis gesetzt worden war. Er war eines Tages im Laden erschienen, nun ja, wie er immer erschien, einesteils, um mit Verkäuferin Gisela, seiner Schokoladenfee, wie er sie nannte, herumzutändeln, anderenteils offenbar auch, um nachzukontrollieren, ob das Geschäft noch vorhanden war und florierte. Anfangs hatte Jelka über diese Sucht zu Recherchen noch harmlose Witze gemacht, mit der Zeit aber waren ihre Witze immer absichtsvoller geworden und auch nervöser. Die Art seines Auftretens ließ nämlich wirklich den Gedanken aufkommen, als ob ihn der immer noch positive Befund reichlich verwunderte, wo er doch eigentlich erwartet hatte, daß von Rechts oder vielmehr Unrechts wegen die ganze Belegschaft längst hätte durchgebrannt sein müssen mitsamt Kasse, Mobiliar, Herstellungspark und selbstverständlich unter Hinterlassung bombastischer Schulden. Aber so verhielt sich's eben mit dem Beharrungsvermögen der Alltagspraxis, es war sonderbar zäh, die Kundschaft wollte bedient sein, das Geld zirkulierte, Einnahmen und Ausgaben wurden verbucht, Spesen abgesetzt und so weiter, und der kleine Laden stand da, mitsamt Ware und Inventar, und im Schaufenster, mochte es noch so schmal sein, spiegelte sich der Verkehr des Kurfürstendamms, was übrigens sonderbar ahnungslos wirkte. Es floß so dahin, in der Nacht wie mit lauter

Lichtpralinen besät. Dazwischen aber, so schien es, erging sich dieser Herr Zwirner, mit der Albernheit seiner Recherchen.

»Du lieber Himmel, wie sieht er nur aus?« hatte Jelka schon früher einmal ihre Freundin und Aushilfskraft Margot gefragt, und die hatte ihr den Gefallen getan und erwidert: »Kein Frischzellenathlet. Langbeinig, etwas spillrig, mit Bärtchen.« Darüber hatten sie oft gelacht, und selbst Gisela hatte mitgelacht, schon um nicht zu verraten, wie sie wirklich über ihn dachte. Da gab es nämlich Nuancen. Den Sperlingskopf beispielsweise, den die beiden andern ihm angehängt hatten, hatte sie ihnen nicht abgenommen, auch deren Überzeugung nicht, daß keinerlei Grips darin sei. Vielleicht würden sie sich da noch wundern. Aber Gisela, zwar äußerlich süß und anpassungsfähig, von Natur aber, wie später behauptet, doppelzüngig und falsch, hatte ihre Ansichten über Herrn Zwirner und ihre Erfahrungen mit ihm für sich behalten, genauso, wie sie verschwiegen hatte, daß vor einiger Zeit eine von Liebenswürdigkeit überströmende Kundin aufgetaucht war, die ihr die sonderbarsten Komplimente gemacht und so nebenbei auch nach Fräulein Jelka gefragt hatte, die aber, geschäftlich gesprochen, nicht greifbar gewesen war. Zweifellos war das jene Frau Faude gewesen, über die Jelka sich jetzt so ereiferte, zum nicht geringen, wenn auch verhehlten Ergötzen Giselas. War das ein Gefunkel! An ihren Händen die Ringe und in ihren Augen der Ärger! Dieser Zustand war nach Giselas Meinung nicht vorteilhaft, da im Gesicht ihrer Chefin etwas Grobes, Fleischlich-Derbes dabei zum Vorschein kam, wie bei einer Bardame etwa, die sich einbildet, sonstwas zu sein, und in Wirklichkeit doch nur Aufwasch ist, wenn auch hundertmal parfümiert. Falls es sich darum handeln sollte, ein Zeugnis auszustellen, kann der kleinen Gisela nichtsdestoweniger bescheinigt werden, daß sie pünktlich und ordentlich war, daß sie sich nichts hat zuschulden kommen lassen, daß sie ihre Chefin nie hinterging, ja daß sie sie als solche durchaus verehrt und respektiert hat. Das andere spielte sich mehr in ihr selbst ab, und in dieser Hinsicht war freilich nicht zu leugnen, was vielleicht auch ihr gutes Recht war oder zumindest ein Akt der Vorsicht, daß sich seit

Zembrowskis Nichtmehrvorhandensein etwas in ihr herausgebildet hatte, irgendein Etwas, vielleicht nur das Teilchen eines Teilchens, das ihr riet, ständig auf der Hut zu sein, und zwar speziell in eigener Sache, betreffs ihrer Stellung und ihres Berufes, dies um so mehr, als beim besten Willen nicht vorauszusehen war, was morgen geschehen würde und wer dann ihr Chef war oder ihre Chefin.

Nicht anders als bei Herrn Zwirner spürte Jelka bei fast allen, mit denen sie umging oder irgendwie in Berührung kam, selbst bei einigen Kunden, die gleiche, mehr oder weniger maskierte Anwesenheit einer unausgesprochenen Frage. Dazu trug sie freilich auch selber ein gutes Teil bei, abgesehen davon, daß ihr gesteigertes Mißtrauen ohnehin eine Reaktion dieser Art erwartete. Hatte sie doch, durch Hauswart Karsunke als Mittelsperson, jenen reichlich dubiosen Hintzsche veranlaßt, sich damals vorm Amtsgericht an Lydias Fersen zu heften, ohne allerdings zu ahnen, daß Hintzsche in der Meinung, da fiele auch für ihn etwas ab, den Auftrag auf eigene Art umgefälscht hatte. Immerhin war sie durch ihn, genauer gesagt durch Karsunkes Zwischenträgerei, über die nötigen Einzelheiten in Lydias äußerer Aufmachung ins Bild gesetzt worden. Demnach entsprach diese Person aufs Haar der Vorstellung, die sie sich vom ersten Tag an von ihr gemacht hatte.

»Die sieht aus wie auf falsches Papier gedruckt«, soll Hintzsche gesagt haben, was Jelka besonders gefiel. Ferner soll er noch gesagt haben: »Die hat drei Teller vorm Kopf.« Und das gefiel ihr natürlich auch. Erst recht gefiel ihr aber, daß er gesagt haben soll: »Die bezirzt sich fortwährend selbst.« Karsunke indessen hatte seinerseits auch noch etwas hinzuphantasiert, was aber wohl aus anderen Quellen stammte, nämlich von irgendwelchen Beziehungen zur Filmbranche und zur Textilindustrie, jedenfalls von möglicherweise sehr finanzkräftigen Hintermännern, in deren Auftrag sie sich anschicken sollte, bei Morawé einzugreifen. Festlegen wollte Karsunke sich allerdings nicht. Dazu besaß er wenn nicht Einsicht, so doch sozialen Kastengeist und Schnüffelinstinkt genug, um zu wissen, wie rasch heutzutage die Verhältnisse wechselten und daß demnach bald dieser, bald jener ans Ruder gelangte, ohne daß man zu sagen wußte, wieso und aufgrund welcher Kapazität. Andererseits versäumte er auch wieder nicht, dem Fräulein Jelka aus alter Treue und Anhänglichkeit seine Ergebenheit zu bekunden und, wenn nötig, jede Art Diensterweis offenzuhalten, schon, wie er sagte, der vom Verewigten verlassenen Firma zuliebe, in altgewohnter Gefolgschaft. An Treuherzigkeit vermochte Karsunke ein ganz hübsches Quantum zu bieten, wobei sich nur fragte, ob mehr gespielt oder nicht. Jedenfalls wünschte er als Muster dafür zu gelten, besonders solang alles gutging und etwas dabei heraussprang. Sein Augenaufschlag hielt seiner Neigung zur Aufpasserei die Waage und natürlich auch seiner mit Neugier gepaarten Schlauheit, die sich wiederum ziemlich sichtbar hinter einer Biedermannsmaske versteckte, zwischen deren Lippen die von ihm so bezeichnete, gleichfalls vererbte Chefzigarre erschien.

Es mag für Außenstehende merkwürdig klingen, daß Jelka so großen Wert darauf legte, sich mit ihm zu vertragen, ja ihn stets bei Laune zu halten und zu hofieren, denn er war schließlich nur der Hauswart, verheiratet mit einer Frau, die oft bettlägerig war, sie hatte Wasser im Knie, und deren ständige Leidensmiene beredt davon sprach, daß er sie bis in die Knochen beherrschte. Aber auch in der Nachbarschaft und bei den wenigen Mietern ging man ihm um den Bart, zumindest, indem man ihm nicht widersprach, etwa wenn er sich in Andeutungen über seine alten Beziehungen zur Kriminalpolizei erging oder wenn er von jugendlichen Übeltätern sagte: »Gleich beim Schlips packen, die Sorte!«, besonders aber, wenn ein überbetontes Geltungsbedürfnis bei ihm durchbrach, so daß er dann dastand, aufgepflanzt wie in Schutzmannspositur. »Wir vom Kurfürstendamm«, pflegte er gern zu sagen, wobei er mit seltsam verschmitzter Leutseligkeit durchblicken ließ, daß ihm reineweg nichts entging, natürlich auch nicht bei Morawé, nachdem sozusagen die ganze Weltgeschichte unter seiner Kontrolle vonstatten gegangen war. Seine Alte hinten im Keller, die von Jelka eine Zeitlang als Reinemachfrau beschäftigt worden war, beklagte sich oft über ihn, wenn auch mehr aus Gewohnheit, denn im Grunde paßten sie gut zusammen und zogen am gleichen Strang. Er kehre nur allzu gern den Feldwebel heraus, meinte sie, rede von Lasten, die sie ihm aufgebürdet habe, und beschwere sich dauernd über ihr verwässertes Blut. »Beim Rindvieh würde das nicht geduldet«, habe er einmal gesagt. »Das wird abgestochen.« Wenigstens seien wir aber noch Menschen, und er für seine Person sei der letzte, der nicht soviel Mannesstolz aufbringen könne, nach Feierabend auch einmal Mensch zu sein. Über solche die Runde machenden Bemerkungen, so hanebüchen sie waren, wurde natürlich auch gelacht, indessen geschah selbst das nur mit Vorsicht und mehr oder weniger kichernd.

Frühmorgens, wenn Jelka im Laden erschien, meist ziemlich gespannt und manchmal sogar mit leichtem Brechreiz behaftet – einmal hatte sie sich in der Tat übergeben, hinten in ihrem Privatkabinett vor Morawés Bildnis –, frühmorgens war es immer am schwersten, den ganzen in Bewegung geratenen Hintergrund mit den Erfordernissen des sich in blinder Selbstverständlichkeit abwickelnden Geschäftsverkehrs in Einklang zu bringen. Gelegentlich stand sie dann da wie auf Stecknadelspitzen, in Erwartung irgendeiner Person oder irgendeines Telefonates. Die Kundschaft selbst pflegte erst später zu kommen, so gegen zehn Uhr, und der Spitzenbetrieb setzte überhaupt erst nachmittags ein bis gegen Abend. Offenbar pflegten die Kunden, die sich gegenseitig mit Pralinen und Bonbonnieren beglückten, lange zu schlafen, bis auf wenige Vorzugskunden, die aus Erfahrung und altvertrauter Verbundenheit im Anspruch auf Sonderbedienung den frühen Vormittag wählen.

Überall am Kurfürstendamm, auch in den Lokalitäten, war das die Stunde der Einzelgänger, die für gewöhnlich aus Reisenden des In- und Auslandes bestanden oder eben aus Zufallspersonen, es sei denn, daß ein besonderer Anlaß vorlag, etwa Saisonausverkauf oder Festspieltrubel oder dergleichen. Für gewöhnlich aber lag um diese Zeit etwas Gelähmtes, Halbtotes über dem Damm, an den Hausfronten sogar etwas scheinbar Ungewaschenes, Übernächtiges, und nur die Schicht der unmittelbar Beteiligten, also wesentlich Verkäufer und Verkäuferinnen, blickte wach und munter umher. Und selbstverständlich zählte dazu auch Karsunke, als ob es seine Aufgabe wäre, für Pünktlichkeit, Ordnung und Reinlichkeit sowohl im Straßenals auch im Geschäftsverkehr zu sorgen, wobei er seine niemals erlahmende Aufmerksamkeit auch auf die Arbeitsmethoden der Straßenarbeiter richtete, die bald hier, bald da das Pflaster aufrissen, um das verschlungene Gewinde der städtischen Eingeweide zu flicken. »Irgendwo stinkt es immer«, pflegte Karsunke zu sagen. Das war ganz harmlos gemeint oder auch nicht, je nachdem, zu wem oder bei welcher Gelegenheit er es sagte. In der letzten Zeit, besonders nachdem das erste, allseits beachtete Begräbnistabu vorbei war, hatte Jelka es allerdings spitzbekommen, daß Karsunke etwas bei ihr bezweckte, kann sein, lediglich eine Aufbesserung seiner Trinkgelder und Sonderbezüge, kann aber auch sein, etwas anderes, mit dem herauszurücken ihm vorerst noch schwerfiel. Jedenfalls hatte er sie schon mehrmals frühmorgens abgefangen, wenn auch anscheinend nur zu einem unverbindlichen Plausch.

»Intendanten und Defraudanten, die schmeißen nur so herum mit dem Geld«, hatte er beispielsweise erst neulich gesagt. Das war zwar keine Anspielung gewesen, es bezog sich auf einen Lokalbericht, aber dann hatte er doch auch hinzugefügt: »Mit vierzig bekommt der Mensch 'ne Macke. Da merkt er, daß er auf anständige Weise nicht mehr zu Geld kommt, und da beginnt er zu schwindeln. Versicherungsbetrug, Unterschlagung, Hochstapelei, lauter solche Machenschaften sind an der Tagesordnung.« Dabei hatte er Jelka so angeblickt, als ob sich in seiner Hinterhand noch irgendein Trumpf befände, vielleicht sogar ein kriminalistischer, den er zu gegebener Zeit auch auftischen würde, zumal der Termin nicht mehr fern sei, da hier Bilanz gemacht werde. In der Tat standen manchmal, sei es im Hinterhof, sei es im Torweg, Gestalten mit ihm herum, denen man schon von weitem ansah, daß sie nicht in die nähere Umgebung paßten, wie etwa auch dieser infolge einiger, wenn auch unerheblicher Vorstrafen sich so gefügig zeigende Hintzsche.

Für ganz so wichtig, wie er sich selbst einschätzte, hielt Jelka den Hauswart natürlich nicht, das war schon aus der Art zu ersehen, wie ihre Mitarbeiterinnen im Laden vorn über ihn dachten. Am naivsten konnte die kleine Gisela sein, die dann sogar zu berlinern, das heißt mit berlinischen Patentausdrücken aufzuwarten begann, womit sie, in der Tat allerliebst, Karsunkes enorme Wichtigtuerei parodierte, etwa indem sie sagte: »Da hättste mußt'n eher kommen, schon wejen die Plätze halber.« Immerhin geschah das aber im Bewußtsein von etwas Unstatthaftem, Verdeckt-Gefährlichem und außerdem, bezeichnend genug, im Gefühl einer Art uneingestandener Notwehr, zumal es auch Situationen gab, wo Karsunke als höchst willkommene Hilfskraft diente, wenn nicht sogar als Retter in höchster Not.

Da war neulich ein Vertreter von Firmen aus Marseille erschienen, eine bekanntermaßen etwas labile Figur, deren Gesichtshaut etwas Klebrig-Lackiertes hatte, dem Überzug jener berühmten kandierten Früchte vergleichbar, für die er alljährlich vor Weihnachten und Ostern die Aufträge hereinholte. Wie üblich, war es frühmorgens gewesen, Gisela war allein, da die Chefin noch rasch zur Bank geeilt war. Mosjöh, wie man ihn nannte, störte das weiter nicht, er hatte interessiert umhergeblickt in seiner flattrigen Art, hatte wohl auch versucht, Gisela etwas abzugewinnen, teils ihr selbst, teils einige Neuigkeiten über den Stand der Dinge bei Morawé, Zugeständnisse, die sich entlocken zu lassen sie freilich zu pfiffig war, denn wie alle Beteiligten besaß sie auch eine Art Firmenstolz. Indessen, so im Geschäker hin und her war plötzlich etwas geschehen. Der Vertreter hatte die Augen verdreht, und dann war er, mit Schaum vorm Mund, die Länge lang hingeschlagen, mitten im Laden, so daß Gisela vor Schreck laut aufgekreischt hatte und eilends davongestürzt war, um Karsunke zu holen, der dann auch postwendend erschien. Es war ein epileptischer Anfall gewesen. Als Jelka zurückgekehrt war, war das Schlimmste schon überstanden und die Peinlichkeit des Vorfalls so gut wie vertuscht, nicht zuletzt dank Karsunke. Jelka hatte Mosjöh nur noch in ihr Privatkabinett zu bitten, damit er sich dort erholte. Karsunke allerdings

hatte sich, zumindest nach Giselas Meinung, ganz groß aufge-
spielt. Er habe förmlich Regie geführt. Gewiß habe er sich auch
bewährt, denn sie selbst sei viel zu verschreckt gewesen, um der
Situation gewachsen zu sein. Wenn es nach ihr gegangen wäre,
hätte sie automatisch die Feuerwehr alarmiert, wohingegen
Karsunke die Angelegenheit, wie er gesagt habe: »ganz unter
uns«, wieder ins Lot gebracht habe. Gisela fand das zwar aner-
kennenswert, nur störte sie, daß er sich dabei so selbstherrlich
aufgeführt hatte, so zugehörig und geradezu eingeweiht, als ob
das alles als geheime Dienstsache behandelt werden müßte. Nun,
sie konnte nicht wissen, daß dazu einiger Grund vorlag. Hatte
doch Karsunke nach dem Weggang Mosjöhs der Chefin ein un-
auffälliges Päckchen zugesteckt, addressiert an Alfredo, London.
Er hatte es neben der Ladenkasse gefunden. Es läßt sich denken,
daß Jelka sich dafür erkenntlich gezeigt, auch wenn sie es vor
Dritten bemäntelt und als harmlosen Lapsus hingestellt hatte.

Nichtsdestoweniger war so ein Schreckschuß am Vormittag
ein nicht so leicht zu verkraftender Faktor, denn wie immer
man's nahm, schien es in der Tat, als ob noch hinter der glatte-
sten Stirn eine Art Schwarzarbeit ausgeübt würde, dank welcher
auch das harmloseste Gegenüber einen Anflug von Doppelgän-
gerei und Scheinheiligkeit erhielt, freilich manchmal auch nicht
zu Unrecht.

»Das hat mir gerade noch gefehlt«, pflegte Jelka seitdem zu sagen.

Es rutschte ihr nur so heraus als Redensart oder Refrain, und
es fiel schließlich kaum mehr auf, daß sie es auch auf Personen
anwandte, am sichtbarsten, als Gisela einmal den Hörer ergriffen und ihn ihr mit den Worten hinübergereicht hatte:

»Unser Skorpion.«

»Wer?«

»Frau Lydia Faude.«

Da hatte Jelka erst einmal tief Atem geschöpft, hauptsächlich
auch in Erinnerung an Herrn Zwirner, der ihr letzthin so halb
im Scherz eine Andeutung über Lydias geheimen Stolz auf ihr
Tierkreiszeichen gemacht hatte, bevor sie, durch Gisela eine Ent-

schuldigung vorschützend, aber nun wirklich nicht ohne Grimm, erklärte, die habe ihr gerade noch gefehlt.

Die einzige Person, die ihr offenbar nie gefehlt hat und mit der sie sich unverblümt aussprechen konnte, schien ihre Freundin Margot zu sein, mit der sie seit Jahren zusammenlebte. Da jede auf ihre Weise gewisse Enttäuschungen hinter sich hatte, so daß die Bettgeschichte der einen die Bettgeschichte der anderen ablöste wie ein Fortsetzungsroman, wobei sich ihre Erfahrungen mit dem Phänomen Mann vortrefflich ergänzten, hatten sie sich zusammengetan zwecks Bestreitung des Alltags. Es gab Lästerzungen, denen nichts Besseres einfiel, als sie zu Lesbierinnen zu machen, aber sie hatten sich daran gewöhnt. Schließlich konnten sie nicht mit lauter kleinen Schildchen herumlaufen, auf denen geschrieben stand: ›bin noch zu haben‹, oder auf denen bekundet wurde, daß sie fast in jeder Art Männlichkeit schon längst nichts anderes mehr erblickten als einen persönlichen Sachwert, bei dem das Persönliche auch noch wegbleiben konnte, denn im Grunde genügte der Sachwert. Sie wirtschafteten gemeinsam, wobei Margot wesentlich die Wirtschafterin war, was aber nicht hinderte, daß sie auch, namentlich in der Hochsaison, bei Morawé aushalf. Vor allem aber war sie für Jelka ein ebenso willkommenes wie unentbehrliches Ohr.

In Westend draußen, nicht weit vom Friedhof und vom Olympiastadion, hatten sie sich mit Hilfe einer Bausparkasse, wie sie sagten, wahrscheinlich aber auch mit Hilfe von Morawé, ein Nest gebaut, das, rein äußerlich gesehen, ein kleines, durchrationiertes Schmuckstück war, so daß sich die Margot denn auch in jeder freien Minute veranlaßt sah, es blank zu putzen, wie sie überhaupt, obwohl sonst ziemlich unkonventionell, sehr häuslich veranlagt war bis hinaus in den Garten. Der Haushalt war jedenfalls so gepflegt, daß nichts daran auffiel, es sei denn höchstens, daß er um eine Idee zu geleckt war, so geleckt wie von Katzen, und daß das Geleckte daran oder vielmehr der Mangel an Sorglosigkeit den vielleicht auch unbegründeten Eindruck erweckte, als ob hier fortwährend etwas abgewischt oder versteckt werden sollte. Übrigens schnurrten tatsächlich zwei wertvolle

Siamkatzen auf dem Diwan herum. Sie hatten aber auch einen nicht minder wertvollen Vogel, den Schnäcki, ein ungewöhnlich exotisches Stück, angesichts dessen sie mit Vorliebe erklärten, andere hätten ihren Vogel im Kopf, sie hätten ihn an der Wand. Dort befand sich nämlich sein Käfig, von wo er gelegentlich seine Ausflüge unternahm, sei es, daß er Gästen und Besuchern mutwillig an der verdutzten Stirn vorbeischwirrte, was er meistens mit einem unartikulierten Sprachlaut quittierte, sei es, daß er sich mit allerlei auf dem Fußboden verstreuten Stehaufmännchen unterhielt, die auf seine Nasenstüber geduldig nickten. Nun, das waren so Spielereien, die man den beiden alleinstehenden Damen billigerweise zugestand und woran wahrhaftig nichts auffällig war. Das einzig Auffällige am ganzen Haushalt wäre in den Augen der Nachbarschaft höchstens die Höhe der Telefonrechnung gewesen, falls man sie zu Gesicht bekommen hätte, obwohl sich auch dafür eine Erklärung bot, schon insofern, als beide berufstätig waren, im Auftreten durchaus gewandt, mit Beziehungen nach überallhin, auch ins Ausland, und also auch gewohnt, nach Geschäftsschluß noch an der Strippe zu hängen, abgesehen davon, daß ihr tägliches Miteinander zwischen Wohnung und Ladengeschäft eine rasch herstellbare Verbindung erforderte, ob nun mehr privat oder nicht. Einen Wagen hatten sie schließlich auch.

Es ergab sich von selbst, daß auch ihre geheimsten, unter vier Augen geführten Gespräche um kaum etwas anderes gingen als um Fragen des Lebensstandards sowie der ökonomischen und finanziellen Selbstbehauptung. Sie habe schon zu lange gelebt, meinte Margot, um nicht zu wissen, daß die Welt nichts verschenkt, daß sie ihre Geschenke zumindest sehr sparsam verteilt, wenn nicht mit irgendwelch kaustischen Hinterabsichten, zumal sie sie oft genug bei unpassendster Gelegenheit wieder zurückfordert, weil sie sich als Danaergeschenke entpuppen, und daß eben alles bezahlt werden müsse, selbst die Reinheit der Luft, die Frische des Grases und die Milde des Klimas einschließlich der schönen Aussicht, wie denn auch noch der stillste, entlegenste Fleck entweder eingezäunt sei oder sonstwie hypothekarisch belastet. Umsonst sei der Tod, und der koste das Leben, darin gipfle die Frivolität aller Binsenwahrheiten.

»Was hat denn diese Lydia Faude gewollt, als sie bei Morawé anrief?« hatte sich Margot erst kürzlich wieder ereifert, nachdem sie durch Jelka darüber verständigt worden war. »Die Geschäftsbücher einsehen, sagt sie. Daß ich nicht lache! Jetzt vorm Ostergeschäft, bei so angespannten Krediten, wo unsereins sowieso nicht weiß, wo ihm der Kopf steht, jetzt kommt die an ... Das ist unseriös. Und warum kommt sie denn nicht persönlich? Warum agiert sie denn nur aus dem Hintergrund? Wir sind schließlich auch nicht der letzte Dreck. Aber ich weiß schon. Irgendwer hat ihr das Talent zersägt, und nun versucht sie's auf diese Weise. Denkt die, daß wir ihr unsere Bilanzen aufdecken und dann dienstwillig dastehen wie nicht abgeholt? Oder was denkt die sich eigentlich? Hält sie sich für ein Kontrollorgan? Stammt sie etwa aus höheren Sphären? Sich mit Mambrey anlegen, sich über die Intimsphäre bei ihm einschleichen, das nenne ich intrigant. Sie denkt sich: von oben herab, da zündet es besser. Weißt du? Das ist das Unseriöse daran. Als ob wir das nicht durchschauten! Als ob wir so kleine Poflinskis wären! Da hat sie sich aber verrechnet. Meines Erachtens gibt's da nur eines: sie abfahren lassen.«

Bei diesen Aussprachen, die für gewöhnlich abends stattfanden, denn zum Frühstück blieb dazu keine Zeit, stellte sich übrigens bald heraus, daß sich im Modus ihrer Verständigungsart etwas zu ändern begann, dies zumindest im häuslichen Umkreis, wo nämlich Margot es war, die sich seit der Zuspitzung ihrer geschäftlichen Obliegenheiten als Anregerin, um nicht zu sagen Anstifterin erwies. Das lag wohl auch daran, daß sie einen besonderen Blick fürs Eigentümlich-Persönliche hatte, das heißt speziell für das Charakterklischee der bei ihren Konflikten zum Vorschein kommenden Herrschaften. Sie war früher einmal Privatsekretärin gewesen, und von dorther brachte sie die Erfahrung mit, daß hinter jeder Person im Terminkalender ein Sternchen schimmerte, das als Merkmal weniger für deren Wichtigkeit und Bedeutsamkeit galt als vielmehr für deren Vertrauens-, Sympathie- und Verwendungsgrad im außermonetären Bereich. Außermonetär, so hatte ihr Chef es genannt. Von dieser Berufsmechanik war ihr einiges in Fleisch und Blut übergegangen, und das wandte sie auch in diesem Fall an, ganz unabsichtlich und allgemein, besonders nachdem sie bemerkt hatte, daß Jelkas Spannkraft in letzter Zeit etwas nachließ, daß sie immer gleich dreierlei dachte, daß sie rasch wieder absprang von einem ins andere und zuweilen höchst knapp und wortkarg war. In der Tat brachte Jelka zwar jeweils die neuesten Nachrichten heim wie überhaupt all das, was täglich so anfiel, die Ausdeutung aber besorgte dann Margot, nicht zuletzt auch, weil sie um einige Grade weiter vom Schuß war und folglich auch unberührter vom ersten Schock. Ihrem beiderseitigen Einvernehmen tat dieser Temperamentsunterschied jedoch keinen Abbruch, im Gegenteil, auf Jelka wirkte das eher erfrischend, besonders an Tagen, da sie, wie sie sagte, sehr abgeschafft war. Sie legte sich dann für zwanzig Minuten hin und ließ sich mit Wonne Margots hygienische wie rhetorische Abreibungen gefallen. Es blieb ihnen auch nichts Gescheiteres übrig. Die tägliche Situation war gespannt, sie verlangte förmlich danach, in allen ihren Stadien durchleuchtet und durchhechelt zu werden. Dazu staken sie selber viel zu tief drin. Keine noch so künstlich betriebene Gewissensflucht entband sie davon, auch wenn sie sich nachträglich einzureden suchten, daß sie für die Sünden und Verfehlungen anderer beziehungsweise für die aus einer Art Dementia praecox hervorgegangenen Fehlentscheidungen des alten Herrn von Zembrowski nicht haftbar zu machen wären.

»Wenn uns jemand vorwerfen sollte, wir wären zu weit gegangen, so kann ich nur fragen: was heißt hier zu weit?« sagte Margot eines Tages nicht ohne Verlangen nach Selbstberuhigung. Da jedoch Jelkas Antwort nur in einem Lächeln bestand, das überdies beinah frivol war, fuhr sie um so eifriger fort: »Hier geschah, was erforderlich war, kein Jota mehr, ich sage, was erforderlich war, um die Firma zu retten, um sie nicht auffliegen zu lassen. Wir haben uns nichts zuschulden kommen lassen, und so besteht auch kein Grund, uns anzuschwärzen. Ohne uns existierte Morawé längst nicht mehr. Daß es noch existiert, ist unser Verdienst. Wir haben uns dafür eingesetzt. Wir plagen uns damit herum. Was hat denn diese Zimtzicke getan? Großspurig darauf gewartet, daß ihr die gebratenen Gänse ins Allerwerteste fliegen.«

»Was wird sie schon wollen? Geld«, sagte Jelka. Sie sagte es aber so teilnahmslos wie nicht bei der Sache, als ob sich ihre Gedanken ganz woanders verfingen.

»Man müßte ihr die Prozeßfähigkeit aberkennen«, rief Margot. »Ist diese Irre mit ihrer zusammengeborgten Persönlichkeit überhaupt prozeßfähig? Schließlich bist du die Geschäftsführerin und nicht sie. Und das ist rechtskräftig.«

»Ich wünschte manchmal, daß ich ihr's aufhalsen könnte«, meinte Jelka apathisch. »Dann wär ich den Schaden los.«

»Aber Jelka!«

»Warum nicht, wenn es uns gelingt, uns abfinden zu lassen?«

»Ach so!« sagte Margot. »Du hast wieder mal deine Tour. Du redest so somnambul. Wenn's kitzlig wird, wirst du immer frivol, und wenn du dich in Frivolitäten ergehst, benimmst du dich immer wie eine, die Morawés Liebesperlen geschluckt hat. Pralinka Aphrodisiaca. Zehn Pfund eingeweckter Schnee. Aber ernsthaft: was hast du eigentlich in letzter Zeit? Was ist mit dir los? Du kommst mir vor, eben wie eine, die mir so vorkommt. Und wenn mir eine so vorkommt, dann weiß ich Bescheid, dann weiß ich immer, daß sie irgendwas mit sich herumträgt. Also was ist es? Sag schon! Hat Karsunke wieder mal aufgetrumpft?«

»Der auch«, sagte Jelka. Aber dann sagte sie nur noch: »Naja!«, worauf Margot doch etwas unruhig wurde, etwas unsicher und besorgt, so daß sie sich schließlich zu Jelka ans Kopfende des Diwans setzte, um die Sachlage zu klären, zumal sie längst begriffen zu haben glaubte, daß Jelkas zur Schau getragene Lauheit nur eine Schutzhülle für noch unausgereifte Entschlüsse war.

»Also, was ist?« sagte sie aufmunternd.

»Was soll schon sein?« fragte Jelka zurück.

Zugleich aber blitzte im Hintergrund ihres auf Margot gerichteten Blicks ein so zynisches Licht auf, als hätte die Freude am Gewagten darin Feuer gefangen.

An sich sei nichts weiter los, meinte sie dann, es sei ihr nur ein Gedanke gekommen, ein Gedanke, mit dem sie sich gern befreunden würde, weil es möglicherweise ein brauchbarer Vorschlag sei für den Fall, daß sie sich in die Notwendigkeit versetzt sehen könnten, einen Ausweg zu finden.

Es war ihnen in der Tat kaum bewußt geworden, daß ihren Gesprächen in letzter Zeit trotz allen Eifers zur Sachlichkeit etwas Unausgesprochenes zu Grunde gelegen hatte, irgendein unbefriedigter Wunsch nicht nur nach Rechtfertigung, sondern auch darüber hinaus, man könnte auch sagen: ein Gelüst zum Sprung über den eigenen Schatten. Sie hatten sich bisher damit begnügt, das Gesicht zu wahren, indem sie jedem Einwand mit einem entsprechenden Argument begegneten und jedem Versuch zur Einmischung die Spitze abbrachen. Weiter hatten sie nicht gedacht oder nur äußerst selten. Margot insbesondere war bei diesen Abreaktionen die Erfinderischste gewesen. Hatte sie doch sofort geargwöhnt, daß Karsunke (das war's aber nicht) einen Vertreter im Hintergrund hielt, der bei Jelka auf Einheirat ins Geschäft spekulierte! »Das spürst du doch auch«, hatte sie gesagt. »Ich verstehe, es ist lästig für dich, er fängt dich jeden Tag ab und druckst so herum, wahrscheinlich hofft er auf Provision als Heiratsvermittler. Na, soll er. Laß ihm doch seine Hoffnung!« Auf gleiche Weise hatten sie auch das Verhalten des Meisters überprüft wie das der Kouverteuse, an deren Zuverlässigkeit indessen nichts zweifelhaft schien. Der Meister, ziemlich windschief und dattrig, im Leben zwar etwas zu kurz gekommen, aber zäh von Natur, war so ganz und gar Fachmann und Mixer, überdies so gewohnt, sich seit Menschengedenken mit Morawé eins zu fühlen, daß allein schon sein Mangel an Initiative die beste Gewähr für sein Ausharren bot. Trotz erster Versuche von seiten der Konkurrenz, ihn abzuwerben, war er denn auch standhaft geblieben. Er knetete seinen Teig, er besaß die Rezepte, und das war auch sein mit Beharrlichkeit verfochtener Stolz. Selbst ein Wechsel in der Geschäftsleitung würde ihn nicht davon abgebracht haben, so wenig wie ein Regierungswechsel einen Staatssekretär von seinem Ressort. Die Lungwicht, die Kouverteuse, arbeitete mit ihm Hand in Hand, sie war sein weibliches Gegenstück. »Die sticht hauptsächlich durch ihre Reizlosigkeit hervor«, hatte Margot von ihr gesagt. »Und Reizlosigkeit ist der beste Garant für Tüchtigkeit und Solidität.« Manchmal habe sie wirklich den Eindruck, als ob ihr etwas muffiger Körpergeruch weit weniger durch Seife als durch Kakaopuder beseitigt werde. In diesem Punkt schien also alles in Ordnung. Jedoch auch hinsichtlich der heikleren Punkte hatten sie das Ihre getan. »An Alfredo haben wir telegraphiert. Es wird Zeit, daß er endlich erscheint«, hatte Margot erst kürzlich gesagt. Es sei eine Fahrlässigkeit sondergleichen, sie mit irgendwelchen Mittelsmännern in Gestalt von Epileptikern aus Marseille zu bombardieren, es sei denn höchstens, daß die Morawéleute die Absicht hätten, sie auszubooten oder sonstwie zu umgehen. Gerade daraufhin habe sie nochmals mit Alfredo telefoniert und ihm gehörig Bescheid gegeigt. Und was die Hausverwaltung betreffe, so sei ja erst neulich durch sie verlautbart worden, daß ihr alles daran läge, Morawé zu erhalten, da der Ruf der Firma ein historischer Wert sei. In diesem Punkt könnten sie auch auf Mambrey bauen, auch wenn er sich zur Zeit nicht sprechen lasse. »Das muß nicht gegen uns gehen«, hatte Margot versichert. »Auch diese Faude braucht da nicht dahinterzustecken. Er will nur nichts wissen. Er darf vielleicht auch nichts wissen. Mit der Hausverwaltung aber hat er Kontakt, das ist mal sicher. Die Firma als historischer Wert, das stammt von ihm. Das ist ein ausgezeichneter Floh. Darauf kriegst du sogar Kredit.«

Trotz dieser und ähnlicher Versicherungen aber zeigte sich in ihrem ohnehin windungsreichen Gesichtsfeld beim Blick auf die nächste Zukunft eine Art imaginäres Loch, das sich einfach nicht zustopfen ließ. Es wirkte wie ein ständiges Rieseln und Mahnen, wie ein alle Unbefangenheit untergrabendes Wenn und Aber. Sie würden es schaffen, gewiß. Aber gesetzt, sie schafften es nicht – was dann?

»Mir geht der Gedanke nicht aus dem Kopf«, sagte Jelka, »daß gerade diese Scheinexistenz von Lydia Faude uns auch dienlich sein könnte. Sie müßte nur umgedreht werden. Verstehst du? Sie hat ohnehin an der falschen Stelle zuviel, was ihr an der richtigen fehlt. Hast du den Ausdruck schon gehört, jemanden umdrehn? Ein Spion beispielsweise kann umgedreht werden, die Gegenseite spannt ihn dann heimlich ein. Und so geht mir auch der Gedanke nicht aus dem Kopf, daß in dieser Lydia Faude nicht nur ein Störenfried steckt, sondern vielleicht auch ein rettender Engel. Das hängt nur von uns ab.«

»Ein rettender Engel? Du bist ja verrückt«, rief Margot.

»Im Notfall.«

»Und was heißt in deinen Augen hier Notfall?«

»Notfall heißt: für den Fall der Fälle. Es heißt einfach Bankrott. Aber wenn schon, dann wenigstens lukrativer Bankrott.«

Da Margots Miene noch ungläubig schwankte, fügte Jelka nicht ohne winziges Lächeln hinzu:

»Das Lukrative natürlich für uns.«

Da mußte auch Margot zugeben, daß das im Notfall ein Ausweg war, vorausgesetzt, daß es ihnen gelänge, vorher das Beste beiseite zu schaffen, um den ganzen verknäulten Ballast mit allen Verbindlichkeiten derjenigen aufzubürden, die anscheinend keine höhere Sehnsucht kannte, als mit glanzvollstem Ach und Krach daran zu ersticken.

»Das kann sie ja haben, diese stolze Dame aus heruntergekommenem Haus«, sagte Margot, nachdem sie sich für Jelkas Gedanken erwärmt hatte, teils sogar derart, daß sie sich für Sekunden daran berauschte, »das kann sie ja haben: einen lukrativen Bankrott. Da kann sie dann ihre Ichsucht austoben als Hauptperson im Nebenfach.«

5 Das unbeschreibliche Hochgefühl nach ihrem Besuch bei Mambrey, das der Überzeugung entsprang, ihn für ihre Zwecke gewonnen zu haben, hatte Lydia unvermeidlicherweise im Glauben an ihre hohe Mission bestärkt. Zwar hatte ihr, als sie die Villa verließ, der Kopf geschwirrt, zugleich jedoch war sie durch die ausgeglichene Atmosphäre Dahlems spaziert, so aufrecht und selbstüberzeugt wie je. Für kurze Zeit hatte sie das alles, wie sie meinte, mit anderen Augen gesehen. Das alles, das war nicht nur Morawé. Ihr sonst so kritischer Vorbehalt war einer milden Bereitwilligkeit zu Wohlwollen und Nachsicht gegenüber den Winkelzügen der Praxis gewichen, deren peinliche Geschäftsmäßigkeit ihr nun nicht mehr so reizlos erschien.

Es war vor allem der Begriff der Kreditwürdigkeit, der ihr dabei mit irisierender Buchstabentreue, einer Leuchtreklame vergleichbar, aus dem Erdboden emporwuchs, wobei dieser Erdboden weniger aus Humus bestand, sondern einfach aus Grundstücken, Quadratmetern und Parzellen, besonders aber aus dem fundierten Spiegelparkett jener Herrschaften, die ihn verwalteten oder besaßen, und das waren in Lydias Augen einesteils diese Herrn Syndici und Notare, andernteils diese Herrn Eigentümer selbst, mit denen sich offenbar reden ließ, sofern man sie als Privatperson ansprach. Daß sie sich hinter Gittern verschanzten, hinter Kontrakten und Paragraphen, daß sie sich auf verbriefte Rechte beriefen, sich durch Vorzimmerdamen und sonstige Hausdrachen abschirmen ließen, das glaubte Lydia nun mehr als notwendiges Übel entschuldigen zu müssen ohne Beigeschmack einer verhärteten Unzugänglichkeit. Jedenfalls war sie bereit, es durch Ironie zu verzeihen, wie sie auch diesem Herrn Mambrey verzieh, daß er ein derart in Anspruch genommener Mann war und als solcher eben ein Ellbogentyp, der die hart im Raume sich stoßenden Sachen immerhin nicht ohne Jovialität bewegte.

»Stell dir vor, was er mir zugetraut hat«, hatte sie noch am selben Abend zu Alice gesagt, »Reitpferde, Autos, Gönner, Vermögen und vor allem: allererstes Bühnenformat.«

Daß sie bei Erwähnung der Filmprojekte zu weit gegangen war und sich selbst bereits als Aspasia vorgestellt hatte, schien ihr weniger erzählenswert. Aber das lag wohl auch daran, daß ihr bei dem Gedanken an jede Art Starrolle sowieso schwindlig zu werden pflegte. Dafür glaubte sie um so mehr mit einem ganzen Strahlenbündel aussichtsreichster Perspektiven aufwarten zu können, und dies nicht einmal ohne Berechtigung. Oder war es etwa zuviel gesagt, daß sie sich vor Mambrey von ihrer besten Seite gezeigt, daß sie ihre besten Register gezogen, ja sich mit jeder Geste und jedem Wort dem ihr eingepflanzten Ebenbild teilweise sogar überlegen gezeigt hatte? Und er hatte das doch respektiert! Es wäre doch wahrlich verfehlt, das zu leugnen, abgesehen davon, daß ja auch niemand da war, der es geleugnet hätte. Auch waren es schließlich seine Worte gewesen, nicht ihre, mit denen er ihr den Vorschlag gemacht hatte, Alaska zu kaufen, während er Jelka als armes Hascherl abgetan hatte. Er hatte sie zwar auch als tüchtig bezeichnet, aber das war doch nur einfach so hingesagt, als Trostpflaster gleichsam. Das Hascherl jedenfalls war in Lydias Gedächtnis haften geblieben, so bittersüß wie ein Stück Morawékonfekt. Daran ändert auch nichts der Umstand, daß er, rein juristisch gesehen, nichts Positives versprochen hatte, außer daß er sich die Berechtigung zum Einblick in die Geschäftsbücher hatte abringen lassen. Das hatte sie eingehandelt. Hauptsächlich eingehandelt hatte sie aber den Schatz seiner Blicke, die sonnige Aufgeschlossenheit seiner ganzen Physiognomie, das Karat seiner voluminösen Persönlichkeit, dieses Geäugel und Geglitzer, diesen schwimmend umflorten Magnetismus an gegenseitigem Einverständnis.

»Es sollte mich nicht wundern«, hatte sie gleichfalls zu Alice gesagt, »wenn er mich demnächst anrufen läßt, um mich zu sich zum Tee zu bitten. O je! Was ziehe ich dann bloß an? Das Grüne oder das Gelbe?«

Es wäre ihr einfach frevelhaft erschienen, an einer erneuten

Rücksprache und Wiederbegegnung zu zweifeln, zumal in ihren Augen der Zweifel überhaupt etwas Niedriges war. Kann man denn Arien singen und dabei zweifeln? Kann man etwa Weltrekord laufen und dabei zweifeln? Es wäre absurd. Und so war sie auch überzeugt, daß alles nun rasch vorangehen würde, rascher als bisher, vielleicht sogar sensationell. Sie befand sich, wie sie erklärte, auf dem Weg von der Nichtswürdigkeit zur Kreditwürdigkeit, und sie gedachte diesen Weg weiterzugehen, bis er sich zuletzt als ein Buchtitel für ihre vielleicht von Schreieck zu schreibenden Memoiren erwies: mein Weg von der Nichtswürdigkeit zur Kreditwürdigkeit – der märchenhafte Aufstieg der Lydia Faude. Nun, das war natürlich nur Selbstparodie. Aber konnte man's wissen?

Es war in der Tat nicht vorauszusehen, daß die Dinge schon tags darauf anders aussahen, wobei die von Lydia ohnehin so herabgeminderte Wirklichkeit nicht nur ihr Recht begehrte, sondern sich auch noch höchst schäbig benahm und als billigstes Machwerk entpuppte.

Das hatte nicht etwa daran gelegen, daß sich die Post als unzuverlässig erwiesen hätte. Die Post funktionierte wie je. Es war nämlich sogar ein Anruf erfolgt, auf den Lydia ja längst gewartet hatte. Und um die Mittagszeit hatte sich die Post schon wieder bewährt. Da hatte ein Eilbote nach reichlich stürmischem Klingeln ein Telegramm überreicht, das von außen sogar wie ein auf Mambreys Veranlassung ausgefertigtes Unterpfand aussah. Das Groteske oder auch Empörende war nur gewesen, daß der Inhalt dieser Nachrichten, Botschaften, Verlautbarungen, oder wie man es nennen will, in keiner Weise den mittlerweile so hochgeschraubten Erwartungen entsprach, so daß selbst Alice aufs äußerste erregt und abgeschreckt war und im ersten Moment überhaupt nichts mehr mit Lydias Aktionen zu tun haben wollte. Der Anruf war anonym gewesen. Man hätte ihn sozusagen im Papierkorb verschwinden lassen müssen. Er stammte von einer männlichen, sichtlich ungebildeten Stimme, von der Lydia jedoch nicht beglückwünscht, sondern – hält man's für möglich? – als Hochstaplerin, aufgezäumter Droschkengaul und Erbschleicherin bezeichnet worden war. Aber das war schließlich nur eine Unflätigkeit. Das Telegramm hingegen sah schon bedenklicher aus. Unter fingiertem Absender stand da zu lesen: LASSEN SIE GEFÄLLIGST DIE FINGER VON SACHEN DIE SIE NICHTS ANGEHEN.

Selbstverständlich war Lydia sogleich ans Telefon gestürzt, um Mambrey zu benachrichtigen, der sich aber nicht hatte sprechen lassen. Angeblich war er verreist. Herrn Zwirner, der statt seiner am Apparat war, hatte sie aber nicht einweihen wollen, erstens, weil er ihr nicht sympathisch war, zweitens, weil es ihn auch nichts anging, drittens aber auch, weil er sich angesichts ihrer nur schlecht verhehlten Ungeduld auffällig zurückhaltend benommen hatte, um schließlich in seiner öligen Art zu versichern, daß die ganze Morawésache mit Handschuhen angefaßt und gleichsam etwas gesteuert werden müßte, dies sowohl im Interesse der Firma wie der Erben. Mit anderen Worten: es war die übliche Hinhaltetaktik derer gewesen, die nichts zu verantworten haben.

»Dieser Zwirner bringt mich noch um!« hatte Lydia gestöhnt. Jelka hinwiederum, mit der sie eine Verabredung wegen der Geschäftsbücher hatte treffen wollen, hatte sich gleichfalls verleugnen und auf dringende Mahnung mit dem Hinweis aufs bevorstehende Ostergeschäft und die damit verquickte Belastung entschuldigen lassen, Ausflüchte, die viel zu durchsichtig waren, als daß ihnen auch nur ein Gran an Wahrscheinlichkeit innegewohnt hätte.

Was war da also zu tun, was zu unternehmen gewesen?

Da die Welt nicht bereitstand, wenn man sie brauchte, war Lydia nichts anderes übriggeblieben, als sich mit der Einsicht zu trösten, daß sie nichtsdestoweniger das Rechte verfocht, daß sich dieses Rechte schon noch herausstellen würde und daß sie eben versuchen mußte, wenn nicht in einer Art Handstreich, dann mit Geduld, also Schritt für Schritt ans Ziel zu gelangen, unter Berücksichtigung aller sich bietenden Imponderabilien sowie unter Einkalkulierung jener minutiösen Partikelchen, aus denen der mittlere Trott des Alltags bestand. Selbstverständlich geschah das unter Protest, und ebenso bestand sie auch darauf, sich

durch irgendwelche Quertreibereien und Infamien nicht einschüchtern zu lassen, schon weil diese Aftermethode nun wirklich unter ihrem Niveau lag. Zunächst freilich war ihre Stimmung
ziemlich gedämpft, so daß sie es doppelt begrüßte, als wenig später endlich auch ein brauchbarer Anruf erfolgte, den sie sonst
vielleicht weniger willkommen geheißen hätte.

Es war Fräulein Skepsgardt, die sie dringend zu sprechen
wünschte und die tags darauf auch erschien.

»Also doch!« hatte Lydia zur Beruhigung Alices gesagt.

Es war zwar nicht ganz ersichtlich, was sie damit gesagt haben
wollte, ihr Blick jedoch strebte dabei so aufwärts, als ob an der
Zimmerdecke ganz oben der Schein einer lichten Gewißheit aufgetaucht wäre, der sich nun langsam auf sie herabzusenken begann. »Also doch!«

Sie stand noch eben, einen Stift in der Hand, mit dem sie die
Brauen nachzog, vorm Spiegel in ihrem Solarium, zugestandenermaßen halb selbstvergessen und nicht ganz empfangsbereit,
als nach zaghaftem Klingelzeichen draußen im Flur eine etwas
farblos anmutende Person auf sie zutrat, die sie sonst für eine von
Haus zu Haus gehende Vertreterin in Staubsaugern, Nähma-
schinen oder Waschmitteln gehalten hätte.

Die Dame war etwas zu früh erschienen. Unter anderen Voraussetzungen wäre das in Lydias Augen ein Lapsus gewesen, dem
sie wahrlich mit mehr als künstlich gewölbten Brauen entgegen-
geblickt hätte. So aber war sie ganz milde Güte, bereit, darüber
hinwegzusehen. Nun, auch Fräulein Skepsgardt schien sich dessen bewußt zu sein. Jedenfalls stand sie merkwürdig unschlüssig
da, in einer Art angelernter Korrektheit, von der aber etwas
Zwingendes ausging, ja geradezu etwas Unabweisbares, als wäre
sie, wie Lydia unverhofft schwante, das Schicksal persönlich.
Nichtsdestoweniger hatte es beinahe Mühe gekostet, dieses sonderbare Neutrum zum Ablegen des Mantels zu bewegen, so vorsichtig und behutsam nahm sich das aus, und selbst dann noch
stand Fräulein Skepsgardt mit einem Ausdruck im Flur, der befürchten ließ, daß sie sich auch noch eines Besseren besinnen
und, falls nicht willkommen, wieder verabschieden könnte. Es

bedurfte der Aufbietung eines äußerst bestrickenden Reizes, ihr das nötige Zutrauen einzuflößen sowie die Gewißheit, es mit einem Menschen zu tun zu haben, der alles verstand.

»Ich fühle mich veranlaßt«, sagte Fräulein Skepsgardt, aber ehe sie fortfuhr, sagte sie erst noch: »Verzeihen Sie bitte, ich erscheine zwar etwas zu früh, aber...« Und dann setzte sie nochmals an und sagte: »Es treibt mich etwas hierher, ich weiß nicht, ob es mehr ein Anliegen oder ein Ansinnen ist. Ich hätte mich gern einmal ausgesprochen, wenn möglich erleichtert. Es ist die Verantwortung, die mich hierhergeführt hat, nur das, die Verantwortung. Sie drückt mich unsäglich.«

Dann zuckte sie aber nochmals zurück, obwohl sie bereits auf Lydias weit geöffnetes Solarium zuschritt.

»Ist hier noch jemand?« fragte sie ängstlich.

»Nur meine Schwester«, versetzte Lydia, fügte dann aber der Sicherheit halber noch hinzu:

»Nebenan. Sie schneidert.«

»Ja so«, hauchte Fräulein Skepsgardt still vor sich hin. Aber sie war nun beruhigt.

Nachdem sie rasch Platz genommen hatte, nicht ohne prüfenden Blick auf Lydias Bühnentrophäen, die sich in vollster Karriere an der Wand entlang streckten, schickte sie sich an, mit krampfhaft gefalteten Händen von ihren Beziehungen zum alten Herrn von Zembrowski zu erzählen, was Lydia mit größter Anteilnahme verfolgte.

Sie möchte da doch etwas ausholen dürfen, sagte sie vorsorglich und rang die Hände. Wie Lydia vielleicht bekannt sei oder auch nicht, sei sie durch Herrn Professor Binswanger zum alten Herrn von Zembrowski gekommen. Das sei der Binswanger, der...

»Ja, ich weiß«, rief Lydia dazwischen.

Sie müsse vorausschicken, daß es zwei Binswanger gebe, genauer gesagt: gegeben habe, sagte Fräulein Skepsgardt mit feinstem Lächeln. Übrigens seien sie nicht miteinander verwandt. Aber der andere sei gestorben. Das müsse ja wohl mal sein. Einer sei immer der erste und einer der letzte. Und hier sei es der andere Binswanger gewesen.

»Also der berühmte!« rief Lydia.

»Das nun wiederum nicht«, sagte Fräulein Skepsgardt mit womöglich noch feinerem Zug um die Lippen.

Sie ließ dann durchblicken, daß sie eigentlich die Absicht gehabt habe, sich an Herrn Zwirner zu wenden, der einen sehr vertrauenswürdigen Eindruck auf sie gemacht habe. Sie sei aber wieder davon abgekommen.

»Zwirner?« warf Lydia ein. Eigentlich wollte sie sagen: »Ach, dieser Subalterne!« Sie fing sich aber noch rechtzeitig ab und sagte: »Dieser Sozius von Herrn Mambrey?« worauf Fräulein Skepsgardt gleichfalls ein wenig wegwerfend bemerkte, Sozius sei er wohl auch. Dann aber meinte sie nicht ohne Seufzer, bei Morawé hänge eben immer noch etwas anderes daran. Jeder zerre da etwas hinter sich her. Nicht, daß sie hier jemandem etwas anhängen wolle, es gebe ja auch eine echte Anhänglichkeit. Bei Morawé aber sei das anders. Irgendwer sei da stets mitbeteiligt oder mit von der Partie.

An diesem Punkt war auch ein Hinweis auf Giselas Namen gefallen, gleichsam als Anhängsel von Herrn Zwirner, doch merkwürdigerweise ohne besonderen Nachhall bei Lydia, die den kleinen Unmut, den sie deshalb empfunden hatte, glatt überspielte.

»Und so sind Sie also zu mir gekommen?« sagte sie nicht ohne Forsche.

Gleichzeitig aber spornte sie sich zu einem ganz ungewöhnlichen Aufwand an Herzlichkeit an, indem sie Fräulein Skepsgardt nach ihrem Vornamen fragte, der zu ihrer offenbar unaussprechlichen Freude nicht anders als Gertrud hieß.

»Aber so nennt man mich nie. Man sagt immer nur Skepsgardt.«

»Dann verfahren wir einmal umgekehrt. Meinen Sie nicht?« sagte Lydia, nun äußerst vertraulich. »Ich halte das für das Beste, um so mehr, als wir ja beide Leidtragende sind. Schließlich haben wir beide jetzt eine Leiche: den alten Herrn von Zembrowski, den wir beide gleich hoch verehren. Und das verbindet. Meinen Sie nicht? Also, Fräulein Gertrud, wie stellt diese Sache sich Ihnen dar?«

»Sehr gütig«, sagte Fräulein Skepsgardt leidenschaftslos. Nur in ihren Händen erwachte eine unentwegte Bewegung, die erst zum Stillstand kam, nachdem sie sie wieder gefaltet hatte.

»Ich möchte sagen, ich bete ihn an«, begann sie mit schamhaft gesenkten Lidern. »Als Leichnam war er am schönsten. Wenn es erlaubt wäre, würde ich sagen, er sei eine der schönsten Leichen gewesen, so kindhaft, so stillvergnügt. Wundervoll! Ich habe ihn eigentlich erst als Leiche verstanden. Da gab er sein wahres Geheimnis preis.«

»Das freut mich«, behauptete Lydia.

Fräulein Skepsgardt indessen schien weniger bereit, sich erfreut zu zeigen. Offenbar war da noch etwas, das sie bedrückte, denn sie suchte so unstet umher, als suchte sie nach einer Stütze, ehe sie sagte:

»Die Todesblässe.«

Das Seltsamste sei das Fehlen der Todesblässe gewesen. Seine Haut sei so rosig gewesen, so halb violett, sie möchte fast sagen: jünglingshaft. Ganz Kavalier. Es sei zwar vermessen, aber sie möchte sich fast zu sagen erlauben: »Er war elegant.«

Das hätte Lydia am liebsten beklatscht. Es war aber nur ein Reflex in ihr, ein minimaler Impuls, so gut wie unhörbar. Nichtsdestoweniger blickte sie dabei so geschmeichelt in ihren Schoß, als ob dort ein anderes Jahrhundert aufkeimte, ein Jahrhundert von Herrenreitern und Kavalieren.

Es sei da eine Magie am Werk, fuhr mittlerweile Fräulein Skepsgardt fort. So etwas wie eine Magie. Ihr sei nämlich oft, als bewege sich die Leiche Zembrowskis noch immer auf freiem Fuß. Der alte Herr sei zwar tot und begraben, es liege aber noch so viel Unerledigtes vor, entsetzlich viel Unerledigtes. Die letzten Wünsche, namentlich die allerletzten, die Wünsche der letzten Sekunde, blieben ja meistens unfixiert und folglich auch unerfüllt, sie stünden ja wohl auch jenseits der Testamente. Trotzdem! Etwas an dieser Sache sei ruchlos. Wenn es angängig wäre, würde sie sagen, seine Leiche sei ständig im Wachsen. Sie möchte damit nur gesagt haben, daß der alte Herr von Zembrowski ein nicht wegzudiskutierender Faktor sei und als solcher eine Realität für sich. Er sei immer anwesend, wann immer es sich um Morawé handle.

»Das zweifellos!« stimmte Lydia bei. Und dann sagte sie höchst bedeutsam: »Er war ja doch eine Persönlichkeit.«

Als Leichnam schon, versetzte Fräulein Skepsgardt, jedoch reichlich befangen und nicht ganz vorbehaltlos. Ein Ausdruck in ihrem Gesicht verwehrte ihr sichtlich, mit Lydias so schrankenlos verfochtener Bravour übereinzustimmen. Sie möchte da doch eine Einschränkung machen, und zwar insofern, als es ihres Erachtens dem alten Herrn von Zembrowski leider nicht vergönnt gewesen sei, schon zu Lebzeiten das darzustellen und zu verwirklichen, was eben erst durch seine Totenmaske zum Vorschein gekommen sei: das gleichsam Geniale, Weltmännisch-Elegante. Zu Lebzeiten sei er doch wohl zu behindert, um nicht zu sagen zu abartig gewesen.

»Erotisch?« fragte Lydia.

Darüber sei sie nicht unterrichtet, meinte Fräulein Skepsgardt verlegen. Das läge wohl auch vor ihrer Zeit. Nein, so habe sie's nicht gemeint.

»Ja, liebstes Fräulein Gertrud, was war er denn dann?« rief Lydia voll Ungeduld aus. »Etwa ein Gernegroß oder ein Zwerg?«

Fräulein Skepsgardt war aber nicht so leicht davon abzubringen. Mit ungewöhnlich naivem Blick, wenngleich auch ein wenig bestürzt, sagte sie zu Lydia, ein Gernegroß sei fast jeder von uns, es frage sich lediglich, wo oder wann, ob mehr daheim oder mehr in Gesellschaft. Er selbst sei der Mensch nur allein, da uns keine sonstwie geartete Gesellschaft den nötigen Spielraum zu unserer Entfaltung gewähre. Es sei immer ein Widerpart da, teils in Form von Umständen und Verstrickungen, teils in Gestalt von Personen. Sie, Frau Faude, erfahre das ja am eigenen Leib, sie wisse das ja am besten.

»Dürfte ich Sie Frau Lydia nennen?« fragte sie plötzlich. »Es spricht sich dann leichter.«

»Aber gern!« versicherte Lydia.

Und so pflichtete sie auch bei, als Fräulein Skepsgardt fortfuhr, daß infolge dieser Beeinträchtigung fast jeder Mensch etwas Unerledigtes hinterließe. Das sei sein Geheimnis, und das nehme er mit hinab. Deshalb gebe es auch keinen Toten, über den nicht irgendeine Mitteilung zu machen wäre. Man könnte da, wenn man sich vorwagen wollte, beinahe verzweifeln. Sie habe den alten Herrn von Zembrowski lange genug umsorgt, um ihn zur Genüge kennengelernt zu haben, genauso wie die Verhältnisse bei Morawé. Als Patient sei er fast spaßhaft gewesen, man könnte fast sagen pittoresk. Sie selbst habe zunächst auch nur ein Original in ihm gesehen, bis er sie zusehends gejammert habe.

»Er jammert mich so, der alte Herr«, rief sie mit einem Mal derart hysterisch, daß Lydia nicht schlecht erschrak und voller Besorgnis zur Tür hin blickte, in der womöglich Alice erschien, um nachzusehen, was sie hier trieben.

Vielleicht sei es dies, dieses Doppelte in seinem Wesen, fuhr Fräulein Skepsgardt, nachdem sie sich ausgeschluchzt hatte, fort, weshalb sein Leichnam einen so unauslöschlichen Eindruck auf sie gemacht habe. Sie wisse zwar aus ihrer Tätigkeit bei Professor Binswanger, daß ein Leichnam durch Einspritzen von Karbolsäure und Formalin frisch erhalten werden könne, das sei aber nur eine Methode, bei Zembrowski hingegen sei es, sie möchte sagen, ein metaphysisches Zeichen, eine Art Menetekel. Ja, sie möchte noch weitergehen und sagen, es sei ein Symptom für die vergiftete Atmosphäre bei Morawé. Man atme dort Gift, das Aroma sei süßlich penetrant. Sie sei ja jetzt bei der Gräfin von Ujest als Hausdame tätig, jener uralten Kundin von Morawé und wahrscheinlich auch einer einstigen Liebe vom alten Herrn von Zembrowski. Dadurch habe sie etwas Abstand gewonnen, auch einiges erfahren beziehungsweise aus einer anderen Richtung gesehen. Die Gräfin sei ja sehr frei, vielleicht sogar etwas enthemmt, sie nasche gern Ingwer. Und dann schwärme sie immer von alten Zeiten und kichere so vor sich hin, als ob dort wer weiß was geschehen sei. So habe sie Morawé auch schon als Hochburg bezeichnet, nur eben nicht gerade in moralischem Sinn. Und so habe sie auch schon gefragt, ob Zembrowski ihr nichts hinterlassen habe. Das habe sie, Fräulein Skepsgardt, arg in Verlegenheit gebracht, denn er habe ja damals, als sie ihn auf der Toilette tot aufgefunden habe, ein an die Gräfin adressiertes Kärtchen in Händen gehabt, es förmlich umklammernd. Und da käme sie wieder auf ihren ersten Hinweis zurück. Dieser letzte Gruß an die Gräfin sei nämlich gleichfalls noch unerledigt. Er sei einfach nicht auffindbar, wie so manch anderes auch.

»Der alte Herr von Zembrowski hat das gewußt«, sagte Fräulein Skepsgardt mit seltsam starrer Bestimmtheit. »Sein Leichnam war tot, aber der Tote darin war noch frisch, er konnte nicht sterben. Er hat noch zuviel gewußt.«

»Was Sie nicht sagen!« rief Lydia verwundert.

Genauso treibe auch ihr das Bewußtsein einer gewissen Mitwisserschaft eine Röte ins Gesicht, die aber eben kein Merkmal von Lebenslust sei, als vielmehr ein Ausdruck der Zwietracht mit sich selbst, meinte Fräulein Skepsgardt. Das käme so von unten herauf, teils als Wallung, teils wie unmittelbar aus dem Grab. Der alte Herr stünde dann vor ihr, o nein, nicht als Spuk und Gespenst wie in den Tragödien, sondern im Grunde noch schlimmer: als rosiger Leichnam, sonderbar frisch, mit Gift in den Adern statt Blut und außerdem in einer so wissenden Passivität, fast wie ein Heiland. Das sei auch der Anlaß gewesen, der sie hierhergeführt habe. Sie möchte es deshalb aussprechen dürfen, wie glücklich und erleichtert sie sei, in Frau Lydia eine so verständnisvolle Dame gefunden zu haben. Es sei ja sonst niemand da, dem man sich anvertrauen könnte. Es sei überhaupt niemand da. Niemand!

Da Fräulein Skepsgardts Blicke bedenklich zu schwimmen begannen, so daß Lydia befürchtete, abermals eine jener verstiegenen Schrillheiten aus ihr hervorbrechen zu sehen, legte sie ihr den Arm um die Schulter und sagte:

»Hauptsache, daß wir beide noch da sind! Nicht wahr, Fräulein Gertrud? Ich bin ja für Sie das reinste Gold.«

Und dann sprach sie, wenn auch mehr aus Erhitzung als aufgrund sonstiger Qualitäten, auf sie ein, indem sie ihr die Notwendigkeit einer Aufrechnung alles dessen vor Augen führte, was sie vorhin so unübertrefflich als Unerledigtes bezeichnet habe.

Vernünftigerweise stimmte Fräulein Skepsgardt dem Vorschlag zu.

Noch während sie ihre Geschichten vorbrachte, Bekanntes und Unbekanntes, das sich bei ihrer anämischen Art merkwürdig unterschiedslos vermischte, war Lydia mit geradezu kriminalistischer Inbrunst dabei, aus dem Bodensatz der aufgetischten Indizien dasjenige herauszufischen, was ihren geheimsten Absichten und Wünschen am besten entsprach. Zuhören war ihre Stärke ja nie, und so nahm sie denn auch die Bissen, wie sie ihr schmeckten. Zweifellos wäre es ihr am liebsten gewesen, wenn alles sich so verhalten hätte, wie es von Anfang an in ihr vorgeträumt war. Zembrowski wäre dann eine Mischung aus Großonkel, Großfürst und Lebemann gewesen, dessen Ehrenrettung ihr auferlegt war, und Morawé jenes fundamentale Millionenobjekt, auf dem sich ein Leben in ökonomischer und persönlicher Freiheit sowie ein zu höchster Kultiviertheit entfachtes Mäzenatentum hätte aufrichten lassen. Nun, davon waren zwar mittlerweile einige Abstriche zu machen, es war aber trotzdem die Frage, ob diese kläglichen Abstriche durchaus gleichbedeutend sein mußten mit einem Mülleimer voller Ernüchterungen und Entwertungen oder ob sie im Gegenteil nicht ein Pokal voller aufsteigender Sektblasen waren, und das hieße eben letztlich: eine Erweiterung ihrer anfangs aus purer Lebensunkenntnis so einfach scheinenden Aufgabe. Auch eine Aufgabe hat es so an sich, daß man erst in sie hineinwächst. Es war dann eben Zembrowskis Leichnam und nicht nur seine simple Person, es war das Phantom seines Leichnams, das in ungeahntester Weise an Bedeutung gewann, und es war die Idee seiner Firma, sein Lebenswerk also, dieser ganze Komplex des delikaten Geschmacks, was alles vom Verdacht der moralischen Verschmutzung und Durchlöcherung gereinigt oder gegebenenfalls in seiner ersten, beispielhaften Gestalt wiederhergestellt werden mußte. Ja, Lydia ertappte sich dabei, daß sie sich bereits in Spekulationen über die Möglichkeit einer kunstgerechten Exhumierung und Obduktion des Zembrowskischen Leichnams erging, zumal Jelka angesichts jener bekannten Schwächemomente und Ohnmachtsanfälle einmal gesagt haben soll, daß es an der Zeit wäre, da etwas nachzuhelfen, eine Unvorsichtigkeit, aus der sich doch wohl auch schließen ließ, daß der Leichnam deshalb so lebensfrisch wirkte, weil er eine Dosis Gift enthielt, und zwar nicht bloß in rein metaphysischem Sinn oder aus Nächstenliebe.

»Hat sie das gesagt?« fragte Lydia. »Dann lasse ich ihn wieder ausgraben. Ich grabe ihn wieder aus, hier mit meinen zwei Händen.«

»Aber Frau Lydia, den Leichnam.«

»Was heißt hier Leichnam? Entweder man hat ihn vergiftet, dann ist alles an ihm lebendig, dann ist, wie Sie selbst vorhin sagten, sein Leben noch nicht zu Ende, dann treibt sich das alles noch chaotisch umher, oder man hat ihn nicht vergiftet, dann wird sich das feststellen lassen, und dann bin ich so frei, selbst die Philharmoniker antreten zu lassen, und er wird ebenso, wie ich ihn ausgrub, wieder bestattet, meinetwegen sinfonisch. Ich war eine Ysot. Warum soll ich nicht auch eine Antigone sein? Ich werde ihn bestatten, nicht einscharren oder beseitigen – bestatten.«

»Ja, wenn Sie das so sehen, so unabdingbar«, sagte Fräulein Skepsgardt. Sie sagte es freilich sehr kleinlaut, jedoch auch von Ehrfurcht durchschauert. In der Hauptsache aber war sie nun ängstlich darauf bedacht, ihren Verlautbarungen jeden Anflug einer Verdächtigung zu nehmen, sie stellte ihre Kenntnis der Dinge und selbst ihre Vermutungen einfach als Merkmal hin, wobei fast jedes dritte Wort lautete:

»Beschwören kann ich es nicht.«

Um sie nicht kopfscheu zu machen, sagte Lydia denn auch:

»Das verlangt ja auch niemand. Wir suchen zunächst nur die Wahrheit, wir beide. Nicht wahr, Fräulein Gertrud? Und da hoffe ich doch, in Ihnen eine Verbündete gefunden zu haben.«

»Das schon«, erwiderte Fräulein Skepsgardt, und dann wiederholte sie es: »Das schon«, wobei das Wiederholte nur leider etwas abschwächend klang. Aber das war nun mal ihre Art.

Es konnte demnach als sicher gelten, daß nichts Schriftliches vorlag, das auch nur halbwegs als Beleg oder auch nur als Ansatz zu einer testamentarischen Verfügung hätte angesehen werden können. Es war nur ein Wust teils unleserlicher Notizen vorhanden, darunter auch einige, schon reichlich vergilbte und verjährte, die sich mit der Gründung Morawés und dem Aufstieg der Firma befaßten, wie etwa auch jener schon erwähnte Brief an einen gewissen Max in Paris. Etwas im juristischen, geschweige kriminalistischen Sinn Verwertbares war aber nicht darunter. Gewiß, ursprünglich soll auch ein von Jelka verfaßtes beziehungsweise entworfenes Schriftstück vorhanden gewesen sein, das sogar eine dem alten Herrn ähnliche Unterschrift trug und in dem man, bei einiger Mißgunst, den Versuch zu einer Erpressung oder auch Fälschung hätte vermuten können. Dieses Schriftstück war aber nie vorgelegt worden. Es wäre wohl auch zu riskant gewesen, da ja bekannt war, daß Zembrowskis Unterschrift zuletzt nur noch »Zbski« lautete.

Es sei ja zuletzt, wie Fräulein Skepsgardt bemerkte, auch schwierig gewesen, mit ihm zu verhandeln, da er sich einfach geweigert habe, irgendwelche Unannehmlichkeiten zur Kenntnis zu nehmen. Er sei dabei auch oft hinterhältig verfahren, wie sonst nur noch von Geistesgestörten bekannt. »Schon wieder Februar, jedes Jahr Februar?« habe er einmal gesagt. »Und es soll Donnerstag sein, das auch noch. Fortwährend ist es um zwei, fortwährend soll man essen. Wozu? Der Zeiger ist immer derselbe, das Zifferblatt auch. Aber wo sind meine Beine? Sie laufen davon. Mir rast mein Schlitten den Abhang hinab. Vorbei! Molo, mulu, ahulu.« – Inwieweit seine Sucht, sich abzukapseln, mehr physiologisch bedingt war, sei es durch Altersschwachsinn, sei es infolge Arterienverkalkung, inwieweit mehr psychisch, etwa durch eine begründete Angst vor Nachstellungen durch nähere Mitarbeiter oder dunkle Gestalten – er habe ja auch an seniler Bettflucht gelitten –, war mit Sicherheit kaum zu ermitteln. Fräulein Skepsgardt war allerdings der Meinung, daß Zembrowski in einem Zustand dauernder Verschrecktheit gelebt habe. Deshalb habe er alles verschlüsselt und weggesperrt. Dieses Weggesperrte sei nun aber vollends verschwunden, so auch der Inhalt der beiden Kakaobüchsen in seinen Gehrockschößen.

Diese Kakaobüchsen seien ursprünglich mit lauter Goldstücken gefüllt gewesen, sie waren sehr schwer, sie habe sie selber in Händen gehabt, wohingegen sie nach seinem Tod, das heißt nach dem Begräbnis, nur noch so dagestanden hätten wie zwei lakonische Urnen, ganz leicht von Gewicht und zum allgemeinen Gelächter mit lauter entwertetem Blech und Papiergeld gefüllt. Ausgetauscht worden sei ihres Erachtens aber auch sein Diamant, von dem er einmal gesagt habe, es sei der Rayski-Diamant im Werte von zwanzigtausend Dollars. Fräulein Jelka habe darüber nur gelacht und ihr einreden wollen, es sei ein Topas, auch Herr Zwirner habe nichts davon hören wollen. Es sei Phantasie. Sie kenne sich aber aus in Juwelen. Nicht, daß sie beschwören könnte, daß es nun wirklich der Rayski-Diamant war, das nicht, aber lediglich ein Topas sei es nicht gewesen. Dieser Tatbestand sei frisiert, wie so vieles bei Morawé auch. Fräulein Jelka sei eben sehr tüchtig in der Aufarbeitung von Restbeständen. Übrigens sei sie auch persönlich von ihr enttäuscht.

»Auch in der Art, wie sie von Ihnen gesprochen hat«, sagte Fräulein Skepsgardt, indem sie plötzlich den Kopf hob. Dabei blickte sie Lydia mit seltsam erschöpftem Ausdruck an, reineweg kalt. Dann griff sie sich an den Hinterkopf, als ob sie dort etwas nicht Hingehöriges wegwischen wollte.

»Sie hat Sie – verzeihen Sie, wenn ich das sage –, sie hat Sie immer nur ein Subjekt genannt. Dieses Subjekt!«

»Soso«, sagte Lydia, nun ziemlich erregt, »ein Subjekt soll ich sein? – Das kann sie ja haben. Darauf kann ich nur erwidern, daß ich das bin. Ja, ich bin ein Subjekt. Ich bin immer nur Vorzugskundin gewesen und also auch ein Subjekt. Ein infames natürlich! Das ist ja klar. Ich bin sogar, wenn sie es durchaus herausfordern will, das Subjekt aller Subjekte. Ich bin nämlich ich. Und ich hoffe das auch zu bleiben.«

»Sie meinte, sie wolle sich keine Laus in den Pelz setzen lassen«, sagte Fräulein Skepsgardt verschüchtert, obwohl es ihr offenkundig gefiel, daß Lydia so prompt aus der Haut fuhr. »Sie meinte, Sie wollten ihr nur das Berufsgeheimnis entreißen. Sie sagte nicht, was sie darunter verstand. Berufsgeheimnis! In meinem Fall besteht es jedenfalls darin, daß ich noch mein letztes Gehalt zu bekommen habe. Vielleicht können Sie mir dazu verhelfen, Frau Lydia? Sie sind ja doch sehr versiert – sprachlich zumindest«, fügte Fräulein Skepsgardt mehr unfreiwillig hinzu. Aber dann kam wieder etwas Wärme in ihre Wangen, als sie fortfuhr: »Fräulein Jelka hat mir nämlich auch Vorwürfe darüber gemacht, daß ich mich bei der Gräfin von Ujest als Hausdame verdingt habe. Aber ich bin ja wohl nur ein Objekt.«

»Das sind Sie keineswegs, ganz gewiß nicht«, rief Lydia mit vollstem Protest. Und dann schwenkte sie, zum Zeichen, daß sie es ernst gemeint hatte, von Morawé ab, hinüber ins rein Private, indem sie Fräulein Skepsgardts menschliche Hintergründe – so nannte sie es – zum Sprechen brachte. Vielleicht war das unvorsichtig gewesen, denn Fräulein Skepsgardt, nun ganz und gar Gertrud, legte nun los.

Ihr Bräutigam sei schon zehn Jahre tot. Ein zu spät erkanntes Lungenödem habe ihn weggerafft. Sie hätten es auch nicht ändern können. Es sei eben Schicksal. Aber sie halte sein Andenken in Ehren. Ein seltener Mensch, so gütig, nur leicht erregbar und leicht gekränkt. Graphiker habe er sich genannt, Gebrauchsgraphiker. Das sei jedoch nur sein Broterwerb gewesen. Keramiken gebe es auch von ihm, auch schöne Elfenbeinsachen. Das sei nun vorbei.

»Schade!« sagte Lydia und benahm sich erschüttert.

Fräulein Skepsgardt indessen schien kein Beileid nötig zu haben, obwohl sie sagte:

»Ich bedaure es täglich, mein Bedauern besucht mich förmlich. Ich konnte kaum weiterleben. Mir fehlt es seitdem an Linie. Mein Bräutigam hätte es nicht geduldet, daß ich in diesen Circulus vitiosus geriet. Er hatte Prinzipien. Das kennen Sie ja, Frau Lydia, darin sind Sie ja auch bewandert. Da zahlt man drauf. Meine ganzen Ersparnisse sind dabei flötengegangen. Und da ließ ich mich eben von Morawé kapern, da habe ich mich verkauft, schändlicherweise des Gehaltes wegen. Das Gehalt hat mich dazu verlockt, es war sehr gut. Fräulein Jelka hat mir so zugeredet, sie hatte eine so ungeläufige Art, fünf gerade sein zu lassen, und sagte immer, ich sei so vernünftig. Das hat mir natürlich gefallen. Ach, es hat mir auch viel gegeben. Vielleicht lebte ich jetzt nicht mehr. Es ist so schön, eine Aufgabe vor sich zu haben.«

»Deshalb allein lohnt es sich zu leben«, versicherte Lydia, und Fräulein Skepsgardt pflichtete dem auch bei, wie üblich jedoch nicht ohne Einschränkung, und zwar insofern, als sich in ihrem Fall ihre Aufgabe leider ins Ungeahnte erweitert und geradezu sträflich vervielfacht habe, so daß ihr schon mehrmals ein Hammer von oben auf ihr Gewissen herabgesaust sei. Sie müsse nämlich darauf aufmerksam machen, daß sie auch ihrem Bräutigam gegenüber noch eine Verpflichtung habe. Ihr Bräutigam sei ja eigentlich Maler gewesen, das heißt aus Liebhaberei, nicht von Beruf. Nach seinem Tod habe sie ein Gemälde von ihm der Galerie des zwanzigsten Jahrhunderts geschenkt, und sie habe dafür auch ein Dankschreiben vom Herrn Direktor erhalten. Mit sehr schönen Worten! Aber leider eben nur Worten! Man habe es nämlich niemals ausgestellt.

»Vielleicht verkommt es im Keller«, sagte Fräulein Skepsgardt düster. »Ich glaube, es ist magaziniert. So sagte man mir: magaziniert. Das heißt ja wohl eingesargt wie eine Leiche, wie der alte Herr von Zembrowski und ebenso ruhelos.«

»Das ist aber unerhört!« entgegnete Lydia.

Es sei so der Lauf der Welt, meinte Fräulein Skepsgardt, als wäre es nun mal so. Das meiste werde nur registriert. Es hinge von den wenigen ab, ob das Vergangene wirklich bereinigt und neu aufgefrischt werde. Die Künstler, die hingen ja auch an den Wänden, und dort hingen sie eben. Ihr sei es immer schrecklich zu denken gewesen, daß sie auch nachts dort hingen, so einsam und ganz für sich, so zwischen vier Wänden. Nun, es fänden dann wohl auch Führungen statt, aber sie möchte wohl wissen, was die Genies an der Wand sich so denken, wenn sie mitanhören müssen, was diese Herrn Assistenten so über sie reden. Es klinge ja meistens so abgestempelt, so katalogisiert, so reineweg nach Seziersaal und Leichenschauhaus.

»Das muß natürlich geändert werden«, erklärte Lydia. »Seien Sie versichert, da haben Sie ganz mein Ohr.«

»Schön wär's ja«, sagte Fräulein Skepsgardt im gleichen Ton vor sich hin.

Sie befürchte nur, daß sie jetzt keine Zeit dafür habe. Sie sei jetzt in diese Morawésache geraten. Gesetzt, es käme zu einem Prozeß, so wünschte sie ihre Hände rein zu erhalten. Es klebe zwar nichts an ihren Händen, aber gewaschen müßten sie trotzdem werden. Sie wasche sie stets vorm Schlafengehen und auch zu Mittag. Die Hände müsse man immer waschen, auch unter den Nägeln. Es sei alles voller Bakterien. Es werde alles verseucht. Nur nach Seife riechen sei freilich auch keine Lösung. Sie habe es immer als wohltuend empfunden, daß um ihre Fingerspitzen ein leichter Geruch von Morawéstäbchen war. Diese Morawéstäbchen nasche sie für ihr Leben gern. Es sei ihr einziges Laster gewesen.

»Das ist aber süß«, sagte Lydia und versuchte zu lächeln. Es blieb jedoch beim Versuch, da sie sich allmählich zu fragen begann, wie sie Fräulein Skepsgardt wieder loswerden und später für sich verwenden könnte. Sie stellte sich nämlich schon vor, wie sie sie als humane Hilfskraft in ihre Lydia-Film-Produktion einbauen würde, zumal sie dort eine Betreuungsstelle für innermenschliche Angelegenheiten zu errichten gedachte, mit der Devise: ›Nicht nur sozial, human müssen wir sein!‹ Aber da sagte Fräulein Skepsgardt:

»Einmal hat mir der alte Herr von Zembrowski etwas zu naschen gegeben, das war befremdend. Er meinte aber nur: ›Es darf Sie nicht stören, es schmeckt ein wenig nach parfümierter Fäkalie.‹ Und das war auch der Fall. Man mußte erst einen Widerstand überwinden, hart an der Grenze von Lust und Ekel. Es entsprach aber seiner Theorie des Geschmacks oder jedenfalls seiner Meinung über den Reiz der Verwitterung und der Zersetzung. Er phantasierte dann immer von den Verwesungsgerüchen des Herbstes. In der Nacht ist mir dann auch mein verwester, Verzeihung, verewigter Bräutigam erschienen, im Traum, und hat mir mit dem Finger gedroht, bis er ihn mir in den Mund gesteckt hat, so zwischen die Lippen. Ich wachte dann auf, ganz heiß vor Scham und in Schweiß gebadet, wie auf Grund einer

Unzucht. Ich muß das sagen, so schrecklich es klingt, und ich sage es auch nur Ihnen, Frau Lydia. Als ich es anderntags dem alten Herrn von Zembrowski erzählte, hat er sich nur amüsiert, und dann sagte er nur noch: ›guck wie der Muck!‹ Das war alles. Später kam er noch einmal darauf zurück, da bot er mir Mokkabohnen an, die er als Beratungspillen bezeichnete, aber da habe ich protestiert, ich sagte nur: ›nein!‹ Es hat aber Kunden gegeben, die ausschließlich an solcher Art Sondermischung Gefallen fanden.«

Fräulein Skepsgardt holte erst Luft, ehe sie fortfuhr: »Frau Racksen zum Beispiel, die Zahnarztwitwe, stand immer nur so herum und rauchte Zigaretten, meistens mit einem Buch aus der Leihbibliothek unterm Arm. Ihre Reden aber waren ganz fürchterlich. Sie sprach nur über Erotisches und Narkotisches. Und wie sie so sprach! Es ist einfach nicht wiederzugeben. Euer Puff, euer Loch dahinten, euere Sexualzelle, euer Stall. In dieser Art ging das. Ich sehe sie immer so vor mir, eine Konfitüre zwischen den Fingern, ein Crème-Konzentrat, das sie ›die geile Lola‹ nannte. Frau Lydia, es war ein so unreines Fluidum dort, daß ich schließlich davongerannt bin, sobald ich konnte.«

»Tja«, sagte Lydia mit ernstester Stirn, auf der sich sogar ein Schweißtropfen zeigte, »es ist eben nur noch ein Leben der Surrogate. Wir sollten uns alle zusammentun, um das zu ändern.«

Noch während sie mitangesehen hatte, wie sich Fräulein Skepsgardts zweifellos vorteilhafte Gestalt unter der Geißel ihrer Erfahrungen wand, waren Lydias Blicke durch ihr Solarium geeilt. Hätte sie im Augenblick Zeit für ihre musische Ader gehabt, sie hätte bestimmt geglaubt, daß die inzwischen zum Hinterfenster hereingekommene Vorfrühlingssonne nur aufgetaucht war, um ihren Finger auf die von Fräulein Skepsgardt aufgedeckten Tatbestände zu legen. So aber blickte Lydia nur unruhig umher, wie von einer ständig kreisenden Sorge gedrängt. Es war ein Ansturm unübersichtlichster Assoziationen, eine aus allen Ecken und Enden hervorbrechende Aufforderung zum persönlichen Einsatz.

Zunächst freilich saß dieses arme gerupfte Geschöpf vor ihr, diese sichtlich mit sich zerfallene Gertrud, von der sie den Eindruck gewann, daß zumindest eine Geste erwartet wurde, wenn nicht irgendeine Zusicherung großen Stils, sei es, daß sie sie gnädig zu sich emporzog, um ihr zu versichern, daß sie beide die einzigen seien, die noch dem Ruf ihres Gewissens zu folgen verstünden, sei es, daß sie ihr schlechthin das Blaue vom Himmel herunter versprach. Es war ja doch ein Vertrauensbeweis ersten Ranges, was ihr durch sie entgegengebracht worden war. Aber seltsamerweise vermochte sich Lydia diesmal zu keinem entscheidenden Akt zu ermächtigen, so leicht es ihr sonst auch fiel. Statt dessen erhob sie sich plötzlich, und während sie mit einem derart strategischen Blick an Fräulein Skepsgardt vorbeisah, daß diese sich, allein schon vor lauter Bewunderung, gleichfalls erhob, sagte sie, wie zurückgekehrt aus entlegensten Fernen:

»Sie müssen bedenken, das Ganze ist ein Millionenobjekt. Da verschieben sich oft die Begriffe.«

»Davor hätte ich Angst«, sagte Fräulein Skepsgardt schlicht und ergreifend. Und so stand sie auch vor ihr.

Lydia indessen war keineswegs gewillt, die Finger von Sachen zu lassen, die sie angeblich nichts angingen. Sie war nun ganz Prominenz. Sie zeigte auch kein Erschrecken, als draußen das Telefon ging und Alices Stimme erscholl, die in aufgebrachtester Weise erklärte, daß sie nichts mehr damit zu tun haben wollte. Dabei fiel auch das Wort ›Polizei!‹ Es sei eine Unverschämtheit, sie derart zu belästigen. Einen Augenblick sah Fräulein Skepsgardt zu Frau Lydia empor, es war ein so fragender Blick, doch Lydia wischte ihn nur mit dem Augenlid weg.

»Unterweltsmethoden«, sagte sie kurz.

Erst als sich Fräulein Skepsgardt verabschieden wollte, wechselte sie den Ton, und indem sie sie zärtlich Gertrud nannte, führte sie sie an der seitwärts aufgetauchten Alice vorbei durch den Flur, half ihr dort in den Mantel, um ihr vorn an der Wohnungstür für das dargebrachte Vertrauen zu danken.

Ziemlich geduckt und verhuscht, um nicht zu sagen verschreckt, trippelte Fräulein Skepsgardt die Stufen hinab. Auf dem Gehsteig draußen war noch zu sehen, wie sie ihr Taschentuch zog, um sich hineinzuschneuzen.

6 Unter all den aufgescheuchten Personen, deren Interesse sich täglich mehr um Morawé drehte, war eigentlich nur eine einzige, die auf den Stand der Dinge mit einiger Würde, wenn auch nicht ohne skeptische Nachdenklichkeit, herabsah: es war der junge Herr Morawé selbst, der nun schon so manches Jahrzehnt als eine Art Mythos und Mitbegründer hinten in Jelkas Privatkabinett in Gestalt seines Konterfeis an der Wand hing.

Seine merkwürdig ausgereifte Jugendlichkeit, die zweifellos auf eine Mischung von slawischen und romanischen Elementen zurückging, woraus hinwiederum eine besondere Sympathie für das, was er Allemania nannte, entsprang – er sagte Allemania, nicht Germania –, diese träumerisch-präzise Anwartschaft auf alles Projektierte und Utopistische täuschte freilich nicht darüber hinweg, daß seine Zukunft mittlerweile längst hinter ihm lag. Nichtsdestoweniger geisterte ihm ein Zug um die Lippen, so vieldeutig und auch veränderlich, daß bei ungewohnter Beleuchtung oder auch in bedrängten Momenten der Eindruck entstand, als ob um ihn etwas Sprechendes wäre, wenn nicht sogar etwas Allwissendes, Jenseitig-Überbewußtes, das jederzeit aus ihm herausbrechen konnte, und zwar je länger man hinsah, um so unabweislicher.

Von ihm aus gesehen, so von oben herab, also gleichsam von einem Standpunkt aus, der jenseits von Leben und Tod lag, war freilich das meiste, was die Epoche bot und was die Leute so trieben, nie frei von Komödie. Das war es schon deshalb nicht, weil es so ungemein durch die Engherzigkeit ihrer Froschperspektive bedingt war. Es war vom Alltag diktiert, bestenfalls von der Saison, und die Rücksicht darauf verkleinerte das Gesichtsfeld oft ungebührlich, außerdem führte es auch sehr leicht von der Hauptsache weg, begleitet von allerlei Affekten und Nebengeräuschen, die ihrerseits den Anspruch erhoben, die Verhältnisse mitzubestimmen, was sie in der Regel auch taten. So manch ein Entschluß hing ja nicht nur vom Schulbeispiel ideeller Erwägungen ab, sondern auch, namentlich in seiner Durchführung, vom fragmentarischen Charakter der Umstände und Gegebenheiten, nicht zuletzt auch von der Veranlagung sowie von Tüchtigkeit und Energie der zufällig vorhandenen, für ihre Aufgabe vorherbestimmten Personen. Diese waren aber nicht einfach herbeizuzaubern, sofern sie aus unerfindlichen Gründen fehlten, und schon deshalb konnte es zuweilen aufschlußreich sein, mitanzusehen, wie selbst die Berufensten untereinander um ihre Vorteile und Befugnisse stritten, und dies wahrlich nicht nur im Sektor der Politik.

Wenn Jelka vor Morawés Bildnis stand, nachdem sie es streckenweise auch wieder vergessen hatte, so war das immer, als hätte er seit dem Tod des alten Herrn von Zembrowski und besonders, seit diese Lydia Faude aufgetaucht war, ein anderes Gesicht. Natürlich war es dasselbe, und die Zeit war auch nicht spurlos vorübergegangen. Karsunke hatte schon recht, wenn er sagte: ›Der hat schon ein paar Flecken am Kopf.‹ An sich also gab es nicht das geringste herumzurätseln, es sei denn, man war respektlos genug wie Frau Racksen, die grundsätzlich Witze darüber machte, allein bei der Vorstellung, daß der junge Herr Morawé in seiner Krebszelle so an der Wand hing und von dort aus Einblick in die Geschäftsbücher nahm, deren sonderbare Wucherungen ihn anscheinend auch noch ergötzten. Nein, der Unterschied lag nicht an einer Veränderung seiner modisch bedingten Physiognomie, er lag am Widerhall und am mehr oder weniger uneingestandenen Stimmungsgrad dessen, der ihn betrachtete. Immerhin war es bezeichnend, daß er die Blicke so auf sich zog, so in einer Art Anziehungskraft des Bezüglichen, und das sprach schließlich auch für die potentielle Bedeutsamkeit seiner Person.

Anfangs bekanntlich hatte Jelka in ihm ihr Idol gesehen, und der junge Herr Morawé schien das auch gutgeheißen, wenn nicht sogar gefördert zu haben. Die Lautlosigkeit, mit der er ihr dann und wann zugenickt hatte, hatte Jelka jedenfalls stets als persönliches Bestätigungszeichen empfunden, namentlich in Perioden, wo es darauf ankam, bestimmte Entschlüsse zu fassen, deren

Folgen nur ihr allein auferlegt waren. Es war ihr dann immer zumute gewesen, als ob jenseits des Lebens noch jemand wäre, der sie verstand, der ihre Beweggründe anerkannte und gegebenenfalls für sie eintrat, sei es selbst vorm Forum einer sogenannt höheren Instanz, einer Instanz, die, selbst wenn sie auch nur ein Reflex ihres eigenen Bewußtseins war, nichtsdestoweniger die Macht besaß, sie freizusprechen, falls das Gewissen sie drückte. Nun, das klingt vielleicht etwas zu kompliziert – aber wie sollte es sonst zu verstehen sein, daß sie jahrelang zu ihm aufgeblickt hatte wie mit einer aus früheren Stadien herübergeretteten Inbrunst?

Mit seinem gerahmten Porträt, das heißt mit dem Bildnis als solchem, war sie trotzdem ganz praktisch verfahren, nicht anders als mit jedem brauchbaren Gegenstand auch. Zwar hatte sie das Brauchbare daran nicht so grotesk aufgefaßt wie die alte Karsunke, die gern zu sagen pflegte: ›Bilder sind Wanzenfänger‹, weil sich beim Reinemachen die Wanzen, so man welche hatte, am liebsten auf den Bildrückseiten versteckten, wo sie dann leicht zu vertilgen waren. Das schien Jelka die Verwendbarkeit des Pietätvollen denn doch etwas zu weit getrieben. Aber andererseits hatte sie auch das für gewöhnlich um Familienporträts aufgerichtete Tabu für ihre Zwecke zu benutzen verstanden, indem sie ein an der Rückwand ihres Privatkabinetts befindliches Geheimfach damit verdeckte. So hing der junge Herr Morawé also nicht nur in persönlicher oder gar mythologischer Eigenschaft an der Wand, sondern zugleich auch als Tarnschild für andere Dinge.

Es wäre wohl möglich gewesen, daß bei dem Überblick, der sich ihm bot, allmählich ein etwas bekümmerter, wenn nicht gar höhnischer Zug in ihm aufgetaucht wäre, wie sich denn auch der Nagel seines ursprünglich so rhapsodisch getönten Konterfeis, mag sein unter Einwirkung ständigen Achselzuckens, schon mehrmals gelockert hatte. Jeder Seniorchef pflegt sich schließlich einmal Gedanken über den Fortbestand seiner Firma zu machen, namentlich beim Blick auf jene, die diesen Fortbestand garantieren sollen, sowie auch beim Blick auf den offenbar immer rascheren Wechsel der Zeiten und Konjunkturen. Denn die Zeiten, in denen das rundweg Hundertjährige an einer Firma oder selbst einer staatlichen Einrichtung als bester Qualitätsbeweis galt, schienen endgültig vorbei zu sein, und ein Pochen darauf wie auf Tradition überhaupt schien eher als Rückständigkeit und Anachronismus zu gelten. Zur Gründungszeit war das anders gewesen. Da kamen, als müßte das immer so sein, die kandierten Früchte aus Marseille, die Nougatsorten aus Montelimar, die Dragées aus Wien, die Pralinetten und hauchdünnen Plättchen aus Genf, das Konfekt, das heißt die Spitzenmarke und Ausnahme, kam aus Paris, das speziell russische aus Petersburg, aus Amsterdam bezog man die echten Hopjes, aus Smyrna Feigen in Rotweincreme und türkisches Lokhum, und das alles war mehr oder weniger Handarbeit und Geheimrezept, mit persönlicher Zutat gewürzt, schlechthin einzig in seiner Art und alles andere als konfektioniert. In gleicher Weise war auch der Eingang der Delikatessen wie das Lieferungssystem überhaupt jeweils mit der Erinnerung an eine bestimmte, dafür zuständige und nie wechselnde Vertrauensperson verknüpft, mit der man fast freundschaftlich verkehrte, sei es in brieflicher Form, sei es durch Besuche und Reisen. Man hatte seine Gewährsmänner in ganz Europa, eigentlich in aller Welt, und innerhalb dieses gut funktionierenden Beziehungsnetzes war es auch möglich, irgendwelche Sonderinteressen jenseits des rein Geschäftlichen zu verfolgen. Jedenfalls war das die Ausgangsposition des jungen Herrn Morawé gewesen, einschließlich seiner ideellen und wirtschaftspolitischen Schwärmereien, und es ließe sich also schon denken, daß angesichts der krisenhaften Auswüchse beim gegenwärtigen Stand der Dinge die Funktion als Idol, wie Jelka sie ihm so gern zuschrieb, verblaßte, ja sich sogar ins Gegenteil verkehrte, womöglich in die höchst unangenehme eines unfreiwilligen Aufpassers, Richters und Liquidators.

Gewiß hätte es auch nicht an vergnüglicher Mitwisserschaft gefehlt, zumal bei Betrachtung der von Jelka so kunstvoll ausbalancierten Bilanz. Die Lektüre der Geschäftsbücher wäre so unterhaltsam gewesen wie ein mit versteckten Hinweisen gespickter Kriminalroman. Jeder Spesensatz war ein Verdacht, jede vermehrte Aufwendung ein Indiz. Und der einfache Schluß-strich mit der Summe der Aktiva und Passiva glich einem Draht-seil, über dem sich in unverdrossenem Gleichgewichtsakt die mathematische Ornamentik der Zahlensäulen erhob, hineinge-steigert bis ins schier unerforschbare, oft so verhängnisvolle My-sterium der Null. Was auf der einen Seite sich jäh überhitzte, war auf der anderen Seite wieder begradigt. Wenn sich hüben die Ausgaben zu unbotmäßigen Mehrausgaben aufwarfen, wurden sie drüben jeweils durch merkwürdig gutwillige Mehreinnah-men gedeckt. Das eine hielt fortwährend das andere in Schach, das Negativum der Rücklagen, Wertberichtigungen und Ver-bindlichkeiten rief zwangsläufig eine positive Gegenrechnung von Vorräten, Forderungen und Konzessionen hervor, und das Ganze sah sich zuletzt zur schönsten Politur einer mit Könner-schaft hin und her geschaukelten Eintracht vereinigt. Was wollte man mehr? Die Rechnung stimmte, zumindest auf dem Papier. Und wenn Lydia Faude gelegentlich ausrief: »Wo sind meine Ak-tivposten? Wo sind meine Kreditgeber? Wo ist jenes einzigartige Glücksloch, aus dem sich die hilfreiche Hand hervorstreckt?«, so hätte im System dieser Buchungen und Bilanzen durchaus ein Fingerzeig gefunden werden können, auch wenn dieser Finger-zeig nicht ohne weiteres sichtbar, sondern ironisch verschleiert und verpuppt war und also erst durch andere als die gewohnten Bild- und Ideenverbindungen herausgeschält werden mußte. Dabei war auch eine Art Dunkelziffer im Spiel. Aber der Finger-zeig war vorhanden, das heißt, er wäre vorhanden gewesen, es hätte sich höchstens gefragt, für wen und ob nun gerade für eine angeblich so unbefugte Person wie Lydia Faude.

Der Argwohn, der sich zwischen Jelka und dem über ihr schwebenden jungen Herrn Morawé zu entspinnen begann, mochte seine Ursache also lediglich in ihrer Einbildung haben, die ja mittlerweile schon arg strapaziert war, nur ist dabei nicht außer acht zu lassen, daß diese Einbildung oder Selbstvorspiege-lung immerhin ein Reflex von nachkontrollierbaren Tatsachen war, Tatsachen, zu deren Einzelheiten der junge Herr Morawé jederzeit Zugang gehabt haben würde, wenn er noch lebte. Er hätte mit dem Finger die Kolumnen der Erträge und Erlöse verfolgt, und mit tödlicher Sicherheit wäre dann auch der Moment gekommen, wo der maliziöse Ausdruck eines fundamentalen Bescheidwissens in ihm aufgetaucht wäre. Dann hätte er Jelka wahrscheinlich so angeblickt, wie es jetzt oft den Anschein hatte.

Der junge Herr Morawé war nie kleinlich gewesen. Zu seiner Zeit galt er sogar als chevaleresk, wobei die Liebschaften, die er hatte, so konfliktlos verliefen wie die Wechsel der Jahreszeit. Die Erotik war für ihn nur ein Geschmacksphänomen, ein Gemisch aus Süßigkeit und Gewürz, nur hie und da etwas verschärft durch einen leicht blutigen Biß. Es soll damit nur gesagt sein, daß es in seinen Augen auf diesem Gebiet nichts Verklemmtes oder Problematisches gab, wenn er auch überzeugt war, daß gelegentlich der Wunsch nach Strychnin gleichfalls zur Liebe gehöre, worin er aber mehr ein ironisches Faktum sah als etwa ein tragisches. Bei so glücklich veranlagter Animalität hätte er auch kaum Anstoß an den unter seinem Bildnis früher ziemlich häufig stattfindenden gymnastischen Übungen genommen, die der Auslösung der inneren Säfte dienten, zumal das Intime des Vorgangs meist nur die Folge eines vorausgegangenen Geschäftsabschlusses zwischen Kunde und Verkäuferin oder zwischen Vertreter und Geschäftsinhaberin war. Episoden dieser Art waren angesichts der hier herrschenden Treibhausatmosphäre wohl unvermeidbar, und sie blieben auch nur Episoden, solang sie sich lediglich im Sektor der Reize und Abreaktionen bewegten. Nun ja, gelegentlich wurde unterm Glanz seines Patronats in seiner Isolierzelle hinten geküßt, ein Bedürfnis, dem sowohl Chefin wie Angestellte, sobald sie allein waren, gehuldigt hatten. Aber deshalb geriet die Bilanz noch nicht außer Rand und Band, sofern die Umarmung nicht gleichzeitig mit einem Griff in die Kasse verquickt war. Deshalb also hätte er kaum die Miene verzogen, es sei denn, daß er in Kenntnis über das Treiben der Welt vor sich hin gesagt hätte: ›Na, na, na – was wird das wohl werden?‹ Außerdem war in letzter Zeit auch kein Grund mehr dazu vorhanden, denn die überall spürbare Abschüssigkeit und

Nervosität ließen das Herz in ganz andere Richtungen schlagen.

Jelka wußte natürlich ebenso gut, daß das dehnbare Provisorium der Stundungen und immer wieder verlängerten Fristen dem Ende zuging, wie denn trotz aller Vorsichtsmaßregeln ständig eine Art Explosionspunkt mitlief, der zur Selbstentzündung möglicherweise nur eines Zufalls bedurfte. Allein in ihrem Befinden war bereits etwas am Werk, das sich beim Blick auf Morawés Bildnis unnatürlich erhitzte. Das stürzte so von oben herab oder schoß so von unten herauf, als wäre ihr Blut voller Funken. Meist stand sie dann regungslos da, aber zugedeckt gleichsam mit einem Wust von Überlegungen, deren Endergebnis indessen nie festlag, es löste sich irgendwie auf, führte aber – und das war es recht eigentlich, was sie verstörte – von Morawé weg, ohne daß sie zu sagen gewußt hätte, wohin. Fluchtgedanken oder dergleichen waren es nicht. Illusionen, romantische Kindereien, das war nicht ihr Fall. Sie träumte nicht von paradiesischen Inseln, es sei denn, daß sich die Möglichkeit geboten hätte, dort ein Geschäft zu eröffnen oder ein Hotel. Es war eher eine Art Wirklichkeitsschwund, und die täglich zu erneuernde Gewohnheit des Alltagsverkehrs erhielt dadurch einen Anstrich von Maskenball. Gewiß, auch auf Maskenbällen war eine Theke vorhanden oder eine Tombola, also gab's dort auch was zu verkaufen und zu verdienen, zumal immer auch etwas gestiftet wurde, das vom Gros der Herrn Stifter vorher bezahlt werden mußte. Nur hatte das alles gleichfalls einen fatalen Beigeschmack von Halbheit und Provisorium, und der Boden, auf dem es stand, diente morgen schon anderen Zwecken. Es kam auf die Raschheit an, mit der man sein Schäfchen ins trockene brachte. Und so schien auch in Jelkas Fall der einzige Termin, an den sie sich noch zu klammern vermochte, das Ostergeschäft zu sein, wie sie es denn auch als Vorwand und Ausflucht benutzte, ein Umstand, der freilich auch wieder nicht einer gewissen maskierten Komik entbehrte, allein schon wegen der Osterhasen, hauptsächlich aber in Anbetracht der in aller Unschuld eintreffenden Eier, unter denen es vielleicht auch welche gab, denen plötzlich ein zu rupfendes, durchaus nicht so harmloses Hühnchen entschlüpfte. Aber das wäre dann wenigstens ein Anlaß zu ernsthaften Auseinandersetzungen gewesen.

»Hinter meiner Stirn donnert's und knallt's nur noch«, hatte Jelka eines Tages zu Margot gesagt, wobei sie zu deren nicht geringer Verwunderung behauptet hatte, der junge Herr Morawé schnitte seit kurzem Grimassen. Das beginne ihr auf die Nerven zu gehen. Sie sei nicht mehr imstande, den gleichen Kontakt mit ihm zu finden wie bisher, und deshalb trage sie sich mit dem Gedanken, ihn auszuwechseln, am besten gegen etwas Abstraktes, rein Ornamentales, um das Persönliche, das so aufdringlich an der Wand hing, auszumerzen. Dieses Persönliche wirke auf sie wie ein Mitspracherecht, wie ein dauernder Eingriff und Querschuß, und das reize allmählich zum Widerspruch. Außerdem sei es ja auch ein Hohn angesichts dessen, was sich hinter seinem Rücken begebe. Bei Abstraktionen falle das weg, desgleichen die Verantwortung pro und contra, das heißt sowohl für als auch durch die Person.

»Bisher war er doch gut genug«, hatte Margot gesagt.

Aber Jelka hatte auch nichts anderes gesagt als eben nur: bisher.

Dabei hätte freilich auch noch gefragt werden können, ob denn der Entfremdungsprozeß zwischen ihr und ihrem Idol notwendigerweise von ihr hätte ausgehen müssen oder nicht ebenso gut von ihm, dann aber wahrscheinlich wesentlich früher.

Gesetzt, der junge Herr Morawé wäre wirklich gewesen, was er hätte sein können, Begriff und Figur in einem, und er hätte, sozusagen als höherer Chef, den abgesteckten Bezirk seiner Erb- und Hinterlassenschaften durchschritten zwecks sachlicher und persönlicher Nachprüfung derer, die dafür haftbar zu machen waren, was hätte er denn zu sehen bekommen? Wohl kaum mehr als das übliche Durcheinander triebhafter Fragwürdigkeiten und mehr oder weniger beflissener Rechtfertigungen. Schon sein Jugendfreund Fedor, der spätere Herr von Zembrowski, war auf Morawés außergeschäftliche Pläne wie überhaupt auf das, was er als seine Idee bezeichnete, nicht eingegangen, er hatte sich einschüchtern lassen, nachdem der erste Rausch ihrer weitgespannten Phantastik vorbei war, und es hatte sich frühzeitig etwas Geisteskrankes in ihm entwickelt, zumindest etwas Isolierendes, Spintisierendes, eine Art Schreckabwehr, in deren Bannkreis er irgendwelchen Gelüsten frönte, die der heimlichen Aufreizung jener dienten, die lediglich nach Genuß und Selbstbefriedigung strebten und zuletzt nicht mehr loskamen vom Zwang ihrer Süchte. Gewiß, auf seine Weise hatte er gleichfalls mit den Essenzen des Schicksals experimentiert, und insofern war er für Morawé gut verwertbar gewesen, da er eine intuitive Begabung für alles, was Beigeschmack war, besaß, sozusagen für Gift und Mitgift, verbunden mit der Erkenntnis, wie leicht das Süße zur Sucht wird und wie unversehens die Unersättlichkeit der Sucht dorthin gelangt, wo sie zum Gift greift. In dieser Sparte jedoch war er steckengeblieben. Er hatte sich förmlich darin verpuppt, um zeitlebens nach immer delikateren Reizen zu forschen, gleichsam nach jenem einzigen Tröpfchen auf der Grenze von Ja und Nein. Aber das alles war Selbstzweck geblieben. Schon als Jüngling ein Greis, immerzu fröstelnd und merkwürdig scheu, auch keinen Widerspruch duldend, hatte sich frühzeitig ein Grad von Lüsternheit in ihm entwickelt, der ans Komische grenzte. Erst war es ein Interesse für junge Mädchen gewesen, für junge Krabben, wie er sie nannte, dann für Halbwüchsige männlichen Geschlechts, bis auch das gänzlich fortfiel. Aus einer kurzen Liebesgeschichte mit der Gräfin von Ujest hatte man nur erfahren, daß er ihr eine Spezialdosis Ingwer gebraut und die Fußsohlen gekitzelt hatte, wobei sie zu seinem Ergötzen allerlei Zuckungen vollführt haben soll wie ein Voltascher Froschschenkel. Rein geschäftlich gesehen, war er allmählich zum Lieferanten von Reizmitteln geworden, das war seine Liebhaberei, ein zum Schluß derart verfeinertes Entzücken, daß es sich nur noch im äußersten Mundwinkel verriet, zum Beispiel auch, wenn im Gespräch nur irgendeine entlegene Andeutung fiel. Alles andere war ja bekannt. Er war nicht ohne Verdienst, denn er hatte die Firma, wenn auch in Morawés Namen, zu einem Unternehmen gemacht, das nach außen hin tadellos dastand und florierte, aber das war die Fassade, und es war auch nicht das, wofür der junge Herr Morawé gelebt haben würde, denn die Gründung der Firma war für ihn ursprünglich nur als Mittel zum Zweck gedacht, als eine Basis für seine Ideen. Was aber war davon übriggeblieben? Es ist immerhin möglich, daß der junge Herr Morawé so gefragt haben würde. Übriggeblieben war, zumal nach dem Ableben des alten Herrn von Zembrowski, die ruchlose Mimikry derer, die immer dabei sind, den Glanz ihrer Jugend zu verraten und ihr Herz zu verkaufen um nichts als persönlicher Vorteile willen, die sich aus Angst ans Strandgut ihrer Habseligkeiten klammern, voller Geltungsbedürfnis und Ellbogenfreiheit, fasziniert von der Wichtigkeit ihrer selbst und sich ins Fäustchen lachend beim Ausstechen der Konkurrenz. Die Hauptsache dabei war, daß das Geld zirkulierte und daß sie sich leisten konnten, was sie sich wünschten. Insofern war es in der Tat, als hätten sie alle auch Rauschgift im Blut.

Der Ring von Gewährs- und Mittelsmännern, die der junge Herr Morawé seinerzeit eingesetzt hatte, war mittlerweile zwar nicht zusammengeschrumpft, denn er hatte noch immer einen beträchtlichen, mehrere Weltstädte berührenden Radius, mit Konzentrationspunkten in Cafés, Schokoladengeschäften und kleineren Konditoreien, aber er diente schon längst nicht mehr den gleichen Absichten und Zwecken, die ursprünglich, wenn auch etwas pathetisch, auf eine Wiedererweckung und Erneuerung der Völker und deren gesellschaftliches Zusammenleben abgezielt hatten sowie auf die von Morawé so passioniert verfochtene Befreiung Europas von Vorurteilen. Diese politischen Pläne waren nicht nur nicht verwirklicht, sondern schlichtweg umgefälscht worden, und die Moralität der Idee, wozu auch die Idee der Erbschaft in Geschichte und Politik gehörte, war herabgesunken zu einer ganz gewöhnlichen Illegalität der Geschäftemacherei, ja des Schmuggels. Die Bonbons und Pasteten enthielten keine Nachrichten mehr und keine Kassiber, sie reisten nicht über die Grenzen zwecks Verbindung von Hochherzig-Gleichgesinnten, sie taten es nur noch zwecks Hintergehung des Zolls, dabei in einer Eigenschaft, die reichlich verfemt und anrüchig war, wenn auch genauso verschworen wie früher, aber nur noch aufgrund des Erwerbs. Das damit verbundene Risiko war freilich nicht weniger groß, und in Anbetracht der Kopfschmerzen, mit denen sie alle herumzulaufen pflegten, und nicht minder auch in Anbetracht ihres Getuschels mochte sich in den Gesichtszügen des jungen Herrn Morawé allmählich ein Ausdruck ausgeprägt haben, gleich würdig und skeptisch, ein Ausdruck, der sagte: danke, ich passe.

Im Gegensatz zu dieser Abdankung seinerseits, wobei nicht verhehlt werden soll, daß sie ja nur fiktiv war, erwachsen aus jener Einbuße an Verehrung durch Jelka, stand nun allerdings eine die ganze Alltagsskala durchlaufende Geschäftigkeit derer, die >auf Teufel komm raus< noch etwas für sich herausfischen wollten. Die Telefonate, hauptsächlich nach London und von dort als Osteraufträge getarnt, rissen nicht ab, der saisonbedingte Vertreterbesuch war ohnehin stark erhöht, in der Werkstatt hinten hatten Meister und Kouverteuse derart zu tun, daß sie kaum zur Besinnung kamen, denn das Nächste verfolgte das Übernächste, und die Ware mußte wenn nicht hinaus, so auf Vorrat gestapelt werden. Ja, das Schaufenster, so winzig es war, glänzte, es strahlte im Frühjahrsputz, und die Auslage zeigte einen Dekor, bunt bewimpelt und mit allerlei Schleifen bestückt, so festlich wie luxuriös, während im Laden selbst die Penetranz der Gerüche sich förmlich verströmte. Es war das Geschäft für Bonbonnieren, in denen das mehrfach Getrüffelte und Gemixte eine Orgie an Wohlgeschmack feierte, hauchzart umhüllt, wie von Feen- oder Märchenhänden gewiegt, und dementsprechend war auch der Preis, der widerstandslos gezahlt wurde. Die Kasse schwoll an, daran war nicht zu zweifeln, Geschenkpackungen brachten das Doppelte und Dreifache ein, es war kaum zu schaffen, und gearbeitet wurde ja sowieso mit einem in anderen Branchen kaum noch üblichen prozentualen Gewinn. Unter diesen Umständen war es verständlich, daß für Augenblicke alles Bedenkliche weit zurückstand, ja im Eifer des Betriebs sogar verflog oder lachend so mitlief, als unerheblich, als lukrative Nebeneinnahme und Sonderprämie, die nicht mitzunehmen einfach ein Zeichen von Schwachsinn gewesen wäre. »Nimm den Mammon!« sagte Margot denn auch, während Jelka noch einen Schritt weiterging und selbst im Dilemma einer totalen Liquidation ein vergleichsweise rosiges Licht erblickte. Hatte es doch schon im nächsten Umkreis Geschäftsleute gegeben, die trotz Konkurs und Offenbarungseid alles andere als mittellos waren. Vor allem war ihre Mittellosigkeit nicht gleichbedeutend mit Armut. Es hatte da plötzlich allerlei Stroh- und Hintermänner gegeben, die irgendein Verfügungsrecht geltend machten, wenn sich nicht gar herausgestellt hatte, daß sie selbst die Besitzer und Inhaber waren, während die bisher als solche Plakatierten eben als eigentliche Strohmänner gedient hatten. Alles nicht Niet- und Nagelfeste war beiseite geschafft, vor allem auch Schmuck und sonstige Wertgegenstände, und so hatte auf Mobilien und Immobilien mit einem Male eine fremde, bisher nicht sichtbare Hand geruht, die von sich aus jeden Zugriff von außen verwehrte. Nun, aller Tage Abend war es bei ihnen noch nicht, und so hatte sich Jelka damit getröstet, zumindest über die Osterwochen gesichert zu sein und vor allem auch dieser Lydia Faude den Zugang zu den Geschäftsbüchern verlegt zu haben, eine Erleichterung, der sie mit Freuden auch Ausdruck gab.

»Diese Schauspielerinnen sind ja alle verrückt«, sagte sie zu Margot. »Ich kann das beurteilen. Mir sind hier genug durch die Hände geflossen. Der Ehrgeiz in ihrem Kopf und die Wünsche in ihrem Unterleib, das ist alles, was sie bewegt. Zunächst denkt man immer: O, wie dezent! Aber das ist nur die Vornehmtour. Es ist nur gespielt.«

»Das kenne ich von dieser Pißnelke her«, warf Margot ein, »weißt du, von der, die ich einmal bei meiner Bekannten traf, draußen in Dahlem, gegenüber von Mambreys Villa.«

»Bist du denn da mal gewesen?«

»Nur so nebenbei, ganz flüchtig«, entgegnete Margot, ehe sie fortfuhr: »Diese Pißnelke hat immer gesagt, nachdem sie genug geschweinigelt hatte: ›Jetzt wird's aber Zeit, daß wir wieder mal vornehm werden!‹ Und dann wurde sie vornehm. Aber ich kann dir sagen: so was von vornehm hat's nicht zweimal gegeben. Dieses Herumstolzieren im Gebirge der hohen Töne! Diese Ausrufe! Diese falschen Entzückungen! Das strahlt ein Außersichsein umher – also, ich kann mir nicht helfen. Da wird alles versprochen und nichts gehalten. Da ist alles nur momentan.«

»Aber nie ohne Berechnung«, sagte Jelka.

»Berechnend sind sie ja alle. Immer nur eines: die Gage! ›Ich sitze doch nicht für nichts herum‹, rief Margot, indem sie die Pißnelke kopierte. ›Warten ist bei mir teurer als hoffen. Da greifen Sie mal ins Jackett, mein Herr! Für nichts liege ich nicht in den Daunen. Ich bin doch kein Heizkissen.‹ Fein, was?«

»Ausnahmen gibt es natürlich«, meinte Jelka, worauf Margot indessen nur sagte:

»Ich kenne nur eine. Aber die nimmt sich ja fortwährend selber aus.«

Mit diesem Hinweis begnügte sie sich.

Es war aber trotzdem die Frage, ob sich der junge Herr Morawé nicht vielleicht doch für eine so exzessive Gestalt wie Lydia Faude erwärmt haben würde. Es schien nämlich manchmal, als spähte er nach irgendwem aus. Die Grimassen, die Jelka an ihm entdeckt haben wollte, waren ihr vielleicht nur deshalb als Grimassen erschienen, weil er so aufreizend gleichgültig an ihr vorbeigeblickt hatte, obwohl nichtsdestoweniger etwas Erwartungsvolles und bis zum Zerreißen Unausgesprochenes in der Luft lag. Es war auch nicht von der Hand zu weisen, daß ihn etwas Gleichgestimmtes mit Lydia Faude verband, sei es auch nur ein bestimmter Charakterzug, und daß er sie möglicherweise, eben aufgrund dieser mehr konstitutionellen Verwandtschaft, als gleichberechtigt begrüßt haben würde. Der innerste Auftrieb, der sie beseelte, so grotesk er zuweilen auch schien, hob sie jedenfalls weit über alle lediglich im Geschäftsleben aufgehenden Leibeserben hinaus.

Der junge Herr Morawé hatte einen sehr schönen Tod gehabt, sofern es das überhaupt gibt. Der Verdacht einer unfreiwilligen Selbstvergiftung war zwar nicht zu entkräften, das Ende indessen war schmerzlos gewesen. Ja, es hatte ihn der Strahl einer Zukunft getroffen, worin er seine herrlichsten Träume verwirklicht sah. Uralte Völker hatten wieder zum Bewußtsein ihrer selbst gefunden, und Europa hatte sich zugunsten einer planetarisch projektierten Gemeinschaft in eins verwandelt. Es war letzten Endes die Erde, deren Größe und Daseinssinn es zu retten galt. So hatte eine ganz von Schlacken befreite Klarheit über seinen Gesichtszügen gelegen, etwas Freies und Losgelöstes, eine Gewißheit, die nicht mehr geplagt und beeinträchtigt war von all den Sicherungshaken der Skepsis, der Ironie, des Lakonismus sowie von jenen zynischen Konturen, die die bodenlose Beschränktheit alles Tatsächlichen umreißen. Ein Schimmer davon, sei's trügerisch oder nicht, war ja seit je im Kugelblitz seiner Augen zu sehen. Es war jener eingeborene, frühlingshaft oszillierende Schimmer, wie er von allem Frühvollendeten und manchmal auch Frühverstorbenen ausgeht, ein nahezu seraphischer Anflug von Vorauswissen und ahnungsvollem Respekt. Ein Nebenton leichter Verderbtheit erhöhte noch diesen Eindruck, und zwar um so mehr, als es nur eine Art Vorwitz war, der dem Bewußtsein der eigenen Sendung entsprang sowie einer anmutvollen Neigung zur Selbstbespiegelung, die aber noch frei von Selbstgefälligkeit war, angetuscht höchstens durch die kecke Eleganz eines über die Oberlippe hinstreichenden Flaums. Auch war ihm das Fiasko, das Lydia Faude bedrohte, noch fremd. Der Kompromiß mit den Gegenkräften war noch nicht so akut, die Rettung der Illusionen noch kein Problem. Alles Unausgeführte und Fragmentarische war noch entschuldbar, es ließ alles offen, und das Erträumte wiegte sich noch im Bund mit dem Scharfsinn. Das Zerfranste der Praxis reichte ihm nicht an die Stirn, es lag tief unterhalb aller Finessen, lächerlich im Grunde und unerheblich.

Des Nachts, nach Geschäftsschluß, wenn er so mit sich allein war in seiner Zelle, eingekeilt in seinen Rahmen, während draußen die Monotonie des inzwischen entvölkerten Kurfürstendamms sich erhob mit all den steinernen Fronten, an denen der Anspruch der Lichtreklamen verebbte, dem Gesetz aller Redseligkeit zufolge, des Nachts wäre es wohl kaum abwegig gewesen,

wenn dem jungen Herrn Morawé jene Shakespearestelle wieder
vor Augen getreten wäre, wo der große Caesar, nun Lehm geworden, nur noch ein Loch im hohen Norden zu stopfen hatte.
Auch ihn selber hätte dann wohl das Rückgrat gejuckt bei der
Vorstellung, daß er jetzt nur noch gut genug war, um als Brett vor
einem Geheimfach zu dienen. Darüber wußte er ja Bescheid,
und nicht erst seit heute. Auch jenen mysteriösen Alfredo aus
London, der in dieser Sache von Wichtigkeit war, hatte er schon
zu Gesicht bekommen in Gestalt eines gut gekleideten, tadellos
gepflegten Herrn, der ausgesehen hatte wie eine Mischung von
Staatssekretär und Aufsichtsrat, nur mit etwas allzu verkniffenen
Lippen, die offenbar mit sich selbst nicht im reinen waren und
etwas zuviel verschwiegen. Aber das lag mittlerweile schon jenseits seiner Interessen. Schließlich hing er nur noch als Objekt an
der Wand, und als Jelka, es war noch vor Ostern, ihr Vorhaben
wahr machen und ihn auswechseln wollte, war er heruntergefal-
len. Sein Gesicht war zerschnitten, es hatte Scherben gegeben,
und an Stelle des Nagels, der doch so lange gehalten hatte, befand
sich ein Loch.

III Aspasia-Träume

1 Obwohl im Erdgeschoß der Tintenburg drüben nicht alles zum besten stand und das meiste noch ungeklärt war, so daß selbst Alice sich nicht enthalten konnte, zu Lydia zu sagen: »Was du mir da ins Haus bringst, wird aber auch immer schöner«, war das Augenmerk aller noch immer mit gleicher Erwartung auf die von dort ausgehenden Neuigkeiten gerichtet.

Es ist eindeutig kaum zu ermitteln, was es nun eigentlich war, das die Gemüter so nachhaltig bewegte, denn Morawé allein war es nicht, es sei denn höchstens, man einige sich darauf, daß auch der inzwischen sich überall bemerkbar machende Frühling mitsamt seinen Sondergefühlen einen entsprechenden Anteil daran hatte. Es herrschte ja zeitweilig ein Extrakt in der Luft, der selbst den ältesten Gassenhauern wie etwa: ›Das ist die Berliner Luft, Luft, Luft!‹ einen unnachahmlichen Anstrich weltweiter Klassik und lokaler Beweiskraft verlieh. Außerdem geriet auch mancher, der lediglich hier herumstand oder auf seinen zwei Stelzen vorbeispazierte, ganz unberechtigterweise in den Verdacht einer übertriebenen Neugier, und sei es auch nur, weil er die schon schmucken Balkons betrachtete oder etwas aufmerksamer als sonst die Blicke am hautjungen Grün der oft buschigen Längsrabatten des Gehsteigs entlanggleiten ließ. Zumal in Lydias Augen war ja seit kurzem jeder verdächtig, manchmal, schrecklich zu sagen, sogar sie selbst, eine Erfahrung, die sie aber tunlichst für sich behielt wie ihre jüngsten Erfahrungen mit Morawé auch.

So war es also, im ganzen gesehen, auch wieder unwahrscheinlich, daß allein die jahreszeitliche Gegebenheit es war, die so viel Aufhebens bewirkte. Es stak da schon etwas dahinter, das nicht nur aus Luft bestand, und wenn schon, dann lag es eben mehr in ihr, also mehr als Gerücht und vom Hörensagen.

Merkwürdigerweise gab es im näheren Umkreis auch ganz Wildfremde, wie Lydia es nannte, die ein besonderes und sogar, wie es schien, höchst uneigennütziges Interesse bekundeten, namentlich auch an ihrer Person sowie an ihren offenbar schon allseits erörterten Film- und Kulturprojekten, die in der Tat der Hauptmagnet waren. So war sie schon mehrmals auf offener Straße nahezu überfallartig angesprochen worden, und zwar von Leuten, die sie überhaupt nicht oder nur von Ansehen, nicht aber dem Namen nach kannte, so erst kürzlich von einem hier wohnenden Ehepaar. Es war auf ihrem Weg zur Leihbibliothek gewesen, wo sie sich endlich mit der längst fälligen Portion Leichen versorgte in Form von grellbunten Kriminalromanen, die sie unterm Arm trug wie einen Stoß Akten. Dieses in Ehren ergraute Ehepaar war spontan auf sie zugetreten und hatte sie in so herzlicher Art beglückwünscht, daß sie zunächst an eine Verwechslung geglaubt und erst nach reichlich stupider Verblüffung den wahren Anlaß begriffen hatte. Aber da hatten sie sich schon die Hände geschüttelt wie alte Bekannte.

»Wir sprechen ja so oft über Sie«, hatte Frau Ecklebe mit erstaunlicher Warmherzigkeit gesagt, während ihr Mann, der gleichfalls Wert darauf legte, daß er Ecklebe hieß, daneben gestanden und augenzwinkernd hinzugefügt hatte:

»Jetzt geht's aber los.«

»Wir wüßten nicht, wem wir es lieber gönnten«, hatte Frau Ecklebe ausgerufen. Dabei war sie ihrem Mann fast ins Wort gefallen. »Es gibt ja so viele, die ...«, sagte sie dann. »Da sind andere, die es ganz unverdient trifft. Aber hier, hab ich zu meinem Mann gesagt – nicht wahr, Ferdinand? –, hier wäre es wirklich einmal am Platz. Wirklich. Jaja! Das sagen wir immer.«

»Da hat's mal gefunkt«, hatte besagter Ferdinand beigepflichtet, nun womöglich noch heftiger zwinkernd, worauf sich Frau Ecklebe durch die Erklärung erleichtert hatte, daß nämlich ihr Ältester – unser Ältester sagte sie nur – gleichfalls beim Film sei. »Er hat Werbefilme gemacht, bisher nur das, aber neulich bekam er sogar einen Preis. Kulturell wertvoll!«

Aha! Das war's also gewesen, was die Mama hatte loswerden wollen. Und dann war ihr noch einiges über die Lippen geströmt, dem zu entnehmen war, daß es sich bei ihrem Ältesten um seinen ersten Kulturfilm gehandelt hatte, und zwar über die

Gewohnheiten der Klapperschlange, verglichen mit denen der Anaconda im brasilianischen Urwald.

»Unser Sohn hat nämlich eine Vorliebe für Reptilien und Amphibien«, hatte Frau Ecklebe dann verkündet. »Dabei haben wir ihm schon immer gesagt – nicht wahr, Ferdinand? –, er soll sich doch auch einmal um die Menschen kümmern. Die haben es nötig. Aber bisher hat er darauf nur erwidert, in seinen Augen sei der Mensch das größte Reptil, und dieser Ausnahmegattung fühle er sich leider noch nicht gewachsen.«

»Ein Tollkopf.«

Das stellte Herr Ecklebe noch eben kurz fest, bevor sie sich wieder verabschiedet hatten.

Wer wollte es Lydia also verdenken, wenn sie aufgrund solcher Zufallsgespräche bemerkt haben wollte, daß sie neuerdings auch von den Herren der Schöpfung ganz anders gegrüßt und angeblickt wurde, gelegentlich sogar auf eine Weise, die sie überhaupt noch nicht zu klassifizieren vermochte? War sie doch selbst von einem so alten Knacker wie diesem Herrn Ecklebe unablässig fixiert, um nicht zu sagen angeschwärmt worden! Vielleicht hatte es auch nur am Frühling gelegen, der ja die abgestandensten Säfte wieder entfachte, aber andererseits war es auch unverkennbar, daß sie, wie seit langem nicht mehr, eine schon von weitem signalisierte Aufmerksamkeit erregte, als ob ihr Erscheinen allerlei sich fortpflanzende Kreise erzeugte, wie es in letzter Zeit überhaupt eine Art Kreissystem war, innerhalb dessen sie sich bewegte.

Schon früher einmal, kurz nach Bekanntwerden ihrer Geschichte, hatte sie Alice auf die Verschiedenheit der ringsum vorhandenen Kreise aufmerksam gemacht, wobei sie sich allerdings mehr auf reine Gesellschaftskreise gestützt hatte. Es hatte da nicht nur engere und weitere Kreise gegeben, sondern auch höhere oder in Frage kommende, abgesehen auch von Berufs- und Geschäftskreisen. Aber das alles hatte damals noch dagelegen wie ein Haufen verknäulter Wolle, so als wühlte ihr Gehirn im Heu, angeweht von einem Geruch aus Bratkartoffeln und Heliotrop, wie er zuweilen die Treppenhäuser erfüllte. Nunmehr aber schien sich die Eigenart dieser Kreise doch etwas deutlicher profiliert oder, wie Bernhard gesagt haben würde, konkretisiert zu haben, wenn natürlich auch wieder verästelt, das letztere insofern, als es eben nicht nur ein gesellschaftsbedingter Kreisverkehr war, sondern wesentlich ein Kreise bildendes Phänomen der persönlichen Wirkung. Wie wäre es sonst zu verstehen gewesen, daß ihr, wie im Fall Ecklebe, gleich die ganze Verwandtschaft vorgestellt worden war, einschließlich der halben Kollegenschaft in Gestalt jenes Ältesten, in dessen Namen sie quasi öffentlich umarmt und willkommen geheißen worden war?

»Das ist ja seit je mein Wort«, meinte Lydia, indem sie auf einen sie täglich stärker beschäftigenden Hinweis anspielte. »Irgendwer muß doch mit irgendwem bekannt, verwandt oder befreundet sein.«

Es war wohl wesentlich auf ihren Besuch bei Doppeldoktor Mambrey zurückzuführen sowie auf ihre dort halb unfreiwillig bekundete Absicht, Kunst und Geschäft, Filmproduktion und Morawé, nicht zuletzt auch ihr Verlangen nach einer Aspasia, auf ein und denselben Nenner zu bringen, daß sie sich nun schon mehrmals bemüßigt gefühlt hatte, jene Stadien zu durchfliegen, in deren innersten Zirkeln sie früher ihre Triumphe gefeiert hatte. Dabei war sie fast überall auf gewisse Restbestände gestoßen, Restbestände meist männlicher Art, die sie jederzeit wieder in voller Leibhaftigkeit hätte herbeizitieren und neu auffrischen können. Dazu bedurfte es lediglich eines geringen Anstoßes, auch wenn es gewissermaßen an Selbstüberwindung grenzte. Aber die kleine Kröte, die dabei hinuntergeschluckt werden mußte, stand ja in keinem Verhältnis zur Wichtigkeit dessen, was sie an Großartigkeit dafür zu bieten hatte. Diese Großartigkeit, von der sie Tag und Nacht träumte, stand für sie fest, und das Fluidum, das ihr Bewußtsein umspielte, sorgte dafür, daß die dort eingesenkten Keime gediehen, mochte auch hie und da einmal ein Rückschlag erfolgen. Gerade jetzt erfuhr sie es wieder, daß es Beine genug gab, um eine in die Debatte geworfene Anregung weiterzutragen, und auch Ohren genug, die es vernahmen. Warum sollte es also nicht auch Förderer geben, kapitalkräftige Personen also, die bereit waren, eine Art, wenn auch nur private oder mehr intime, Schirmherrschaft oder wenigstens Bürgschaft zu übernehmen? Sie hätte ja seinerzeit in Viersen oder in Krefeld nur zu heiraten brauchen, um heute als mehrfache Millionärin dazustehen. Niemand würde jetzt wohl behaupten wollen, daß das eine verpaßte Gelegenheit war, denn es bedurfte möglicherweise nur eines Winks, um diesen und jenen Bajazzo aus jenen Kreisen an frühere Geständnisse und Beteuerungen zu erinnern, selbstverständlich nicht im Sinne von Heiratsanträgen, vielleicht aber unter der altbewährten Rubrik größerer Gefälligkeiten und Freundschaftsdienste.

Da war vor allem Herr Bringfried Motzkus, unser herrlicher Bringfried, wie sie gern sagte, der sich wiederholt als besonders geeigneter Ehrenmann anbot.

Motzkus war jener schwerreiche Nullmann und Textilkandaules, durch den sie in ihrer Krefelder Zeit in Kreise hätte eingeführt werden sollen, wo die angetrauten Halbnacktheiten mit Brillanten geschmückt und eben durch den Flitter des Schmucks wieder zugedeckt wurden. Sie hatte ihn damals freilich nur als Teddybären benutzt, der als Reklamefigur im Schaufenster ihrer Selbstliebe hing, und eigentlich war er ihr nicht sehr sympathisch gewesen, wenn auch wieder so übel nicht, trotz einiger Angewohnheiten, denen er je nach Laune nur allzu gern nachgab. Inzwischen glaubte Lydia aber begriffen zu haben, daß das Unausstehliche an solchen Potenzen, wenn man genauer hinsah, auch entschuldbar sein konnte, zumal es meist nur auf einer Schutzmaßnahme beruhte, einer oft sogar hygienischen Maßnahme zur Verhütung von Leberleiden und Herzinfarkten. Ob es in diesem Fall ebenso war, wer wollte das wissen? Durchs Fernglas gesehen, so im Abstand der Jahre, war Lydia jedenfalls willens, die lichteren Punkte heranzuziehen, nicht zuletzt auch aus Spaß an der Sache, so halb aus Komödie. Es war ja doch stets ein Anflug von Scherz und Leichtherzigkeit dabei, sobald sie sich abgetaner Affären entsann, eine Art Glück des Überstandenen, sie nannte es auch ein Vergißmeinnicht aus dem kritischen Humus der Scham, und so konnte wohl auch dieser direktoriale Herr Motzkus, zumal durchs umgekehrte Fernglas gesehen, die possierliche Bereitwilligkeit eines Heinzelmännchens entwickeln. Zu ihrer Zeit hatte er sich nachweisbar schon einmal als solches erwiesen, sozusagen in Vollformat, da er sich hatte breitschlagen lassen, eine so gut wie fleischlose, mechanisch-abstrakte Ballett-matinee zu finanzieren. Warum sollte das nicht wiederholbar sein, mit Morawé als moralischem Rückhalt, in bezug auf eine selbstverständlich gleichfalls hocharistische Lydia-Film-Produktion jenseits des üblichen Massenbetriebs?

»Ich könnte mich beinahe der Fahrlässigkeit bezichtigen, nicht eher an Motzkus gedacht zu haben«, hatte Lydia eines Tages, wie immer gleich Feuer und Flamme, zu Alice gesagt, und Alice hatte sich's angehört.

Allerdings hatte Lydia dabei die Erfahrung gemacht, daß sie mit ihrem neuesten Entschluß nicht so recht ankam. Es schwang da eine Zurückhaltung mit, die ihr wenig gefiel. Vielleicht lag es auch nur am Eindruck der unliebsamen Zwischenfälle der letzten Zeit. Aber auch wenn man das abzog, blieb noch ein Rest, der sich eigentümlicherweise durch eine Art Wortkargheit oder selbst Wortlosigkeit bemerkbar machte, so als ob es auf seiten Alices an Beifall fehlte. Es war höchstens ein Achtungserfolg, zumindest an früheren Reaktionen gemessen.

Schon einmal nämlich hatte Alice ziemlich fremdartig gesagt:

»Ich muß es dir überlassen, inwieweit du dich festlegen willst.«

Und da war sie von Lydia groß angeblickt worden.

Glücklicherweise zeigte sich aber, daß gerade diesmal zu irgendwelch zögernder Kleingläubigkeit nicht der geringste Anlaß vorlag, denn rascher als erwartet traf aus Krefeld eine bejahende Antwort ein, der zufolge der sichtlich aufgestörte Herr Motzkus zu Lydias größtem Vergnügen versprochen hatte, ihr bei seinem nächsten Besuch in Berlin einen Abend zu widmen zwecks Erörterung der von ihr aufgeworfenen Fragen.

Bedurfte es also noch eines Beweises, daß seit kurzem eine Art Wildgeruch um sie war, der die Männer anlockte?

»Ich kann mir schon denken, wie dir zumute ist«, sagte Lydia im Versuch, sich nichtsdestoweniger Alice gegenüber zu rechtfertigen. »Du fragst immer erst, ob die Anstalten, die ich treffe, auch richtig sind oder nicht und ob die Verhältnisse und Bedingungen es auch erlauben. Aber erstens ist ja bekannt, daß in meinem Fall die Ausnahme grundsätzlich die Regel ist, und zweitens spielt bei mir immer das mit, was der kleine Mann Schicksal nennt. Ich bin nun mal kein Typ für die dritte Klasse. Ich bin nicht verwendbar. Ihr schmiegt euch den Umständen an. Ich aber bin immer die gleiche.«

»Versteh schon«, sagte Alice, etwas nachdenklich zwar, jedoch auch erleichtert, zumal Lydia nicht ohne heiterste Laune die Bemerkung einflocht, daß man heutzutage als Kunst- und Geschäftsfrau durchs Leben gehen müßte wie durch eine von Räuberbanden belagerte Strecke.

»Früher wurde jemand wie ich von Hand zu Hand gereicht wie eine kostbare Vase«, geruhte sie noch zu beteuern. »Heutzutage muß man schon froh sein, wenn man kein Spucknapf ist. Ich habe aber nicht die Absicht, ein Spucknapf zu sein. Ich bin eine Vase, und ich werde es niemals dulden, daß irgendein Zyniker Schnaps daraus trinkt oder hineinspuckt.«

»Natürlich nicht«, sagte Alice, während Lydia indessen noch hungrig blieb und hinzufügte:

»Mit Myom und Senkfuß kommt man nicht weiter. Ich brauche ein Sprungbrett.«

Da auch das nicht bezweifelt wurde, um so weniger, als Alice nichts lieber gewesen wäre als ein brauchbares Sprungbrett, schloß Lydia zu eigenen Ehren mit einer Kadenz, der zufolge es wahrlich nichts schaden könne, mehrere Eisen im Feuer zu haben.

Und da sagte Alice:

»Das ja.«

Damit schien aller sonstwie geartete Vorbehalt also auch wieder entkräftet, zumal die kleine Spannung daran ohnehin nur auf ihre vier Wände beschränkt blieb.

Nach außen hin jedenfalls sahen sich beide, Lydia sowohl wie

Alice, vor die nicht zu umgehende Notwendigkeit gestellt, gemeinsame Sache zu machen, allein schon, um mit dem einmal erregten Widerhall fertig zu werden.

Ging doch zum Beispiel schon die Rede, daß in allernächster Zeit aus jenen hochbegüterten Kreisen, die Lydia seit kurzem so unumwunden beschwor, ein schlechthin patentes Finanzgenie hervortreten werde, ein Nonplusultra an Männlichkeit, ein Nabob und Großspekulant, der sogar vernarrt genug sei, den Gralsritter zu spielen.

»Nie sollst du mich befragen!« sang denn auch die Baronin Pißnelke vor sich hin, ehe sie, wenn auch wesentlich kälter, bemerkte: »Von wem ich es habe und woher es kommt – mein Kind oder mein Geld.«

Es war jedoch längst beschlossene Sache, daß es zunächst auf Geld gar nicht ankam. Über solche Engherzigkeiten konnte Lydia nur lächeln, seit ihr durch ihr Gespräch mit Doppeldoktor Mambrey eine Ahnung vom Wert der Kreditwürdigkeit zu dämmern begonnen hatte. Sie machte sich im Gegenteil ernstlich Gedanken, ob es nicht ratsamer wäre, unter Freunden und Bekannten sagen wir Anteilscheine, also recht eigentlich eine Art Aktien anzubieten, indem sie sich, der neuesten Mode entsprechend, dialektisch verhielt und jeden, der sie ansprach, nun ihrerseits daraufhin anzusprechen erwog. Das schien ihr eine überaus glanzvolle Idee, durchaus erwägens- und bemerkenswert.

Warum sollten die Herrschaften nicht dafür zahlen, wenn sie so großen Wert darauf legten, sich in der Zukunft ihres Ruhmes zu sonnen? Warum sollte man nicht im voraus einen Obolus dafür entrichten, daß man später einmal der Ehre teilhaftig sein würde, zu den Gästen einer Galerie Lydia zu zählen, eines kultivierten Salons für künstlerische Darbietungen, Anregungen und Diskussionen, sei es selbst mit Cocktailbeigabe? Warum das eigentlich nicht? Schließlich ist doch nichts kläglicher, als Interesse zu heucheln, nachdem der Erfolg sich eingestellt hat, während es doch viel ehrenvoller und verdienstlicher ist, ihn ermöglicht zu haben, und zwar einfach durch Bereitstellung entsprechender Mittel. Ja, in diesem Betracht schreckte Lydia sogar nicht davor zurück, sich mit traumwandlerischem Genuß zu fragen, ob es nicht auch an der Zeit sei, an Regierung und Magistrat heranzutreten, damit die Herrn Ministerial- und Magistratsreferenten endlich begriffen, was man von ihnen erwartete, sofern sie nämlich etwas mehr sein wollten als Strohpuppen und bloße Gehaltsempfänger.

Nun, sie wußte natürlich auch, daß ein nicht unbeträchtlicher Unterschied zwischen Rhetorik und Praxis bestand und also auch zwischen der Lust, sich in Fiktionen zu ergehen, und der weit mühevolleren Bereitschaft, sich mit Fakten herumzuschlagen, und so begnügte sie sich zunächst mit der Ausbalancierung des Vorhandenen, indem sie nach Kräften die oft so betörend prickelnden Auftriebsschauer genoß, denen gegenüber gewisse gleichfalls vorhandene Schreck- und Verdachtsmomente beinahe verblaßten.

Was war denn auch davon zu halten, daß der täglich mehr in Silber getauchten Ex-Salondame Ellida Landeck über dem Kartenlegen die verzücktesten Seufzer entschlüpften? Es war ja doch höchstens ein Nachäffen wert, wie Katrix es tat, die es ganz genau wußte.

»Man schiebt ihr den schwarzen Peter zu«, soll sie gesagt haben. »Ich sehe nichts Gutes. Immer dieser schreckliche Bube! Verluste, Verluste! Geradeaus ist alles verdüstert. Da wurlt ein Genist. Das wimmelt nur so, das wimmelt. Es heißt immer: Bankrott«, worauf sie immerhin auch mit nickendem Zeigefinger gesagt haben soll: »Aber da ist ein Glanz. Es ist nur, als ob er von anderswo käme. Direkt kommt er nicht. Er kommt von seitwärts, der Glanz kommt schräg. Ja, deutlich ganz schräg. Er schießt aus einer Nebenkurve herein und verliert sich, ja wo denn, verliert sich. Ganz hinten, da ist ein Berg, ein Schattenriß wie ein Mann.«

»Ein Mann!« rief Katrix nun auch ihrerseits aus.

Sie hatte es Alice erzählt, und Alice, obwohl es ihr nicht recht gefiel, hatte es an Lydia weitergegeben, allerdings weniger aus freien Stücken als um zu vermeiden, daß es von anderer, womöglich ungünstiger Seite geschah. So herum war es dann leichter, sich zu mokieren, denn Lydia konnte ja auch empfindlich sein. Vorauszusehen war das in letzter Zeit nicht.

Besonders Mama gegenüber, obwohl sie ihr schließlich die Vollmacht verdankte, hatte Lydia allmählich eine ganz unbegreifliche, an Abwehr grenzende Nervosität entwickelt, so daß sie allein schon beim Gedanken an sie, geschweige bei ihrem ohnehin seltenen Erscheinen, zu flattern begann. Einesteils mochte es daran liegen, daß die geborene von Hassewitz durchaus nicht davon ablassen wollte, in Lydia ihre Tochter zu sehen, die sie von Kind auf kannte oder zu kennen glaubte und auf die sie, vielleicht eben deshalb, nie so stolz war, wie es eigentlich hätte der Fall sein müssen, andernteils lag es auch, und wahrscheinlich nicht minder, an einem nicht auszuradierenden Vorgefühl Lydias in bezug auf Mamas Verhalten gegenüber ihren in die Wege geleiteten Unternehmungen.

»Das ist alles ganz schön gedacht, aber nicht berechnet«, hatte Mama sich wahrlich unterfangen, erst kürzlich während eines nebensächlichen Anrufes zu sagen. Und das schien Lydia denn doch zu stark.

Es läßt sich also denken, daß es sie einige Wermutstropfen gekostet hat, als sie beim Herumstöbern nach irgendwelchen Sicherheiten und Pfändern auch auf Mamas bekanntermaßen wertlose Papiere gestoßen war, mit denen sich vielleicht trotzdem etwas anfangen ließ. Dazu war es allerdings nötig, Mama, wie Lydia sich ausdrückte, weichzukochen, indem man sie einmal zum Tee bat. Angesichts ihrer immer deutlicher zutage tretenden Widersetzlichkeit war das kein leichtes Stück Arbeit. Mit Beihilfe Alices jedoch mußte es gelingen, zumal Alice mit Recht darauf hinwies, daß Mama der Einblick in den Stand ihrer Obliegenheiten nicht ewig verwehrt werden könnte, auch wenn Lydia sofort entgegnete:

»Aber mit Maßen.«

Es war ein so prachtvoller Frühlingstag, als die geborene von Hassewitz bei ihnen erschien. Er konnte sich gar nicht genugtun, der Frühling. Sogar in der Zeitung blühten die Veilchen. Und wenn Lydia in ihre Loggia trat, enthüllte sich vor ihr der parkähnliche Platz in wahrhaft üppigem Flor, ja recht eigentlich voller Verheißung. Die Bänke waren besetzt, tagsüber mit neu aufgemöbelten Rentnern und alten Trutscheln, nachts mit allerlei erotisiertem Kleinvolk jeder Schattierung. In Italien wäre die Loggia eine Terrasse gewesen und Lydia selbst eine irgendwie ebenbürtige Contessina, aber auch hier stand es ihr frei, sich kraft ihres Bewußtseins als etwas Hochgeborenes zu fühlen. Die Folie dafür war ja vorhanden oder bereits in greifbarer Nähe. Außerdem saß eine Wurzel in ihr, und aus dieser Wurzel stiegen die Säfte bis in jene großgezüchteten Blütenträume, deren Gegenbild draußen die um die Wohnblocks kurvende Luft so ungemein zärtlich und spritzig umhegte. Da sollte Mama nur kommen, sei es nun mit oder ohne Verputz ihrer üblichen Infantilität.

Sie fiel denn auch gleich mit der Tür ins Haus, indem sie noch vor der Begrüßung sagte:

»Es gibt sicherlich ein Gewitter. Ich spür es. O mein Rheumatismus! Ich breche noch auseinander. Ist es da ein Wunder, wenn mein Blutdruck verrückt spielt?«

»Nun laß mal deinen Blutdruck beiseite, Mama«, sagte Alice sehr freundlich, während Lydia hochaufgerichtet im Türrahmen stand wie eine Skulptur. Mama aber plapperte weiter:

»Wie soll ich ihn denn beiseite lassen? Wenn ich umkippe, werdet ihr es schon merken.«

Da sie sich angeblickt fühlte, sagte Lydia gelassen:

»Wenn du umkippst, liegst du da.«

»Dich möchte ich sehen«, rief Mama aber sofort und lachte kurz auf. Es war nur ein ganz kurzer Juchzer und als solcher merkwürdig unbeteiligt. Schließlich war sie es selber, die sagte:

»Naja, so hat man eben immer etwas. Man hat's und es fehlt. Beides ist gleichzeitig da. Man hat's an Krankheit, und es fehlt an Gesundheit. Aber seit ich mir abgewöhnt habe, aufs Allerletzte zu warten, sind meine Lebensgeister wieder erwacht. Ich werde jetzt unternehmungslustig.«

Etwas Ähnliches schien Lydia beinahe befürchtet zu haben. Deshalb hakte sie auch gleich ein, kaum daß sie sich zu dritt in der Loggia draußen um den schmuck gedeckten Teetisch gruppiert hatten, Mama in der Mitte, mit dem Blick zum Platz.

»Also Unternehmungslust plagt dich? So, so«, sagte Lydia außergewöhnlich kühl. »Und wie verträgt sich das mit deiner Galle? Und was sagt deine Leber dazu? Und ich denke, Rheumatismus hast du auch? Verschwindet das alles, nur weil du die Beine bewegst?«

»Wenn's nur auf die Beine ankäme! Die sind immer noch rege. Ich sitze schließlich auch nicht immer in meiner Luxusmansarde herum. Eine echte Berlinerin bewegt sich ständig. Sie fährt hierhin und dorthin.«

»Na schön«, sagte Lydia. »Du fährst hierhin und dorthin. Das verwehrt dir ja niemand. Aber hierhin und dorthin, das ist noch kein Ziel. Karussell fahren kannst du zu deinem Vergnügen. Aber ein Ziel ist das nicht.«

»Immerhin kommt sie dabei auch zu uns«, versetzte Alice und nickte. »Nicht wahr, Mama?«

Das war lediglich als Vermittlungsgeste gedacht, zumal Lydia schon begann, lauter mimische Zuckungen zu vollführen, von denen Alice nur allzu gut wußte, was sie besagten. Mama indessen schien das nicht zu berühren. Sie hatte soeben ein Stück Apfelkuchen vertilgt, und sie schreckte auch nicht davor zurück, das nächste mit Schlagsahne zu bekleckern, wobei sie mit einer schon anzüglich wirkenden Beiläufigkeit bemerkte:

»Ihr habt gesagt, ihr gebt mir Bescheid. Inzwischen sind aber schon Wochen vergangen, und von wem ich nichts höre, seid ihr.«

Da blieb Lydia nichts anderes übrig, als Alice ein Zeichen zu geben, damit sie die Initiative ergriffe, in der Hoffnung, daß es nicht ohne die bei ihr übliche Milde und Nachsicht geschah.

Alice wies denn auch gleich darauf hin, daß Papa noch Papiere gehabt haben soll, irgendwelche Tongruben betreffend, die leider inzwischen stillgelegt worden seien, und daß Papa, wenn er noch lebte, sie sicherlich hätte nachprüfen lassen. Ob dieses Zurückgreifen auf Papa der richtige Anfang war, mag dahingestellt bleiben, Mama war jedenfalls nichts willkommener. Da sie ohnehin nicht verstand, zwischen Haupt- und Nebensache zu unterscheiden, ergriff sie die Gelegenheit, wieder einmal von Papa zu reden, und zwar von dem, was er richtig, und von dem, was alles er falsch gemacht hatte, bis sie schließlich behauptete, in letzter Zeit trotzdem manch wertvollen Ratschlag von ihm erhalten zu haben, nicht zuletzt auch hinsichtlich jener Papiere.

»Ein Vogel hat mir's erzählt«, sagte Mama. »Neulich vor meinem Fenster.«

»Na, hör mal, ein Vogel?« rief Lydia.

»Er kam von Papa«, fuhr die geborene von Hassewitz fort. »Vielleicht war er es selber? Er ganz persönlich, in dieser Gestalt.« Und als sie auf Lydias Miene ein nach ihrer Meinung unreines Lächeln bemerkte, beharrte sie erst recht darauf und sagte: »Willst etwa du gerade wissen, wie unsere Nachwelt organisiert ist? Du? Die Toten versammeln sich droben, auch dein hoher Herr von Zembrowski, und sie geben uns Zeichen. Das glaube ich längst. Sie sprechen zu uns aus allerlei Tieren, aus Insekten, Käfern und Vögeln, und sie sprechen auch aus Blumen und Bäumen. In der unruhigen Esche vor meinem Fenster, da sah ich erst neulich sein Gesicht.«

»Das Gesicht von Papa?« rief Lydia entgeistert, während sie insgeheim dachte: die spinnt ja.

Mama indessen blieb fest.

»Willst du das widerlegen?« sagte sie nur. »Du könntest es nicht. In diesem Punkt weißt du nicht mehr als ich, und du weißt sogar weniger – mitsamt deiner hohen Auffassung, die in diesem Fall auch nur auf Stöckelschuhen steht. Es ist eben alles vorherbestimmt und untereinander verbunden. Du kannst mit achtzig unter dem Autobus liegen und heil davonkommen, um hinterher an einer Fliege zu sterben, und du kannst mit zwanzig im Flugzeug verbrennen. Trotzdem ist später alles noch da, nur anders. Ich bin mit meinen Erfahrungen vertraut, und ich weiß auch, was sie mir angetan haben. Das hat sich mir offenbart.«

Vor soviel sibyllinischer Trivialität drohte Lydia wahrhaftig der Weisheitszahn auszufallen, und es fehlte nicht viel, daß sie herausgeplatzt wäre. Das war ja der hellste Wahnsinn! Mama indessen blieb gleichmäßig ruhig, als sie zu Lydia sagte:

»Du hast eine Vollmacht. Und jetzt willst du auch noch die Papiere.«

»Aber du hast doch selber gesagt, daß sie nichts wert sind, Mama«, mischte Alice sich ein, schon um zu verhindern, daß das Gespräch sich unangenehm versteifte.

»Mein Kind«, sagte Mama aber nur, »immerhin sind es Papiere.«

»Wertlose Tongruben«, versetzte Lydia.

Ein Unterton des Bedauerns in Mamas Stimme hatte sie maßlos geärgert. Was hieß denn: mein Kind? Was sollte denn diese Entmündigung? Die geborene von Hassewitz indessen schien das nicht zu beachten, sie wies vielmehr darauf hin, daß es auch Nebenprodukte gebe. Sie habe sich erkundigt, sagte sie zu beiderseitigem Erstaunen, und das Peinliche und nicht ganz Geheuere daran war, daß sie es mit einer so affektlosen Sicherheit sagte.

»Jaja, liebe Lydia«, fuhr sie fort. »Nebenprodukte. Synthetische Fasern oder so, lauter Synthetisches. Igelit, Monolith, Neolith oder so, Lias und Trias. Erst ist es wertlos und dann plötzlich brauchbar. Die Wissenschaft sorgt schon dafür. Jedes Industriewerk hat ja sein Laboratorium, und aus allem wird etwas gemacht. Unsere letzten Rationen beziehen wir ja auch demnächst aus dem Meer. Da speisen wir Plankton. Und die Schrotthändler leben ja auch. Wovon denn, wenn nicht vom Schrott, von dem also, was andere für wertlos halten. Man soll eben nie etwas wegwerfen und veräußern. Es kommt immer die Zeit, da es verwendbar ist: Lumpen, Flaschen, alt Eisen, Papier.«

»Du hast dich erkundigt?« fragte Lydia. »Bei wem denn?«

In diesem Fall, meinte Mama, sei sie ihrer geistvollen Tochter nun wirklich einmal zu Dank verpflichtet, denn sie habe sich an einen ihrer alten Verehrer gewandt, der sie seinerzeit habe heiraten wollen. Es habe sie damals Tränen gekostet, wertlose Tränen, die sich nun aber als Vorschußperlen erwiesen hätten.

»Motzkus?« riefen die beiden Schwestern gleichzeitig aus.

Dann entstand eine Pause.

Im Augenblick wußte wohl keine von ihnen, wie die Gedanken aussahen, denen sie hätten nachhängen sollen. Es war einfach ein Vakuum da, das Motzkus hieß, in dem es aber eigentümlich rumorte. Lydia besonders spürte es in ihren Gliedern. Es war ein Widerstreit da, den sie erst abdämpfen mußte, ehe sie sagte:

»Das war ein Fehler.«

Dabei blickte sie auf Mama, und zwar so ungemein strafend, daß diese verängstigt die Schultern hochzog und zu zittern begann.

»Fehler, Fehler«, stammelte sie. »Fehler. Nur gut, daß man noch Fehler macht. Da gibt's wenigstens etwas auszubessern.«

»Dann würde ich dir empfehlen, das umgehend zu tun«, sagte Lydia. »Bessere sie aus! Oder hast du die Absicht, noch weitere zu machen?«

Das war so unnachsichtig gefragt, daß die geborene von Hassewitz trotz ihrer Verschüchterung nahe daran war, zu rebellieren. Ihr altbewährtes Gesichtszucken stellte sich wieder ein, und hätte sie sich nicht auf die Zunge gebissen, wer weiß, ob sie nicht bekanntgegeben hätte, was sie eigentlich hatte bekanntgeben wollen, falls sich herausstellen würde, daß die an Motzkus gesandten Papiere doch etwas taugten. Dann hätte sie nämlich gesagt:

»Ich selbst werde Morawé kaufen.«

Das hatte ihr tatsächlich vorgeschwebt.

Dieser nicht auszudenkenden Lächerlichkeit war Lydia jedoch zuvorgekommen. Sie hatte sich einfach erhoben. Rücklings gegen die Wand gelehnt, behielt sie Mama unablässig im Auge. Es war eine Pose, so schlechthin antik, daß nur noch die Furien fehlten, und andererseits wieder so einstudiert lässig wie aus dem Eisschrank geholt.

»Lydia!« entfuhr es Alice.

Eigentlich hatte sie hinzufügen wollen: ›Mach keine Szene!‹ Aber Lydia war für Zusprüche schon nicht mehr erreichbar. Sie winkte gedankenfern ab, bis sie, jedes Wort einzeln betonend, zu Mama gewandt, sagte:

»Wenn du dich hier schon aufführst, als ob du mitsamt deiner

Wirrköpfigkeit die abonnierte Weltvernunft wärst, indem du in haarsträubendster Weise von Laboratorium und Wissenschaft redest, wovon du dir sonstwas versprichst, und wenn du – hör zu! – schon so erleuchtet bist, daß du dir Papas Ratschläge aus Flora und Fauna holst oder aus sonst einem Versteck, dann solltest du eigentlich auch begreifen, daß sich in deiner nächsten Nähe gleichfalls ein Laboratorium befindet, nämlich bei mir, im Kopf deiner angeblich so unergiebigen Tochter. Hier wird nämlich gleichfalls experimentiert, nur eben in einer etwas geistvolleren Materie, wozu freilich etwas Verstand gehört, es zu erfassen. Ich stehe hier mitten im Aufbruch, meine Aktien sind ständig im Steigen, und dann kommst du mit deinem Gequengel. Du bist ja nicht besser als das Gewürm, das hier herumtelefoniert und mich anbläfft. Aber gut! Wer sich hervorwagt, reizt gewissermaßen die Anonymität der Umgebung. Der muß damit rechnen. Nicht aber im eigenen Haus! Das dulde ich nicht, weder von dir und auch nicht von deinem Kind da – auch nicht von dir, Alice. Also laßt euch gesagt sein: entweder ihr laßt die Finger davon, oder, wenn das so weitergeht, kann ich euch nicht mehr ertragen. Dann sage ich einfach: Cornelia liebt und schweigt, König Lear.«

»Aber Lydia!« stöhnte Alice voller Entsetzen.

Das war ja katastrophal.

Mama hatte inzwischen denn auch das Weite gesucht. Sie hatte sich zurück ins Zimmer begeben, wo sie hilfesuchend zu jammern begann.

»So kannst du sie doch nicht behandeln«, sagte Alice und stürzte ihr nach.

Eine Zeitlang stand Lydia noch hoheitsvoll da wie auf der Bühne. Sie hatte, wie sie glaubte, einer Hydra den Kopf abgehackt. Die Frage war nur, ob es die richtige war, denn es gab auch noch andere. Aber sie war noch zu aufgewühlt, um nicht die Achseln zu zucken.

Während sie noch bemüht war, die Unrast ihrer ins Flackern geratenen Blicke mit dem Kontrapunkt einer langsam sich meldenden Mahnung in Einklang zu bringen, hatte draußen auf dem so unschuldsvoll sonnigen Platz eine andere Stimme ihr Anrecht geltend gemacht. Ein Leierkastenmann war dort erschienen, und seitdem wehte von gegenüber gleich gemächlich und sentimental in langgezogenen, zäh-melodischen Schleifen ein Schlager herüber. ›Das ist der Frühling, das ist der Frühling, das ist der Frühling von Berlin.‹ Das nudelte sich wie von selbst herunter, wobei Lydia sich doch nicht enthalten konnte, den Mund zu verziehen in Form eines mühsamen Lächelns. Aber dann stutzte sie plötzlich.

Gleich bei der nächsten Laterne, im Schlagschatten hinter der Litfaßsäule stand nämlich jemand herum, den sie schon die ganze Zeit geflissentlich hatte hin und her schlendern sehen, ohne ihn wirklich beachtet, das heißt, ohne seine Anwesenheit bewußt in sich aufgenommen zu haben.

»Das ist doch«, sagte Lydia, »wer ist denn das? Das ist doch dieser Hintzsche vom Amtsgericht, der mich damals verfolgt hat. Was will denn der hier? Wieder zehn Mark?«

Da gebot ihr die Vernunft, sich abzuwenden und sich gleichfalls zurückzuziehen, an den sprachlos aufblickenden Verlegenheitsmienen Mamas und Alices vorbei in ihr Solarium, von wo sie noch dunkel vernahm, wie Alice Mama zu verabschieden suchte, tröstend wie immer und um Ausgleich bemüht.

»Es gibt sicherlich ein Gewitter. Ich hab's euch ja gleich gesagt«, hatte Mama vor sich hingeschluchzt. Sie konnte nicht wissen, daß der draußen herumlungernde Hintzsche etwas Ähnliches dachte.

»Du dicker Vater!« dachte er nämlich. »Dicke Luft!« – aber angenehm umweht von der orgelnden Inbrunst des Leierkastens, der immer noch dabei war, den Frühling von Berlin durch den Wolf zu drehen, während aus den Fenstern der umliegenden Wohnblocks die dafür bestimmten, in Zeitungspapier gewickelten Groschen aufs Pflaster schlugen.

2 Da jene überall in Umlauf befindlichen Sondergefühle, deren einige bereits zum Vorschein gekommen waren, sich nicht nur auf Lydias Transaktionen erstreckten, sondern beispielsweise auch aufs Gebiet der Frühjahrsmode, war Alice im Grunde heilfroh, sich durch ihre Arbeit zur Zeit ganz besonders in Anspruch genommen zu sehen. Sie konnte sich's einfach nicht leisten, außerdem noch in Konflikten zu stehen, abgesehen davon, daß ihr ohnehin nichts entsetzlicher schien. Sie meinte, das lohne sich nicht, und sie vertrug sich ja auch mit jedem, ohne Unterschied der Person. Außerdem erlegte ihr der Verkehr mit der Kundschaft von Natur aus eine gewisse Zurückhaltung auf, sowohl was sie selbst betraf als auch hinsichtlich der nachbarlichen Beziehungen untereinander.

Es läßt sich ja denken, daß sie da allerlei zu hören bekam. Sie selbst entzog sich für gewöhnlich allen verfänglichen Fragen, indem sie sich der meist klagenden Ausdrucksweise der Kundschaft anpaßte. »Mir hängen zur Zeit die Arme herab, es geht alles über mich hin«, sagte sie etwa, und bei längerem Gespräch flocht sie wohl auch ein paar Worte übers Heiraten ein, was sich schon deshalb als praktisch erwies, weil offenbar Frau Loschwitzer die Meinung in die Welt gesetzt hatte, daß es an der Zeit sei, auch einmal daran zu denken und nicht nur an ihre Schwester.

Gewisse Schritte kämen für sie nicht in Frage, scherzte Alice dann aber, und Frühlingsgefühle allein, das sei ihr zu unsicher.

Nach dem Zusammenstoß mit Mama schien es ihr daher das beste, mit Lydia wieder ins reine zu kommen, zumal Lydia ihr halbwegs zugestimmt hatte, daß Mama eben nur aus Unkenntnis über die wahre Lage bei Morawé so vorgeprellt war, daß sie sich das alles nur so ausgedacht hatte und daß durch ein Gespräch mit Motzkus die Angelegenheit von selbst wieder eingerenkt werden würde.

»Sie trifft eben immer haarscharf daneben«, hatte Lydia behauptet, und Alice hatte es nicht geleugnet, sie hatte es im Gegenteil ausdrücklich bestätigt, und sei es auch nur, um sich mit desto freierem Gefühl wieder ihrer Arbeit widmen zu können.

Diese Arbeit war ja ihr ein und alles, sie war einfach ihr Fundament, das schließlich auch Lydia zugute kam. Eigentlich empfand sie, was sie betrieb, gar nicht als Arbeit, sondern eher als Tätigkeit und eingefleischten Beruf, dem sie ihr Dasein unterordnete und weshalb sie sich auch nicht vorstellen konnte, daß sie das jemals aufgeben würde, selbst dann nicht, wenn sie einmal verheiratet wäre. Das alles war kurzweilig und interessant, weil die Mode ständig was Neues brachte, und nicht zuletzt auch, weil die Kundschaft, die sie sich herangezogen hatte, so vielfältig gemischt war wie ein Spiel Karten. An Abwechslung fehlte es also nicht. Gewiß, Lydia schlug davor oft die Hände zusammen und rannte davon, nicht ohne zu behaupten, daß die Mehrzahl erschreckend beschränkt sei und sich nur um ihre vier Buchstaben drehe, aber Lydia war schließlich ein Sonderfall, sie war kein Schnittmuster, sie war ein Modell, wie sie denn selber in Parodierung der Modesprache zu sagen pflegte, sie sei eine Schöpfung, une création.

So lief die Zeit für Alice auf doppelten Bahnen, und wenn sie auch wußte, wann Ultimo war, und das wußte sie stets genau, so war es ihr doch viel lieber, zu wissen, ob die Saison ganz auf Linie gestellt oder mehr glockenhaft war und ob sie mehr auf violett schimmernde Dahlientöne Anspruch erhob oder auf Taubenblau oder gar Caramel. Lydia unterstützte sie dabei nach Kräften, indem sie ausrief: »Gib mir etwas Griechisch mit weißem Chiffon!« oder »Laß mich heute knalleng sein!« Dabei herrschte in ihren vier Wänden eine weltweite Atmosphäre. Es ging bald pariserisch zu, bald römisch, bald wienerisch oder selbst amerikanisch, nur eben, daß dies alles bei Alice mehr Handwerk war, es lag auf dem Tisch in Form von Entwürfen, in Form von Modeblättern und Stoffen, es war ihr Betätigungsfeld, und sie selber blieb nüchtern, wie es die Sache verlangte, wohingegen die Kundschaft sich oft bis zu arienhaften Entzückungstönen verstieg, in schönstem Wetteifer mit Lydia.

»Menschen sind melodische Wesen«, sagte Alice. »Es gibt nicht viele, die frei genug sind, ihrer innersten Linie zu folgen. Die meisten stecken in Taillen wie in einem ewigen Stimmbruch. Es fehlt ihnen an Figur, an Melos, an Elastizität. Schließlich muß man ein Kleid auch zu tragen verstehen, um es zur Geltung zu bringen. Schönheit, wovon leider viel zuviel hergemacht wird, zumal unter Männern, Schönheit ist dabei nichts Entscheidendes. Das innere Pendel muß schwingen.«

Wenn also jemand befähigt war, Lydias Art zu verstehen und sie sich gewissermaßen auch gefallen zu lassen bis weit in damit verbundene Schattenseiten und Exzentrizitäten, so konnte es kaum jemand Besseres sein als eben Alice. Wie sie bei ihren Kunden das ihnen vorschwebende melodische Diagramm erfaßte, jene Lieblingsidee, die sie von sich selber hatten und in oft grotesker Verkennung ihrer Möglichkeiten und Anlagen spazieren trugen, so auch bei Lydia. Nichtsdestoweniger ließ sich nicht leugnen, daß mit der Zeit die Bereitschaft zum bloßen Verständnis kaum noch genügte, denn ohne es gewollt, geschweige vorausgesehen zu haben, war sie mitsamt ihrem sonst so keimfreien Alltag gleichfalls in eine Art Wetterzone geraten, deren Temperaturstürze die Nerven erregten. Es soll damit nur gesagt sein, daß sich Alices Wesen seit kurzem auf der Kippe einer unentschiedenen Tag- und Nachtgleiche befand, wobei es sich als um so notwendiger erwies, all die schemenhaften Anzeichen wieder zurückzuscheuchen, was nun allerdings durch eine verstärkte Konzentration auf die Arbeit am besten gelang.

An Unruhe, an innerer Anspannung und Abwehr blieb dabei noch genug. Das hatte sich ja schon mehrmals gezeigt, wie erst neulich wieder im Kleinsten, als Lydia fragte:

»Ist Post gekommen?«

»Nein.«

»Keine Post?«

»Nein.«

»Überhaupt nicht?«

»Nein doch, sag ich.«

»Ist denn die Post schon durch?«

»Nun glaub's schon.«

Worauf Lydia sich leicht pikiert abgewandt hatte mit der süßlich in die Luft gespritzten Bemerkung:

»Fragen wird man doch dürfen.«

Nun, trotz so bezeichnender Bagatellen, die Alice früher kaum ernst genommen hätte, und obwohl sie sich in letzter Zeit merklich häuften, besaß sie immer noch Entgegenkommen und auch Interesse genug, um Lydia die gewünschte Basis zu bieten in Form der siebzig Quadratmeter ihrer Wohnung, zumal Lydias Fähigkeit, ihre Sache in den tollsten Farben zu malen, etwas Bestechendes hatte.

Kostümberaterin war beispielsweise das Neueste, was sie Alice vorgeschlagen hatte, Kostümberaterin in ihrer Lydia-Film-Produktion. Das war ja doch eine Berufsaussicht ersten Ranges! Das war eine Position, die überdies erweiterungsfähig war. Darauf ließe sich ein ganzer Betrieb aufbauen, vielleicht sogar mit Hilfe von Motzkus und auf diesem Weg, wie ihr Instinkt ihr verriet, vielleicht sogar eher als auf dem eigenen, rein künstlerischen, auch wenn gerade dieser es war, dem das Hauptinteresse der Nachbarschaft galt.

Es hatte sich nämlich inzwischen herumgesprochen, daß in der Tintenburg drüben die Absicht bestand, ein Gremium auf die Beine zu stellen, dem die Aufgabe zufiel, im Hinblick auf die in Aussicht genommene Gründung einer Lydia-Film-Produktion die ersten unerläßlichen Vorkehrungen zu treffen. Wie es ihre Art war, hatte Lydia bereits von einem Gehirntrust gesprochen. Dabei hatte sie auch um Alices Einverständnis geworben, auch wenn sie es längst vorausgesetzt hatte, und Alice hatte nicht nein gesagt. Jedenfalls hatte sie sich bereit erklärt, für eine der ersten Sitzungen ihren Arbeitsraum zur Verfügung zu stellen. Ja, die Aussicht, ein Kostüm zu entwerfen, in dem Lydia als unnachahmliche Aspasia glänzte, empfand sie sogar als besonderen Reiz. Eigentlich war der Anstoß dazu sogar von ihr ausgegangen, so widerspruchsvoll das zunächst auch scheint. Aber Lydia war ja in letzter Zeit so unruhig gewesen, so empfindlich und übernervös, daß es die beste Gelegenheit war, sie etwas abzulenken, abgesehen davon, daß sie schließlich auch selbst darauf pochte, sich mit dem Drum und Dran ihrer künftigen Rolle vertraut zu machen, einer Doppelrolle übrigens, wie sie betonte.

»Ich habe nicht nur die Absicht, die Aspasia zu spielen«, pflegte sie zu sagen, »meine ganze Person konzentriert sich darauf, auch eine zu sein.«

Einen ersten Anlauf in dieser Richtung hatte sie ja schon bei Doppeldoktor Mambrey genommen, und Alice räumte gern ein, daß zu den aufgetischten Wahrscheinlichkeiten durchaus eine gewisse Berechtigung vorlag, zumal es wohl auch gelingen würde, noch weitere Beziehungen aufzutun, sei es nach der einen, sei es nach der anderen, mehr theatralischen Seite hin. In Anbetracht der überall anzutreffenden Sondergefühle dämmerte indessen auch noch die Möglichkeit eines dritten Wegs auf, dessen Windung in eine ganz andere Richtung wies. Eine Aspasia, wie Alice insgeheim hoffte, müßte wohl auch eine Art Perikles haben, eine Ergänzung, zu der vielleicht der seit kurzem von Lydia so gern zitierte Wildgeruch ein übriges beitrug.

In der Tat grassierten bereits, wenn auch weniger delikat und weniger verbindlich, die offenkundigsten Spekulationen, hervorgerufen hauptsächlich durch den immer näher rückenden Termin einer prinzipiellen Entscheidung. In den Löchern der in Frage kommenden Wohnblocks herrschte teilweise sogar der reinste Alarmzustand, vom Dachgeschoß oben bis hinab in den Keller, genauer gesagt: bis in die Heizung.

»Was treibt dieses faule Weibsbild eigentlich?« hatte der Heizer Frantisek Wutra erst neulich zu Olaf gesagt. Es war bei einem Glas Bier in einer der bisher noch übriggebliebenen Stehbierkneipen am Breitenbachplatz, die so vernebelt nach einem Gemisch aus Schaschlik und Alkohol rochen, daß Lydia sie niemals betreten hätte. »Den Zaster, den die andere verdient, schmeißt sie zum Fenster hinaus. Den ganzen Vormittag liegt das Gesex in der Seeche. Schauspielerin, sagt man. Hat die schon jemand auf der Bühne gesehen? Die tritt wohl als Niemand auf, und die Rollen, die sie spielt, sind unsichtbar. Oder wo vollführt sie denn ihr Theater? Im Bett?«

»Vorläufig trabt sie nur herum und entblößt ihre Reize«, hatte Olaf, wenngleich wider besseres Wissen, gesagt, und dann hatte er in sich hineingegrinst, um auf die Frage, was diese Reize denn kosten, verlegen zu murmeln: »So etwas wird nicht gekauft, das wird erworben. Nur aus Privathand.«

Ein Muster an Aufrichtigkeit war diese Antwort nun gerade nicht, denn wenn einer es darauf abgesehen hatte, in jenem obersten Gremium eine Rolle zu spielen und sich durch das, was daraus folgte, mit zu sanieren, indem er einen Posten als Aufnahmeleiter ergatterte, so war es, wie die Baronin Pißnelke sagte, ihr nur allzu charmanter Olaf. Die Vorgriffe, die er sich bisher geleistet hatte, waren ja auch danach, und angesichts der Talente, die er bereits entdeckt haben wollte – es waren das alles Busentalente wie Frau Loschwitzers Edith –, war es zwischen ihm und seiner Vertrauten schon mehrmals zu Deutlichkeiten gekommen. Zum Vorderfenster hinaus beliebte die Baronin etwas gepflegter zu sprechen, zum Hinterfenster hinaus aber mehr volkstümlich, und so wußte die ganze Gegend, ob es wieder mal Krach gegeben hatte. Für gewöhnlich traute sich Olaf dann nicht mehr nach Hause. Er saß in der Kneipe, wo er sich selbständig fühlte und nur allzu gern vollaufen ließ. Dort geriet er dann unvermeidlicherweise an mehr oder weniger lose Bekannte, vor denen er sich instandgesetzt sah, den Eingeweihten zu spielen, wobei er allerdings auch schlau genug war, sich nicht zu verraten. Er hörte sich meistens nur an, was andere sagten, sei es nun, daß sie mehr spintisierten oder mehr politisierten wie Frantisek Wutra.

Im Gegensatz zu Olaf, der so gut wie gar keine Meinung hatte, war Wutra bekannt dafür, daß er eher von einem Zuviel geplagt war, er hatte Prinzipien, und allesamt waren sie hochmoralisch. Nicht, daß es ihm schlechtging. Er besaß sogar einen Wagen, eine für alt gekaufte Klapperkiste, in der er, sonntags besonders, alles, was er besaß, verstaute, und das war hauptsächlich Familie. Dafür kam er Tag und Nacht auf, da war alles geregelt, und aufgrund dieser Ordnung lag er in dauerndem Widerstreit mit den Lebensgewohnheiten derer, die, wie er glaubte, in den Tag hinein lebten und ihren Unterhalt auf höchst undurchsichtige Weise bestritten. Sich auf Glücksfälle und Spekulationen verlassen, auf Erbschaften und dergleichen oder gar auf Zuwendungen von seiten sogenannter Galane und Freier, das war in seinen Augen der größte Verderb, das kam bei ihm gleich nach der radikalen Ablehnung von Konzernen, Monopolen und Aktien.

Dummerweise hatte Olaf, in dem Bestreben, auch seinerseits etwas zum besten zu geben, nun doch nicht ganz dichtgehalten, und so hatte Frantisek Wutra die Katze beim Schwanz gepackt und entsprechend herumgeschwenkt.

»Die strampelt sich ganz umsonst ab, die Dame«, hatte er erklärt. »Das wird sowieso alles enteignet. Da nützen ihre Großaktionäre auch nichts. Dieser Zustand, daß jeder gleich schlürft, sobald er 'nen Wasserhahn sieht, hört nämlich bald auf. Man sieht's ja auch hier in der Gegend. Die Einzelgeschäfte verschwinden, es gibt nur noch Filialen, und zuletzt gibt es auch die nicht mehr. Da bedient jeder sich selbst, aber nicht nach Belieben. Da kommt einfach 'ne Lastfuhre an, und da wirft man seine Penunze hinein. Jeder hat sein bestimmtes Quantum fürs Fressen, mehr gibt es nicht pro Person. Und damit basta.«

»Sehr schön«, hatte Olaf gesagt. »Aber vorher muß ja erst einmal was da sein.«

»Da sind wir alle«, hatte Wutra mit vollstem Brustton gewettert, »aber nicht nur um unsretwillen. Das lutscht am Luxus wie an der Erotik, das genießt den Genuß. Es ist doch eine Unmöglichkeit, daß wir, die die Heizung versorgen, damit diese Bande im Trocknen sitzt, bloß zusehen dürfen, wie sie ihre Erb- und Hinterlassenschaften verjuxen. Was haben denn wir geerbt? Nur unser Leben, die Fehltritte unserer Erzeuger. An den Haufen, um den diese Sorte sich streitet, kommt unsereiner überhaupt nicht heran. Für uns ist das Scheiße. Aber schon mein Feldwebel hat immer gesagt: ›Ein Scheißhaufen ist etwas anderes als ein Haufen Scheiße.‹ Und da hat er recht. Der Scheißhaufen gehört der Gesellschaft. Und wer nichts für die Gesellschaft tut, wer die Ansprüche der Öffentlichkeit mißachtet, der ist eben lichtscheu. Bei dem wird's Zeit, daß er einer der Allgemeinheit nützlichen Beschäftigung zugeführt wird. Da gibt's dann kein Irrenhaus mehr, um dort juchheißa zu spielen – und das auch noch auf unsere Kosten.«

»Na, die Heizkosten bezahlt sie ja noch«, hatte Olaf dazwischengerufen, ehe er vorsichtig hatte durchblicken lassen, daß sich Freund Wutra auf dem Holzweg befände mit der Annahme, daß hier nichts für die Öffentlichkeit geleistet werden würde. Im Gegenteil! Das Kapital, das hier freigeschaufelt werden sollte, sei nämlich nur die Voraussetzung, um auf einer Art Genossenschaftsbasis eine künstlerische Großtat ins Werk zu setzen. Vielleicht fiele da auch für Wutra was ab. Er jedenfalls als künstlerischer Aufnahmeleiter würde ihn sofort für den geplanten Aspasia-Film in Vertrag nehmen, da er ohnehin die Absicht habe, seine Typen aus dem Alltag zu greifen. Dafür werde er kämpfen. Aber vorher müßte erst einmal genug Masse da sein, und diese Masse sei ohne Geld- und Kreditgeber nicht zu realisieren, sie sei wohl oder übel finanzieller Natur.

»Mach dich darauf gefaßt, Frantisek«, hatte Olaf, aber da war er schon halb im Tran, gesagt, »daß ich eines Tages vor dich hintreten werde mit einem Vertrag in der Hand, und da brauchst du nur noch zu unterschreiben. Krix, Krax – das kannst du ja wohl. So ein paar Rausschmeißer können wir immer gebrauchen. Und dann hast du dein Fett. Die Heizung aber, das besorgt dann die Automation.«

Als Lydia die ersten Kleinigkeiten aus diesem Fusel erfuhr – es geschah durch Alice, die es ihrerseits aus dem Mund von Frau Wutra hatte –, war sie fast außer sich vor Vergnügen, daß um ihretwillen sogar schon die Heizer in höchste Temperaturen gerieten, mochte auch Frau Wutra, als biedere Kundin Alices, bei einer der üblichen Anproben behauptet haben, daß ihr Frantisek nur ein Quatschkopf sei, der nur immer so Reden schwinge, hinter denen aber nichts weiter stecke als ein ungewaschenes Maul. Sie möge sich deshalb nur nicht abbringen lassen von ihrer Linie. Außerdem sei sie ja immer auch strebsam gewesen, so daß für sie keine Gefahr bestünde, falls die Zeitläufte sich einmal änderten und womöglich so wendeten, daß Wutra die Verwaltung des Wohnblocks übernehme, sei es nun kommissarisch oder als

Hausobmann. Über Lydia sagte sie allerdings nichts. Aber das hatte seinen Grund auch darin, daß sie, wie sie freimütig zugab, zu wenig davon verstand, im Gegensatz zu ihrem Schlemihl, der wahrhaftig schon dreimal vorm Spiegel gestanden und sich die Haare gebürstet habe, einmal nach vorn und einmal nach hinten, um herauszubekommen, wie es sich ausnehmen würde, wenn man ihn filmte. Die Ansichten, die sie dabei über Olaf verlor, nahm sie indessen gleich wieder zurück, mit der Bemerkung, daß ihr das Privatleben derer, die bloß noch durchs Unterholz pirschten, gleichgültig sei. Manche legten ja auch, wie sie noch meinte, auf Diskretion keinen Wert. So habe die Baronin neulich quer über den Hinterhof der Wanzenburg hinweg zu einer Bekannten von gegenüber mit lautester Bühnenaussprache gesagt: »Was macht denn dein Lustmolch heute?«, worauf diese einfach zurückgeplärrt habe: »Gestern war ich sein Schatz, heute bin ich sein Scheusal.« Und da habe die Baronin regelrecht aufgejuchzt. »Genau wie bei mir«, habe sie gesagt. »Gestern hat er noch gesäuselt. Du oder keine! Heute bin ich das letzte Stück Mist.« – »Ach ja! Man hat's eben schwer mit der Sorte.« – Das sei der Abschluß gewesen, und seitdem werde ihr Olaf nur noch ›Der Lustmolch‹ genannt.

Bei so unmaßgeblichem Kundengeplätscher fiel es Alice natürlich nicht schwer, ihre eigene Meinung für sich zu behalten und Dritten gegenüber das Gesicht zu wahren. Es kam ja auch nur auf den Selbstgenuß der bei Beurteilung anderer stets mitentfachten Moral an. Schwieriger und bedenklicher sah der Fall aber bei Frau Loschwitzer aus. Das war Alice erst richtig klargeworden, nachdem die Loschwitzer bei ihr aufgetaucht war, um ihren Hut abzuholen, diesen so prächtigen Nachtrauerhut, der schon seit langem auf seinem Ständer in der Zimmerecke ganz hinten auf seine noble Bestimmung gewartet hatte.

Diesem Jubeltag hatte Alice nie ohne Besorgnis entgegengesehen. Nicht nur, daß sie sich zu Frau Loschwitzers Angebot in Sachen Modesalon noch nicht geäußert, daß sie es einfach links liegengelassen und sträflicherweise auch Lydia nicht unterbreitet hatte, dies wesentlich im Vertrauen auf die Güte der Zeit, deren

Wandlungsfähigkeit und immer bereites Überraschungsmoment vielleicht auch einmal einen anderen Ausweg boten, wie neuerdings etwa durch Herrn Motzkus, es kam auch noch hinzu, daß der in Rede stehende Hut mittlerweile zum Hut einer doch wieder trauernden oder zumindest betrübten Tante herangereift war, einer Tante, deren Nichte ihr nichts als Ungelegenheiten bereitete und die ohnehin gegen die nach ihrer Meinung in Filmkreisen herrschende, pestilenzialische Luft eine unüberwindliche Abneigung hegte und damit auch wohl oder übel gegen Lydias Projekte. Zum Glück war Lydia am gleichen Tag außer Haus.

So hatte also dieses Kunststück von Hut auf Frau Loschwitzers Kopf gesessen, leider aber nicht, um dort als Dämpfer zu wirken. Das zeigte sich schon an der Art, wie sie ihn aufprobiert hatte, denn sie hatte ihn unentwegt hin und her gerückt, ohne indessen den rechten Moment des Gefallens zu finden, zumal in ihrer Vorstellungswelt ein brodelndes Durcheinander mitsprach, dem sie auch unverblümt Ausdruck gab.

Dieser Herr Olaf rede fortwährend davon, daß er die künstlerische Umformung ihrer Edith in die Hand genommen habe. Die künstlerische Umformung! Da möchte sie doch einmal fragen, wer oder was hier umgeformt werden müsse. Wenn einer es nötig habe, dann doch wohl dieser Herr Olaf zuerst! Bei ihrer Edith jedenfalls brauche nichts umgeformt zu werden, höchstens etwas zurechtgerückt.

Frau Loschwitzer hatte das kaum beanstandet, als ihr auch schon der Hut nicht mehr gefiel.

»Hier hinten könnte er getrost etwas tiefer sitzen. Sehen Sie: so. Mehr heruntergezogen, etwas zurechtgerückt. Meinen Sie nicht, Fräulein Alice?«

Dabei war es ein Omen für sich, mit anzusehen, wie sie mit ihren plötzlich ungemein sprechenden Käsefingern an der hinteren Hutkrempe herumzunesteln begann.

Die Edith, fuhr sie im gleichen Ton fort, sei nämlich ganz in Ordnung gewesen, bevor dieser Herr Olaf aufgetaucht sei. Sie habe ja etwas gelernt, Dolmetscherin, und wenn sie in diesem

Fach noch nicht ganz ausstudiert sei, so liege das nicht an ihr. Aber das Kind sei ja reineweg von ihm besessen, das heißt von der Aussicht, durch Herrn Olaf so weit ausgebildet zu werden, daß sie befähigt sei, in dem geplanten Aspasia-Film eine Sklavin zu spielen oder eine Megäre. Dazu fehle es nur noch am rein Künstlerischen, sagt er.

»Künstlerisch, Fräulein Alice!« hatte die Loschwitzer sich ereifert. »Wenn ich schon künstlerisch höre! Da reißt jeder Luftzug die Fenster auf, und da fliegt alles hinaus, das Geld vorneweg – künstlerisch! – und alles andere dazu.«

Dieses andere sei nun aber vornehmlich die angeborene Kinderstube und Anständigkeit, wovon dieser Herr Olaf wohl noch niemals etwas gehört habe. ›Stellen Sie sich vor, was er zu meiner Edith gesagt hat!‹ Ihre Brüste seien so prall, daß man auf ihnen 'ne Wanze zerdrücken könnte. Das habe ihr die Edith auch noch voll Stolz berichtet, und seitdem verstehe sie sie überhaupt nicht mehr. Sie sei einfach wie umgewandelt. So habe sie auch schon mit Selbstmord gedroht, wenn sie nicht ihren Willen bekäme. ›Willst du mich lieber im Sarg bewundern als auf der Leinwand?‹ Das habe sie ihr entgegengehöhnt. Ernst zu nehmen sei das natürlich nicht. Aber wer könne das wissen? Jedenfalls wisse sie nicht mehr zu unterscheiden, was an Ediths Charakter echt und was vorgetäuscht sei, es sei alles gespielt. ›Weißt du denn überhaupt noch, wer du bist?‹ habe sie sie auf Herz und Nieren gefragt. Und was habe sie da zur Antwort erhalten? ›Seine Hetäre.‹ Also nein, so gehe das nicht. Da werde sie sich noch genötigt sehen, den Klageweg zu beschreiten, sei es nun mit oder ohne Hut.

»Denn so geht es auch hier nicht, Fräulein Alice«, hatte die Loschwitzer plötzlich erklärt. »Der Hut ist zu grau. Daran wird's liegen.«

Alice sah jene Geste, mit der die Loschwitzer das Objekt ihres Unmutes ergriffen und stillschweigend wieder beiseite gelegt hatte, noch stundenlang vor sich. Es war ja auch so unvermittelt geschehen, daß sie überhaupt nicht dazu gekommen war, einen Einwand geltend zu machen. Vielmehr hatte sie sich förmlich aufraffen müssen, um wenigstens zu sagen:

»Nur keine Bange, das biegen wir schon wieder hin – auch das mit dem Hut.«

Dann hatten sie beide das Thema gewechselt, zur nicht geringen Erleichterung auch von Frau Loschwitzer. Es stellte sich nämlich heraus, daß sie noch allerlei auf dem Herzen hatte. Jedenfalls war es ihr anzusehen, daß sich eine unbestimmte Erwartung in ihr heraufwand.

Sie könne ihre Schwester nur warnen, sich nicht allzu sehr auf sich selbst zu verlassen, hatte sie schließlich gesagt, und auf Alices erschrockenen Einwurf, ob sie meine, Herrn Olafs wegen, war sie plötzlich sehr milde verfahren, ehe sie hinzugefügt hatte, in diesem Fall sei sie sogar gesonnen zu bitten.

»Wieso bitten?«

»Nun seien Sie man nicht gleich so aufgeregt, Fräulein Alice«, hatte die Loschwitzer sichtlich im Genuß ihres Vorteils gesagt. »Ich bitte ja nur.«

Wenn's denn nicht anders zu lösen sei, würde sie ihrer Frau Schwester am liebsten den Vorschlag machen, die Ausbildung ihrer Nichte selbst in die Hand zu nehmen, vorerst zumindest, bis sich herausgestellt habe, wie die Dinge nun eigentlich liefen. Da wäre sie wenigstens sicher, daß nicht noch ein Unglück geschehe. Überhaupt: ein Studio für Schauspielkunst! Sofern das nur sachgemäß aufgemacht würde, wäre das doch ein Geschäft. Da bekäme Frau Lydia von überall Zulauf, und außerdem wären da auch zwei Fliegen mit einer Klappe zu schlagen.

»Wieso denn das?« hatte Alice gefragt.

Trotzdem mußte sie etwas vorausgespürt haben, das dem Anhauch einer eigenen, in ihr sitzenden Skepsis entsprach. Jedenfalls hatte der Faden erst wieder geknüpft werden müssen, ehe die Loschwitzer, nun aber mit größter Behutsamkeit, fortfuhr:

Gesetzt nämlich den Fall, daß die Umstände es nicht gestatteten, jene Filmfirma aufzuziehen, wie Frau Lydia sich's wünsche, daß aber sie, Fräulein Alice, sich doch noch zu dem Entschluß hindurchringen würde, einen Modesalon zu eröffnen, so wäre das Schauspielstudio zum Beispiel auch zur Ausbildung von Vorführdamen geeignet. Das wäre dann immer noch etwas. Da hätte Frau Lydia einen Beruf. Und da wäre dann auch ihre Edith am rechten Platz, mitsamt ihren Sprachen.

Ihre Warnung aber, hatte die Loschwitzer noch gesagt, bestehe trotzdem zu Recht. Eigentlich gelte das auch für Alice. Sie habe sich das überlegt, richtig abgemartert habe sie sich, ganze Nächte hindurch, und sie brächte das alles gewiß nicht zur Sprache, wenn ihr nicht eine Vermutung sagte, daß wahrscheinlich auch ihr, Fräulein Alice, manchmal das Fell zu jucken begänne, allein bei der Befürchtung, daß es ihr einmal über die Ohren gezogen werden könnte. Das sei nämlich nicht aus der Luft gegriffen, es fuße auf Tatsachen. Jedenfalls könne sie Frau Lydia nur raten, mit Vorsicht zu Werke zu gehen und sich vertraglich genau zu sichern.

»Man läßt uns erst etwas großziehen, und dann jagt man's uns ab. So ist es. Mein Geschäft ist nun auch im Eimer. Ich bin gekündigt.«

»Frau Loschwitzer! Was Sie nicht sagen!«

Ja, ihr Pachtvertrag sei gekündigt. Sie habe das zwar vorausgewußt, es sei aber etwas anderes, etwas vorauszuwissen und es dann eintreten zu sehen. Das Faktum sei eine Sache für sich. Da stehe man plötzlich da wie ein Ochse mit einem Schlag vorm Kopf.

»Aber wie denn?« hatte Alice gefragt. »Gibt's denn da keine Entschädigung?«

Das schon. Aber da könne man philosophisch werden. Da heiße es zwar: keine Enteignung ohne Entschädigung. Nur, wie sehe denn diese Entschädigung aus? Und was heiße überhaupt: Entschädigung?

»Erst reiße ich dir den Kopf ab«, hatte Frau Loschwitzer abfällig aufgelacht, »und dann setze ich dir dafür einen Holzkopf auf, mit Perücke. Das ist die Entschädigung. Haus ist aber nicht Haus, Fräulein Alice, Geschäft nicht Geschäft, so wenig wie Kind nicht Kind ist und Film nicht Film.«

Mit den Kleingärtnern hier in der Gegend habe man es genauso gemacht. Das ganze bißchen Gartenkultur sei da nun plattgewalzt. Und das alles irgendwelcher Schnellstraßen wegen! Damit das Gerase ungehindert vonstatten gehe!

»Jetzt verstehe ich Sie«, hatte Alice ausgerufen. »Ach du meine Güte! Jetzt verstehe ich auch, daß Ihnen der Hut nicht gefällt.«

Offenbar war das die richtige Ansprache gewesen, denn mit der sichtlich jovialen Bemerkung: »Naja, da kann einem schon der Hut hochgehen, aber zeigen Sie mal!« hatte sich die Loschwitzer wieder seiner bemächtigt. Eigentlich war es zum Lachen gewesen, mit welch unbeholfener Grazie sie ihn sich aufgestülpt hatte. Sie hatte sich dabei in den Hüften gewiegt, nicht anders als ihre Edith nach der Bearbeitung durch Herrn Olaf, und dann hatte sie plötzlich gesagt:

»Gar nicht so übel. Sehen Sie nur, Fräulein Alice! Man muß sich nur erst an das Grau gewöhnen. Grau ist vornehm. Die reinste Kredit- und Geldgeberin! So kommt eben alles unter die Haube. Ich werde ihn behalten.«

Und dann hatte sie auch noch darauf bestanden, ihn gleich zu bezahlen, trotz einiger schwacher Proteste von seiten Alices. Nur zum Schluß hin war sie nochmals auf ihre alte Leier verfallen, und das war es recht eigentlich, was Alice seitdem zu schaffen machte und so unwillkürlich bewegte.

»Die Herrschaften hier in der Künstlerkolonie«, hatte sie gesagt, »sind immer gleich jupp und heißa. Da verspricht sich jeder gleich alles. Aber wenn's darauf ankommt, zu zahlen, da verändern sich die Gesichter. Das geht wie im Nu. Mitmachen und sich beteiligen ist eben was anderes als nur dabeisein. Auf mich aber, Fräulein Alice, könnten Sie rechnen. Ich bin jetzt bald frei. Und empfehlen Sie mich Ihrer Frau Schwester. Sie hat ihr Glück selbst in der Hand.«

Mit ihrem Paradehut als Trophäe war die Loschwitzer schließlich davongerauscht, während Alice voll Unruhe und mit einem Zwittergefühl, das ihr keineswegs angenehm war, zurückblieb. Der einkassierte Geldbetrag lag ihr vor Augen. Nun, das wenigstens stimmte. Um so mehr aber verspürte sie das Bedürfnis, sich Klarheit über sich selbst zu verschaffen und auch über Lydia.

Es war ihr mittlerweile nun schon zur Gewohnheit geworden, Lydia auf eine Art zu behandeln, die sie selber als nicht ganz redlich empfand, sei es, daß sie ihr manches, was man ihr zutrug, vorenthielt, sei es, daß sie sie nur mehr wie von außen betrachtete, also mehr abwartend und gleichsam nur als Zuschauerin. Das soll nicht heißen, daß sie an ihr gezweifelt hätte. An ihrer Sache, oder wenn man die Sache als solche zurückstellte, da sie noch nicht perfekt war, am Für und Wider zur Sache, an all den Vorkehrungen und Sondierungen war ja noch nichts verfahren, und wenn es auch manchmal der Fall zu sein schien, so hatte sich der Vorhang doch stets wieder geteilt, und es hatte sich gezeigt, daß alle Skepsis und Kleingläubigkeit nur ein Mangel an Selbstgefühl war oder auch an Vertrauen. Immerhin war hier zugleich ein Punkt, der beachtet sein wollte und angesichts dessen es ratsam schien, Anzeichen mehr eigenwilliger Art unter Kontrolle zu halten, schon um zu vermeiden, daß die allseits heraufbeschworenen Umstände ihr dann über den Kopf wuchsen. Schließlich konnte ihr niemand verwehren, auch ihre eigenen Träume zu haben. Nur waren das auch Belastungsproben, die gelegentlich bis ins Angsteinflößende reichten.

Obwohl Alice sonst prachtvoll schlief und ganz ohne Schlafmittel auskam, war sie in letzter Zeit schon mehrmals gegen fünf Uhr früh wieder erwacht. Sie hatte das Wachsein sogleich als unnatürlich empfunden, war es doch so ruckartig erfolgt wie aufgrund eines Schocks. Im Morgengrauen aber sehen die Dinge oft merkwürdig aus, jedenfalls viel haltloser und schauriger. Es schien ihr zwar töricht, es zu dramatisieren, aber auf einen Moment war ihr doch zumute gewesen, als hätten ihr sämtliche Verfehlungen ihres bisher so programmgemäß verlaufenen Lebens vor Augen gestanden, namentlich auch in ihrem Verhältnis zu Lydia. Demgegenüber half es wenig, daß sie sich mit Lydias Worten zu trösten versuchte, denen zufolge früh um fünf aufwachen und sich fragen, wie das Leben weitergehen soll, einer der unfruchtbarsten und verfehltesten Zustände sei, da dann selbst die Bäume draußen herumständen wie Krankenschwestern. Lydia war ja darin bewandert, sie hatte ja oft genug in möblierten Zimmern gehaust und ihre Zukunft sondiert. Nun, es war trotzdem weitergegangen. Aber seltsamerweise erwies sich die Tatsache, daß es anderntags weiterging, nicht immer als Trost. Man konnte auch ein bedrohliches Zeichen reinster Widervernunft darin erblicken. Das Ergebnis war, daß man dann auch noch in Katastrophenträume geriet, in denen man verzweifelt an Dachrinnen hing oder auf Felsen stand und nun wirklich nicht wußte, wie weiter oder wohin.

Zu dieser Art Beängstigung und periodisch wiederkehrendem Zweifel trug freilich auch Alices Verhältnis zur Nachbarschaft ein übriges bei, zumal gerade die Nachbarschaft oft mehr als neugierig war. Lydia sagte zwar immer, das seien nur Leute und was kümmere sie die Meinung der Leute. Sie aber, Alice, hatte das auszustehen, sie hatte es zurechtzurücken, nicht anders als Frau Loschwitzers Hut, und das war mitunter gar nicht so einfach. Außerdem hatte sie die Erfahrung gemacht, daß die Nachbarschaft durchaus ihre eigenen Maßstäbe hatte, nicht zuletzt ihre eigenen Beziehungen und Verbindungen, die gelegentlich wie eine Art Filter wirkten. Warum hatte sich denn in ihrem Spezialfall ein ganz bestimmtes, gleichsam zweigeteiltes Interesse entwickelt, erkenntlich schon daran, daß man mit allem, was das rein Praktische anging, zu ihr kam, daß man seine Vorfühler stets erst bei ihr ausstreckte und das meistens mit Blicken, hinter denen es zweideutig schimmerte? Es war ja doch immer ein Sog dabei, durch den sie bedenklich auf die Seite derer hinübergezogen wurde, hinter deren Stirnen so etwas wie Vorsicht und Abwartung stak, als wäre sie eine von ihresgleichen, während Lydia gegenüber ein viel kälterer Abstand herrschte, es sei denn, daß man in ihr ein von allerlei Risiken umwittertes und eben darum anstaunenswertes Erfolgsidol sah. Bezeichnend war auch, daß man ihr im Hinblick auf Lydia eine Art Mitgefühl entgegenzubringen suchte, wahrscheinlich doch deshalb, weil eben sie es war, die die Lasten des Alltags bestritt. Offenbar dankte man ihr, daß sie keine Aspasia war.

Unter diesen Umständen war es also schon ein Aufatmen wert, als noch am selben Tag, kurz nach Frau Loschwitzers Weggang, die von Lydia so sehnlich erwartete Post gleich mehreres brachte, darunter drei Einladungen. Die eine, mit der Ankündigung seines Berlinbesuches, stammte von Bringfried Motzkus,

Generaldirektor aus Krefeld, die andere von Doppeldoktor Mambrey, der in Sachen Morawé eine inoffizielle Rücksprache vorschlug, verbunden mit einer Art Teestunde, und die dritte, mehr in Form einer konventionellen, überaus höflichen Anfrage gehalten, seltsamerweise von einem gewissen Alfredo ten Dam aus London, der, wie es schien, seine Finger im Filmgeschäft hatte.

»Erst streckenlang nichts, und dann alles auf einmal!« rief Lydia nicht ohne Berechtigung aus. »Textilien, Süßwaren und Filmproduktion! Und das alles durch Männer, Alice, durch Kapazitäten.«

Gleichzeitig aber stieg in ihr etwas hoch, das nun ganz ohne Zweifel über dem Durchschnitt der Nachbarschaft lag. Es war, wie sie sagte, ihr femininster Superlativ. Auf ihn gestützt, so im Einvernehmen mit ihrem prismatischen Ich, erteilte sie sich, wie umhimmelt von einem Tornado aus Scherz und Ernst, Generalvollmacht.

3 Als Lydia am nächsten Tag, nach reichlich turbulent durchschlafener Nacht, erwachte, nach einer Nacht, deren Traumparkett von lauter Gesellschaftsszenen mit elegant befrackten Kavalieren erfüllt war, befand sie sich ihres Erachtens in einer völlig veränderten Situation. Das zeigte sich schon beim Blick auf ihre vier Wände. Das war kein bloßes Asyl mehr, kein von Alices Gnaden gewährtes Refugium, in dem sie eingestandenermaßen kaum noch ohne Herzklopfen erwacht war, es war einfach ein ihr zur Verfügung stehender Raum und als solcher eine Zentrale, die ihr die Entfaltung einer im Rahmen ihrer Absichten hochkultivierten Aktivität gestattete.

»Ich bin durch einen Spiegel hindurchgegangen und habe mich drüben als Aspasia wiedergefunden«, hauchte sie erstaunt vor sich hin.

Aber das war nicht das Wichtigste. Das Wichtigste daran war, daß sie es auch als Privatperson war, also beides zugleich, Lydia Faude sowohl wie Aspasia, und zwar auf einer Ebene, so gesellschaftsfähig wie möglich. Es war einfach ein anderer Realitätsgrad.

Lydia saß noch im Bett, als sie sich dieser Feststellung hingab. Ihre Schultern fühlten sich warm durchpulst, ihr schaumiges Nachthemd umfloß sie elegisch, und es fehlte nur noch, daß sie ein wenig Komödie gespielt und Alice herbeigeklingelt hätte, um sich das Frühstück servieren zu lassen. Der Herzog von Orléans, so hatte sie einmal gelesen, besaß alle Talente außer dem einen, sie anzuwenden. Nun, das würde ihr nicht widerfahren. Sie besaß ihre Talente als Mittel zum Zweck, nicht nur um ihretwillen, und sie würde sie auch gebrauchen.

Schon im Anschluß an die gestrigen Nachrichten hatte sie zu Alice gesagt, daß sie sich so durchlüftet fühle und so innerlich frei, als ob sie auf einem Tafelberg säße, auf höchster Ebene, dreitausend Meter über dem Meer, und überall werde getafelt, bald so, bald so – bald wie am Vorstandstisch, bald wie im Tête-à-tête, wobei ihr der ganze Plancharakter der Zukunft vor Augen läge.

»Ich muß ja doch überall sein«, hatte sie aufgeseufzt. »Ich führe euch täglich mein Prachtexemplar vor Augen, hier privat, dort artistisch, hier geschäftlich, dort kulturpolitisch.«

»Und erotisch?« hatte Alice, wenngleich nur so halb in Sektlaune, gefragt, worauf Lydia indessen um mindestens zehn Grad ernster erwidert hatte:

»Natürlich auch das, vorausgesetzt, daß er endlich erscheint, der beste Mann des Jahrhunderts.«

Darauf hatten sie beide gelacht. Nur war ihren Mienen auch zu entnehmen gewesen, daß jede für sich etwas anderes dachte. Lydia besonders war im Laufe des Tages noch mehrmals darauf zurückgekommen wie in einer Art Fieber.

»Es ist ja doch so«, hatte sie gesagt, »daß die Mehrzahl der Männer kaum noch weiß, wie eine Frau behandelt sein will, da sie sie nur noch als Folie oder Ventil benutzen. Diese Sorte ist so: sie saufen drauflos, und dann protzen sie ab. Das geht wie im Schnellverkehr. Sie wissen überhaupt nicht, wonach ihnen der Sinn steht. Das sind einfach Getriebe. Sie brauchen einen Stoff, der sie in Schwung bringt, und sie brauchen ein Ding, eine Materie, ein technisches Etwas, wofür sie sich einsetzen können. Weiber, Geschäfte, Positionen! So einer ist auch Motzkus. Ihm dampft die Männlichkeit aus allen Backen. Du wirst's ja erleben. So ein Mannesmann ist das. Ja, in die Tasche greifen und zahlen, das kann er. Aber mein Geschmack ist das nicht. So etwas ist nur als Hintermann brauchbar und als Staffage. Ich frage bei Beurteilung eines Mannes zunächst nach seiner Art. Ich bin nicht so dramatisch, daß ich ausriefe: wo ist sein Martyrium? Wir gehen schließlich nicht mit Zündkerzen an den Fingern durchs Leben. Aber, daß die ganze Schöpfung nur noch auf dem Normalgeschmack männlicher Quadratschädel beruhte, das nehme ich den Herrschaften einfach nicht ab.«

»Immerhin gibt's auch Galane«, hatte Alice gesagt, »und Ästheten mit Eierköpfen.«

Dabei hatte sie auch an Bernhard gedacht, der sich ja redlich abgemüht hatte und es wahrscheinlich immer noch tat. Aber Lydia hatte das nicht unterschrieben. Jedenfalls hatte sie nur gesagt:

»Den Galan möchte ich sehen, der es wagt, in meiner Person nicht zuerst mich selbst zu sehen, sondern allenfalls nur ein Quodlibet aus Bekanntschaften und Amouren. Den schicke ich dir per Rohrpost nach Hause.«

Ihr Experiment mit Bernhard habe ihr die Augen geöffnet, hatte sie noch hinzugefügt. Bernhard, diese halbliterarische Edelfäule, mit seiner ständigen Suche nach einer Mischung aus Hausfrau und Helena, wobei er dann auch noch in der Hausfrau die Xanthippe entdecke und in der Helena ein Stück Halbwelt! Nein, sie verkehre jetzt bald unter richtigen Männern, und zwar im Bewußtsein der gleichen Potenz, im Vollgefühl weiblicher Ebenbürtigkeit, und es müßte da schon jemand kommen, der nicht nur aus einem Prozentsatz von Attributen bestünde, während er innerlich hohl oder nur ausgestopft sei.

Es war für sie ein Genuß sondergleichen, so aufrecht im Bett zu sitzen und die Beispiele ihrer lässig dokumentierten Überlegenheit an ihrem inneren Auge vorbeiziehen zu lassen. Dabei war ein ganzes Parkett eines in ihr hausenden Stammpublikums mit im Spiel, einer imaginären Claque, deren vielgliedrige Köpfe allesamt aus ihrem eigenen bestanden und deren beifallsfreudige Hände alles bejahten. Schon gestern war ihr einmal die Laune gekommen, etwas Feierliches zu tun. Da hatte sie sich den spitz zulaufenden Kaffeewärmer aufs Haupt gesetzt und war damit im Gefühl einer unermeßlichen Aufrichtigkeit durch die von ihr annektierten Gemächer geschritten. Ganz leicht war es ihr über die Lippen geschlüpft, als sie zu Alice gesagt hatte:

»Ich hoffe, du bist mich bald los. Du kannst es dann selbst entscheiden, ob ich dich mit emporziehen soll.«

Sofern ihr danach zumute sei, könne Alice natürlich auch heiraten, denn sie sei ja im Grunde dafür geboren. Ihr fehle das doch, so ein häuslicher Brummbär. Wenn nicht anders, werde sie ihn ihr beschaffen, treu wie Gold, praktisch bis dahinaus und etwas bequem, aber ein Arbeitstier, ein Konzern-Chef, ein Familienversorger, wie er im Buch steht, mit einer Hochzeitsfeierlichkeit, ganz unter Schleiern und Tüll, und mit dem festen Entschluß, eine Dynastie zu begründen, in der es von lauter Kind- und Kindeskindern, lauter Onkels und Tanten nur so wimmle.

»Mama wird entzückt sein, sie wird dich vergöttern.«

Das gesagt zu haben war zweifellos etwas gewagt, denn Alice hatte rasch weggeblickt, aber der Nachhall dieses kleinen revanchelüsternen Schreckschusses erfrischte sie trotzdem, um so mehr beim Blick auf alle die Imponderabilien der letzten Zeit.

Die Vorsicht in der Behandlungsart durch Alice war ihr natürlich ebensowenig entgangen wie die nach ihrer Meinung allzu besorgte Abschirmung gegen die Neugier der Kundschaft. Sie hatte zwar auch Verständnis dafür, denn in den geschäftsbedingten Niederungen dort unten mochte es schon gerechtfertigt sein. Von ihrem Tafelberg aus war es jedoch nur putzig, genauso wie das Theater um Frau Loschwitzers Hut. Drollig aber war, auf was für bedachtsamen Umwegen ihr von Alice der Vorschlag zugespielt worden war, die Ausbildung der von Olaf mißbrauchten Edith selbst in die Hand zu nehmen, und dies auch noch unter Angliederung eines Schauspielstudios. Selbstverständlich käme das auch in Betracht. Warum nicht? Im Augenblick aber hätte sie wirklich nicht gewußt, was nebensächlicher wäre als die Frage, ob so ein Springinsfeld seine Unschuld verliert oder nicht, gemessen an doch viel größeren Fragen.

»Gib's zu, Alice!« flüsterte Lydia mit tragisch gewölbtem Augenaufschlag vor sich hin. »Gib's zu! Es war ja doch schrecklich.«

In der Tat hatte sie manchmal kaum noch gewußt, wer sie eigentlich war und was für ein Fabeltier sich in ihr verbarg. In ihren vier Wänden war's ja noch angegangen. Aber draußen? Unterwegs, so im Schaufenster vor den Geschäften? Wenn sie da einen Blick erhascht hatte, den sie sich selber zuwarf, war sie manchmal wie hypnotisiert. Der reinste Basiliskenblick war das gewesen, so verdächtig war sie sich vorgekommen. Gewiß, wenn eine Stimme in ihr es verlangte, konnte sie sich jederzeit selbst widerlegen, als ob sie ihr eigener Staatsanwalt wäre. Aber es gab

Notwendigkeiten, denen sie einfach kein Recht einräumte, auch wenn sie sich gezwungen sah, sich ihnen auf kurze Zeit zu beugen. Nicht getragene Perlen verlieren den Glanz, also trug sie auch ihre Selbstüberzeugung. Welche Veranlassung hätte sie denn gehabt, Komödie zu spielen, außer es läge ihr etwas an der Komödie? Und sie war ja noch nicht in dem Alter, wo sie es nötig gehabt hätte, sich etwas vorzugaukeln, erst recht nicht inmitten der Leute, die ja doch nur darauf warteten, eine Größe wie sie in Grund und Boden verdonnert zu sehen. Also hielt sie den Kopf hoch.

»Aber gib's zu!« flüsterte sie vor sich hin. »Es war doch auch schrecklich.«

Nun, da sie sich das ins Gedächtnis zurückrief, war sie überzeugt, ein Muster an Selbsterkenntnis und höherer Einsicht geliefert zu haben. Sie krallte die Finger ins Bett und stützte sich auf die Arme. Ihr Auge stand ausdruckslos im Gesicht, das gleichfalls merkwürdig unbelebt war. Aber sie fühlte sich redlich durchschauert. Überdies empfand sie es auch als ein Zeichen innerer Größe. Noch als sie aufstand und sich auf ihren kostbaren Beinen ins Bad begab, um sich dort fertigzumachen, indem sie der inneren Reinigung nun auch noch die äußere folgen ließ, umwallte sie ihr Nachthemd wie ein Aspasiakostüm.

Den ganzen Vormittag war Lydia aufs angelegentlichste damit beschäftigt, sich die Schritte zurechtzulegen, die die kommenden Tage von ihr verlangten, wobei alles andere merklich zurücktrat vor dem sie ungemein elektrisierenden Befund der drei Einladungskarten. Am liebsten wäre sie sogleich zum Hörer gestürzt, um zu telefonieren. Beispielsweise, so meinte sie, wäre es gar nicht so unangebracht, einmal die Kundenkreditbank anzurufen und sich dort vormerken zu lassen unter Berufung auf Herrn Generaldirektor Motzkus aus Krefeld, der ein alter Geschäftsfreund sei. Ihn sowohl als auch Rechtsanwalt Mambrey, den Doppeldoktor, hatte sie fest im Gefühl, so geläufig wie nichts, und also auch an der Strippe. Hier lag ja auch etwas vor, das bereinigt sein wollte. Im dritten Fall dagegen, obwohl vielleicht sogar dem wichtigsten, bei diesem – ja, wie sollte sie ihn wohl nennen? – diesem Filmliebhaber, diesem hochinteressierten Schirmherrn aus London schlug ihr das Herz bis hinter die Ohren. Wie hieß er doch gleich? Ach so! Alfredo ten Dam. Ihm hatte sie im Grunde noch gar nichts entgegenzusetzen außer sich selbst, außer ihre Person und natürlich den ganzen Aspasiakomplex samt eigenständiger Lydia-Film-Produktion. Vielleicht war es aber gerade das Bewußtsein dieser Ungewißheit, dieser vorerst noch unaussprechbaren Erfolgsmöglichkeit, was ihr Verlangen nach seiner Bekanntschaft so unkontrollierbar erwärmte.

Die Notwendigkeit der geschäftlichen Umsicht riet ihr indessen, zunächst erst einmal eine Verbindung mit Mambrey herzustellen, zumal das ein immerhin abzuschätzender Faktor war. Zwar hatte sich der Herr, was ihm nicht gleich vergessen werden soll, bisher jedem Versuch entzogen, um so beachtlicher war jedoch der Umstand, daß er nun von sich aus angetanzt kam und gesprochen sein wollte. So schritt sie halb spielerisch, nicht ohne lässig unterdrückten Triumph, zum Telefon, wobei sie sich vornahm, gleichzeitig auch etwas Sprache zu sprechen.

»Hier Lydia Faude«, sagte sie mit schrägstem Seitenblick auf Alice. »Könnte ich wohl Herrn Mambrey sprechen?«

»Moment bitte!« hieß es, wie üblich.

»Ja? Ich selbst«, sagte Lydia und nickte. »Guten Tag, Herr Mambrey. Auch wieder mal im Lande? Sie erinnern sich doch noch meiner? Gut, gut. Ich hatte die Absicht, heute einmal vorbeizukommen. Paßt Ihnen das? Aber gewiß! Eine glückliche Uhrzeit – noch Nachmittag und noch nicht Abend. Das ja. Dazu sage ich immer: brieflich plaudern und platonisch soupieren. Viel zu tun? Natürlich! Wieso denn auch nicht? Ein Mann wie Sie!«

Unterdessen wurde Lydias Gesichtsausdruck aber immer gespannter. Sogar in den Augen zeichnete sich etwas Lauschendes ab, das so auffällig war, daß Alice schon stutzte. Aber Lydia winkte kurz ab.

»Ihr Neffe könnte mich abholen?« wiederholte sie dann, um plötzlich, kaum daß sie den Hörer mit besten Empfehlungen aufgelegt hatte, laut jubelnd zu rufen:

»Alice! Den Wagen! Er schickt mir den Wagen.«

Es war nun mit einem Mal so viel zu tun, daß man ein automatischer Buddha hätte sein müssen mit tausend Armen. Jedenfalls fehlte es plötzlich auf empfindlichste Weise an Zeit, wovon Lydia die letzten Wochen ja mehr als genug gehabt hatte, so daß sie nun im geringsten nicht zu begreifen vermochte, welchen Sinn es eigentlich hatte, nun keine zu haben. Allein schon die Frage: ›Was ziehe ich an?‹ erwies sich bei der Knappheit der zur Verfügung stehenden Stunden als beinahe unlösbar. Dabei zeigte sich auch, daß Alice nicht vorgesorgt hatte. Das geplante Aspasiakostüm lag jedenfalls unfertig da, auch wenn man unterstellt, daß es für einen mehr oder weniger korrekten Nachmittagsbesuch nicht in Frage gekommen wäre. Immerhin lag hier auch die Notwendigkeit einer Wiedergutmachung vor. Aber das später! Zunächst kam es ja nicht darauf an, in Unterlassungssünden zu wühlen, sondern einfach auf die Unterscheidung dessen, was vordringlich war und was nicht. Lydia nannte das ihren Arbeitsanfall. Denn wie immer sie Mambrey entgegenzutreten gedachte, ob nun mehr als Schauspielerin oder nicht ob mehr als Erbberechtigte und künftige Unternehmerin oder nicht oder ob einfach als Lydia Faude, die das alles bis zur Aspasia hin in sich vereinigte, das Entscheidende war, daß sie diesmal noch andere Potenzen hinter sich hatte, und zwar nicht nur imaginäre.

Es empfahl sich also, vorher rasch noch eine Verständigung mit Motzkus herbeizuführen und, wenn möglich, auch mit dem von ihr so bezeichneten Schirmherrn aus London, was denn auch durch ungemein gelungene Anrufe in deren Hotels geschah.

»Hier Lydia Faude«, hieß es da immer. »Ja? Ich selbst.«

Dabei stellte sich allerdings wieder heraus, daß die sonst so flüchtige und weitmaschige Zeit, als ob sie nichts Besseres zu tun gehabt hätte, drängte, denn einer im Hotel hinterlassenen Nachricht zufolge hatte sich Herr Generaldirektor Motzkus leider zu einer unvermeidbaren Umdisponierung genötigt gesehen, so daß für ihn, leidigen Zeitmangels wegen, nur der spätere Nachmittag übrigblieb, allenfalls noch ein Achtel vom Abend, welch beide kostbaren Achtel er indessen mit Freuden geneigt war, durch Abstattung eines Privatbesuches auszufüllen, vorausgesetzt, daß es genehm sein würde. Er bat darum, eine entsprechende Nachricht zu hinterlassen.

»Die reinste Hinterlassenschaft!« stöhnte Lydia zwar auf, aber selbstverständlich stimmte sie zu.

Sie käme dann eben etwas früher von Mambrey zurück, während Alice die Aufgabe zufiel, sich um Motzkus zu kümmern. Vielleicht ließe sich dabei, wenn sie es geschickt anstellte, sogar schon das Vorfeld sondieren und allerlei klären. Den anderen Galan, Verzeihung, den anderen Herrn gedachte sie tags darauf bei einem Cocktail in der Hotelbar in Augenschein zu nehmen.

»Was sagst du zu meinem Profil?« fragte sie plötzlich, und nachdem sie es halbwegs zurechtgerückt hatte, besann sie sich wieder aufs rein Geschäftliche und meinte:

»Ich hoffe, er bringt ein Kreditpaket mit.«

»Motzkus?« fragte Alice.

Für Lydia indessen stand das längst fest.

Außerdem hatte sie auch keine Zeit mehr, sich um Dinge zu kümmern, die sich später von selbst ergaben, es sei denn höchstens, daß sie noch diese und jene Verhaltungsmaßregeln für Alice verlauten ließ, sei es nun über Mamas Papiere, sei es über Film, Kostümverleih, Textilien, Süßwaren, Kulturpolitik und anderes.

So war sie bald ausgangsfertig mit einer letzten Musterung ihrer Siebensachen beschäftigt, als Alice, in der Tat pünktlich, einen nicht unansehnlichen Wagen bemerkte, der, beim Blick durchs ebenerdige Fenster zumal, einfach nur so herangeschwebt kam.

»Willst du den Schirm mitnehmen?« fragte sie Lydia.

»Bist du wahnsinnig geworden? Ich brauche doch keinen Schirm.«

»Wozu hast du ihn dann in der Hand?«

»Ach je!« gab Lydia zur Antwort. »Er lag so herum.«

Unterdessen hatte es auch schon geklingelt und Mambreys Neffe stand da, wie aus einem Zeitungsinserat herausgeschnitten: Student mit besten Manieren sucht Nebenbeschäftigung,

Führerschein Klasse III vorhanden. Und so stellte er sich auch vor, was der Bekanntschaft von vornherein einen unprätentiösen Anstrich verlieh, auch wenn ihm die »Gnädige Frau«, womit er Lydia betitulierte, nicht weniger flott von den Lippen ging.

Halb im Weggehen, sie standen schon draußen im Flur, hatte plötzlich das Telefon zu läuten begonnen, mehrmals hintereinander, so daß Alice einen Moment unschlüssig war, ob Lydia nicht vielleicht umkehren wollte. Sie sagte aber nur: »Mach du das, Alice!« und begab sich in bester Stimmung und bereits in angeregtem Gespräch mit Dicky zum Wagen.

Das war also perfekt.

Man kann nicht behaupten, daß es ein besonderer Nachmittag war, jedenfalls nicht, bis auf wenige Ausnahmen, in den Augen der Nachbarn. Trotzdem drehte sich das Eck der Tintenburg auf geradezu zauberhafte Weise vorüber und empfahl sich Lydias schimmernden Blicken. Sie saß neben Dicky, der sich einen Spaß daraus machte, darauf hinzuweisen, daß dies der Todessitz sei, worauf er zur Bekräftigung gleich einmal doppelt so schnell fuhr als polizeilich erlaubt. Doch dann ging er mit dem Tempo wieder herunter, denn es lag ihm, wie er offen erklärte, gar nichts daran, zu früh anzukommen.

»Es sah ja schon beinahe so aus, als wollten Sie mich entführen«, sagte Lydia leutselig lächelnd.

»Bestreite ich gar nicht«, entgegnete Dicky, und so war's auch gemeint.

Er gab dann unumwunden bekannt, daß er sie schon seit langem verehre. Er habe sie einmal in einer Vorlesung ihres Gatten gesehen, des Liebesprofessors Amadis, wie dessen Spitznamen laute. Da sei er nur so hereingeschneit, eben wegen des Themas. Der Herr Professor doziere ja ausschließlich über Erotik, zur Zeit über Liebeshöfe in der Provence. Seitdem habe er auf diesen Moment gewartet.

»Es ist sehr angenehm«, meinte Dicky, »auf etwas zu warten, wovon man mit Sicherheit weiß, daß es eintrifft. Liebe zum Beispiel oder Geld oder sonstwas. Man ist dann so angenehm angewärmt. Man blickt mit anderen Augen umher, ungefähr wie im

Urlaub, freier. Genauso verhält es sich auch, wenn man jemanden abholt.«

»Das haben Sie sicher schon öfters getan?« sagte Lydia, die zunächst weiter nichts als leicht amüsiert und geschmeichelt war.

»Na ob!« versicherte Dicky.

Seine Aufmerksamkeit war geteilt. Er beachtete den Verkehr, und außerdem bemühte er sich, so zu tun, als ob die neben ihm sitzende Lydia, obwohl sie ganz Ohr war, nicht existierte, es sei denn, daß er ihr durch seine Art, in die Kurven zu gehen, seine Fahrkunst bewies. Deshalb sagte er auch.

»Ich bin ein leidenschaftlicher Linksabbieger, müssen Sie wissen, ich habe eine Schwäche für Linksdrall, wahrscheinlich, weil dort das Herz sitzt. Übrigens heißt bei mir Schwäche immer auch Stärke und Passion. Ich mache auch alles mit der linken Hand, so aus der Lamäng. Sie fragen mich: was? Na, Examen und so. Diese Sachen wischt man so weg. Das bringt man hinter sich. Erstaunlich, was man im Laufe des Lebens alles so hinter sich bringt.«

»Sie sind ja ein Philosoph, mein Lieber.«

»Das weniger.«

»Was studieren Sie denn?«

»Mathematik. Aber das nur nebenbei. In der Hauptsache stuchere ich die letzten Menschen.«

An Gewandtheit, so schien es, ließ es dieser junge Adept wahrlich nicht fehlen. Er war seiner Altersstufe um Jahre voraus, und die Sicherheit, mit der er den Wagen beherrschte, nicht zuletzt auch die ans Vertrauliche streifende Situation, war verblüffend. Nichtsdestoweniger fragte sich Lydia, was es eigentlich war, das sie im stillen auch störte oder irgendwie warnte, bis sie dahinterkam, daß es seine Art war, über sich selbst zu verfügen, genauer gesagt, nicht nur über sich selbst, sondern über alles, was ihn beschäftigte, was er in Händen hatte, womit er zufällig Umgang pflog, selbst seinen Onkel nicht ausgenommen, von dem er nun plötzlich behauptete, daß er in Lydia verknallt sei oder vielmehr gewesen sei.

Der sei ganz schön durcheinander gewesen, der Alte. Der

Fang, den sie ihm durch ihren ersten Besuch versetzt habe, habe gesessen. Erst die alte Lina habe ihn wieder zurechtgestaucht. Dieser alte Drachen habe den Herrn Justizrat daran erinnert, daß er, einem Verdikt seiner verstorbenen Frau zufolge – »und das zieht bei dem immer!« rief Dicky –, ein Pfahlbürger sei, der auf seinen vier Pfählen sitze, inmitten einer in lauter Verbindlichkeiten verstrickten Apparatur. Für Extravaganzen mit Zehnminuten-Charme, die ständig neu angeheizt werden müßten, sei er der denkbar Ungeeignetste.

»Ist er auch«, meinte Dicky.

Das Weitere ließ der junge Mann offen. Ein Zug um die Lippen verriet indessen, daß dieses Offenlassen nicht ohne Absicht geschah. Im Augenblick war er jedoch mit dem Lenkrad beschäftigt. Das nahm sein Interesse ausschließlich in Anspruch. Entweder hatte er sich verfahren, was aber kaum der Fall sein konnte, oder er hatte sich anders besonnen. Jedenfalls vollführte er eine Art Kehrtwendung, indem er den Fuß vom Gashebel nahm, um dann mit einem Ruck, der wie ein Sprung nach vorn war, mit einer seiner beliebten Linksabbiegungen in eine der stillen, länglich gewundenen Nebenstraßen zu gelangen. Hier fuhr er gemächlich an einem parkähnlichen Streifen aus Birken und Kiefern entlang, bis er den Wagen gleichsam ausrollen ließ und hielt. Auszukennen schien er sich in dieser Dahlemer Gegend sehr gut. Und das war ja begreiflich. Nur Lydia war im Augenblick etwas verwirrt, sei es, daß sie diesen idyllisch versprengten Parkstrich nicht kannte oder nicht sogleich in Erinnerung hatte, sei es auch, daß sie den Folgen ihres ersten Besuches noch etwas nachsann. So hatte sie sich, gewiß auch etwas geschmeichelt, dahingondeln lassen. Als sie hinaussah, wußte sie wieder Bescheid. Das Gitter einiger Vorgärten zur Rechten, erkannte sie dahinter die weißleuchtende Front zweier durch Buschwerk der Sicht fast entzogenen Villen. Mambreys Villa, die bekanntlich viel einfacher war, lag aber höchstens zwei Querstraßen entfernt, zum Grunewald hin.

»Was soll das?« fragte Lydia, kaum daß der Wagen gehalten hatte.

Dabei blickte sie Dicky halb prüfend, halb erwartungsvoll an wie im Wettstreit mit der Ernsthaftigkeit der ringsum verteilten Kiefern. Es war jedoch auch ein Geflirre in ihr, das sie dem Blick auf die Birken verdankte wie überhaupt ihren jüngsten Erfahrungen mit der halb ungelenken Jugendlichkeit der Studenten aus Bernhards Epoche.

Damals hatte sie sich mit Bernhard über deren Wesen und Veranlagung oft unterhalten und auch auseinandergesetzt. Das Zyklopische an ihnen war ihr immer nicht ganz geheuer erschienen, namentlich auch das Aufgeschossene und teils einseitig Entwickelte. Vieles daran schien ihr grotesk. Es war einfach verbesserungsbedürftig durch entsprechenden Umgang mit kultivierten Persönlichkeiten, am besten, wie sie meinte, mit womöglich noch kultivierteren weiblichen Wesen ohne allzu großen Altersunterschied. Sie selbst hatte sich oft bemüßigt gefühlt, ein wenig an derlei Gestalten herumzumeißeln, damit sie den nötigen Schliff erhielten, nur hatte man's ihr leider verwehrt. Das Einstudierte an ihnen sollte verschwinden. Ferner sollten sie sich des Mißverhältnisses bewußt sein, das zwischen ihrer betonten Selbstsicherheit in bezug auf ihre Ansichten und Meinungen und ihrem wirklichen Verhalten in bestimmten Situationen bestand. Da klaffte nach Lydias Überzeugung ein Riß, auch bei den Begabten. Es war da ein Ehrgeiz im Spiel, der die Zukunft vorausnahm, der alles, was Gegenwart hieß, ungebührlich verzerrte, indem man sich mit einem Maßstab behalf, der bestenfalls den Abstraktionen der Theorie und des Lehrbezirks entsprach, nicht aber dem doch so reizvoll ungesicherten Konglomerat der Gesellschaft und des alltäglichen Lebens. In der Tat waren diese Grünspäne zwar auch bereit, zu bewundern und zu verehren, gleichzeitig jedoch waren sie auch auf Bereicherung aus und dann kraß egoistisch, wenn nicht noch mehr. Die reinsten Detektive, die alles das zu erfahren strebten, was ihr Professor ihnen nicht beibringen konnte, zum Beispiel auch alles Intime.

Lydia stand das alles, lediglich gemildert durch ihr neu entdecktes Aspasiagefühl, vor Augen, als ihr Dicky, ohne zur Weiterfahrt anzusetzen, den Vorschlag machte, es lieber mit ihm zu versuchen. Dabei hielt er sich starr am Lenkrad fest. Ja, mit ihm. Er sei nämlich schon einmal bei ihr in Erscheinung getreten, so könne man es bezeichnen. Er habe ihr damals geschrieben. Es sei ein Gestammel gewesen, ziemlich hilflos, mit lauter Liebe, und er habe es gleich bereut, aber da habe die Blamage bereits im Briefkasten gelegen. Ganz so dumm sei er aber auch nicht gewesen. ›Die Unterschrift war gefälscht‹, sagte Dicky und lachte. In der Sache habe er aber auch jetzt nichts zurückzunehmen, und auf die Sache käme es an. Es frage sich nur, wie man sie aufzäumt.

»Mich täuschen Sie nämlich nicht«, sagte er mit einem derart ins Künstlich-Liebenswürdige veränderten Ton, daß das eben erfolgte Geständnis meilenweit abgerückt schien. »Sie stecken doch mit in der Sache.«

Und dann blickte er plötzlich höchst abgefeimt lächelnd auf Lydia. Es war eine Anspielung, die sie zunächst überhaupt nicht verstand, weshalb es ihr auch nicht schwerfiel, ihm ins Gewissen zu reden, indem sie ihm den Rat erteilte, sich bald zu entscheiden, wie er sich hier zu benehmen gedächte. Er sei doch schließlich ein Kavalier und kein Rabauke. Dazu war es jedoch schon zu spät. Sein Gesicht hatte sich ihr genähert, und sein Arm kam schon bedrohlich um ihre Schulter gekrochen, wobei er noch sagte:

»Das ist zwar Quatsch, was Sie da reden, aber wenn's Ihnen Spaß macht – meinetwegen.«

Und dann hatte er sie auch schon an sich gerissen und mehrmals geküßt.

»Aber pfui doch!« rief Lydia. »Ich bin doch kein Freiwild.« Worauf Dicky jedoch nur meinte:

»Ich denke, Sie sind beim Film. Oder ist das geschwindelt?«

Lydia war außer sich. Sie war nicht prüde. Ein Theaterkuß mehr oder weniger machte ihr wahrlich nichts aus, und der Wildgeruch, den sie in letzter Zeit bei den Herren der Schöpfung bemerkt haben wollte, unterstützt von allerlei Frühlingsgefühlen, hatte sie ziemlich ergötzt. In diesem Fall aber wäre selbst ein dreizehnköpfiges Spitzengremium nicht in der Lage gewesen, das körperliche und moralische Unbehagen, das sie durchrann, in Worte zu fassen, geschweige zu verscheuchen. Diese ganze Mischung aus Unverfrorenheit und Hinterabsicht, dabei die Schärfe des Blicks für das Dilemma der Situation, schien ihr nahezu kriminell. Nein, häßlich war es, sonst aber auch nichts. Man konnte es weder als Schicksal noch als Vorsehung bezeichnen, die Banalität der Umstände war einfach ein Schlag ins Gesicht, ins Gesicht von Gesittung und Form. Außerdem war es über alle Maßen betrüblich, und nur mit größter Selbstdisziplin war es ihr möglich, in Dickys Verhalten nicht mehr als eine dumme Entgleisung zu sehen.

»Na, dann nicht«, sagte er brüsk.

Dann fuhr er drauflos. Damit schnitt er ihr jede Möglichkeit ab, wenigstens auszusteigen und ihn mit seiner Tollheit allein zu lassen. Sie sorgte sich auch um ihre Frisur, die wieder in Ordnung zu bringen nur noch knapp zwei Minuten verblieben, wobei ihr überdies vor Augen trat, daß sie weder das Grüne noch das Gelbe anhatte, wie ursprünglich beabsichtigt, sondern das Braune, weil sie das beide, Alice sowohl wie sie, für korrekter gehalten hatten.

»Ich würde Sie gern umarmen«, hatte Dicky damals geschrieben, »um diese Abstraktion von Lydia Faude loszuwerden, eben weil Sie nicht eine von vielen sind, sondern auch eine Idee, platonisch natürlich, eine Idee, die sich in Ihnen verkörpert. Aber wenn ich keine Gelegenheit habe, diese Verkörperung zu spüren, so bleibt mir eben nur die Abstraktion. Und diese Abstraktion ist wie ein Marterwerkzeug. Im Denken an Sie, und ich denke sehr oft an Sie und nicht nur das, ich denke auch über Sie nach, und im Nachdenken steigt dann ein ganzer Komplex an Weiblichkeit auf. Wenn Sie mich nur einmal gewähren ließen, das an Ihnen zu küssen, was eben noch über alle Begriffe und unter – Verzeihung! – unter allem Hund ist, das, was mich wahnsinnig macht, was mich unentwegt aufgeilt, was mich zerfleischt und auszehrt bis ins Abstrakte, wenn Sie mir das gewährten, wäre ich glücklich. Bin ich ein Feigling, daß ich Ihnen das schreibe, statt einfach den Mut aufzubringen, es Ihnen zu sagen, selbst auf die Gefahr hin, daß Sie über mich lachen oder sich bei

Ihrem Gatten beschweren? Aber das letztere glaube ich nicht, Sie werden mich nicht denunzieren, und also werden Sie auch diese Zeilen vernichten. Trotzdem erfreut es mich ungemein, zu wissen, daß Sie sie zur Kenntnis genommen haben. Feig ist es trotzdem von mir. Ich bezeichne mich nämlich schon als Feigling, weil es mir nicht gelingt, aufs Leben zu verzichten, weil es mich immer wieder ans Leben herantreibt, weil es mich verlockt, mit dem Schicksal zu experimentieren, und weil eine Lust nach Ihnen verlangt. Ich sehe Sie ja in allen Gestalten: als Hetäre und Kurtisane und sogar als mondäne Spionin! Die Zeit vergeht, Woche um Woche. Jeden Tag wird man um 1440 Minuten älter. Das sind weit über achtzigtausend Augenblicke, in Summa 86 400 Sekunden. Und darüber versäumt man alles. Das zu wissen ist grauenvoll. Sie werden geliebt. Also laß es doch auch geschehen! Dein Magnus.«

Lydia hatte den Brief vergessen. Sie erinnerte sich nur dunkel, ihn als Elaborat betrachtet und mit Bernhard ziemlich ironisch über das jugendliche Irresein seiner Studenten gesprochen zu haben. Bernhard hatte ihn auch nur als Fehlgeburt bezeichnet, als typisches Mißverständnis und Unreifezeugnis aus seinen Vorlesungen. So hatte sie ihn zerrissen. Inzwischen, wie der jetzige Vorfall bewies, war das alles ja auch überholt. Der junge Mann hatte sich weiterentwickelt, mit jener seinem Alter gemäßen Sprunghaftigkeit, wo nahezu jeder Monat eine neue Epoche anschnitt, und es fragte sich höchstens, wohin er dabei geriet. Abschüssig nannte es Lydia, denn der Bursche schien ihr auf irgendeine Weise gefährlich.

Sie sprachen kein Wort mehr. Ziemlich erstarrt saßen sie nebeneinander. Ja, Lydia kam nicht einmal dazu, sich zu fragen, was eigentlich seine Behauptung bedeuten sollte, der zufolge sie mit in der Sache stäke. War das nur einfach so hingefuchst?

So langten sie beide vor Mambreys Eigenheim an, äußerlich im besten Einverständnis. Dicky öffnete den Wagenschlag und war Lydia beim Aussteigen behilflich, wobei er die Gelegenheit wahrnahm, eine fast lautlose Entschuldigung zu murmeln. Dabei trat aber wiederum etwas derart Gefaßtes und Glattes in sein

Gesicht, etwas geradezu Zynisch-Patentes, wie es sich nur er-
gibt, wenn ein Wissen dahintersteht, irgendein Bescheidwissen
um in Gang befindliche oder undurchsichtige Dinge. Dann aber
war er nur noch mit dem Wagen beschäftigt. Er brachte ihn in die
Garage, und diese alberne, offenbar einzig auf die Wahrung ihres
Rufes bedachte Lydia Faude schien ihn nicht mehr zu kümmern.

4 Durch ihre Episode mit Dicky um ein geringes verspätet, eilte Lydia die drei Stufen zu Mambreys privater Juristerei hinauf, wo sie von einer weißbeschürzten, adrett hergeputzten Gestalt, dem einstigen Schreckbild der alten Lina, diesmal aber sichtlich weniger barsch als das erste Mal, in Empfang genommen, ja vielleicht sogar willkommen geheißen wurde. Lydias Lippen waren zwar etwas zusammengepreßt, bevor es ihr gelang, das übliche Lächeln hervorzuzaubern, aber nach diesem kleinen energetischen Akt, den sie ja aus dem Eff-Eff beherrschte, schlug ihr Befinden ganz von selbst in eine nahezu luftleere Leichtigkeit um, so daß sich schon in der Diele draußen, ungeachtet der dienstbeflissenen Lina, ihre Stimme auf einer Skala bewegte, wie sonst nur noch die Virtuosität von Koloraturen, was nichts anderes besagte, als daß sie schon von weitem bekanntgab: »Voilà, da bin ich.«

Was alles ihr bei ihrem ersten Besuch nicht so recht deutlich geworden war, fiel ihr nun, halb so im Umblick, doppelt auf, so besonders die Art der Inneneinrichtung, die aus einer lachhaften Mischung von Solidität und Ausnahmekonfektion bestand, und ferner auch, daß die Kleiderablage merkwürdig voll war, um nicht zu sagen überbelegt. Aber diese Eindrücke huschten nur so durch sie hindurch, auch wenn sie sie wahrnahm, und gleichermaßen schien es sich auch mit allerlei von nebenan herausdringenden Lauten oder Bruchstücken aus gedämpft-geselligen Reden zu verhalten, wie sie etwa bei einem ›Tee mit Hut‹ anspruchslos in der Luft stehen. Offenbar hatte Mambrey Besuch, den er erst noch verabschieden wollte, oder er führte als Anwalt und smarter Geschäftsmann, der er ja ebenfalls war, mehrere Ferngespräche zugleich

»Hier bitte!« sagte die alte Lina, da ihr Besuch eine fragende Wendung zur Treppe hin machte. Aber da hatte die Tür zu den unteren Räumen sich schon geöffnet, und Mambrey erschien.

Mit ausgestreckten Armen kam er Lydia entgegen, diesmal sogar mit einem kaum noch juristisch zu nennenden Handkuß.

»Das ist reizend«, sagte er demonstrativ, »da kommt sie ja, unsere Aspasia! Reizend, gnädige Frau, daß Sie sich herbemüht haben! Hat er sie tüchtig attackiert, der Dicky? Das ist so seine Methode. Na, hoffentlich gentlemanlike, ganz Alkibiades. Wozu hab ich ihn denn nach England geschickt? Allerdings, Lustmörder gibt es dort auch.«

Bei dem angeregten Gelächter kam Lydia nicht erst dazu, sich zu erklären, was sie aber auch sonst nicht getan hätte, auch fuhr Mambrey einfach im Plauderton fort:

»Ich wundere mich immer, wenn die Leute von Rio, Paris oder London sprechen, als wären das lauter Aquarien, mit Goldfischen darin. Daß dort auch gearbeitet wird, davon ist selten die Rede. In Rio gibt's nur die Copacabana, da wird nur gebadet, in Paris nur geflirtet, in Wien nur getanzt, und in London wird nur Gesellschaft gespielt. Da sind wir Berliner doch komplizierter. Wir dialektischen Zwillinge widersprechen uns fortwährend selbst.«

Eine bessere Begrüßung hätte sich Lydia nicht wünschen können, sie fühlte sich gleich so sympathisch umhüllt, daß auch der winzigste Vorbehalt, falls dergleichen noch in ihr versteckt gewesen sein sollte, in nichts zerfiel. Erwartungsvoll blickte sie an Mambrey vorbei in eine Art Wintergarten, nur etwas verwundert, daß das prosaische Stimmengewirr von nebenan immer noch anhielt, bis es beim Näherkommen wie auf Verabredung plötzlich verstummte.

»Hier bitte!« sagte Mambrey mit einer Geste zum Nebenraum hin, dessen Schiebetür offen war.

Er hatte den gleichen Ausdruck wie die alte Lina gebraucht, so daß Lydia sich fragte, wer hier eigentlich wen kopiere. Aber das alles ging rasch in ihr vor, denn zu ihrer nur schlecht verhehlten Verblüffung sah sie in der Tat eine ganze Corona versammelt, eine bunt gemischte Gesellschaft, die auf sie, zumal sie mit anderen Erwartungen kam, so unglaubwürdig und puppenhaft wirkte wie ein Studienobjekt aus Dickys Panorama der letzten

Menschen. Es blieb ihr indessen nichts übrig, als das zur Kenntnis zu nehmen, um so mehr, als ihr Augenmerk zufällig auf eine völlig verlebte Gestalt fiel, die Panoptikumsgestalt einer uralten Dame in der hintersten Sofaecke, aus deren nichtsdestoweniger zierlichem Totenkopf sie unverwandt angeblickt wurde, wenn auch liebenswürdig und scheinbar erfreut, so doch mit einem kaum noch zu übertreffenden Mangel an innerer Wärme. Es stellte sich heraus, daß es die Gräfin von Ujest war, die Ingwer-Gräfin, die aussah wie ihre eigene alte Mamsell.

»Darf ich bekannt machen?« sagte Mambrey, und dann ging das reihum.

Über Lydias Mienen huschte ein Hauch von Edelmut hin, denn der Blankoscheck, den sie sich gestern erst ausgestellt hatte, tat seine Wirkung. Es war kein Zweifel, daß sie die letzte war, die hier erwartet wurde, aber andererseits auch die erste.

Das Zustandekommen der sichtlich improvisierten Gesellschaft, die indessen noch manche Überraschung bereithielt, darunter sogar eine für Lydia ganz entscheidende, war ursprünglich nur einer Laune der Gräfin von Ujest zu danken, deren wackliger, aber anscheinend immer noch neuigkeitslüsterner Kopf sie veranlaßt hatte, bei Mambrey eine Zusammenkunft aller mehr oder weniger an Morawé interessierten Personen anzuregen, mochte nun deren Interesse mehr finanziell oder, wie bei ihr selbst, mehr traditionell und, wie sie sich ausgedrückt hatte, rein seelisch bedingt sein. Sie hatte diesen Wunsch zunächst nur aus Neugier auf Lydia Faude geäußert, über deren hohe Verehrung des alten Herrn von Zembrowski sie durch Fräulein Skepsgardt ins Bild gesetzt worden war, wenn auch freilich nur andeutungsweise, und von deren Bekanntschaft sie sich einen Genuß höchsten Ranges versprach, zum Beispiel auch ein Gespräch über Wesen und Idee der Erbschaft. »Es gibt keine richtigen Erbschaften mehr«, hatte sie schon zu Mambrey gesagt, »wie überhaupt keine richtige Erbfolge und kein richtiges von Hand-zu-Hand-Gehen alles Bewährten. Es wird alles nur ausgewechselt, umgetauscht oder weggesteuert. Gewiß, wir haben ein Fazit von Millionären, aber das sind keine Herrschaften mehr, das sind Kapitalisten.«

Und auf Mambreys geschmeidigen Einwand, daß die Welt sich eben verändere, war sie sogar etwas bockbeinig geworden, indem sie mit ihrem silbernen Krückstock aufgestampft und erklärt hatte, daß es ihr besser schiene, wenn diese zweifelhafte Welt sich weniger veränderte und statt dessen mehr erneuerte. So aber tausche man lediglich ein Dilemma gegen ein anderes aus. Da sei kein Bekennermut mehr, keine persönliche Haftung, alles winde sich umeinander herum, und alle paar Jahre befreie sich der eine aus der Schlinge des anderen. Auf solch ketzerisch-kapriziöse Reden war die Gräfin sehr stolz, obwohl für gewöhnlich kaum mehr als eine rhetorische Luftblase dabei herauskam, jenen Redensarten vergleichbar, wie sie ihr lieber Justizrat ja gleichfalls von sich zu geben beliebte. Immerhin hatte sich Mambrey dazu verstanden, dem Vorschlag näherzutreten und eine Zusammenkunft in Form einer losen Geselligkeit, die er mit Rücksicht auf Lydia sogar Symposion nannte, in Erwägung zu ziehen. Aber das war nur der Anlaß gewesen, ein erstes Stadium, eine gleichsam nur erste Instanz.

Schon beim ersten flüchtigen Überschlag nämlich hatte Mambrey herausgespürt, welche Vorteile sich aus einer halb inoffiziellen und halb privaten Berührung aller sich für gleichberechtigt haltenden Partner in dieser Morawésache ergäben, und seitdem waren die Telefongespräche weder im Büro noch bei ihm zu Hause nie abgerissen, und er hatte das alles, gespickt mit Witzen, Gemeinplätzen und Anekdoten, unter Aufbietung seiner bewährten Arbeitskraft zustande gebracht, so daß es für Außenstehende sogar so aussah, als ob ihm das spielend gelänge. Durch seinen Sozius Zwirner, den Lydia hier gleichfalls vorfinden sollte, hatte er eine Liste derer anfertigen lassen, die dafür in Betracht kommen würden, dies zunächst im allerweitesten Sinn, und dann war er mit dem Rotstift darübergegangen, um, wie er sagte, das Unkraut zu jäten und die Wolfsmilch tunlichst beiseite zu lassen. Die neuesten Recherchen waren ihm dabei von Nutzen gewesen, auch der Zufall war ihm zu Hilfe gekommen, wobei lediglich nicht ganz ausgemacht war, ob wirklich zu Hilfe oder ob nicht auch in die Quere. So hatten sich beispielsweise auch Mittelspersonen anderer Firmen gemeldet, die unter Umständen bereit gewesen wären, das ganze Unternehmen in Bausch und Bogen dem ihrigen einzugliedern, und diese, wie man meinen sollte, doch erfreuliche Aussicht hatte Mambrey wider Erwarten einiges Kopfzerbrechen bereitet, und zwar einzig jener angedeuteten Umstände halber, auch wenn er sie nur als Nebenumstände bezeichnete. Also schien doch die Anberaumung eines Termins für eine so radikale Lösung noch nicht recht empfehlenswert zu sein, es sei denn, daß alle Mann hoch die Geduld verloren zugunsten forcierter Privatinteressen. Schon allein deshalb, zwecks Vermeidung eines dann unwiderruflich katastrophalen Eklats, konnte sich die von der Gräfin von Ujest ausgegangene Anregung als glücklich erweisen. Ob freilich gerade in ihrem Sinn, das war eine andere Frage. Dazu hatte die Praxis mehr als einmal gelehrt, daß selbst die bestens vorauskalkulierten Aktionen nie glatt verlaufen und daß alle Strategie nichts nützt, wenn sich die Alltagstaktik nicht wendig und einfallsreich zeigt. Das war im geschäftlichen Sektor nicht anders als selbst im kriminellen, zu schweigen vom militärischen, der ja meist nur zu jenem gehört. Nun, es war ja auch nur ein Versuch, eine mehr abgepaßte Kaprize, und das war es, unter Abzug aller sichtlich hineinspielenden Hinterabsicht, erst recht auch in Mambreys Augen.

Es stimmte tatsächlich, daß er durch Lydias ersten Besuch etwas Feuer gefangen hatte, soweit seine träge Beleibtheit das überhaupt zuließ. Es stimmte aber auch, daß er schon wieder davon geheilt war. Trotzdem war sein Interesse an ihr so wenig erloschen wie Lydias Interesse an ihm, es hatte sich nur auf Gebiete verlagert, die gleichfalls nicht ohne Wichtigkeit waren und die zu kultivieren ein allseits gängiger Nachmittag kaum zu schade sein konnte. ›Freiheit liebt das Tier der Wüste‹, pflegte Mambreys verstorbene Gattin zu sagen. Studieren aber, wie er meinte, kann man es auch im Zoo und, falls es zweibeinig war, am besten auf dem Parkett, in Gesellschaft mit anderen. Das war auch sein kunstvoll verschleiertes Hauptargument gegenüber der alten Lina gewesen, die im übrigen ziemlich ahnungslos war. »Wenn sie sich erst zerstritten haben, ist es so gut wie unmöglich, einen

Vergleich zustande zu bringen und mit einigem Gewinn aus der Sache herauszukommen, dann heißt's eben Haare lassen«, hatte Mambrey gesagt. Und dann war noch ein durch Achselzucken gedämpfter Nachhall gefolgt: »So sind sie nun mal, die Menschen. Ob ranzig oder nicht, es treibt sie einfach ans Butterfaß.«

Auch wenn diese Ausdrucksweise seiner Gewohnheit entsprach und die Sachlage eher verwischte, so stand ihm doch seit kurzem ein Zug im Gesicht, der verriet, daß damit die Möglichkeit unliebsamer Verwicklungen nicht aus dem Weg geräumt war. Es war nämlich etwas eingetreten, was er eigentlich hatte vermeiden wollen: der Aktenstoß über Morawé war sichtbar gewachsen. Nun brauchte das noch nicht bedenklich zu sein, ein Aktenstoß hat es so an sich, er wächst, ohne deswegen nun gleich zum Ballast zu werden, denn er sondert auch wieder Erledigtes ab. Als unangenehmer erwies sich jedoch der Umstand, daß im Grunde zwei ungleiche Hälften vorlagen, eine übliche, rein juristische, die Firma unmittelbar betreffende und eine andere, nicht für jedermanns Auge bestimmte und auch nicht eigentlich diskutable. Im Interessengewirr dieser letzteren aber spitzten allerlei krebsartige Absenker die Ohren, sie wurden sozusagen mobil, und wenn sie auch nicht gleich zum Vorschein kamen, so war hier doch etwas am Werk, das dauernd Gefahr lief, sich innerlich aufzuladen, und sei es auch nur im panischen Bewußtsein eines schließlich doch hervorbrechenden Konfliktes. Kein Provisorium ist ja unendlich, und gesetzt, es wird überdehnt, so dürfte wohl kaum zu vermeiden sein, daß plötzlich von irgendwoher etwas nicht mehr in Schach zu Haltendes eintritt. Die kleinste Dummheit oder Kopflosigkeit genügt dann. Zweifellos war sich Mambrey dessen bewußt, und zwar nicht nur von ungefähr. Die Fieberpartikelchen, die harmlosen wie die entzündlichen, standen ja auf seiner Liste in Form von Namen, und am Rande der Namen, die vom toten Herrn von Zembrowski bis zu den jüngsten Statisten reichten, bei denen allenfalls, wenn auch wohlweislich, nur Dicky noch fehlte, befand sich jeweils ein die Sachlage kennzeichnender, kurzer Vermerk.

Lydias spontaner Eindruck, die Herrschaften, die sie hier antraf, säßen alle im gleichen Boot, wobei höchstens zweifelhaft war, ob es ein Rettungsboot war, bestand also zu Recht. Es lag eine zum Verwechseln ähnliche Gespanntheit auf den Gesichtern. Auch geisterte etwas Unfreies über sie hin, wie gefesselt von einem nur mühsam unterdrückten Gelüst und wahrscheinlich auch bedingt durch die gegenseitige Rücksicht auf den Pegel der eigenen Absichten und Wünsche. Es soll damit nicht gleich behauptet werden, zumal das ja üble Nachrede wäre, daß ihnen allen das Wasser bereits bis zum Halse stand, das unfreiwillige Aufleuchten aber, das über sie hinglitt und das manchmal geradezu abwegig wirkte, verriet immerhin ein mehr als naives Interesse, als ob keiner vom andern mehr hielte als unbedingt nötig und auch keiner gewillt war, dem andern mehr zuzugestehen, als der Umstand erforderte. Eine Gesellschaft im üblichen Sinn, geschweige eine Galerie Lydia, also ein Kuratorium von Kapazitäten und Auserwählten, war das demnach nun freilich nicht, auch wenn durch diese und jene Scherzhaftigkeit der Anschein eines zumindest geselligen Zirkels erweckt worden war. Kurz vor Lydias Eintritt war nämlich gerade von einer Art Syndikat die Rede gewesen, das zur allgemeinen Belustigung EUTRA genannt worden war, was ein scherzhaftes Kennwort für europäisch-transatlantische Erbengemeinschaft sein sollte. Insofern allerdings wäre das Lydias so oft geäußerten Wünschen entgegengekommen, denen zufolge irgendwelche Projekte und Probleme doch lieber gesprächsweise erörtert werden sollten statt steif vom Podium herab.

Nun, trotz ihrer leichten Verblüffung konnte sich Lydia nicht beklagen. Vom ersten Schritt an sah sie sich äußerst bevorzugt behandelt, dem inneren Magma ihres Wesens gemäß, das es nicht nötig hatte, um Geltung zu buhlen. Was sich hier darbot, glich einer Szene, und das weckte ihren Instinkt fürs Stichwort. Auch schien Mambrey gut vorgearbeitet zu haben, wie er denn auch, bei heiklen Momenten zumal, an denen es freilich nicht fehlte, gern etwas nachhalf. Er strahlte überhaupt ein erkleckliches Maß an Achtung und Zuvorkommenheit aus, indem er von seiner Jovialität die nötigen Kalorien an Wärme abgab.

»Wir sind gerade dabei, uns über Zembrowski zu unterhalten«, sagte die Gräfin von Ujest, von der Lydia sogleich mit Beschlag belegt worden war. »Ich habe ihn ganz gut kennengelernt. Schon als junger Mann war er nicht imstande, diagonal über einen freien Platz zu gehen, er drückte sich an den Häusern entlang. Auch sonst stand er am liebsten daneben, so halb versteckt, mit dem Finger im Mund.«

»Das war sein Notruf ans eigene Ich«, sagte Lydia bedeutsam, so daß alles stutzte. Die Gräfin schien aber nichts begriffen zu haben.

»Jaja«, schwatzte sie nur. »Er hatte so eine Art, überall kleine Häufchen zu machen, die ihm allerlei abwarfen. Hier eine Füllung Konfekt und dort eine Füllung. Kleine Häufchen! Das klingt so nach Schoßhund, und er lachte auch selber darüber. Später wurde es dann zur Manie. Wußten Sie eigentlich, daß er überzeugt war, daß das Weltall aus lauter Wurmlöchern besteht und daß die Menschen nur sterben, weil ihr innerstes Wesen von der Rundung der Erdoberfläche hinausfällt, so zentrifugal? Als ob der Tod ein Narkotikum wäre, das schwindlig macht!« Und dann setzte sie noch hinzu: »Wahrscheinlich aufgrund einer im Körper fortschreitenden Selbstvergiftung.«

Da Fräulein Skepsgardt, als Stütze der Gräfin, gleichfalls anwesend war, nickte Lydia ihr, wie vom gleichen Gedanken getroffen, vielsagend zu. Sie blieb aber sprachlos. Um so mehr war ihr innerstes Ohr gleichzeitig anderswohin gerichtet. Dort saß nämlich einer jener heiklen Momente, der, wenn Mambrey ihn nicht so geschickt zurechtfrisiert hätte, einen Schreikrampf hätte hervorrufen können. Es war Fräulein Jelka.

Gleich bei der Vorstellung hatte Mambrey dafür gesorgt, daß Lydia von vornherein die richtige Ehrenerklärung erhielt, indem er es so hingestellt hatte, als ob es Jelkas allersehnlichster Lebenswunsch wäre, die Bevollmächtigte der geborenen von Hassewitz kennenzulernen, um ihr endlich den Einblick in die Geschäftsbücher gewähren zu können. Daß sie dazu nur bereit gewesen war, wenn auch diese Frau Schlör, eben besagte von Hassewitz, also Mama, zugegen sein würde, das hatte er unter den Tisch fallen lassen, in der Hoffnung, daß sich das, als das kleinere Übel, schon einrichten ließe. Wahrlich und wahrhaftig hatte Lydia – es war noch im Trubel der Vorstellungsrunde – auch sie entdeckt, diese indiskutable Mama, die sie seitdem aber mit Nichtachtung strafte. Mama war zufällig auf der Toilette gewesen. Sie hatte sich durch den Wintergarten hindurch hinter Lydia hergeschlichen, mucksmäuschenstill, aber doch auch verschmitzt, bis Lydia in ihrem Rückgrat etwas verspürt haben mußte, das nach Verwandtschaft roch. Und das war der zweite heikle Moment gewesen. »Was? Du auch hier?« hatte sie sich nicht enthalten können zu sagen, worauf Mama aber nur, sich schämig beiseitedrückend, erwidert hatte: »Schönen guten Tag!« – Es war allerhand, daß sich in Lydias Magen nicht alles umgestülpt hatte, schon weil sie nicht hätte herausfinden können, was denn an der Entbietung dieses schönen guten Tages so ausnehmend schön und gut sein sollte. Aber andererseits hatte die Situation auch verlangt, sich nicht bloßzustellen, und so hatte sie Mamas Anwesenheit kurzerhand überspielt. Seitdem saß die geborene von Hassewitz denn auch wie eine Komparsin im Hintergrund einer Gesellschaftskulisse.

Diese von Mambrey einst als armes Hascherl bezeichnete Jelka Morawé aber hatte sie inzwischen nicht aus dem Auge gelassen. Ja, sie hatten sich gegenseitig verstohlen studiert. Dabei war Lydia entgegen aller Erwartung nicht recht mit sich ins reine gekommen, denn die Abwehr, die sie gegen sie in sich aufgebaut hatte, war unerklärlicherweise etwas ins Bröckeln geraten, so daß sie sich erst der entsprechenden Bühnenrollen entsinnen mußte, um die nach ihrer Meinung richtige Einstellung zu finden. Wenn sie selbst nämlich, sagen wir, Maria Stuart war, dann mochte diese Jelka, wenn es ihr Spaß machte, ihretwegen Elisabeth sein. Wenn sie sich für ihre Person entschloß, sich mit König Lears Cornelia identisch zu fühlen, indem sie ausnahmsweise demütig schwieg, was machte es dann schon aus, wenn jene so falsch wie Goneril war oder wie sonst ein Reptil? Indessen hatte sie vergeblich versucht, eine Basis zu finden, auf der sich dieser Widerstreit hätte auswirken können, denn was dazu fehlte, war weniger ein Anzeichen von Unterschieden, obwohl es deren unzählige gab, als eben das Vorhandensein der gleichen Basis. Diese Jelka war, alles in allem, eine reine Geschäftsfrau und als solche auf nichts als ihre Prokura bedacht. Gewiß, sie hatte die kältesten Schlafzimmeraugen, die ihr jemals begegnet waren, und es schien überhaupt, als hätte sie nur das eine im Sinn: die Verteidigung ihrer zwei Münder, oben wie unten. Sie hatte einen unverschämt sachlichen Zug, fast lieblos. Nichtsdestoweniger blitzte an ihrem Ringfinger ein Schmuckstück von äußerster Kostbarkeit auf, angesichts dessen der Verdacht nicht fernlag, ob das nicht jener Rayski-Diamant von zwanzigtausend Dollar war, dem Fräulein Skepsgardt so nachgeweint hatte. Hinzu kam, daß sie ein mit mehreren Amethysten bestücktes Armband trug, dessen Goldgehalt möglicherweise den beiden in Zembrowskis Gehrockschößen versteckten Kakaobüchsen entstammte, nicht zu reden von ihrer Nerzstola, die ein zweifellos sehr teures Stück war. Aber gerade dieses sichtbar Ausstaffierte und preiswürdig Behängte war es auch wieder, was ihrer ganzen Erscheinung einen Anstrich von Gewöhnlichkeit gab. Ihr Busen schien eine Ladenkasse zu sein und das Gold in ihren Zähnen nur ein Gebrauchswert, ohne geringste Magie. Jedenfalls ging von ihr nichts Bedeutendes aus, jedenfalls nicht unmittelbar. Sie mußte sich mit allerlei Luxus umgeben, die Arme, mit allerlei Komfort, aus dem sie dann erst einen dürftigen Anschein ihres Formates bezog, und so saß sie auch da, wie ein zugereister Hotelgast. Eigentlich war Lydia gar nicht so abgeneigt, sich mit ihr abzufinden, wenn sie, ja, wenn sie selbst die Besitzerin und Jelka die Prokuristin gewesen wäre und wenn sie in der Neutralität ihrer seltsamen inneren Widerstandslosigkeit nicht auch einen Makel gefunden hätte, an dem sich ihr Selbstbewußtsein doch etwas rieb. Das zeigte sich bereits, als Jelka zur Charakterisierung des alten Herrn von Zembrowski nun wahrlich nichts Besseres zu sagen wußte, als daß er nicht mehr geschäftsfähig gewesen sei.

»Geschäftsfähig«, wiederholte Lydia, »wann ist man das überhaupt?« Dabei blickte sie ziemlich aufreizend in die Runde.

Bekanntlich war es ein Bestandteil ihrer Methode, durch ungetrübte Kundgabe ihrer offensichtlichen Unkenntnis den Eindruck höchster persönlicher Ungezwungenheit zu erwecken, zugleich jedoch auch den Verdacht eines lediglich hintangehaltenen Bescheidwissens, denn wer rühmte sich schon seiner Dummheit. Nun, ob sie wirklich geschäftsfähig waren, wußten die Herrschaften anscheinend auch nicht, sie lachten verlegen und suchten ihr Heil im eigenen Schoß, bis Mambrey sagte:

»Das kommt darauf an, ob voll oder beschränkt.«

Vielleicht lag es an der Art seines Tones, daß die Herrschaften abermals lachten, vielleicht auch daran, daß sie sich an der Vorstellung ihrer gegenseitigen Beschränktheit ergötzten. Immerhin meinte Mambrey, das sei gar nicht zum Lachen. Mit dem ernstesten Gesicht von der Welt wandte er sich an Mama und sagte:

»Beschränkt geschäftsfähig sind Sie bereits mit sieben Jahren.«

Aber da kam fast etwas wie Heiterkeit auf, nicht zuletzt, weil sich Mama vor Schreck hinter ihre vors Gesicht geschlagenen Hände versteckt und in schlechthin kindischer Art ›huhu!‹ gemacht hatte, was aber allgemein größten Anklang fand.

Die Stimmung war also in Ordnung, und da sich Mambrey für alles verantwortlich fühlte, sorgte er auch dafür, daß es so blieb. Nur Lydia hatte leider nicht mitlachen können, schon aus Ärger über Mamas Erfolg. Deshalb nahm Mambrey sie etwas beiseite, womit er sie gleichzeitig besonders heraushob, und nun wirklich ganz ernsthaft, eröffnete er ihr in Form eines Kommentars, daß man ab einundzwanzig voll geschäftsfähig sei, und das habe einen tieferen Sinn, denn dann sei man auch mündig.

Die Tatsache erlangter Mündigkeit hob Mambrey nicht ohne Pathos hervor, wobei allerdings auch ein Unterton mitschwang, der die Möglichkeit des Gegenteils, also einer Entmündigung, keineswegs ausschloß, was Lydia vielleicht noch besser gefiel.

»Rechtsfähig sind Sie aber schon als Säugling«, sagte er dann, sonderbar lächelnd, als ob er damit gesagt haben wollte, daß selbst ein Säugling schon Anspruch auf die Bekanntschaft mit einem Rechtsanwalt hätte. Doch damit ließ er diese trockene Materie auf sich beruhen.

Inzwischen hatte auch Jelka ihre Überlegungen angestellt und war zu dem Schluß gelangt, daß diese Podiumsfigur von Lydia Faude, als Kundin betrachtet, durchaus zu behandeln sein müßte, sofern es nur gelang, jenen Punkt anzutippen, an dem sie zugänglich war. Offenbar plagte sie nur ein Verlangen: nicht vergeblich sie selbst zu sein. Der Akzent ihres Wesens war allerdings nicht so leicht abschätzbar, er wechselte dauernd, und von sich eingenommen schien sie gleichfalls zu sein, das sogar in erheblichem Maße, was aber keine so große Seltenheit war, denn da gab es, wie Jelka meinte, ganz andere, in ihrer Anmaßung geradezu unausstehliche Kunden, die es bewußt darauf anlegten, die Bedienung zu schikanieren. Anscheinend fühlte sie sich darüber erhaben. Das Klima, in dem sie sich am liebsten bewegte, war vorwiegend himmlisch. Sie sonnte sich in ihrer Wirkung. Insofern stak in ihr auch ein Stück Schauspielerin, aber weniger von berufswegen, sondern eigentlich nur soweit, als ein gewisser Typ Weiblichkeit es ohnehin ist, das heißt im wesentlichen vor sich selbst und im Verkehr mit anderen, sei's nun als Dame und Gattin, sei's als Berufs- und Gesellschaftsfigur. Nur kam dazwischen auch etwas schlechthin an Torheit Grenzendes zum Vorschein, etwas Bizarres, nicht anders als bei ihrer von ihr kaum hochgeschätzten Mama, wenn auch selbstverständlich in höheren Graden, und wenn überhaupt, so lag in dieser Verwandtschaftsnähe insofern eine Gefahr, als nicht vorauszusehen war, bis in welche Ansprüche und Ausnahmerechte sie sich verstieg. Hier konnte nach Jelkas Meinung nur eines helfen, nämlich sie festzulegen, das heißt, ihr Augenmerk auf etwas zu richten, das dem Geschäftsinteresse zwar dienlich war, es aber andererseits weit übertraf, so als schwebte sie über den Wassern. Nun, auch deshalb war sie ja Mambreys Einladung gefolgt, in der Absicht, es abzutasten und auszuprobieren, und außerdem auch, weil er ihr beim Einblick in die Geschäftsbücher behilflich sein konnte. In der Hauptsache spielte aber auch noch ein anderer Grund mit, der nicht so klar auf der Hand lag. Mit ihrer Freundin Margot, die sie zur Zeit im Laden vertrat, hatte sie aber auch das schon erörtert wie übrigens auch mit jenem Alfredo aus London, der schon damals auf ihren dringenden Anruf erklärt hatte: »Ich werde sie euch vom Halse schaffen, bis alles poliert ist.«

Nun, was Lydias Befinden betraf, so zeigte sich allein schon an der Lebhaftigkeit, mit der sie sich an allerlei, ob großen, ob kleinen Gesprächen beteiligte, daß sie sich den anfangs befremdlichen Umständen ganz gut angepaßt hatte. Ja, das Gespannte ihrer ersten Zurückhaltung war einer beinahe allzu sorglosen Vertrautheit gewichen, ohne daß sie bemerkte, daß das möglicherweise gleich fehlerhaft war. Aber sie eilte in der Tat, wie sie glaubte, von Triumph zu Triumph.

Vor allem war es ihr auch gelungen, mit der männlichen Spezies der hierorts versammelten Partnerschaft ins Gespräch zu kommen, man kann sogar sagen: auch in Kontakt, dies sogar auf doppelt beglückende Weise. Auf Herrn Zwirner mit seiner nervösen Geschäftigkeit glaubte sie allerdings nicht gerade gewartet zu haben, obwohl sie ihm auch wieder dankbar war, weil er sich während der ersten Erbschaftsgespräche nicht unliebsam hervorgetan und sie auch aus der Umklammerung der Gräfin von Ujest, die leider mehr Suada als Geist besaß, herausgelöst hatte. Aber er trug nun mal ein Zeichen an der Stirn, das nicht aus erster Hand war und angesichts dessen, einem Ausspruch Schreiecks zufolge, sogar der Schweiß vor Eitelkeit glitzerte. Außerdem hatten seine Blicke etwas Verdecktes, als lägen sie stets auf der Lauer. Sein Benehmen war allerdings einwandfrei, hier tat er des Guten eher zuviel, und da in Lydia allmählich eine Art Spieltrieb erwacht war, der ihr empfahl, jedem ihrer Partner ein Stück ihres Besten zu geben, nahm sie schließlich auch ihn als unvermeidliche Tatsache hin. Sie tat es um so leichter, als er der erste war, der sich auch, es fragte sich nur, warum, nach ihren anderen Plänen erkundigt hatte. Es war freilich nicht sehr geschickt, als er sagte:

»Und wie steht's denn mit Ihrem Hofpoeten, diesem begabten Herrn, in dessen Gedichten die Überzeugung noch kein Geschäft ist?«

»Sie meinen Woldemar Schreieck?«

»Es hat mich ziemlich beschäftigt«, sagte Herr Zwirner, »das gerade von einem Poeten zu hören. Aber in unserer Epoche ist offenbar alles umgekehrt, da sind die Poeten geschäftlich und die Geschäftsleute romantisch.«

Damit hatte Herr Zwirner das Seine getan, obwohl sich Lydia hinterher fragte, woher er das eigentlich wußte. Sie konnte nicht ahnen, daß Mambrey ihm seinerzeit den Auftrag gegeben hatte, doch mal dahinterzufassen und festzustellen, was an der Sache eigentlich dran sei, und daß der flinke Herr Zwirner denn auch dahintergefaßt hatte, dienstefrig wie je, wenn auch lächerlicherweise ohne Erfolg, da eben, persönlich zumindest, so gut wie gar nichts daran war, es sei denn höchstens in Verbindung mit ihren bekannten Film- und Aspasia-Projekten.

Immerhin war mit seiner Bemerkung ein Stichwort gefallen, das Lydia die schönste Gelegenheit geboten hätte, auch auf diesem Sektor zu glänzen, wenn sich nicht, im Grunde von Anfang an und im Laufe des Nachmittags zusehends mehr, etwas angebahnt hätte, das sie zur Vorsicht bewog, wobei sie es geradezu als dritten jener von Mambrey aufgetischten, heiklen Momente empfand, wenn auch in einem ganz anderen Sinn.

Es war die Bekanntschaft mit Herrn ten Dam.

»Sie sind ...?« hatte sie, als er ihr vorgestellt wurde, aufs tiefste überrascht und ohne recht weiter zu wissen, gesagt.

»Ich bin der Bewußte – ten Dam.«

»Waren Sie es, der bei mir...« – sie wollte sagen: »angerufen hat, als ich wegging?«

»Ich war das.«

»Dann ...«

»Dann wissen wir's ja«, sagte er weltmännisch lächelnd, worauf er sich zurückzog, um den anderen Herrschaften Platz zu machen.

Es war wohl der kürzeste und unvollständigste Dialog ihres Lebens gewesen, und trotzdem war sie ihm kaum gewachsen. Es war ein Geflirre in ihr, wie sie es schon aus ihrer Begegnung mit Dicky kannte, nur war es plötzlich so heftig gewesen, daß sich, wie Alice gesagt haben würde, ihr ärmelloses Oberteil zurückgebeugt hatte wie eine Gerte. Dabei hatte sie sich errötet gefühlt bis in ihre intimste Stelle, so daß sie heilfroh war, sich fürs erste anderweitig unterhalten und dort wieder zurechtfinden zu können, eine Ausflucht, die der taktvolle Herr ten Dam auch stillschweigend begünstigte, indem er sich Herrn Zwirner zuwandte sowie anderen Herren. Es war ja auch noch ein Herr Sagebiel von der Hausverwaltung da, ferner ein Franzose aus Marseille, den Fräulein Jelka, etwas allzu vertraulich, wie es schien, Mosjöh titulierte, sowie diese und jene Gestalt aus der engeren und weiteren Sipp- und Bekanntschaft. Nichtsdestoweniger war es Lydia unmöglich, jenes Fluidum von sich zu weisen, das sie seitdem bedrängte und das ihr ein Gefühl einflößte, als befände sich in ihrem Wesen noch eine zweite Person, die sich durchaus nicht mit ihrem geläufigen Paßbild deckte. Mehrmals bedauerte sie auch, daß sie nun doch nicht das Grüne anhatte oder das Gelbe, sondern eben das Braune, und ebenso oft strichen ihre Blicke, begleitet von einer Art Zuspruch, der sagte: ›Das ist er!‹, jedoch auch im Bestreben, es nicht allzu sehr merken zu lassen, zu ihm hin, der diese Verstohlenheit auch zwei-, dreimal, übrigens äußerst beherrscht, erwiderte. Jedenfalls hatte sie den Eindruck, daß da irgendwer war, der auf eine Gelegenheit wartete, was sie sowohl beunruhigte als auch beflügelte und was auch der Grund war, weshalb sie sich die ganze Zeit über nach Kräften bemüht hatte, bei allem, was sie sagte und tat, auf der Höhe der eigenen Intelligenz zu sein, nicht zuletzt auch in einer Sphäre, von der aus gesehen alle kleinliche und selbst geschäftliche Absicht auf ein Minimum an Gewicht zusammenschmolz. Bei so geteiltem Interesse war es ja auch viel bedeutsamer, hie und da ein Wort aufzuschnappen, das nicht für ihre Ohren bestimmt war, so etwa, wenn der sonst so undurchsichtige Herr ten Dam ausnahmsweise einmal aus sich herausging, indem er gewisse Redensarten Mambreys parodierte. »Ja, unser Doppeldoktor!« hörte sie ihn sagen. »Der würde ausrufen: dieses Getriebe und Gehaste! Diese Belastungen und Zerstreuungen! Es hat niemand mehr Muße zum Umgang mit sich selbst. Nur noch die Kunst könnte uns zu einem fruchtbaren persönlichen Leben verhelfen. Aber wer hat denn noch Zeit?« Und das war so lakonisch gesagt, daß trotz aller Trivialität das Gegenteil doppelt herausklang, wofür sie besagtem ten Dam am liebsten die Hand gedrückt hätte. In solchen Momenten erwachte in ihr die größte Lust, per Postkarte bei sich anzufragen, wieviel sie noch wert sei. Es kam dem Grad ihrer Selbsteinschätzung zugute.

Unterdessen war die Gesellschaft immer gemischter geworden, und die angeschlagenen Themen schwirrten unverblümt durcheinander, sehr zur Genugtuung Mambreys, der gelegentlich mit einem der Herren verschwand und dann aufgeräumt wieder erschien. Das gleiche war auch mit Herrn ten Dam geschehen, der sich bei der Rückkehr durch ein Kopfnicken, wie es schien, mit Lydia verständigt hatte. Sie wußte zwar nicht recht, wie sie das auslegen sollte, ob mehr geschäftlich in bezug auf Mambrey oder mehr rein privat, es bestärkte sie aber letzthin in beidem. Es wirkte in ihren Adern wie Schampus, so daß sie sich zeitweilig selbst kaum wiedererkannte, zumindest nicht in ihrem süß aufkeimenden Hang, in den Herrschaften hier einen Spiegel zu sehen, sei's auch der letzten Menschen, wobei allenfalls Mama nicht der letzte war, sondern sichtlich der allerletzte, den ernst zu nehmen kein Mensch verlangte, nicht mal die Gräfin von Ujest, bei der sie schließlich gelandet war und mit der sie schon seit geraumer Zeit vom Frühling schwärmte. Das war's ja nun freilich auch, Frühling! Das hätte sie fast vergessen.

Nachdem Mama zu ihrer reizenden Tochter beglückwünscht worden war – ›wirklich ganz reizend!‹ –, war die Gräfin mit Mama übereingekommen, daß der Frühling an sich sehr hoffnungsvoll sei, dieser besonders, wie das Ostergeschäft bei Morawé auch, daß er ihr aber trotzdem jedesmal die gesundheitliche Rechnung präsentiere in Form von allerlei Umstellungsbeschwerden. Immer die Rechnung! Es sei nicht zu glauben. Man sei so kreislaufgefährdet.

»Mein Organismus macht mit mir, was er will«, sagte die Gräfin. »Im Winter ist alles konstant, die Druckverhältnisse sind stabil. Und nun plötzlich überall dieser Gegensatz! Hier die Großstadtwetterlage und dort dieser frühlingsbedingte Föhneinbruch.«

»Es wird fortwährend eingebrochen«, sagte Mambrey, als er das hörte, worauf Mama in für Lydia peinlich bestürzender Naivität hinzufügte: »Ja, sehr lustig.« Doch dann machte sie's wieder wett.

»Ich habe mir sagen lassen«, fuhr sie fort, »es läge an den Luftinversionen, an dieser ganzen Bioklimatik. Mein Schwiegersohn, der geschiedene Mann meiner Tochter, hat einen Kollegen, gleichfalls Professor, der ist Meteorologe, und der sagt immer, es sei eben alles biotropisch. Und da ist Vorsicht geboten.«

»Vorsicht ist gut«, meinte Mambrey. »Das kann nie schaden.«

Er hatte sich nur ganz kurz als Hospitant niedergelassen, als er sich auch schon wieder mit der Sachlichkeit eines Zaunpfahls erhob und sagte:

»Ich denke, dann wollen wir mal.«

Mit diesem Mambreyschen Imperativ gab er Lydia einen Wink und gleichzeitig Fräulein Jelka auch, und dann rauschten sie zu dritt nach nebenan, wo, um es gleichfalls kurz zu machen, die Geschäftsbücher lagen. Mambrey hatte zwar noch gefragt, ob die geborene von Hassewitz mitkommen wollte, aber sie war wohl zur Zeit zu biotropisch gestimmt, um besondere Sperenzien zu machen. Lydia, das nun sogar gräflich beglaubigte Kind, hatte ja auch die Vollmacht.

Während ihrer Abwesenheit wurde auf allen Seiten bunt weitergeschwatzt, und manchmal kam es auch vor, daß die Köpfe, wie bei einer Reisegesellschaft, von einer Richtung zur anderen flogen, hauptsächlich, wenn irgendwo ein Ausdruck oder Begriff fiel, der, sei's nun als Fragezeichen oder als explosiver Protest, sie alle anging.

»Schließlich hat man alle Mittel hineingesteckt«, sagte beispielsweise Herr Zwirner, »mit dem Ergebnis, daß man froh sein muß, wenn man sie wieder herausbekommt. Das gleicht sich dann aus, und am Ende ist man so klug wie zuvor. Aber meistens setzt man noch zu, und die Spesen fressen den Rest.«

»Gebratene Tauben sind's nicht«, hieß es dann weiter, und dann schwirrte es nur so von Worten wie zweckentfremdet, vorfristig, regreßpflichtig, festverzinslich, integral und additativ.

»Die Sache ist reif«, war gleichfalls behauptet worden. »Also ist es auch an der Zeit, daß wir sie hinter uns bringen.« Worauf auch zu hören war, daß sie sonst alle nur Kahn fahren oder spazierengehen könnten.

»Kahn fahren wäre ganz schön. Einmal ausspannen«, ließ Herr Sagebiel von der Hausverwaltung sich vernehmen, zumal er ein Segelboot hatte. Nur hieß es dann auch wieder:

»Man kann sich ja auch verbieten, zuviel zu wissen.«

Der das gesagt hatte, war zweifellos Herr ten Dam.

Er war es übrigens auch, der Lydia sogleich mit federnden Schritten entgegenging, als sie in Gesellschaft Mambreys und Fräulein Jelkas wieder erschien. Sie war ungewöhnlich erhitzt. Ihr brannte der Kopf, wie durchtobt von einem Lavagemisch von Zahlen. Aber es war ihr auch anzusehen, wie beglückt sie war und wie restlos befriedigt, nicht zuletzt auch d'accord – so nannte sie es, als sie noch auf der Türschwelle stand – d'accord mit Fräulein Jelka. Sie hatte es mehrmals so genannt, was alle hätten beeiden können: d'accord.

»Glückwunsch«, sagte bezaubernderweise Herr ten Dam und gab allen drei Partnern die Hand.

Von Mambrey unterwiesen, von Jelka ausnehmend korrekt bekurt, hatte sich Lydia vergeblich bemüht, aus der doppelseitigen Säulenstruktur der Geschäftsbilanzen etwas Sinnvolles für sich herauszulesen. Ein Gewimmel vor Augen, hatte sie lediglich so getan, als ob sie auf Grund kleiner Zwischenerläuterungen von seiten Mambreys die tiefsinnigsten finanziellen Erwägungen anstellte. Bei strittigen, von Jelka selbst zugestandenen Punkten hatte sie die Mundwinkel tief heruntergezogen und höchstens »ah, so!« gesagt, »verstehe! ah, so!«, und schließlich hatte sie sich so weit hineingefunden, daß es ihr nichts mehr ausgemacht hatte, die Expertin zu spielen, indem sie auch hie und da zweideutig scherzte. »Ich sehe«, hatte sie einmal gesagt, »daß zwei mal zwei tatsächlich vier ist. Manchmal fragt man sich nur: wieso? Zum Beispiel hier.« Damit hatte sie aufs Geratewohl irgendwohin gezeigt, was aber sofort einen neugierig verblüfften Ausdruck in Mambreys ohnehin verdutzter Miene hervorrief.

Er hatte sich auffällig vorgebeugt, eine Weile überlegend, inwieweit er das gutheißen, inwieweit als Kaprize einschätzen sollte, und nach einem sichtlich verfrosteten Blickwechsel mit der schon unruhig reagierenden Jelka war denn auch eine Erklärung gefolgt, die Lydia nicht ohne vorgetäuschtes Verständnis quittierte. »Also schön«, hatte sie zum Schluß gesagt, »ich bin bereit, dieses Kalkül von Fräulein Jelka anzuerkennen, zumal sich das Ostergeschäft so großartig anläßt, aber nicht gleich de jure, zunächst nur de facto.« Und dann war ihr noch etwas Unfreiwilliges über die Lippen geschlüpft, einer in ihr wirksamen Stimme zufolge, die einfach hinzugefügt hatte: »Immerhin bestens.«

Ein Abglanz ihrer Bewährungsprobe lag noch als Augentrost in der Bereitschaft, mit der sie ten Dams so wohlberechneten Glückwunsch hinnahm. Es kam auch sogleich zu einem Geplauder, zumal sie noch hochtourig aufgekratzt war.

»Ja, das ist toll«, gestand sie ihm. »Ich brauche nur zu behaupten, daß zwei mal zwei vier ist, und schon glaube ich doppelt soviel zu besitzen wie vorher. Es ist ulkig, aber auch ungeheuerlich. Da erwacht ein mit sich selbst multiplizierter Traum von Millionen. Was bedeutet das überhaupt? Können Sie mir das näher erklären?«

»Näher?« fragte ten Dam. »Wie nah denn?«

»Nicht so, nicht so!« rief Lydia belustigt. »Einfach begründen. Eins ist eins, das gewiß. Ein Pudding ist aber nicht wie der andere. Und Zahlen? Ich weiß nicht. Sind sie nicht doch auch statistische Hirngespinste? Meine Freundin, die Baronin Tettendorf, pflegt immer zu sagen: geglaubter Draht, alles nur Zaster. Naja, sie ist etwas puff-puff. Ich würde mich eher bequemen zu sagen: Suggestivitäten, Relationen, mathematische Hypothetik, die reinste Hypnose.«

Mambrey, der das mitangehört hatte, begann merklich zu schwitzen, während ten Dam es amüsiert hinnahm, sie eher ermunternd, als sie fortfuhr:

»Genauso steht's ja auch mit der Null, die mich seit je fasziniert hat.«

»Inwiefern?« sagte ten Dam. »Ach so! Sie meinen, das ist ein Sack, wo alles verschwindet?«

»Ich meine es ganz konkret. Die einen haben eine Null vor ihrer Eins, die andern dahinter. Die Eins ist ihre Persönlichkeit, die Nullen sind Zeitgenossen. Hat man so eine Null vor der Nase, so versperrt sie einem den Weg, man kommt niemals durch sie hindurch und gelangt niemals zu einer ersprießlichen Position. Hat man sie aber hinter sich, so wird man geschoben, es sammeln sich immer mehr Nullen an, und schließlich hat man eine Rückendeckung ganz erstaunlichen Grades. Das geht bis ins Höchste und Letzte.«

»Sind Sie denn so begierig auf Nullen?« fragte ten Dam.

»Ich?« rief Lydia entsetzt. »Ich? In meinen Augen ist jeder, der lebt, ein Wunder.«

»Charmant«, sagte ten Dam.

Es blieb freilich offen, ob er nicht auch das gleiche Kompliment gemacht haben würde, wenn sie gesagt hätte, in ihren Augen sei jeder, der lebt, ein Gauner oder ein Egoist oder sonst eine Verdachtsperson. Immerhin versicherte er ihr, daß ihre Auffassung der einzig richtige Weg in die Kunst sei und daß sie darüber, wie ausgemacht, noch verhandeln würden. Es bleibe dabei. Ihr Aspasia-Projekt interessiere ihn ungemein. Überhaupt: Aspasia!

Mit dem Versprechen, sie nächsten Tag wiederzusehen, überließ er das Feld von nun an Mambrey, um so mehr, als Mambrey schon sichtlich darauf bedacht war, endlich zu dem gewünschten und allseits erwarteten Abschluß zu kommen.

»Also, meine Damen und Herren!« rief er, um Gehör bittend, überlaut aus, worauf sich alles zu einer Art Plenum oder Gremium zusammenrottete. »Wir brauchen da also noch eine Erklärung, eine Vereinbarung, eine Übereinkunft, ganz locker und unverbindlich, ganz intern, damit wir es im Gedächtnis behalten. Nichts Offizielles, nur so unter uns.«

Und dann zitierte er die alte Lina herbei, die auch bereitwillig lächelnd erschien, und sagte zu ihr:

»Holen Sie doch mal die Solltemann! Die soll das mal protokollieren.« – »Was?« rief er nach kurzem Getuschel. »Die ist schon fort? Ach, nee! Die kommt wohl noch in die Flitterwochen mit ihren Jahren? Na, schon gut. Dann machen wir's selber.«

»Das könnte ja Fräulein Skepsgardt machen«, meinte die Gräfin von Ujest, obwohl Fräulein Skepsgardt sich schamhaft sträubte. »Die kann das.«

»Großartig«, erklärte Mambrey, und dann packte er die Sache beim Schopf und machte sich ans Diktieren.

In Lydias Augen war die nun folgende Szene ein Hochgenuß, von dem sie noch tagelang zehrte, obwohl das Ergebnis durchaus nicht ihrer ursprünglich gehegten Absicht entsprach. Vielleicht war es sogar eine Falle oder etwas dergleichen? Aber einesteils hatte sie ja die Tatsache, daß Fräulein Jelka Morawé auch weiterhin mit der Geschäftsführung betraut werden sollte, selbst anerkannt, wenn auch nicht de jure, sondern nur de facto, ein Vorbehalt, dem Mambrey auch Rechnung trug, und andernteils erschien ihr das alles seit der Bekanntschaft mit Herrn ten Dam, geschweige seit der in der Tat tiefgreifenden Wirkung, die er auf sie ausgeübt hatte, auch gar nicht mehr von so ausschlaggebender Wichtigkeit.

»Ich denke, so geht's«, sagte Mambrey zum Schluß. »Oder hat jemand noch einen Einwand?«

»Die Unterfertigte«, sagte Lydia vergnügt. Da Mambrey jedoch leicht stutzte, wiederholte sie es, nur etwas verstärkt, und meinte:

»Das fehlt noch: die Endesunterfertigte.«

Damit verschaffte sie sich bei allen den größten Erfolg.

»Jaja, Ihren kostbaren Namen, den brauchen wir noch«, stimmte Mambrey schrankenlos zu. »Hier bitte.«

Und da schrieb sie ihn hin, steil, halb schräg, unübersehbar: Lydia Faude.

Unter allgemeinem Drauflosgezwitscher war wenig später die ganze Gesellschaft im Aufbruch. Plötzlich war es für alle die höchste Zeit, da jeder noch dies und das zu erledigen hatte, und sei es auch nur eine unaufschiebbare Kleinigkeit. Herr ten Dam, von jenem französischen Herrn auch Alfredo genannt, mußte schnell noch telefonieren wie Mambrey auch, Fräulein Jelka, die in der Diele draußen kaum in den Spiegel blickte, mußte noch auf einen Sprung ins Geschäft, die Gräfin von Ujest, auf ihren Krückstock gestützt, wollte noch Handschuhe kaufen, und selbst Mama hatte schon wie auf Kohlen gesessen, ihr fehlte noch ein viertel Pfund Frühlingssalat zum Abendbrot. In verschiedene Wagen verstaut, spritzte der ganze Trupp auseinander.

Nur von Lydia wäre kaum zu behaupten gewesen, daß sie der allseits bekundeten Eilfertigkeit ihren Tribut gezollt hätte, obwohl sie gleichfalls äußerst bedrängt war, nicht zuletzt durch die Frage nach Alice und Motzkus, von welch letzterem sie eigentlich einen Anruf erwartet hatte. Aber wie dem auch sei! Schon aus Protest war sie auch im vorliegenden Fall die erste, und das hieß hier: die letzte. Als sie, die Frische der Luft genießend, die Eingangsstufen der Mambreyschen Villa hinabstieg, zitterten ihr die Knie, und beim Erreichen des Gartentors hafteten ihre Augen auf dem durch einen launischen Strichregen befeuchteten Gehsteig, als ob ihr von dort ein Gesicht zuwinkte, eine Art Antlitz.

»Sollte er es gewesen sein, der beste Mann des Jahrhunderts?« seufzte sie vor sich hin.

Sie befand sich in einer Verfassung, an der alles rätselhaft war. Es war wie ein Schwarm. Aber dann entschloß sie sich zu einem kurzen erholsamen Umweg. Es kam ihr nicht in den Sinn, daß Herr ten Dam die Gelegenheit ergriffen und Jelka Morawé zugeraunt haben könnte: »Zufrieden?« – und so war es ihr freilich auch entgangen, daß diese unersättliche Spinne vermaledeit schnippisch nur durch ein Achselzucken geantwortet hatte.

5 Ja, dieser unauslöschliche Nachmittag! Obwohl nach außen hin kein besonderer und obwohl auch der Frühling, im Blickfeld der Meteorologen zumindest, keine hundertjährige Ausnahme machte – es war eben Frühling, und es war voraussichtlich mit einem brauchbaren Ostern zu rechnen –, herrschte doch auch in der Künstlerkolonie im Haushalt einiger Köpfe eine womöglich noch rastloser quillende Unruhe als bisher.

Katrix zum Beispiel, die stets auf dem laufenden war, genoß diesen Tag mit besonderer Freude. Sie genoß ihn schon deshalb, weil sie zufällig zum gleichen Termin Geburtstag hatte, was außerdem ein Grund mehr war, ihn nicht zu vergessen, so daß sie ihn später mühelos hätte ins Gedächtnis zurückrufen können, und sie genoß ihn auch, weil sie nicht wenig stolz darauf war, daß sie vom Stand ihrer Jahre um irgendwelch besserer Wirkung willen keinen Deut abzuziehen brauchte. Eben erst zwanzig geworden, war es ihr ein leichtes, es ohne Bedenken zu sein. Erstens war sie noch knusprig, zweitens hatte sie für ihre Weiterentwicklung noch riesig viel Zeit, und drittens konnte sie sowohl für sich als auch für Schreieck noch allerlei Günstiges erhoffen, mochte auch ihr ewig kritischer Besserwisser sie schon frühmorgens nach allerlei symptomatischen Punkten abgesucht haben, um herauszufinden, ob sie nicht endlich etwas mehr Fraulichkeit aufweisen würde. Das war nun drolligerweise nicht der Fall, so daß sie in seinen Augen auch weiterhin unmündig war, also ein Kiek-in-die-Luft, aber eben als solcher, wie sich stets wieder zeigte, ganz unentbehrlich.

Katrix war nämlich die erste gewesen, die an diesem nichtsdestoweniger entscheidenden Nachmittag eine ganz ungewöhnliche Wagenauffahrt vor der Haustür der Tintenburg bemerkt haben wollte, und das war bei ihrer Veranlagung und bei ihren nicht ehrgeizfreien Absichten mit Schreieck nun allerdings gleichfalls ein Grund zur Freude. Nun ja, ein umfangreicher

Millionärskorso aus Florida oder Hawaii, wie Schreieck spottete, war es zwar nicht gewesen, aber die Genauigkeit, mit der sie alles beobachtet hatte, war doch ebenso unwiderlegbar. Demnach stand einwandfrei fest, daß die von ihr so bewunderte Lydia einen größeren Wagen bestiegen hatte, und zwar in Begleitung eines jüngeren Herrn, der allein schon wegen seiner Saloppheit auf verdächtigste Weise an Filmbranche gemahnte. Aber nicht das allein! Knapp eine Stunde danach oder auch anderthalb Stunden war sogar ein noch größeres Trummstück erschienen, und diesem schwarzblau lackierten Ungetüm war ein Kandaules entstiegen, mit einem Busch Nelken im Arm, ein etwas rundlicher, aber athletisch wirkender Mann, dem selbst die verstockteste Blindheit das Gehabe mindestens eines Generaldirektors oder Großindustriellen angesehen hätte. Wenn das nicht der ihr von Alice ja schon unterderhand angekündigte Motzkus aus Krefeld war, wollte Katrix nicht länger Katrix sein.

»Mullimann, Mulla«, hatte sie im Anschluß daran zu Schreieck gesagt, im Vollgefühl, daß sie Geburtstag hatte und daß ihr da nichts widerfahren konnte. »Hast du dir's schon überlegt?«

»Was überlegt?«

»Na, du weißt schon, die Sache mit der Aspasia.«

Schreieck, der zufällig auf dem Balkon gesessen hatte, mit dem Blick zum Hinterhof hinab und einen spärlichen Schein der westlichen Sonne am Kopf, hatte dort ebenso tiefsinnig wie nichtsahnend in allerlei Meditationen über das ständige Anwachsen des Mülls geschwelgt, den die wenigen Mülltonnen kaum noch zu fassen vermochten, als Katrix mit ihrer Neuigkeit angerückt war.

»Du weißt doch, daß du dazu ausersehen bist, das Drehbuch zu schreiben«, sagte sie nun. »Das ist doch eine nicht wiederkehrende Chance. Dein kosmisches Hauptwerk hat ja noch Zeit. Aber das hier? Du bist doch der einzige, der das kann, und das muß ja schließlich auch fertig sein, wenn...«

»Wenn was?«

»Wenn's eben verlangt wird, wenn der Finanzmann erscheint, Schnurbjak, Süßerchen.«

Auf diese Mahnung hatte Schreieck erst einmal sein inneres Fließband stillgelegt und fünf Minuten gestreikt, ehe er nicht ohne pastoral verbrämte Mildtätigkeit zu Katrix sagte:

»Du bist heute zwanzig geworden, mein Kind. Stimmt das? Und offenbar hast du die Absicht, auch einundzwanzig zu werden. Aber man könnte wahrhaftig daran zweifeln. Man könnte fast glauben, daß du entschlossen wärst, dich von nun an wieder rückwärts zu entwickeln, bis zum Tiefstand einer fußlosen Insektenlarve. Fertig, sagt sie. Hat überhaupt noch nicht angefangen, und dann hui-hui, einfach fertig.«

»Sei doch nicht so«, säuselte Katrix, bevor sie, aber nun pfiffigerweise vom andern Ende her, fragte:

»Wer war das eigentlich, diese Aspasia? Ich kann's doch nun mal nicht wissen. Nimm doch etwas Rücksicht darauf. War das eine Megäre? Olafs Edith soll auch eine sein. Aber Lydia? Ich kann mir ja denken, daß damals alle etwas Ähnliches waren, nur weiß ich deshalb noch nicht, was sie nun eigentlich gewesen sind, wenn sie das waren. Eine Megäre – ist das etwas Obszönes?«

»Wenn bei euch nur geschweinigelt wird, dann ist es schon richtig«, hatte Schreieck gesagt, und dabei hatte er's, anscheinend nichts als Müll im Kopf, vorläufig bewenden lassen.

Katrix war jedenfalls nicht aus ihm schlau geworden. Sie hatte nur gespürt, daß ihn etwas beschäftigte. Es war aber nicht ersichtlich, ob es wirklich das Müllproblem war oder ob ihm nicht vielmehr die Tatsache, daß in der Tintenburg drüben allerlei vorging, derart auf den Leib gerückt war, daß er eben nur noch die Mülltonnen hatte, um sich dran festzuklammern. Es stand schließlich auch noch der Gründungstag der Lydia-Film-Produktion bevor.

Erst gegen Abend, da es bei Schreiecks bekanntlich erst Mittagszeit war, sagte er plötzlich:

»Hol mal das Lexikon!«

Schreiecks Lexikon war noch älter als der alte Herr von Zembrowski und die Gräfin von Ujest, es war antiquarisch und stammte aus der Mitte des vorigen Jahrhunderts. Trotzdem behauptete Schreieck, daß es kein besseres gebe. Katrix hinwiederum war eben dabei gewesen, französischen Spargel zu schälen. Sie ließ ihn kurzerhand liegen, denn der Spargel war auch nicht geheuer, er war so dick in den Händen, so irgendwie männlich.

»Lies!« sagte Schreieck, und nachdem das geschehen war, war er plötzlich wie ausgewechselt und ungemein gesprächig, so daß Katrix buchstäblich hurra schrie.

»Du hast dich also doch damit beschäftigt. Hurra, hurra! – Siehst du«, hatte sie noch mit lieblichster Sanftmut gesagt, »ich hab's doch gewußt.«

Darauf war der inzwischen mit Spargel gefütterte Schreieck nochmals auf den Balkon getreten, die Hände auf die Brüstung gestützt und womöglich in ein noch wüsteres Gemisch von Müll- und Aspasiaproblemen verstrickt.

Soweit Katrix seinen Erklärungen hatte zu folgen vermocht, war die Aspasia, wie sie im Lexikon stand, also die historische, für Schreiecks supra-, hyper- und sonstwie aktuelle Filmkonzeption selbstverständlich nicht zu gebrauchen, es sei denn höchstens als Vorbild und Maßstab, dies aber auch nur im Sinn eines rückbezüglichen, kulturkritischen Traumas. Dort war die Aspasia eine der geistvollsten und einflußreichsten Frauen ihrer Epoche, also nicht, wie Katrix gemeint hatte, eine Megäre, sondern eine Hetäre, was aber für Katrix gehupft wie gesprungen war, da sie sich unter beiden nichts vorstellen konnte. Sie begriff nur, daß die Aspasia etwas Ähnliches gewesen sein mußte, wie es Lydia auf ihre Weise erstrebte. Mehrmals verheiratet, geschweige mit einem Viehhändler, war Lydia allerdings nicht, wegen Gotteslästerung und Kuppelei angeklagt war sie auch nicht, aber wenn Lydia das für erforderlich hielt, so würde sie sicherlich alles daransetzen, es nachzuholen. Die Frage war nur, ob sie auch das noch zu bieten vermochte, was Schreieck außerdem alles verlangte. Er hatte so etwas von Personalität gefaselt, von Inkarnation an Weiblichkeit, von First Lady, Kurtisane und Femme fatale.

»Sieh dir mal diese Zierpuppen an!« hatte er aufgestöhnt. »Bis zur Diseuse reicht's ja noch gerade. Aber sonst? Schauspielerinnen! Ohne Rolle sind sie ein Nichts, ohne eingetrichtertes Schicksal ein hohles Ich. Bessere Vorführdamen. Die Aspasia hingegen hat nicht nur um Beifall gebuhlt. Dort wurde mit Blut gekocht. Hohe Politik, hohe Kultur! Die Gesellschaft selbst, das sind die Bretter, die die Welt bedeuten.«

Daraufhin hatte Katrix nur noch ausrufen können:

»O du mein Schreieck!«

Dann hatte sie sich ans Tellerspülen gemacht, wobei ihr das Herz im Leib herumhüpfte.

Nicht viel anders ging es auch in der Wanzenburg zu, mit dem Unterschied nur, daß dort die Rollenverteilung umgekehrt lag, da die Baronin Pißnelke es war, die den Ton angab, während ihr nur allzu charmanter Lustmolch, der Olaf, den Schwanz einzog und sich mehr oder weniger belehren lassen mußte. Es war wohl als unvermeidbar anzusehen, daß die Stimmlage der Baronin um so schärfer und bedrohlicher wurde, je mehr sich ihr Olaf draußen herumtrieb und je mehr er sein Heil bei so unbedarften Geschöpfen wie der Loschwitzers Edith und anderen suchte, denen er allesamt eine Glanzkarriere als Furie und Megäre in irgendeinem Aspasia-Monumentalfilm versprach, wobei er überhaupt nicht begriff, daß er sich damit nur selbst betrog. Monumental, so meinte die Pißnelke, würde an dem Film wohl lediglich sein Verbrauch an männlichem Sexus sein, falls er sich nicht auf die Hosen setzte und von sich aus einen technischen Aufnahmestab zusammenbrächte, für den Fall, daß die Sache ruckzuck in Bewegung gesetzt werden müßte. Es bestünde sonst nämlich die Gefahr, daß man sich anderweitig behelfen und die ganze technische Apparatur komplett von anderen Gewährsmännern einhandeln würde. Es sei da ein junger Mann aufgetaucht, der Ecklebe hieß. Die Lydia habe da etwas erzählt und sei ganz entzückt gewesen, weil er die Menschen alle mit Reptilien verglichen habe. Sie habe ihn als hochbegabt bezeichnet, und das bedeute doch wohl, daß sie sich in den Kopf gesetzt habe, ihn bei Verwirklichung ihrer Pläne heranzuziehen. Auch der Schreieck drüben, dieses Nachtschattengewächs, habe schon sein Gesicht gewechselt, indem er es immer geheimnisvoller verziehe, so als stiegen ihm seit kurzem die Ideen nur so aus den Haarwurzeln heraus. Von ›monumental‹ sei dabei aber nicht die Rede, eher von Kammerspiel, fürs Monumentale habe er nur ein Achselzucken übrig wie für die übliche Filmbranche überhaupt. Inwieweit das alles überkandidelt sei oder nicht, werde sich ja noch herausstellen, sobald der angekündigte Großspekulant sein Machtwort gesprochen habe.

»Da bleibt dir die Gans im Halse stecken«, hatte die Baronin Pißnelke noch geunkt. »So rasch kann ich gar nicht zittern, wie mich das aufregt.«

Solche Standpauken pflegte sie ihrem Olaf zu halten, unbeschadet ihres teils sogar besseren Wissens, daß es sowohl in der Film- als besonders auch in der Erbschaftssache mit Morawé durchaus nicht so rosig und reibungslos zuging, wie die Fama es wünschte. Jedenfalls hatte sie von jener Bekannten in Dahlem, die ihrerseits wieder mit Jelkas Freundin Margot bekannt war, erfahren, daß noch immer mit Komplikationen zu rechnen sei und daß von dorther die Gelder nicht hemmungslos flössen. Wahrscheinlich stünde aber auch dort ein Umsturz bevor, und zwar so gründlich, daß die Welt dann mit einem Mal anders aussähe.

»Finger hoch, Olaf, so ist es!«

Gerade an dem fraglichen Nachmittag schien Olaf denn auch geschworen zu haben, sich künftig mehr um den technischen als den erotischen Sektor der in Aussicht stehenden Angelegenheit zu kümmern. Es wurde auch höchste Zeit.

Drei Schritte weiter saß nämlich wirklich der anfangs so unglaubwürdige Motzkus, Lydias herrlicher Bringfried, als gewichtiger Gast bei Alice, und wenn sich auch bald herausgestellt hatte, daß er im Grunde ganz umgänglich war und eben auch nur ein ganz gewöhnlicher Sterblicher, von dem höchstens Lydia später behauptete, daß er leider nur allzu gewöhnlich und allzu sterblich gewesen sei, zumal er inzwischen sogar verheiratet war, fragte sich freilich: wie lang? – so tat sich doch für Alice ein so ungewöhnlicher Horizont auf, verbunden allerdings mit einem so unergiebigen Druck auf der Brust wie selten bisher.

»Bring ihn dazu, daß er etwas spendiert«, hatten Lydias letzte

Worte gelautet. »Sag ihm: Herr Motzkus, ich lade Sie ein. Wer mir etwas spendiert, wird dazu eingeladen.«

Das war gewiß nur ironisch gemeint. Nichtsdestoweniger hatte sie Alice mit dem Auftrag bedacht, ihn standesgemäß zu empfangen und während ihrer Abwesenheit zunächst einmal vorzubereiten. Standesgemäß? Das war natürlich auch nicht so ernst gemeint. Und vorbereiten worauf? Das stand gleichfalls irgendwie in den Wolken.

Aber nun saß sie ihm gegenüber, Auge in Auge, und Herr Motzkus sah nicht danach aus, als ob er sich etwas vorschreiben ließe, trotz des Wohlwollens, das er schon gleich beim ersten Blickwechsel für Alice empfand. Ja, gerade dieses sichtbar bekundete Wohlwollen rief in Alices abgegrenzter Begriffswelt eher eine Schwierigkeit mehr hervor. Offenbar erfreute ihn ringsum alles, was der Geschicklichkeit ihrer Schneiderkünste entsprang, darunter auch der Entwurf eines Aspasiakostüms, den er fachkundig musterte, während er Lydias Abwesenheit nur einfach zur Kenntnis nahm mit der behutsam hingetupften Bemerkung: »Bei unserer Ysot kommt immer etwas dazwischen.«

Motzkus befand sich wie alljährlich zwecks Teilnahme an einer Modenschau in Berlin. Es war das eine Veranstaltung, die im Zeichen einer sogenannten Durchreise stand, das heißt einer Vorführung der jüngsten Modelle durch allererste Häuser der Konfektion, und zwar der Frühjahrsmodelle im Winter und der nächsten Wintermodelle jeweils im Frühjahr. Schon auf Grund dieses Vorgriffs, also von Geschäfts wegen, war Motzkus seiner Zeit stets um einige Meter voraus, und das war es wohl auch, weshalb er sich für einen Mann von Weitblick und Umsicht hielt, ferner auch für einen leidenschaftlichen Anreger, Mitverwalter und Planer, der für jedes bunte Fähnchen, das im Frührot der Zukunft hing, ein mehr als patentes Interesse aufbrachte. Das erstreckte sich auch aufs Persönliche und Private, so auch auf allerlei junge Talente, namentlich aus der begreiflicherweise pikanten Kategorie der Vorführdamen, deren er immer einige an der Hand hatte, die er besonders begönnerte. Davon abgesehen, hegte er aber, zumindest in Fällen, die ihm brühwarm aufgetischt wurden, ein besonderes Wohlgefallen fürs weit glattere Parkett alles Künstlerischen und Kulturellen, in erster Linie natürlich für Theater, Museum, Konzertsaal und ähnliche Musentempel, in denen ja gleichfalls eine Art Modenschau stattfand. Nur darf man daraus nicht schließen, daß er das alles kritiklos betrieb, er war kein Schöngeist und auch kein Schwärmer. Das Peinliche beziehungsweise Fragwürdige an seiner Kunstpassion bestand eher darin, daß er all das Unwägbare und zunächst nur zu Begutachtende, wie es dieser Sphäre nun einmal anhaftet, ohne viel Federlesens auf seine praktische Plattform herabzog, wo es dann irgendwie eingeplant wurde. Alles Kulturelle diente ihm nur als Ausstellungswert, unbeschadet des Verdachts einer dumpf gefühlten Verpflichtung, durch die er sich loskaufen wollte. Die Geschäftszone hingegen blieb tabu. Aber der Radius, womit er sie umgab, diese Aura der sogenannt höheren oder musischen Werte diente letzthin gleichfalls nur dem Ansehen der finanziellen und ökonomischen Kompetenz. Da war nichts um seiner selbst willen da, es war eine luxuriöse Staffage, es diente der Erhöhung des Selbstgefühls dessen, der es vor aller Welt preisgab. Lydia, die ihn ja kannte und die ihm in Krefeld die Rhodope vorgespielt hatte, worauf er sie – ›Kanne, Rest weg!‹ – hatte heiraten wollen, Lydia sprach von ihm deshalb mit Vorliebe als von einem Kandaules oder gar Großkandaules. Von ihm aus war daran allerdings nichts problematisch, im Gegenteil, er nahm das mit einer Bierruhe hin, die ebenso erstaunlich wie dickfellig war.

Wie Alice schon bei der Begrüßung bemerkte, stak Motzkus in einer überaus rosigen Haut, die an die Haut eines Glücksschweins gemahnte, nur daß sie auch stark verfettet wirkte dank mehrerer, höchst überflüssiger Wülste um Hals und Nacken. So saß er in seinem Speck, und so schmorte er in seiner Männlichkeit. Es war einfach unmöglich, sich vorzustellen, daß er auch einmal jung gewesen sein könnte. Er schien bereits als gestandener Motzkus und guter Vierziger auf die Welt gekommen zu sein, was ihn aber nicht hinderte, daß er ganz gern von seiner Methode, wie er sich durchgeboxt hatte, erzählte. Mit sechsundzwanzig wollte er bereits Titular-Direktor mit Vorzimmerdame gewesen sein. Nur klang das alles so unglaubwürdig wie ein Bericht über eine ganz andere Person. Merkwürdig war auch der kleine, beim Sprechen sich häßlich verzerrende Mund, dessen karpfenähnliche Öffnung Alices Blicke stark auf sich zog.

»Kommen Sie mit!« hatte er nämlich so halb im Scherz, nur eben aus gänzlich verengtem Mundwinkel heraus, im Hinblick auf die vor ihm liegende Modenschau gesagt, und da hatte sich Alice gezwungen gesehen, ihr von Lydia übernommenes Staatsgesicht aufzustecken, das so gut wie gar nichts besagte. Sie hatte sein Angebot schlicht überhört. Um so gespannter war sie auf all das, um dessentwillen er doch wohl hier war.

Nachdem er sein Nelkenbukett, fürwahr das reinste Arrangement, unter allerlei Beteuerungen, bei denen der Ausdruck »meine Gnädigste« nur so konfettigleich durch die Luft flog, angebracht hatte, ließ er sich in dem gleichen Besuchssessel nieder, wo auch Bernhard seligen Angedenkens gesessen hatte. Indessen, so verschieden die beiden auch waren, war es doch einigermaßen paradox, daß auch Motzkus aufgrund einer losen Berufung auf Mama sein Hiersein erklärte. Dabei schwang fast etwas allzu Humanes, weil Verdacht Erregendes, mit, das heißt fast eine Idee zuviel an Mitgefühl und Verständnis, vor allem hinsichtlich der ihm zugesandten Papiere über die Tongrubenwerte, so als müßte man der alten Dame das nachsehen in Anbetracht der großen Hoffnungen, die sie offenbar darauf setzte, einesteils Hoffnungen, andernteils aber auch Besorgnisse ganz anderer Art, sei es um Morawé, sei es um Lydia.

»Uff!« sagte Motzkus, indem er sein Hinterteil mitsamt seinen stämmigen Oberschenkeln durch die Weichheit des Sessels wälzte. Gleichzeitig entschuldigte er sich. Er jage schon den ganzen Tag durch Berlin, um eine bestimmte friderizianische Schnupftabaksdose aufzutreiben. Die Pferde, die er auf westlichen Bahnen laufen habe, rentierten sich durch ihre Gewinne. Mit den Antiquitäten aber sei das ein Graus. Denen jage er selbst hinterher. Und da sei er jedesmal ganz erschöpft. Alice würde ihm das wohl nachsehen. Sie sei ganz der Typ, wie die gnädige

Frau Mama ihn geschildert habe: verständnisvoll, geduldig, arbeitsam, vertrauenswürdig. Da genüge ein Blick, um das zu erkennen. Er fühle sich deshalb wie aufgehoben, um nicht zu sagen wie daheim.

»Unsereiner ist schließlich auch noch da«, sagte er nicht ohne Anflug künstlichen Lachens. »Genau wie Sie.« Dabei blickte er auf Alice, als ob sie sich beide irgendeinem Anspruch gegenüber verteidigen müßten. »Leider auch nur ein Mensch«, setzte er hinzu. »Immerhin, wenigstens das.«

Aber dann stürzte mit einem Mal eine Flut von Beschwerden aus ihm heraus, was Alice nicht nur verwunderte, sondern beinah erschreckte, zumal in Anbetracht des damit verbundenen Vertrauens.

Er sei ja doch kein Milliardenscheich, auch wenn die Leute nur immer so dächten: der hat's ja. So sei das nun nicht. Bei ihm herrsche peinlichste Ordnung. Die Herrschaften stellten sich das so vor, daß er nur in die Tasche zu greifen brauchte, um allerlei Schnickschnack hervorzuzaubern. Überall sei er nur Weihnachtsmann. Er sehe es ja den Augen an, daß sie immer nur dächten: ›Nun mach mal den Sack auf und zeig, was du hast!‹ Es käme keiner auf den Gedanken, zu fragen: ›Wie geht's denn?‹ Immer heiße es nur: ›Was haste, was kannste?‹

»Unsereiner hat aber schließlich auch das Bedürfnis, sich einmal auszusprechen. Mit meinem Aufsichtsrat kann ich das nicht«, beteuerte Motzkus. »Und meine Frau? Naja!«

Schließlich bemerkte er aber, daß Alices Betroffenheit zunahm, und so löste er sich aus seiner Cholerik, was ihm übrigens, um in der Branche zu bleiben, so mottensicher gelang, daß sein rundlicher Dickkopf förmlich erglänzte.

Naja, er wäre durchaus bereit, etwas Farbe in die Alltäglichkeit zu bringen, meinte er nun. Für Auffrischung sei er immer zu haben. Nur eben sei der Geschmack eines jeden verschieden. Manchmal sei Quark mit Pellkartoffeln besser als Hummer.

»Man kann doch nicht täglich im Opernhaus sitzen«, rief er dem eigenen Beifall zu. Sein Gusto wäre das jedenfalls nicht.

›Gusto‹, dachte Alice, indem sie es still wiederholte.

Offenkundig etwas verdutzt, hätte sie am liebsten gewünscht, daß dieser sein Gusto ein Pudel wäre, mit dem sie sich hätte etwas ablenken können.

Sie glaubte inzwischen begriffen zu haben, daß dieser mit ihr äugelnde Motzkus, so gern er sich auch in höflichen Floskeln erging, alles andere als ein Gesellschaftstyp war. Er war es schon deshalb nicht, weil er überhaupt nicht zu plaudern, sondern nur zu reden und dabei seine Meinung herauszupauken verstand. Daher schien es ihr auch das Beste, ihn eben zum Reden zu bringen, wobei sich dann vielleicht die Gelegenheit bot, ihn in Lydias Sinn auf die wichtigsten Punkte hinzulenken. Sie verhehlte sich aber nicht, daß das nicht leicht sein würde, da er Lydia offenbar nicht vermißte, obwohl ihr auch wieder nicht entging, daß er sie als Person zwar geflissentlich ausgespart hielt, die Sache aber, um die es sich drehte, fortwährend umspielte wie in Erwartung eines bestimmten, zustoßenden Momentes.

Selbstverständlich müßte man auch für die Kunst etwas tun, meinte er halbwegs lächelnd, was sich aber auch etwas abschätzig ausnahm im Spalt seines Mundes.

»Naja, das geht uns schon an«, versicherte er. Zugleich jedoch schränkte er es auch ein, indem er hinzufügte: »Das Soziale aber, sage ich immer, gehört nicht in den gleichen Geschäftskreis. Gescheiterte Existenzen oder solche, die ihr Leben lang mit ihren Entwürfen nicht fertig werden, weil ihr Genie zu groß ist, um sich selbst zu beschränken, das auch noch zu finanzieren kann man von uns nicht verlangen. Ich sitze in Krefeld in unserem Kulturausschuß. Also was da alles aufgetischt wird! Wenn man das ernst nehmen wollte, schmisse man die Milliarden zum Fenster hinaus. Ich hab meine Referenten für jedes Fach. Ein tüchtiges Sinfonie-Orchester und eine tüchtige Oper, das gehört heute in jede Stadt. Eine Kunstgewerbeschule brauchen wir auch, bei Textilien ist das von Vorteil. Aber irgendein Nutzen muß doch dabei sein, auch in der Kultur.«

»Lydia meint immer, der Nutzen käme von selbst«, versetzte Alice nicht ohne Vorsicht, »eben durch die Gesellschaft, dies auch im engeren Sinn, durchs Kultivierte.«

»Na, meine Gnädigste«, schmunzelte Motzkus. Dabei kratzte er sich hinterm Ohr, als kratzte er dort eine heikle Erinnerung an Lydia weg. »Die wenigsten machen sich einen Begriff, mit wie wenig Grütze der Mensch so auskommt, sofern er gesellschaftlich anerkannt ist. Man kann sich mit einer totalen Gehirnerschütterung in der besten Gesellschaft bewegen, ohne daß jemand es merkt. Da genügen drei Phrasen. Damit können Sie schon als tiefsinnig gelten. Im Geschäftsleben sind Sie ein Affe, der auf der Erfolgsleiter turnt. Auf Gesellschaften können Sie ein Windhund sein oder ein Wolf im Schafspelz. Auch das merkt niemand. Nur wenn ein Geschäftsmann mehrere Freundinnen hat, denen er etwas das Leben erleichtert, erhebt sich gleich ein Geschrei. Dabei sind wir doch so human. Wir bringen die Bienen ja nicht gleich um. Wenn wir sie wieder loswerden wollen, setzen wir sie in den Sattel, und dann hopp-hopp! geht's ab, aus der Rennbahn hinaus, dort steht schon der nächste. Die Könige früher, die brachten ihre Lieblinge um.«

»So war's wohl auch nicht gemeint«, sagte Alice, sichtlich bemüht, etwas mitzulachen. Nichtsdestoweniger war sie doch wie erlöst, daß Motzkus den Hinweis auf Lydia verstanden zu haben schien, wenn sie auch die Pause, in der das geschah, wie ein Fegefeuer empfand, bei dem sie sich insgeheim schwor, daß sie das nicht ein zweites Mal durchmachen und sich auch nicht ein zweites Mal dafür hergeben würde. Es geschah ja wohl auch nur ihr zuliebe, daß Motzkus darauf zurückkam, nachdem er mit seinen fleischigen, wenngleich äußerst beweglichen Fingern eine Zeitlang die Tischplatte betrommelt hatte.

»Tja, unsere Frau Lydia. Ich kenne sie ja ganz gut«, begann er ungemein zögernd. Dann tippte er nur noch so vor sich hin, als ob er in Gedanken einen Garnknäul aufdröseln wollte, wobei sich sein Mund, wie Alice mit angstvoller Überschärfe bemerkte, zu einer Art Schnute verzog. »Unsere Frau Lydia braucht einen Rahmen, und sie empfindet das auch. Ich hätte ihn ihr ja verschaffen können, nur eben ... nur eben der Rahmen allein genügt ihr ja nicht. Sie verlangt auch noch lauter Porträts, leibhaftig, und von den Porträts, befürchte ich, verlangt sie etwas zuviel. Das soll alles ganz hochwertig sein. Wir sind aber doch alle eingespannt, und was wir sonst noch hergeben können, das knapst unsereiner sich ab. Unsere Lydia dagegen lebt ständig aus ihrem Talent, und das erwartet sie auch von uns, von uns armen Hänsen. Aber wer lebt denn von früh bis abends aus seinem Talent? Kein Mensch, kein Genie! Jeder begnügt sich mit seinem Ausweis, mit dem Papagei, der außerdem in ihm steckt. Das meiste ist nicht mal das, es ist einfach Klischee.«

»Sie sind ja berufstätig, Fräulein Alice«, begann er von neuem, und zwar, wie Alice zugeben mußte, nicht ohne Unterton leichter Bekümmernis beim Versuch zu einem persönlichen Austausch. »Sie wissen das auch. Jeder Berufstätige, ganz gleich welcher Sparte, stützt sich auf ganz spezielle Kenntnisse und Handfertigkeiten. Da wird nicht erst lang überlegt. Das sind Griffe, die man so handhabt. Das muß man beherrschen, bevor man seine Talente anbringen kann. Nebenbei gesagt, bringt man's mit Nebentalenten viel weiter. Das ist der Witz daran. Das ist wirklich der Witz.«

»Darf ich mich mal dazu äußern?« sagte Alice so liebenswürdig wie möglich, zumal sie bemerkt zu haben glaubte, daß Motzkus mit Hemmungen kämpfte und soeben ein drittes Mal ansetzen wollte.

»Aber meine Gnädigste!« rief er bereitwillig aus.

»Ich meine nur«, sagte Alice, als stürzte sie sich kopfüber in ein dunkles Erröten, »Talent an sich, das wäre doch etwas, das man bevorschussen kann.«

Es hatte ihrer Aufrichtigkeit unmenschlich viel Kraft gekostet, das auszusprechen, und so war sie denn auch nicht frei von Scham, als sie hinzufügte, daß es schließlich auch auf die Idee ankäme, um deretwillen ein Talent bis zur Selbstaufopferung bereit sei. Vielleicht, sagte sie noch, sollte man das beachten oder irgendwie in Rechnung stellen. Sie sei darin nicht so bewandert, aber... Über dieses Aber kam sie indessen nicht mehr hinaus.

Da Motzkus es bemerkt hatte, sagte er plötzlich:

»Ich finde, Sie sind sehr uneigennützig, Fräulein Alice. Meine Hochachtung, kann ich nur sagen! Seien Sie versichert, ich begreife sehr gut. Jaja, seinen Traum hat jeder, auch wenn ihm meistens der Mut fehlt, es zuzugeben. Und dann: Talent. Sie sagen Talent. Das schon. ›Talent, gnädige Frau, habe ich neulich gesagt, rentiert sich immer erst, wenn es sich durchgesetzt hat. Schaffen Sie mir zehn Kritiker her, die es beglaubigen, dann bin ich gern bereit, es zu finanzieren.‹ Und außerdem, Fräulein Alice: Talent an sich, das werden Sie selbst beurteilen können, denn das haben Sie auch – o ja, das hab ich hier längst bemerkt, Sie auch – Talent an sich ist leider auch etwas Fatales. Man weiß nie, wozu es benutzt wird oder, wenn Ihnen das besser gefällt, in welche Richtung es ausschlägt. Zum Geldschrankknacken, sage ich immer, gehört schließlich auch Talent. Diese Außenseiter sind alle unheimlich begabt.«

Zum Geldschrankknacken reiche Lydias Talent leider nicht aus, meinte Alice. Sie sei mehr für Freiwilligkeit und offene Hand. Außerdem vertraue sie auch auf ihre Kreditwürdigkeit.

»Darf ich mich auch meinerseits mal dazu äußern?« sagte Motzkus, wobei er indessen so wohlwollend blinkerte wie unter vier Augen. Offenbar lag ihm daran, Alice entgegenzukommen. Jedenfalls nahm er Rücksicht auf sie, als er erklärte, daß Lydias Talente seines Erachtens ein ganzes Talentbündel seien. Nur bereite es einige Sorgen, daß sich die Abzweiger ihres Talentes möglicherweise untereinander bedingten. Als Schauspielerin, wenn er sich dieses ›Urteil erlauben dürfe, sei sie nicht recht zum Zuge gekommen, weil sie jeweils um eine Idee zu hoch über ihrer Rolle gestanden habe, weil sie sozusagen gleichzeitig ihr eigener Regisseur und ihr eigenes Sprachrohr gewesen sei und weil sie dabei ihre Privatperson, das heißt das Talent zur Privatperson, nie ganz verleugnet habe. Sie sei immer auch ein wenig Frau Intendantin gewesen, eine Intendantin des Lebens.

»Eigentlich«, sagte Motzkus bei schönster Laune, »wäre sie am besten zur Reichspräsidentin geeignet. Das entspräche wirklich ihrem Talent.«

»Also eben doch Aspasia«, meinte Alice.

Darauf lachten sie beide, Alice, weil sie es lediglich als Hinweis auf Lydias Filmprojekte verstand, und Motzkus nicht zuletzt deshalb, weil er glaubte, in Alice ein überaus einsichtsvolles Wesen gefunden zu haben und damit auch die Möglichkeit, auf dem Umweg über sie vielleicht doch einen Beitrag zur »Rettung ihrer Töchter«, wie Mama sich ausgedrückt hatte, zu liefern. Im Hintergrund seiner Erwägungen stand nämlich das in seinen Augen rührend hilflose Begleitschreiben Mamas zu den Tongrubenpapieren, das außerdem einen versteckten Appell an seine einstige mäzenatische und gewissermaßen auch erotische Großmut enthielt sowie auch einen Hinweis auf Alices berufliche Tüchtigkeit, wovon Alice glücklicherweise nichts wußte.

Es verhielt sich nun aber so, daß mit Mamas Papieren zur Zeit nichts zu machen war, da die Tongruben stillgelegt waren, und daß es im Sinne einer freundschaftlichen Behandlung nur einen Ausweg gab, einen gleichsam fiktiven, der darin bestand, daß Motzkus die Papiere einfach pro forma als Pfand und Sicherheit anerkannte. Auf diese Weise würde der Eindruck eines bloßen Almosens vermieden. Die Bekanntschaft mit Alice hatte diese Möglichkeit in ihm bekräftigt. Hier sah er einen Ansatzpunkt und einen praktischen Grund, dergestalt etwa, daß sie ihr zweifellos vorhandenes Talent als Schneiderin und Modistin besser verwertete, wozu er ihr jederzeit behilflich sein konnte. Das war ein Gedanke, der sich merkwürdigerweise mit dem Vorschlag der Loschwitzer traf und vor dem Alice bisher nicht ohne Hangen und Bangen zurückgezuckt war. Auch dieses Mal hatte sie es als mehr oder weniger peinlich empfunden, daß nahezu jeder Besuch, der bisher bei ihnen aufgetaucht war, sich früher oder später von Lydias Ambitionen ab- und dem Flickwerk ihrer Wenigkeit zugewandt hatte. Selbst bei Bernhard war das nicht anders gewesen trotz des gleichwohl weiter bestehenden Interesses an Lydia. Auch bei Motzkus war dieses Interesse keineswegs abgeflaut. Das ergab sich schon aus der erstaunten Art, mit der er die Kunde von Lydias jüngster Neuerwerbung vernahm, nämlich ihre Beziehung zu einem gewissen Herrn ten Dam aus London, von dem sie sich allerhand Auftrieb für ihr Aspasia-Projekt versprach. Das glaubte Alice doch vorbringen zu müssen, damit dieses Stehaufmännchen von Motzkus nicht etwa auf den Gedanken verfiel, daß sie ganz auf dem trockenen säßen.

»Ja, wenn der Fall so liegt«, sagte er denn auch. »Dann mal ran mit die jungen Remonten.«

Im weiteren Verlauf des Gesprächs hatte sich Motzkus jedenfalls nicht mehr hinter den Ohren gekratzt. Seine Jacke war offen, wie er wohl gesagt haben würde, wenn es statthaft gewesen wäre, und die Willfährigkeit, mit der er Alices Aufschlüsse und genauere Darlegungen hinnahm, war so augenfällig gewesen, daß der Verdacht nicht fern lag, als wäre ihm durch Lydias anderweitige Bindung ein Stein vom Herzen gefallen. Vielleicht war es das auch, was ihn bewog, nochmals auf seinen ersten, nur lose hingeworfenen Vorschlag zurückzukommen. Mit Ausdrücken, die in der Versicherung gipfelten: »ganz offiziell, meine Gnädigste!«, bedrängte er Alice, ihm doch das Vergnügen zu gönnen und in seiner Begleitung die spätestens in dreißig Minuten beginnende Modevorführung mitanzusehen. Sie könnten ja Lydia eine Nachricht hinterlassen. Zum Behufe dessen entnahm er dem mitgebrachten Bukett drei besonders duftende Nelken. »Lassen Sie nur! Ich mache das schon«, sagte er zu Alice. Dann schrieb er drei launige Zeilen, deren Schlußwort lautete: »Ihr alter Verehrer«. Gewiß, eigentlich hätte Lydia inzwischen zurück sein müssen. Wenn sie aufgehalten worden war, so konnte das aber nur als günstiges Zeichen gelten. Nach dem in letzter Sekunde erfolgten Anruf durch Herrn ten Dam, den Alice entgegengenommen hatte, mußte sie ihn bei Doppeldoktor Mambrey getroffen haben. Anderteils war Motzkus mittlerweile so aufgetaut und so aufgeschlossen für alle Projekte, daß nichts törichter gewesen wäre, als ihn allein wieder ziehen zu lassen, zumal er versprochen hatte, alles Weitere noch zu erörtern. Schon deshalb, also nicht zuletzt auch in Lydias Interesse, glaubte Alice es vertreten zu können, daß sie trotz dieser und jener Bedenken ihre Einwilligung gab. Schließlich war es ja ihr Beruf, und wer wollte denn wissen, ob es ihr nicht auch dienlich sein konnte.

»Reizen könnte mich das schon.«

Ganz offenherzig hatte sie das gesagt, ganz ohne Hinterab-

sicht, worauf Motzkus mit gleicher Münze gezahlt und ihr ebenso unumwunden gestanden hatte:

»Wenn eine, dann Sie.«

Als Lydia mit geringer Verspätung wie im Triumphzug
zurückkam, war das Nest leer. Sie wußte erst nicht, ob sie mehr
verblüfft und erschreckt oder mehr empört und beleidigt sein
sollte, nachdem sie sich unterwegs ausgemalt hatte, in welcher
Haltung sie Alice entgegentreten würde, um ihr dann in die
Arme zu fliegen. ›Nimm es zur Kenntnis, Alice, er ist es!‹ In
bleicher, nur leicht geröteter Gefaßtheit, im Bewußtsein der
damit verbundenen Schicksalsgröße hatte sie ihr Erlebnis zu
unterbreiten gedacht, um schließlich unter dem Einsturz ihrer
Gefühle hochherzig zusammenzubrechen. Sie wollte einen
Teller ergreifen, um ihre Freudentränen darauf zu sammeln.
Aber sie wollte dann auch die Schlichtheit selbst sein, so entspannt, so nachdenklich heiter wie möglich. In der Hauptsache
aber wollte sie in Alice den brennenden Wunsch erregen, sich
alles genauestens erzählen zu lassen. Erzählen, erzählen, erzählen!

Nun aber war diese Vorstellung derart zusammengesackt, als
hätte sie nur noch das Nichts in Händen in Form einer bodenlosen Befremdung mit ihren einst als Gemächer bezeichneten, jeweils vier Wänden. Sie hatte geklingelt, ohne daß jemand geöffnet hatte. Sie war in den Flur getreten, der ausgesehen hatte, als
ob soeben ein Einbruch stattgefunden hätte. Es war niemand da.
Nicht, daß allzu viel fehlte. In der Kleiderablage fehlte ein Hut
und ein luftiges Ding von Mantel. Trotzdem war es, als fehlte gerade jetzt das so dringend dazugehörige Du.

Nun, sie war ja kein Kind mehr, wie Mama sich das dachte,
und so entsprach sie auch wieder dem Anspruch der Situation,
zumal sie sich die Gewißheit einzuflößen verstand, daß dem
Schritt, den getan zu haben ihre Tiefen aufwühlte, auch ein unendliches Maß an Einsamkeit beigesellt war. Sie selbst hatte damit fertig zu werden und niemand sonst.

»Wer a gesagt hat, dem steht das Alphabet zur Verfügung. Es
liegt an dir, wie du dich seiner bedienst«, hauchte sie im Zwie-

gespräch mit ihrem eigenen Du vor sich hin. Dann warf sie sich auf den Diwan.

Sie hatte kaum Lust, zur Wohnungstür zu gehen, als es dort klingelte. Schließlich tat sie es doch. Ein Bote stand draußen, mit sage und schreibe fünfundzwanzig langstieligen, blutroten Rosen, die hier abgegeben werden sollten. Sie kamen von Herrn ten Dam.

6 Schon mehrmals hatte Lydia die Erfahrung gemacht, daß alles Ersehnte oder auch Befürchtete nach dem Eintritt der Begebenheit selbst ganz anders aussah als vorher und daß dann auch die unmittelbaren Anforderungen, die sich daraus ergaben, ganz andere waren. Es war dann jedesmal wie ein Umschwung, wie eine Drehung des Panoramas, wie ein Einblick von anderen Seiten, wobei allerdings auch die Kehrseite nicht fehlte, wie etwa die peinliche Szene mit Dicky, von dem Schock nicht zu reden, den ihr die Sinnlosigkeit der im Stich gelassenen Wohnung bereitet hatte sowie der letzthin enttäuschende, teils auch aufreizende Anblick der Nelken. Andererseits waren dann aber die Rosen gekommen, und alles war anders gewesen. Die Rosen vor Augen, hatte sie sich über alle Maßen bestätigt gefühlt, gleichsam als praktikable Person, der gegenüber die Mitwelt bereit war, ihr jedes längst fällige Zugeständnis zu machen. Ja, beim Gedanken an Herrn ten Dam stand sie nun wirklich wieder auf ihren zwei Beinen, in Bewunderung der Tatsache, daß ihre zwei Beine sie trugen, so schlank wie Säulen.

»Glücklich«, hatte sie sich gefragt, »was ist das?«

Vielleicht war sie glücklich, sofern es nicht abgeschmackt war, es überhaupt ergründen zu wollen. Dabei waren ihr die Gedanken so weit vorausgeeilt, daß sie sie, wenn sie sie wieder zurückpfiff, um sie aufs nächste zu konzentrieren, kaum wiedererkannte. Sie mußte sich erst wieder einrichten in ihrem Gefühl wie unter neuen Tapeten, deren Muster hauptsächlich aus Abstraktionen und Miniaturen von Erinnerungen an Herrn ten Dam bestanden. Und das war allerdings ein Magnetismus, dessen Einfluß so großartig war, daß ihr von überall neue Kräfte zuströmten. Abgetönt auf ihr Befinden, spürte sie, wie ihr Mienenspiel über sie hinglitt, von innen heraus bald sonnig erheitert, bald wohltuend beschattet, und sie spürte auch, daß die Weisungen, die sie von dort empfing, sie tief beglückten. Es stand ihr ein Schimmer im

Haar, und es war eine Leichtigkeit in den Gelenken, wie sie es besser nicht wünschen konnte.

»Solch einem Mann«, rief sie mit Penthesilea aus, »ist meine Mutter nie begegnet.«

Es begleitete sie fortan wie ein geflügeltes Wort, das dem besten Mann des Jahrhunderts entsprach. Zugleich jedoch regte sich auch eine stolze Gewißheit, die einfach sagte:

»Na also!«

Es war natürlich nicht ausgeblieben, daß sie trotzdem mit einem Gemisch von Neugier und Aufsässigkeit auf die Rückkehr Alices gewartet hatte. Dabei hatte sie sämtliche Skalen durchlaufen, denen sie in altgewohnt hektischer Art eine besondere Bedeutung beimaß. Die Namen hierfür waren ihr lautlos auf der Zunge erstanden, das heißt, sie hatte sie abgeschmeckt wie Konfitüren. Mambrey, so schien ihr, schmeckte wie Nougat, manchmal auch wie Krokant, Zembrowski erzeugte einen leicht klinischen Beigeschmack von Karbol, überdeckt mit Muskat, Motzkus war ein Fondant mit Ananascreme, zuweilen auch, wenn er bei Laune war, zartbitter Nuß, die Gräfin von Ujest roch weiter nach Ingwer, Fräulein Skepsgardt, obwohl mehr für Morawéstäbchen zu haben, war eher nur Milchschokolade, Jelka mehr eine Weinbrandkirsche, Herr Zwirner dagegen nur Pfefferminz. Meistens aber hatte sie feststellen müssen, daß ihr Geschmack am Bisherigen sich derart verändert hatte, daß sie schon beinahe Gefahr lief, es als unerheblich oder zumindest als nebensächlich zu empfinden, gemessen an der kompakten Größe des Augenblicks. Mit Herrn ten Dam im Zenit schrumpften alle anderen, wie immer sonst eingeschätzten Faktoren zu bloßen Helfershelfern zusammen, so als ob es eben nur Beisitzer wären, obwohl sie sich andererseits auch wieder gestand, daß sie ohne eine Schar von Trabanten, fürs erste zumindest, nicht auskommen könnte, also auch nicht oder auch noch nicht ohne Alice. Hier erhob sich höchstens die Frage, es war eine Frage zwischen Rosen und Nelken, was Motzkus bewogen haben könnte, sie mitzunehmen und was für praktische Zugeständnisse er ihr gemacht oder ihr allenfalls abverlangt hatte, welch letzteres indessen den Verdacht wohl nicht wert war.

Aus dem Anblick der Rosen war das alles heraufgestiegen, untermischt mit einem betörenden Duft. Einmal war sie auch in die Loggia getreten, und da war ein Frühlingsrauschen in ihr, ein Gefühl von geöffneten Horizonten, wohin sie am liebsten die Arme ausgestreckt hätte. ›Schließlich krault man der Bestie die Mähne‹, sagte eine Stimme in ihr, ›und dann legt man den Kopf in den Rachen. Man ist nur noch Moment, man sieht nur noch das nächste, man sieht das Gebiß.‹ Auf Grund dieses rätselhaften Kontrastes, den die Laune ihr eingab, glaubte sie sich vollends in der Hand zu haben, in der Hand ihrer Entschlußfähigkeit, in Absprache mit ihrem sich selbst genießenden Ich. Jedenfalls war das ihr Zustand, und so war denn auch Alice die erste gewesen, die der Probe aufs Exempel hatte standhalten müssen.

»Was hast du erreicht?« war sie von Lydia sofort gefragt, ja beinahe angeherrscht worden.

Da jedoch im selben Moment ein Anruf erfolgte und Alice es war, die den Hörer ergriffen hatte, das Telefon stand in der Diele, hatte Alice zunächst nur gesagt:

»Für dich.«

Es war Herr ten Dam, der sich mit Lydia für tags darauf zum Mittagessen verabreden wollte. Es war alles ganz kurz geschehen, ganz knapp und sachlich, trotz einiger Dankesbezeigungen über die Rosen. Immerhin hatte die Spanne genügt, um den ersten, befürchteten Ansturm vorbeigehen zu lassen.

»Wie du siehst«, hatte Lydia gesagt, unterstützt durch eine Geste, die sichtlich ein unabweisbares Faktum servierte, und dann hatte sie sich im Vollgefühl ihres Gewinnes entschlossen, zunächst einmal nichts zu sagen, um den in Bereitschaft liegenden Maulwurf, entzückt über ihre Metapher, auf sich zukommen zu lassen, ganz Schritt für Schritt.

Es ist eigentlich nie recht ruchbar geworden, was sich an diesem Abend, der sich bis Mitternacht hinzog, in der Tintenburg drüben abgespielt hat. Nach Mitternacht lag jede für sich in den

Betten, aber noch lange hellwach, Lydia, indem sie ihrer Begegnung mit Herrn ten Dam entgegenfieberte, Alice, indem sie die Glanzpartien ihres Gehirns zu beschwichtigen suchte, zumal dort immer wieder Herr Motzkus auftrat, sei's nun, daß er mit seltsam durchbrochenen Blicken ihren Brustabnäher betrachtete, sei es, daß er ihr Schößchenteil und ihre Gehfalte nicht aus den Augen ließ. Im Grunde war dieser Motzkus ohne echtes Gefühl. Sobald er diese Schublade aufzog, wurde er sentimental, was gewiß merkwürdig war bei dem vorhandenen Schatz an Verve und Tüchtigkeit. Andererseits war es aber gerade dieses Manko gewesen, was Alice veranlaßt hatte, ihm ihr Mitgefühl zuzuwenden, um so mehr, als seine Verehrung für sie auch wieder aufrichtig war. Er hätte sonst kaum so offen mit ihr gesprochen. Das Ergebnis war allerdings derart gewesen, daß sie nicht so bald damit fertig wurde, auch nicht in dieser Nacht, denn Motzkus hatte sich einzig auf sie konzentriert, in erster Linie auf ihren Beruf, für dessen Entfaltung er jeden Kredit und jede Sicherheit bot, und natürlich auch, im Zusammenhang damit, auf ihre Person. Diese Aussichten waren so glänzend, daß es ihr schwerfiel, sie einfach als leere Versprechungen hinzunehmen, dazu waren sie viel zu ernst gemeint und zu wohlbegründet, ganz anders als die gleichlaufenden Erwägungen von Frau Loschwitzer. Sie hätte, wenn sie gleich zugesagt und sich nicht erst Bedenkzeit erbeten hätte, ein komplett eingerichtetes Modeatelier in der Nähe des Kurfürstendamms zur Verfügung gehabt. Das alles war aber so Hals über Kopf gekommen und vor allem ohne Rücksicht auf Lydia, die sich höchstens dabei als Vorführdame hätte verwenden lassen, daß bei so aufgedeckten Karten geradezu eine Umkehrung ihres bisherigen Verhältnisses die Folge gewesen wäre. Allenfalls hätte Lydia durch sie eine breitere Basis gehabt, ohne deswegen viel weiterzukommen. »Ich würde Sie am liebsten herauslösen aus diesem Tang«, hatte Motzkus gesagt. »Naja, die höheren Sphären, ganz schön. Drei Schritte vom Leib, als Geflimmer, da hat das vielleicht seinen Reiz. Aber sonst? Ich für meine Person, ganz privat, würde keinem Familienmitglied gestatten, mit Kunst anzufangen. Sie sollen sich erst mal umsehen im Leben. Wenn sie es trotzdem nicht lassen können, sollen sie's tun. Sie sollen dann aber gefälligst auch zusehen, wie sie damit zu Rande kommen. Hilfe schreien gibt es dann nicht. Das habt ihr euch selbst eingebrockt.« Später, als er etwas getrunken hatte, war er sogar noch ausfallend geworden mit der Bemerkung: »Was kommt denn dabei heraus? Höchstens das, was man hinterher Schicksal nennt.« Und da hatte Alice denn doch auf Lydia verwiesen, deren Daseinsfaktur schließlich kein Windei war. »Das behauptet auch niemand«, hatte er allerdings auch wieder gesagt. Ohne Taube auf dem Dach sei auch der Sperling in der Hand nichts wert. Sie sehe es ja bei sich selbst. Hätte sie noch vor drei Tagen geahnt, daß sie schon morgen als Chefdirektrice würde auftreten können? Zum Schluß waren sie aber nichtsdestoweniger übereingekommen, daß Motzkus die Papiere Mamas, wenn auch zunächst in Alices Interesse, nicht zuletzt auch aus lauter Gefälligkeit gegen Mama, bei sich verwahren und gegebenenfalls, sofern sich auch bei Lydia die Spur eines konkreten Sachverhalts böte, bevorschussen wollte. In Erbregelungen einzugreifen dagegen, hatte er noch gesagt, sei immer sehr mißlich, zumal ihm hier auch die Unterlagen fehlten. Er hoffe aber, Alice bleibe mit ihm in Verbindung, in Erwartung einer geneigten Antwort.

Diesen ganzen Komplex auf der Brust, wozu sich noch die verführerischen Eindrücke der in der Tat glänzenden Modevorführung gesellten, war Alice nur schweren Herzens nach Hause gelangt, um hier wider Erwarten zu erfahren, daß ihr Lydia in einer Verfassung entgegentrat, die sie verblüffte. Es war fast etwas Gönnerhaftes in ihr zum Vorschein gekommen, so leicht von oben herab, und außerdem eine versteckte Lust, Alices Bericht auf seinen wirklichen Wahrheitsgehalt zu prüfen, wobei sie mit einer so hinterhältigen Großmut verfuhr, als ließe sie es dahingestellt, ob das Gesagte stichhaltig war oder nur den Umständen angepaßt und dementsprechend frisiert. Jedenfalls war der erwartete Ansturm überhaupt nicht erfolgt, im Gegenteil, es hatte eher eine, aber eben gleichfalls unangenehme Windstille geherrscht, durchbrochen von einigen Mutwillsblitzen aus heiterem Himmel. »Hat er dich heiraten wollen? Das geht bei ihm rasch«, hatte Lydia beispielsweise gesagt, und dies nicht ohne spöttischen Unterton. Obwohl die Frivolität der Umstände es also gestattet hatte, eine gleichsam therapeutische Auswahl zu treffen und nur das zu erwähnen, was für Lydia schmeichelhaft war, wie etwa der Hinweis auf ihr Talent zur Reichspräsidentin oder die in Aussicht gestellte Anerkennung von Mamas Papieren, häufte sich in Alice eine Art Schuldgefühl an, mit dem sie sich die halbe Nacht über herumschlug, zumal sie den eigentlichen Kardinalpunkt, das heißt alles sie selbst Betreffende, wohlweislich verschwieg. Es war ihr nicht klar, ob Lydia diese so beängstigende Lücke herausgespürt hatte, klargeworden war ihr lediglich, daß zwischen ihnen ein Abstand aufgetaucht war, wenn nicht ein Graben, und zwar erstaunlicherweise auch durch Lydia selbst. »Hauptsache, daß –.« Mit so lakonisch pauschalem Abstrich hatte Lydia die Aussprache vorerst beendet.

Am nächsten Tag war von alledem kaum noch die Rede, da Lydia es eilig hatte. Ein verlängerter Morgenschlaf nach der unruhigen Nacht hatte ihr einen Traum beschert, in dem sie die Tollwut gehabt haben sollte. Welch ein Unsinn! Dabei war sie doch nie bisher so mit sich eins und so ganz beieinander gewesen. Allmählich freilich kam ihr das Blut wieder etwas in Wallung. Aus der Art, wie ihr die Blicke an ihren vier Wänden abglitten, wäre schon zu entnehmen gewesen, daß sie trotzdem nicht ganz bei der Sache war, daß sie meistens leicht abgelenkt war, als wäre ihre optische Aufnahmefähigkeit durch ein Störfeuer mehr innerer Bilder gehemmt. Sie besaß nicht umsonst Phantasie, und sie wäre ja auch nicht Lydia gewesen, wenn sie nicht gleichzeitig auch Aspasia gewesen wäre, bei dem Einsatz, der ihr bevorstand.

»Ich vermag kaum noch durch die Straßen zu gehn, ohne mir vorzustellen, wie ich die Leute für meine Pläne verwenden könnte«, hatte sie auf der Gesellschaft bei Mambrey schon einmal zu Herrn ten Dam gesagt. »Zunächst sind sie alle nur Treibholz, bestenfalls figurativ. Aber es gibt Augen, die träumen, es gibt Zierlichkeiten in sonst simplen Gesichtern. Da wäre vielerlei aufzuwecken, was sonst verkümmert. Man könnte ihnen allen zu ihrem Glück verhelfen.«

»Das dachte ich auch in bezug auf Sie«, hatte ten Dam ihr zugeflüstert. »Vom ersten Augenblick an, da ich Sie sah, erwachte in mir diese Regung. Mir war geradezu, als hätte der Zufall Schicksal gespielt.«

Beim Nacherlebnis dieses kurzen Gespräches spürte Lydia eine tiefe Befriedigung darüber, daß ihr nun Gelegenheit geboten wurde, es unter wesentlich günstigeren Bedingungen und in zweifellos kultivierterem Umkreis fortzusetzen. In ihrem Fall, wie sie sich gestand, rollten die Würfel genau so. Sie wünschte ihn sich herbei, diesen Schirmherrn aus London, und zwar nicht nur um einer näheren Bekanntschaft, sondern auch um all der Imponderabilien willen, die ihn umgaben, dieser unnachahmlichen Welt- und Hotelluft. Es war ja doch offenkundig, daß sie beide etwas verband, das sie vom Üblichen trennte und dessen Ausstrahlung weit in die Zukunft wies.

Alfredo ten Dam, wie er sich nannte oder vielmehr genannt wurde, wobei es schließlich belanglos war, ob er amtlich auch wirklich so hieß, denn wer kam schon darauf, es nachzuprüfen, entsprach, rein äußerlich gesehen, in Physiognomie und Schnitt aufs genaueste dem allseits beliebten Bild, wie es in exklusiven Ehevermittlungsbüros als vermögender, weitgereister Herr aus Diplomatenkreisen gepriesen zu werden pflegt. Eine schmale, fast hagere Gestalt, elastisch und sportlich trainiert, mit Interesse für alle Gebiete in Wirtschaft, Politik und Kultur, hätte er sich ebensogut als Beauftragter einer Handelsmission betätigen können wie als Mitarbeiter oder Berater bei archäologischen Ausgrabungen, sei es nun bei Inkas, Azteken, Bantus oder mumienhaften Hethitern. Er sprach nicht umsonst mehrere Sprachen, darunter auch Dialekte, natürlich auch Suaheli, und er kannte, sagen wir zwischen Heluan und Belo Horizonte, so ziemlich sämtliche erwähnenswerten Hotels dieser immer enger zusammenrückenden Welt. Daß er im Hinblick auf ein bequemeres buen retiro die abseits gelegenen Vororte bevorzugte, war nur natürlich, und daß er es vorzog, im Ernstfall lieber am Strand oder am Abhang zu privatisieren als unmittelbar in der City oder gleich neben Scotland Yard, war ihm nicht zu verdenken. An dieser gern geäußerten Ironie war im Grunde nichts auszusetzen, geschweige verdächtig. Auch daß er den Besitz eines Wagens ausschlug und sich entweder, je nach Bedarf, eines Leihwagens bediente, wenn nicht trotz oft gepfefferter Rechnung eines einfach herbeizurufenden Taxis, war bei dem ständigen Ortswechsel, dem er sich unterzog, und bei den mancherlei beruflich bedingten Reisen erfahrungsgemäß nur von Vorteil. Inwieweit allerdings die Augenweide, die er Lydia bereitete, nicht zuletzt auch die unverkennbare Wichtigkeit, die Jelka Morawé seinem Auftreten beimaß, auch von anderen, mehr außenstehenden und weniger interessierten Personen geteilt worden wäre, war nicht so leicht zu entscheiden, aber schließlich schon deshalb nicht, weil eine gleichsam nomadisierende Weltläufigkeit, je gewandter um so differenzierter, sich schon von Natur aus dem gängigen Gesellschaftsschematismus entzieht. Auch gibt es ja zweifellos Berufe von so undurchsichtigem und fließendem Charakter, daß sie sich nicht gleich an der Nasenspitze ablesen lassen, wie denn etwa ein detektivischer Superintendent von Scotland Yard sich schön dafür bedanken würde, wenn ihn jeder gleich abschätzen könnte in dem, was er betreibt, und als das, was er in Wirklichkeit ist. Man spricht dann nur allzu rasch und offen gestanden auch leichtfertigerweise von Rolle und Maske oder auch von einem in Zwielicht getauchten Mangel an Identität, wobei sich aber immer noch fragt, ob hier wirklich ein Mangel vorliegt und ob hier der Schein nicht trügt, da eben die Methode, sich in allen Sätteln zurechtzufinden, auch die Beherrschung der jeweils gültigen Formen voraussetzt, was andererseits auch wieder der Kaustik einer gewissermaßen geistreichen und zweideutigen Zurückhaltung entspricht. Schreieck zum Beispiel hätte in ten Dam wohl nur eine Boulevardfigur gesehen und ihn kurzerhand als feinen Pinkel verunglimpft, wenn nicht als Rosen- und Hosenkavalier; Bernhard hinwiederum hätte wohl allein schon aus Eifersucht, obwohl er es nicht hätte wahrhaben wollen, von verhüllten Allüren gesprochen und sich durch diese Kritik doch nur selbst kritisiert. Nun, es war wohl nicht zu umgehen, daß Lydia die sensationelle Wirkung, die sie unter ihrer nächsten Bekanntschaft durch ihre Beziehung zu eben diesem Herrn hervorrufen würde, nicht ohne heimliche Wonne genoß, dies um so mehr, als sie sich der haarfeinen Unterschiede in der Bewertung ihrer Eroberung bewußt war. Für sie stand es fest, daß es der Richtige war, und das genügte. Ja, es genügte nicht nur, es wurde ihr bald genug auch bestätigt.

Schon zwei Stunden später folgte in einem kleinen, intimen, abseits gelegenen Feinschmeckerlokal ein phantastisch mit Pilzen und allerlei exotischen Tiefseezungen garniertes Gespräch auf der Menschheit Höhen.

Sie war genau zweidreiviertel Minuten zu spät gekommen, was hinwiederum von ihm, der sie lässig erwartet hatte, als korrekt und als mit Bewunderung genehmigter Spielraum gewürdigt worden war, selbstverständlich alles nur unter leichtem Geplauder. Seitdem saßen sie, Lydia im Straßenkostüm, er ganz in Grau, aber mit aufreizend dezenter Krawatte, wie schwerreiche Gäste bedient, in einer eigens für sie reservierten Ecke, unbeobachtet und ungestört. Es war ein Abteil erster Klasse, und sie waren ja auch gewissermaßen in Fahrt. Obwohl sie sich kaum erst kannten, war es nichtsdestoweniger, als hätten sie in der Zwischenzeit bereits jenen Trennungsstrich überschritten, der das Konventionelle vom Vertraulichen scheidet, was aber nur ein Merkmal mehr für die stillschweigend zugebilligte Tatsache war, daß sie sich bereits in Abwesenheit miteinander beschäftigt, in Gedanken einander genähert und jede Befangenheit abgestreift hatten. Es wäre ja auch verpönt gewesen, hier erst ein stilloses Versteckspiel zu inszenieren. Dazu waren sie viel zu erfahren, viel zu sehr mit dem Zuschnitt ihrer Mission vertraut, nicht zuletzt auch mit dem Mitspracherecht ihres innersten Wesens.

»Wer fängt an?« hatte ten Dam gesagt, als gelte es ein Billardspiel. Aber das war nur scherzhaft gemeint, ein Gewürz in der Delikatesse, denn bevor sie sich überhaupt um den Kern der Sache bemühten, war der Anfang schon längst gemacht.

In Fortsetzung ihres so aussichtsreichen Vorgeplänkels bei

Mambrey machte Lydia kein Hehl aus ihrer brillanten Aspasia-Idee, die sie am liebsten auf alle Gebiete des öffentlichen Lebens ausgedehnt hätte, sogar aufs Politische, und sie stieß damit, wie es schien, auch auf Verständnis, zumal ten Dam, ein ungewöhnliches Einfühlungsvermögen bekundend, mit allerhöchster Zustimmung nicht kargte. Es bereitete ihnen Vergnügen, einander ins Auge zu sehen und hie und da einen tieferen Blick zu erhaschen, jedesmal verwundert über das von ihnen dargebotene, einzigartige Exemplar.

»Ich glaube, ich war als Wunderkind konzipiert«, versicherte Lydia lachend. »Meine Eihülle war nicht stark genug, das ist mein empfindlichster Punkt, und so war ich schon als Embryo sehr medial. Ich kam auf die Welt, als noch niemand zu meinem Empfang bereit war.«

»Eine Frühgeburt also«, sagte ten Dam, »wie alles Außergewöhnliche« – worauf Lydia einfach erklärte:

»Wie kommt man denn auf die Welt? Jedenfalls ohne zu wissen, warum. Aber die Welt ist da und das Ich in uns auch. Und so heißt es dann eben: mach was draus! Man lebt, also ist man auch gezwungen, zu leben. Das ist keine Phrase, schon eher ein Dilemma.«

»Und da haben Sie sich also entschlossen, Pionierarbeit zu leisten, genau wie ich auch.«

»Nun ja«, meinte Lydia, »ich bin durchaus in der Lage, auch von mir abzusehen. In meinem Umkreis kommt jeder zu seinem Recht. Das Gegenteil wäre gegen die Menschenwürde. Nur verbietet mir meine angeborene Schamhaftigkeit auch, diese eingeschnürte Korsettwelt, so wie sie ist, anzuerkennen. Dieses Gekrebse ist unmoralisch. Wenn man zehn Jahre lang stets auf die gleiche Hausfront blickt, dann fragt man sich auch, wo in diesen Löchern der Sinn steckt. Frühmorgens reißt sich das hoch aus den Betten und abends fällt es wieder hinein. Dazwischen wird das Fortpflanzungsgeschäft besorgt. Wofür das? Für das bißchen Komfort? Für einen Balkon, der den ganzen Tag leer steht? Sie sprachen vorhin vom Außergewöhnlichen. Für mich war das vom ersten Tag an selbstverständlich. Ich war immer nur Kronprinzessin in meiner Jugend. Man schneuzt sich doch auch nicht in ein Taschentuch, in das sich schon jemand hineingeschneuzt hat. Ich erkläre Ihnen ganz offen: ich bin ständig auf der Suche nach einer passenden Haut. Das heißt, mein Teint ist schon richtig, der hat keine Pickel, aber ich will mich auch häuten. Ich will meinen Radius erweitern. Lediglich zu verlangen, daß ich euch liefere, was ihr von mir erwartet, das ist beschämend. Ich habe das unstillbare Verlangen, euch das zu bieten, wonach ihr euch sehnt, weil ihr im tiefsten spürt, daß es euch daran fehlt. In der Praxis wird alles nur durchgespielt innerhalb einer kommerziellen Quadratur von Politik und Finanz. Ich aber bin ein Widerspruch, ich habe auch Träume. Es hat mich vom ersten Augenblick an gefreut, daß Sie davor nicht zurückgeschreckt sind. Sie nahmen das an, ohne erst nach den Gründen zu forschen. Das war großherzig, es hat mich sofort überzeugt.«

»Ich hörte von Ihrem Filmprojekt«, sagte ten Dam, »und als Beauftragter eines internationalen Konsortiums für kulturelle Zusammenarbeit war ich daran interessiert. Ich hatte zunächst weiter nichts im Sinn, bis ich Ihrer ansichtig wurde. Dann freilich ging mir ein Licht auf. Verzeihen Sie, aber das war ja der reinste Fund.«

»Und wie hoch veranschlagen Sie den Finderlohn?«

»Ziehen Sie Schweizer Wechsel vor, oder sind Sie lieber für Englische Pfunde?« lachte ten Dam, bevor er bekanntgab, daß er erst gestern eine ähnliche Transaktion bewerkstelligt hätte. »Kleinigkeit«, sagte er noch, abgesehen davon, daß Lydia natürlich an sich unbezahlbar sei.

»Das will ich auch hoffen«, sagte sie heiter.

Dann blickte ten Dam nicht ohne seltsam veränderten, leicht abwesend wirkenden Weitblick an ihr vorbei, und das war zweifellos neu an ihm, ehe er sagte:

»Ich treffe unseren Präsidialkopf demnächst am Cap d'Antibes. Er zeltet dort an der französischen Riviera. Er ist der reinste Nomade. Er zeltet in allen Kontinenten. Haben Sie das schon gesehen, so ein Zelt? Wie bei Nebukadnezar, ganz feudal. Wohin er auch kommt, er macht aus jedem Quadratmeter eine Art Missionszelt. Es ist geradezu eine Wissenschaft, herauszufinden, wo er sich zufällig aufhält. Er hat seine eigene Antenne. Wir sagen immer: damit fängt er Genies. Nobelpreisträger liebt er wie Frankfurter Würstchen. Er verteilt seine eigenen Nobelpreise. Das ist nobel, sagt er zu jedem Einfall. Er hat so seine Ticks. ›Wie wollen wir speisen?‹ sagt er zum Beispiel. ›Französisch, chinesisch, schwedisch, malayisch oder Eisbein mit Sauerkohl?‹ Wer immer nur Austern und Kaviar ißt, schwärmt gelegentlich für Bouletten. Ich übrigens auch. In Kanada habe ich einen Bekannten, dem nichts über Leberwurst aus Berlin geht. So sind die Zungen. Mir allerdings geht auch nichts über Morawé. Das ist ein Konfekt, picobello.«

»Brillat-Savarin, die Physiologie des Geschmacks«, warf Lydia kenntnisreich ein, worauf ten Dam aber nur sagte:

»Ja, die Franzosen.«

Dabei trat jedoch abermals in sein sonst lebhaft glitzerndes Auge ein Blick, so verändert in seinem Glanz, daß es fast bleiern wirkte. Es war, als fühlten sich seine Wangen wie Sandpapier an. Seine Lebemannsfalten hatten etwas Gespanntes, es war wie eine Art Jagdinstinkt. Doch das dauerte nur Sekunden.

»Sie kennen doch Monsieur Tarnier«, sagte ten Dam, und als Lydia nicht gleich Bescheid wußte, rief er das Bild jenes Franzosen bei Mambrey hervor, jenes klebrig-lackierten Männchens, mit dem Jelka so heimlich geblinkert hatte. »Er stammt aus Marseille, Vertreter kandierter Früchte von dort. Übrigens ist er auch um drei Ecken mit Zembrowski verwandt, ganz lose natürlich, als Großneffe jenes Max aus Paris, an den sich im Nachlaß ein Brief vorfand. Weitläufig, wie gesagt, wie bei mir auch. Ja, auch bei mir. Bei mir sind die Verwandtschaftsketten noch loser, da geht's über London, New York. Meine Großmutter mütterlicherseits stand in Kontakt mit einem gewissen, mit Fräulein Jelkas Mutter liierten Sinodoro. Vielleicht haben Sie davon gehört, daß sie ihn Mister Ohnegold nannten. Sie sehen, das alles verfilzt sich um so mehr, je tiefer man in die Wurzeln hinabsteigt. Ansprüche sind da nicht zu erwarten, höchstens Interesse, und es ist ja auch alles passé. Immerhin bin ich durch Monsieur Tarnier auch mit Zembrowski in Verbindung gekommen. Ich konnte ihm dienlich sein, indem ich einige Auslandsgeschäfte für ihn erledigte. Der alte Herr war ja nicht so harmlos, er hatte so seine Manien.«

»Es stimmt also doch?« entfuhr es Lydia, worauf ten Dam sich veranlaßt sah, sie etwas genauer zu mustern.

»Was stimmt?« fragte er kurz.

Sie hatte aber nur an Fräulein Skepsgardt gedacht und an deren groteske Berichte über Zembrowskis Beratungspillen.

»Dieser Tarnier konnte uns immer sehr nützlich sein«, sagte ten Dam. »Er hat mich auch bewogen, mich so nebenbei etwas um die Firma zu kümmern. Bei meinen Verbindungen war das nicht schwer. Ein Freundschaftsdienst. Entschuldigen Sie, wenn ich das hier so profan erörtere.«

»Aber bitte!« rief Lydia. »Auch in Weimar und Ferrara wurde nicht immer in Jamben gesprochen.«

»Sie enttäuschen mich nicht.«

»Haben Sie das befürchtet?«

»Seh ich so aus?«

»Da Sie schon einmal so aussehen wie Ihr Steckbrief«, sagte Lydia ermuntert, aber sie sagte es nur aus Laune, in der sie allmählich wie ein Delphin herumschwamm, »hätte ich gern noch gewußt, ob Sie schon einmal verheiratet waren. Auf mich trifft das zu. Also wie oft?«

»Ein einziges Mal. Meine junge Frau, Brasilianerin, ein Pioniertalent wie Sie, wurde auf einer Safari von einem Löwen zerrissen. Ja, schrecklich. Seitdem, Sie können sich's denken, ist dieser Löwe ein Schutzpatron gegen sämtliche Frauen, die mir so oder so gefährlich werden könnten.«

»Dann leben wir also zu dritt: Sie, der Löwe und ich.«

»Das wäre eine Kombination«, meinte ten Dam.

Dann kam er aber nochmals auf Mambrey zurück beziehungsweise auf Morawé wie überhaupt auf die damit verquickte Erbschaftsregelung, von der er behauptete, daß sie hauptsächlich Fingerspitzengefühl und Geduld erfordere, wenn das Ganze nicht in die Luft gehen soll, weshalb er ihr auch empfahl, zunächst erst einmal ihr Filmprojekt voranzutreiben.

Wenn Mambrey zögere, in Erwartung des Augenblicks, da der Termin für den Verkauf der Firma am günstigsten sei, werde er wohl seine Gründe haben, gewichtige Gründe, wie er annehmen möchte, da hier wahrscheinlich auch Gewährsmänner mitsprächen, die es sich angelegen sein ließen, diesen Termin mitzubestimmen. Gesetzlich begründete Ansprüche lägen zwar nicht vor, es dürfte aber Rücksichten geben, Fragen erster Ordnung, wenn auch im Hintergrund. Es sei ja doch selten, daß die nächsten Erben auch die geeignetsten Fortsetzer wären, in diesem Fall nicht so sehr diejenigen Zembrowskis, sondern des jungen Morawé. Es wäre aber auch falsch, sie ausbooten zu wollen. Früher habe man ihnen einen Posten zum Repräsentieren gegeben, als Staffage und Aushängeschild. Das sei hier zwar nicht vonnöten, immerhin sei hier auch ein Geist zu vertreten und gegebenenfalls zu erneuern, und das sei der Geist Morawés. Gewiß, Ansprüche könnten abgekauft werden, dieser irrationale Lebensgeist aber, diese ursprünglich auch politisch fundierte Spannkraft nach außen und selbst über die Kontinente, diese einzigartige Windrose sollte man nicht so mir-nichts-dir-nichts verschachern. Diese Meinung vertrete auch er, auf Grund seines Überblicks, selbstverständlich ganz unverbindlich, aus alter Anhänglichkeit und ohne jede persönliche Absicht. Schließlich habe er auch noch etwas anderes im Kopf, wie etwa im Augenblick eine gewisse Frau Lydia Faude, die ja in diesem Punkt genauso entschieden habe wie er, so neulich auf der Gesellschaft bei Mambrey durch ihre Unterschrift. Den Geist Morawés wiedererwecken, das lohne sich schon. Großartig, daß sie auch in diesem Fall gemeinsam vorgehen könnten! Um aber wieder auf ihr Hauptanliegen zurückzukommen ...

»Ich sehe schon«, begann ten Dam, »das ist alles noch nicht recht faßbar, bis auf Ihre Aspasia-Konzeption, die allerdings primissima ist und die allein schon in ihrer Universalität unterstützt zu werden verdient. Um so besser! Angefangen wird ja auch stets mit dem Nagel im Kopf. Eine große Idee ist immer zunächst nur als Steckenpferd aufrechtzuerhalten. Ich verschließe mich auch nicht gegen Projekte. Wer im Projekt eine Boa Constrictor erblickt, der beweist nur, daß er ein Hasenfuß ist, der früher oder später verschluckt werden will. Natürlich kostet eine Idee verfechten oft Kopf und Kragen. Dabei wird ja nicht mit bunten Klötzchen gespielt. Aber auch diesfalls kann ich nur sagen: um so besser! Außerdem liegt Ihr Entschluß ja vor. Das weist Sie von selbst aus.«

»Ich war immer mein oberstes Gremium«, versicherte Lydia. »Ich wähle mich selbst. Deshalb bin ich auch nicht überrascht, wenn man von mir verlangt, mich selbst zu vertreten. Wie käme ich sonst dazu? Jeder hat ja doch seine eigene Skala.«

»Immerhin ist es gut«, meinte ten Dam, »auf Gleichgesinnte zu stoßen. Man braucht auch Beziehungen. Ich kann ja ganz offen mit Ihnen sprechen. Offenheit ist immer der beste Bluff. Die Sache muß natürlich erarbeitet werden. Wir alle arbeiten nicht nach Tarif, wir sind Tag und Nacht auf dem Sprung, und es kommt durchaus vor, daß es nachts um drei klingelt. Polizei? Ja, denkste, wie der Berliner sagt. Anruf aus Kalkutta oder Nagasaki. Das hängt natürlich auch mit den Unterschieden der Uhrzeit zusammen. Überall gehen die Uhren verschieden. Señor Brandario, einer der bedeutendsten Bankfachleute, Praktiker und Theoretiker der Hochfinanz, hat mir einmal gesagt: ›Geschäfte macht man am besten mit Fallobst, mit Prozenten und Provisionen, und da kommt's auf den Zugriff an, auf den rechten Moment.‹ Also seien Sie bitte nicht ungehalten, wenn's irgendwann klingelt und wenn es dann heißt: ›Gestatten, ten Dam.‹ Dann steht sozusagen ein Fels im Meer, und dann steigt eine Stimme empor, die ruft: ›Nun rennt mal an!‹, denn dann ist es soweit, und wir bringen den Fels zum Blühen.«

»Berauschend!« rief Lydia, und dann blickte sie auf ten Dam, der aber nur still vor sich hinsah, nicht einmal lächelnd.

»Daran gewöhnt man sich«, sagte er nur.

Er hatte mittlerweile den Ober gerufen und mit ihm ein Flüstergespräch geführt, wobei Lydia erfuhr, daß es offenbar ein alter Bekannter war, den er Detlef nannte. Der Ober verzog sein Gesicht wie einen Längsmeridian von Oslo bis Rom, was sehr komisch aussah bei einer sich gleichzeitig hin und her wiegenden

Unschlüssigkeit, und erst nach Entgegennahme einer Bestellung rückte sich seine ganze Gestalt wieder zurecht.

»Gegen Kopfschmerzen ist das sehr gut«, sagte ten Dam, indem er dem Ober ein Pülverchen gab. Dann sprach er wieder mit Lydia.

»Auf unser Konsortium ist immer Verlaß. Wir sind die diskreteste Internationale der Welt. Höchstens der Kunsthandel verfährt noch genauso. Aber Kunsthändler haben wir auch, nicht gerade wegen der Fälschungen. Das sind Makler und Beobachtungsposten, das sind spirituelle Tangenten, die uns den Einfluß aufs öffentliche Leben garantieren, auf Wirtschaft und Presse. Wie gesagt, ich handle hier nur im Auftrag und bin natürlich vorerst zum Stillschweigen verpflichtet. Sie werden ja verstehen, daß wir unseren Schnee unter Verschluß halten müssen. Kapital sagen wir nicht, das scheint uns ziemlich veraltet, man sagt ja auch eher Finanzkraft, wir sagen meist Schnee, auch wenn ihn der kleine Moritz bekanntlich für Rauschgift hält. Aber die höchsten Gipfel und die Hohe Behörde schlummern ja auch in ewigem Schnee. Diesen Scherz leisten wir uns. Und es ist ja auch so: die Materie muß aufgetaut werden zwecks Erzielung der jeweils geforderten Liquidität. Bargeld ist flüssig, die Finanz zirkuliert. Wir sind auch keine Gruppe und kein Konzern. So dürfen Sie sich das nicht vorstellen. Wir sind eher ein Klub, nur ohne Statuten. Wir verständigen uns durch ein Licht in der Pupille. Dieses Licht haben Sie auch. Oder glauben Sie etwa, daß mir diese physikalische Merkwürdigkeit entgangen sein könnte? Dazu brauchten Sie mich gar nicht erst anzusehen. So etwas spürt man. Man spürt's auf der Haut.«

»Ich sagte ja schon, daß mein Embryo offenbar sehr medial war«, gab Lydia zur Antwort. Sie gab es zum besten, so daß es sie beide aufs höchste ergötzte.

»Einige Haken hat die Geschichte natürlich auch«, bemerkte ten Dam, »aber das braucht Sie nicht zu beunruhigen.«

Er hatte es auch nur lächelnd gesagt, was aber bei seiner Schmallippigkeit beinahe etwas engherzig wirkte, um nicht zu sagen mokant, ein Eindruck, der sich indessen wieder verwischte.

»Das Geheimnis unseres Erfolges besteht nämlich darin, daß wir ihn auf uns zukommen lassen. Wir lassen ihn reifen. Und seien Sie versichert: er kommt. Sie kamen ja schließlich auch. Was wir erstreben, muß in gebührender Reichweite liegen.«

»Reichweite gefällt mir besonders«, meinte Lydia.

»Schön. Beinahe hätte ich wieder gesagt: um so besser! Wir stellen die Mittel zur Verfügung und besorgen Kredite. Das können Sie alles von uns haben. Fürs Drehbuch zahlen wir, ich denke, so an die Vierzigtausend. Das ist sehr hoch. Nur stellen wir auch die Bedingung, daß es vorhanden sein muß. Das ist ja wohl nicht zuviel verlangt. Großzügigkeit schließt ja nicht unbedingt Seriosität aus. Nicht wahr? Unsere Finanzgruppe ist ja potent. Na, impotent wird sie ja wohl nicht sein. Nicht wahr? Also wäre es schon das beste, wenn Sie Ihr Gremium bald auf die Beine stellten. Dann sehen wir weiter. Ich verlasse mich auf Sie in allen rein künstlerischen Fragen. Bereiten Sie das vor, sieben Sie aus, sondieren Sie! Treffen Sie bereits die ersten Anordnungen! Besondere Wünsche werden weitgehend berücksichtigt. Weitestgehend. Und machen Sie sich zunächst keine Sorgen!«

»Sorgen sind das genug«, sagte Lydia, indessen so optimistisch, daß sie sich förmlich angesteckt fühlte.

»Das sind Ihre Sorgen, der Rest sind meine«, sagte ten Dam, bevor er bekanntgab, daß er dieser Tage nach Marseille reisen würde, um dort seinen Präsidialkopf zu treffen, übrigens so nebenbei auch Monsieur Tarnier, um mit ihm in Sachen Morawé über einige exquisite Lieferungen zu verhandeln, die als Handarbeit besonders sorgfältig getrimmt werden müßten. Er sagte getrimmt. In der Zwischenzeit, kaum länger als eine Woche, hoffe er den Nebel so weit gelichtet zu sehen, daß dem Auftritt der Sonnwendsonne nichts mehr entgegenstünde.

»Moralische Aufrüstung durch Aspasia«, sagte er nicht ohne Selbstironie. »Aber wenn wir die Welturaufführung erst hinter uns haben, und das wird ein Aplomb, dann schließt sich das andere ganz von selbst an. Dann ist es sogar nicht ausgeschlossen, daß es in einigen Ländern Revolutionen gibt. Morawé wird aus dem Grab aufstehen. Glauben Sie nicht? Ich ja! Aber dieses Risiko nimmt man eben in Kauf. Man ist uns ohnehin immerzu auf den Fersen. Man jagt uns buchstäblich über die Pampas. Es fehlt nur noch, daß uns die Interpol hinterhergeschickt wird.«

»Gejagt, dressiert und vorgeführt«, rief Lydia aus purem Jux.

»Gnädige Frau sind bewundernswert.«

»O!« sagte Lydia, um der Wirkung willen indessen beinahe kleinlaut, »ich kenne das Glück, als Herzogin geboren zu sein, von der Bühne, und ich kann daher auch ermessen, was das Schicksal mir schuldig ist.«

»Bravo!« flüsterte ten Dam.

Dabei klatschte er mit einer Lautlosigkeit, die aufregend war, nur mit den äußersten Fingerkuppen wie in samtene Hände.

»Ich wünschte, ich wäre ein Operntenor«, fuhr er im gleichen Ton fort. »Dann würden Sie etwas erleben. Das hohe C wäre nichts dagegen.«

Sie glaubten kein Wort von dem, was sie sagten. Es war ihnen nur so über die Lippen geschlüpft, aus Übermut gleichsam. Ebensogut könnte man aber auch sagen: ein Stockwerk tiefer oder auch im Keller glaubten sie's trotzdem. Für Lydia zumal war es eine Bestätigung, uneingeschränkt. Es war die Beglaubigung. Und da war es schon zu verstehen, daß sie ihr angewärmtes Gesicht mehrmals dem seinen zuwandte, ja zuwenden mußte, gleichfalls nicht ohne Bewunderung.

Gegen Ende der Unterhaltung brachte der diesmal von Herrn ten Dam in bester Laune Rayonchef betitulierte Oberkellner in ihre abgedunkelte Nische ein mit Rum übergossenes Gebilde aus Eis, das lichterloh brannte. Es war ein Feuer, so bengalisch in seiner Glut, daß es Lydia nichts ausgemacht hätte, sich als Vestalin, Astarte oder Ysot zu fühlen und gegebenenfalls auch opfern zu lassen. Ein in den unteren Gesichtspartien verflackernder Reflex tauchte sie beide ins Helldunkel ein, ganz mysteriös. Man konnte es feierlich nennen.

»Ich kann mein Gefühl für Sie nicht mehr bezähmen«, sagte Lydia denn auch, und das höchste Glück war, daß er das guthieß. Er hätte sonst nicht gesagt:

»Darf ich Ihnen dabei behilflich sein?«

»O, bitte!« stöhnte sie ihm entgegen.

In dieser Verfassung, mit Feuer und Eis im Leib, trennten sie sich, auf ein baldiges Wiedersehn.

»Alles klar?« hatte ten Dam noch gesagt.

»Alles klar.«

Auf der Straße draußen war ein Auflauf gewesen. Es war an diesem Tag der zehnte Verkehrsunfall.

7 Wenn Trompeten es hätten verkünden können, daß die Gründung der Lydia-Film-Produktion bevorstand, hätte Lydia wahrscheinlich in Erinnerung an klassische Maße in stiller Einfalt und edler Größe daneben gestanden und einfach gesagt: es ist soweit. Als Aspasia wäre sie durch ein Spalier von Koryphäen und Mitarbeitern geschritten, um das Band zu durchschneiden, das den Weg in gelobtere Zeiten freigab. Statt dessen war in letzter Minute eine Art Schauer in ihr erwacht, der einem Tremolo glich, und um dieses Tremolos willen, das ein Tremolo der Ergriffenheit war, schritt sie nur noch auf Katzenpfoten einher. Sie spürte die Wimpern, wenn sie die Lider senkte, und wenn sie trotzdem zu jedermann sagte: ›es ist soweit‹, war sie in schlechthin entwaffnender Weise ganz in sich gekehrt, ganz ohne Aufwand und ohne Akzent, eine blutdurchwärmte Gestalt, die sich des Ausmaßes dessen, was nun ins Werk gesetzt werden sollte, in womöglich noch stillerer Einfalt und noch edlerer Größe bis in die Taillenweite bewußt war.

»Was hast du?« fragte Alice. »Fehlt dir etwas?«

»Nichts«, entgegnete Lydia.

Immerhin war es ihr inmitten dieser ihr ganzes Wesen durchhallenden Weiträumigkeit, in der auch der Herzschlag der Liebe nicht fehlte, geglückt, eine Träne zu produzieren; sie haftete an den Wimpern, worauf der ganze Dekor ihrer vier Wände zu glitzern begann.

›Das kann gut werden‹, dachte Alice.

Nichtsdestoweniger fand sich Alice vereinbarungsgemäß bereit, ihren Arbeitsraum für eine erste Sitzung zur Verfügung zu stellen, mit dem Zuschneidetisch in der Mitte, dem die Ehre zugedacht war, ein erlauchtes Gremium um sich zu scharen und all den geladenen Ausnahmemenschen als Basis oder höhere Ebene für ihre Ellbogenfreiheit zu dienen. Übers Wochenende ließe sich das schon machen, meinte Alice, obwohl sie sich nicht verhehlte, daß ihrer Langmut und Bereitwilligkeit, zumal beim Gedanken an Motzkus, auch eine Frist gesetzt war.

»Der geeignete Mann für mich wurde noch nicht erfunden. Mein Zeitalter läßt mich im Stich«, hatte Lydia früher gesagt. Nun aber erklärte sie klipp und klar:

»Was habe ich denn von Bernhard erwartet? Doch nur, daß er mich endlich bejaht. Ich kann an dieser Erwartung nichts Ungewöhnliches finden. Bejaht werden will jeder. Man will auf Zustimmung stoßen. Bernhard hingegen hat fortwährend an mir herumkritisiert, wenn er auch ebenso eifrig nach Punkten gesucht haben mag, die er hätte bejahen können. Vielleicht hätte er's auch getan, aber er hat nie gewußt, wie es mit seiner Eigenliebe vereinen. Deshalb ist es ihm auch nicht aufgegangen, was er denn eigentlich suchte und wollte. Wahrscheinlich hatte er Angst, es zu finden, und so ist er der Hauptsache ausgewichen. Ten Dam jedoch hat mich erkannt. Vom ersten Nu an hat er gespürt, daß ich selbst mein oberstes Gremium bin, daß ich aufmerksam bin gegen alles, was in mir aufsteht, und daß ich kein größeres Plus in die Waagschale zu werfen habe als meine Person. Man nimmt mich am besten mit Haut und Haaren, sei's positiv oder negativ. Ich werde es ihm beweisen.«

Es war nicht zuletzt dieser alles andere als heilige Schwur, was Lydia veranlaßt hatte, die ersten entscheidenden Maßnahmen zu ergreifen. Anfangs hatte sie manchmal noch dagestanden, mit Blicken nach irgendwohin, sie hatte die Hand auf den Hörer gelegt, um irgendwen anzurufen, ohne zu wissen, wen. Dann hatte sich ihr vorlauter Zeigefinger ganz ohne ihr Zutun in die Wählerscheibe gehakt, und sie hatte daran gedreht. ›Sehr verbunden!‹ hatte sie dann gesagt, reichlich imaginär. Aber dieser Anfängerkursus war nun vorbei. Er mußte es sein, um so mehr, als inzwischen die ganze von Gerüchten durchschwirrte Gegend es wußte, daß in der Tintenburg drüben der Wurm abging. Auch der Termin stand bereits fest: unwiderruflich Ende der Woche.

Bis dahin fand in Lydias Solarium das reinste Rosenfest statt. Die Anrufe rissen nicht ab. Es kamen auch Telegramme. Und täglich brachte der Bote einen Strauß Rosen. Alices Nelken be-

gannen schon bedenklich die Köpfe zu hängen, als, diesmal über
Fleurop aus Nizza, schon wieder eine phantastische Leucht-
fuhre eintraf, mit nichts weiter als den drei himmlischen Worten:
Alfredo ten Dam. Aber mehr noch als die in der Tat prächtigen
Rosen verbreiteten diese drei Worte ein Narkotikum rings, das
so einmalig war, daß selbst die raffinierteste Morawémischung,
und sei es Frau Racksens ›geile Lola‹, nicht hätte dagegen aufkommen können.

»Ich vermag nicht vorauszusehen, in wieviel Teile meine Zukunft zerfällt«, sagte Lydia mit einer Inbrunst, die der denkbar
tiefsten Bereitschaft entsprang, »aber eines ist mir gewiß: umsonst gelebt habe ich nicht.«

Es wehte sie fast so etwas wie durch Mitleid gemilderte Leutseligkeit an, eine Art Leutseligkeit aus gleichem Blut, wenn sie
sich die oft ausgewrungenen Charakterköpfe der hierorts ansäs-
sigen Kleindarsteller, Verlegenheitskünstler und Geistesexhibitionisten vor Augen führte, von denen sie, ob männlich oder
weiblich, den Eindruck gewann, daß sie wohl allesamt umsonst
gelebt haben würden, wenn ihre Aspasia-Idee nicht aufgetaucht
wäre. Alle durch die Bank hatten sie ihre Träume zurückge-
schraubt, alle saßen sie da, mit einer Vergangenheit, auf der sich
nichts aufbauen ließ, da sie ihnen zwischen den Händen zerrann,
mit einer Gegenwart, die eine Last war, da sie täglich bestritten
sein wollte mit Mitteln, die ihrer Vorstellungskraft widerspra-
chen, und nicht zuletzt mit einer Zukunft, die sich kaum noch
als Fata Morgana aus dem Sand der Minuten erhob. Jede Ein-
nahme wurde so dividiert, durch Miete, Lohnabzug, Haushalts-
rechnung und sonstige Steuern, daß am Ende nur das zum Jap-
sen blieb, was die tägliche Notdurft erforderte. Sie war ja nicht
unbewandert darin, sie kannte das gleichfalls. Ihr aber war es gelungen, sich frei zu machen aus dieser Region, sie hatte den Zipfel erwischt, der sie emporhob, und so war es ihr auch vergönnt,
zu schweben und vor allem zu disponieren. Mit einem Wort: sie
fühlte sich wieder ins Leben gerufen. Ja, sie vergaß nicht mehr,
daß sie lebte, dies um so weniger, als sie vor der Möglichkeit
stand, unter Hintansetzung aller privaten Ängste und Schauer

hineinzugreifen in die Materie und das zu verwirklichen, was ihr das Leben erst lebenswert machte: ihren Traum von sich selbst.

Es blieb ihr allerdings nicht erspart, eine Auswahl zu treffen und das Angebot der mancherlei erfolgshungrigen Blicke etwas genauer unter die Lupe zu nehmen. Dabei konnte sie auch der Versuchung nicht widerstehen, ein wenig obersten Richter zu spielen, ob es nun angebracht war oder nicht.

Im Erdgeschoß gegenüber, gleich auf demselben Podest, prangte zum Beispiel seit kurzem ein kunstvoll graviertes Messingschild, das in aller Unschuld den Namen Felicitas Nassenheim trug. Dieses Schild regte Lydia unsinnig auf. Es war vielleicht etwas zu groß, wenn auch nicht gleich pompös, strahlte aber andererseits auch eine gewisse Gediegenheit aus, nicht anders als die dazugehörige, noch junge Person, die täglich hier ein- und ausging, die Nachbarschaft flüchtig grüßend oder auch nicht, irgendwelche Herrenbekanntschaften pflegend, sonst aber sich nicht weiter um nähere Umstände kümmernd, allerdings auch nicht um Lydias Projekte. Beruflich schien sie stark in Anspruch genommen zu sein, im übrigen benahm sie sich unauffällig. Immerhin war sie die einzige im Haus, die insofern einen begründeten Ruf genoß, als ihr Name nicht nur vom Hörensagen, sondern schwarz auf weiß aus Theater- und Filmkritiken bekannt war, wo ihr als einer Nachwuchskraft fast jedesmal eine entweder mit Aufmunterung gemischte oder mit achtungsvollem Bedauern gespickte Beachtung gezollt zu werden pflegte. Sie schien also gute Beziehungen zu haben, das eiskalte Biest, wenn nicht sogar Talent. Aber was hieß hier schließlich Talent? Das hatten sie hier ja alle. Ein Haus weiter wohnte zum Beispiel ein fettiges, halbrundes Ding, das, obwohl bereits an die Fünfzig und älter, am liebsten im Dirndlkostüm herumlief. Auch diese Bumsfigur, während sie sich tagsüber in der Knopfindustrie betätigte, um dann abends am Klavier wahrhaft himmelschreiende Arien zu flöten, war überzeugt, daß sie, wie sie gern sagte, ein Naturtalent sei. Die Nassenheim dagegen tat nicht dergleichen, und seltsamerweise sollte gerade das an ihr das Unangenehme sein. Nicht nur, daß sie keinen Wert darauf legte, was die Nachbarschaft über sie dachte, auch als Mieterin schien es ihr ziemlich gleichgültig zu sein, daß sie hier wohnte. Durch irgendeinen Zufall, wahrscheinlich doch Protektion, hatte sie ihre Wohnung bekommen, und nun wohnte sie hier, ohne jeden Sinn für engere Zugehörigkeit und entsprechende Historie. Allzu lang würde das wohl auch nicht dauern. Die Pißnelke behauptete jedenfalls, daß die Nassenheim bereits mit Hamburg und Köln in Verhandlungen stünde, wo sie in klassischen Rollen auftreten sollte, auch als Rhodope, Medea, Judith und Iphigenie.

Für Lydia, der die offenkundige Kühle der andern wenig gefiel, war das kein leichter Schlag. Als sie das erstemal davon hörte, verspürte sie sogar nicht übel Lust, es zu bezweifeln. Sie hatte sich nämlich die Nassenheim etwas genauer besehen, mit dem Ergebnis, daß sie sich zu ihrem grenzenlosen Bedauern wohl niemals für sie hätte begeistern können. Ihre Beine waren nicht gut genug, sie hatten einen Tick ins Staksige, es fehlte ihnen an Gang, auch war ihre als Vorsprung sichtlich mißratene Nase zweifellos etwas zu spitz, um klassisch zu sein. Mit solch einem Handikap, meinte Lydia, würde sie selbst sich niemals hervorgewagt haben, da das der reinste Selbstmord wäre, auch wenn es Berühmtheiten gegeben haben mag, die kaum bessere Voraussetzungen aufweisen konnten. Trotz dieser Einwände hätte Lydia aber nichts lieber gesehen, als daß die Nassenheim wenigstens einmal einen Annäherungsversuch bei ihr gemacht hätte. Schließlich waren sie ja doch Nachbarn! Es war aber nichts dergleichen erfolgt. Die Nassenheim hatte sich weiter benommen wie bisher, freundlich korrekt, und war ihrer Wege gegangen. Als hätte es niemals eine Aspasia gegeben! Als käme es lediglich darauf an, so rasch wie möglich Karriere zu machen! Deshalb erklärte Lydia denn auch kategorisch:

»Jede – aber die Nassenheim nicht.«

Nun hatte das zwar auch niemand verlangt, auch die Nassenheim selbst hatte nicht den kleinsten Finger gerührt, Lydia indessen hatte sich förmlich auf die Ablehnung dieses immerhin möglichen Vorschlages versteift, denn bei Verkündung ihres

Richterspruches pflegte sich ihr Brustumfang jedesmal um mindestens drei Zentimeter zu erweitern.

Aber dieser Puschel gegen die Nassenheim war nur ein lachhafter Sonderfall. Ansonsten hatte Lydia für jeden ein offenes Ohr, und man muß es ihr lassen, daß sie nahezu sämtliche Wohnblocks der Reihe nach auf Talentsuche durchging, auch nachdem die in Frage kommende Elite längst feststand. Es war einfach ein Dispositionstalent in ihr erwacht, das die ganze Menschheit umfaßte, auch Inder, Chinesen, Neger, Eskimos und Mulatten, ein Dispositionstalent, das dem jetzigen Stand der Geschichte um ein Jahrtausend voraus war. Das sei zwar utopistisch, meinte sie lachend, wenn Alice sie mit einem Seitenblick traf, doch ohne Utopie und ohne Modell kröchen sie jetzt noch auf allen vieren. Im übrigen sei sie voll Schaffenskraft, die sich irgendwie auswirken müsse.

»Ich finde trotzdem, daß du dich etwas zurücknehmen solltest«, meinte Alice, zumal der Sitzungstermin unmittelbar bevorstand. »Du kannst schließlich nicht die ganze Menschheit beglücken.«

Aber Lydia sagte dazu nur:

»Stupid.«

Erstens hatte sie ihr Gremium schon längst beisammen, zweitens war sie auch viel zu beschäftigt, um noch weitere Ratschläge entgegenzunehmen, und drittens – was wünschte man denn? Es war ja doch einfach so, daß ihr Bewußtsein transzendierte, wohingegen Alice in ihrer eingefädelten Kleinwelt eben nur transpirierte. Das war der Unterschied. Vielleicht hätte ihr jemand vorwerfen können, daß ihr so hochgeschätztes Bewußtsein eigentlich auch nur Wunschbilder ausschwitzte, wie denn der mit sich hadernde Schreieck drüben die Unvorsichtigkeit beging, Katrix gegenüber zu behaupten, daß der beste Mann des Jahrhunderts nur in Lydias Bewußtseinstumor existiere. Demgegenüber stand aber auch wieder fest, daß sie Praxis genug besaß, um eingebildete Größen von tatsächlich vorhandenen zu unterscheiden, auch wenn sie sich dadurch von vornherein eine wenn auch machtlose Gegnerschaft zuzog, die dann eben nur spöttelte.

Im dritten Stock ihres Hauses wohnte beispielsweise eine ganze Laokoongruppe von Familienmitgliedern, die Trieloffs, nicht nur Großmutter, Mutter und Kind, sondern auch Urgroßmutter und Schwiegerenkel, die sich allesamt für hochbegabt hielten, denen Lydia aber nicht traute. Es war ein ganzer Dschungel, der klumpenartig zusammenhauste, die Kleinkinder auf Matratzen, die Urgroßmutter auf einer Metallpritsche in der Küche. Die Urgroßmutter, jetzt neunzigjährig, war Reinemachefrau in der Volksoper gewesen, also künstlerisch vorbelastet, wo ihre Tochter, auch ›Madonna mit dem Fettkopf‹ genannt, eine Zeitlang als hoffnungsvolle Gesangsstatistin ihr Brot verdient hatte. Eine Enkelin hinwiederum hatte tanzen gelernt, aber alles nur halb, sie war mehrmals verlobt, zuletzt mit einem Kanadier, der gleichfalls tanzte. Die ganz Kleinen, gewiß allerliebst, wenn auch schon reichlich keck, tanzten übrigens auch, nur meistens der Gesellschaft auf dem Kopf herum. Der geschiedene Mann der Madonna, von der Urgroßmutter hinausgebissen aus der Familie, erzählte überall, daß er aus seiner Madonna einen Filmstar hätte machen können, dreimal begabter als Lydia, wenn sie nicht die Kurzsichtigkeit besessen hätte, seinen Kredit zu untergraben, indem sie ihn vors Gericht gezerrt hatte. Und das wegen vierzig Mark, wo er ihr doch vierzigtausend hätte beschaffen können! Er war wie Olaf eine Hilfskraft beim Film gewesen, lebte nun aber gleichfalls von Renten. Im Haus gegenüber residierte der Mehlsack, ein Salonschauspieler in Nebenrollen, ein Haus weiter ein ehemaliger Schwerathlet, der nun die beste Theaterattrappe für einen Kalmücken, Thekeninhaber oder Metzgerknecht abgab und aus seiner privaten Zweimeterhöhe auf die anderen herabsah. Schließlich waren auch Redakteure und Rezensenten vorhanden, deren Talent zum Dichten nicht ausgereicht hatte oder die schlau genug waren, es überhaupt nicht erst zu versuchen. Deren letzter einer, ein Herr namens Haukohl, hatte Lydia eine Zeitlang den Hof gemacht, ohne sich aber an sie heranzutrauen, wahrscheinlich, weil er sonst Gefahr gelaufen wäre, über sein eigenes Urteil zu stolpern. Beim Einkauf konnte man auch einer Kreuzlahmen begegnen, einer Steifbeinigen, einer Buckligen, sogar einer Blinden mit Binde und einem Liliputaner. Sie alle hatten mehr oder weniger Talent, und es wäre eine Kleinigkeit gewesen, sie als Kolorit zu verwenden. Volk, Masse, Sklaven, das gab es in der Gegenwart auch, man mußte nur differenzieren. Und Lydia war sich dieses Umstandes bis in die Kopfnerven bewußt. Trotzdem hatte sie dafür gesorgt, daß sie gleichzeitig auch unnahbar war. Sie hatte ihre Auswahl getroffen, mit dem Bemerken, daß zunächst erst einmal die Schlüsselpositionen besetzt werden müßten wie in der Politik. Das Thema stand fest, über die Variationen ließe sich später reden.

»Das ist mein Problem«, pflegte sie mit besitzanzeigendem Nachdruck zu sagen, als sagte sie, daß das ihr Bleistift sei.

Am letzten Tag vor dem Sitzungstermin war sie begreiflicherweise nicht recht bei Sinnen, weil sie immerzu glaubte, etwas vergessen zu haben. Die Einladungen waren ausgesprochen oder hinausgeschickt, und die Zusagen waren gekommen, sogar mehr als erwartet, gestützt auf die Parole: ›bring your friends!‹ – denn Fachleute waren durchaus erwünscht, angehende vor allem, hochtalentierter Nachwuchs, wie etwa jener Reptilienliebhaber Ecklebe aus der Kulturfilmbranche, der gleichfalls zugesagt hatte, von Schreieck nicht zu reden, der es selbst in der Hand hatte, sich mit einem Schlag als Aspasia-Matador in die vorderste Reihe zu spielen.

Aber genug nun der Strategie! Stellte sich doch heraus, daß sich die aufgerufenen Kräfte, waren sie erst in Bewegung gesetzt, wie von selbst dirigierten, konzentrisch auf die Tintenburg zu, wobei es jetzt nur noch darauf ankam, sie gemäß ihrer Verwendungsfähigkeit aufeinander abzustimmen und bei der Stange zu halten, was am besten durch Bereitstellung einer tüchtigen Batterie Alkohol geschah. Frau Loschwitzer bot sich hierfür als geeignetste Lieferantin an, schon deshalb, weil bei ihr Kredit zu besitzen eher ein Vorzug als etwas Nachteiliges oder Absprechendes war.

»Hier herrscht ja eine geradezu schamhafte Ordnung«, sagte Lydia beim Anblick der in Reih und Glied dastehenden

Whisky- und Cognacflaschen. Auch für Flaschenbier war gesorgt, sogar für Fruchtsaft und Milch, und eigentlich fehlte es nur an Sekt. Das wäre der i-Punkt gewesen. Alice indessen hatte davor gewarnt, mit dem Hinweis, daß Sekt erst der richtige Brennstoff wäre, wenn wirklich Verträge vorlägen, wenn auch ten Dam zugegen und also auch Grund zum Feiern wäre, während sich zunächst doch nur eine Mannschaft versammle zwecks Gangbarmachung des einzuschlagenden Weges. Ihr Aspasiakostüm hatte sie aber fertiggestellt. Es hing gleich neben der obersten Schmalseite des Vorstandstisches als Aushängeschild und Modell, und wenn Katrix es zu Gesicht bekommen hätte, hätte sie sicherlich aufgejauchzt und gesagt:

»Es ist nichts dran, alles ganz schlicht. Aber wenn du den Stoff anfaßt, du schreist.«

Es sei hier gleich im voraus bemerkt, daß das Aspasiakostüm tatsächlich ein Meisterwerk war, antik zugleich und modern. Selbst die Nassenheim hätte darin Furore gemacht.

Gute drei Stunden vorm Ende dieser wahrhaft historischen Woche, während draußen ein nahezu tropischer Regen rauschte, der den Frühling erst richtig zum Ausbruch brachte, war schließlich alles, was Rang und Namen hatte, versammelt – Rang und Namen, nicht so sehr im Leumund der Öffentlichkeit, aber zweifellos vorm Forum der eigenen Selbstüberzeugung. Die Adern aller waren geschwellt, und der Umstand, daß einige Teilnehmer sich buchstäblich über Pfützen unter die Haustür gerettet hatten, erhöhte nur die allseits herrschende Stimmung, so daß die Pißnelke, die natürlich auch da war, sich pudelnaß schüttelnd, in altbewährter Drastik behaupten konnte, sie käme sich vor wie vom Regen in die Traufe geraten. Aber so sei das, wenn Katzen niesten. Das sei ja genau so, als ob ein Trio Quartett spielt. Also dann prost!

Da es immer von Vorteil ist, wenn beim ersten, noch losen Herumstehen in einer Versammlung ein Witzbold das Wort führt, wurde die Pißnelke sehr beklatscht, zum Beispiel auch, als der junge, zaghaft-höfliche Ecklebe eintrat und sich kunstgerecht vorstellen wollte: »Gestatten, Ecklebe«, und sie einfach nur

sagte: »Ach, nee! Ick lebe. Baronin Schießbude von Budental.«
Aber dann war sie auch konziliant genug, ihm ein echtes Kompliment über seinen fotogenen Umgang mit Giftschlangen zu machen, wobei sie höchstens noch wissen wollte, ob Giftschlangen untereinander auch intrigierten. »Da wollen wir mal ein Faß aufmachen!« Mit diesem Aufruf unterstützte sie Lydia, nachdem die Herrschaften gebeten worden waren, sich zu gruppieren, was denn auch mit dem üblichen Hin und Her an Rücksichtnahme und Ritterlichkeit geschah.

Damit alles seine Richtigkeit hatte, hatte sich Lydia an die Spitze der Tafel begeben und das dort offenbar bereitliegende Wort ergriffen.

»Meine Herrschaften«, tönte es nicht ohne Anmut und sogar nicht ohne reizvoll hinweggelächelte Würde aus ihr heraus, »es ist wohl nicht zuviel gesagt, wenn ich diese erste Zusammenkunft im Zeichen unseres weitgespannten Aspasia-Projektes als einen – wie sagt man doch gleich? – als einen hochbedeutsamen Markstein in der kulturellen Entwicklung unserer Epoche und nicht zuletzt auch Berlins bezeichne. Zuvor aber möchte ich Sie gebeten haben, sich erstens als herzlich begrüßt zu betrachten, sich zweitens den Gefallen zu tun, in Ihre produktiven Reserven hinabzusteigen und drittens von dort als Aufsichtsrat Ihrer obligaten Intelligenzzellen wieder zurückzukehren. Wie ich sehe, ist das bereits geschehen, denn sonst säßen wir ja nicht hier. Ich danke.«

»Ich auch«, murmelte Schreieck, am ganzen Leib zitternd, während Lydia schon einen Schritt weiter war und ausrief:

»Aber nun herunter vom hohen Kothurn und gleich in medias res!«

Es sei ihr endlich gelungen, behauptete sie, das Interesse einer einflußreichen Persönlichkeit zu gewinnen, eigentlich zweier einflußreicher Persönlichkeiten, und dieses Interesse auf ihr eigenes Konto umzuleiten, so daß also auch mit den entsprechenden Schecks zu rechnen sei, sei's nun in Schweizer Wechseln oder in Englischen Pfunden, ohne daß deshalb gleich ein Vergehen in Tateinheit mit Urkundenfälschung vorläge, wie ja so oft bei derartigen Unternehmungen. Im Gegenteil, der Auftragseingang übertreffe alle Erwartungen, und das bestärke sie in der Hoffnung, daß ihr spezielles Aspasia-Projekt sich sozusagen auch als künstlerisches Projektil erweise, hinausgesandt in eine erneuerungsbedürftige Welt, die sich dann allerdings einigen schmerzhaften Strukturveränderungen ausgesetzt sehen werde.

»Wir werden uns nicht übernehmen«, versicherte Lydia, »aber wir wissen auch, was uns zusteht.«

»Bravo!« rief Olaf dazwischen, um damit gleich von vornherein darzutun, daß ihm unzweifelhaft ein führender Posten im Aufnahmestab der geplanten Co-Co-Co-Produktion zustände, auch wenn dieser Milchbart von Ecklebe etwa gleichfalls darauf spekuliert haben sollte.

»Ich habe hier, Moment mal«, sagte Lydia, »ich habe hier ein Bündel Vollmachten in der Hand, und zwar auf Grund einer Generalvollmacht, die ich mir einesteils selbst ausstellte, andernteils von jener einflußreichen Persönlichkeit übertragen erhielt, und es wird mir eine Ehre sein und natürlich auch ein Vergnügen, einen jeden von uns, seinen Spezialfunktionen entsprechend, damit zu beglücken. Daß diese Beglückung auch eine Verpflichtung in sich schließt, brauche ich wohl nicht erst zu erwähnen, desgleichen auch nicht, daß wir uns vorher auf unsere Befugnisse einigen müssen, denn fest steht vorderhand nur das eine: die Idee eines Aspasiafilms. Ich wäre uns allen also besonders dankbar, wenn wir uns zunächst auf diese Idee konzentrierten. Wie ersichtlich, ist das von mir aus bereits geschehen beziehungsweise veranlaßt worden, denn hier an der Wand sehen Sie bereits den ersten illustren Beweis in Form eines Aspasiakostüms, ausgeführt vom Modeatelier Alice, in welch hochwohllöblicher Schwester auch die erste Bevollmächtigte unserer Filmproduktion zu sehen ist, und zwar als Kostümberaterin. Leider hat sie heute abend, teils auch Ihnen zuliebe, das Feld geräumt, da sie einen Besuch machen muß. Darf ich die Herrschaften trotzdem um Ihre Zustimmung bitten?«

Da niemand da war, der Einspruch erhob, und ein Plenum ohnehin kaum etwas anderes zu tun hat als zuzustimmen, brüllte die ganze Corona zunächst einmal: ja – obwohl sich kurz danach manch einer sagte, daß damit die Hauptsache, nämlich die Frage nach Stoff, Thema, Fabel und Form, überhaupt noch nicht ins Auge gefaßt, geschweige geklärt war.

Schreieck zum Beispiel war sich dieser Schwierigkeit wohl bewußt, denn nicht nur, daß er wie ein Taubstummer dasaß, der das Wort vergeblich im Mund herumdreht, er suchte auch mit Blicken so um sich, als ob sein leibliches Fundament voller Stauungen und Hemmungen wäre, so daß nicht vorauszusehen war, ob er mehr hinten oder mehr vorn herausplatzen wollte. Ja gesagt hatte aber auch er. So blieb ihm nichts übrig, als erst einmal ein Stück Speichel hinunterzuschlucken und mit sich zu Rate zu gehen, wahrscheinlich auch in Erinnerung an Katrix, vor der er noch am Vormittag herumparadiert hatte mit allerlei Reden, darunter auch mit der Bemerkung, er käme sich wie ein Schnekkerich vor, der ein siebzigstöckiges Hochhaus mit sich herumschleppt, um darin Fahrstuhl zu fahren, Arm in Arm mit diesem imaginären Saustück von Aspasia. Aber das waren so Zwangsphantasien, und die kannte man ja. Nun aber kam es auf Tatsachen an, was übrigens niemand besser zu würdigen wußte als Lydia selbst.

Nicht ohne Blick auf Schreieck, den sie dabei auch etwas listig begönnerte, bat sie anschließend um die Erlaubnis für eine Art Aspasia-Plädoyer, um gleich von vornherein, wie sie sagte, die richtigen Maßstäbe zu setzen durch Klima, Atmosphäre und Geistesart.

Gestützt auf all die kritischen und auch tonangebenden Argumente, die sie schon früher vorgebracht hatte, diesmal aber mit dem Magnet jener einflußreichen Persönlichkeit, die dadurch, daß sie deren Namen für sich behielt, nur noch einflußreicher und wichtiger wurde, fiel es Lydia nicht schwer, darauf hinzuweisen, daß es ihnen allen, das heißt der ganzen Epoche, ja dem ganzen Jahrhundert, auf bedauerlichste Weise an einer Aspasia fehle. Trotz dieses Mankos schien sie selbst aber bester Hoffnung zu sein, denn sie hatte geradezu etwas Schwärmerisches und Spielerisch-Verzücktes im Blick, um nicht zu sagen etwas Verliebtes, was schon insofern doppelt merkwürdig war, als sie sich im Grunde ja doch beklagte, unter anderem auch darüber, daß trotz allem Komfort kaum einer noch wirklich zu leben verstünde und daß jene Herrschaften, die es trotzdem versuchten, unweigerlich ins Perverse und Absurde gerieten, eben weil es an der nötigen Aura durchgebildeter Weiblichkeit fehle. »Sich ausleben, heißt das zu leben verstehen, heißt das nicht eher sein Leben vergeuden?« rief sie mit solch einer Eloquenz in die Runde, als hätte sie vor dreitausend Jahren in Kreta oder sonstwo Rhetorik studiert. Nun, es handle sich nicht um Moral, meinte sie noch, es handle sich um Kultur und innerhalb der Kultur um die dazugehörige Lebensform angeborener Kultiviertheit, worum es leider noch schlechter bestellt sei.

»Ich habe von früh bis abends darauf gewartet«, sagte sie plötzlich mit einem Schwenker ins Hochprivate, »daß mir eine Gestalt begegnet, die ganz ungeahnte Empfindungen in mir hervorruft. Wenn das der Fall ist, beginnt nämlich auch ein neues Leben.«

»Sehr wahr!« schallte es aus der untersten Ecke des Vorstandstisches herüber, wo sich offenbar eine Art Splittergruppe zu bilden begann, die schon reichlich dem Alkohol zusprach. Aber Lydia ließ sich nicht stören.

»Genauso erging es mir auch mit meiner Aspasia-Idee«, fuhr sie fort, »die ja weit mehr als eine bloße Idee ist, allein schon, weil sie den ganzen Menschen erfaßt und die ganze Gesellschaft. Deshalb beginnen wir heute auch mit dem ersten Aufzug einer zur Debatte stehenden, universalen Reform. Auf Grund unseres Films soll jede dritte Frau die Keimzelle zu einer Aspasia in sich entdecken, dem zeitgemäßen Vorbild entsprechend, dessen Porträt wir ihr liefern. Wir werden die Öffentlichkeit auf allen Gebieten daran erinnern, Aspasia wird eine Wertmarke sein. Wir werden dafür sorgen, daß es eine Aspasiafrisur gibt, einen Aspasiabüstenhalter, einen Aspasiaschlüpfer, einen Aspasiastrumpf, ein Aspasiaparfüm und natürlich auch einen Aspasiasalon. Die ganze Industrie wird unter einem fulminanten Aspasiahochdruck stehen. Und nicht nur die Industrie! Der ganze planetarische Erdball wird nur um die Vorstellung kreisen, die die Menschheit von einer neu zu schaffenden Aspasia hegt.«

»Da wird sich mein Olaf wohl noch mehrmals rasieren müssen«, seufzte die Pißnelke bekümmert. »Mann, oh, Mann!«

Aber Lydia fuhr, zu ihr gewandt, fort:

»Ich sagte vorhin nicht ohne Voraussicht: jede dritte Frau. Mögen jene anderen zwei Drittel getrost das bleiben, was sie ohnehin sind: Klaften, Flunzen und Kuchenfrauen, wie unsere Tettendorf sagt. Ja, ich möchte noch weiter gehen und die Feststellung treffen, daß uns auch diese Sorte willkommen sein soll. Soll sie sich selbst übertreffen, die züchtige Hausfrau. Die Aspasiatorte aber und der Aspasiabraten ist unser Rezept.«

Das war zweifellos etwas zu tief gegriffen und kraß demagogisch. Der Wunsch nach Beifallsgelächter indessen, das denn auch eintrat, hatte Lydia dazu verleitet. Deshalb sagte sie nun auch: »Scherz beiseite!«

Es gebe nur einen Prüfstein fürs menschliche Wohlverhalten: die Bewährung im Alltag. Deshalb müßte ihr Film auch ein ganz gewöhnlicher Aufriß der Gegenwart sein. Das sei aber das Allerschwerste. Der Alltag, aufgefaßt bisher als die durch Notdurft bedingte Kleinkrebserei, müßte ein Wunderwerk sein.

»Sehen wir den Tatsachen ins Auge!« rief Lydia begeistert, und obwohl sie begeistert war, sagte sie nichtsdestoweniger, daß es fürchterlich sei, was wir erleben. Was wir erleben, sei nichts Geringeres als die Vergeudung der uns zugewiesenen Augenblicke und Fristen, einschließlich deren Entwertung.

»Uns hängt«, sagte Olaf plötzlich, indem er sich mühsam schwankend erhob, »uns hängt das Schwert des Damokletsch, des Damokletsch sozusagen als Abgrund über der Nase.« Dann setzte er sich, während die Pißnelke sagte:

»Mein Olaf hat seine Bildung für sich alleine.«

Das gab ein Allotria, dem Lydia aber unwillig Einhalt gebot, indem sie mit doppeltem Eifer fortfuhr:

»Eben deshalb werden wir uns ermächtigen, die Nacht bei Tag zu besehen und, wenn nötig, den Tag auch bei Nacht. Wir werden sowohl die Schwächen aufdecken als auch den Punkt, wo wir den Hebel ansetzen können. Wir werden uns ermächtigen oder vielmehr erlauben, den Kritiker Haukohl – schade, daß er nicht da ist! – diesen Herrn Haukohl beim Wort zu nehmen, das heißt, polyvalent und prismatisch zu sein, dabei jederzeit das, was wir ohnehin sind und wozu wir überhaupt da sind, nämlich um der Einmaligkeit des Lebens willen. Deshalb sage ich: rettet die Unschuld des Augenblicks! Das ist der Anfang aller Erotik.«

»Küßchen!« lallte ein Nebenmann Olafs, der sich als mitgebrachter Beleuchter entpuppte.

So ging's nun aber nicht weiter, und Lydia sah ein, daß sie erst einmal abbrechen mußte, um die Meinung der andern zu hören, weshalb sie auch sagte:

»Wenn Ihr Gehirn dahinten zu sehr strapaziert ist, schlage ich vor, zunächst eine Pause zu machen. Oder hat jemand etwas zu sagen?«

Die Verlegenheit, die sie damit erzielte, war allerdings groß, nicht zuletzt auch, weil ihre Aufforderung doch wohl als Rüge verstanden worden war. Es war denn auch alles mucksmäuschenstill. Eine Pause indessen wollte auch keiner machen, und so war es immerhin zu begrüßen, daß sich der junge Ecklebe erhob und darauf hinwies, daß letzten Endes alles vom Drehbuch abhinge. Sie hätten ja bis jetzt weiter nichts in Händen als ein Aspasiakostüm.

»Was uns fehlt«, sagte der junge Ecklebe noch, »ist ja vor allem das eine: Privatinitiative. Es hat sich so eingebürgert, daß wir uns nur allzu gern auf Instanzen verlassen. Die Instanz oder Institution ist aber nicht das Richtige, erstens, weil sie schwerfällig ist, weil dort stets nur mehrere entscheiden, meistens in Form von Kommissionen, und zweitens, weil dort eben deshalb nur das Bewährte oder Kompromißbereite gefördert wird. Die Ausnahme steht dort auf verlorenem Posten. Der Aspasiafilm muß aber eine Ausnahme sein.«

»Das muß er!« rief Schreieck mit einem einzigen Platzer, der ihn ganz rot werden ließ, ja geradezu zornig.

»Deshalb, so meine ich«, sagte der junge Ecklebe lächelnd, »ist Frau Lydias Anregung und ihr Einsatz für ihre Idee höchst bewundernswert. Ich glaube aber…«

»Was glaubt er denn da?« warf die Pißnelke ein, die für ihren Olaf anscheinend nichts Gutes erwartete.

»Ich glaube aber, daß wir uns hüten sollten, das Programm bereits für die Ausführung zu halten. Programme sind immer großartig, Wahlreden bekanntlich auch, die Schwierigkeit beginnt beim ersten Schritt. Man steckt immer im Urwald, bevor man etwas Bestimmtes beginnt. Es fragt sich, wo man die Axt ansetzt, und das ist eine Auswahl und ein Entschluß. Zurück kann man dann nicht mehr. Ich würde Ihnen deshalb empfehlen, doch etwas näher an die Einzelheiten heranzugehen. Wie gesagt, Drehbuch vor allem, aber auch technische Produktion, Aufnahmestab, Regie und so weiter. Die Kostümberatung steht ja schon fest.«

»Sie würden uns empfehlen?« Es war Olaf, der sich abermals eingemischt hatte. »Wieso uns?« sagte er höhnisch. »Ich dachte, Ihre werte Person gehört auch dazu. Oder sind Sie etwa bloß als Aufpasser und Horchposten hier?«

»Olaf – marsch in die Ecke!« schrie ihn die Pißnelke an, da er sein benebeltes Konterfei schon halb torkelnd auf den jungen Ecklebe zubewegt hatte, der indessen nur sagte:

»Ich bin eingeladen.«

Es hatte allen Beteiligten einige Mühe gekostet, diesen kleinen Aufruhr wieder zu glätten, obwohl Olaf nicht der einzige war, den die Manieren des jungen Ecklebe irgendwie aufgebracht hatten. Lydia allerdings hatte ihn so wohlgefällig betrachtet, als ob sie ihn bereits derselben guten Manieren wegen in einen noch zu gründenden Aspasia-Club als Vorstandsmitglied aufgenommen hätte. Und das war es wohl auch, was am anderen Ende der Tafel eine Art Abwehr hervorrief, denn dort glaubte man schon von Anfang an alles unter Dach und Fach zu haben. Alles andere hielt man für schöne Reden. Man schwärmte hauptsächlich von Megären, in deren Fleisch man mit der Beleuchtung hineinfahren wollte, ja man träumte überhaupt von Gemälden und flimmernden Wänden, nicht zuletzt auch von Millionen und Schecks, und die Posten waren bereits so gut wie verteilt. Olaf hatte sich tüchtig umgesehen unter seinen Bekannten. Nun aber schien das alles in Frage gestellt. Immerhin hatte es auch insofern sein Gutes, als die Debatte überhaupt erst richtig begann.

Gegen Mitternacht, als es zu regnen aufgehört hatte, glaubte der Rezensent Haukohl, der noch einen Spaziergang machte, hinter den Fenstern der Tintenburg einen ganzen Skatklub in alkoholisierter Stimmung zu sehen. Arme wurden emporgereckt, und es wurde auch ›re‹ und ›contra‹ gebrüllt oder auch, wie er zu hören glaubte, ›monumental‹ und ›exclusiv‹. Es ging in der Tat wie beim Karneval zu oder wie zu Silvester, und er wunderte sich, daß die Hausbewohner nicht protestierten, obwohl die Versammlung auch selber ein einziger Protest war. In Wirklichkeit war einfach die schönste Diskussion über die Machart eines unnachahmlichen Aspasiafilms in Gang.

Die Leitung der Versammlung war Lydia um diese Zeit längst aus den Händen geglitten. Es hatten sich allerlei Grüppchen gebildet, und Schreieck, auf den man sich schließlich als Drehbuchverfasser geeinigt hatte, trug nun die ganze Last. Es war kein Wunder, daß er diese Last nur ertrug, indem er sein Genie gleichfalls in Alkohol tauchte, zumal sein Genie im Augenblick nicht funktionierte.

Er habe den Eindruck, daß hier das Beste noch im Mutterleib steckt, schwafelte er, und daß sie bis jetzt nur Fruchtwasser getrunken hätten. Jeder laufe hier nach seiner eigenen Auffassung über die Straße. Eine Ladung Gift sei hier nötig. Ja, vielleicht käme es darauf an, überhaupt keinen Film zu machen, überhaupt keinen, sondern einfach ein Lichtspiel, ein pluralistisches, mehrdimensionales Gewebe aus durcheinander huschendem Licht, das sich zuletzt als Kunstwerk herausstellen würde. Der Film sei tot, sie hätten nur noch ein glorioses Bestattungsinstitut zu sein. Das Krematorium sei ja vorhanden und auch genug Asche. Aus der Asche aber müßte er wiedererstehen. In welchen Bezirken denn sonst sei heute eine Aspasia zu finden? Die Huren seien schon alle protokolliert. Millionärshuren vielleicht, die kämen dafür in Frage, als Privatsekretärin verkleidet.

»Vierzigtausend fürs Drehbuch?« rief Schreieck aus. »Warum nicht vierzig Millionen?«

Während Schreiecks verdüsterter Selbstinszenierung hatte sich Lydia gerade mit dem jungen Herrn Ecklebe unterhalten, der ihr mit aller gebotenen Behutsamkeit den Rat erteilte, zunächst für eine brauchbare textliche Unterlage zu sorgen, da sie sonst Gefahr laufe, zur Patientin ihrer Idee zu werden, die sich dann womöglich zur Wahnidee auswachse, als überraschenderweise das Telefon ging. So spät um Mitternacht war das höchst ungewöhnlich. Als Lydia den Hörer ergriff, verstummte alles.

»Ja? Hier Lydia Faude«, sagte sie, den Mund halb verfärbt an der Muschel. Dabei vollführte ihre Hand eine winkende Abwehrbewegung gegen das Zimmer.

›Sie werden aus Nizza verlangt‹, hieß es.

Es hatte sich im Nu eine Runde gebildet, in der Lydia der Mittelpunkt war.

»Er«, sagte sie nur, aber so leuchtenden Auges, daß sie nun selbst ganz Aspasia war. Diese Wirkung übertrug sich auf alle.

»Was soll ich tun?« fragte sie zurück. Und dann drehte sie sich in der Hüfte mit einer hilfesuchenden Wendung in Richtung Schreieck, der jedoch erschöpft zum Diwan zurückwich, um der Baronin Pißnelke Platz zu machen, die sofort neben ihr stand.

»Ich soll eine Szene aus dem Aspasiafilm vorsprechen«, sagte sie aufgeregt, worauf die Pißnelke sie kaltblütig bestürmte:

»Sprich, sprich, sprich – irgend etwas.«

»Wer ist am Apparat?« fragte Lydia nochmals. »Ach so! Señor Brandario? Wie? Mister Brändätsch auf amerikanisch? Verstehe!«

›Ich haben gehört von Ihre Aspasia-Projekt‹, näselte es in der Membrane. ›Und ich sein sehr interessiert. Ich will nehmen Ihre bezaubernde Stimme auf Tonband auf, als Souvenir. Wie ich höre, Sie planen außerdem eine Kulturkreis. Oder sagt man Krise? Eine Kultur also. Ich würde veranlassen, eine Organisation der Filmfreunde dazu. Wir haben da eine Corporéeschen, Körperschaft sagt man wohl. Das muß sein. Geschäftsleute und Honoratioren, gut gemixt. Wir haben da Ölmagnaten und Bundesrichter, Keksfabrikanten und Chefchirurgen, Warenhäuser und Krankenanstalten. O bitte sähr! Über den ganzen Erdkreis, ja. Wenn ja, auch auf dem Mond. Wir machen Voraustrupp. In Antarktis wie auf Grönland, in ägyptische Wüste wie in asiatische Steppe, jawohl. Wir errichten fahrbare Zelte, auch für deutsche Landsleute in aller Welt. Señorita, darf ich mir der Ehre zurechnen, Ihrer Stimme zu lauschen? Machen Sie den Beginn!«

»Ich soll den Beginn machen«, flüsterte Lydia. »Ihr Götter!«

Dabei langte sie mit dem längsten ihrer Blicke zur Decke hinauf, wo sie verzweifelt nach Sprache suchte. Obwohl ihr die Worte sonst mit Leichtigkeit zur Verfügung standen, war alles wie weggeblasen. Statt dessen schauerte es fieberhaft in ihrem Körper. Es war ein wüstes Gemisch aus Verlangen und Angst, und es war fast hirnlos, was ihr schließlich zum Mund herausquoll in Form einer Stegreifdeklamation, der es aber trotzdem an einer Spur von seit langem ausgebrütetem Sinn nicht fehlte.

»Los doch!« herrschte die Pißnelke sie an, während alles gespannt war.

»Ich dir Verschworene«, hob Lydia an. Dabei zuckte es ihr durchs Gehirn: ›Alfredo!‹ Laut aber fuhr sie fort: »Stern im Blut, bin willens, einzutauchen ins Mysterium deiner Macht.«

»Du mich ...«, soufflierte die Pißnelke eifrig, worauf Lydia es übernahm und fortfuhr:

»Du mich am ...«

»Hintern«, lallte Schreieck vom Diwan herüber.

»Du mich am Höchsten Inspirierender, gewähre denn die heißersehnte offene Hand der Liebesgaben ...«

›... und Moneten‹, dachte Olaf.

»... unserm Bund«, seufzte Lydia beseligt, »uns, den Begnadeten.«

Es war noch ein krächzender Dank zu hören, ganz fern in der Leitung, untermischt mit einem verdächtigen Knacken, dann nichts mehr, während Lydia fassungslos schwitzte und nur noch ein Bündel Skelett war, aber nichtsdestoweniger auch hochbeglückt. Sie konnte sich vor Begeisterungsstürmen kaum retten. Alles redete durcheinander. Ihre Einwände, daß sie zu schlecht gewesen sei, wurden nicht gelten gelassen, im Gegenteil, sie lachten sich alle ins Fäustchen über die so überaus gelungene Düpierung dieses offenbar schwerreichen Hintermanns, der durch seinen Anruf immerhin eines bewiesen hatte: er existierte. Und das war ja schließlich entscheidend.

»Meine Herrschaften, also ans Werk!« sagte Lydia, nachdem sie sich wieder hingebracht hatte. Hingebracht, so nannte sie es. Sie brachte sogar noch die Kraft auf, den anscheinend völlig zusammengebrochenen Schreieck zu trösten und ihm Mut zuzusprechen für seinen so verantwortungsvollen Auftrag zum Entwurf eines exzeptionellen Aspasiafilms. Dann verabschiedete sich die ganze Gesellschaft.

In der Wohnung allerdings war von schamhafter Ordnung nichts mehr zu spüren. Alles war wüst und leer, schlimmer noch als bei Erschaffung der Welt, und als wenig später Alice erschien, nachdem ihr unterwegs schon einige angeheiterte Dunkelmänner begegnet waren, hätte Lydia fast einen Heulkrampf bekommen, nicht zuletzt als Folge in ihr nachzitternder Anstrengungen. Sie lachte und weinte blind durcheinander. Es war ihr nicht möglich, sich mitzuteilen, dies um so weniger, als Alice bedenklich die Brauen hochzog.

»Ihr scheint hauptsächlich gefeiert zu haben«, sagte Alice.

Obwohl nicht als Vorwurf gemeint, brachte der ironische Unterton Lydia unmäßig auf.

»Ja«, rief sie plötzlich mit merkwürdig verzerrtem Gesicht. »Ich bin überhaupt ein Scheusal und eine Megäre.«

»Friedlich, friedlich«, sagte Alice, wenn auch nur eben so obenhin. Aber das erregte Lydia erst recht.

»Ja, ich bin geisteskrank«, schrie sie. Dabei fegte sie ziellos durchs Zimmer. »Ich leide an temporärer Verrücktheit. Das ist mir nichts Neues. Schon der Intendant von Bielefeld hatte die Ehre, mir das zu erklären. Ich bin überhaupt eine Furie und Bestie. Das ist ja nichts Neues, daß der einzige Mensch, den ihr kennt, eine Bestie sein soll. Aber stoßt mich nur ins Martyrium! Stoßt nur zu! Ich komme zurück, und ihr werdet mir dafür zahlen.«

Unter diesen Umständen war nicht mehr mit ihr zu reden.

IV Alfredo ten Dam

1 Bei Morawé am Kurfürstendamm herrschte inzwischen mit dem Näherrücken der Ostertage wie alljährlich der schönste Hochbetrieb, und zweifellos war das für alle, selbst die schon unruhig um sich blickenden Gläubiger nicht ausgenommen, kein schlechtes Zeichen, sofern der äußere Eindruck nicht täuschte. Die Kundschaft jedenfalls war überzeugt, daß der Tod des alten Herrn von Zembrowski, weil im Grunde schon längst erwartet, kein entscheidender Einschnitt war, wie denn überhaupt alle sonstwie gearteten, sei es durch Krieg, sei es durch politische Idolatrien erlittenen Einbußen längst wieder wettgemacht waren, ja daß es im Gefolge der überall für bare Münze genommenen Wirtschaftskonjunktur, bei der die Preise vorauseilten und die Löhne stracks hinterher, auch weiterhin aufwärtsging.

Morawé war ja nicht das einzige Geschäft, das florierte. Der ganze Kurfürstendamm gefiel sich im kostbaren Schaufensterflitter seiner Fassade und präsentierte sich womöglich in noch bunterem, zumindest verkehrsreicherem Glanz als früher. Der alte Witz: ›jeder einmal in Berlin und nicht wieder‹, schien in der Tat seine Würze verloren zu haben, obwohl die erste Hälfte des lakonischen Textes, wenn auch mit anderen Worten, wieder hervorgeholt worden war. Berlin sei eine Reise wert, hieß nun das Schlagwort. Die zweite Hälfte indessen, eben der Witz, schien offenbar nicht mehr gefragt, und das ließ immerhin die Vermutung zu, daß die spirituellen Ganglienzellen der Stadt auf Grund der ihr zugefügten Wunden und Amputationen doch auch empfindlich waren, daß sozusagen die Maxime der Stadt weniger ihrer selbst gewiß war, wie denn auch ihr Verhältnis zur Zukunft trotz der überall hochgetriebenen Neubauten weniger naiv und weniger auf herrliche Zeiten hin abgestimmt war. Von Zukunftsmusik, wie einst im Gründungsjahr Morawés, war also nicht die Rede, und so hatte auch die bei allem doch erstaunliche Tatsache erfolgreicher Jubiläen, bei denen sich die Jahrzehnte so beweiskräftig summierten, wenn nicht an Glanz, so doch an innerer Festigkeit eingebüßt und folglich einen viel ernsteren Anstrich.

Bei Morawé war das nicht anders, trotz des historischen Rufes, den es noch immer genoß. Auch dort, wie es schien, trat man wesentlich kürzer, man blieb, wie es hieß, auf dem Teppich, und wenn man auch Wert darauf legte, mit der Zeit zu gehen, wie schließlich jeder Geschäftsmann es muß, so geschah es doch im Bewußtsein eines das lokale Faktum und den persönlichen Standard weit übertreffenden Risikos. Im Grunde war das ganz unvermeidbar, allein schon deshalb, weil jeder nur sich und das Stück Menschenalter, das ihm vergönnt war, als Maßstab setzte, weil die Hektik der Epoche es so verlangte, wodurch sich allerdings der Trieb nach Wohlergehen und Gewinn bis an den Rand der Moral verschärfte. Nun braucht man gewiß nicht so weit zu gehen, wie die Baronin Pißnelke es tat, um ihren Olaf zu trösten, indem sie von Morawé sagte: ›Die stehen schon so lange mit einem Bein im Zuchthaus, daß allmählich das Zuchthaus zerfällt. Denen sitzt ja der Kuckuck des Gerichtsvollziehers als Schluckauf im Magen.‹ Aber andererseits genügte ein Blick ins Handelsregister, um zu erkennen, daß es hier auch Konkurse gab, nicht zu reden von in Schwierigkeiten geratenen Millionenobjekten, die nach staatlicher Hilfe verlangten. Indessen, dieses Berlin, wie die Pißnelke ebenfalls scherzte, war nun mal ein Topf voller Mücken. »Das nimmt einen immer in Anspruch«, sagte sie noch. »Aufreibend ist das. Bis man bloß alle Zeitungen durch hat! Und dabei steht in jeder dasselbe. Ein Eiertanz ist das. Mal links rum, mal rechts. Aber abgesahnt wird – bis auf die Knochen. Und am nächsten Tag wird es dann dementiert. Auch das noch. Na, ich lasse mir das nicht zweimal sagen. Kein Geld und keine Angst, das haben wir immer« – woraus immerhin hervorgehen mag, daß das Berliner Mundwerk ein offenbar traditioneller Faktor ist, der alleweil funktioniert, wie auch immer die Zeit vergeht und wohin auch immer die Straßen laufen, und sei es selbst, daß sie in ihrer perspektivischen Fragmentarik ins Endlose weisen, bis über Lissabon oder Wladiwostok hinaus.

Nun, bei Morawé schweiften die Gedanken im Augenblick

nicht so weit. Wenn sie es zwischendurch trotzdem versuchten, dann höchstens in südwestlicher Richtung, in Richtung Marseille, aber dies auch nicht ohne Fragwürdigkeit. Im übrigen begrenzte der erhöhte Geschäftsverkehr alle Kräfte auf's nächste und auf die damit verknüpfte Herbeischaffung der zu liefernden Ware sowie auf deren Verkauf. Zwar lag auch hier das Gute trotz nächster Nähe nicht immer so nah, wie es hätte der Fall sein müssen, aber es war doch einfach ein Gebot der Saison und oft sogar nur der Stunde, die alltäglichen Notwendigkeiten ins rechte Verhältnis zu jenem anderen Verkehr zu setzen, der sozusagen ganz anderswo stattfand, nämlich im Bereich der Kalkulationen und Dispositionen. Außerdem gehörte der Verkehr mit der Kundschaft, der eine Sache für sich war, auch dazu.

In der Behandlung der letzteren seit je unübertroffen, glich Jelka ihre Physiognomie automatisch der Tonart der Umstände an, wie immer ihr selbst zumute sein mochte. Sie erfaßte den Wichtigkeitsgrad ihrer Majestäten mit einem Blick, sie wußte sofort, in was für eine Kategorie sie gehörten, und Majestäten waren es für sie alle, ob es sich nun um bloße Laufkunden handelte oder um schon geläufige Stamm- und Vorzugskunden, bei denen sie schon im vorhinein wußte, was das leckere Köpfchen begehrte, ja für die die Geschenkpackung, besonders hübsch aufgemacht, meist schon bereitlag. Es bedurfte dann nur noch, wie sie selbst es nannte, des Interesses an der speziellen Eigenart der Person, um den Kunden zufriedenzustellen, wobei ihr übrigens nicht in den Sinn kam, daß sie dabei auch die Kaufkraft abschöpfte. Es war eher ein Akt der Geselligkeit auf ganz unverbindlicher Basis, ein kurzes Zusammentreffen bei Gelegenheit eines Tausches zwischen Ware und Geld, zumal sie das Geschick aufbrachte, die Kostbarkeit dessen, was sie bereithielt, so hinzugeben, als ob sich das Finanzielle der Gegenleistung von selbst verstand. »Da haben Sie das Beste«, schien sie zu sagen, »was heutzutage vorhanden ist, und ich habe es Ihnen besorgt.« Es gab in der Tat Majestäten, die sich durch soviel Zuvorkommenheit und durch soviel Besorgnis um ihren Geschmacksnerv auch noch geehrt vorkamen. Beim Verlassen des Ladens, der in diesem

Fall der reinste Salon war, blieb es allerdings auch nicht aus, daß der Rückseite der betreffenden Kundschaft ein fast abschätziger Blick hinterherlief, wodurch der Süßigkeit der Geschenkpackung, optisch zumindest, rasch noch ein unerwartetes Charakteristikum beigemengt wurde. Aber erstens war das Geschäft ja getätigt, und zweitens war es nun auch nicht mehr wichtig, da ja schon die nächste Person erschien, die wieder ganz anders behandelt sein wollte. Für gewöhnlich aber bewegte sich die Abfertigung in immer der gleichen, gewohnten Gangart, mit Worten wie: »Sie wünschen?« oder »Was darf's denn sein?« oder »Womit kann ich dienen?«, und das war eine Fingerfertigkeit wie bei einer Etüde, deren Leerlauf gelegentlich bis ans Traumhafte grenzte, wie ja das Eingespielte fast immer.

Es kann nun allerdings auch nicht unerwähnt bleiben, daß das Auf und Ab der Geschäftsbeziehungen nicht immer so glatt verlief wie gewünscht, was bei einem so vielgliedrig ineinandergreifenden Instrumentarium nichts Ungewöhnliches war. So war erst kürzlich die Kouverteuse, diese sonst kaum beachtete Lungwicht in der Werkstatt hinten, erkrankt, und man hatte sich nach einer Aushilfe umsehen müssen. Daß ein so regelmäßig funktionierendes Neutrum wie die Lungwicht, mit ihren fast vierzig Jahren, überhaupt krank werden konnte, hatte niemand für möglich gehalten, wahrscheinlich sie selbst nicht, aber das war nun der Fall. Sie hatte sogar operiert werden müssen, immerhin wenigstens mit glücklichem Verlauf, denn Krebs war es nicht. Es hatte sich lediglich um eine Überreizung der Magenschleimhaut gehandelt, woraus sich eine Art Vergiftung entwickelt hatte, die unweigerlich letale Folgen gehabt hätte, wenn eben nicht sofort der nötige Eingriff erfolgt wäre. Vielleicht lag hier eine Art Berufskrankheit vor, die noch unerforscht war. Indessen, die Krankheit als solche schien dabei nicht als Wichtigstes betrachtet zu werden, man rechnete mit vier Wochen bis zur Genesung, als störend war vielmehr der Ausfall ihrer werten Person empfunden worden, in der man plötzlich die Zuverlässigkeit und Verschwiegenheit selbst entdeckt zu haben glaubte, sowie eben der Umstand, daß ein Ersatz beschafft werden mußte, angesichts dessen ein Zeitraum von runden vier Wochen mit einem Mal wie eine Ewigkeit galt, in der sonstwas geschehen konnte. Obwohl nun auch dieser Ersatz zur Stelle war, ulkigerweise in Gestalt einer fast genauso ältlichen, etwas lethargischen Doppelgängerin, war Jelka nur wenig damit zufrieden, was sich auch darin zeigte, daß sie das Benehmen der Häseloff, so hieß das Malheur, unter ständigem Argwohn verfolgte und auch kritisierte, als ob wirklich irgendwelche Gründe vorlägen, ihr zu mißtrauen. Einmal sagte sie sogar: »Das Aas! Das hat man mir mit Absicht hereingesetzt.« Nicht anders schien auch der Meister zu denken, der kaum ein Wort mit ihr sprach.

Aber das waren schließlich nur innerbetriebliche Sorgen, die sich in Schach halten ließen, selbst wenn sich bewahrheiten würde, daß die Häseloff tatsächlich nicht ganz stubenrein war, denn man konnte ihr mit Eifer bekundetes Interesse an der Herstellungsart natürlich auch Neugier nennen und ihr ebenso beflissenes Umherschweifen an der Grenze ihrer Kompetenz auch Schnüffelei, obwohl sie es ihrerseits mit der Notwendigkeit der Einarbeitung bemäntelte, was ja eigentlich begrüßenswert war. Viel peinlicher, zumindest zunächst, und auch richtigen Ärger bereitend, war dagegen ein Zwischenfall mit einer Vorzugskundin, einer ausgedienten Opernsängerin, die nun Gesangsunterricht gab und allein schon wegen ihrer Schülerschar als Geschäftsreklame von Wichtigkeit war, besonders auch deshalb, weil sie die Begabtesten unter ihnen für gute gesangliche Leistungen gelegentlich mit Morawékonfekt belohnte. Diese betont hochmögende Dame war eines Tages erschienen, mit allen Anzeichen verschnupften Vorbehaltes in ihrer nicht weniger hochmögenden Nase, um Fräulein Jelka zu sprechen, persönlich, wie sie im Flüsterton sagte. Dabei hatte sie sich so vordringlich nach hinten bemüht, daß sie von Jelka in ihr Privatkabinett gebeten worden war. Was dort verhandelt worden war, war freilich nie recht ans Licht gekommen, dazu war es im Augenblick viel zu fatal, später stellte sich jedoch heraus, daß eine Schülerin der Vorzugskundin durch den Genuß von Morawékonfekt in eine Art – wie soll man es nennen? – sinnlich-übersinnlichen Sexualrausch verfallen sein soll. Selbstverständlich hatte Jelka es für unmöglich erklärt und auf andere Quellen verwiesen, und es war ihr auch gelungen, die Vorzugskundin wieder zufriedenzustellen, nicht zuletzt durch Übereignung einer Extra-Bonbonniere zwecks persönlicher Nachprüfung. Es war aber trotzdem nicht von der Hand zu weisen, daß hier ein dem Ansehen abträglicher Verdacht vorlag und daß es allein schon bedenklich und nachteilig war, ihn überhaupt auf Morawé gelenkt zu sehen, als ob es die Spatzen von den Dächern pfiffen, daß dort auch ein Konfekt mit ähnlicher Wirkung hergestellt wurde. Indessen, selbst wenn es ihn gab, wie etwa Frau Racksens ›geile Lola‹, so blieb es doch rätselhaft, wieso dieser Scherz in fremde Hände gelangt sein konnte, es sei denn höchstens, daß eine Verwechslung vorlag, an der diese Häseloff nicht ganz unschuldig war. Sprechen konnte man natürlich nicht darüber. Der Zwischenfall blieb geheim. Es lag jedoch in der Natur der Sache, daß Jelka seitdem noch reizbarer war als ohnehin schon, ja daß sie zuweilen, selbst bei gewöhnlichen Nichtigkeiten, zu ganz ungewöhnlichen Ausfällen von Verärgerung neigte.

»Ich lasse diese Frage stehen, wo sie steht«, hatte sie zu Hause zu Margot gesagt. »Soll sie aufgreifen, wer mag.«

Aus verschiedenen Gründen, darunter gewiß auch solchen, die eigentlich etwas genauer hätten untersucht werden müssen, wenn auch nicht gleich durch die Polizei, was sich wiederum weniger empfahl, sparte Jelka nicht mit Beweisen, daß sie und niemand anderer der Chef war. Kein legendärer Zembrowski und kein imaginärer Morawé konnten daran etwas ändern, auch kein Doppeldoktor Mambrey und vor allem auch kein Alfredo ten Dam, obwohl sie gerade letzterem gegenüber die Ohren steifhielt, nicht zuletzt, weil sie bei all seinen Reden und Abschlüssen stets auch noch etwas anderes läuten zu hören glaubte. Er hatte sie in Westend besucht, bevor sie sich auf der Gesellschaft bei Mambrey getroffen hatten, und er hatte schon dort auf Eile gedrängt, wobei sie ihm rundweg erklärt hatte, hexen könne sie nicht. Nach seinem Weggang war sie Margot gegenüber noch deutlicher geworden, indem sie versichert hatte, daß er sich nur nicht einbilden sollte, über ihre Köpfe hinwegspucken zu können, dann hätte er sie das letzte Mal gesehen. Inzwischen war er wohl bestrebt, ihr diese Lydia Faude vom Hals zu schaffen, was sie indessen gleichfalls nur mit gemischten Gefühlen verfolgte, denn die Art seines Einverständnisses, damals bei Mambrey, hatte ihr nicht behagt. Ihrem Argusblick war nämlich nicht entgangen, daß sein Interesse an ihr nicht nur geheuchelt sein konnte, woraus sie den Schluß zog, daß er anscheinend die Absicht hatte, sie für sich zu gewinnen, um sie gegebenenfalls für sich einzuspannen und als Faktor in der Morawésache zu verwerten. Dieser Argwohn, wie sie sich eingestand, schoß möglicherweise über die Grenzen, übrigens auch geographisch, aber er war doch vorhanden. Dazu trug nicht zuletzt ein Zwischenfall bei, der sich gleichfalls um diese Zeit zutrug. Nun, Zwischenfall konnte man es bei nüchterner Betrachtung wohl nicht nennen, das wäre zuviel an Ehre gewesen, immerhin war es bezeichnend.

Ein besonders harmloser Kunde, jedenfalls einer, von denen Jelka sonst übermütig zu sagen pflegte: ›ein Dutzendgesicht, aber einmalig!‹, stand eines Tages im Laden. Alles an ihm schien nur Haut und Knochen zu sein, so ausgemergelt und kahl, und alles an ihm war darauf angelegt, als möglichst unbeteiligt zu erscheinen. Auf die Frage nach seinen Wünschen verrutschte ihm sein Gesicht zu einer nur noch ausdrucksloseren Maske, ehe er beiläufig fragte, ob Alfredo noch in Berlin sei.

»Wenn Sie Herrn ten Dam darunter verstehen«, sagte Jelka ebenso glatt, »im Augenblick nicht.«

Darauf sagte dieser Ganove, den anders zu bezeichnen einfach ein Hohn war:

»Verreist – oder?«

»Unterwegs«, warf Jelka hin.

Dann sei er wahrscheinlich zu früh gekommen, meinte er ungerührt, und als er keine Antwort erhielt, da Jelka sich anderen Kunden zugewandt hatte, wirklichen Kunden, blieb er trotzdem noch eine Weile im Laden stehen, übermannt durch sein mehrfach gespiegeltes Dutzendgesicht.

Er sei der Meinung gewesen, daß er hier etwas behilflich sein sollte.

»Kartons wegschaffen«, fügte er noch hinzu.

Erst als Jelka erklärte, daß sie nicht wüßte, inwiefern, ein Ausdruck, der anscheinend nicht seinem Wortschatz entsprach, verzog er sich endlich, jedoch nicht, ohne sich auffallend förmlich verabschiedet zu haben.

»Dann also auf Wiedersehen«, sagte er und verschwand.

Jelka allerdings mußte sich mehr als zusammennehmen, um nicht wenigstens einen längst fälligen Seufzer von sich zu geben, eine Erleichterung, die ihr indessen erst nach Geschäftsschluß gelang, gleichsam als eine Art Freilauf, der sie ausrufen ließ:

»Da wird man allmählich zum Fachmann dran. Da hört's bei mir auf. Das langt mir.«

Unter so ausgepichten Bedingungen rief in Erwartung der Kundschaft ein Blick zum Kurfürstendamm hinaus die sonderbarsten Begleiterscheinungen hervor, denn es war in der Tat wie ein Blick ins Gewirr eines figurativen Wachtraums, in den Turnus einer unerschöpflichen Phantasmagorie, wo ein nichtsdestoweniger beziehungsreicher und doppeldeutiger Zufall die Lose mischte, Lose, bei denen auch die Nieten nicht ohne Bedeutung blieben. Wie das alles dahintrieb, war der Verdacht nicht fern, als zögen sie alle ihren eigenen Fluch hinter sich her, und es entbehrte auch nicht der Paradoxie, daß gerade das Alltägliche und ganz Gewöhnliche es war, das einen so illusionären Eindruck erweckte, verbunden mit einem Gefühl teils gleichzeitiger An- und Abwesenheit, teils aber auch von Erwartung. Es war ein ständiges Vorübertreiben, ein Sammelsurium von Leuten, Fußgängern, Typen und Personen, einschließlich ihres Komforts, es war eine Selbstinszenierung der städtischen Zirkulation, jedoch ohne Einblick in die Kulissen und auch ohne Einblick in die innere Wesensart derer, die sich in der Rolle des Vorübergehens gefielen. All diese Herrschaften draußen waren Passanten, und als Passanten schienen sie ohne Fond, sie glitten dahin wie Schemen, und das Schaufenster, vielmehr die Glasscheibe dazwischen, glich einem Spiegel von betörender Durchsichtigkeit, wobei eigentlich gar kein Hintergrund da war, denn dieser Hintergrund befand sich in einer ganz anderen, optisch nicht erfaßbaren Region, er lag im Erblickten selbst, in all dem, was die bloße Erscheinung verbarg. Insofern hatte alles, was draußen vorbeitrieb, auch sein Geheimnis, und erst wenn der Passant den Laden betrat und damit zum Kunden wurde, erlangte er auch den Grad einer leibhaftigen Realität, dies freilich auch nur bis zu einem bestimmten Prozentsatz. Das Abtaxieren des einzelnen, wer immer es war, gewann auf diese Weise einen eigentümlichen Reiz, es war ein Spannungsmoment wie vor der Enträtselung eines Vexierspiels, und es gehörte denn auch Erfahrung und ein Quantum kritischer Intelligenz dazu, sich durch äußere Attribute nicht täuschen und verblüffen zu lassen.

Es war vor allem die kleine Gisela, Herrn Zwirners Schokoladenfee, die an diesem immerwährenden Fluidum von leben und leben lassen ihren Gefallen fand, dies um so mehr, als sie den größten Respekt vor solchen Herrschaften hatte, die öffentlich anerkannt waren und auf irgendwelchen Podien eine beifallumrauschte Rolle spielten. Naturgemäß waren das meistens Künstler von Bühne, Film und Funk, untermischt mit einigen Vierschrötigkeiten aus Wirtschaft und Politik. Wenn der Moment es erlaubte, verfolgte ihr schwimmendes Auge die Goldfische draußen, und wenn es sich ergab, daß sie den Laden betraten, spürte sie jedesmal ein Prickeln in der ohnehin feingliedrigen Zärtlichkeit ihrer fünf Finger. Ein Glück war es aber, wenn es ihr vergönnt war, einen ihrer Lieblinge zu bedienen, zumal es längst Brauch war, daß diese sich am liebsten von ihr bedient sehen wollten. Und dem trug ihre Chefin auch Rechnung. Es fand dann jedesmal eine Art Stellprobe statt, ein miniaturhaftes Techtelmechtel voller Liebenswürdigkeit und nicht ohne Flirt, worauf dann allerdings ein leicht abgemildertes Erwachen folgte, eine Art Rückfall ins Nüchterne, das jedoch nicht ohne Nachhall blieb. Gisela träumte sich das so zurecht, und schon deshalb war sie im Grunde auch stolz, zu Morawé zu gehören und bei einer so auserwählten Firma beschäftigt zu sein, auch wenn das Auskommen mit ihrer Chefin nicht mehr so leicht war, denn sie nörgelte auch an ihr herum. Es war ihr einfach nichts recht zu machen. Gisela zog dann den Kopf ein und fragte sich ernstlich, was sie denn falsch gemacht hatte, andererseits war ihre Zaghaftigkeit aber auch intelligent und vielleicht auch durchtrieben genug, um aus der Nervosität ihrer Chefin nicht etwas herauszuspüren, das der aufgetischten Gereiztheit den Anschein einer gewissen Berechtigung gab. Allein diese sich häufenden Redensarten vom Schlußmachen deuteten darauf hin, auch wenn sie zunächst nur so hingesagt waren und keinerlei Folgen zeitigten, denn es sah doch ein Blinder, mit welch einem genußreichen, oft geradezu an Raffgier grenzenden Eifer die Chefin von früh bis abends kassierte, mit Fingern, die dann die reinsten Greifzangen waren, und mit einem Gesicht, das so gleichgültig wie eine Schießscheibe war. Privatgefühle spielten bei ihr keine Rolle, pflegte sie zwar zu behaupten, und aufs Geldzählen traf das sicherlich zu, in anderer Hinsicht jedoch, wie Gisela bemerkt zu haben glaubte, schien sie trotzdem welche zu haben. Aber das ging nun wiederum sie nichts an, und schließlich hatte sie auch ihre eigenen, die sie aber, besonders wenn sie bei sich selbst in Ungnade war, tief verschloß.

Nun, es war schon auch lustig, zu sehen, wie sich der Anblick so mancher der ihr bekannten Größen zu ändern vermochte, sobald sich in deren Lebensverhältnis ein Umschwung ereignet hatte, sei es nun, daß sie sich verheiratet, sei es, daß sie die Stellung gewechselt, sei es, daß sie Erfolg, sei es, daß sie Pech oder gar ein Unglück zu überstehen gehabt hatten. Ja, da lernte man die Menschen schon kennen, denn ihr Gehabe war dann ziemlich verschieden, wenn auch im Grundton nichtsdestoweniger ähnlich.

Am schönsten zeigte sich das, wenn Fräulein Skepsgardt erschien, die früher doch von keiner von ihnen für voll genommen worden war.

Seit sie die Gräfin von Ujest betreute, holte sie statt ihrer den Ingwer ab. Aus irgendwelchen Gründen, die aber kaum nur ihre Gesundheit betrafen, denn es sprach auch ein gewisser Affront mit, bemühte sich die Gräfin kaum noch selbst. Statt ihrer erschien nun aber ihre Gesellschaftsdame, und Gisela konnte sich nicht genug wundern, in welch einer formvollendeten Haltung die Skepsgardt diese Aufgabe löste. Jedenfalls schwang ein unerklärlicher Hauch von Lässigkeit dabei mit, etwas damenhaft Neues, übrigens auch in ihrem Verhältnis zu Jelka, die dieserhalb fast aus der Haut fuhr, woraus zu ersehen war, daß sie eben doch nicht ohne Privatgefühl war. Wer wollte es Gisela also verdenken, daß sie das amüsierte, zumal sie das Widerspiel zwischen den beiden mit Aufmerksamkeit verfolgte? All das Angelernte und Korrekte, das der Skepsgardt sonst anhing wie eine Tünche, war einer taktvollen Zurückhaltung gewichen, und es war auch, als ob sie ihre Umgebung unauffällig studierte, ohne sich das Ergebnis dieses Studiums jeweils anmerken zu lassen. Das lag natürlich auch daran, daß sie als Kundin auftrat, losgelöst von ihrer früheren Stellung, aber nichtsdestoweniger eingeweiht in deren Finessen, und wahrscheinlich stak auch noch mehr dahinter, denn es wäre doch unnatürlich gewesen, wenn zwischen ihr und der Gräfin von Ujest nicht irgendwelche kritischen Gesprädie über Morawé und den alten Herrn von Zembrowski stattgefunden hätten.

»Ohne Ingwer«, hatte Fräulein Skepsgardt das letzte Mal gleichmütig lächelnd gesagt, »kann sie sich nicht entschließen, ihren geliebten Zembrowski drüben wiederzutreffen. Es fehlt nur das übliche billet doux. Für diese kleinen Kärtchen in Rosa schwärmt sie noch heute.«

Da war Jelka ein Blick durch die Pupille geschwirrt, der ihr fast das Gesicht zerriß, worauf Fräulein Skepsgardt aber nur bemerkt hatte:

»Nun ja, es geht nicht immer nach Wunsch.«

Allmählich gelangte man an eine Grenze, wo es nur noch mit radikaler Ökonomie geht. Keine Aufregung bitte! Immer hübsch Schritt für Schritt! Die Zeit arbeite in uns weiter, auch wenn wir nichts dazu täten. Da sei mancher ein Leben lang niemals krank gewesen, und dann habe man die Bescherung. Aber wenn man erst anfange, zu den Ärzten zu laufen, beginne das Flickwerk. Beim Gang zum Rechtsanwalt sei das genauso. Ja, diese Rechtsanwälte, überhaupt die Justiz! Herr Doppeldoktor Mambrey sei ja neulich ganz munter gewesen.

»O ja!« hatte Jelka gesagt. »Ganz munter.«

Das war nun aber in einem Ton geschehen, als fauchte sie gegen sich selber – trotz bester Empfehlungen an die Frau Gräfin. ›Überhaupt die Justiz!‹ hatte sie vor sich hingemurmelt. ›Frechheit!‹ Schließlich war sie auch nicht davon abzubringen, stets wieder über die Skepsgardt herzufallen, diesen, wie sie sagte, mittelständischen Wegerich mit seinem pußligen Anspruch auf eine aristokratische Metamorphose der Pflanze. Und das war immerhin einen Lachreiz wert, wenn auch etwas gezwungenermaßen.

Der erste verwunderte Eindruck war indessen in Gisela haftengeblieben, und das bestärkte sie um so mehr, auch noch im regsten Geschäftsverkehr sich das Recht auf ihre kleine Privatwelt zu wahren. Sie empfand das wie eine Art Garten, in dem sie ihr Köpfchen spazieren führte. An manchen Tagen sei ihre Sehnsucht sehr groß, sagte sie beispielsweise zu Herrn Zwirner, dem das ungewöhnlich gefiel, weshalb er auch fragte: ›Sehnsucht wonach?‹ Aber das wußte sie nicht zu sagen, sie sagte nur, sie fände es nicht heraus, wie sie überhaupt auf Antworten wenig erpicht war. Es gefiel ihr viel besser, wie durch ein Beet voller Fragezeichen zu gehen, wobei sie allenfalls sagte: ›Das Beste kann man mir doch nicht nehmen.‹ Aber das sagte sie so bestimmt, so sicher und außerhalb jeder Debatte, daß Herr Zwirner sich damit abfand, auch wenn er gern mehr gewußt hätte. So erfuhr er indessen nur, daß die Chefin hauptsächlich kassierte, daß die Häseloff kolossal eifrig sei, daß sie aber trotzdem oft einen Patzer mache und daß es andererseits auch sehr anstrengend sei, den jetzigen Hochbetrieb auszuhalten. Sie falle abends todmüde ins Bett. Damit war nun Herrn Zwirner wenig gedient, und so kam es wohl auch, daß er sich etwas rarer machte.

In diesen letzten Tagen vor Ostern kam aber schließlich jeder einmal vorbei, und sei es auch nur auf einen Sprung wie Doppeldoktor Mambrey, der vorgab, lediglich einmal nachsehen zu wollen, ob die Osterhasen noch Eier legten, und so fehlte es auch wieder nicht an Kurzweiligkeit und Gelächter. Man fühlte sich als ein Sonderglied der überall herrschenden Kommerzialität, und man spürte es außerdem am Verkehr, wann die Kinopaläste mit ihren Vorstellungen begannen, auch erfuhr man so nebenbei, ob der Film gut oder schlecht war, man erfuhr es, ohne selber dabeigewesen zu sein, und so war man auch im Bild über Theater und Kabarett, über Abgeordnetenhaus und Jazzkapellen, eben über alles, womit sich die Kundschaft befaßte. Wenn man davon absah, jedes Wort einzeln auf die Waage zu legen oder sich daran zu reiben, und wenn man keine anderen Absichten hatte, als den Posten, den man versah, gewissenhaft auszufüllen, warum sollte man dann nicht zufrieden sein? Eine Gelegenheit, sich durch ein scherzhaftes Nebengeplänkel aufzufrischen, gab es dann immer einmal.

So war für Gisela erst kürzlich ein neuer Verehrer erschienen, aufgetaucht müßte man eigentlich sagen, denn er war eine Neuheit in jeder Beziehung, weshalb er sich auch gleich selbst vorstellte und Labisch nannte, Kriminalsekretär a. D., jetzt aber Mitarbeiter in einem Institut für Meinungsforschung. Er war mindestens zehn Jahre jünger als Herr Zwirner und, ehrlich gesagt, auch unterhaltsamer und redegewandter. Gleich bei seinem ersten Annäherungsversuch hatte er sogar gezaubert. ›Das nehme ich mit‹, hatte er gesagt, ›es ist konfisziert.‹ Und dann hatte er ein Osterei ergriffen und es verschwinden lassen. Auf Giselas verdutztes Erschrecken hatte er's wieder hervorgezaubert. ›Aber nein doch, gegen Bezahlung‹, hatte er gesagt, und dann hatte er sich ein zweites Mal vorgestellt, und zwar als Mitglied eines magischen Liebhaberzirkels, wo man sich die Zeit mit Zauberkunststücken vertreibe. Dorthin sollte Gisela doch einmal mitkommen, was sie natürlich abgelehnt hatte. Ihre Chefin hätte das auch nicht erlaubt. Herr Labisch indessen hatte nicht lockergelassen. Nach Geschäftsschluß hatte er sie abgepaßt. Wie ein Wettermännchen hatte er dagestanden und um die Erlaubnis gebeten, sie auszuführen, worauf sie aber nur erwidert hatte: ›Höchstens nach Hause.‹ – Sie sei nämlich sein Fall, hatte er beharrlich erklärt. – ›O, wie interessant.‹ – Sie sei sein Sonderfall. – ›Meinen Sie das privat?‹ – Da würde sie sogar sein Kniefall sein. – Auf diese Sperenzien hätte sich Gisela vielleicht sogar eingelassen, wenn sie diesen Schlacks von Labisch nicht tags darauf in einer Gesellschaft wiedergesehen hätte, die ihr blitzartig zu denken gab. Ja, er mußte es gewesen sein. Sein Gesprächspartner war Karsunke, von dem er sich aber, als er ihrer ansichtig wurde, rasch entfernte. Nun, vielleicht hatte er sich auch nur nach ihr erkundigen wollen? Trotzdem war ihr nicht wohl dabei, und so hatte sie ihn das nächste Mal nur noch sehr kühl behandelt und schließlich ganz fallenlassen. Der magische Liebhaberkünstler war ja ganz nett, nichtsdestoweniger hatte sie ein Gefühl, als stünde ihr ein anderer dabei im Weg, und das konnte nach Adam Riese kein anderer sein als der Herr Kriminalsekretär. Ihre Chefin konnte ihn gleich nicht leiden. Jedenfalls sagte sie eines Tages: »Da schleicht schon wieder mal so ein Mistpfützenkrebs herum.« Und tatsächlich stand er nach Geschäftsschluß noch mehrmals da wie eine der letzten Laternen, und das war ein Grund mehr, weshalb Gisela ihm auswich und doch lieber Herrn Zwirner traute.

Beim Blick auf die Chefin zog sie sowieso die Stirn oft kraus, erstens, weil sie nie genau wußte, ob sie nicht einen Anpfiff erhielt, in der Hauptsache aber, weil sie doch wohl herausgespürt hatte, daß irgendeine unentschiedene Wolke über ihr schwebte, in der allerlei Kräfte hochstiegen, die nach Entladung drängten. Jetzt während des Ostergeschäftes war das alles zwar überdeckt, es herrschte ja geradezu die betriebsamste Selbstbetäubung, es war aber auch eine dauernde Stichelei am Werk, die der Chefin allmählich das Blut wegsaugte. Die vorgetäuschte Forsche war kein Ersatz dafür, unmöglich täuschte es über den Umstand hinweg, daß gleichzeitig etwas vorlag, das verteufelt nach Resignation aussah. Sah es doch wirklich so aus, als fühlte sich die Chefin ganz auf sich selbst verwiesen, als entglitte ihr das Beste unter den Händen und als wurmte ein Protest in ihr, der lediglich der Ausdruck einer uneingestandenen Ohnmacht war. Vielleicht hätte sie einmal ausspannen sollen und regelrecht Urlaub machen? Wer kann sich denn so überfordern? Aber auch dieser im Grunde doch vernünftige Vorschlag wäre wohl auf Widerstand gestoßen, zumal sie ja immer behauptete, sich das nicht leisten zu können, obwohl jeder Pofel das könnte. Wo doch heutzutage sogar die Reinemachfrauen in Urlaub führen, die vom Blumengeschäft nebenan sogar in die Schweiz! Sie selbst sei jedenfalls schlechter dran. Sie könnte das Geschäft nicht im Stich lassen. Nicht eine Minute!

Zweifellos traf das im Augenblick zu. Pünktlich morgens um neun stand jeder an seinem Posten, die Verkaufskräfte vorn im Laden, die Herstellungskräfte, diese sogar schon früher, in der Fabrikation. Dort dampfte der Kakao, dort wurde geformt und geknetet, maschinell sowohl wie per Hand – ja, inzwischen auch maschinell –, und die Importware stapelte sich an den Wänden. Zwei Aushilfskräfte hatte man noch hinzugezogen, darunter für einfache Packarbeiten den von Hauswart Karsunke empfohlenen Hintzsche, der auch ungemein dienstwillig war. Schließlich hatte jeder mit sich zu tun, um der täglichen Anforderung zu genügen. Die Häseloff hatte es gleich erfaßt: Schokolade war alles, was ungefüllt war, Tafeln, hauchdünne Plättchen, Katzenzungen und Blocks. Unter Pralinen gab es die herrlichsten Sorten, sei es mit Crème-, mit Marzipan- oder mit Fruchtfüllungen, denen auch Alkohol zugesetzt wurde, Rum, Arrak, französischer Cognac und sonstwas. Dann gab es auch Stäbchen mit Mokka-, Ingwer- und Orangegeschmack, ferner Nußberge und Nußsplitter, Trüffel, Nougat, Bohnen und Kugeln. Dann kamen die Konfitüren, die glacierten Früchte und ausländischen Spezialitäten. Es war überhaupt die reinste Apotheke des raffinierten Geschmacks, wobei es auch nicht an Pillen, Tabletten und Drogen fehlte. Ja, die Häseloff hatte auch eine Art Giftschrank entdeckt. Allerdings wurde es nicht gern gesehen, wenn sie sich in Andeutungen darüber erging, die zweideutig wirkten. Das geschah auch nur selten, allein schon deshalb, weil sich sonst niemand mit ihr einließ und weil sie bald wieder verschwinden würde. Vorderhand freilich wurde jeder gebraucht, und so war auch jeder zunächst nichts anderes als eine Erwerbsperson.

Wenn sich im Laden vorn etwas zutrug, das außer der Norm war, so war das begreiflicherweise stets ein willkommener Anlaß, es auszukosten, allein schon der Abwechslung wegen. Die

Welt war ja wirklich höchst sonderbar und verrückt, so daß man sich manchmal wunderte, daß sie überhaupt funktionierte und daß trotzdem alles so reibungslos von der Hand ging. Auch an Seltsamkeiten fehlte es nicht.

Kurz vor Ostern, als Jelka schon glaubte, das größte Geschäft ihres Lebens getätigt zu haben, wenn auch noch nicht in Form eines lukrativen Bankrotts, stand beispielsweise wie ein banalisiertes Vorzeichen oder Symptom die geborene von Hassewitz mitten im Laden, in der Tat Frau Lydia Faudes indiskutable Mama. Der Himmel mochte wissen, was sie dazu veranlaßt hatte, nachdem sie sich ein Leben lang nicht hereingetraut hatte.

Sie habe sich nur hierherbemüht, gestand sie ziemlich verdattert, um einmal nach dem Rechten zu sehen.

»Gnädige Frau!« stieß Jelka hervor.

Ansonsten war Jelka sprachlos und mimte Entzücken, während die geborene von Hassewitz ihr Gesicht verzog, zum Zeichen, daß sie anscheinend selbst nicht wußte, was sie hier wollte, es sei denn, irgendein Anreiz, irgendeine Anziehungskraft habe sie hergelockt. Aber da sie nun einmal da war, war auch etwas Verschmitztes in ihr erwacht, das sich stets wieder in der Wandspiegelverkleidung verfing, um dann auf der Vielfalt des köstlichen Warensortiments auszuruhen. Plötzlich verfiel sie von einem Entzücken ins andere, was sie gleichzeitig auch als Bestärkung empfand, ja sogar als eine Art Selbstbestätigung.

»Ich bin eben, wie der Zufall mich sein läßt«, sagte sie leichthin. »Man bleibt ja trotzdem man selber, auch wenn man die Kehrseite zeigt.«

Da blieb Jelka nichts übrig, als sie unter allerlei Höflichkeitsfloskeln nach hinten zu bitten, gleichsam hinter den Vorhang, wo sie ihr einen Sherry anbot.

»Was soll ich trinken? Sherry?« lachte sie auf. »Wenn mich meine Töchter so sähen! Ach, du gerechte Kümmernis! Dabei trinke ich immer nur Milch oder Gesundheitstee. Meine Organe liegen nämlich ständig miteinander in Fehde. Bei der Gräfin von Ujest bin ich allerdings einmal bei Whisky gelandet. Das ist etwas Herzhaftes. Das erinnert mich an meinen Mann, als er noch

Reitpferde hatte. Ja, damals! Die Tongruben! Ich meine, die armen Pferde. Davon ist ja bald nichts mehr zu sehen. Die sind nun bald ausgerottet wie die Indianer. Und die Spatzen, was machen denn die, wenn's keine Pferdeäpfel mehr gibt?«

»Die essen Konfekt«, sagte Jelka.

Da der Sherry eine so gute Wirkung tat und offenbar die Gedankenflucht förderte, kam Jelka der Einfall, der Hassewitz, oder wie sie nun hieß, etwas mehr auf den Zahn zu fühlen. Einfach hierherkommen, um nach dem Rechten zu sehen wie ein Gerichtsvollzieher, das war doch eine Ermächtigung und als solche ein starkes Stück. Auch geschah das wohl nicht von ungefähr.

»Ach so, ja«, begann die geborene von Hassewitz denn auch, »die Gräfin von Ujest läßt grüßen. Sie begreift das Leben, wie sie sagt, als kosmische Kugel wie der alte Herr von Zembrowski. Den habe ich auch falsch eingeschätzt. Huh, war das grauslich! Ich dachte immer, er wäre . . ., und nun mußte ich sehen, er ist . . . Inzwischen ist er auch das nicht mehr. Gestorben, jaja, die sterblichen Überreste. Wer weiß, wo er sich da nun aufhält. Die Lydia hat ihn ja so verehrt.«

Nachdem sie bei Lydia angelangt war, war es glücklicherweise weniger schwer, sie bei der Stange zu halten und ihr, wie Jelka es nannte, die Würmer aus der Nase zu ziehen. Es waren zwar ziemlich barocke Würmer, vielleicht aber gerade deshalb auch ziemlich dynamisch.

So erfuhr sie, daß die über und über mit ihrer Filmsache beschäftigte Lydia mittlerweile so gut wie neutralisiert war, erstens weil sie glaubte, die Aspasia, die ihr im Hirn herumspukte, auch selbst verkörpern zu müssen, zweitens, weil sie offenbar ganz von Alfredo eingedeckt war und sich, drittens, deshalb weder mit ihrer Schwester Alice noch mit Mama mehr verstand. Ihr geschiedener Mann, eine Art Hochschulmagister, der sich immerhin noch als Hausfreund betätigt zu haben schien, war demnach auch nur noch Nulpe.

»Sie macht es uns allen nicht leicht«, seufzte die Hassewitz auf. »Sie stellt uns fortwährend auf die Probe. Und jetzt setzt sie ihr ein und alles auf einen gewissen Herrn ten Dam, der sie wieder mit anderen Herren bekannt machen will. Vielleicht ist sie mit ihm schon verreist. An die Riviera, studienhalber! Man erfährt das ja immer erst hinterher.«

Für Jelka war das eine so brauchbare Nachricht, daß sie mit Freuden bereit gewesen wäre, noch drei Dutzend Sherry mehr zu spendieren, zumal sie in letzter Sekunde erfuhr, daß die geborene von Hassewitz den Gedanken erwog, ganz Morawé selbst zu kaufen, falls nämlich die an Herrn Generaldirektor Motzkus gesandten Tongrubenpapiere sich als wertvoll erwiesen. Dann würde sie sich die Vollmacht zurückgeben lassen. Das würde sie tun. Es gefiele ihr hier sehr gut. Vielleicht könnte sie sich etwas einarbeiten?

»Jetzt schon?« fragte Jelka, ohne mit der Wimper zu zucken. Aber da wehrte die geborene von Hassewitz ganz erschreckt ab.

»Nicht doch, nicht doch«, sagte sie verwirrt.

Dabei strich sie sich über die Stirn, als wäre sie durch einen Schwindelanfall hindurch plötzlich zur Besinnung gekommen, voller Befürchtung, etwas ganz Furchtbares angerichtet zu haben, etwas ganz Unverzeihliches, das man ihr später nicht nur als Fehler ankreiden würde, sondern rundweg als krassen Vertrauensbruch.

»Ich muß jetzt auch gehen«, murmelte sie, nicht ohne Fräulein Jelka ein überschwengliches Kompliment über ihre Tüchtigkeit gemacht zu haben, ferner auch über den Laden als solchen, der so schmuck und adrett sei. Das reinste Zauberkabinett! Einfach märchenhaft. Und eine Goldgrube wohl auch?

»Das ja«, sagte Jelka nicht ohne Schärfe. »Man schwitzt sich dabei zu Tode.«

Wer hätte denn auch voraussagen können, ob sie wirklich alle so harmlos waren, wie es für gewöhnlich den Anschein hatte, sobald sie lediglich als gern gesehene und zahlungskräftige Kunden erschienen?

2 Unter all den kleinen Sehnsüchten, die in Giselas Vorstellung spukten, war immer auch eine gewesen, der sie, wenn es die Zeit erlaubte, wie von ungefähr nachhing, auch wenn es kaum mehr als ein minimaler Gedankenstrich war. Es war der Gedanke an Lydia Faude – nur eben, daß Gisela sich nichts weiter dabei dachte, als daß nach deren erstem und bisher einzigem Auftritt bei Morawé, und eine Art Auftritt war es ja gewesen, seltsamerweise kein zweiter erfolgt war, obwohl doch sogar die Mama sich aufgerafft hatte, ihren Antrittsbesuch zu machen. Es war aber kein Erinnerungsbild im üblichen Sinn, was in Gisela haftengeblieben war, es war lediglich ein bestimmter Akzent, gleichsam der Akzent einer nicht zustandegekommenen Geste. Wie vielleicht noch erinnerlich, hatte Lydia seinerzeit Alice gegenüber von Gisela geschwärmt, als ob sie in ihr eine Freundin gewonnen hätte, nachdem sie ihr die Wange gestreichelt, ihr zum Abschied die Hand gereicht und als Siegel einer erotisch erwärmten Gestimmtheit beinahe einen Kuß verpaßt hatte. Auch Gisela hatte dabei eine wenn auch mehr verschämte Temperatur verspürt, und das allein war es denn auch, was davon übriggeblieben war – wie gesagt, nur der Moment eines Momentes, nicht mehr als eine Art Gedankenstrich.

Inzwischen war freilich vieles ganz anders verlaufen, gelegentlich sogar jeder höheren Absicht zuwider, und so hatten auch Lydias Interessen eine ganz andere Richtung genommen, auch wenn sie sich das liebliche Pralinébild jener Sylphide in Abständen wieder vor Augen führte.

»Sie spricht das schönste ›r‹ von Berlin«, hatte sie noch kürzlich zu Alice gesagt. »Es ist ein Schliff wie ein Diamant und ausdrucksvoll wie eine Perle. Vielleicht wäre da eine Entdeckung zu machen.«

»Noch eine?« hatte Alice gefragt, worauf sich Lydia kurzerhand abgewandt hatte.

Fürs erste zumindest lag also auch hier kaum mehr als ein bloßer Gedankenstrich vor, nur daß er, rein seismographisch gesehen, insgeheim vielleicht etwas zitterte.

Wie aus Alices flüchtiger Abwehr ersichtlich, um so mehr, als es ja nicht die erste dieser Art war, war es Lydia kaum noch vergönnt, im alten Stil mit ihr weiterzuleben. Die vielerlei Anregungen im Laufe der Zeit, gewisse Ausbrüche inbegriffen, waren nicht einfach abgeprallt. Zwar hatten sie nicht gleich unterminierend gewirkt, aber sie hatten die schon ohnehin in ihrem Verhältnis aufgetauchte Diplomatie der Behandlungsweise derart in Anspruch genommen, daß von beiderseitiger Zutraulichkeit kaum noch die Rede sein konnte, geschweige von jener auf geschwisterlicher Eintracht beruhenden Kumpanei, wie sie doch anfangs vorhanden gewesen war, in Fortsetzung von Gepflogenheiten aus ihrer frühesten Jugend. Vor allem war eines abhanden gekommen, was sie seit je so unverbrüchlich verband: der Sinn oder auch Instinkt für die gemeinsame Herkunft und Wurzel sowie das damit verbundene rasche Verständnis für die jeweils persönliche Eigenart, deren Vor- und Nachteile unter diesem Aspekt eher belustigend waren, weil sozusagen von langer Hand vorbestimmt und also auch unabänderlich. Und da gab es auch immer etwas zu lachen, sei es selbst über das Verkehrshindernis der eigenen Person.

Mit dem Auftauchen der Männer – daß es immer die Männer sein müssen oder umgekehrt immer die Frauen! – mit dem Auftauchen besonders von Herrn ten Dam schien die innerlich bereits vollzogene Wandlung nun aber auch äußerlich sichtbar geworden zu sein, erkenntlich schon daran, daß keine von beiden die Sonderinteressen der anderen so uneigennützig miterlebte wie bisher, zweitens aber auch insofern, als durch den Trennungsstrich ein geradezu sensationeller Umstand die Vorherrschaft antrat, nämlich ein unüberhörbares Pochen auf die Notwendigkeit eigener Entschlüsse und Pläne, was hinwiederum zur Folge hatte, daß sie sich, was aber schon an den Rand von Zerwürfnissen führte, mit einem Mal als Fremdkörper gegenübersahen, andersartig und kritisch, was dann aber auch abwertend und abfällig wirkte, so etwa, wenn Lydia sagte:

»Du kriechst ja immer unter den Tisch, ich aber bin es gewohnt, gerade daran zu sitzen.«

Nun war das an sich nicht so außergewöhnlich, denn Lydia hatte ja mancherlei Spitzen zum besten gegeben, das Bedenkliche daran war, daß es nicht länger als komisch aufgefaßt werden konnte, auch wenn die angeborene Nachsicht es vorläufig noch überhörte oder um des leidigen Friedens willen hinunterschluckte.

In anderen Fällen konnte sich Alice auch nicht versagen, Lydias gewohnte Selbstherrlichkeit etwas einzuschränken, zumal der Grad ihrer unerschöpflichen Selbsteinschätzung in krassestem Widerspruch zur Trivialität der bisher erzielten Tatsachen stand, und dies auch dann, wenn man bereit war, ihre jeweils neueste Errungenschaft, wie etwa den besten Mann des Jahrhunderts, unangetastet zu lassen. Hier blieb trotzdem noch eine ganze Tabulatur von Verfehlungen und Unterlassungen übrig, nicht zu reden von allerlei Ungereimtheiten und Widersprüchen. Sicherlich verlief im Leben nichts logisch und konsequent, irgendein Zugloch war immer vorhanden, und wenn man nicht zum Clan der Beamten gehörte, bei denen ja schon im vorhinein feststand, daß sie pensioniert werden würden, falls sie sich nicht das Hinterteil durchschwitzten oder sonst eine Kopflosigkeit begingen, so mußte man eben paktieren. Es ist aber schließlich ein Unterschied, ob man sich elastisch verhält oder ob man einfach vergißt, was man noch gestern als unwiderrufbar hingestellt hat. Bei Morawé zum Beispiel schwang diese Jelka noch immer das Zepter, und Lydia hatte deren Vormachtstellung sogar unterschriftlich beglaubigt, obwohl sie doch einst behauptet hatte, dieses Räubernest ausheben zu wollen. Das stand einwandfrei fest, das hatte sie mit Emphase verkündet. Und nun? Nun lachte sich die andere eins ins Fäustchen.

In Lydias Augen war aufgeschoben freilich noch lange nicht aufgehoben, und so nahm sie sich auch die Freiheit, Alices Einwände nicht gelten zu lassen. Ja, sie machte kein Hehl daraus, daß sie in jederlei Einwand auch einen Vorwurf erblickte. Sie fühlte sich dann durchaus berechtigt, den Spieß, wie man so sagt, umzudrehen.

»Du bist bloß aufgehetzt von Mama«, hatte sie einmal gesagt, »oder auch von diesem Motzkus, der dir sonstwas vorgetönt hat, oder von Bernhard, diesem Amadis für unterleibskranke Studentinnen. Bernhard, o je! Wie ich ihn kenne, innen und außen.«

»Du bist überreizt«, hatte Alice gesagt.

»Ich weiß, was ich bin«, hatte Lydia aber sofort erwidert. Wenn sie eines nie vergäße, dann dies. Aber, so hatte sie sich zu fragen erkühnt, was Alice eigentlich sei, das lasse sie lieber dahingestellt.

»Dann weiß ich ja Bescheid«, hatte Alice gesagt.

»Ich endlich auch.«

Und damit hatte Lydia den Schlußpunkt gesetzt.

Es kann aber leider nicht ungesagt bleiben, daß diese kleine Reiberei, wie sie ja einmal vorkommen kann, erst der Anfang von weit größeren war, so daß es eine immer größere Selbstüberwindung kostete, die in der Hitze gesprochenen Worte wieder zurückzunehmen und als ungeschehen zu betrachten. Mit einer Raschheit, die sie hinterher selber verblüffte, war zwischen ihnen etwas ins Rollen geraten, dessen innerster Antrieb alles mitriß, den Stand ihrer sonst so reizvollen Meinungsverschiedenheiten nicht minder als den plötzlich so seltsam verwucherten Dschungel in ihrer Person.

»Ein Geruch ist das hier«, sagte Lydia denn auch. »Allein der Geruch.«

Es war der Geruch der Kunden und Kleiderstoffe, gewiß, wie bei den Ärzten der Geruch der Patienten. Aber das war ja nichts Neues. Man behalf sich dagegen, so gut es ging, und es hatte bisher auch kein Grund vorgelegen, es zu beanstanden oder nicht auszuhalten. Nun aber glaubte Lydias erhöhter Geruchssinn plötzlich, hier nicht mehr atmen zu können, und das schien nun wirklich keine nur physiologisch bedingte Marotte zu sein, es glich einem Aufruhr bis hinab in kompliziertere Schichten, die sich offenbar in Bewegung befanden. Alles Bisherige, sogar die Vergangenheit selbst, hatte die Unschuld verloren. Vielleicht war es dies? Vielleicht war es wirklich nur dies? Denn es war ja nicht so, daß sie sich haßten oder daß sie sich nicht mehr riechen konnten, es war nichts Vulgäres oder Zerzanktes, es war nur nicht abzustreiten, daß jede den Wunsch und das Bedürfnis verspürte – ja, wonach wohl? Man kann doch wohl sagen: nach Erfüllung des eigenen Glücks, wie immer es auch beschaffen sein mochte.

Sie hat mich belogen, dachte Lydia nun plötzlich, nachdem sie bei Gelegenheit eines Einkaufs Frau Loschwitzer in die Arme gelaufen war. Die Loschwitzer lief jetzt manchmal in freier Wildbahn umher, als suchte sie seit der Kündigung ihres Pachtvertrages nach neuen Objekten. Und so hatte sie sich auch bei Lydia nach dem Stand ihrer Filmpläne erkundigt, in der Hauptsache aber, was ihr sichtlich viel wichtiger war, nach den Aussichten ihres finanziellen Angebots hinsichtlich eines von Alice zu eröffnenden Modesalons, wovon Lydia aber nichts wußte.

Warum hat sie mir das nicht gesagt? schrie es in Lydia voller Empörung. Trotzdem war sie nicht sogleich zu Alice gerannt. Sie hatte sie auf die Probe gestellt, das war genußreich, in der Erwartung, es von ihr aus erzählt zu bekommen, und erst, als das ausblieb, hatte sie sie darauf festgenagelt. Und was hatte Alice zu erwidern gehabt? Gerechtfertigt hatte sie sich, das war alles.

Sie habe nicht wissen können, daß Lydia das überhaupt ernst nehmen würde. Im übrigen habe sie ja seinerzeit von dem Vorschlag zu einem Schauspielstudio erzählt, in dem Frau Loschwitzers Edith zu einer Megäre herangebildet werden sollte. Damals habe Lydia das mehr als Jux betrachtet und ganz unverbindlich gesagt: warum nicht? Daß Lydia dort gegebenenfalls selber – man denke doch, Lydia selber! – als Vorführdame zum Zuge kommen sollte, das sei doch zu abgeschmackt, um es überhaupt zu erwähnen.

Aber war das nicht wieder gelogen?

»Gelogen war es nicht«, beharrte Alice, obwohl es ihr ungemein peinlich war. »Ich habe es dir nur unterschlagen, um deinetwillen. Schön, das war falsch. Aber gelogen war es nicht.«

Nichtsdestoweniger hatte sich Lydia mit nahezu qualvoller Wonne darauf versteift, wobei sie ausrief:

»Das ist schändlich, das überlebe ich nicht. Lügen! In der Lüge gelebt habe ich nie. Das hatte ich niemals nötig. Ihr aber lügt. Ihr seid zu bequem für die Wahrheit. Wer weiß, was du mir sonst noch verschweigst. Am Ende schmiedest du noch ein Komplott – mit Mama, mit Bernhard, mit Motzkus oder sonstwem. Und gerade jetzt beginnst du zu zweifeln, jetzt, wo alles sich aufhellt? Wahrscheinlich fragst du mich noch, ob ich selbst daran glaube? Du bringst das fertig. Du hast ja schon einmal gesagt, du müßtest es mir überlassen. Das hast du gesagt. Zum Dank dafür habe ich dir deinen Motzkus herbeizitiert. Jawohl, durch mich! O, wenn du es verlangst, bin ich gern bereit, ihn dir nun meinerseits zu überlassen. Ich unterschlage dir nichts. Ich habe dir sofort einen Ausnahmeposten in unserer Filmproduktion verschafft. Dein Aspasiakostüm ist der beste Beweis. Du aber tust immer so, als ginge dich das alles nichts an. Du hast überhaupt keine Meinung. Aber das nehme ich dir nicht mehr ab. Du siehst ganz gut, wo du bleibst. Auch von mir hast du ganz gut profitiert. Bernhard kann mir nur dankbar sein, daß ich dich aufgeweckt habe. Du wärst ja versumpft. Du blickst ja nicht weiter als von einer Ecke zur andern. Du tust immer nur, was man von dir verlangt. Ich aber bin sinfonisch veranlagt. Ich ertrage das nicht.«

»Dein Talent habe ich dir nie abgesprochen«, sagte Alice. »Mir wurde nur manchmal angst und bange, wenn ich deine Luftschlösser sah. Morawé zum Beispiel gehört dir ja nicht, immer noch nicht. Du hast nur die Vollmacht. Das vergißt du immer.«

»Ach, Morawé!« rief Lydia indessen. »Darum geht es jetzt gar nicht. Und außerdem: ich habe mein Lebtag nie vergessen, was ich mir schuldig bin.«

Auch wenn Alice längst wußte, daß Lydia jedesmal weit übers Ziel schoß, sobald sie ins Phantasieren geriet, empfand sie es diesmal doch als unangemessen. Diese Art, sich selbst zu beflügeln, gegen deren Auftriebskraft sie offenbar machtlos war, zumal es ihr zweifellos auch als Befreiung erschien, und ferner auch die Lust, aus jedem Wortwechsel eine Szene zu machen, wobei sie überhaupt nicht mehr wußte, wie sie in solchen Momenten aussah, das war ja doch ziemlich stark. Nur einmal bisher hatte

Alice den Versuch unternommen, sie darauf aufmerksam zu machen, jedoch ohne Erfolg, und seitdem verzichtete sie ganz darauf. Damals hatte sie noch gesagt:

»Du bist eben zu genial für mich.«

Es hatte sich aber herausgestellt, daß das auch nicht der richtige Einspruch war, denn Lydia, nun fuchsteufelswild, war aufgebraust.

»Rede nicht so!« hatte sie gesagt. »Diese Demutsmaske grenzt ja an Heuchelei.«

Sie sei nicht gewillt, hatte sie noch hinzugefügt, sich aufs Unkontrollierbare abschieben zu lassen. Genial, genial! Am Ende stünde dort nur die Entmündigung oder das Irrenhaus. Mama gehöre vielleicht dorthin, nicht aber sie.

Und da hatte Alice es bleibenlassen.

Die guten Lehren, die sie sich gaben, wenn sie wieder allein waren und sich jeweils wieder der eigenen Obhut anvertraut hatten, blieben jedoch so gut wie fruchtlos. Nicht, daß sie nicht auch beschwichtigend wirkten, daß nicht sogar ein Grad von Beschämung mitschwang, der sie zur Umkehr bewog, es war jedoch etwas am Werk, einem Bazillus vergleichbar, dessen sie einfach nicht habhaft wurden und dessen Kulturen – ja, auch noch Kulturen! – feuchtfröhlich weiterwuchsen. Ja, im Allertiefsten schlechthin, vor der Wahrheit als solcher, war sogar eine Empfindung im Spiel, die an mit Scharfsinn ausgekostete Heiterkeit grenzte. Es war die Heiterkeit eines Triumphes, und zwar eines Triumphes nicht über den Nächsten, sondern über sich selbst, über den Mut zur Neuordnung in ihrem Verhältnis.

»Willst du denn einen Fluß zuschütten? Der fließt doch«, sagte Lydia in imaginärer Fortsetzung ihres Zwiegesprächs mit Alice.

Seitdem gefiel sie sich in einer neuen Faktur, indem sie sich vornahm, diese heiße Materie nur noch so objektiv zu betrachten wie ein Stück Wissenschaft, mit Forscheraugen, wenn's sein muß, unter Hintansetzung aller Affekte. Schließlich stand ja auch eine mehr als zwanzigjährige Freundschaft am Pranger, und andererseits – wer wünschte denn das? – brauchte ja selbst eine

Loslösung voneinander nicht in einer Art Schießbudendramatik zu verlaufen. Hierfür gab es ja Formen. Es war nicht einmal gesagt, daß die Freundschaft dabei zerbrechen mußte. Mag doch jede das tun, was sie für richtig hält. Mag doch jede dorthin gehen, wo sie ihr Ziel sieht. Ob nun die eine dabei mehr kurzsichtig ist und über lauter Zwirnsfäden das Ganze vergißt und die andere mehr weitsichtig, um vielleicht über drei Steine zu stolpern – warum sollte das nicht jede mit sich selbst ausmachen?

Trennung hieß der entsprechende Ausdruck dafür. Sie sprach den Begriff so oft vor sich hin, bis er ihr im Blut stand, so suggestiv wie seinerzeit die Vision der Aspasia.

Trennung! Es war einfach ein Tatbestand. Nein, es war ja kein Ende, es war, zumal in Verbindung mit Herrn ten Dam, überhaupt erst der Anfang.

Alice war nicht wenig erstaunt, als ihr darnach eine Lydia entgegentrat, die die Gefaßtheit selbst war, wobei höchstens zweifelhaft blieb, ob das nicht wieder nur eine Art Vorsatz war, in den sie sich eingelebt hatte.

Nun, es war trotzdem nicht alles zur Sprache gekommen, was sie bewegte, auch wenn sie sich bemühten, ihr aufgelaufenes Schuldkonto zu entlasten, wobei ihnen auch die Logik dessen zu Hilfe kam, was bereits als vollendete Tatsache galt.

»Du bist natürlich auch bei Bernhard gewesen«, sagte Lydia aus der Höhe ihres scheinbar mit Nachsicht verbrämten Gefühls. »Gib's zu!«

»Auf Veranlassung von Mama«, versetzte Alice, worauf Lydia indessen nur scherzte:

»Wie tüchtig! Nächstens heiratet er noch Mama.«

Die Diabolik ihrer aufgerührten Vergangenheit erwies sich dann aber doch als stärker, und so brachte sie's nicht übers Herz, ihren geliebten oder auch nicht mehr geliebten Bernhard ungeschoren zu lassen. Es läge ja doch auf der Hand, daß es ihm bei allem, was nicht Wissenschaft sei, an Entschlußkraft fehle, frei nach Grillparzer, daß das Schwerste nicht die Tat sei, sondern der Entschluß. Sie wisse Bescheid, sie habe sich mehrmals entschlossen. Ihr letzter Entschluß sei ihr größter: Herr ten Dam.

Bernhard hingegen träfe in seiner Umgebung nur auf Fragmente. Das beunruhige ihn, das präpariere und zerlege er dauernd, bis er, umgarnt vom Zauber des Widerspruchs, schließlich selbst nicht mehr wisse, was hinten und vorn sei. In seinen Pandekten, dort ja, in seinen Epen und Dramen, und seien sie noch so verworren, dort schimmere immer ein roter Faden und auch das Absurde fuße auf einem Gesetz. Es sei eben Kunst. Hier aber, bei ihr, inmitten des Lebens, da lauere der Zufall hinter der Kurve, und zuletzt sei immer ein Kopfsprung nötig, ganz gleich, ob tragisch oder grotesk, ob gekonnt oder nicht.

»Was Bernhard mir vorwirft«, versicherte Lydia, nun hoch überlegen, »das fehlt ihm selber am meisten: ein Schuß Gleichgültigkeit gegen sich selbst. Er bleibt immer Professor, sogar im Bett.«

Alice war tatsächlich am Gründungstag der Lydia-Film-Produktion, nicht zuletzt aus Angst vor der ganzen Gesellschaft, die ihr nur wenig gefiel, in höchster Besorgnis bei Bernhard gewesen. Es fiele ihr immer schwerer, an Lydia zu glauben, hatte sie gesagt. Sie werde nur immer tiefer in deren Geschichten hineingezogen, und ausgenutzt werde sie auch. Ob er ihr nicht einen Rat geben könnte? Nur einen Rat. Er habe ja selbst gesagt, daß sie darüber noch sprechen würden. – Bernhard indessen, der gerade ein Techtelmechtel mit einer Studentin hatte, in der er eine Art Nachholbedarf aus Tanzstundenzeiten sah und wohl auch eine Erholung von Lydia, hatte sich, wie sie nun zugeben mußte, genauso unentschieden benommen, wie Lydia ihn charakterisierte.

»Was sagt denn Mama?« hatte er gefragt, und dann hatte er die Antwort gleich selber gegeben. »Ich kann mir's schon denken. Heiraten wäre das Beste. Immer nur Heiraten.« Dann hatte er aber auch aufgelacht, ganz anders als sonst, was wahrscheinlich darauf zurückzuführen war, daß er in seiner Studentin, die zur Abwechslung blond und auch sonst mehr puppenhaft war, das reinste Kontraststück zu Lydia besaß. »Kein hochaufgerichtetes Mahnmal«, wie er versicherte.

Es hätte nicht viel gefehlt und Alice hätte die Fassung verloren, denn so stark war sie nicht, daß sie sich einfach über Lydia hinwegsetzen konnte. Davon abgesehen, war sie auch ehrlich genug, zu gestehen, daß sie selbst vor Entscheidungen stand, die eine Abkehr von Lydia erforderten, denn die durch Motzkus gebotenen Aussichten waren begründet, das Kapital dafür war vorhanden und nicht nur das Kapital. Auch ließ sich nicht leugnen, daß ihr diese Verbindung schließlich durch Lydia zugespielt worden war, daß Lydia den Anstoß dazu gegeben hatte, weshalb ihr auch ein hingeworfener Ausdruck Bernhards doppelt aufs Herz fiel. ›Aus Symbionten werden Parasiten‹, hatte Bernhard in Anspielung auf einen Naturvorgang gesagt, wo sich Pflanzen allmählich aus Gesellschaftern zu um sich fressenden Nutznießern entwickeln. Beim Gedanken an jene Dunkelmänner, die sich, indem sie sie zur Aspasia erhoben, um Lydia scharten, hatte Alice oftmals den gleichen Eindruck gehabt, wobei sie sich törichterweise selbst nicht ausnahm. Andererseits hatte aber auch Lydia über alles verfügt, und so war das Ganze ein schier unentwirrbarer Knäuel, der reinste gordische Knoten, der kaum anders gelöst werden konnte als durch einen einzigen Hieb. Einen anderen Ausweg hatte Bernhard auch nicht zu bieten gewußt. Was Alice jedoch bestürzte, war wesentlich die Erkenntnis, daß Bernhard den Fall nicht mehr so ernst nahm wie früher, daß er ihn nicht mehr moralisch, sondern nur noch anatomisch sezierte, als herrsche da Krebs und als sei da nichts mehr zu retten, und daß dabei nichtsdestoweniger eine mit Absicht verfrostete Eifersucht mitsprach, rundweg gesagt: die Eifersucht auf Lydias Herrn ten Dam. Entsetzlich kalt hatten seine Analysen geklungen, teils sogar schadenfroh, als er nämlich ohne Umschweife zugegeben hatte, daß er auch seinerseits Lydia etwas verdanke, also auch seinerseits zu ihren Parasiten gehöre, namentlich durch den Hinweis auf die antike Aspasia. Es sei zwar nicht viel aus dieser Dame zu machen, die Quellen flössen zu spärlich, sie sei jedoch ein Prinzip, politisch, erotisch und kulturell, eine Vorlesung ließe sich schon daraus machen. Besten Dank! Was Lydia daraus zu machen beabsichtige, müsse er allerdings ihr überlassen. Aufs Machen käme es an.

»Es ist paradox«, hatte er noch gesagt. »Die Lydia erreicht alles. Sie erreicht es. Aber sobald es erreicht ist, hat sie nur den Triumph. Alles an ihr ist dann aufgezehrt, sogar ihr Ehrgeiz. Sie hat keine Kraft, das Erreichte zu halten. Sie kann es nicht auswerten. Da kommen dann andere.«

Zum Schluß hatte Bernhard noch geraten, es Lydia nicht zu unterbreiten, denn die Wahrheit sei viel zu gefährlich, sie erwecke im Nächsten die Perfidie, zumal bei Frauen. Er hätte sonst noch prophezeit, daß sie noch einmal furchtbar hereinfallen werde, sie werde dann zwar von Tragödie reden, er fürchte jedoch, daß es ebensogut auch Komödie sei.

»Sie spielt alles nur durch«, hatte Bernhard gesagt. »Aber andererseits: wenn sie nicht spielt, ist sie nicht ganz sie selbst.«

Mit dem wenig tröstlichen Rat, sie ihr Schicksal ausbaden zu lassen, sich selbst aber auf die Regie dieses Herrn Motzkus zu stützen, war Alice nach Hause zurückgekehrt, sie wußte bis heute noch nicht, ob enttäuscht oder nicht, sie wußte nur, daß mittlerweile ein unumstößlicher Tatbestand vorlag, der von sich aus sein Pensum diktierte.

Es war nur in Ordnung, daß nach Anknüpfung ihrer so aussichtsreichen Beziehungen die Tage bei Lydia, besonders bei ihr, mehr stürmisch verliefen. Es herrschte geradezu eine von südlichen Winden entfachte Laune, zumal aus einer der letzten aus Nizza oder Marseille oder auch Tanger eingetroffenen Nachrichten zu entnehmen war, daß Alfredo – so nannte sie ihn bereits – demnächst wieder zurück sei, aber nur, um sie dann mit auf Reisen zu nehmen, selbstverständlich nur im Interesse ihres Aspasia-Projektes, studienhalber.

»Ich weiß alles«, rief Lydia voller Glücksgefühl aus. »Ich bin allwissend. Dafür habe ich einen Instinkt. Aber ich will nicht nur wissen. Ich will es erfahren. Es ist mein sehnlichster Wunsch, dort gewesen zu sein, wo das Wissen entsteht. Es ist das einfache So-und-nicht-anders. Danach lechzt in mir alles.«

»Ziemlich toll«, sagte Alice.

»Ach, Unsinn!« rief Lydia. »Ich will ja nur leben, um zu spüren, daß es das tatsächlich gibt. Und wenn Bernhard sich einreden sollte, daß ich mich dabei wegwerfe oder verkaufe, so möchte ich mir die Frage erlauben: an wen? Und wenn schon, dann höchstens um den Preis meines unbezahlbaren Lebens. Unbezahlbar! – Spinnen verzehren kann ich später noch immer.«

Daß Alice bei solchen Glückstiraden ein nicht ganz geheures Lächeln aufsteckte, war wohl verzeihlich, dies um so mehr, als sie, erst recht nach ihrem Besuch bei Bernhard, erkannte, daß dieser angeblich äußerste Bestandteil von Lydias intimster Interessensphäre noch immer die Anziehungskraft eines Gegenpols hatte.

»Aber was geht's dich auch an?« sagte Lydia schließlich. »Du bist für den Durchschnitt da, du schwimmst in deiner Brühe und hast alle Hände voll zu tun, auch solchen Matronen wie dieser Loschwitzer etwas Pfiff in die Glieder zu pusten. Eine Zeitlang hatte ich noch geglaubt, mit deiner Kundschaft eine Art Nichteinmischungspakt schließen zu müssen, doch darüber bin ich hinaus. Ich habe überhaupt die Erfahrung gemacht, daß ich über das meiste, was man mir nachsagt, hinaus bin. Ein Subjekt sollte ich auch schon sein. Was soll's? Ich stehe vor einem Aufbauwerk, das beispielhaft sein soll fürs ganze Jahrhundert, und außerdem vor der Größe eines Gefühls, das ich noch einmal den Mut haben werde, Liebe zu nennen. Das ist doch kein Grund, die Nerven zu verlieren. Deshalb doch keine Feindschaft nicht! Deshalb bleibst du doch, die du bist, wie Mama gesagt hat, eben Alice.«

»Warum sollte ich nicht für dich da sein, Lydia?«

»Du wirst immer für jemanden da sein«, sagte Lydia so sicher wie je. »Du bist überhaupt erst du selbst, wenn du für jemanden da sein kannst. Für mich warst du ja auch da.«

»Das mußte ja sein.«

»Übrigens«, sagte Lydia plötzlich aus der Herrlichkeit ihrer berühmten Lichtblicke heraus, jedoch auch voll Neugier auf die Art der Erwiderung, »wie steht's denn eigentlich mit deinem Kapellmeister in Bielefeld, mit dem du, wie ich mich dunkel erinnere, so gut wie verlobt warst? Läßt dieser Gentleman nichts von sich hören?«

»O, doch!«

»Hast du mir denn das auch unterschlagen, Schäfchen?«

Es sei ihr zu peinlich gewesen, meinte Alice, da er sie um ihre Vermittlung beim Aufbau der Lydia-Film-Produktion gebeten habe. Das Gerücht davon sei bis zu ihm gedrungen, und da habe er sich erboten, die Begleitmusik dazu zu liefern – wenn's verlangt würde, auch elektronisch.

»Da siehst du's!« rief Lydia zutiefst befriedigt. »Die Vergangenheit tut sich auf, sobald man nur erst in die Zukunft geht.«

Sie habe ihm abgeschrieben, meinte Alice.

Trotz eines kurzen Schocks ließ Lydia aber nicht davon ab, indem sie mit glänzend gemimter Verständnislosigkeit ausrief:

»Aber warum denn? Laß ihn doch tanzen!«

Für Alices Geschmack war das jedoch zu spektakulös.

In den umliegenden Wohnblocks war man allerdings weniger empfindlich, und die dort angezündeten Lauffeuer glichen in der Tat zuweilen einem die Gehirne durchflackernden Tanz. Sie hatten es überallhin gemeldet, ein Kollege dem andern, von einem Theater zum andern, so daß selbst Buffotenöre und schwere Helden die Pose vergaßen und bedenklich ins Wackeln gerieten. Auch an Hohngelächter fehlte es nicht, so verantwortungslos es auch war. Wenigstens war es ein Glück, daß Alice entging, was Olaf von ihrem Kapellmeister sagte, im Hinblick auf dessen Bereitwilligkeit zur Mitarbeit. »Er will wohl seinen schwachsinnigen Sohn zum Notenumblättern benutzen?« Das war es. Es war jedoch auch nur die reinste Hybris im Angesicht einer vergoldeten Sphinx. Andererseits war es auch nicht so häßlich gemeint, wie es klang. Es war einfach der Ausfluß eines gesteigerten, sich ständig überschlagenden Mitteilungsbedürfnisses, das selig war, endlich etwas berichten zu können, das nicht nur aus einem Wust von Spekulationen und Wunschträumen bestand. Seit dem Verlauf der Gründungsversammlung hatte sich das geändert. Die dort angeschlagenen Themen hatten sich vervielfacht, und so war auch bereits von staatlicher Ausfallbürgschaft die Rede, wenn auch noch nicht als Faktum, so doch als Anregung und Vorschlag.

Lydia hatte sich ihre zwei Favoriten herausgefischt, und wenn auch der eine nicht so recht spurte, es war der junge Herr Ecklebe, der leider zu zaghaft war, als daß er etwas Entflammteres als mit Skepsis garnierte Gutachten abgegeben hätte, so war doch in Woldemar Schreieck ein Mann am Werk, wie sie ihn brauchte. Von seinem Entwurf zum Drehbuch hing alles ab. Dort konnte sie auch Aphrodite sein, eine Schaumgeborene im Badezimmer, aktuell und ganz Dame von Welt. Das hatte sie nicht nur ihm, sondern auch Katrix auseinanderposamentiert. Ganze Reichtümer, besonders an Ruhm, hatte sie Schreieck versprochen, ferner auch die beste Erfolgsmöglichkeit für sein kosmologisches Hauptwerk, dies nach Eröffnung einer ja außerdem auf der Wunschliste stehenden Galerie Lydia. In Form einer sprachlichen Selbstinterpretation würde er sich dort als interstellarer Universalpoet durchsetzen können, wenn nur vorher erst ein Glanzstück für die Aspasia geliefert sein würde. Diese Bedingung mußte sie leider stellen, und Katrix zumindest sah das auch ein. »Die Hauptsache«, meinte Lydia, »daß er mir einen Auftritt hinbaut, der alles umwirft, und zwar so, daß ich als Aspasia dastehen kann, wie aus dem Boden gewachsen. Da sein, wo immer ich mich befinde, da sein. Darauf kommt's an.« – Hier etwas Druck dahinter zu setzen, hatte ihr Katrix versprochen. Im übrigen schwärmte Katrix hauptsächlich von Herrn ten Dam, von diesem Alfredo, der doch endlich der Richtige sei, ein Kosmopolit, eingeführt in begütertste Kreise, offenbar bis zur Hochfinanz. Daß Schreieck auch Witze darüber machte, erwähnte sie allerdings nicht. Aber das war ja so seine Methode, sobald er sich mit etwas Ungewohntem herumschlug. Vor allem der unvorhergesehene Fernruf des Mister Brändätsch schien es ihm angetan zu haben, denn er sagte von ihm: »Scheint ein Humorist zu sein, dieser gefiederte Dollarvogel. Konzentriertester Selfmademan. Vater wahrscheinlich Eskimo, Mutter aus Honolulu, Tochter Mulattin und Enkelchen Liliputaner.« Die Aspasia hatte er aber in Angriff genommen. Oft vergaß er darüber sogar, sich zu rasieren. Er war überhaupt voller Wut. Es hatte sich nämlich herausgestellt, daß sich um Olaf eine Art Oppositionsgruppe zu bilden begann, die einer ganz anderen Auffassung huldigte, wie schon während der Gründungsversammlung. Diese Blase hatte sogar die Stirn, sich SELAK zu nennen, was soviel wie Selbsthilfe-Aktion bedeutete. Dabei war nur von Massenszenen die Rede, ferner von Verherrlichung der Lebenskraft, sprich: dionysischer Orgie, und von der Klage über den Tod sowie auch von monumentalem Ritual.

Lydia, der das gleichfalls zu Ohren gekommen war, wenn nicht noch mehr, denn sie drohten sogar, die Nassenheim aufzubieten, Lydia hatte inzwischen drei wichtige Zeilen von Herrn ten Dam in der Hand, denen zufolge eine weitere Zusammenkunft abgemacht war zwecks rascher Erledigung aller Formalitäten über die in Aussicht genommene Reise. Darauf pochte sie nun, froh, sich einmal loslösen zu können. Der Abstand würde ihr guttun. Außerdem saß sie dann auch an der Quelle.

Erleichtert, daß Alice ihr diese Verbindung gönnte, ohne ihre eigene deswegen für null und nichtig zu halten, stellte Lydia ihr Abfahrtssignal auf frei.

»Du erfährst ja von mir.«

In vollster Zuversicht sprach sie es aus.

3 Drei Tage später befand sie sich bereits mit Herrn ten Dam unterwegs. Sie hatte sich, wie sie eigentlich an Alice hatte schreiben wollen, wenn sie nicht von lauter neuen Eindrücken bestürmt worden wäre, in die Lüfte erhoben, hoch über jederlei Zwist, und kurz nach dem Start war ihr auch ein flüchtiger Blick aufs Geviert ihres Wohnblocks beschieden gewesen, der dagelegen hatte wie ein Baukastenspielzeug, so winzig und unerheblich, daß es schon beinahe lächerlich war, sich vorzustellen, daß sie dort jemals zu Hause gewesen sein sollte. Darüber war sie nun wirklich hinaus, in jeder Beziehung, nicht nur moralisch.

Ganz losgelöst hatte sie sich natürlich nicht, und das wäre ja auch unmöglich gewesen, abgesehen davon, daß es auch nicht ins Konzept ihrer Absichten paßte. Zumal auf der ersten Hälfte des Flugs, der sie bis Frankfurt führte, von wo sie dann glücklich nach Nizza gelangten und weiter, war ihr innerstes Wesen die reinste Empfangsstation für Telepathie. Und es war nun wieder bezaubernd von Herrn ten Dam, daß er ihr oft eine Pause gönnte, in der sie sich darauf einstellen konnte. Dann war das über die Wolkenfelder so angesegelt gekommen, ein Gesicht nach dem andern, Alice, Schreieck und all die Helden, wie herangeworfen vom hintersten Horizont, an dem sich die Wolken wie Eisberge türmten, mit abwärts stürzenden Gletscherspalten dazwischen, denen nachzusinnen auch etwas schaurig war. Es war der Tribut des Komforts. Ihr Auge war dann ganz still und groß, bis die Gegenwart Herrn ten Dams sie dankenswerterweise wieder in Anspruch nahm.

Sie hatten sich darauf geeinigt, ihren Trip, der zunächst nur ein kurzer Ostertrip war, als Geschäftsreise zu deklarieren. Jeder hatte dann sein Modell im Kopf, und außerdem war ihre Partnerschaft nach außen hin legitimiert. Das war ein nicht zu unterschätzender Vorteil, etwa auch insofern, als alles, was anfiel, ob Konfekt oder Kunst, ob Politik oder vielleicht auch Erotik, als Spesen gebucht werden konnte, Spesen zu Lasten einer höheren Dachorganisation, zu der selbstverständlich auch Morawé zählte.

»Oder haben Sie etwas gegen Geschäfte?« hatte ten Dam mit verhaltenem Lächeln gefragt, worauf Lydia aber genauso exakt erwidert hatte:

»Ich wünschte, ich hätte einen Konzern an der Hand, dessen Leitung mir anvertraut wird. Organisieren ist eine meiner Leidenschaften.«

Dessenungeachtet wäre ihr die Bezeichnung als Studienreise doch lieber gewesen. Sie hatte diese Äußerung jedoch kaum getan, als ten Dam sie auch schon als Vorschlag auffaßte und akzeptierte, mit dem Bemerken, daß ihr ja nichts im Wege stünde, sich auch als Aspasia zu fühlen. Das war nun wieder so ganz ten Dam, daß Lydia unmerklich ihr Augenlid senkte und ihm gleichfalls so zauberhaft dankte und zumindest so kultiviert, wie er's eben verdiente. ›Er bucht keinen Punkt für sich selbst‹, hatte sie schon zu Alice gesagt, ›das ist seine Grandezza.‹ Und das hatte sich auch aufs schönste bestätigt.

In Anbetracht dessen hatte sie sich fast vor sich selbst entschuldigen müssen, daß sie es nicht hatte unterlassen können, sich ein wenig zu sehr dem Studium seines Benehmens und seiner Handlungsweise zu widmen. Er erwies sich jedoch als ein Mann, der nicht nur das Sitzfleisch benutzt, um vorwärtszukommen, trotz der Sicherheit, mit der er sich durch sämtliche Schranken und Sperren bewegte, auch wenn es dort ausnahmsweise mal stockte. So hatte es, nicht zuletzt durch sie selbst, an der Zollsperre im Flughafen von Nizza eine kleine Unterbrechung gegeben, als der Beamte in ihren kostbaren Händen eine offen zur Schau getragene Stange Zigaretten entdeckte, die sie im Flugzeug als zollfrei erstanden hatte. Amerikanische! Er hielt sie einen Augenblick auf und hatte dann den Einfall, sich wichtig zu machen, indem er ihren Koffer untersuchen wollte, den der Gepäckträger auf Veranlassung ten Dams aber schon durchgeschleust hatte. Da war ihr ten Dam zu Hilfe gekommen. Zwei Worte hatten genügt, und mit hoffnungslos belustigter Geste auf die bereits weiterbeförderten Koffer, einer Geste, die zugleich ein charmantes Bedauern ausdrückte, hatte er zu dem gleichfalls gute Miene machenden Zollbeamten gesagt:

»Trop tard. – Schon durch.«

Während Lydia noch etwas gezittert hatte, war der Fall für ten Dam damit erledigt. Es war überhaupt seine Art, die allein schon bewundernswert war, alles für erledigt Erachtete als nicht mehr der Sache für wert zu halten, und so war er auch auf diesen Fall nicht mehr zurückgekommen, auch nicht auf den womöglich nicht ganz zollreinen Inhalt der eigenen Koffer.

Er war eben ein Mann der Einzelaktion ohne weitere Erörterung. Wenn er Lydia gegenüber etwas gesprächiger war, so eben nur ihr zuliebe, einesteils, um sie einzuweihen, soweit ihm das tunlich schien, andernteils auch, um sie Zug um Zug so sicher zu machen, daß sie es schließlich aufgab, ihn zu studieren. Hinter Nizza ging er damit schon ziemlich weit, beinahe bis zu einem Geständnis, als das man es jedenfalls auffassen konnte.

»In meiner Branche«, sagte er da, und Branche war äußerst ironisch gemeint, »ist man mehr oder weniger polyglott, man könnte auch sagen: polygon – jedenfalls polli. Ich würde zum Beispiel, wenn ich Engländer wäre, meiden, was mir als Franzose willkommen wäre. Vielleicht würde ich als Deutscher verlieren, was mir als Brasilianer einen Gewinn einbrächte. Einer meiner Bekannten« – oder war er es selber? – »hatte ständig mehrere Ausweise bei sich, und die zog er hervor, je nach Lage der Dinge. Es war ein ganzer Gesinnungsfächer von Nationalitäten und politischen Richtungen. Ich glaube, staatenlos war er auch. So unrecht hat er da nicht. Völker sind Völker, aber auf Staaten ist kein Verlaß. Die Staaten sind alle anfällig und labil.«

Er hatte mit der Hand einen Bogen beschrieben, der das operettenhafte Kunterbunt der halben Riviera umfaßte und in dessen Mittelpunkt er sich anscheinend selbst sah, jeweils als die gewünschte Person, während Lydia schon gleichfalls so akklimatisiert war, daß sie nichts einzuwenden gehabt hätte, wenn sie von dem dienernden Boy, der sie beide im Auto abgeholt hatte, als Pariserin eingestuft worden wäre.

»Sie sehen ja«, sagte ten Dam, dabei rasten sie mit mehr als hundert Sachen an der Küste entlang in Richtung Antibes, »die Kulissen sind überall gleich. Hochhäuser, Straßen und Routen, Paläste, und dahinter in den Spalten und Löchern das Geschlecht derer, die die Folklore ausmachen, die Einheimischen. Folklore und Klima, das ist der Akzent, sonst ist alles ein Zuschnitt, in Florida nicht anders als hier, in New York wie in London und Tokio. Warum sich die Völker die Köpfe einschlagen, das weiß der Himmel. Wir selbst sind ja immer die gleiche Person. Also her mit dem richtigen Ausweis – Salute!«

»Und was sind wir denn jetzt?« fragte Lydia ermuntert.

Aber da blickte ten Dam nur voraus und meinte:

»Jetzt sind wir bald da.«

Lydia war in der Tat kaum dazu gekommen, die vielgepriesenen Reize der Côte d'Azur auf sich wirken zu lassen, zumal das allseits herrschende Angebot von Parkplätzen, Tankstellen, Verkehrs- und Reklameschildern jeden Versuch zur Bewunderung der geologischen Formationen durchkreuzte. So flog der lichtvolle Einklang von Himmel und Meer sowie die melodische Kurve der Buchten an ihr vorbei, untermischt mit einem Potpourri teils pittoresk, teils verwegen komponierter Architekturen, deren abgeblendete Sonnenbalkone und Loggien wie seriell gestaffelte Käfige an den weißleuchtenden Hausfronten emporzuklettern suchten, nicht anders als drüben am Gebirgshang die Villen. Bungalows lagen dazwischen wie kleine Verstecke, und manchmal wirkte die Plastik der bunten Gegenwart unmittelbar wie ein komödiantisches Schaustück aus Panoptikum und Museum, namentlich durch die Selbstgewißheit, mit der hierbei das historische Relikt mit dem Chic der neuesten Mode verschmolz. Was Wunder, daß Lydia ihr innerstes Wesen wie eine Art Klangkörper spürte, worin selbst die Luft delirierte. Dabei war sie ganz Augenblick und nahezu ohne Erinnerung. Von all den Kreisen bis hinauf zu höchsten Gesellschaftskreisen, von denen sie sonst zu träumen pflegte, war ihr Gesichtskreis tatsächlich der einzige, der sie beschäftigte, dies um so mehr, als sie sich Herrn ten Dam inzwischen so beigesellt fühlte, daß sie schon ge-

nauso dachte und sich genauso benahm wie er. Unter Zugrunde-
legung einer gewissen irrlichternden Stoik hieß das einfach: den
Umständen angemessen, verkehrsgängig, weltfähig, praktisch.
Und das war doch wohl auch dem genius loci zu danken, der es
ihr leichtgemacht hatte, sich frei zu fühlen, der sie fortwährend
animierte und ihr sogar den Gedanken zuwarf, sich inmitten
einer Staffage zu wissen, wo ein internationales Gemisch von
Leuten, sei es aus Europa, sei es aus Übersee, das zu Hause er-
scheffelte oder ererbte Geld ablud und wo neben der Touristik,
dieser hinreichend populären Erscheinung, auch die kultivierteste
Kennerschaft waltete, die sich allerdings nicht gleich den ersten
Blicken erschloß. Vorderhand war das in Lydias hochgespanntem
Nervensystem auch mehr eine Sache der Ahnung und der unbe-
stimmten Erwartung.

Der Wagen, der sie in Nizza abgeholt hatte, war ein offenes
rassiges Sportkabriolett, dessen Energien um so wohliger
schnurrten, je hochtouriger sie angefaßt wurden. Offenbar hatte
der Boy sich in den Kopf gesetzt, es der Dame zu beweisen, denn
wesentlich rascher als erwartet kamen bereits die ersten, wie
überall üblichen Lagerplätze von Antibes in Sicht, dann der mit
Booten bedeckte Hafen und das festungsartige Grimaldi-Ge-
mäuer mit dem bekannten Picassomuseum. Das Nummern-
schild des Wagens war französisch, so daß man hätte sagen können: besondere Kennzeichen keine. Daneben befand sich aber
noch ein doppeltes großes C, das den Verkehrspolizisten, wie es
schien, einen gewissen Respekt einflößte, da es den Eigentümer
als Chef einer diplomatischen oder konsularischen Vertretung
auswies. Wie sich später herausstellen sollte, war der Wagen jedoch nur geliehen, was ten Dam natürlich längst wußte und was
schließlich auch Lydia so amüsierte und besonders auch faszi-
nierte, daß sie sich vornahm, es bei ihren Berichten an Alice, falls
sie endlich dazu käme, so hinzustellen, als ob sie in höherer
Mission dahinkutschiert worden wäre. Ideell gesehen, war das ja
auch der Fall. Der wirkliche Sachverhalt war jedoch auch noch
bemerkenswert genug. Der Privatschofför eines mit ten Dam bekannten Hotelgastes am Cap d'Antibes, wo nur Millionäre ver-

kehrten, eines Herrn Mustapha el Danguir, der sich zur Zeit auf Geschäftsreise im nahen Marokko befand, hatte ihn gegen irgendwelche Versprechungen, wenn auch im Einvernehmen mit seinem Chef, zur Verfügung gestellt. Im Augenblick war das aber belanglos. Ten Dam wies auf den Leuchtturm von La Garoupe an der Spitze vom Cap d'Antibes, wobei er bemerkte, daß dort unterhalb am Hang, unter lauter tropischer Vegetation versteckt, ihr Ziel sei. Wie der Augenschein lehrte, war es kein Bungalow und keine Villa und auch kein Hotel, das alles gab's aber in nächster Umgebung, und es war auch kein Zelt, wie ten Dam zu Lydias Ergötzen anzüglich scherzte, es war vielmehr von allem etwas, so ein, wie es schien, ausbaufähiges, vielleicht auch zum Verkauf stehendes Mittelding, wie es hier mehrere gab und aus dem sich bei Einsatz von Kapital das jeweils Richtige hätte machen lassen.

»Ecco!« sagte ten Dam. »Angelangt.«

Dann brauste der Boy um die Ecke zu seinem Hotel, wobei Lydia rechts hinten am Wagen überhaupt erst das doppelte C erkannte beziehungsweise entdeckte. Das kam alles so plötzlich und zugleich so verhuscht, daß sie sich erst einmal aufrecht stellte, bewußt aus der Rumpfmitte empor wie in Partnerschaft mit den ringsum so gleichgültig dastehenden Palmen. Dabei schoß ihr auch ein erster Erinnerungsblitz durchs Gehirn, und zwar an die heimischen Grunewaldkiefern, von denen sie immer behauptet hatte, daß deren Silhouetten bei Sonnenuntergang so exotisch, so geradezu brasilianisch wirkten.

»Dicky«, sagte eine Stimme in ihr, was gewiß merkwürdig war. Es war wie eine Wellenbewegung von fern. Aber dann ermaß sie den Abstand zu Herrn ten Dam, von dem sie sich vorbildlich eingeführt sah, so exakt und gewandt wie schon immer erträumt, daß sie sich erlaubte, ihn nur noch Alfredo zu nennen, wenn auch zunächst nur für sich allein.

Während der ganzen Reise hatte er ihr zu verstehen gegeben, daß in dem Umstand, daß sie zu zweit auftraten, etwas Gemeinsames lag, und das war ihm ohne ein Wort der Erklärung gelungen. »Er denkt so schnell«, hatte Lydia einmal gesagt, »daß er mit seinen Gedanken schon wieder zurückkehrt, während der andere noch auf dem Weg dahin ist.« Anscheinend war seine Voraussicht auch diesmal schon längst an allen erdenklichen Grenzen gewesen und schon mehrmals von dort wieder zurückgekehrt, denn er hatte nicht im geringsten den Eindruck aufkommen lassen, als ob das Geschäftliche zwischen ihnen im Vordergrund stünde. Es war vielmehr ein Daheimsein im Unterwegs, voller Rücksichtnahme und Aufmerksamkeit, voller Winke und Blicke, und wenn hie und da eine dem Zufall abgeluchste, leichte Berührung erfolgt war, so war das ungemein angenehm, weil dabei der Grad einer gegenseitig gewährten Tuchfühlung nie überschritten wurde. Dieser bei aller Höflichkeit so unmittelbar sich übertragende Genuß an der Intimität des Momentes, wobei einer der Spiegel des anderen war, als müßte es immer so sein und als wäre es niemals anders gewesen, war in Lydias Augen der beste Beweis für die Würdigung ihrer Person, nicht zuletzt auch für die Anerkennung ihres Formates, dem es nicht widersprach, wenn sie sich zuweilen der Bedienung gegenüber in einer Art Aspasiagefühl erging. Das hatte sich während der Reise bewährt und war ganz in Ordnung gewesen. »Es kam niemals eine Art Joker hervor«, sagte sie später. Nichtsdestoweniger hatte sie bei der Ankunft am Cap d'Antibes, obwohl sie sich's nicht hatte anmerken lassen, eine Art Rückfall erlitten in Form eines unerklärlichen Schauers, was jedoch auch entschuldbar war, allein insofern, als sie nun erstmals ein festumrissenes Terrain betrat, wo sie nicht nur mit touristischen Eindrücken abgespeist werden sollte. Um es offen zu sagen: ein Auftritt in der Feudalität des Hotels um die Ecke, dem palastartigen Carlton-Rock, hätte ihrer Vorstellung besser entsprochen als das unauffällige, fast heimliche Betreten dieses zunächst ziemlich fremdartig wirkenden, von der Außenwelt so vielseitig abgeschirmten Gelegenheitsdomizils.

Sie konnte sich aber nicht beklagen, und es erwies sich auch bald, daß die gewählte Örtlichkeit ihren Vorteil hatte. Es war nämlich niemand vorhanden als eine ältere Wirtschafterin halb italienischen Ursprungs, die sehr gutwillig aussah, was noch dadurch verstärkt wurde, daß sie ihre wenigen Sprachbrocken durch eine ungemein drollige Gestik ergänzte. Ach so, ja! Sie hatte noch einen Gehilfen, ungefähr halb so groß und halb so dünn, denn sie selbst war von einiger Korpulenz, und dieser übrigens vigilante, urbane Gehilfe entpuppte sich wenig später als ihr Mann. Glücklich? Beide schworen bei allen Heiligen, es schon seit zwanzig Jahren zu sein, und sie wirkten denn auch wie Komplicen, was ihrer Verbindung einen nicht minder drolligen Anschein von Opera buffa verlieh.

»Traditore, Traditore!« trällerte Lydia vor sich hin.

Sie hätte das alles in großen Ergüssen an Alice geschrieben, wenn sie nur Zeit gehabt hätte, eine Oase in sich zu finden, auf die sie sich hätte zurückziehen können. Es war aber noch alles zu turbulent. Das Zimmer im ersten Stock, das man ihr anwies, war voller Blumen, auch eine Fruchtschale stand auf dem Tisch, und im Fenster grüßte – bellissimo! wie die Frasquati sagte – teils bläulich, teils opalen das Meer. Trotz einer leichten Beklemmung von Melancholie, dem noch Unvertrauten zufolge, war das auch wieder ein Plus, das ihr spürbar zugute kam und woran sie sich, wenn auch zugestandenermaßen etwas bewußt, erfrischte, nachdem sie auch ihr Äußeres etwas erfrischt und zurechtgemacht hatte.

Die Reise von Berlin bis hierher hatte netto keine vier Stunden gedauert, und das konnte man demnach auch einen Ausflug nennen, einen provisorischen Ortswechsel mehr als eine Reise, einen Sprung ins Blaue, je nach Belieben. Damit fiel alle Problematik, falls sie je aufgekommen sein sollte, in sich zusammen. Früher, zu Morawés Zeiten oder selbst noch zu Zeiten Mamas, hätte eine Picknickfahrt vom Osten Berlins bis an die westliche Havel genauso viel Zeit beansprucht. Und wer weiß, wie es morgen sein würde? Vielleicht nur noch ein Katzensprung bis zu jenen Budiken, wo ten Dam seine Fäden zu knüpfen pflegte, bis in sämtliche Städte der Welt.

Das vor Augen, hatte Lydia es nicht mehr nötig, vor irgendwem auf der Hut zu sein, am wenigsten vor sich selbst. Ein mannshoher Spiegel, in dem sie ihre Gestalt erblickte, bestätigte ihr die Identität. Sie hatte nichts gegen sich einzuwenden. Sie litt nicht an Schizophrenie. Gestern würde sie vielleicht noch gesagt haben: »Der einzige Punkt, den ich für mich mit Sicherheit buche, bin ich« – wie sie denn manchmal auch in höchsten Tönen versichert hatte, daß es die höchste Zeit sei, sich in Behandlung eines Zoodirektors zu begeben zwecks Erhaltung ihrer immer seltener werdenden Art. Solche mehr oder weniger passablen Zusprüche waren nun ausgeschwitzt. In der Sicht der Skepsis konnte alles zur Sackgasse werden, sie aber sah weiter. Sie pflanzte ihre Interessen dort an, wo sie am besten gediehen. Und da gab's weiter nichts zu tun, als sich zuzunicken, in Erwartung des Angebots, das die Stunde ihr machte, so auch in Bereitschaft vor den ersten von unten her wie von überall auf sie zukommenden Schritten.

»Alfredo!« hätte sie am liebsten gejubelt, als Herr ten Dam erschien, um sich zu vergewissern, inwieweit sie sich eingerichtet und ob sie noch Wünsche hätte. Dann sorgte sie für eine erste Umarmung.

Das war zweifellos bester Aspasiastil, und wie seinerzeit in Berlin versprochen, war ihr der beste Mann des Jahrhunderts dabei behilflich. Es fehlte nur noch, daß er ihr auch Gelegenheit geboten hätte auszurufen: ›Unbändigster der Menschen mein, du süßer Nereïdensohn, komm, lege dich zu Füßen mir!‹ Die Perfektion der Tatsachen ließ das aber nicht zu, denn es war inzwischen Besuch erschienen in Gestalt des bekannten Herrn Tarnier aus Marseille, und so hatte Alfredo nur kurz gesagt: ›Moment!‹ und war dann die Treppe hinunter gegangen, Lydia zunächst sich selbst überlassend, einschließlich der Wonnen ihrer nicht hoch genug zu schätzenden Anfechtungen.

Unter den Romanen, die in dieser Saison als erfolgreichste galten, war leider nicht ein einziger gewesen, dessen Lektüre Lydia wirklich befriedigt hätte, namentlich nicht dort, wo sich die Spuren ins Labyrinth der Erotik verliefen. Nicht nur, daß dort keinerlei Delikatesse herrschte, auch das schlechthin Animalische und Sexuelle, auch der orgiastische Trieb manifestierten sich in einer Art, die im Grunde belächelnswert war, weil es auf kindischste Weise an zur Schau gestellte Pubertätsgelüste gemahnte. Diese Herrschaften manipulierten an ihren Extremitäten herum wie ein Tankstellenbesitzer an seinem Benzin, und dann spritzte eben der Saft. Für Halbwüchsige beiderlei Geschlechts war das ganz interessant, für Kleinbürger auch, und die Lektüre glich einem Kinderbuch oder einer Schulfibel für Fortgeschrittene höheren Alters. Aber das war denn doch etwas dürftig trotz einer gewissen Selbstinszenierung des anscheinend Gewagten oder auch Verruchten. Die große Träumerei, der schicksalhafte Einsatz beim hohen Spiel, die durch die Hinflucht ins andere sichtbar dokumentierte Selbstaufgabe, deren Erfahrung am eigenen Leib nicht abzusehen war, die Gleichsetzung von Verhängnis und Glück im Genuß, das alles blieb aus. Dazu reichte es nicht. Es war lediglich ein Akt sportlicher Selbsterregung, sei es durch Neugier oder Langeweile bedingt, sei es durch sekretorischen Überdruck. Freilich kam man auch vor lauter technischer Handfertigkeit nicht mehr dazu, zu wissen, was Liebe war, da doch selbst gereifte Männer den Verkehr mit ihren Frauen eher wie einen Besuch in einer Art Privatbordell behandelten. Da mußte dann eben der Hausfreund her oder der Liebhaber, wie umgekehrt das wesentlich jüngere, spitzfindig muntere Putzi, das wie Hühnerbein schmeckte. Daran ließ sich dann knabbern, das aß man mit Fingern.

Jedoch auch in bereits bewährten Romanen, vor allem in deutschen der höchsten Güte, war die Erotik nach Lydias Meinung entsetzlich verkümmert. Es herrschte ein peinlicher Mangel an Passion, übrigens auch an in Hellsicht getauchter Erkenntnis, und das hieß eben Geist. ›Gefährliche Liebschaften‹ waren dort nicht gefragt. Einen deutschen Erotiker, Intelligenz des Gefühls und Leidenschaft überhaupt, hatte es offenbar nie gegeben, es sei denn, man lauschte sporadisch in die tiefste Chromatik von Wagners »Tristan« hinein oder in die Todesmystik des jungen Novalis, allenfalls in Goethes epigrammatische oder elegische Fluchten. Der Rest war das reinste Sauerkraut, hausbacken und plump, leicht sentimental, und als Abwehr dagegen, wenn's hochkam, ein aufgemutzter Exzeß der Abwegigkeit. Die Liebe –

Lydia scheute sich nicht, es sich vor Augen zu führen – die Liebe war aber ein Risiko, und dieses Risiko verlangte täglich ein ihm gemäßes Opfer an innerster Frische. Man war nicht bei Sinnen und war es doch; man bezweifelte, ob man sich noch in der Hand hatte, und vertraute doch dem Impuls; man stand da und kalkulierte wie wild, und dann tat man das Gegenteil dessen, was die bessere Einsicht noch eben befürwortet hatte, und man tat es womöglich mit noch höher geschraubtem Scharfsinn. Man war dümmer als man selbst und zugleich doppelt so klug. Das war die Paradoxie. Man verfolgte mit Spannung die Handlungsweise der eigenen Person und lachte wohl gar, wenn man feststellen mußte, daß die Schicksalskurve steil abwärts glitt, auch bis ins Unheil und ins Verbrechen. Ja, man fühlte sich ausgeliefert, aber man fragte auch dauernd: an was oder wen? Denn andererseits war eben dies, daß man sich jenseits der eigenen Grenzen befand, daß man der eigenen Befugnis entrückt und durch keinerlei Vernunft mehr erreichbar war, andererseits war dieser überirdische Makel und der Bruch mit der Konvention auch das Erlauchte. Es war das so schlechthin Befreite, daß nur noch der Absturz es zu besiegeln vermochte, und das war dann eben der Sturz in die Arme des anderen, ins rettungslos verfallene Du.

Lydia hatte sich eben einzurichten gesucht in ihren neuen vier Wänden, sie hatte sie inspiziert und eine kurze Bestandsaufnahme gemacht, wobei ihr auch ein mehr unbewußter Verdacht von komfortabler Gefangenschaft nicht entging, den sie aber gleich abgewehrt hatte, als ein behutsames Klopfen an der Tür alle Anwandlungen beendete.

»Ja?« sagte Lydia.

Es war die dicke Madame, die Frasquati, von der sie zu einem Imbiß in die unteren Räume gebeten wurde, zugleich im Namen von Herrn ten Dam und übrigens auch von Monsieur Tarnier, dem es, wie es hieß, ein Vergnügen sein würde, sie wiederzusehen und zu begrüßen.

»Hier verkehren nur Freunde.«

Das ungefähr radebrechte die Frasquati nicht ohne sichtlich bekundete Ergebenheit zusammen, so daß Lydia beschloß, ihr leutselig zuzunicken. Es bestand kein Zweifel, daß sie mit diesem Faktotum gut auskommen würde, und das war immerhin kein schlechter Pakt.

Sie hatte es schon auf dem obersten Treppenabsatz vernommen, teils mit der Nase, daß es allerlei zart Gebackenes und Gebratenes gab, Monsieur Tarnier zu Ehren wahrscheinlich auch Bouillabaisse, andererseits auch mit dem Ohr, daß Tarnier allerlei Neuigkeiten aufgetischt haben mußte, die er nun mit Alfredo höchst leidenschaftlich besprach. Ob er damit noch vor ihrem Auftritt zu Rande kommen wollte, so daß das der Grund war, weshalb seine Rede so rasch ging, oder ob es hier von Natur aus so üblich war, daß alles ein wenig gehetzt anmutete, vermochte sie im Augenblick nicht zu entscheiden. Es war ihr nur, als hätte sie in einer Art Vorgefühl eine gleiche Situation schon einmal erlebt, mit dem Unterschied nur, daß damals die Gespräche abrupt verstummten. Diesmal aber war davon nichts zu bemerken, denn als sie das untere Zimmer betrat, genau auf der Schwelle, hatte Tarnier gerade Doppeldoktor Mambreys Namen genannt, und er hatte sich auch nicht abhalten lassen, seinen Satz zu Ende zu sprechen, wobei sogar auch ein nicht eben günstiges Licht auf Dicky fiel als einen widerspenstigen Neffen. Ten Dam hatte ihr dabei einen Blick zugesandt, der glücklicherweise auch einen vertraulichen Wink von Alfredo enthielt, und anschließend war es dann zur Begrüßung gekommen, sehr verbindlich und herzlich, aber merkwürdig doch insofern, als wäre ihr Erscheinen eben fällig gewesen, gleichsam termingerecht. Anscheinend hatte ten Dam ganze Arbeit geleistet, dies zumindest in Tarniers Augen.

Wie Lydia bemerkte, hatte Tarnier zwei schmucke Buchbände in der Hand, deren Titel sie zu entziffern suchte, ein Vorhaben, dem er aber höflich zuvorkam mit dem Bemerken: ›Griechische Lyrik, gnädige Frau, Sappho‹. Als er die Bände aufschlug, bestand der Inhalt jedoch aus einer Musterkollektion zweier kleiner, reliefartig eingepaßter Flakons mit echt Pariser Parfüm. Und das überreichte er ihr als Willkommensgruß, unter allseits galantem Gelächter.

Bei Tisch nahm Tarnier die Unterhaltung dann aber am gleichen Punkt wieder auf, ganz unbekümmert um Lydias Beisein.

»Unstimmigkeiten?« wiederholte er auf einen Einwurf ten Dams.

Dieser Mambrey sei ein Verhandlungsfuchs und Halsabschneider in Ehrenformat. Er gehöre zu jenen Leuten, die mit ihren Reden und Manieren lediglich das Faustpfand ihres Besitzes verhüllten und natürlich auch ihre Mitwisserschaft. ›Na, da wollen wir mal‹, sage er bei jeder Gelegenheit, und dann blicke er für gewöhnlich zum Fenster hinaus, als suchte er dort nach irgendwelchen Hinterlassenschaften, vielleicht von Spatzen oder umherflatternden Tauben. Schmetterlinge, Kanarienvögel, Tauben, Bienen und dergleichen flüchtige Völker interessierten ihn nämlich am meisten, und es könnte dann auch geschehen, daß er, während man auf Entscheidungen dränge, plötzlich sagte: ›Sehen Sie sich das mal an, dort die zwei Fliegen! Wie sich das aufführt! Einfach schamlos! Das ist eine ganz skandalöse Gesellschaft.‹ Zwischendurch sage er dann: ›Nein, so herum geht es nicht. Da gerät die Geschichte in Teifls Küche‹ – um aber gleich wieder abzulenken mit allerlei Witzen: ›Nein, so was von Frechheit! Die legen uns einen Geschlechtsakt hin, diese Biester, tausendäugig, tausendbeinig. Eine durchtriebene Gesellschaft.‹ Und dabei richte er sein Augenmerk so durchbohrend auf seinen Verhandlungspartner, als ob man selber noch viel durchtriebener wäre.

Es mutete wie ein Sturzbach an, der aus Tarnier herausschoß, auch als er fortfuhr:

Verdächtigungen, immer habe er's mit einer Abwehr von Verdächtigungen, als ob sie sich gegenseitig allesamt für Spitzel, Geheimagenten und Scharfmacher hielten. Zunächst sei natürlich jeder verdächtig, meine er, ohne Unterschied der Person. Jeder spiegle sich im Auge des andern, jeder verschleiere etwas. Und so habe auch jeder seine eigene Leiche, der er entweder etwas verdankt oder schuldet. Das Fräulein Jelka habe ihren Morawé und die gnädige Frau Lydia ...

»Ja, Sie, meine Beste!« rief Tarnier nicht ohne Belustigung, indem er auch gleich einen Toast ausbrachte. »Votre santé!

… Sie Ihren Zembrowski. Trotzdem, wie gesagt, Vorsicht! Wenn man sich erst in einen Verdacht hineingebohrt habe, sei man der reinste Holzwurm. Man sitze zwischen lauter Scheinindizien und Spänen und sehe vor lauter Spänen das Faktum nicht mehr und die Wahrheit verzerrt. Das sei dann genauso wie nach der Lektüre eines medizinischen Lexikons. Jeder Husten sei dann ein Symptom, jeder Juckreiz ein Anzeichen von sonstwas. Da stünde dann aber der Rufmord da. Wenn ich ihn fragen würde, wieweit hier seine Befugnis ginge, wieweit er hier eingeweiht sei, ob er das gutheiße oder nicht, ob er da noch länger mitmachen könne, so könne er nur zurückfragen, ob ich glaubte, daß es von Vorteil sei, es überhaupt zu wissen, das heißt, ob es ratsam sei, auch nur den Anschein zu erwecken, daß er auch wisse, was er unter Umständen weiß. In der Justiz laviere sich so mancher an den Grenzen entlang, wo dies und das zweifelhaft sei, wo es sich aber empfehle, es nicht zum Prozeß kommen zu lassen.

»Das glaube ich gern«, sagte ten Dam.

Der Gesellschaft, sprudelte Tarnier weiter, gehe es nur ums Recht, und innerhalb des Rechtes regiere der Beweis. Aber beweisen Sie mal, um in Mambreys Spuren zu bleiben, was Sie zu wissen glauben! Das sei ein Heidentheater. Zeugen, sage man immer, da gebe es Zeugen. Unter Zeugen aber habe jeder seine Zunge für sich. Diese Zunge plappere unter ihresgleichen ganz anders als unter Eid. Was da alles schon abgeschworen worden sei! Wieviel Wissen hier täglich unter dem Tisch verschwinde – ganz enorm! Wissen sei Macht, heiße es wohl. Ebensogut könnte es aber auch heißen, Wissen sei Unzucht. Klare Unterscheidungen seien hier nötig, vor allem bei dem in Frage kommenden Personenkreis. So weise er auch stets darauf hin, daß Erbberechtigte nicht gleich Erbschleicher seien, Kreditbedürftige noch nicht gleich Bankrotteure, wie Schutzhaft noch nicht Gefängnis sei, Anklage noch kein Urteil und sich nach jemandes Befinden erkundigen noch nicht Schnüffelei, ja nicht einmal Neugier.

»Na, dann also: wie geht's denn? Wie ist das Befinden?« unterbrach ihn ten Dam und lachte.

»Ich würde meinen«, trumpfte Tarnier aber zurück, »unserer Frau Lydia geht's gut. Sie sieht jedenfalls blendend aus. Mindestens zehn Jahre jünger.«

»O, pfui!« sagte Lydia. »Hab ich das nötig?«

»Eben nicht«, versicherte Tarnier.

»Mit Doppeldoktor Mambrey hatte ich auch schon so meine Erfahrungen«, warf Lydia ein. »Ich glaube, er gibt jedem den Rat, von Berlin wegzugehen. Mir empfahl er das Burgtheater. Wien! Er selbst aber bleibt da.«

»Am Nordpol gibt's keine Anwaltspraxis«, sagte ten Dam. »Die Eisbären zanken sich nicht.«

Und damit hob er die Tafel auf.

Er hatte ihr heimlich zugezwinkert hinterm Rücken des zappligen Tarnier, der sich beim Aufstehen mehrmals um den eigenen Absatz herumgedreht hatte, eine Wendung, die aussah, als ob er in den Zimmerecken ganz hinten lauter verdächtige Sappho-Bände hätte aufstöbern wollen. Griechische Lyrik!

Man war unterdessen übereingekommen, auf der Terrasse draußen noch einen Mokka zu nehmen, bevor sich jeder zurückziehen und etwas hinlegen würde. Jedenfalls war das mit Rücksicht auf Lydia der natürlichste Vorschlag. Tarnier wäre dann vielleicht schon wieder unterwegs nach Marseille, wo er zu tun hatte. Während Lydia und ten Dam die Terrasse betraten, hielt sich Tarnier etwas zurück. Monsieur Frasquati, die halbe Portion von Madame, war nämlich dort aufgetaucht, er sollte den Mokka servieren. Aufmerksam und intelligent, wie er war, hatte er einen sehr liebenswürdigen, aber auch witzigen Zug um die Lippen, der ihm in Gegenwart Tarniers offenbar am geläufigsten war. Einen Augenblick stand er bereitwillig da, wie in Erwartung irgendwelcher Anordnungen und Wünsche. Es war nur eine winzige Pause, in der Tarnier fragte:

»Twentyman schon dagewesen?«

»Hm«, sagte Frasquati.

»Bringt er den Schnee vom vorigen Jahr?«

»Abendrot«, sagte Frasquati spitz.

»Sappho auch?«

Aber da mußte er herausgespürt haben, daß Lydia den Namen Sappho aufgeschnappt hatte, denn er sagte nur, bevor er sich wieder zurückzog:

»Si, si.«

Das war alles. Dann gesellte sich Tarnier mit der ihm eigenen Lebhaftigkeit wieder zu Lydia und ten Dam und genoß Lydias Entzückungsrufe auf der Terrasse. Drüben lag Nizza im Frühlingsflor, in der Tat der reinste Reiseprospekt.

Es war ihr nicht zu verdenken, daß Lydia das Fluidum der Mittelmeerluft mit allen Fibern genoß, zumal sie sich von zwei so ausgezeichneten Herren flankiert sah, deren einer, so wenig er sprach, ihr trotzdem eine instinktive Bestätigung war, und deren anderer sich sichtlich um ihre Geneigtheit bemühte. Ten Dam hatte ihn schon in Berlin als glänzenden Alleinunterhalter gepriesen, bei dem man die Beine ausstrecken konnte. Auf der Gesellschaft bei Mambrey damals war er allerdings nicht recht dazu gekommen, wahrscheinlich, weil er mit ihm in Konflikt stand; um so mehr schien ihm nun daran gelegen zu sein, sich von seiner besten Seite zu zeigen. Vielleicht lag es auch daran, daß die Geschäfte zur Zufriedenheit liefen, falls er nicht noch andere Absichten verfolgte, im Einvernehmen mit ten Dam. Jedenfalls war es ihm binnen kurzem gelungen, Lydias Gesichtskreis noch mehr zu erweitern, bis über die elegische Sanftmut der sich den Blicken entziehenden Küstenlinie hinaus.

»Kennen Sie Rom?« fragte er Lydia. »Ein Bekannter von mir pflegte zu sagen, dort scheint die Müllabfuhr nicht zu funktionieren. Da liegen lauter Bildungsklumpen herum, seit Jahrtausenden.«

»Ist das ein Anarchist?«

»Ha!« sagte Tarnier. »Hochkultiviert. Vielleicht kein Traditionalist oder Humanist, aber ein Mensch mit Fingerspitzengefühl. Künstler.«

»Dann erhält er Absolution«, versicherte Lydia, »wenn nicht vom Papst, dann von mir.«

»Das ist wieder mal reizend, Frau Lydia.«

Übrigens könnte er sie gebrauchen, die Absolution, er sei nämlich außerdem Kokainist.

Dabei warf er Lydia einen verfänglichen Blick zu, während ten Dam den Anschein erweckte, als ob ihn das nicht weiter berührte.

»Tja, da sagt man immer, die Weltstädte gleichen einander«, meinte Tarnier, »aber selbst in Berlin-Neukölln gibt es Keller mit Champignonkulturen. Ja, Küchen und Keller. Da lohnt es sich schon, die Nase mal reinzustecken. Da beginnt das Korallenriff zu phosphoreszieren, in Nizza wie in Marseille. Es ist nichts so phantastisch wie das Alltägliche und nichts so verfilzt. Da kennt sich alles untereinander, auch hier, und die trinken einen ganz anderen Aperitif.«

»Wie die Tassos bei mir zu Hause«, versetzte Lydia. »Da hat jeder sein eigenes Opiat, obwohl sie meist nur Statisten sind.«

Deren Lebenszweck bestehe hauptsächlich darin, den Satz ›es ist serviert‹ derart zu bringen, daß jeder Intendant sich gezwungen sehe, sie im nächsten Stück wieder dafür zu verpflichten. Sie behaupteten dann, sie hätten die technisch schwierigste Rolle, und gewissermaßen treffe das ja auch zu, da es wahrlich nicht einfach sei, sich nicht an die Wand spielen zu lassen, auch nicht vom Schicksal, obwohl das meistens der Fall sei.

»Opiat«, sagte Tarnier versonnen, wie gekitzelt von einem Spuk von Hintergedanken. »Sie sagen Opiat. Das ist ein Stichwort. Die Dinge stehen da, gewiß, man rennt sich an ihnen den Schädel ein, aber durch die Distanz, durch die wir die Welt erblicken, gewinnt sie etwas Erträumtes, und alles Erträumte ist auch ein Opiat. Finden Sie nicht? Also ist es doch auch ein gutes Werk, diesen Quell zum Sprudeln zu bringen, zumal wo er, wie Sie sagen, von Schicksals wegen versiegt ist. Ich jedenfalls bleibe dabei: so ein Pulverchen ist eine Wohltat. Es zu verbieten, ist nur der Ausdruck des Neides einer einzig auf Nützlichkeit eingestellten Gesellschaft. Außerdem ist das Paradiesische, wenn Sie diesen Ausdruck erlauben, unsere innerste Frucht.«

»Kandierte Früchte vor allem«, sagte ten Dam, und da Lydia

mittlerweile so angeregt war, daß sie keine moralischen Hemmungen kannte, stimmte sie ein, mit dem Ausruf:

»... und künstliche Paradiese.«

»Ich wollte nur sagen: diese Früchte lassen sich destillieren. Und so künstlich sind sie auch gar nicht, die Natur bietet sie auch, wie auch das Pflanzengift.«

»Ich glaube, jetzt wird's aber Zeit«, meinte ten Dam.

Als Lydia, nachdem sie ihr Zimmer aufgesucht hatte, ihr Terrassengespräch überdachte, lag sie halb aufgelöst auf dem Diwan. Sie bediente sich ihrer Vorstellungskraft, um sich ein wenig in lauter paradiesische Erfolgsaussichten hineinzuträumen, wobei sie sich auch die Frage vorlegte, was allenfalls zu unternehmen wäre, wenn Schreieck mit seinem Aspasia-Entwurf auf sich warten ließe und nicht rasch genug vorwärtskäme. Ob man dann nicht etwas nachhelfen sollte, unter Umständen durch ein Opiat oder durch Tarniers kandierte Früchte? Das war jedoch nur eine Gaukelei, die ihr vor Augen tanzte. Sie mußte überhaupt etwas eingenickt sein. Beim Erwachen, das ihr merkwürdig fremd vorkam, vernahm sie jedenfalls in den unteren Räumen ein aufgeregtes Gerede, ferner ein vielfüßiges Hin und Her. Da schlug ihr das Herz.

»Lauf schnell!« hörte sie rufen. »Allez!«

Es war die Stimme von Madame Frasquati. Der Nachmittag war so still, so bukolisch in aller Einsamkeit, daß es gleichwohl ein wenig zum Fürchten war. Aber kurz darauf hatte der Trubel sich wieder gelegt.

Wie sie später erfuhr – Alfredo hatte ihr nichts gesagt –, hatte Monsieur Tarnier einen seiner bekannten epileptischen Anfälle zu überstehen gehabt, glücklicherweise kurz und schmerzlos, denn er war schon wieder wohlauf. Aber das war wohl der Grund, weshalb er sich nicht offiziell von ihr verabschiedet hatte. Lydia hatte am Fenster gestanden, etwas beunruhigt und aufgeschreckt, und von dort aus hatte sie auch verfolgt, wie alle seinen Wagen umringten, eine ganze Corona, die beiden Frasquatis, ten Dam und auch andere Gestalten, und wie Tarnier noch einmal die Hand ausstreckte, als er davonfuhr.

Gleich für den ersten Tag war das alles zweifellos etwas reichlich gewesen, so daß sie es sehr begrüßte, als sich ten Dam wieder ihrer annahm, nicht ohne Entschuldigung über den leidigen Zwangscharakter seiner Geschäfte. Zwar blickte er dabei so vielsagend vor sich hin, als ob sein innerstes Auge eine nicht weiter erklärbare Antwort verbarg, aber fast gleichzeitig war er auch wieder ein anderer. Er war überhaupt ein Zwiebelgewächs, dieser Alfredo. Er war immer ganz Schale, innen wie außen. Es kam bei ihm immer der nächste Alfredo zum Vorschein, nicht eigentlich aber, indem er den vorhergegangenen ergänzte, sondern eben der nächste, wie auch jetzt, da er mehr sportlich salopp war.

»Das Innere des Kopfes verlangt schließlich auch seine Pflege«, sagte er lächelnd, und dann kam er auf die Modalitäten ihres Aspasia-Projektes zu sprechen. Tarnier erwähnte er nicht mehr, das war erledigt. Dafür machte er aber den Vorschlag zu einem Spaziergang, wie er sich überhaupt bis in den Abend hinein als bestens eingeführter Fremdenführer entpuppte, der überall, bei Oberkellnern und Boys, bei Fischern, Handwerkern und sogar Polizisten, die größte Beliebtheit genoß, so daß Lydia sich gleichfalls mitgeehrt fühlte. Dabei war er auch ungewöhnlich gesprächig.

»Sobald man sich auf seine Ausländerrechte beruft«, sagte er unter anderem, »schränkt man die Befugnisse der Einheimischen ein. Überhaupt als Fremder! Da wird man geachtet. Da tritt eine alte Neigung zum Gastrecht in Aktion. Auch Kriminalbeamten gegenüber ist Ausländer sein das beste. Man beruft sich auf die Gesandtschaft. Da sind immer Verwicklungen zu befürchten.«

»Wenn man einen Löwen als Schutzpatron hat«, sagte Lydia in Anspielung auf ihr Gespräch in Berlin.

»Wieso das? – Ach so!«

»Sie erzählten das doch. Beim Verlust Ihrer Frau.«

»Sehen Sie! Das hätte ich beinahe vergessen. Da sehen Sie, was Sie in mir davongejagt haben, sogar die Wildnis. Mit Ihnen im Bund ist eben die Welt wieder kultiviert.«

»Dieses Kompliment nehme ich an«, sagte Lydia, und dann fügte sie seltsamerweise hinzu: »Unter jeglicher Flagge.«

Von Liebe war in diesem Stadium noch nicht die Rede. Aber das war auch nicht nötig. Er hatte ihr trotzdem alles gesagt. Gegen Ende dieses ersten Erkundungsganges war ihnen auch ein vertrauliches Du über die Lippen gehuscht. Es war wie von selbst gekommen und trieb sich zwischen ihnen umher, glitzernd und lockend.

Nachdem sie glücklich zur Nacht gespeist hatten, saßen sie noch lange auf Lydias Zimmer. Dabei versprach er ihr auch, sie am nächsten Tag richtig auszuführen, ins Carlton-Rock und so weiter. Vorher aber hatte er noch ein Geständnis zu machen, und zwar hinsichtlich jenes Señor Brandario, jenes Mister Brändätsch, dessen Anruf aus Nizza auf der Gründungsversammlung der Lydia-Film-Produktion einen so großen Effekt gemacht hatte.

»Das war nämlich ich selber«, sagte ten Dam, und als er in Lydias Mienen einen Grad der Verblüffung entdeckte, so grenzenlos wie die Nacht, sagte er vollends: »Ein Bluff. Um die Herrschaften etwas aufzumöbeln.«

»Mein Gott«, stöhnte sie fassungslos. »Existiert denn dieser... dieser... Brandario überhaupt nicht?«

»Aber i wo«, sagte ten Dam. »Er ist nur nicht hier.«

»Was heißt hier?«

»Nicht in Europa.«

Aber Lydia wollte es ganz genau wissen.

»Ich denke, er zeltet am Cap d'Antibes?«

»Er hat sein Zelt wieder abgebrochen.«

»Wann?«

»Als ich anrief, am selben Tag.«

»Wo war dieser Zeltplatz?«

»Der Platz ist noch da«, sagte ten Dam, »den hat er nicht mitgenommen.«

»Aber dann hast du doch auch mich«, sagte Lydia plötzlich, »auch mich zum besten gehalten? Dann hast du doch auch mich an der Nase herumgeführt?«

Ihr Oberkörper war schlangenhaft steif und die Wange glutrot.

»Schuldig«, sagte ten Dam sofort. »Bekenne mich schuldig.«

Einen Augenblick stand sein ganzes Konzept auf der Kippe. Dann jedoch war er auch ganz Alfredo. Er war ihr ganz nah.

»Verzeih!« hauchte er sie an und senkte reuig den Kopf. »Verzeih!«

Und da warf sie sich ihm an den Hals, halb blind, halb wahnsinnig flüsternd:

»O, du Schwindler, du süßer!«

In der Bläue dieser weithin besternten Nacht empfing Lydia noch manch einen Kuß. Sie schmeckten alle wie Hummer, so muskulös.

4 Die Nachricht von Lydias impulsivem Rivieratrip in Begleitung eines aus London hereingeschneiten Mäzens hatte bei allen, die ihr am nächsten standen, wie Zunder gewirkt, besonders natürlich bei jenen, die ihre Lebensaussichten mehr oder weniger mit dem bereits so glanzvoll servierten Aspasia-Projekt verknüpften. Aber auch in anderer, sei es mehr geschäftlicher, sei es mehr vertraulicher Hinsicht – wer konnte denn wissen, ob sie sich nicht auch heiraten ließ? – war das ringsum herrschende Tagesgeflüster beträchtlich, so daß sich Alice wider Erwarten dem gleichen verfänglichen Kreuzverhör ausgesetzt sah wie in den Wochen vorher. Es war jedoch so, daß sie vorderhand auch nichts anderes berichten konnte, als was das Telegramm, das sie in Händen hatte, besagte: glücklich gelandet stop brief folgt – denn gerade dieser angekündigte Brief, ob nun beabsichtigt oder nicht, ob durch fremde Wünsche zurückgehalten oder aus eigenem Entschluß wieder zerrissen, ließ unbegreiflicherweise von Tag zu Tag mehr auf sich warten. Allerdings hatte Alice auch durchblicken lassen, daß sie sich nicht mehr so Hals über Kopf für Lydias Extravaganzen erwärmte, aber diese freiere Spielart, die sie sich gönnte, zumal sie ja gleichfalls nicht ohne reizvolles Angebot war, war ja nicht gleichbedeutend mit einer Kündigung, geschweige mit einer Verweigerung jeder Auskunft. Und so konnte denn auch, wer Wert darauf legte, zu wissen, wo Lydia sich aufhielt, jederzeit ihre Anschrift erfahren, etwas unbestimmt zwar, aber doch nicht aus der Welt: postlagernd, Antibes, so daß einem eifrigen Briefwechsel aus eigener Initiative nichts im Wege gestanden hätte. Nur wäre das doch wohl verfrüht gewesen, wie Alice nicht ohne spöttischen Unterton meinte, namentlich etwa in Schreiecks Fall, in dessen talentverzehrendem Treib- und Gewächshaus die Aspasiablüten sich gerade erst zu entfalten begannen.

Bisher hatte sich niemand außer den nächsten Bekannten die

Mühe gemacht, die vier Treppen hinaufzusteigen und einmal bei Schreiecks hineinzusehen. Sie wohnten ja ohnehin fast im Olymp. Kein Filmproduzent und kein Kunstmäzen hätte auch nur den Gedanken erwogen. Schreieck blieb sich selbst überlassen inmitten seiner wirren anderthalb Zimmer. Er zehrte ein kleines Erbteil auf, machte hie und da Werbetexte für allerlei Firmen und stand im übrigen in dauernder Auseinandersetzung mit den Ausgeburten seines Gehirns. Immerhin hatte er Katrix zur Seite, und sie war es denn auch, die ihm überhaupt erst zu Bewußtsein brachte, daß möglicherweise auch einmal jener Herr ten Dam, mit dem Lydia verreist war, hier auftauchen könnte, um sich mit Schreieck bekannt zu machen, worauf Schreieck aber nur meinte, daß, wer verreist sei, auch nicht auftauchen könne, worauf Katrix jedoch wieder meinte, daß ja ein Vertreter damit betraut sein könnte. Jedenfalls leitete Katrix zum nicht geringen Ärger Schreiecks daraus die Notwendigkeit ab, in seinem sonst so farbigen Durcheinander fortwährend reinezumachen und ihm fortwährend mit ihren Luftschlössern in den Ohren zu liegen, deren eines sie sich schon ausgesucht hatte für die Zeit, da der Betrag für seine Mitarbeit an der Aspasia ausgezahlt würde. Auch einen Anzug würde er dann benötigen, ferner ein winziges Hörutensil aus Gold, dies einesteils, um sich gewandt unterhalten zu können, andernteils aber auch, um dem Lob über seine Qualitätsarbeit die Spalten zu öffnen. Die gesellschaftlichen Verpflichtungen, die sich aus seinem Erfolg ergäben, würde er doch wohl nicht in den Wind schlagen wollen.

»Und da fängst du schon jetzt damit an, indem du mich hier verrückt machst?« rief Schreieck voller Verzweiflung aus.

Aber Katrix war längst nicht mehr einzuschüchtern. Sie hatte es ja an Lydia erlebt, daß es irgendwie höhere Fügungen gab oder zumindest praktische Winke für Hausfrau und Schicksal, und sie sah es jetzt auch bei Alice, die inzwischen in aller Stille den Entschluß gefaßt hatte, über Ostern nach Krefeld zu fahren, sicherlich nicht, um dort Kuchen zu essen, sondern im Gefolge ihrer mit Generaldirektor Motzkus angebahnten Verhandlungen.

»Du selbst hast ja immer gesagt, daß da drüben einmal ein

Kerl hin müßte«, rief Katrix aus, »und nun ist er da, sogar gleich doppelt.«

»Gesagt hab ich immer etwas«, murmelte Schreieck, dem das offenbar trotzdem nicht paßte. Und dann schnaufte er vor sich hin: »Der beste Mann des Jahrhunderts! Welcher Kloake soll denn dieses Monstrum entstiegen sein? Ich kenne solche Physiognomien. Als ob sie direkt aus dem Zuchthaus kämen, so sehen sie aus. In ihrem Gesicht steckt noch der Kalk, übertüncht mit piekfeiner Seife.«

»Aber Trullifax, dummer, du nimmst das doch alles viel zu wörtlich«, erwiderte Katrix. »Es ist eben ER – groß geschrieben, und das ist doch sehr gut.«

»Wie soll ich's denn nehmen? Einfach nur, als ob Kaulquappen reden? Du alberne Spitzmaus, du! Meinetwegen soll sie ein Dutzend haben. Das geht mich nichts an. Aber dieser Mischmasch aus Privatgefühl und Idolatrie, aus Moment und Jahrhundert, diese Metaphysik der Hintertreppe, das macht die Sache so teigig. Da redet jetzt einer von hinten hinein. Verstehst du?«

»Ach so!« sagte Katrix. »Du hast nur Angst vor der Kritik. Überleg dir's mal!«

Aber da sagte er nur, er könne jetzt nichts überlegen, er habe genug mit sich zu tun, und das hieß doch wohl: mit seiner Arbeit.

Da sie ihren Schreieck ganz anders sah als er seine Wenigkeit selber, denn er sah sich sonst nur beim Rasieren und dann auch mehr verfratzt und in denkbar blockierter Fragwürdigkeit, nahm Katrix alle fünf Sinne zusammen, um sich manchmal auch eins ins Fäustchen zu lachen angesichts der Anstalten, die er so traf, um sich für seine Arbeit bei Laune zu halten. Da war die Mona Lisa, die er an der Wand hängen hatte, auf modische Vorführdame zurechtgestutzt, da klebten ganze Blechkanister fotografierter Autokolonnen darunter, durch Unterschrift als Verwanzung der Technik bezeichnet, und da stand als Hauptblickpunkt ein Pappschild daneben, auf dem sich in unendlicher Bandnudelform eine Art Schlinggewächs sonnte, letzten Endes doch wohl einem Bandwurm vergleichbar, dies als Mahnzeichen gegen die Völlerei. Auch einige Seidenschals hatte sie ihm zurechtlegen müssen, so allerlei Fähnchen, mit denen er sein Talent garnierte, um sich, wie er behauptete, ins Zentrum der weiblichen Aura verpuppt zu sehen, woraus dann die reizvollsten Dialoge entschlüpften. Hart an der Schreibtischkante erhob sich überdies eine mittelgroße Skulptur aus Draht, behängt mit Stanniol, das sich unruhig bewegte und auf dem sich das Licht ein hochgradig geistvolles Stelldichein gab.

Das sei seine Muse, pflegte Schreieck zu sagen, wobei allerdings im unklaren blieb, ob es ernst gemeint war, denn mit gleichem Gesichtsausdruck sagte er auch, es sei die Aspasia.

Aber was auch immer er, wenn der Tag lang war, so von sich gab oder mit quergestellten Reden kaschierte, für Katrix war das alles nur ein Beweis mehr, daß ihre Sache voranging und daß die Geduld, mit der sie ihren Schreieck umhegte, belohnt werden würde. Er hatte ja auch gesagt, daß Lydia und Alice bald ausziehen würden, und so lag selbst das nicht außerhalb jeden Betrachts wie auch die Eröffnung eines Modesalons oder einer Galerie Lydia.

Durch Lydias illustre Abwesenheit war ja auch im weiteren Umkreis überhaupt erst so richtig zutage getreten, was alles an Erwartung durch sie geweckt und an Anregung von ihr ausgegangen war, wie denn auch einzig sie es war, durch deren Einsatz sei es die Bereitstellung entsprechender Mittel, sei es die Beseitigung unerwarteter Widerstände erhofft werden konnte. Allein die Gerechtigkeit gebot, das zuzugeben, wie immer man sonst über sie dachte. Wenn trotzdem allerlei Zweifelhaftes dabei mit hochkam, so höchstens insofern, als nicht vorauszusehen war, wie sich dieser Anstoß im einzelnen auswirken würde, in welche Kanäle er sich verzweigte und wer sich seiner bediente, abgesehen davon, daß möglicherweise auch Lydia selbst vor die Wahl gestellt werden konnte, ihr eigenes Interesse jedem anderen vorzuziehen, denn je größer der zeitliche Abstand und die Entfernung, um so näher lag hier wie dort jeweils auch die Verlockung zum eigenen Entschluß.

»Was sagt denn die Landeck drüben, die Kartenlegerin?«

hatte selbst Schreieck einmal gefragt, so daß Katrix reichlich verblüfft war. Sie wußte natürlich Bescheid, auch wenn sie nicht recht gelöffelt hatte, was mit der Bemerkung, Lydias Rivieratrip sei ein Absprung ins eigene Ich, gemeint sein sollte.

»Aha!« hatte Schreieck aber nur aufgelacht. »Ein Sprung zum Fenster hinaus wie bei ihr.«

Die an zwei Stöcken gehende, ehemalige Salondame Ellida Landeck war nämlich in ihrer Glanzzeit in Verfolg einer Eifersuchtsszene zum Fenster hinausgesprungen und hatte sich beide Beine gebrochen, ein trauriges Opfer der Leidenschaft. Seitdem war sie auf alles, was Leidenschaft hieß, spezialisiert, und so sah sie auch bei Lydia zunächst eine ganz private Passion, bei der lediglich danach geforscht werden müsse, wohin sie führte, vielleicht nämlich auch nach Hollywood oder in ein Filmatelier nach Rom, falls nicht sogar in einen Palast, wo es dann ziemlich gleichgültig sein würde, was die zurückgebliebenen Kollegen untereinander trieben. Vorerst aber hatte sie nur einen Absprung gesehen, und zwar, wie sie ferner wahrsagte, in ein unwegsames Gefilde vielgesichtiger Halluzinationen, wo lauter vermummte Männer auftauchten, darunter sogar ein opiumrauchender Scheich. Der Glanz jedoch, wie bisher behauptet, kam immer noch schräg, er glitt übers Meer, und am Ende der Küste, am Kap, erhob sich ein in Rauch auflösender Mann.

Nun, auch wenn das ziemlich abstrus und lächerlich war, einer Spur von Bodensatz wurde doch auch geglaubt, schon weil es der Ausdruck einer tatsächlich vorhandenen Unsicherheit war, die alle anging und aus der sich die Notwendigkeit einer baldigen Nachricht von selbst ergab. Auch waren Olaf und seine Kohorte mit dem Schreckgespenst ihrer Selbsthilfe-Aktion, der SELAK, weiter am Werk, so daß Schreieck schon sagte, bei Olaf und der Pißnelke drüben sei alles bordellisiert, weshalb er auch, wenn schon, den jungen Ecklebe vorzog, der sich wenigstens darangemacht hatte, einen Kulturfilm über griechische Vasen zu drehen, eine Anregung, die er immerhin gleichfalls Lydia verdankte.

»Wodurch werden die Menschen bewegt?« hatte Bernhard

seinerzeit zu Alice gesagt, als sie nicht wußte, wie sie sich Lydias Einfluß entwinden sollte. »Nicht durch Meinungen und Überzeugungen. Das sind nur die Dornen. Bewegt werden sie durch das, was ihnen zustößt und widerfährt. Dadurch erwacht ihr kreatürlicher Trieb. Hier hadert, hier verständigt sich jeder mit seinem Geschick.«

Daran mußte Alice des öfteren denken, vor allem, seit sie die ihr durch Lydia zugespielten Chancen bei Motzkus ergriffen hatte, auch wenn sie es lieber den Umständen zuschrieb, durch die Lydia ihr erst zugeführt worden war. Es verhielt sich ja auch nicht so, daß sie von sich aus irgendeine Veränderung angestrebt hätte. Sie hatte sie erhofft, das schon, aber nicht willentlich. Es war vielmehr auf sie zugekommen, es hatte sich förmlich aufgedrängt, bei der Loschwitzer angefangen, und dieser Motzkus, der schließlich aufgetaucht war, war nur der Schlußpunkt gewesen. Gewiß, er hatte sie regelrecht attackiert, ohne daß sie besonders geneigt war, sich erobern zu lassen, aber er hatte sie auch überzeugt, nicht zuletzt auch in aller, Lydias sowohl wie Mamas Interesse, wenn auch mit Gründen, die, so einleuchtend sie sein mochten, auch wieder merkwürdig waren. Aber da half nun kein Herumrätseln mehr, es war ja auch sinnlos. Seine Einladung nach Krefeld war erfolgt, und Alice hatte sie angenommen, eigentlich auch begrüßt, eben weil Lydia nicht da war, und so stand die Wohnung über Ostern voraussichtlich leer. Nichtsdestoweniger hätte Alice nichts lieber gesehen, als daß vorher ein briefliches Lebenszeichen dort eingetroffen wäre. Sie wußte nicht recht zu sagen, warum, vielleicht nur der Ordnung halber, in Gedanken an Lydia, denn sie wurde das Gefühl nicht los, daß jemand für Lydia da sein mußte, und sei es auch nur als Ersatz.

Es zeigte sich eben doch, daß Bernhards wenig schöne Prognosen, obwohl es ja auch nur Meinungen waren, in Alice eine Art Kummerfeld angelegt hatten, auf dem die Disteln am besten gediehen. »Dieser Schmeichler, dieser elende Schwindler!« hatte er von ten Dam gesagt, was ja wohl die Eifersucht war, die so sprach. Angeblich läge es in Lydias Macht, eine ganze Kulturepoche zu begründen. »Ja, glaubt sie denn das?« – »Für den Augenblick, da sie es zu hören bekommt, schon.« – Es sei eben ihr innerster Wunsch, die hohe Meinung, die sie mit sich herumträgt, durch andere bestätigt zu sehen, und dann sei sie zu allem fähig. »Ich schwöre«, hatte Bernhard gesagt, »sogar zum Mord.« – Nun, das war ja doch auch abstrus. Im Vergleich dazu waren die von Motzkus vorgebrachten Einwände das reinste Zuckerlecken gewesen, und sein Hinweis auf Lydias Talent zur Reichspräsidentin war einfach bezaubernd, eben weil es so durchsichtig war und, kaum ausgesprochen, wieder verging. Alice verhehlte sich nicht, daß sie ihm dafür dankbar war, wie sie denn auch einen Widerstand gegen Bernhard verspürte, selbst wenn sich herausstellen sollte, daß vieles stimmte. Nicht zuletzt deshalb hatte sich ihr Entschluß, sich mit Motzkus zusammenzutun, von Tag zu Tag mehr gefestigt, denn es war kein Komplott. Genauer betrachtet, war der Drang zur Rechtfertigung ihres Schrittes nur der Ausdruck einer Verteidigung, obwohl andererseits gar keine Anklage vorlag, denn es war ja überhaupt niemand da, der ihr diese Karriere mißgönnte, es sei denn höchstens, und daran zu denken machte sie beinahe krank, daß Lydia nicht gleichfalls erfolgreich war. Das hätte dann wie ein Vorwurf auf ihr gelastet, wie eine Schikane des Schicksals.

Alice hatte sich selbstverständlich nichts anmerken lassen, wenn Katrix zu ihr kam. Katrix fand alles großartig und unerhört spannend, und was sie von Schreieck erzählte, war immer zum Lachen.

»Am Tag nach der Gründungsversammlung«, sagte sie, »bekam er sogar einen Hautausschlag. Das reinste Aspasiafieber! Stell dir das vor!«

»Was hat er denn dazu gesagt?«

»Eine Zeitlang war er natürlich verrückt, aber als sich die Ornamentik der Pusteln wieder verzog, war er's erst recht. ›Bleibt unterentwickelt!‹ rief er. ›Das hält gesund.‹ Seitdem will er sich durchaus den Kopf abschrauben und ihn von außen betrachten zwecks intensiver Befragung, wie er sich den Fortgang der Aspasia denkt.«

»Grund dazu hätten wir alle«, meinte Alice, und dabei dachte sie auch an sich, die Zumutungen inbegriffen, mit denen ihr törichterweise ihr eigener Kopf zugesetzt hatte.

»Gratuliere!« sagte Katrix jedoch.

Sie sah sich nämlich schon als Verkäuferin oder sogar als Vorführdame in einem am Kurfürstendamm errichteten Modehaus unter Alices Leitung.

»Du stellst mich doch ein?« fragte sie noch, worauf Alice nun doch nicht umhinkonnte, ihr gutmütig zuzulächeln und auch ein wenig den Vorhang über den wirklichen Stand der mit Motzkus besprochenen Berufsaussichten zu lüften. Vertrackterweise spielte dabei ihr Entwurf zu Lydias Aspasiakostüm eine ausschlaggebende Rolle. Dieser Entwurf, den sie noch etwas abändern sollte, hatte auf Motzkus Eindruck gemacht, er stellte ihn den besten Pariser Modellen zur Seite und war überzeugt, daß es die Sensation der nächsten Saison sein könnte.

»Aber das ist doch phantastisch!« rief Katrix aus. »Da bist du doch gemacht, Alice.«

Weiter reichten ihre Gedanken allerdings nicht, während Alice, wie es schien, nur zögernd bereit war, sich einfach darüber zu freuen. Schließlich war es ein letzthin durch Lydia bewirkter Erfolg. Lydia hatte den Anstoß dazu gegeben, und so fragte sich auch, ob ihr nicht eine Art Urheberrecht daran zugestanden werden müßte, zumindest moralisch. Außerdem fragte sich aber auch, ob diese Chance einfach verspielt werden sollte, falls die Sache mit dem Aspasiafilm, woran zu denken eben leider nicht anständig war, falls sie sich, sagen wir, endlos hinzog. Das hing natürlich auch von Schreieck ab, aber nicht nur von ihm, denn es war ja schließlich ein ganzer Konzern auf die Beine zu stellen oder zu interessieren, und da mußte sich erst noch erweisen, ob der gelobte Herr ten Dam wirklich seriös war, und wenn er es war, ob auch wirklich imstande, seine Auftraggeber zur Investition des erforderlichen Kapitals zu bewegen.

Für ihren Schreieck stünde sie gerade, versicherte Katrix, dem heize sie tüchtig ein, auch wenn er sich hundertmal zu der perversen Behauptung verstiege, daß es die höchste Zeit sei, daß sich auf dem Mars eine andere Menschheit konstituiere, eine Menschheit, die ihrer Bestimmung besser entspricht als das verwimmelte Pack auf der Erde. Dann sollte er seine Aspasia eben vom Mars kommen lassen. Nicht wahr?

»Dafür sorge ich schon«, hatte Katrix tatsächlich gesagt, und Alice hatte sich's auch gefallen lassen, in Ermangelung eines anderen Zuspruchs.

Kurz vor Ostern traf endlich auch der so lange ersehnte Brief noch ein, so daß diese Sorge behoben gewesen wäre, wenn sich nicht, jedenfalls auch noch vor Ostern, ein Ereignis abgespielt hätte, das den brieflich dargelegten Umständen und Entzückungen schon wieder voraus war und ganz danach aussah, als ob auch die mit Morawé verquickte Erbschaftssache einer Endlösung zutrieb, und zwar auf ziemlich dramatische Weise.

Lydias Abwesenheit war ja nicht nur im nächsten Umkreis zur Kenntnis genommen worden. Bei Morawé hatte man gleichfalls die Ohren gespitzt, nur eben aus Gründen, die sich von denen der mehr kunstbeflissenen Herrschaften diametral unterschieden. Dort stand man mitten im Ostergeschäft, und vor allem vergaß man auch nicht, daß neben dem Alltagsverkehr hinter ganz anderen Tapeten die von Doppeldoktor Mambrey betreute Abwicklung der Zembrowskischen Nachlaßmasse im Gang war. Diese Angelegenheit schien zwar nicht so akut, daß sie nun jedem auf der Stirn gebrannt hätte, und was die zugestandenen Fristen betraf, so hatten sie sich vereinbarungsgemäß jeweils von selbst verlängert. Durch diesen und jenen Zwischenfall aber war auch ein Hinweis darauf erfolgt, daß die Zeit ein ziemlich kostbares Gut war, das nach Kräften genutzt werden wollte, nicht zuletzt auch in Anbetracht so mancher, sei's nun mehr angemaßter, sei's mehr verbriefter Mitspracherechte.

Mambrey hatte um diese Zeit gerade mit einer Affäre zu tun, die ihm schrittweise auf den Leib gerückt war, obwohl er sie sich nur allzu gern wieder vom Hals geschafft hätte. Ursprünglich hatte er das auch versucht. Aber der Kollege, dem er sie hatte zuschanzen wollen, ein Fachmann in dieser Materie, war derart mit ihr vertraut, daß er, wie sich herausgestellt hatte, schließlich selber in sie verwickelt wurde, wobei auch unangenehme Rückwirkungen auf Morawé nicht außerhalb jeder Möglichkeit standen. Es war eine Rauschgiftaffäre. Ein morphiumsüchtiger, völlig zerrütteter Jazztrompeter hatte Rezepte gefälscht, so daß ihm der Prozeß gemacht werden sollte, und nur dem Einfluß höchster medizinischer Kapazitäten war es zu danken, daß er statt dessen zur Entziehungskur in eine Heilanstalt überwiesen worden war. Die Sache war also bereinigt, es war aber doch bezeichnend, welche Kreise sie zog, da mit einem Mal bekanntgeworden war, wie sehr der Handel mit Rauschgiften und Stimulantien aller Art in letzter Zeit zugenommen hatte. Jedenfalls war die Öffentlichkeit alarmiert wie auch das entsprechende Dezernat der Kriminalpolizei. Die Wachsamkeit, mit der man auch kleinere Delikte verfolgte, verhielt sich dabei proportional zur Verdächtigung derer, die sich mehr oder weniger mit dem Vertrieb narkotischer und verwandter Spezialitäten befaßten. Und das traf ja auch, wie Mambrey zumindest inoffiziell bekannt war, auch wenn er sich bemühte, hier endlich Wandel zu schaffen, auf Morawé zu. Fräulein Jelka hätte zwar rundweg abgestritten, daß der Ingwer der Gräfin von Ujest oder Frau Racksens ›geile Lola‹ zu Beanstandungen Anlaß gäben, der Hauswart Karsunke indessen und vielleicht auch diese undurchsichtige Häseloff, die ihr farbloses Gesicht täglich mehr verzog, hätten ihr wohl kaum beigepflichtet. Auch war der bedauerliche Fehlgriff, dem die mit Morawékonfekt belohnte Gesangsschülerin zum Opfer gefallen war, noch nicht vergessen. Aber diese vorerst mehr internen Geschichten standen auch nicht zur Debatte, denn das waren nur kleinere Fische, und hier war auch höchstens nur ein pikantes Geschmackselixier zu entdecken, über dessen Grenzwert sich streiten ließ. In Wirklichkeit wußte aber fast jeder mehr, als er zu wissen vorgab, und da immerhin die Gefahr bestand, daß sich die tollsten Gerüchte daraus entwickelten, Gerüchte, die bei der ohnehin gestörten Atmosphäre womöglich zu kriminalistischen Ermittlungen führten – jener Labisch, Giselas Liebhaberkünstler strich ja auch schon in der Gegend herum –, war Mambrey aufs höchste elektrisiert. So war es auch schon zu Auseinandersetzungen mit Monsieur Tarnier gekommen, und so hatten sich die Fristen, wie bisher verlängert, so gleicherweise von Mal zu Mal mehr verkürzt, bis Mambrey sich schließlich gezwungen gesehen hatte, eine Art Ultimatum zu stellen. Ten Dam hatte hier zwar von Kopflosigkeit gesprochen und erklärt: das Ultimatum muß weg. Er hatte ihm aber den Gefallen getan, sich nach anderen Stützpunkten umzusehen und vor allem auch, dafür zu sorgen, daß wenigstens diese neuaufgetauchte Lydia Faude, bei der man nicht wußte, bis wohin sie sich möglicherweise verstieg, kein Unheil anrichten konnte.

Dieser letzte, so prompt erledigte Schachzug hatte sich aber, wie sich nun zeigte, gerade dort, wo es niemand erwartet hätte, nämlich in Mambreys eigenen vier Wänden, nicht so bewährt. Denn was alles er auch an juristischen Finessen bedacht und einkalkuliert haben mochte, bis hin zu jener mit allerlei Sondernotizen ausstaffierten Geheimliste, daß ausgerechnet Dicky es sein würde, sein anscheinend so unbeteiligter Neffe, der ihm einen fast tödlichen Streich spielen sollte, damit hatte er nicht gerechnet.

Seit seinem ersten mißglückten Zusammentreffen mit Lydia war Dickys Zustand immer der gleiche gewesen, und er hatte es selber gespürt, in was für einer labilen Verfassung er sich befand. Mit Leidenschaft Student und weit über den Durchschnitt begabt, plagte ihn ein fast sträflicher Hang, in allem, was er ergriff, bis ans Letzte zu gehen, das Bild sozusagen ohne Fläche zu sehen und die Farbe ohne Licht, wie er sich denn auch angewöhnt hatte, in den Menschen hauptsächlich die eigenen Totengräber zu wittern, die fortwährend am Rand einer schandbar getarnten Selbstvernichtung ihre Geschäfte betrieben, jeder auf Kosten des andern. Das Studium der Mathematik, das ihn anfangs gefesselt hatte, weil er es für die sauberste Form der Wissenschaft hielt, hatte ihn aber auch nicht befriedigt oder vielmehr zu der Erkenntnis geführt, daß man selbst dort an Grenzen gelangte, wo die Wahrheit, indem sie sich selber ins Antlitz sah, nicht mehr sie selbst war und die Identität, indem sie sich selbst auf die Probe stellte, ihre Wertmarke vertauschte, und dies alles in einer Dimension, wo es nachgerade lachhaft war, überhaupt noch zu fragen, ob zwei mal zwei tatsächlich vier sein könnte, sofern man es nur bis ins letzte Versteck verfolgte. Es war geradezu, als ob dies alles der reinste Dummenfang wäre. Am schlimmsten aber erschien ihm die Juristerei, von der er schon immer nicht allzuviel hielt, schon weil sie sein Onkel betrieb. Die Gespräche, die er hier aufgeschnappt hatte, waren ihm als ein Gipfel an Zynismus erschienen, und die Rechtsprechung, die ja im Namen der Wahrheit erfolgt, als Eiertanz sondergleichen. Da konnte man auch als Fakir auf einem glühenden Nagelbrett tanzen, das war seine Meinung, und da war, historisch gesehen, heute Recht, was gestern noch Unrecht war, und heute erlaubt, was gestern verboten, und da wurde auch trotzdem geduldet, was eigentlich straffällig war, und es war überhaupt ein Handel mit lauter verdrehbaren, lauter künstlich paragraphierten, lauter verlotterten Größen, übertroffen nur noch von denen der Politik, wo Partner und Kontrahent, wo Freundschaft und Feindschaft, wo schließlich die Regierungen selber fortwährend wechselten und wo ja bereits von vornherein feststand, daß Verträge nur solange dauern, als man sie eben anerkennt. Sie sollten sich also nicht wundern, die Menschen, wenn er ihnen nichts Gutes verhieß, zumal es ihn täglich maßloser juckte, ihrer abgefeimten Gesellschaftsmoral hinter die Schliche zu kommen.

Aus eigenem Ermessen hatte sich Dicky auch schon an jenen Grenzen bewegt, wo der Verstand halluzinierte. So hatte er auch schon Marihuana geraucht, rein zur Erprobung, Meskalin hatte er brennenden Eifers literarisch studiert, und die ›Bekenntnisse eines Opiumessers‹ zählten zu seinen Klassikern. Was war schon dabei? Wenn es nur Kunst oder Wissenschaft war, dann war es – wenn das kein Hohn war! – auch sanktioniert, selbst das Verbrechen war dann salonfähig. Ein Stachel aber, den er nicht loswerden konnte, saß wesentlich tiefer. Es war die Erfahrung, die ihm die Praxis des Alltags bot, und damit auch die Erfahrung der eigenen Grenzen, verstärkt durch das Bewußtsein der damit verbundenen Ohnmacht. Dieser Stachel war einfach nicht auszureißen. Der Widerstand, den er verspürte, wenn er beispielsweise an Lydia dachte, machte das alles nur noch rasanter. Es war ihm nicht gelungen, durch sie hindurch oder über sie hinwegzugehen, weder durch ihren Körper noch durch die bloße Erscheinung, er hatte sie nicht heruntergeholt aus der Höhe der Idolatrie, und nun hatte er auch noch erfahren, daß dieser mit Mambrey Geschäfte machende Allerweltsfigurant, dieser Alfredo ten Dam, sich an sie herangepirscht hatte. Wozu wohl? Um mit ihr Whisky zu trinken oder nicht vielmehr, um sie unter dem Deckmantel der Unantastbarkeit als Lockvogel zu benutzen, also eben doch als Freiwild?

Obwohl Dicky der Ansicht war, daß ihn der Schacher mit Lydia, wie er es nannte, lediglich interessierte, nur eben, daß ihn sein Interesse völlig ergriff, war er mittlerweile so angeheizt, daß er der Verlockung nicht widerstand, sich bereits selber als Anwalt zu fühlen, wobei er sich auch nicht scheute, wo immer es ging, Mambreys Anstalten zu belauern, um besser auf eigene Faust handeln zu können. Er würde es ihnen schon zeigen.

Diesen Tarnier glaubte er gleichfalls durchschaut zu haben. Er hielt ihn für einen Agenten, um so mehr, als er das letzte Gespräch zwischen Mambrey und ihm mit angehört hatte. Es war ja auch so erregt gewesen, daß selbst die alte Lina den Kopf gesenkt hatte. Nein, er hatte kein Wort verstanden, nur lose Fetzen, die aber genügten, um sich ein Bild darüber zu machen, was hier alles zweifelhaft war. Sicher aber war, daß Mambrey, wenn auch inkognito, eine Art Mitspieler war und daß es ihn offenbar Anstrengung kostete, das Netz, in dem er sich wohl oder übel verstrickt sah, mit Eleganz zu zerreißen. Offenbar hatte er ganz schön dabei verdient, und nun reichte es ihm. Nur jene Herrschaften waren damit nicht zufrieden, sie hielten ihn in der Zange. Hinter der Hand war das vielleicht ein Lächeln wert, gestützt durch allerlei Anekdoten, er sollte doch aber nicht glauben, ihn täuschen und ihm eine Fassade vorsetzen zu können, die nur so von lauter Wohlstand strahlte. Auf Gemeinplätze wie verantwortungsvolle Treuhänderschaft traditioneller und historischer Werte fiel Dicky nicht mehr herein, erst recht nicht beim Gedanken an Lydia.

Er hatte sich ihre Gestalt mehr als einmal vor Augen geführt, sogar in der Hoffnung, sie von fern durch eine Art Geheimbefehl hypnotisieren zu können, was gewiß lächerlich war und meistens zur Folge hatte, daß eine trübe Melancholie in ihm emporkam. Ratlos saß er dann in seinem Studio, mit auf Null gesunkenen Temperaturen, bis der Ärger über seine Machtlosigkeit die Oberhand gewann. Da diese Methode nichts fruchtete, übertrug er den Ärger auf Mambrey, den er dann teilnahmslosen Blickes verfolgte. Mambreys joviale Beleibtheit war dann der reinste Vorwurf. Aufreizend war das. Wenn Dicky die Augen schloß, quoll dieser Molch von Mambrey aus dem zwielichthaften Gemuschel seiner Geschäfte empor, nur noch eine fleischige Masse, und er hätte am liebsten den Schlächter gespielt und dieser Masse den Bauch aufgeschlitzt.

Vielleicht hatte es doch seinen Sinn gehabt, wenn auch zunächst nur als flüchtige, kaum beachtete Laune, daß Lydia bei ihrer Ankunft am Cap d'Antibes in Erinnerung an ihre Begegnung mit Dicky seinen Namen geflüstert hatte, in Erinnerung auch an die Grunewaldkiefern, die nun eher eine Art Trauerrand waren. Später sah das natürlich anders aus, und da fiel es nicht schwer, es einen Ruf des Schicksals zu nennen. Aber da war es ja auch geschehen, während im Augenblick noch kein Mensch daran dachte außer den unmittelbar Beteiligten.

Dicky lief um die gleiche Zeit wie eine mit Wut gefüllte Bulldogge umher, die sich überall festbiß und nur auf eine Gelegenheit wartete, um Mambrey einmal die Wahrheit zu sagen. Die Wahrheit! Etwas anderes wollte er nicht, es sei denn höchstens, daß er aus ihm herausbringen wollte, ob Lydia, wie seinerzeit behauptet, mit in der Sache stäke oder nur als Mittel zum Zweck benutzt werden sollte. Im letzteren Fall wäre er sofort nach Nizza gereist, um sie zu retten. Den Plan dazu hatte er schon gemacht, es fehlte nur noch der letzte Beweis. Widerspenstig hatte ihn Tarnier genannt? Nun, das konnte er haben.

Eines Abends stand Dicky in Mambreys Zimmer. Es war ein ziemlich nervöser Abend, da nachmittags während Mambreys Abwesenheit ein mißglückter Einbruchsversuch erfolgt war, der irgendwelchen Akten gegolten hatte. Unter dem Vorwand, es nachprüfen zu wollen, hatte Dicky gleichfalls versucht, einen Einblick zu gewinnen, und zwar hauptsächlich in jenes Material, von dessen Vorhandensein er nicht zuletzt durch die Auseinandersetzung mit Tarnier Wind bekommen hatte. Er suchte fahrig umher, als wider Erwarten Mambrey eintraf. Mambrey hatte ihn nicht ertappt, er spürte aber seit langem, daß ihr beider Verhältnis gespannt war. Die Aufregung noch in den Gliedern, machte er nach dem Abendbrot Dicky den Vorschlag, das Sommersemester in Paris oder auch wieder in England zu verbringen, was er außerdem als großzügige Geste hinzustellen suchte. Und das erregte sofort Dickys ohnehin angestauten Verdacht.

»Du willst mich wohl los sein?« entfuhr es ihm mit einer Raschheit, wie es ohne längere Vorbereitung kaum möglich gewesen wäre.

»Der dümmste Schauspieler Deutschlands stand einmal vor dem Theater«, sagte Mambrey statt dessen. »Eigentlich wollte er zu seiner Bank, einen Scheck einlösen. Aber als er vor dem Bankportal stand wie vor dem Heiligtum der Finanz, fiel ihm ein, daß er eigentlich zum Theater wollte, um dort sein Stichwort abzuholen. Wenn nämlich sein Stichwort fiel, mußte er niesen. Nun ja, niesen Sie mal, wenn Sie nicht müssen.«

»Ich muß aber kotzen!« rief Dicky plötzlich, und dann starrte er Mambrey aufgebracht an. »Ich muß kotzen, wenn ich eure Gesellschaft sehe.«

Aber Mambrey war nicht so schnell aus der Fassung zu bringen, so schnell schließlich nicht, wenn er es auch aufgab, noch länger mit Anekdoten zu scharmutzieren.

»Die Gesellschaft ist ein Schachbrett von Konventionen«, sagte er nur, »und auf diesem Schachbrett wird agiert, Zug um Zug.«

»Offenbar kommt aber keiner auf den Gedanken«, rief Dicky, »daß endlich einmal das ganze Schachbrett vom Tisch gefegt werden müßte.«

»Mit dieser Schwarzweiß-Manier kommst du nicht weiter«, meinte Mambrey gelassen, indem er sich eine Zigarre ansteckte. »Mißverständnisse erledigt man durch ein Gespräch in der Ecke.«

»Aber nicht das Verbrechen.«

»Das Verbrechen ist immer vorhanden«, versicherte Mambrey. Das störte ihn aber so wenig, daß er wohlgefällig dem Rauch nachblickte, während Dicky, nun geradezu blutlos vor lauter Kälte, die Frage aufwarf, ob Mambrey etwa deshalb so großen Wert darauf lege, an jeder Art krimineller Machenschaften beteiligt zu sein.

»Nun aber Schluß mit den Invektiven!« sagte Mambrey.

Das war ihm denn doch zu stark. Die Gespanntheit indessen, mit der sie sich gegenübersaßen, unterband jeden Ansatz zu anderen Erwägungen, obwohl Mambrey zumindest den Versuch unternahm und zweideutig fragte:

»Ist das alles, was du auf der Universität gelernt hast?«

Dicky ließ aber nicht locker. Bei seinen Entschlüssen sei er der Chef, erklärte er.

»Bei deinen Entschlüssen hat die Logik das Kleid gewechselt, mein Lieber. Du bist allenfalls ein Student, aber kein Chef, und ich würde dir auch empfehlen, es mir zu überlassen, welche Entschlüsse ich fasse und welche Entscheidungen zu treffen mir angemessen erscheint.«

»Du willst es nicht zum Prozeß kommen lassen. Warum? Weil du dich dann selber zu Zuchthaus verurteilen müßtest«, rief Dicky maßlos erregt, worauf Mambrey nur noch dazu kam, unwillig vor sich hinzumurmeln:

»Kindskopf.«

Im gleichen Augenblick war Dicky aus seinem Sessel emporgefahren. Er hatte sich hinter ihn gestellt, die Rücklehne als Schranke benutzend, und dort hatte er peremptorisch erklärt, daß er zur Polizei gehen würde, wenn er jetzt nicht endlich erführe, warum Lydia Faude aus dem Weg geschafft werden sollte.

»Die Dame kämpft um ihr Recht«, behauptete er. »Die Blumen aber, mit denen euer Zembrowski zugedeckt wurde, stinken zum Himmel.«

Überrascht blickte Mambrey empor, nicht ohne Versuch zum Vergleich, was ihm aber nur halb gelang.

»Ach, da liegt der Hase im Pfeffer«, sagte er zögernd.

Dickys angemaßte Verteidigerpositur entbehrte zwar nicht eines Anflugs von Komik, aber andererseits schien Mambrey auch begriffen zu haben, daß hier mehr auf dem Spiel stand als bloße Rhetorik. Das war ja die reinste erotomanische Hysterie, und da wußte er aus seiner Anwaltspraxis, wie wenig damit zu spaßen war. Er hatte die Zigarette beiseite gelegt, weil sie ihm nicht mehr schmeckte. Es schien ihm doch höchste Zeit, diesen Liebhaberlehrling ernst zu nehmen und ihm gleichzeitig den Star zu stechen. Deshalb sagte er so langsam wie möglich:

»Sie kämpft um ihr Recht, diese Dame. Ihr Vorderkopf schon, das ja. Aber ihr Hinterkopf, was treibt denn der? Was will, was bezweckt sie denn eigentlich? Überall tanzen? Auf drei, vier Hochzeiten zugleich? Bei Morawé einsteigen und sich dort Dividende abholen, eine Filmfirma gründen, die Kultur erneuern, Künstler protegieren, eine Galerie aufmachen, die Salondame spielen, fortwährend etwas ins Leben rufen, und dies alles zur eigenen Glorie?«

»Ich gehe zur Polizei«, schrie Dicky ebenso unbelehrbar wie unangefochten.

»Das wirst du nicht.«

Obwohl es ihm schwerfiel, hatte Mambrey sich gleichfalls erhoben. Er war Dicky entgegengetreten, hatte sich ihm entgegengestellt und ihn kräftig am Arm gepackt. Eine Zeitlang hielt er ihn fest im Griff, nicht weniger erregt.

»Loslassen!« schrie Dicky. »Banditen ihr!«

Und dann war es wohl richtig zum Ringkampf gekommen.

Jedenfalls behauptete Dicky, daß sie beide keuchend nach Luft geschnappt hätten, nachdem sie sich aus der Verkrampfung gelöst und wieder zurechtgestellt hatten. Mambrey habe sich taumelnd in Richtung Schreibtisch bewegt, um sich dort niederzulassen, während er selbst so erhitzt gewesen sei, daß er überhaupt nicht gewußt habe, was tun. Aber da habe er auch schon bemerkt, aber alles nur wie durch Schleier, daß sich Mambrey höchst seltsam benahm. ›Sein Kopf war schräg nach oben gerichtet, seine Augen waren ganz rund, und dann sackte er plötzlich seitwärts hinüber.‹ So stellte Dicky es dar. Er hatte inzwischen die alte Lina gerufen.

»Kei … kei … Protz«, stammelte Mambrey, als sie versuchten, ihn zum Diwan zu schleppen. Es sollte wohl soviel heißen wie kein Prozeß.

Schlaganfall, habe die alte Lina gesagt.

Laut ärztlichem Befund hatte Doppeldoktor Mambrey, wozu er als Apoplektiker ohnehin neigte, eine linksseitige Lähmung erlitten, mit anschließend akuter Sprachstörung. Eine klinische Behandlung war demnach unumgänglich.

Noch in Unkenntnis über den sensationellen Vorfall und den Kopf schließlich auch voller eigener Sorgen hatte Alice mittlerweile den so sehnlichst erwarteten Brief studiert, den zu schreiben sich Lydia endlich herbeigelassen hatte. Er kam aber nicht aus Antibes.

»Du wirst dich wohl inzwischen schon mehrmals vergeblich gebückt haben«, hieß es darin, »um unter den vielen Drucksachen, die der Alltag so anschwemmt, eine Perle zu finden. Aber, meine Liebe, es war mir leider nicht möglich, eher zu schreiben. Ten Dam schreibt auch keine Briefe, er schickt Rosen oder ruft an, und mit Vorliebe küßt er die eigenen Fäuste. Er meint, am nächsten Tag sehe alles ganz anders aus als im Augenblick, da man schreibt, und außerdem stecke in jedem Brief ein verkapptes Indiz. Er ist eben immer in Fahrt, und es trifft genau auf ihn zu, wenn er sagt: ›Irgendwo brennt es immer, und dann sind wir die Feuerwehr.‹ Ach, Alice! Er ist dann so lebhaft. Seine Blicke umrunden das Revier, und der Schätzungswert des Gewinnes funkelt in seiner Pupille. Das belebt seine ganze Gestalt, die ja sonst mehr gespannt und abweisend sein kann. Er hat eben Charme und Dynamik zugleich. Seit ich ihn kenne, sitzt mir das Herz im Gehirn, und ich denke an ihn mit Wärme. Alles an ihm hallt in mir nach.«

»So, so«, sagte Alice, aber Lydia fuhr fort:

»Ich habe ihn auseinandergenommen, und ich bin sicher, daß er mich liebt. Was uns die Männer heutzutage an Liebe anbieten, das spottet ja jeder Beschreibung. Das hat mich Bernhard gelehrt. Hier aber… Aber ich will dich nicht langweilen, es ist mein autonomes Privatglück. Auf der Höhe des Gefühls schreitet man wie auf Regenbögen einher, auch wenn es einmal gewittert, sofern das Gewitter nicht überhaupt die Voraussetzung ist, und von dort aus genießt oder würdigt man auch das Ingenium der Landschaft, die, wie du dir denken kannst, ihresgleichen nicht hat. Wir waren auch schon im Gebirge, im Esterel und in der Provence, wo in Quellschluchten, wie uns ein Archäologe sagte, noch die Najaden hausen und wo uns der Porphyr erheitert. Das letztere war mir neu. Ich legte mir ein Stück Stein an die Stirn und war plötzlich erheitert, zur Erheiterung auch ten Dams, der sogar einige Bocksprünge vollführte. Hi! In Berlin wäre das wohl nicht möglich – gib's zu! – und in Krefeld oder Bielefeld auch nicht. Ja, der Mensch ist eben eine klingende Säule, ob er es weiß oder nicht; sein innerstes Wesen hat eine Schwingung, und das wandelt sich dann in Gesang und Licht. Nun, das gilt mehr für mich. Ten Dam jedoch hat dort meistens zu tun.«

»So, so«, sagte Alice, aber Lydia fuhr trotzdem fort:

»Für gewöhnlich kreuzen sich die Linien und entfernen sich voneinander. Bei uns aber ist es ein Wirbel. Ich bin so polyglott, wie du dir's irgend denken kannst. Im Carlton-Rock neulich, ganz feudal, war ich Pariserin. Als mir Mustapha el Danguir vorgestellt wurde, er ist ein Geschäftsfreund, algerischer Konsul, der im Hafen von Cannes ein Wohnschiff hat, war ich sogar Aspasia, rein griechisch. Spanierin könnte ich übrigens auch sein, dort wurzelt mein Stolz, nur Negerin nicht, dies nicht, weil ich's nicht möchte, sondern einzig der Hautfarbe wegen. Ten Dam meint allerdings, Schwedin wäre das Beste oder besser noch schwedische Amerikanerin mit philanthropischem Hintergrund. Was sagst du dazu? Wie du siehst, schwebe ich, wenn nicht über den Wolken, so doch über den Grenzen, und von hier aus sind Grenzen ja wirklich auch kindisch. Die Grenzen gehn hier lediglich durch die Moral der Gesellschaft, nämlich, ob du dazugehörst oder nicht, vielmehr, in welcher Art Gesellschaft du verkehrst. Ten Dam kann in dieser Beziehung unerhört großzügig sein, er sagt immer: in der besten. Und die beste ist immer die, in der er sich zufällig bewegt. Neulich saßen wir in einer Taverne, unter allerlei Volk, wie unter Schmugglern, und das war für ihn auch die beste. Was man so alles lernt, wenn man neben ihm hergeht! Bei Geschäften, sagt er, ist immer auch Sympathie im Spiel, sonst macht man sie nicht. Einander übers Ohr hauen, das sind keine Geschäfte. Der Witz dabei ist, daß trotzdem für beide ein Vorteil herausspringt. Über Methoden läßt sich natürlich streiten, aber da Methoden nur Hilfsstützen sind, entscheidet das Ziel. Dort, wie er sich ausdrückt, springt dann der Kaspar heraus. Also denke daran, wenn du mit Motzkus verhandelst!«

»O je!« sagte Alice, aber Lydia fuhr selbstherrlich fort:

»Ich gewinne hier einen Einblick, der mir später von Nutzen sein wird. Die Mehrzahl sieht überall nur den Prospekt, das Panorama, das Schauspiel, die Inszenierung. Die eigentliche Verflechtung sehen sie nicht. Ten Dam und seine Leute nennen das hier: das Lebenslängliche, wozu ein jeder verurteilt ist. Diejenigen, die gebraucht werden, die nötig sind, um das universelle Miteinander in Gang zu halten, sei es zur Auffrischung, sei es zum Trotz, das sind die Lebenslänglichen. Da hat jeder seine Funktion, und da gerät man auch früher oder später an einen Punkt, der nichts anderes als eine Klingel zur Politik ist. Das ist ganz unvermeidbar. Und dann kommt es lediglich darauf an, inwieweit man berechtigt ist, auf den Knopf zu drücken, oder ob man zu denen gehört, die dann gelaufen kommen. Die Situation bietet immer das Rechte. Das spürt man an dem Magnetfeld, das man um sich verbreitet. Und da spielt es auch keine Rolle, ob die Flagge, unter der man segelt, gelegentlich falsch ist. Hauptsache, sie ist amtlich beglaubigt. Junge Staaten sind da sehr dankbar. Das bringt Devisen. Und dann gibt es ja auch Konsulate. Selbst die Schweiz unterhält eine eigene Flotte, und die segelt ja nicht gerade um den Rigi herum. Die wenigen, die es tun, kennen sich alle untereinander, und die großen Geschäfte und großen Entschlüsse laufen alle auf Pisten, an denen weder der Zoll noch das Finanzamt steht. ›Wozu erst einen Rechtsanwalt bemühen?‹ meint ten Dam. ›Das macht nur Spesen. Wir machen das unauffällig.‹ Das ist auch die Antwort darauf, weshalb ich nicht im Carlton-Rock wohne und warum ich meine Anschrift mit postlagernd angab. Aber er hat es gewollt. Er hat so seine Sicherungsmaßnahmen. Er wohnt nicht gern in Hotels. Das erinnert ihn immer an Bahnhof. Er zieht ein Chalet oder einen Bungalow vor. Er ist kein Robinson, dem der Bart durchs Trommelfell wächst, aber auch kein Tourist. Man könnte geradezu fragen, was er denn dann ist. Du wirst es nicht wissen. Vielleicht aber einfach der Beste.«

»So, so«, sagte Alice, aber Lydia fuhr abschließend fort:

»Ein Mensch ist ein Wunder, sagt ten Dam, zwei Menschen sind ein Versprechen, besonders wenn sie ein Paar sind, drei Menschen ein Klub, vier Menschen ein Verein, fünf Menschen eine Partei, beim halben Dutzend beginnt schon die Horde. Gruppen und Verbände, das sind alles nur Horden, meinetwegen gezähmt oder parzelliert, aber ihr Fluch sind die Prinzipien, die Systeme und Dogmen. Durch den Schwur darauf wird alles Humane verpfuscht zugunsten der Rechtfertigung des Opfers. Ich bin hier in eine Gesellschaft geraten, für die der ganze Globus voller Fixpunkte ist, und dort wirkt jeweils nur ein Vertrauensmann. Und wie sie ihre Materie behandeln! Bald reden sie von Öl, bald von Schnee. Die Bezeichnungen wechseln dauernd. So schwärmten sie auch schon von griechischer Lyrik. Ich wurde zum Beispiel mit Sappho begrüßt. ›Ich müßte dir einmal Beirut zeigen‹, sagte Alfredo gestern, ›das Cannes der Levante. Dort geht noch was vor. Der junge Herr Morawé hat das vorausgesehen.‹ Auf dem Mond aber würde es bald so langweilig sein wie in Sankt Moritz oder in der Antarktis. Beirut, Alice! Der Orient strömt mir entgegen. Wahrscheinlich steige ich noch in die Weltpolitik ein. Wundere dich nicht, wenn du errötest! Wenn ich erst anfangen wollte, bei jedem Wort zu erröten, bekäme ich das Blut überhaupt nicht mehr aus dem Kopf. Abgebrüht bin ich deshalb noch nicht, aber entschlossen. Ich hoffe, du bist es auch, und ich erwarte es auch von Schreieck, auf daß endlich eine Aspasia erscheint, unter deren Ägide die Welt wieder kultiviert sein kann, durch intelligente Lebensart, durch bezauberndes Wesen, durch Gesellschaftsfähigkeit, durch Diplomatie und Geist.«

»Naja«, sagte Alice. »Echt Lydia.«

Sie hatte das Schreiben mehrmals in Händen gehabt und, wie

gesagt, studiert, einesteils froh, daß es überhaupt da war und daß Lydia die Situation so genoß, andernteils aber auch mit einer Regung, in der trotzdem eine Art Zugwind blies. Vielleicht war es dies, weshalb die Begeisterung, die Lydia sicherlich hervorrufen wollte, nicht ganz dieser Erwartung entsprach, vielleicht aber auch, daß sich Alice etwas zurückgesetzt vorkam, woraus sie den Schluß zog, sich nun gleichfalls tüchtig heranhalten zu müssen.

Den Mut zum Ausdruck der eigenen Persönlichkeit, wie es im Jargon der Motzkus-Branche hieß, hatte Lydia gewiß, auch wenn dabei hie und da ein Effekt unterlief, der doch wohl übers Ziel schoß. Aber pflegte Alice in ihren Entwürfen das nicht gleichfalls zu tun, wo ja vieles der ›letzte Schrei‹ war? Die sündhaft tiefen, plastischen Décolletés, die bisher vernachlässigten Einsätze und Vorstöße, vorn wie hinten impertinent, durch bewußte Übertreibung aber auch wieder entwaffnend, was war das denn anderes? War das nicht, nur eben auf ihre Weise, das gleiche? Und ihr Aspasiamodell war schließlich auch kein artiges Kirchgangkleid trotz einer betonten, fast nackten Askese. Auch spukten ihr noch allerlei Ideen im Kopf, die sie Motzkus vorlegen wollte. Also sah sie sich durch Lydias kapriziöse Ergüsse auch wieder bestärkt.

Katrix war natürlich ganz außer Rand und Band. Sie nahm alles kritiklos hin. Sie hatte auch entdeckt, daß Lydias Brief aus Marokko kam, Absender aber nichtsdestoweniger wieder postlagernd Antibes. Vielleicht käme der nächste Brief aus Ägypten oder aus Indonesien? Wer weiß! Diesmal aber mit Ausrufezeichen, wie Katrix meinte. Und da blieb ihnen wirklich nichts anderes zu tun, als sich selber auf die Hosen zu setzen.

»Auf zu Motzkus!« rief Katrix so temperamentvoll wie eine Soubrette. »Am liebsten käme ich mit.«

5 Als die alarmierende Nachricht von Mambreys Schlaganfall per Fernschreiber in Lydias vergammeltem Tusculum eintraf – die Villa, sofern man sie so bezeichnen wollte, hieß ›Tusculum‹ – war im Augenblick niemand vorhanden, der die Wichtigkeit ihrer Tragweite hätte abschätzen können. Außer Madame Frasquatis besserer, wenn auch kleinerer Hälfte, dem quicken Monsieur, der in Stellvertretung eines Verwalters amtierte, als solcher aber nichts weiter tat, als das Haus zu hüten, wenn das Haus leer war, war sonst niemand erreichbar. Auch Madame war nicht da. Sie hatte sich die mehrtägige Abwesenheit ihrer Herrschaft zunutze gemacht und war bei Verwandten. So blieb es ihrem Monsieur überlassen, zu entscheiden, was tun.

»Sehen, was werden, tun, was ist«, pflegte er zu sagen, wenn er sich in der für ihn halsbrecherisch schwierigen deutschen Sprache erging. Dabei war er von Lydia schon öfters getröstet worden mit der Versicherung, daß die deutsche Sprache so schwierig sei, daß selbst ihre Landsleute manchmal nicht wüßten, ›was tun, was werden, was sehen, was ist‹, wie denn die gewiegtesten Berliner fortwährend mir und mich verwechselten oder ein waschechter Münchener einen waschechten Hamburger nicht verstünde. Also! Was konnte man dann von Monsieur Frasquati verlangen, als daß er die Nachricht beiseite legte? Über Ostern blieb sie wohl frisch.

Der Fernschreiber, immerhin merkwürdig, daß es ihn gab, befand sich in einem Nebengelaß seitwärts in der meist dämmrigen Diele, und sobald eine wichtige Nachricht eintraf, drehte sich außen über der Tür ein farbiges Lämpchen. Das Innere selbst, an Umfang mehr eine Kabine, glich überhaupt einer komplizierten Empfangs- und Sendestation, mit allerlei Anzeigetafeln, Tachometern und Knöpfen, etwa einer Flugzeugkanzel vergleichbar oder einer Radiostation, nur eben wesentlich unansehnlicher, um nicht zu sagen harmloser und amateurhafter, wie für den

Hausgebrauch. Dort wurde ja auch telefoniert. Posteingänge oder vielmehr per Boten abgegebene Päckchen wurden dort abgelegt, auch irgendwelche Aufträge notiert. Alles andere, die Hauptsache, besorgte ten Dam, es war für ihn reserviert, und nur in Ausnahmefällen hatte Frasquati die Order, sich dort selbst zu betätigen. Seine Aufgabe bestand aber auch nur in der Entgegennahme schriftlicher oder mündlicher Eingänge, die, sei es im Original, sei es als Notiz, sorgfältig unter Verschluß gehalten und in einem eigens dafür bestimmten Zwischenfach abgelegt wurden. Das geschah auch mit dieser Nachricht, bis dann allerdings eine zweite eintraf, dringend, mit merkwürdigerweise dem gleichen Text, dem aber nunmehr eine Art unartikulierter Verdacht entstieg, als ob irgendwo in Berlin etwa irgendein katastrophaler Bergrutsch stattgefunden haben müßte. Berlin war von hier aus zwar weit, viel weiter jedenfalls als die geographische Lage, aber Beirut oder Havanna waren das auch, und trotzdem erwiesen sich die Nachrichten von dort meistens nicht nur als wichtig, sondern gleicherweise als heiß, wie ein auf der Hand liegender städtischer Brennpunkt.

In Erwägung dessen blickte Monsieur Frasquati nicht lange aufs Meer, wo inzwischen Mustapha el Danguirs Wohnschiff gondelte – mit einer fröhlichen Ostergesellschaft. Er hängte sich ans Telefon und verständigte Monsieur Tarnier, den er glücklicherweise noch erreichte, und zwar zufällig auf dem Sprung nach Berlin. Tarnier behauptete, es vorausgesehen zu haben, denn er habe diesem Neffen, diesem kandierten Früchtchen nie getraut. »Olala!« Das war jedoch alles, was er noch sagte, obwohl auch er nicht gerade mit einer derart konfusen Wendung gerechnet hatte.

Auf dem von Lydia zur Luxusjacht erhobenen Kutter, der die Flagge von Mali führte, hatte sich mittlerweile zweierlei hochqualifiziertes Frachtgut zusammengefunden. Das rein materielle bestand lediglich aus einer lieblich verpackten Kollektion gehaltvoller Chemikalien und Ampullen, teils auch in reizvollen Sapphodosen, das andere, mehr oder weniger zweibeinig-menschliche, darunter auch eine Elaine und eine Lisette, aus einer Auswahl von näheren Freunden ten Dams, wozu auch jener von Monsieur Tarnier erwähnte Twentyman zählte. Die Gesellschaft wirkte ein wenig zusammengewürfelt und insofern ganz unverbindlich, und es war auch ersichtlich, daß es nur eine Art Lustfahrt war, bei der jeder der Herrn seine augenblickliche Zufallsbekanntschaft mitgebracht hatte. Ten Dam, wie er bemerkte, hatte Lydia ein solches Erlebnis aber nicht vorenthalten wollen, denn die Fahrt auf einer Luxusjacht gehörte eben dazu, und er hatte ihr auch in Aussicht gestellt, daß sie sich jederzeit, sofern ihnen danach zumute sein würde, zurückziehen könnten, zumal die anderen zwecks eigener Zwiesprache ihrer eigenen Angelegenheit zu huldigen gedachten. Besonders gespannt darauf hatte er Lydia aber durch eine Andeutung gemacht, der sie entnommen hatte, daß er an sich noch einen Knoten zu lösen hätte, bei welch kunstvoller Operation der schwimmende oder schaukelnde Zustand zweifellos der geeignetste sei.

So kreuzten sie bei schönstem Wetter und scheinbar in schönster Geselligkeit schon den zweiten Tag auf der schimmernden Fläche des Mittelmeeres in Richtung algerische Küste, und es war nur natürlich, daß die Gewohnheiten dabei immer lockerer und die Beziehungen immer ungezwungener wurden, wozu nicht zuletzt auch eine mit besten Getränken versehene Hausbar beitrug. Es wurde alles probiert und alles genossen, und es war überhaupt ein Geschwirr in der Luft, voller Kapriolen. Einen mehr gefaßten, wenn nicht gespannten Ausdruck behielt eigentlich nur der hagere Twentyman bei, der sich offenbar mehr für den innersten Frachtraum verantwortlich fühlte, wie eine Art Steuermann und Kalfaktor in einem. Kalfatern sei ja auch arabischen Ursprungs, meinte ten Dam, und die Küstennähe färbe bei ihm eben ab. Dessenungeachtet gab sich jeder, wie die Laune es wollte, und wenn Lydia beim Blick von der Reling die erste Zeit alles himmlisch fand, so erlaubte sich Mustapha el Danguir, der ein vollendeter Herr war, die schonungslose Bläue des Wassers als mulmige Lake zu bezeichnen, jedoch nur aus Witz, dem eine nur allzu wiederholte Erfahrung zugrunde lag, und wenn die künstlich erblondete, nicht ganz seriöse Elaine ihre Takelage entblößte, um sich zu sonnen, nicht zuletzt auch in Danguirs Gunst, so stieg man über sie hinweg wie über ein aufgefischtes Getier, das seine vier Glieder ausstreckte samt einigen Merkwürdigkeiten. Es war eben so, und es war nichts dabei. Verschwinden, wenn es verlangt wurde, konnte man auch, dafür gab es Kabinen.

Lydia, die sich längst angepaßt hatte, nahm das so hin, höchstens etwas verwundert über ihren Alfredo, der hier an Bord unter seinesgleichen schon wieder ein anderer war, jedenfalls viel direkter, viel weniger geschniegelt und auch, wie es schien, von Grund auf vitaler, so als suchte die Naturkraft in ihm ihr Recht.

Schließlich sahen sie aber alle ein wenig so aus wie die Piraten, mit dem Unterschied nur, daß sie sich des Hintergrundes bewußt waren, auf dem sie das Piratenhafte lediglich darstellten oder spielten. Dazu wußten sie viel zu gut, welche soziale oder zugebilligte Stellung ein jeder einnahm, und so war auch die Achtung, die Lydia gezollt wurde, immer die gleiche. Von Anfang an hatte man ihre Bekanntschaft mit ten Dam nicht nur als bloßes Verhältnis gewertet, es blieb da eine Distanz, auch wenn sich Lydia einmal verlockt sah, sich als Räuberbraut zu entbieten, indem sie mit ihrem Alfredo so umsprang wie die andern mit ihresgleichen.

In Wirklichkeit, wenn er den Arm um sie legte oder sie um die Hüfte nahm, was er mit Vorliebe tat, war jedoch ein aufwärts strebendes Zittern in ihr, beschattet von einer dunklen Erwartung. Es war etwas Fremd-Vertrautes, das fortwährend in Bewegung schien, das sich fortpflanzte bis ins Verlangen, und es war auch ein Wohlgefühl in der Haut, eine knisternde Alchimie, und oft sogar eine Art Narrheit im Blick, was alles ihr ein Gefühl eingab, als ob sie, nicht recht bei Sinnen, nur so dahintrieb, nahezu ohne Zeitgefühl. Sie spürte den Anhauch seiner Nähe, sie konnte nicht von ihm lassen, und sie konnte sich auch nicht sattsehen an der Eigenart seiner Gestalt, wie überhaupt am Ausdruck seiner Bewegungen, seiner zufällig hingeworfenen Gesten, und so war sie auch entzückt vom Klang seiner Worte, mochte er sagen was immer. Nebenbei übrigens war sie unerhört großzügig gegen sich selbst, ihre ganze Person fühlte sich wie auf Ferien, und manchmal fühlte sie sich sogar zu einer Handlung bewogen, die sie früher mißbilligt hätte. Dann umschlang sie ihn gleichfalls, vielmehr ließ sie sich gehen, und die Berührung war dann wie eine Ergänzung, das saugte sie an, und sie war dort daheim, als Lydia sowohl wie als Aspasia.

Gelegentlich kam es auch vor, daß sie der Übermut packte, wobei sie dann sagte: »Es muß doch etwas Herrliches sein, eine Freundin wie mich im Arm zu haben«, oder daß sie ihn flehentlich bat, ihren Kopf in die Hand zu nehmen, falls sie ihn einmal verlöre. Das war aber nur parodistisch gemeint, so auch, wenn sie sich auf einen Moment bis zum Stil Maria Stuarts verstieg und deklamierte: »Ich bitt Euch, Sir! Stillt meine Ungeduld!« – worauf sie dann auch hinabstürzen konnte ins Kraß-Verzerrte und, Lüsternheit mimend, röhrte: »Subjekt, du! Laß mich dein letztes Objekt sein!« Schließlich gab sie aber auch zu, daß ein gewisser Herr ten Dam ihr Gefühl beschlagnahmt habe, also sei er ihr Zöllner. Alfredo stand ihr dabei nicht nach. Halb angesteckt von ihrer Laune, halb sich ihrer bedienend, bewegte er sich an der Grenze von Mein und Dein, was ihm gestattete, sich nach Belieben das Gewünschte zu nehmen, indem er es in eigener Münze zurückgab. »Die schönste Praline ist mir dein Kuß«, erklärte er dann, oder er sagte auch: »Meine Zunge, deine Zunge – Katzenzunge.« Er ließ es dann nicht an Bekräftigung fehlen, nicht ohne ihr auch etwas Opium ins Ohr zu träufeln, dessen Wirkung ihn gleichfalls berauschte. Sie stünde so hoch über ihrer Scham, daß sie sich niemals wegwerfen könnte. »Fürstin!« hatte er sie einmal angeschwärmt, worauf sie allerdings nur gelacht und sich wieder den Tatsachen zugewandt hatten.

Trotz all der versierten Freiluftgymnastik, die sie betrieben, blieb Alfredo in den Augen der andern immer auch Mister ten Dam. Sie nannten ihn Mister, anscheinend weil er aus England kam. Es war aber nicht ganz ernst gemeint, sondern mehr burschikos, als Rufname nur. Er war eben der Mister wie Mustapha el Danguir der Scheich. Nur Twentyman griff die Bezeichnung in ihrer Korrektheit auf, er hatte auch meist eine Frage. Etwas bekümmert stand er dann da, sei es in Erwartung eines Navigationsbefehls, sei es in Anbetracht eines andersartigen, nicht allzu fernen und offenbar in der Luft liegenden Entscheids.

Es war Lydia nicht weiter aufgefallen, daß auf ihrem Kurs verhältnismäßig wenig Schiffe verkehrten. Hie und da zog am Horizont ein Vergnügungsdampfer vorbei oder ein Kriegsschiff, manchmal kam auch ein Frachter, dieser meist etwas näher. Für gewöhnlich aber lag das Meer glatt, als spielte es vor sich hin. So war es an sich nur die Sonne, die sie begleitete, und nachts das erstaunlich klare System der Gestirne. Vielleicht lag es an dieser Einförmigkeit der Bellezza, daß sich Lydias Interesse hauptsächlich aufs Deck konzentrierte und natürlich auch auf jenen anderen Punkt, den Alfredo, wenn auch mehr spaßeshalber, als Knoten in ihr bezeichnet hatte. Die einfallsreiche Elaine schien übrigens gleichfalls damit zu tun zu haben. Sie hatte inzwischen beschlossen, auf den Händen zu gehen und allerlei Schnickschnack zu treiben, bis sie auch diese Kunststücke ausprobiert hatte. Gegen Ende des dritten Abends – es war in der Tat schon der dritte – erschien sie mit völlig verglasten Augen, halb torkelnd und aufgelöst, und es wurde auch Zeit, daß sie wieder verschwand. »Gib mal eine Spritze aus deiner Ampulle!« lallte sie vor sich hin. Auch ihre sonstigen Reden klangen nicht anders, auch wenn es zunächst nur lächerlich wirkte, allein durch die Leichtherzigkeit, mit der sie ihre Wünsche hinausgeschickt hatte. Ihre Hände hatten dabei wie Möwen geflattert, und ihr Kopf war wie seekrank herumgerollt auf ihren verrenkten Schultern. Es blieb jedoch nur Episode, die sich nicht wiederholte. Mustapha el Danguir hatte sie schleunigst wieder von Deck befördert.

Der Vorfall hatte Lydia nichtsdestoweniger erregt. An die Reling gelehnt, wußte sie nicht recht, wie ihr zumut war. Es war etwa so, als schickte sie einem Geheimnis weit draußen irgendwelche Fragen entgegen, die unwillkürlich auch die Grenzen der Selbstkritik streiften, und oft genug berührte sie auch ein wie vom Wind herangetragener Anhauch von Elegie, was alles sie unzufrieden oder irgendwie unbefriedigt zurückließ. Sie war sich nicht klar, wie sie es auffassen sollte. Sie kam sich nur etwas ausgesetzt vor, gewiß nicht verloren, das nicht, aber merkwürdig isoliert, wobei sie andererseits nicht die geringste Lust verspürte, an Alice zu denken oder an sonstwen. Eigentlich war nur Alfredo vorhanden. An ihn aber brauchte sie nicht zu denken, er war immer da, und im Grunde konnte er nie genug da sein.

»Melancholisch?« fragte er, als er sie so träumerisch hinausblicken sah. Er wußte Bescheid, und es freute ihn, daß er es wußte, denn lediglich das Rätsel der hereinbrechenden Nacht war es nicht, was sie bewegte.

Sie hatte sich jedoch schon wieder gefangen, wozu seine Nähe ein übriges beitrug, nicht zuletzt auch der Umstand, daß es ihn selbst zu ihr hingelockt hatte.

»Gehn wir hinunter«, sagte er nur. »Ein Drink.«

»Das wäre bestechend«, versicherte Lydia, worauf er sie gleich beim Wort nahm und, sie aufheiternd, bemerkte, daß eine reizvolle Frau an sich schon bestechend wirke. Das sei das Kriminelle an der Ästhetik, fügte er hinzu, und an der Erotik auch.

»Also wundere dich nicht!« sagte er lachend.

»Kriminell?« fragte sie zurück.

»Das kommt darauf an.«

»Worauf?«

»Na«, sagte er leichthin, »vielleicht aufs Geständnis.«

Als sie sich unter Deck begaben, war sich Lydia bewußt, was auf sie zukam, obwohl sie natürlich nicht wissen konnte, wie das Stigma der näheren Umstände aussah, denn trotz der Kontrolle, die sie über sich hatte, war die Freiwilligkeit, mit der sie ihrem Alfredo folgte, eher der Ausdruck eines fast somnambulen Instinktes als die Folge eines bestimmten Entschlusses. Es war einfach ein anderes Gesetz am Werk, das ihr die Impulse diktierte und dem sie gehorchte, ohne deshalb zum Objekt eines inneren oder äußeren Zwanges zu werden. Sie ließ es geschehen, sowohl weil sie es wollte, als auch weil sie es mußte, und drittens vielleicht auch, weil ein Trieb in ihr war, der zurückschauen wollte auf etwas Erreichtes, der es hinter sich haben wollte, um es recht eigentlich zu besitzen, sei es als Schmerz, als Schmerz der Erfahrung, sei es als unverlierbaren Genuß. Zweifellos war aber auch ein Schuß Neugier dabei, eine dem Forscherdrang benachbarte Begierde, wenn nicht außerdem ein letzter Zynismus von Vabanque und Hasard, ein Zynismus, der es jenseits jeder Moral darauf ankommen ließ. Nicht, daß sie das alles maskiert, überspielt und bemäntelt hätte, dazu war sie im Augenblick gar nicht imstande, sie spürte nur, daß ein Urteil darüber zur Zeit völlig gleichgültig und auch nicht angebracht war, dies um so weniger, als jeder Schritt die Treppe hinab zum nächsten führte und der nächste wieder zum nächsten, wobei der Anblick des Kleinsten, wie etwa des Haars auf Alfredos Nacken oder des Messingglanzes auf der Kabinenklinke, sie so völlig in Anspruch nahm, als stünde in ihr ein angewärmtes Vergrößerungsglas, durch das gesehen sich ihr Blickfeld jeweils auf einen einzigen Punkt konzentrierte. Was jetzt? Was nun? Nur lag diese Frage nicht so offen, daß sie wirklich gestellt worden wäre, es war vielmehr nur ein chaotisches Spiel von Reflexen, die ihrerseits wiederum andere Reflexe erzeugten, um sich letzthin als eine das ganze Wesen durchwühlende Vielstimmigkeit zu bekunden, aufgetaucht aus den Gründen der Leidenschaft, als dreifach filtrierte Passion, als ein Zustand, nun ja, eben doch der Liebe.

Es hatte eine Zeit gegeben, woran sie im Augenblick aber nicht dachte, da sie vor Alice erklärt hatte, daß es ihr höchster Wunsch sei, ihn im Staub vor sich zu sehen, ihn, den einzigen, wenn er erschiene. Und zweifellos war er nun da. Er war es auf eine Weise, die ihr derart zu schaffen machte, daß die Lust an seinem Vorhandensein oft gleichzeitig auch als Folter erschien, die sie andererseits aber auch süß durchtränkte trotz unzähliger Zweifel und Spitzen. ›Blaubart!‹ hätte sie dann am liebsten gesagt. Und im Grunde war er das auch, nur eben, daß die Schreie, die er in ihr hervorrief, in einer traumähnlichen Sphäre verhallten oder dort schon im Keim erstickten, denn es war ja dann auch, als langte eine andere Hand nach ihr, die sie beschwichtigte. In Momenten, da sie aus diesem Magnetismus erwacht war, hatte sie wohl auch Angst gehabt und sich gefragt, ob sie überhaupt noch würdig wäre, sie selbst zu sein. Aber dann brauchte er nur zu erscheinen, und es zeigte sich, daß das angstvolle Bild, das sich in ihr zurechtgebraut hatte, nur ein Trugbild war. Ja, selbst der Blaubart in ihm wie überhaupt alles, was an ihm fragwürdig war einschließlich seiner Geschäfte, war dann verschwunden, und er war wieder der gepflegte, gewandte, die Situation beherrschende Herr ten Dam, wie beispielsweise auch jetzt, da er sie ins Innere der Luxusjacht führte bis zu ihrer Kabine, wo ein winziger Klapptisch gedeckt war mit Gläsern und erlesensten Sachen.

Er hatte ihr einmal gestanden, daß es eine seiner liebsten Passionen sei, die ersten Menschen zu spielen. Übrigens: nicht nur zu spielen. Wenn zwei sich verstehen, seien sie ohnehin immer die ersten Menschen. Offenbar setzte er das nun voraus, denn er sagte:

»Mach dir's bequem.«

Lydia befolgte den Rat, zumal es hier unten sowieso heiß war, wenn auch nicht ganz so heiß wie das Blut, das ihr zu Kopf stieg und dort im Gleichklang mit der engen Kabine vibrierte. Eine Brise draußen sorgte dafür, daß auch der Boden unter den Füßen unmerklich schwankte.

Das waren nun allerdings seltsame Studien, die sie hier trieb, zumindest am Charakter der Studienreise gemessen, die sie eigentlich hatte unternehmen wollen, und verglichen auch mit den auf ihr Aspasia-Projekt gesetzten Hoffnungen und Erwartungen. Aber da sie für alles eine Entschuldigung fand, hätte sie natürlich auch darauf hinweisen können, daß die Zeit fürs Geschäftliche noch nicht reif war, es waren ja auch erst Tage vergangen, und daß sie schließlich auch ein Privatgeschöpf war, wie überhaupt das Erlebnis der Liebe dazugehörte, wozu sie sich unumwunden bekannte, und nicht nur der Liebe als solcher, denn es kamen eben auch die Umstände hinzu, die sie umstrickten, sowie die Beschäftigung mit jener Person, der sie diese ganze Umstrickung verdankte. Aber wozu denn das alles? Was hätte es für einen Sinn gehabt, hier noch zu rechten? Und was hieß überhaupt kriminell, sofern man bereit war, ein Schicksal zu teilen?

Ein leichtes Schwindelgefühl nach dem Imbiß und nach dem Genuß von Getränken, wenn auch nicht unangenehm, hatte Lydia veranlaßt, sich langzulegen, und sie fand es in Ordnung, daß Alfredo das ebenfalls tat, indem er sich neben sie legte, den Arm unter ihren Nacken geschoben. Es war nur verrückt, daß er erst auf die Uhr gesehen hatte, ein Blick, der aber ganz unwillkürlich geschah, denn er hatte es selbst nicht bemerkt. Dann schwiegen sie lange. Lydia blickte zur Decke empor, Alfredo dann auch.

Die Kabine glich allerdings auch einer Zelle, im juristischen wie im botanischen Sinn, und zweifellos waren sie beide gefesselt, einer vom andern, und auch organisch aneinandergekettet. Lydia hatte sogar den Eindruck, daß sie zwischendurch die Besinnung verlor. Jedesmal, wenn sie halb zu sich kam, spürte sie in ihrem Leib einen Stempel, es war ein Erguß, und das Tollste war, daß sie das wünschte. Alfredo lag auf ihr, indem er wiederholt einen Akt der Besitzergreifung vollzog. Sie sei doch kein Freiwild, hatte sie einst zu Dicky gesagt. Hier aber schien sie nun eine Art Hochwild zu sein und als solches zur Strecke gebracht. Jedenfalls kam eine wüste Raserei in ihr auf. Sie leckte am Fleisch, und sie hätte am liebsten gebissen. Dabei erstand ein Gesicht über ihr, zwar mit den Zügen Alfredos, mitunter jedoch auch so scharf wie das Gesicht eines Chirurgen, der sie sezierte. Es lief mit den Blicken über sie hin, insektenhaft, es grub sich in ihre Fältchen, und dann stürzten zwei Lippen von oben herab.

»Alfredo!«

Mehr sagte sie nicht. Sie vernahm nur noch seine Stimme, die etwas von ihr verlangte, worauf sie aber nur willenlos hauchte:

»Ich bin, was du verlangst.«

»Was bist du? Laß mich das hören.«

»Ich bin deine Megäre.«

»Dann sag: es war meine Sehnsucht …«

Er hatte ihren Kopf um einige Grade erhoben, indem er ihn, wie einst gewünscht, in die Hand nahm. Sie spürte eine blutvolle Schwere darin, eine Schwere, die hoffnungslos in die Muschel seines Handtellers zurücksank. Dann war es noch, als würde ihr das Haar aus der Stirn gestrichen, so daß ihre Stirn wie gemeißelt hervortrat. Offenbar erregte ihn das um so mehr, als dabei etwas

Geschorenes mitsprach wie bei Zuchthäuslerinnen. Mehr wußte sie nicht. Sie wußte auch später nicht mehr zu sagen.

»Mahadöh, der Herr der Erde«, hatte sie noch vor sich hingestöhnt, ehe sie das Bewußtsein verlor.

Eine Mischung von Atropin und Scopolamin, in bestem französischen Cognac gereicht, hatte sie ins Nirwana befördert. Es blieb ewig rätselhaft, was sie dort trieb und ob das Gefilde, das sie durchschlief, mehr indisch war oder mehr griechisch-römisch oder ob es nicht einfach ein Spiegelbild war, das Spiegelbild einer normalen Kabine.

Als sie wieder erwachte, befand sich das Schiff schon längst auf der Rückfahrt. Es kreuzte auf der Höhe zwischen Marseille und Cannes, nachdem noch vor Morgengrauen nach der fraglichen Nacht in Reichweite der algerischen Küste ein Schnellboot angelegt hatte und nach wechselseitigem Austausch hochbrisanten Materials sowie sonstwelcher Akten mit Twentyman an Bord wieder davongerauscht war. Lydia hatte es nicht bemerkt. Ihr hatte nur das Bild eines Scheiterhaufens vor Augen geschwebt, mit spitz zulaufender Flamme, und dort hatte, aber ganz unberührt, eine Gestalt gethront, die gleichbedeutend mit ihr war und sich, nachdem sie ihr hoheitsvoll zugenickt hatte, als Inkarnation der antiken Aspasia erwies. Das war aber nur für Sekunden der Fall. Vielleicht war die Zeit, in der das geschah, nicht einmal die Gegenwart. Jedenfalls war ihr kein Funke davon im Gedächtnis geblieben. Die Kabine war leer, und ihr Kopf fühlte sich wie zerschlagen. Erst allmählich hatte sie ein Gefühl in den Schenkeln, das sie an einen von Malern und Glasermeistern gebrauchten Ausdruck gemahnte. Sie nannten den unteren Fensterrahmen, weil er am meisten den Unbilden der Witterung ausgesetzt war, Wasserschenkel. Dem ähnlich, spürte Lydia ihre zwei Schenkel, nicht ohne Verwunderung darüber, daß sich der Mensch auf zwei Beinen bewegt und daß er dabei nicht umfällt.

Alfredo behauptete, sich mehrmals um sie gekümmert zu haben. Nachdem er aber festgestellt habe, daß sie wunderbar schlief, sei er mit sich übereingekommen, sie dem hohen Gehalt ihrer Träume zu überlassen. Und er hatte das nicht ironisch gemeint, zumal er noch durchblicken ließ, daß er auch seinerseits damit beschäftigt gewesen sei, wenn auch auf seine Weise. Es sei aber alles pünktlich verlaufen, ganz nach Fahrplan und Konzeption. Um so besser! Jetzt hätten sie Zeit.

Er hatte sie nicht weiter angeblickt, weder zweideutig noch verliebt. Er hatte ihr lediglich nahegelegt, den Spaß für sich zu behalten. Darüber hatten sie früher schon einmal gesprochen, daß das beste Mittel, zwei Menschen zusammenzuhalten, die Wahrung eines Geheimnisses sei.

Als sie erstmals wieder an Deck erschien, war eine strahlende Bläue am Himmel, die sich fortwährend selbst übertraf. Zwar zuckte auch ein diffuses schwarzes Gelichter darüber hin, es mochte aber mehr ein Reflex ihres Sehnervs sein als Folge von Übernächtigkeit und Nervosität. Allerdings war auch ein Zweifel in ihr, der sich nicht so leicht auflösen ließ, und obwohl sie erfreut war, daß sie sich auf der Rückfahrt befanden, fühlte sie sich hin und her gezerrt, im Bewußtsein, daß nicht alles beim alten war, allein schon, weil Alfredo schon wieder ein anderer war, anscheinend mit ganz anderen Dingen beschäftigt. Er hatte zu tun, stand meistens im Gespräch mit Mustapha el Danguir und war überhaupt ganz Geschäftsmann. Auch fiel eine Unruhe an ihm auf, die mit Vorliebe vom Nächsten weg und aufs Meer hinausblickte, als suchte er dort nach einem Fahrzeug. Er meinte, die Funkanlage sei ausgefallen. Also war es doch wohl eine Nachricht, die eigentlich hätte eintreffen sollen.

Hinterher ist jeder ernüchtert. – Beim Gedanken daran glitt ein Lächeln über sie hin, das sich merkwürdig spät in ihren Mundwinkeln verlor. Ja, ein Abglanz davon hatte sich darin festgesetzt, zum Zeichen, daß sie wieder ganz Lydia war. Abhalftern ließ sie sich nicht. Schwierigkeiten waren nicht dazu da, sie hinzunehmen. Sie hatte ein Recht auf Klarheit, und sie konnte nicht dulden, über irgendwelche Spalten hinwegmanövriert zu werden, um hinterher zu erfahren, daß es Abgründe waren. Vorausgesetzt, daß sie jetzt Zeit hatten, ergab sich auch die Gelegenheit, das ins reine zu bringen. Seitdem hatte Lydia darauf gewartet, nicht zuletzt auch, da sie sich bereit gefunden hatte, ihm zu Willen zu sein.

Davon abgesehen, war ja auch sie, namentlich auf Grund ihrer Vollmacht, wenn auch immer die gleiche, so doch von lang her auch die Mandantin ihres verbrieften Rechtes sowie der sich daraus von selbst ergebenden Ansprüche, Zugeständnisse und Verbindlichkeiten. Er hatte sie schon einmal getäuscht, damals beim Anruf aus Nizza, ein zweites Mal würde das nicht geschehen. Eine Aussprache war also fällig.

Es war jedoch nicht gleich dazu gekommen, da zunächst Mustapha el Danguir es war, der ihr beim Wiedererscheinen Gesellschaft leistete, eine Aufgabe, der er sich äußerst galant unterzog, obwohl sein Deutsch, wie er sagte, nur mühsam war. Ihr Französisch war das aber nicht minder, und so einigten sie sich darauf, einfach zu lachen, teils über die eigene Gebrechlichkeit, teils über nichts, während er sagte:

»Sie sein eine große Künstlerin, wie ich höre.«

Sie hoffe, es zu beweisen, meinte Lydia.

»Die internationale Liga für kulturelle Zusammenarbeit erwidert großes Interesse für Sie?«

Das war eine Frage, auf die Lydia zunächst nur halbwegs geantwortet hatte: ›kann sein‹ – bis sie es für schicklich hielt, ihm zuliebe hinzuzufügen:

»On dit, Monsieur. Dem Vernehmen nach.«

»Also«, sagte er heiter, »wenn der Himmel es mag, dürfen wir Ihrer wieder ansichtig sein, demnächst bei Filmfestspielen in Cannes oder auch in Venedig?«

»Diese Aussicht besteht.«

»Oder auch in Berlin?«

»Das ja«, rief Lydia erfreut. »Oui, oui!«

»Es war mir eine Ehre.«

Damit war das Gespräch beendet.

So konventionell und flüchtig es war, es hatte Lydia doch wohlgetan. Es hatte sie wieder aufs eigene Territorium zurückgeführt, sofern sie darunter sich selbst verstand, nicht zuletzt auch ihr Fach. Schließlich hatte sie diesem Fach alles untergeordnet, es war ihr innerster Trieb, und es war auch die höchste Zeit, das nicht zu vergessen.

Die anderen vertrieben sich mittlerweile den Rest ihrer Lustfahrt mit dem Abspielen angeblich hochkultivierter Schallplatten, ein Zeitvertreib, dem sie selbst aber keinen Geschmack abgewann. Das unentwegte Gedudel grenzte für ihre Begriffe an höheren Stumpfsinn. Es war ein Mechanismus, wie durch die Wurstmaschine gedreht, außerdem meistens zurechtfrisiert und garniert, eine musikalische Redseligkeit, die lediglich am Ursprung der wahren Thematik schmarotzte. Ja, Lydia sah darin nichts Geringeres als einen Appell an ihre Mission. Bloß zum Zeitvertreib war sie nicht auf der Welt.

Sie sei kein konvulsivischer Übermensch mit lauter Schaum vorm Mund und lauter Euphorien im Kopf, hatte sie einmal zu Alice gesagt. Iphigenie sei auch kein Mannweib. Aber sie sehe die Zeit voraus, da sie sich gezwungen sehen werde, den Skorpion in ihr zu entdecken, zumal sie das ohnehin sei, ein Skorpion.

Indem sie sich wieder darauf besann, war ihr in der Tat zumut wie dem eigenen Kerker entsprungen, was nicht zuletzt auch ihrer Beziehung zu Herrn ten Dam zugute kam, den Alfredo zu nennen ihr nun ganz anders gelang als bisher. Für die andern war er der Mister, für sie der Alfredo. Eine Tarnkappe nach der andern war von ihm abgefallen, das Dutzend Redensarten, das er beherrschte, kannte sie auch, und seine Fähigkeit, das Chamäleon zu spielen und die Farbe zu wechseln, war ihr nichts Neues. Sogar seine sexuelle Manie, sie durchaus zur Hure und Zuchthäuslerin zu machen, fand sie doch auch belächelnswert, da sie offenbar gar zu hoch über ihm stand, als daß er sich nicht bemüßigt gefühlt hätte, sich dafür zu rächen, selbstverständlich ganz unbewußt. Ihre Würde blieb trotzdem unverletzt. Sie hatte sich hingegeben, gewiß, aber nicht preisgegeben. Es war sogar ein Triumph, zu erkennen, daß er ihr anders nicht hatte beikommen können. Er nannte es kriminell, er sprach von Geständnis, er fühlte sich lebenslänglich verurteilt, nur weil er sich einer Aktion verschrieb wie sie schließlich auch. An diesem Wortschatz gemessen, war nicht zu verhehlen, daß er wohl nicht nur jene Patentfigur war, die er der Außenwelt zeigte. Es sei nichts so selten wie eine echte Aktion, hatte er einmal gesagt. Darin gab sie ihm recht. Das war seine Stärke, und das hatte sie gleich gespürt, gleich bei der ersten Bekanntschaft. Ganz nebenbei, so halb insgeheim, wenn er sich mit Twentyman unterhalten hatte, hatte sie auch eine Art Abschlußformel an ihm entdeckt. Dann streckte er nämlich den Daumen nach unten. Was ihr aber noch fehlte, im Grunde noch immer, das war letzten Endes der Beweis seines Vertrauens, ein Beweis, der nur dadurch geliefert werden konnte, daß er vor ihr die Karten aufdeckte, die er bisher, wie ihr schien, lediglich aus der Hinterhand ausgespielt hatte.

»Darf ich dich darauf aufmerksam machen, daß es an der Zeit ist, dich nicht mehr zu täuschen?« sagte sie deshalb bei erster Gelegenheit.

»Mich selbst?« fragte er überrascht. »Worüber?«

»Daß ich Bescheid weiß.«

Über alle Maßen verblüfft, vernahm Lydia, wie er darauf einfach sagte:

»Dann kannst du ja hingehen und mich verraten.«

Sie starrte ihn an, bis ihr plötzlich eine Art Lachkrampf entfuhr, dem aber sogleich eine wie aus allen Winkeln hervorgeholte Entschuldigung folgte. Darauf kamen sie überein, sich's gemütlich zu machen, indem sie sich auf dem Hinterdeck etwas Schattiges suchten, mit zwei Liegestühlen und fern von den anderen, wo sie sich ungestört aussprechen konnten.

»Du bist mir so nah«, sagte Alfredo. »In allem bist du dabei. Ich dachte, du hättest den Charme, einen Wechselbalg aus den Angeln zu heben.«

»Mit Charme allein dürfte das nicht gelingen.«

»Dann mit doppeltem Charme.«

»Desperado!« sagte Lydia nicht ohne Frivolität, zumal sie sich in der Gewißheit wiegte, ihn in die Enge getrieben zu haben. Erst hinterher bemerkte sie, daß er es anscheinend ernst nahm.

»Du bist heute so anders. Was ist?«

Er könne sie nicht ins Auge fassen, meinte er, ohne sie an dem Bild zu messen, das er sich von ihr gemacht habe.

»Nur eine Frage«, sagte Lydia.

»Und die wäre?«

»Ich hätte gern gewußt, ob du das für human hältst, was du da treibst. So außerhalb der Gesellschaft. Doch allerhand.«

Darauf sagte er lange Zeit nichts. Aber es ging eine Macht von ihm aus, durch die sie ihr eben noch so selbstsicheres Ich ums Haar außer Kurs gesetzt sah. Ein verstohlenes Zucken rann ihr übers Gesicht. Es war kein Stolz mehr darin und auch keine Scham. Es war etwas Fremdes, als gehöre sie selbst nicht dazu. Er hatte es nicht bemerkt.

»Alles aufrichtig und human. Sehr schön!« sagte Alfredo schließlich. »Das sind so Träume. Die Erfahrung hat sie schon hundertmal widerlegt. Du kommst nicht durch – ohne besondere Mittel, die heikel aussehen, wenn es gelingt, und verbrecherisch sind, sobald es schiefgeht. An Fieberpunkten wird immer der Mob aktiviert, angeführt von einer Corona fanatisierter oder auch uniformierter Ganoven. Generäle sind da nicht besser. Die besten Handschuhe wissen natürlich von nichts. Auch ein Botschafter schlägt sich ja nicht mit dem Botschafter eines im Kriegszustand befindlichen Staates. Human! Das stimmt nur auf dem Papier. Das Direkte ist immer gemein, das Abgefeimte human. Das ist der ganze Unterschied.«

»Du hast mir die Hände gebunden«, versetzte Lydia. Es geschah aber mehr zur Ermunterung, daß sie das sagte, und es geschah auch mehr aus ihr heraus, ohne ihr Zutun.

»Die Menschheit verlangt das Opiat«, fuhr er fort. »Dafür gibt es Begriffe. Im übrigen schluckt sie soviel Tabletten, ganze Industrien leben davon. Wer's versteht, wird reich, und wer reich ist, kann wirken. Also, was macht's dann schon aus, wenn auch wir ein Pulverchen schnupfen? Du willst doch, daß wir dich finanzieren? Na also! Sieh dir das Geld an! Mit deiner Hände Arbeit allein, was kannst du da schaffen? Das Nötigste, mehr nicht. Das Kapital heckt für sich, es heckt aber auch allerlei aus.«

»Hier habe ich etwas«, unterbrach sich Alfredo.

Er zog ein Papier aus einer aus der hinteren Hose hervorgeangelten Brieftasche hervor und las:

›INTERNATIONAL FINANCIAL ADVISORY SERVICE MEXICO

CITY Wir gehen einem Hausse-Markt entgegen. Können Sie sich leisten, eine solche Chance auszulassen? Heute können wir Ihnen eine Aktie von überragendem Wert anbieten, und Sie werden zu den Ausgabepreisen einsteigen können. Die erste europäische Film-Gesellschaft, die an der Börse eingeführt wird ...‹ »Und so weiter und so weiter. Das ist unser Entwurf.«

»Und das andere?« sagte Lydia nicht ohne langhin schweifenden Blick übers Meer.

Er verstand sehr gut, fragte aber nichtsdestoweniger, ob sie mehr den Rest darunter verstanden wissen wolle oder den hochnotpeinlichen Akt der Voraussetzung.

Sie habe doch sicherlich auch schon bemerkt, daß alles, was die Politik anrichte, im Endergebnis – es gebe ja auch ein Zwischenergebnis und eigentlich gebe es immer nur das – indiskutabel sei, weil es lediglich auf eine Verschleierung der wahren Interessen hinauslaufe.

»Die wahren Interessen«, meinte Alfredo, »was soll das sonst sein als Einfluß, Geltung, Macht. Alles Ideologische ist nur das Feuer darunter. Die Leidenschaften werden in Dienst gestellt. An sich ist jeder nur Kreatur, die mehr oder weniger mit sich zurechtkommen will. Hier aber werden Gespenster erzeugt, und es wird mit der Angst Geschäft gemacht. Einst standen die Türken vor Wien und das sogenannte Abendland war in Gefahr. Jetzt sind die Türken unsere Freunde. Paradox! Welch eine klägliche Engstirnigkeit muß das sein, die Jahrhunderte braucht, um Freundschaften zu stiften! Da haben sie sich über der Frage zerstritten, ob es heißt, das ist mein Leib oder das bedeutet mein Leib. Das glaubst du doch selbst nicht. Da stecken ganz einfach angeheizte Antipathien dahinter und natürlich Interessen. Schon an der nächsten Nachbarschaft läßt sich das demonstrieren, besonders der Geltungstrieb. Wickle solch einem Fant, der sich zurückgesetzt fühlt, eine Binde um den Arm, stecke ihn in eine Uniform oder Livree und weise ihm drei Quadratmeter an, über die er die Befugnis hat, zu wachen und zu entscheiden. Vor jeder Bude mit Eintrittsgeld steht so ein Ordner. Als Hintergrund hat man ihm das Gesetz aufgebaut, in dessen Namen er sich in Szene setzt. Da hilft nur die richtige Masche, und schon kommst du durch. Die Diplomaten untereinander wissen das längst, die lassen sich nicht das Gepäck durchwühlen. Die sitzen auch heute noch an Tafeln, aus denen der Durchschnitt längst Kleinholz gemacht hat. Wir erkennen diese Methoden nicht an. Das ist das ganze Geheimnis. Wir lassen uns kein Korsett vorschreiben, am wenigsten von der Kurzsichtigkeit jener Hampelmänner, die uns regieren. Dabei mußt du bedenken: die Erdteile sind in Aufruhr begriffen, so auch die Rassen. Ich greife den Faden nur dort wieder auf, wo ihn der junge Herr Morawé hat im Stich lassen müssen, im Orient. Arabien, Ägypten. Wir geben noch eine Spritztour hinzu: Südamerika, Südostasien. Vielleicht ist es ein Fluch, weil es auch ein Geschäft ist. Wenn aber wir es nicht machen, macht es ein anderer. Bei uns jedenfalls schneit es.«

»Hier aber nicht«, versicherte Lydia.

»Hier kommt der Mistral«, rief Alfredo statt dessen.

Er hatte es so unvermittelt gerufen, daß Lydia sich umgewandt hatte wie aufgrund eines Warnrufes, worauf sie denn auch Mustapha el Danguir auffallend eilig auf sie zukommen sah. Tatsächlich war bereits die Küste von Cannes in Sicht.

»Verzeihung, bitte sehr!« sagte der Scheich.

Er sagte es ungemein höflich, da er offenbar gewichtige Gründe hatte, ihr ihren geliebten Herrn ten Dam zu entführen. Und das war auch der Fall. Er hatte den Daumen nach unten gestreckt.

So stand Lydia ein letztes Mal an der Reling, mit zugestandenermaßen mehr als nur gemischten Gefühlen. Es war vielmehr, als wäre ein Berg von Erfahrungen in ihr übereinandergeschichtet wie eine private Archäologie, nur daß sich die einzelnen Schichten in Bewegung hielten, wodurch jede für sich gelegentlich auch zum Durchbruch kam. Sie konnte das wieder aufgreifen, sie konnte auch darauf verzichten, und sie konnte es unterdrücken, je nach Belieben. Im Augenblick war es das hingehauchte Relief des sich langsam entfaltenden Küstenstriches, dessen vielfache Kultiviertheit und Urbanität sie aufrichtig begrüßte. So in sich abgeteilt und bevorrechtigt dort jeder Ort schien, Villa an Villa, Hotel an

Hotel, es herrschte doch auch ein Fluidum dazwischen, das gleich heiter und anregend war, und selbst der Polizist inmitten war dekorativ und stellte zunächst nur sich selbst dar. Das war eine Illusion, gewiß, man konnte sie sich aber leisten. Man gönnte sie sich, und es war eben zauberhaft, sie sich zu gönnen, und nicht nur zauberhaft, sondern auch appetitlich, dem Wohlbefinden gemäß, unterhaltsam und chic. Die Aspasia, die hier aufkreuzen würde, und sei es auch nur an die Wand projiziert, wäre zweifellos ein Gewinn für die Welt. Lydia ließ diesen Luftballon steigen, um so mehr, als die Gewähr bestand, daß er nicht platzte. Die Filmfirma, für deren Zulassung an der Börse die Genehmigung vorlag oder bald vorliegen würde, wäre ja auch ein Protektorat für sie.

»Ich brauche kein Alibi«, schoß es ihr durch den Kopf. »Ich habe nichts zu verbergen. Wo ich auch gewesen sein mag, ich war immer bei mir.« Und dann schweifte sie etwas ab, und es war ihre eigene Stimme, die wie von draußen zurückkam und sagte: »Es plagt mich nicht das geringste Verlangen, eine andere zu sein. Ob so oder so, ich möchte immer nur ich sein, ein Massiv, um das niemand herumkommt, ohne sich an mir gemessen zu haben.«

»Siehst du, Alfredo?« sagte sie noch in Zwiesprache mit ihrem besseren Ich, dank dessen sie sich sogar einen fast neckischen Unterton gönnte.

Die kleine Träumerei ihrer Selbstbespiegelung hielt freilich nicht lange an. Auf Deck war schon alles dabei, sich für den Abgang zurechtzumachen, viel zu früh, wie es Lydia schien, denn der Küstenstrich, den sie für Cannes gehalten hatte, lag noch Meilen davor. Durch praktische Handgriffe geschah das auch nicht, sie hätten ja auch nicht aussteigen können, bevor das Schiff nicht angelegt haben würde. Es war aber eine Unruhe entstanden, etwas geradezu Flatterhaftes, und Elaine beispielsweise, in aufgeregtem Gespräch mit der sonst kaum in Erscheinung getretenen Lisette, rannte immerzu hin und her, so konfus und vergeßlich wie eine, die erst jetzt bemerkt zu haben schien, daß sie das falsche Schiff bestiegen haben mußte. Sie lachten denn auch untereinander, was aber anscheinend nur die Bestätigung war, daß es dem Ende zuging. Außerdem zupften sie alle paar Schritte an ihrer Frisur, wobei sie sich allerlei Worte zuwarfen.

Von ten Dam war noch nichts wieder zu sehen. Er hatte die Ruhe weg, sehr vernünftig. Es ging dann alles aber sehr rasch, viel zu rasch, um es ganz zu erfassen. Wie Lydia erfuhr, war die Funkanlage wieder in Ordnung, und er wurde auf schnellstem Kurs nach Marseille gerufen. Tarnier sei auf dem Weg nach Berlin, mit Doppeldoktor Mambrey sei etwas geschehen. Die Nachricht sei aus Marseille gekommen, seltsamerweise nicht aus Antibes. Aus Cannes sei ein Motorboot unterwegs.

»Wozu das?« fragte Lydia vergeblich.

Sie erhielt statt dessen den Auftrag, sich nach Antibes zu begeben, ins Tusculum, und dort seinen Anruf abzuwarten. Sie bekam noch Geld ausgehändigt, auch einen Paß, der eigentlich Frasquati gehörte. Von ihm, der mit Tarnier Verbindung gehabt hätte, würde sie auch noch mehr über Mambrey erfahren. Es sei kein Grund, den Kopf zu verlieren. Er selbst, ten Dam, sei spätestens in zwei Tagen wieder zurück, wenn nicht schon morgen. Mustapha el Danguir werde ihr im Hafen von Cannes ein Taxi besorgen.

»Olé!« sagte er nur, als er sich mit dem Motorboot abgesetzt hatte, in Richtung Toulon. Er küßte die eigenen Fäuste.

Abstecher dieser Art waren bei ihm ja wirklich nichts Neues. Ebenso oft war es auch geschehen, daß er einfach verreiste. Er nahm Hut und Mantel und ging davon, als ob er zum Briefkasten ginge, und in der gleichen Verfassung kam er auch wieder, wie um die Ecke. Der burschikose Akzent, mit dem er sich von Lydia verabschiedet hatte, war auch diesmal so einwandfrei, daß kein Anlaß vorlag, viel Wesens davon zu machen, sofern sie sich nicht sogar bevollmächtigt fühlte, sich zu bewähren und ihm ihre besten Wünsche mit auf den Weg zu geben. Hatte sie ihm nicht versichert, daß organisieren eine ihrer Leidenschaften sei? Also dann bitte! Das hatte ihr nur noch gefehlt, so ein Feuerzeichen des Schicksals.

Sie fühlte sich auch nicht allein. Im Gegenteil, die Behandlung durch Mustapha el Danguir war musterhaft, kein Vergleich mit den Bienen, die ihn umschwirrten. Hier war sie die Dame, wenn nicht noch mehr, nämlich eine durch künftigen Ruhm beglaubigte Größe und als solche geschätzt und geachtet und auch dementsprechend umsorgt. Er hoffe sie beglückt mit allem, was sie sich wünsche, hatte er in rührend ungelenker Art zum Abschied gesagt, und dann hatte er sie aus seiner Obhut entlassen.

Lydia rollte die Küste entlang, und die kleinen Schläge in ihrem Puls waren der Takt zur Begleitmusik dessen, was sich vor ihren Augen entrollte. Zugegeben, es war wie ein Kaleidoskop, etwas kulissenhaft, es war etwa so, als würde es nur heruntergekurbelt. Das lag aber weniger an ihr als daran, daß sie es eilig hatte, da sie möglichst bald in ihrem Tusculum eintreffen wollte, um dort zu disponieren, gleichsam als Herrin des Hauses.

Sie ließ das Taxi, das schon im voraus bezahlt war, am Gartenportal des Carlton-Rock stehen, indem sie sich den Anschein gab, als hätte sie dort eine Flucht von Appartements belegt, und dann ging sie, kunstgerecht die würzige Luft einatmend, die wenigen Meter den Abhang hinab zu Fuß. Die paar Schritte um die Ecke taten ihr gut, sie unterstützten die Konzentration, aus der ihr ein klareres Bild ihrer Stellung erwuchs sowie der Aufgabe, die ihrer harrte. Madame Frasquati würde sich wundern. Aber sie war ihr ja immer zu Diensten. Auch lag noch ein angefangener Brief an Fräulein Skepsgardt bereit. Vielleicht würde sie auch noch an Schreieck schreiben oder besser noch mit Alice telefonieren. Zeit und Mittel standen ja zur Verfügung. Sie lächelte etwas in sich hinein, weil sie ihren ersten, bisher einzigen Brief an Alice aus Marokko hatte abschicken lassen, eigentlich nur aus Daffke, wie der Berliner sagt, auf einen Ratschlag ten Dams. Verschleierungstaktik? Vielleicht auch das.

Jedenfalls war sie bestens gerüstet, als sie an eingezäunten Gärten entlang vor ihrer Behausung eintraf. Höchstens, daß ihr nun doppelt auffiel, wie verbraucht, allerdings auch versteckt, das verwohnte Gemäuer wirkte. Auch die Vegetation wirkte ziemlich verwildert, so daß es die höchste Zeit schien, hier aufzuräumen. Das war also noch eine Aufgabe mehr. Unter ihrer Anleitung wäre das aber zu schaffen. Dazu brauchte sie Personal.

Es war aber anscheinend niemand hier. Sie war eben dabei, sich Gedanken darüber zu machen, als in der Haustür zwei Herren erschienen, die sie wie eine alte Bekannte begrüßten, obwohl sie sie fragten:

»Frau Faude?«

»Das bin ich«, gab Lydia zu, bis sie einigermaßen belustigt erklärte: »Schon immer gewesen.«

»Tant mieux«, sagten die Herren, eine Bemerkung, wie sie auch Herr ten Dam zu gebrauchen pflegte. »Um so besser.«

Bei aller Liebenswürdigkeit, die sie gleichmäßig beibehielten, war den Herren aber anzumerken, daß sie von Anfang an einen Grad der Zurückhaltung übten, der nahezu etwas Amtliches hatte. Im Lauf der Unterhaltung, die gleichfalls sehr knapp verlief, hatte sich dann auch herausgestellt, daß sie in höherem Auftrag gekommen waren, und zwar aus Nizza, wohin sie zu begleiten Lydia nun eingeladen wurde. Es war die Kriminalpolizei.

Ein Irrtum sei ausgeschlossen, meinten die Herren.

Lydia war zwar nicht dieser Meinung, da aber kein Zeuge da war, es war weit und breit kein Schwanz der beiden Frasquatis zu sehen, schloß sie sich, im Interesse der Aufklärung, dieser Einladung an. Und so fuhr sie sozusagen in höherer Mission, wie einstmals gekommen, nach Nizza zurück. Ihre Begleiter, obwohl in Zivil und obwohl nicht weniger gewandt als Tarnier oder ten Dam, wären vielleicht auch gesprächig gewesen, wenn sie nicht nach Vorschrift gehandelt hätten. Immerhin sprachen sie über die Gegend, die eben doch viel zu schön sei, als daß nicht auch Ungeziefer drin säße, ferner über das Pflaster und auch über den explosiven Zustand der Politik, dank derer selbst der Wüstensand Staub aufwirble. Dabei versuchten sie aber nicht, Lydias Meinung herauszulocken, um sich von ihr belehren zu lassen. Das war das einzig Unangenehme an ihnen, daß sie einfach so taten, als sei alles so, wie es den Anschein hatte.

In Nizza, was allerdings unerhört war, kam es zu einem Verhör. »Kann ich jetzt gehen?« hatte Lydia gesagt. Darauf sagten sie nur: »Jaja.« Sie ließen sie aber trotzdem nicht fort. Erst nach Einschaltung des deutschen Konsulates sowie nach Konfiszierung des Passes von Monsieur Frasquati, den sie dummerweise bei sich geführt hatte, und nicht zuletzt nach Aushändigung beziehungsweise Rückgabe ihres an Fräulein Skepsgardt gerichteten Briefentwurfes, der als Beweis ihrer Unschuld gedient und sie recht eigentlich gerettet hatte, wurde sie wieder entlassen. Darüber waren jedoch zwei Tage vergangen, das ganze schöne Ostern. Das wäre aber nicht das Schlimmste gewesen, wenn ihr der deutsche Konsul, dessen Bekanntschaft gemacht zu haben übrigens großartig war, nicht alles Nähere mitgeteilt hätte. Er hatte es ihr schwarz auf weiß gezeigt, in der Presse. ›Internationaler Spionage- und Rauschgiftring gesprengt‹, stand dort zu lesen. Der Hauptanführer war allerdings flüchtig. Er habe schon einmal im Zuchthaus gesessen und trete unter verschiedenen Namen auf.

»Unter welchem denn jetzt?« hatte Lydia gefragt.

»Ten Dam.«

Sein amtlicher Name hingegen …

Der beste Mann des Jahrhunderts war also dem Zuchthaus entsprungen und hieß in Wirklichkeit Edmund Heckscher.

V *Die höhere Vollmacht*

1 Wechselvolle Ereignisse hatte Berlins Offizielle Sibylle Anfang des Jahres vorausgesagt, und zweifellos blieben die Tage auch in den Wohnblocks der Künstlerkolonie nicht stehen, obwohl es zuweilen den Anschein hatte, als ob sie sich nur wiederholten, vom ersten des Monats bis jeweils zum letzten, und als ob sie überhaupt nicht die Kraft aufbrächten, sich auf sich selbst zu besinnen, geschweige einem Ereignis als solchem, mochte es sein, wie es wollte, den gebührenden Platz einzuräumen. Wechselvoll, das ja, das waren sie schließlich alle, nur war dieser dauernde Wechsel eher von der Art jener, die ungedeckt blieben. Aber auch die Ereignisse selber gingen ungemein glatt vonstatten, sofern sie so rücksichtsvoll waren, denen, die sie zur Kenntnis nahmen, nicht auf den Leib zu rücken. Außerdem hatten die meisten, sei's nun ein Attentat, vielleicht in Marokko, oder der Schlaganfall eines Rechtsanwaltes infolge eines Konfliktes mit seinem Neffen, es so an sich, daß sie einer ganz anderen Logik folgten, einer Logik, die offenbar kopflos war und jeder Voraussicht durch höhere Kapazitäten Hohn sprach. Diese Überstudierten waren dann auch nicht gescheiter als der Mann auf der Straße, und die aufgetischten Trivialitäten unterschieden sich lediglich durch den entweder mehr wissenschaftlichen oder mehr volkstümlichen Grad der Ausdrucksweise, wobei diese selbst, je spontaner und primitiver, desto lebhafter und farbiger war, ja sogar mehr dem Zentrum der Tatsachen angepaßt.

»Nein doch!« rief beispielsweise Edeltraud Fumfek in der Wanzenburg aus, als sie die Nachricht von Mambreys Schlaganfall durchtelefoniert bekam. »Dieser verwurmte Bovist? Dieser Kartoffelbauch?«

Die Fumfek war gerade dem Seifenschaum des häuslichen Bades entstiegen, wo ihr in altvertraut genüßlicher Weise ihr Körper das Liebste war und wo sie ihn an den sonst selteneren Stellen für Ostern gründlich zurechtgeputzt hatte, und so mußte sie sich erst auf ihr Mundwerk besinnen wie überhaupt auf den Umstand, daß sie vornehmlich die Baronin Pißnelke oder auch Tettendorf war, ehe sie auf anderer Ebene fortfahren konnte:

»Das war ja mal fällig. Das mußte sich ja mal rächen, bei dem Betrieb dort.«

Darauf hing sie noch lange am Telefon, länger als je und womöglich noch lauter, obwohl sie an sich schon der reinste Lautsprecher war.

»Der ganze Laden dort stinkt ja nach Bett«, rief sie vernehmlich, ohne zu bedenken, wie sehr sie damit auch sich selbst charakterisierte. »Die sind ja in der Irrenhauszelle zur Welt gekommen. Das sind die, die immer ihr zweites Ich vorschieben. Und der Mambrey, das ist so einer mit Angeberformat. Der redet dir drei Löcher in den Bauch, und keines davon ist wahr. Das hat er davon, daß er nun auf dem Zahnfleisch geht. Naja, die meisten sind ja so dusel-musel, die sehen nichts voraus. Aber sieh mal fern, wenn du kurzsichtig bist! Ich sag's ja: klug werden die Menschen nicht mehr, das hat schon zu lange gedauert.«

Schließlich verstieg sie sich zu der Behauptung, daß das der Untergang sei. Das gleiche hatte sie später auch Katrix gegenüber wiederholt, nicht fernmündlich diesmal, sondern direkt ins Gesicht, worauf jedoch Schreieck, dem es sofort hinterbracht worden war, mit erstaunlich ausdrucksloser Gefaßtheit lediglich meinte:

»Untergang? Das zieht bei mir nicht mehr. Ich habe das deutsche Volk samt Kapitalisten und Futuristen schon hundertmal untergehen sehen, aber die Bande lebt noch immer, die meisten sogar viel besser als vorher. Das sind Leichenfledderer par excellence, da lebt jeder von einem Schock Leichen. Und so kommt es hier auch noch.«

Die Pißnelke hatte die Nachricht von ihrer Bekannten in Dahlem erfahren, die es ihrerseits wiederum von Jelkas Freundin Margot zugesteckt bekommen hatte, mit dem besonderen Nachsatz, daß Jelka ihr Schäfchen im trockenen habe, weshalb sie über Ostern wahrscheinlich nicht anwesend sein werde, während ihr selbst, also Margot, nahegelegt worden sei, sich die Feiertage über bei ihrer Dahlemer Freundin einzuquartieren, hauptsächlich auch wegen Schnäcki und den zwei Katzen. Es bestünde ja sonst die Gefahr, daß das ganze Getier mit Hilfe von Morawékonfekt vergiftet werden müßte, was dann die reinste Tragödie wäre. Das war aber nur in der ersten Verwirrung beratschlagt worden, denn inzwischen hatte sich Tarnier gemeldet. Er war bereits in Berlin.

Im Erdgeschoß der Tintenburg drüben blieben die Fensterläden allerdings heruntergelassen und die Türen verschlossen, und es sah ganz danach aus, als wüßte dort niemand Bescheid. Alice hatte sich geschäftlich nach Krefeld begeben, und Lydia, wie es hieß, segelte an der Riviera auf der Höhe der Situation, wenn nicht noch höher, falls sie nicht überhaupt in Ägypten war, im Zwiegespräch mit dem unergründlichen Rätsel der Sphinx, oder auch in New York, um dort der tönernen Hohlheit der Freiheitsstatue ein windiges Kompliment zu machen. Die sich in derlei Latwerge ergingen, hatten aber wahrlich nichts weiter im Sinn, als ihre kümmerliche Zurückgebliebenheit zu kaschieren, denn sie spürten nur allzu gut, daß es bei ihnen zu wahren Entschlüssen nicht reichte und daß es andererseits Ereignisse gab, an denen teilzunehmen es ihnen einfach an Vorbildung fehlte, weil sie es auch im Alltag bestenfalls nur bis zu Rollen brachten, die nicht einmal das wert waren, was sie versprachen. Nicht einmal die Feuerwehr kam zu ihnen. Eine Meinung hatten sie allerdings auch, aber meistens war das nur ein Absud aus Schadenfreude und Neid oder ein unmaßgebliches Abbild ihrer nicht auszurottenden Selbstsucht und Engstirnigkeit, welch vortreffliche Eigenschaften indessen die einzigen waren, um sich selbst zu behaupten. In diesem Punkt hatte die Pißnelke zeitlebens mit gleichem Kaliber geurteilt wie Lydia, nur drei Stufen krasser, und es hatte ihr nie etwas ausgemacht, es offen herauszusagen, wie sie denn auch im Hinblick auf ihren Olaf unumwunden erklärte: »Den kannst du mit dem Revolver ins Sinfoniekonzert treiben, kultiviert wird der nicht« – woran höchstens wieder merkwürdig war, daß sie sich offenbar selbst dafür hielt.

Es soll damit nur gesagt sein, daß es des Guten denn doch zuviel war, sich vor der Nachbarschaft zu verstecken, wie die geborene von Hassewitz in ihrer Eigenschaft als Mama es tat, obwohl sie von Alice ausdrücklich beauftragt war, sich während ihrer Abwesenheit gelegentlich um die Wohnung zu kümmern, was weiter nichts hieß, als über Ostern einmal zu lüften und den Stiefmütterchen in der Loggia etwas Wasser zu geben. Irgendein Gerichtsvollzieher würde ja nicht gerade erscheinen, Kundschaft auch nicht, und ans Telefon brauchte sie ja nicht zu gehen, das sollte nur läuten, es hörte auch wieder auf.

»Und Einbrecher?« hatte Mama gesagt.

»Die finden höchstens nur dich«, hatte Alice gescherzt. Was wäre denn sonst zu finden?

»Aber wenn nun ein Telegramm kommt?«

»Dann nimmst du es eben entgegen.«

»Und wer macht es auf?« hatte Mama wahrhaftig gefragt.

Da war sie von Alice aber nur angeblickt worden.

»Ich jedenfalls nicht«, hatte sie trotzdem gesagt. »Ich nicht.«

Mit dieser Beteuerung, die sie noch dahingehend erweitert hatte, daß sie nicht willens sei, ihre Nase in fremde Angelegenheiten zu stecken, auch nicht in die ihrer Töchter, hatte Mama sich schließlich zur Beaufsichtigung der Wohnung bereitgefunden, nicht ohne hinzuzufügen, daß sie sich eben als Aufwartung vorstellen würde, falls eine unvermutete Anfrage käme.

Nichtsdestoweniger hatte sie, die doch immer so stolz darauf war, zu den vorgerückten Jahrgängen zu zählen, reif genug, um der Welt ihren Willen zu lassen, sich nicht unterwinden können, bereits an Alices Abreisetag eine Besichtigung vorzunehmen, und zwar unter dem Vorwand, daß später nicht behauptet werden könnte, daß etwas fehlte, was überhaupt nie dagewesen war. Sie hatte sich gegen Abend mit einer Handtasche in die Wohnung geschlichen wie eine Marktfrau, hatte den Schlüssel unmerklich umgedreht und sich hinterher eingeschlossen, und dann hatte sie die Fenster geöffnet, jedoch ohne die Läden hochzuziehen. Auch mit dem Licht war sie ganz sparsam verfahren, es brannte nur in der Diele, und so langte nur ein spärlicher Spalt in Lydias Solarium und in Alices Arbeitsraum, was aber fürs erste genügte. Bei Alice war alles gut aufgeräumt, wie zu erwarten. Das leichte Gelb der Tapete, das sonst so angenehm war, war zwar schon etwas verblaßt, das lag aber auch daran, daß das Zimmer so unbelebt wirkte. Die blaue Garnitur der Sessel war schließlich auch nicht von heute. Nicht, daß sie schadhaft war, sie war bestens gepflegt, aber der umherforschende Blick mußte fortwährend befürchten, irgendein fusselartiges Anzeichen, ein minimales Stäubchen darauf zu entdecken. Zwei-, dreimal wischte die geborene von Hassewitz auch über den Arbeitstisch, dessen Politur ihr besonders gefiel, nicht eigentlich wegen des Glanzes, sondern weil eben darauf gearbeitet wurde, was sicherlich auch dem Herrn Generaldirektor Motzkus einen nicht zu verachtenden Respekt eingeflößt hatte. Und das machte sich eben bezahlt. So war es richtig. Das würde dann auch noch zur Heirat führen, so oder so, wenn nicht so, dann so, sicherlich aber mit Freudentränen. Druckfehler brauchte man deswegen jedenfalls nicht zu sprechen.

Bei Lydia war das leider ganz anders, und deshalb warf die geborene von Hassewitz auch nur einen flüchtigen Blick in deren Kemenate, zumal sie dabei furchtbar erschrak, denn es hatte geläutet – ob an der Wohnungstür oder am Telefon, wußte sie im Augenblick nicht zu sagen, sie hatte nur plötzlich einen Schlag verspürt, der ihre Nerven zusammenzog, alles zu einem einzigen Strick. Als es vorbei war, hatte sie sich aus dem Staub gemacht, wobei sie nicht einmal wußte, ob sie die Fenster wieder geschlossen und den Schlüssel in der Wohnungstür ordnungsgemäß zweimal herumgedreht hatte, wie Alice es ihr eingeschärft hatte. So blieb ihr nichts übrig, als am nächsten Tag abermals hinzugehen, gleich nach dem Frühstück.

Leider war niemand da, um zu erzählen, wie erleichtert sie war, daß sie nichts falsch gemacht hatte. Es stand alles an seinem Ort, sogar, wie es schien, viel bequemer als vorher, so daß sie sich ernsthaft fragte, warum ihr eigentlich nicht erlaubt sein sollte, hier ein- und auszugehen. Das Wohnungsschild draußen lautete Schlör, Alice Schlör, und eine verwitwete Schlör war sie ja auch, abgesehen davon, daß sie auch eine geborene von Hassewitz war.

Außerdem waren es ihre Töchter, und wenn sie schon die Vollmacht besaß, die Wohnung zu hüten, so hatte sie auch die Pflicht, sich darum zu kümmern. Gewiß war es ein Zeichen der Zeit, wie die Gräfin von Ujest sagte, daß die Mitverantwortung am Schicksal des Nächsten, geschweige der erzieherische Anteil der Eltern, für nichts mehr galt und nur noch der reinste Pustekuchen war, aber ganz in der Ecke brauchte man deswegen nicht zu stehen. Schließlich war ja auch sie es gewesen, die für gut genug befunden worden war, eine Vollmacht aus den Händen zu geben, die sie übrigens auch jederzeit hätte wieder zurückfordern können. Das hing nur von ihr ab wie auch der unangetastete Bestand dieser Wohnung.

Nach dem Frühstück pflegte die geborene von Hassewitz zu Hause am Fenster zu sitzen und Zeitung zu lesen. Es war nicht die erstbeste Zeitung, die sie zur Hand nahm, es war einzig und allein die ihrige, an die sie gewöhnt war, und obwohl sie ihre Ansichten daraus bezog, gab sie sich des innersten Glaubens hin, daß es ihre eigenen Ansichten wären. Sie las genau das heraus, was ihr angeblich schon vertraut war. Trotzdem war sie sich völlig im unklaren darüber, daß in der Redaktion auch allerlei Leute saßen, die ihr Leib- und Magenblatt machten, indem sie die einzelnen Druckseiten vorher auch schrieben. Es kam ihr überhaupt nicht in den Sinn, daß Nachrichten von Agenturen geliefert werden könnten. In ihrer Vorstellung trafen Nachrichten ganz von selbst ein, eben von irgendwoher. Die Zeitung entstand somit einfach aus der Zeitung, und das machte sich täglich von selbst. Nicht, daß sie das aussprach! Soweit dachte sie nicht. Es war einfach ihre Gewohnheit, die Zeitung zu nehmen, und das war dann ihr Frühstücksmärchen. Das bekam sie geliefert.

Da sie dummerweise von Hause davongestürzt war, ohne ihre Zeitung zu lesen, und auch vergessen hatte, sie mitzunehmen, andererseits aber von einem Gefühl geplagt wurde, irgend etwas zu lesen, ergriff sie in der Wohnung fast alles, was lesbar war, um das Versäumte nachzuholen. Inzwischen war sie auch mutig genug, die Fensterläden hochzuziehen, zum Beweis, daß die Wohnung bewohnt war. Und so hatte sie auch vor Lydias Heiligtum keine Scheu mehr. Im Gegenteil, sie war mittlerweile dort eingedrungen und bewegte sich dort wie Lydia selbst.

Zweifellos war in Lydias vier Wänden alles viel interessanter, allein schon der Toilettentisch, dann aber auch die Bühnenfotos und Rollenfächer, die von einer so zukunftsreichen Vergangenheit sprachen. Das war immerhin einen Seufzer wert, denn es hatte sich alles ganz anders entwickelt. Ja, diese Lydia! Sie war schon als Kind so stürmisch gewachsen, daß man es manchmal mit der Angst bekam, sie könnte nun immer so weiterwachsen, ihnen allen über den Kopf. Und was dann? Dann wäre sie nur noch als Riesendame verwendbar gewesen, sozusagen als Jahrmarktsschlager. Ein Glück, meinte die geborene von Hassewitz, daß wenigstens Bernhard gekommen war und dem bedrohlichen Wachstum Einhalt geboten hatte, auch geistig. Aber nun war sie trotzdem auch Bernhard entwachsen, und es wuchs sich das alles so aus, daß man wahrhaftig zu zittern begann. Was war sie denn nun? Geschieden! Und in welcher Gesellschaft bewegte sie sich, welche Aussichten hatte sie aufzuweisen? Höchstens doch Morawé! Alles andere stand ja doch in der Luft. Jedenfalls war dieser Herr ten Dam und die Bekanntschaft mit ihm ein Ereignis, das nicht mehr zu fassen war. Sie, die geborene von Hassewitz, konnte es nicht.

Ziemlich gedankenlos hatte sie inzwischen auf Lydias Schreibtisch herumgekramt, wo es nicht sehr ordentlich aussah, als sie auch ein paar Papiere entdeckte, ganz lose Blätter. Sie lagen so herum wie das andere auch, und es war kein Verbrechen, auch dort mal ein wenig zu lesen, obwohl sie eigentlich nicht recht wußte, wozu sie das tat, es sei denn höchstens, um etwas zu lesen. Aus Neugier tat sie es nicht. Sie begriff auch erst gar nicht, was sie da las, denn wie hätte sie auch begreifen sollen, wieso Lydia dazu gekommen war, eine Art Nachruf zu entwerfen. Erst allmählich war das auch in ihr Bewußtsein gedrungen.

»Tieferschüttert«, stand da zu lesen, »geben wir das Ableben unserer geliebten Mama bekannt, Magdalena verwitwete Schlör, geborene von Hassewitz…« Darunter stand ferner dasselbe noch mal, nur anders formuliert. »In tiefer Trauer… Ableben…

Hinscheiden ... die Augen für immer geschlossen.« Aber dann hieß es auch wieder: »Unerwartet wurde uns gestern unsere geliebte Mama entrissen.« Grauenvoll! Denn da fing es schon wieder an: »Wir haben die traurige Pflicht ...«

Eine Zeitlang wußte die geborene von Hassewitz tatsächlich nicht, ob sie ihre eigene Todesanzeige gelesen hatte. Sie hatte nur die eine Befürchtung, es könnte morgen schon in der Zeitung stehen, vielleicht auch schon heute.

»Hilfe!« hätte sie am liebsten gerufen, wenn sie nur Luft gehabt hätte.

Aber dann verließ sie Lydias Solarium. Mit farblosen Lippen sagte sie nur noch: »So, so«, oder auch: »Das hast du davon«, worauf sie halb abwesend und ganz mechanisch die Fensterläden wieder herabließ, nicht ohne Schwur, dieses von allen Geistern verlassene Totensolarium niemals mehr zu betreten. Sie war ganz gefaßt, nur eben auf eine fast jenseitige Weise. Eigentlich war ihr auch leicht zumut, nur etwas zu leicht, und das war auch der Grund, weshalb sie nun trotzdem den Hörer abnahm, als das Telefon ging.

»Hier bei Schlör«, sagte sie tonlos.

Sie hatte nicht gleich verstanden, deshalb fragte sie nochmals: »Wer bitte?«

Mit einem Mal überfiel sie jedoch eine unerklärliche Lust, alles wissen zu wollen, und sei es ihren eigenen Beerdigungstermin, und das veranlaßte sie, sich zusammenzuraffen.

»Hier ist Frau Schlör«, sagte sie deutlich. »Nein, nicht Alice. Frau Magdalena verwitwete Schlör, geborene von Hassewitz.«

»Gnädige Frau!« hörte sie am anderen Ende rufen, aber von dort so hocherfreut, als ob der größte Glücksfall wäre, daß sie noch lebte.

Jetzt erst begriff sie, daß man sie suchte und daß man überall nach ihr herumgesucht hatte. Es war Fräulein Jelka Morawé.

Da ein Unglück selten allein kommt, konnte auch Jelka nur berichten, daß Doppeldoktor Mambrey, ausgerechnet zwei Tage vor Ostern, einen Schlaganfall erlitten hätte, ein Umstand, der leider eine Kettenreaktion geschäftlicher Notwendigkeiten nach sich zöge beziehungsweise auslösen würde. Lydia sei ja verreist, nur sei leider nicht bekannt, wo sie sich aufhält, vielleicht in Marokko, so daß mit ihrer Rückkehr wohl erst in der Woche nach Ostern zu rechnen sei. Es lägen ja auch die Feiertage dazwischen, wo sowieso alles Geschäftliche stillsteht. Dessenungeachtet habe sie ihr einen Vorschlag zu unterbreiten, im Interesse der Sache.

»Wem? Mir?« hatte die geborene von Hassewitz ganz erstaunt ausgerufen, worauf sie indessen zu hören bekam, daß sie ja, moralisch zumindest, die eigentliche Bevollmächtigte sei, abgesehen davon, daß sie sich liebenswürdigerweise schon einmal um das Geschäft gekümmert habe. Aber das könnten sie ja noch besprechen. Vielleicht käme sie einmal vorbei? Da fiele ihr übrigens ein, daß Monsieur Tarnier zufällig in Berlin sei, wenn auch so zufällig nicht, Tarnier, den sie ja aus der Gesellschaft bei Mambrey kenne, sie wisse schon, dieser lebhafte Herr, so quickfidel. Ja, der. Vielleicht könnte er die Ostertage in ihrer Wohnung verbringen, da sie doch leer sei. In welcher? Nun, bei ihrer Tochter Alice, die ja gleichfalls verreist sei. Sie selbst, Jelka, müßte mit Monsieur Tarnier wahrscheinlich ebenfalls ein paar Tage verreisen. Ja, das sei ulkig, manchmal sei alles verreist, sogar inmitten Berlins, wo es vorkommen könne, daß Vater auf dem Funkturm sitzt, Mutter im Zoo, der Bruder in Moabit und der Schwager in Plötzensee.

»Gnädige Frau«, hatte Jelka zum Schluß noch herübergeflötet, »ich bin glücklich, Sie wiederzusehen.«

»Gewiß, verheertes Fräulein Jelka.«

Das hatte die geborene von Hassewitz ganz unwillkürlich versprochen, womit ihr nur abermals einer ihrer klassischen Druckfehler unterlaufen war. Verheertes Fräulein Jelka!

Aber wie zuweilen durch eine Fehlleistung nichtsdestoweniger eine echte Wahrheit zutage kommt, so hätte sich wohl auch in diesem Fall sagen lassen, daß über dem ganzen privaten Nachrichtennetz, das sich mit Mambrey befaßte, ein leichter Geruch von Verheerung, um nicht zu sagen Verwesung, schwebte, obwohl davon nichts in der Zeitung stand, wie die geborene von

Hassewitz beim Studium ihrer Feiertagsnummer festgestellt hatte. Dort war hauptsächlich von Auferstehung die Rede, die allerdings die Verwesung voraussetzt, aber das war alles derart verklausuliert wie Jelkas redselige Vorschläge. Zuletzt lief alles nur auf eines hinaus, nämlich daß Geschäft Geschäft ist, Leben Leben und Tod Tod und daß es eben darauf ankam, das Rechte zu tun, auch wenn man nicht genau wußte, was das nun wiederum war, das Rechte. Die geborene von Hassewitz hatte jedenfalls Jelkas Wünschen entsprochen, und so hatte Monsieur Tarnier es vorgezogen, nicht ins Hotel zu gehen, denn sie waren ja ohnehin überfüllt, sondern sich im Erdgeschoß der Tintenburg einzurichten. Erstens war damit auch ein Schutz gegen Einbrecher gewährt, und außerdem hatte es den Vorzug, daß das übliche Ausfüllen polizeilicher Anmeldeformulare wegfiel. Es handelte sich ja auch nur um zwei, drei Tage.

»Ich bin nur froh, daß meine Töchter nicht da sind«, hatte die geborene von Hassewitz zu Fräulein Skepsgardt gesagt, die die einzige war, die sich im Auftrag der Gräfin von Ujest nach Mambreys Befinden erkundigt hatte, »meine Töchter nicht da sind, wenigstens das. So kann wenigstens ich es sein, die den ersten Stoß abfängt.«

Selbstverständlich hatte sich Fräulein Skepsgardt jeder privaten Stellungnahme enthalten, vor allem, soweit das Geschäftliche und Juristische in Frage kam. Sie war strikt ihrer Order gefolgt, indem sie in Mambreys Villa einen Anstandsbesuch gemacht hatte, wo aber nur die alte Lina anwesend war, von der sie dann die Adresse der Klinik erfahren hatte. Es war ein berühmter Professor, wenn auch nicht derart berühmt, daß er imstande gewesen wäre, das Gehirn eines Rechtsanwaltes zu extrahieren, um es durch das Gehirn eines Ziegenbocks zu ersetzen. Dort hatte man sie aber nicht vorgelassen. Es war nur zu einem Fachgespräch mit einem Assistenten gekommen, hie Krankenschwester, hie Assistent, aber das war so einsichtig und über alle Maßen vertraulich verlaufen, wie es dem Ansehen des Patienten entsprach, zumal der Patient gegen äußere Einflüsse abgeschirmt werden mußte. Aus ihrer Zeit bei dem alten Herrn von Zembrowski war Fräulein Skepsgardt ja darin bewandert, und außerdem war auch die Gräfin von Ujest nicht in der Lage, sich schon wieder aufzuregen. Als Lydias Mama sich gemeldet hatte, war es der Skepsgardt überlassen worden, zwei hilfreiche Worte mit ihr zu wechseln, wobei sie sich übrigens gewundert hatte, wie gut die Mama diesen Stoß vertrug. Es schien tatsächlich zu stimmen, daß bei größeren Stürmen die Eichen brachen, während sich das schwankende Rohr, wenn auch ziemlich verängstigt, nur hin und her bog. Und so hatte Fräulein Skepsgardt es flüstern lassen.

Zum Puffer sei man stets noch geeignet, da sei man brauchbar. Bei Säuglingen sei das ja auch so, da sei dann die Großmama da. Sonst wandle jeder seine eigenen Wege, aber am Kreuzweg, da zeige es sich, wie in der Sackgasse auch. Da greife man dann zum Altbewährten, und eines sei immer noch besser als keines.

Nichtsdestoweniger hatten sich beide damit getröstet, daß alles, was getan werden konnte, getan war, die Töchter benachrichtigt, Herr Zwirner in Kenntnis gesetzt, Jelka Morawé bestätigt, die geborene von Hassewitz zur Stellvertretung ermächtigt, wobei sich Fräulein Skepsgardt, allerdings nur gezwungenermaßen, von dem Eingeständnis zurückhielt, daß hier auch noch ein anderer Finger dazwischenstak. Dieser Finger, so schien ihr, ein Leichenfinger, kam direkt aus dem Grab des alten Herrn von Zembrowski.

Es hatte sich bald herumgesprochen, daß in der Tintenburg drüben, zumindest einen Vormittag lang, eine mit Kleintransporten bewerkstelligte, an Umzugsmethoden erinnernde Betriebsamkeit herrschte, an der zwar an sich nichts auffällig war, um so weniger, als sie am hellichten Tag stattfand, die aber trotzdem zu der Vermutung führte, daß dort ein von weither dirigierter Umschwung im Gang war. Allerdings wurde nichts weggeschleppt, es war eher so, daß allerlei ankam, allerlei Kisten und Kästen, die höchstens nur umgepackt wurden, um gleich wieder abtransportiert zu werden. Man hatte bald heraus, daß das alles mit Morawé in Zusammenhang stand, wo offenbar Inventur gemacht wurde, nachdem das eben beendete Ostergeschäft unter Dach und Fach war. Da es glänzend gewesen sein soll, reichte wahrscheinlich der vorhandene Raum nicht aus, und eine von beiden, entweder Lydia oder Alice, hatte den Auftrag erteilt, das heißt, wenn nicht eine der Damen, so einer der zur Auswahl stehenden Generaldirektoren, die über Ostern ohnehin leerstehende Wohnung als Umschlagsplatz zu benutzen. Dabei wurde ja auch französisch gesprochen. Nach Beendigung der kurzen Geschäftigkeit ging denn auch ein kleiner, elegant aussehender Herr, eine Art Monsieur, noch ein und aus, später auch in Begleitung. Es verstand sich von selbst, daß diese Begleitung weiblich war, behängt mit allem, was in dieser lukrativen Auktions- und Welthandelssphäre dazugehörte. »Die Jelka«, hatte die Baronin Pißnelke einmal gesagt, obwohl sie sie nur von weitem kannte, »die Jelka sah schon immer so aus, als ob sie ihr eigener Zwilling wäre, ausstaffiert mit allem, was sie so unterderhand ergattert und beiseite geschafft hat.«

Nun, ganz so reibungslos, wie die Sache von außen aussah, war sie in Anbetracht der tausendfältigen Widerhaken der Praxis, wo oft Zufälle mitwirken, die den vorschriftsmäßigen Fortgang behindern, nicht vonstatten gegangen. Schließlich war es ja auch kein Sandkastenspiel und kein Manöver. Jener Ganove, der schon einmal bei Morawé aufgetaucht war und dessen sich Tarnier versichert hatte, hatte plötzlich Sperenzien gemacht, weil Alfredo nicht anwesend war, von dem allein er beauftragt sein wollte, hier mitzuwirken. Fast hätte er auch den Hintzsche mit angesteckt, der nun gleichfalls irgendwelche Garantien hinsichtlich der Rechtmäßigkeit seiner Beihilfe geboten haben wollte, was aber letzthin nur auf eine Aufbesserung des vereinbarten Entgeltes hinauslief, obwohl sich gerade Hintzsche plötzlich der Bedeutung seiner Vorstrafen entsonnen zu haben schien, denn er redete dabei lauter unverdaute Gerichtsbrocken zusammen, redete von wahrheitswidrig und Rechtskraft, um dann wieder zu behaupten, Zahlungsfähigkeit spiele dabei keine Rolle, es handle sich lediglich um Anerkennung der gerechten Sache unter Aussetzung etwaigen Rückfalls. Ein paar Promille Alkohol würden die Zurechnungsfähigkeit aber mindern. Dies zugestanden, nicht ohne Appell an seine Bekanntschaft mit Lydia Faude, bekräftigt noch durch die Zitierung von Frau von Hassewitz, deren zugeknöpfte Respektsgestalt er seinerzeit auf der ihm bekannten Loggia erblickt hatte, als er um die Tintenburg herumgeschlichen war, hatte er endlich doch eingewilligt, nicht ohne Versprechen, über das Drum und Dran seiner Nebenbeschäftigung Stillschweigen zu bewahren.

Bei Morawé selbst war soweit alles nach Wunsch gegangen, nicht zuletzt dank Tarniers prächtigem Einfall, die geborene von Hassewitz als Zwischenperson zu benutzen, ein Einfall, über den beide in beste Stimmung gerieten. Jelka hätte das nie in Betracht gezogen, denn geschäftsfähig war die Hassewitz nicht. Es hatte sich aber herausgestellt, daß sie geradezu darauf brannte, hauptsächlich Lydia das Gegenteil zu beweisen. Übrigens war nach Ostern bekanntermaßen nicht viel zu tun, zumal sich Konfekt nicht umtauschen ließ, und so brauchte sie eigentlich nur »Guten Tag« zu sagen und sich gelegentlich blicken zu lassen. Den Rest besorgten die anderen.

Weit mehr Kopfzerbrechen verursachte Jelka nichtsdestoweniger Alfredo ten Dam. Schwarze Striche pfiffen an ihrem Auge vorbei, wenn sie nur daran dachte, daß er in Lydia etwas gefunden haben könnte, das ihn veranlaßte, sie als Partnerin zu gewinnen, eingeweiht in die Internationalität seines Spionage- und Rauschgiftringes. Sie wollte sich einfach nicht nachsagen lassen, diese Absicht nicht schon von Anfang an aus seinem Benehmen herausgespürt zu haben. Außerdem war auch ein Ärger in ihr, daß sie zu Lydias freierer Haltung überhaupt keinen Zugang fand. Sie selbst hatte sich alles erschuftet, sie schrieb sich das Verdienst zu, aus Morawé etwas gemacht zu haben, und bei ihrer Fähigkeit hätte sie auch erreicht, den Ballast, den man ihr aufgehalst hatte, nach und nach wieder abzubauen und die peinliche Schattenzone, wie sie es nannte, zu durchqueren. Auch Mambrey würde sie dafür gewonnen haben, wenn sie nur Zeit gehabt hätte. Diese Lydia hingegen war aufgetreten wie aus höheren Ansprüchen heraus, als ob sie etwas ganz anderes wäre, als ob sie nur dazusein brauchte auf Grund eines traditionellen Vorrechtes, auf Grund einer Neigung, alle anderen für sich einzuspannen, um sie die Kastanien aus dem Feuer holen zu lassen. Dabei hatte sie reineweg nichts in Händen, es sei denn höchstens dieses Lächerlich-Unwägbare ihrer Person und die bodenlose Selbstgewißheit, mit der sie auf die Suggestionskraft ihrer Person vertraute. Es war einfach eine Art Kastengeist, in lauter Verbindlichkeiten gekleidet, ein maßloser Hochmut der Geburt, als ob alle Welt darüber entzückt sein müßte, daß es sie gab. Von Geschäften hatte sie nicht die mindeste Ahnung, so wenig wie ihre Mama. Sie hätte ihr das Kursbuch vorlegen können, und sie hätte genauso reagiert, indem sie lächelnd behauptet hätte, daß der Expreß um zwei Minuten zu früh ankäme, und das nur deshalb, um durch eine Art Einspruch ihr Dispositionstalent zu beweisen, nicht anders als ein von oben hereingeschneiter Minister, dessen ganze Sachkenntnis nur vorgetäuscht und halb angelernt war. Ja, mehr noch! Sie hätte ihr den lukrativsten Bankrott des Jahrhunderts andrehen können, ohne daß sie etwas anderes dazu zu sagen gehabt hätte, als daß sie sich wundere, daß zwei mal zwei tatsächlich vier sei. Damit hätte sie sich ins Licht gestellt, und der Skandal dabei war, daß sie auch noch Erfolg gehabt hätte. Jedenfalls hätte man sie bewundert wie damals auf der Gesellschaft bei Mambrey. Nun, diesen Knalleffekt konnte sie haben, sofern nicht inzwischen ten Dam eine andere Absprache mit ihr getroffen hatte.

Die Gespräche mit Tarnier hatten Jelka vorübergehend wieder beruhigt, obwohl auch Tarnier nicht ohne Kritik an Alfredo war, zumal ihm dessen politische Sonderaktionen nicht behagten, so wenig wie die aufgeflammte private Passion, die ihm des Guten zuviel schien. Das Wiederaufgreifen von Morawés orientalischen Plänen dünkte ihn auch ein Fehler. Die Politik sei ein Schaukelpferd, pflegte er zu sagen, sie lege den Aktionsradius fest, und das Risiko sei zu groß im Vergleich zum Gewinn. Mustapha el Danguir? Der sei algerischer Konsul, ihm sei so leicht nicht etwas nachzuweisen, er halte sich aus der Sache heraus. Die Ware sei heiß, um so kühler müsse der Kopf sein. Durch Mambreys Unfall bekäme das alles ja auch ein anderes Gesicht. Jedenfalls bestünde die Gefahr, daß die gelegte Mine vorzeitig explodiere und womöglich nach hinten losgehe. In Anerkennung dieser Voraussicht bliebe allerdings nur der eine Weg, Lydia auf ihrer Vollmacht, die ja ein Pulverfaß sei, sitzenzulassen, wie schon immer geplant. Es empfehle sich also, die Tage nach Ostern abzuwarten, am besten bei seinen Verbindungsmännern in der Provence, in der Nähe kandierter Früchte.

Das Gastspiel in der Tintenburg war denn auch schon nach drei Tagen beendet. Die Fensterläden hingen wieder herab. Ja, die Abreise war sogar beschleunigt erfolgt, so daß die geborene von Hassewitz nichts davon wußte. Sie war sogar Hals über Kopf erfolgt, und zwar nach mehreren Ferngesprächen, wie später aus der gepfefferten Telefonrechnung hervorging. Offensichtlich lag diesem plötzlichen Abbruch eine Nachricht zugrunde, die die Nachricht von Mambreys Schlaganfall überschattete und unmittelbar mit der Flucht ten Dams in Zusammenhang stand sowie mit der Möglichkeit einer nicht weniger plötzlichen Rückkehr Lydias.

Es war um dieselbe Zeit, daß die Baronin Pißnelke, die auch nicht recht wußte, was los war, zu Katrix gesagt hatte:

»Also hör mal, du! Wenn du keinen Verstand hast, mußt du wenigstens reizvoll sein, und wenn du nicht reizvoll bist, wenigstens brauchbar. Aber das bist du ja beides.«

2 Schon kurz nach Ostern war Lydia wieder zurück. Sie hatte sich zwar gezwungen gesehen, von Nizza aus Herrn Generaldirektor Motzkus, von dem sie ja wußte, daß Alice sich bei ihm aufhielt, telegrafisch um seine Vermittlung zu bitten, das war aber nur widerstrebend geschehen, in Ermangelung eines Besseren. Immerhin hatte Motzkus erfreulich prompt reagiert, und wenn auch, was er für sie erwirkt und ihr zugeschickt hatte, kein Sonderflugzeug oder Salonwagen war, so stak doch in seiner Anteilnahme auch ein wenn auch etwas beschnittener Triumph, zumal wenn man bedenkt, daß sie sonst womöglich durch die dortige Fremdenpolizei einfach abgeschoben worden wäre. So aber war sie auch wieder in alter Glorie sie selbst.

Die ausgestandene Ungewißheit hatte ihr trotzdem noch in den Gliedern gesteckt, so daß sie es für angebracht hielt, den ersten Abend lediglich pro forma zu Hause zu sein, das heißt tunlichst inkognito und hauptsächlich auch im Interesse ihrer hoffentlich noch vorhandenen Intelligenz. In Nizza hatte sie zeitweilig so gut wie auf der Straße gesessen, mit all den düsteren Aussichten, die dort selbst die glänzendste Promenade bot, und dabei war ihr ein Schüttelfrost nach dem andern durchs Rückgrat gerieselt, namentlich angesichts der erstaunlichen Anzahl auf den Bänken herumsitzender menschlicher Antiquitäten, denen ins zäh vergilbte und verrunzelte, aber auch vergeizte Antlitz zu blicken ihr nicht erspart geblieben war. Gegen diesen Anblick war auch das beste Klima machtlos gewesen, ja, es war schrecklich. Gewiß hätte sie auch im Negresco dinieren können, um dort vielleicht etwas Brauchbares zu fischen. Die Millionäre indessen, obwohl dort der Sage nach zahlreich genug, waren nichtsdestoweniger dünn gesät, auch hatte der Zufall für ihre Begriffe meistens zu schmutzige Finger. Mehr als einmal war ihr kein anderer Ausweg geblieben, als Blitze zu feuern. Als Bardame hinwiederum, oder was man darunter verstand, war sie sich noch zu gut. Auch war in ihrem Gehirn ein Wirbel von Bildern entstanden, meist sprechenden Bildern, deren lautlicher Aufwasch ihr fortgesetzt über die Lippen glitt, so daß ihr schon deshalb ein Stempel aufgedrückt war, der einigermaßen befremdend wirkte. Tatsächlich war sie sich manchmal vorgekommen wie eine, die drüben in Monte Carlo ihr letztes Erbteil davongejagt hat.

»Ich kann mich jetzt nur in der Welt meiner eigenen Geister bewegen, jede andere Gesellschaft verwüstet mir das Gehirn.«

Das hatte sie sich mit Recht gesagt. Sie hatte es vor sich hingemurmelt, oft stumpfsinnig nur, bis sie plötzlich zurückgeschreckt war oder auch aufgewacht, um aber doppelt verfinstert zu flüstern: »Das liegt auf der Lauer. Das ist bestialisch.«

Damit soll nicht gesagt sein, daß sie, nun wieder daheim, ihr Dilemma schon hinter sich hatte, dazu war es denn doch zu kompliziert, zunächst aber war sie wenigstens das, daheim, und das war immerhin ein Anlaufpunkt zur Enfaltung einer nichtsdestoweniger strategischen Aktivität. Auf dem Rückflug von Nizza war sie nämlich mit einem sympathischen Spitzbauch ins Gespräch gekommen, der sich über den Alpen als Brigadegeneral zu erkennen gegeben hatte und von dem sie ganz hübsch attackiert worden war, wahrscheinlich, weil er sie für die Besitzerin eines Rennstalls hielt, und dabei hatte sie allerlei von ihm aufgeschnappt, darunter auch den Begriff des Anlaufpunktes, der ihr auch nach der Verabschiedung in Frankfurt noch außergewöhnlich gefiel.

Ihr Anlaufpunkt sei Berlin.

»O!« hatte da aber der sympathische Spitzbauch gesagt, und dann hatte er sich von ihr abgesetzt, sehr zügig.

Bei ihrer Fähigkeit, alles zu ihren Gunsten zu drehen, kam sie aber rasch mit sich überein, ihren durch den Rivieratrip so beträchtlich erweiterten Gesichtskreis auch fernerhin nutzbar zu machen. Ihre Gespräche mit Herrn ten Dam hatten sich ohnehin inzwischen zu wahren Glanzparaden kristallisiert. Ihn auch weiterhin als Alfredo zu empfinden, war ihr allerdings kaum noch möglich, dafür empfand sie ihn um so mehr als eine dem untersten Schoß der Gesellschaft entsprungene Lichtgestalt und als solche auch wieder als einen Intimus höheren Grades, dessen Nachwirkung wohl auch Alice verständlich sein würde. Gesetzt den Fall, daß Alice sie fragte, ob sie es nicht als störend empfände, daß er ein Zuchthausinsasse war, so hätte es ihr nichts ausgemacht, schon jetzt darauf hinzuweisen, daß das Zuchthaus in ihrer Epoche längst aufgewertet und legitimiert sei, denn da säßen ja auch die Volksvertreter von morgen. Vom Spieltisch der Weltgeschichte, an dem die Herrn Diplomaten säßen, bis zur Schlachtbank, wo die Generäle ihr Handwerk betrieben, sei nur ein Schritt. Die Welt ihrer Aspasia indesen sei anders beschaffen. Vielleicht stünde da am Ende sogar das Matriarchat oder ein Aufstand der Frauen. Was hätten denn die Herren der Schöpfung geleistet? In Europa, ach, in der ganzen Welt gehe eine Sorte von Staatsmännern um, die, an ihren intimsten Instinkten gemessen, die reinsten Verbrecher seien. Das Maß an Leichen, das hier jede Durchlaucht zu verantworten habe, sei nicht mehr zu fassen. Trotzdem bewege sich dieser frisierte Moloch mit einem Gesicht übers Parkett, als ob die Jovialität der Unschuld nicht auch die Kehrseite des katastrophalsten Zynismus sei. In dieser Region gebe es keine Moral mehr und auch keine Reue. Moral sei dort lediglich ein Korsett für die konstitutionelle Hierarchie, und Anstand sei eine Maske für Intriganten. Deshalb lebe sie ja. Deshalb sei sie ja hier. Und da sei sie bereit, lieber verrückt zu sein und eher als wahnsinnig zu gelten, als sich für einen so wohlanständigen Dummkopf zu halten, daß sie sich das alles vorgaukeln ließe, zumal es sich ja nicht darum handle, alle Menschen zu Lämmern zu machen. Sie selbst sei ja auch ein Skorpion. Es handle sich um den Gesellschaftskodex. Eine Posse mit Gesang und blutigem Hintergrund sei ihr Gesellschaftskodex jedenfalls nicht.

Begreiflicherweise hatte sie noch ein ganzes Geglitzer solch aufgestörter Affekte und Rechtfertigungsversuche auf Lager, die sich aber am nächsten Tag schon zusehends verflüchtigten. Es kam jetzt auch mehr darauf an, erst wieder dazusein, nicht zuletzt auch einen einleuchtenden Grund für ihre Rückkehr zu finden sowie ein möglichst widerspruchsloses Bild jener einflußreichen Persönlichkeit zu entwerfen, mit der sie verreist war. Alice, mit der ein flüchtiges Ferngespräch zu führen ihr bereits vergönnt war, hatte sie schon bedient, indem sie deren Bedauern kurz abgeschnitten hatte. Da sei nichts zu bedauern. Außerdem sei es nicht ihre Art, mit dem Finger in der Suppe zu bohren. Ja, sie hatte ihr sogar nahegelegt, bei Motzkus zu bleiben und sich Zeit zu lassen. Sie käme hier schon zurecht. Ja eben, ein Glück, daß sie wieder zurück sei, ein Glück! Die Sache mit Mambrey erfordere das ja. Wahrscheinlich habe sie in nächster Zeit unmäßig viel zu tun. Auf dem Morawékonto fand sicherlich die schönste Bewegung statt, weshalb sie auch freimütig gestand, daß Alices Abwesenheit ihr nur angenehm war. Erstens brauchte sie nicht gleich Rede und Antwort zu stehen, und zweitens blieb es ganz ihr überlassen, das nächste zu tun. »Die letzte Wand tut sich von selbst auf«, sagte sie noch, bevor sie Alice abgespeist hatte, obwohl ihrer reichlich lädierten Hellhörigkeit auch nicht entgangen sein konnte, daß Motzkus im Hintergrund stand, sei es nun als Beruhigungsfaktor Alices, sei es als Finanzmann schlechthin, der voraussichtlich auch noch etwas zu sagen hatte. Das war aber eher ein Umstand, der sie zur Eile drängte.

Lydia hatte soeben ihr erstes Berufsgesicht aufgesteckt, eine von Herrn ten Dam übernommene Spezialphysiognomie, mit der sie ihre Habseligkeiten auf ihren praktischen Wert hin betrachtete, wobei sie den Liebhaberwert ihrer Bühnentrophäen außer acht ließ, als ihr das unbeschreibliche Glück widerfuhr, daß ausgerechnet Herr Zwirner es für notwendig hielt, sich nach ihr zu erkundigen. Bekanntlich gehörte er zu jenen Personen, ohne die sie gut leben konnte, und da er das wußte, war er denn auch von einer kaum noch zu überbietenden Liebenswürdigkeit.

»Wo stecken Sie denn, gnädige Frau?« sagte er vom anderen Ende des Fernsprechers her, als ob ihm das nicht hinterbracht worden wäre. Aber das war so richtig ein Anlaß, diesem Zwirnsfaden, an dem er seine Glöckchen aufhing, Bescheid zu geben.

»Wo soll ich denn stecken?« sagte Lydia. »Natürlich in meiner Haut.«

Angeblich freute ihn das ungemein.

»Ich suche Sie schon die ganze Zeit«, fügte er hinzu, worauf Lydia in Erinnerung an ten Dam, der ihr einmal gesagt hatte, mit Geschäftspartnern müßte man auch in Pausen reden, nur hinwarf:

»Da hat sie sich also gelohnt, die Suche.«

Offenbar war das der richtige Ton, denn es hatte ihm fast die Sprache verschlagen, so daß er ein zweites Mal ansetzen mußte. Es sei da notwendigerweise ein Klärprozeß im Gange, verbunden mit einer gewissen Umstrukturierung, die Unterlagen würden geprüft und die Ertragslage durchgerechnet, einschließlich der zusätzlichen Verpflichtungen, und da würde es sich empfehlen, wenn sie als die eigentliche Bevollmächtigte im Hinblick auf den Antritt der Hinterlassenschaft einmal vorbeikäme.

»Das sowieso«, wollte Lydia ursprünglich sagen. Der Ausdruck ›eigentliche Bevollmächtigte‹ war aber in ihr steckengeblieben, und so fragte sie reichlich betont zurück:

»Inwiefern eigentlich?«

Es war in der Tat amüsant, Herrn Zwirner daraufhin ganze Bandwurmsätze drechseln zu hören, die alle in der Beteuerung endeten, daß er damit ihre Vollmacht nicht angetastet haben wollte, obwohl an sich und in erster Linie die Frau Mama mit der Sache zu tun gehabt habe.

»Ich dachte, das wäre erledigt.«

»Erledigt schon«, sagte Herr Zwirner, indem er das Weitere offenließ.

Das hatte sie schließlich gleichfalls von ten Dam gelernt, daß alles Erledigte einfach weggeputzt war wie nicht mehr der Rede wert. Dieser Toffel von Zwirner schien aber trotzdem noch am Aufgewärmten zu hängen. Er hätte sonst nicht ein drittes Mal angesetzt und nahezu süßlich und ölig gesagt, daß sie sich eine so große Mühe gebe, die reizende Dame, zumal Fräulein Jelka im Augenblick auf Geschäftsreise sei. In Lydias Augen war das aber auch nur ein Törtchen mehr.

Die reizende Dame? Pah!

Statt dessen war er es, der auf merkwürdige resignierende Weise hinzufügte, daß es der reizenden Dame hoch anzurechnen sei, daß sie nach Mambreys Schlaganfall das Steuer ergriffen habe, selbstverständlich ganz provisorisch.

»Wer hat was?« fragte Lydia plötzlich.

Das kam nun aber so schlechthin direkt, daß Herrn Zwirner einfach ein Schreck ins Genick fuhr, denn er schnappte hörbar nach Luft, ehe er sagte:

»Ich dachte, Sie hätten sich schon verständigt.«

Sie sei erst seit gestern abend zurück, meinte Lydia, und im Augenblick sei sie gerade auf dem Sprung ins Geschäft, wo ihre Anwesenheit doch wohl erforderlich sei.

»Ja, dann«, sagte Herr Zwirner.

Dann lenkte er aber gleich ab, indem er der Hoffnung Ausdruck gab, sie frisch und erholt wiederzusehen.

Eine Zeitlang war Lydia durch sämtliche Zimmer gefegt und hatte weiter nichts als »Taxi, Taxi!« gerufen, obwohl sie natürlich wußte, daß das ganz sinnlos war. Gewiß, wenn alle Welt verrückt war, so war das noch lange kein Grund, es gleichfalls zu sein, aber andererseits dürfte es auch ein Ding der Unmöglichkeit sein, normal zu bleiben. »Mama!« schallte es in ihr zurück. Daß doch diese Person immer glaubt löschen zu müssen, wo es überhaupt nicht brennt! Na, sie würde ihr schon das Handwerk legen.

Zwischendurch hatte es an der Wohnungstür auch einmal geklingelt und dann leise geklopft. Beim Öffnen hatte die Nassenheim dagestanden. ›Auch das noch!‹ mußte Lydia hinterher denken. Die Nassenheim hatte einen Briefumschlag in der Hand, den sie ihr persönlich aushändigen sollte. Angeblich befanden sich ihre Wohnungsschlüssel darin. Welche denn? Ihre eigenen? Sie seien bei der Nassenheim abgegeben worden für den Fall von Frau Lydias Rückkehr. Die Nassenheim meinte, sie hätte sie ja durch den Briefschlitz gesteckt, wenn es nicht ungewiß gewesen wäre, ob Lydia dann nicht vor verschlossenen Türen gestanden hätte. Sie hätte sie eigentlich abpassen sollen, habe aber Filmaufnahmen gehabt. Nun, da wären sie also. ›Danke!‹ hatte Lydia gesagt, mehr nicht. Sie hatte die Schlüssel entgegengenommen, ohne zu fragen, von wem sie kamen. Es war ja doch auch zuviel verlangt, unter diesen Umständen noch irgendwelche Proben von Selbstüberwindung zu liefern. Ein Licht, zumindest ein halbes, war Lydia erst aufgegangen, als ihr in Alices Arbeitszimmer, seitlich an einen Sessel gelehnt, ein ziemlich ramponiert aussehendes Bildnis zu Gesicht gekommen war, das nicht zur üblichen Einrichtung paßte. Es mußte das Bildnis des jungen Herrn Morawé sein, jedenfalls sah es so aus. Ein Dandy war das. Aber es war erst recht nicht erfindlich, wieso das hierhergekommen sein sollte. Das war ja doch Jelkas geniale Leiche. ›Die jage ich ihr noch ab‹, sagte Lydia verzweifelt, vorausgesetzt, daß ihr Zustand überhaupt ein verzweifelter war. Nein, das war er auch gar nicht. Es war lediglich der auf die Spitze getriebene Wunsch, endlich Klarheit zu schaffen, endlich klipp und klar festzustellen, wer nun eigentlich was war und wer hier die Vollmacht hatte.

So fuhr sie wenig später, nun tatsächlich im Taxi, wieder einmal um die Ecke, ohne von der Nachbarschaft besonders bemerkt worden zu sein. Sie hätten auch nicht schlecht gestaunt, wenn das der Fall gewesen wäre, denn in der Art, wie sie in ihrem Taxi saß, lag nahezu etwas Vollendetes. Sie hatte es nicht mehr nötig, sich in Szene zu setzen, es wirkte auch so. Es umschwebte sie sichtbar ein Hauch von Welt. Es war eine Art Hof, der wahrlich kein Hinterhof war. Vielleicht, daß sie um einen Grad älter aussah, dafür aber auch um vieles gereifter, und die Sicherheit des Wesens unterstützte die Wichtigkeit ihrer Person. Im Zweifelsfall griff sie behend auf den Schatz ihrer innersten Archäologie zurück, wobei sie sich auch auf ten Dam als imaginäres Leitbild stützte sowie auf den von ihm ausdrücklich bezeugten Gehalt ihrer Träume. Im Augenblick hielt sie sich jedenfalls für perfekt, perfekt sogar bis zur Freiheit der Parodie, dank welcher sie, wenn auch nicht ohne Herzklopfen, jederzeit hätte ausrufen können: ›Ihr Geister, hört die Glocke schallen! Die Zukunft ruft mich zum Erwerb.‹ Es war gegen elf Uhr vormittags, daß sie vor Morawé eintraf.

Mangelnden Sinn für die Einmaligkeit des Exemplars hätte ihr dieser ganze verköterte Durchschnitt wahrlich nicht vorwerfen können, und was beispielsweise positive Arbeitsmoral bedeutete, das wußte sie auch. Da brauchte nicht erst dieser Zwirner zu kommen und irgend etwas von Umstrukturierung zu faseln. Das fand sich in jedem Wirtschaftsblatt. Dort waren es Phrasen, nicht aber bei ihr. Übrigens hätte sie auch darauf hinweisen können, daß sie nicht dazu ausersehen war, sich um Kleinigkeiten zu kümmern, geschweige in eigener Person als Verkaufskraft zu wirken. Wenn überhaupt, war sie die höchste Instanz und als solche zuständig für alles, was den Geist der Firma betraf, in erster Linie also Betriebsklima, ferner Vollzug und direktorialer Bescheid. Unter jedem System, selbst dem extremsten, war eine Oberaufsicht unvermeidbar, und die Frage war nur, ob die Methode human war und inwieweit jede Arbeitskraft für den Sektor, dem sie zugeteilt war, interessiert und vor repetitivem Verschleiß bewahrt werden könnte. Der Begriff des repetitiven Verschleißes, den sie erst kürzlich aufgeschnappt hatte, berauschte sie förmlich, nicht zuletzt deshalb, weil sie selbst nicht die Absicht hatte, sich hier etwa verschleißen zu lassen. Ihr kam es auf Stärkung und Steigerung an, und zwar der Ertragskraft, die ihrerseits wiederum nicht um ihrer selbst willen eingesetzt werden sollte, sondern zu Zwecken, die in der Öffentlichkeit auf schändlichste Weise vernachlässigt wurden. In Konsequenz dieser Einsicht schien ihr die traditionelle Technik der Kundenbedienung noch immer das Beste zur Förderung der Weiterarbeit. Das war ein Programm, und sie schmeichelte sich, es ohne Hoffart, wenngleich mit dem nötigen Nachdruck, vertreten zu können. Übersicht war die Voraussetzung, und die würde sie sich verschaffen.

Sie trug das gleiche Kostüm wie bei ihrem ersten Besuch, bei dem sie in Gisela eine Freundin gewonnen zu haben glaubte. In sich jedoch trug sie auch die Erfahrung von damals, nur daß sich die letztere inzwischen in jeder Beziehung gefestigt hatte, bis zum Umgang mit jeder Schikane, sei es nun in Form von Konsuln, Vertretern und Hauspersonal, sei es in Gestalt von Kurieren und Kriminalbeamten. Polizei? Was hieß Polizei? Sie lehnte die Ehrfurcht vor solchen Polypen ab, denn dahinter stak immer ein Mensch. Im übrigen gefiel sie sich darin, für nichts zu garantieren außer für die Beschlüsse durch ihre Person.

Als sie nach flüchtigem Blick aufs Schaufenster, wo die Eier und Osterhasen verschwunden waren, den Laden betrat, stieß sie mit Gisela fast zusammen, was aber nur ein um so reizvollerer Anlaß zur Erneuerung ihrer Bekanntschaft war. Klein-Gisela war allerdings feuerrot geworden, und nichts lag demgemäß näher, als es als Ausdruck lieblich keuscher Verlegenheit zu deuten. Wenigstens nahm Lydia das an. Es wäre ihr nie der Gedanke gekommen, daß auch ein schnöder Gran Peinlichkeit oder gar verschämter Abwehr und Ungelegenheit hätte dabei sein können. Und so sagte sie huldvoll:

»Siehst du, mein Kind! So kommen wir doch noch zusammen.«

Gisela wand sich zwar etwas, aber dann gab sie auch zu verstehen, daß sie soeben mit der Umdekorierung des Schaufensters beschäftigt gewesen sei, weil es sonst gar zu sehr nach Ausverkauf aussehen würde.

»Das ist recht«, sagte Lydia. »Verabscheuen Sie das.«

Damit glaubte sie Gisela unter schönster Aufmunterung auch als Arbeitskraft angesprochen zu haben, was aber seltsamerweise keine besonderen Wirkungen zeitigte. Eher etwas unangenehm berührt, als ob sie mit dem gespendeten Lob nichts anfangen könnte, falls sie es nicht überhaupt als unangebracht empfand, verharrte Gisela auch weiterhin in einer mit Vorsicht gespickten Zurückhaltung. Aber ihre Gönnerin hatte nun einmal den Vorsatz gefaßt, ihre Angestellte individuell zu behandeln, und außerdem war sie hochentzückt, daß ihr Kennerblick schon seinerzeit festgestellt hatte, wie prachtvoll diese Schokoladenfee mit der Eigenart ihres Berufes harmonierte, war sie doch mit Augen begabt, in denen das Gefühl herumschwamm wie die Füllung in der Praline.

»Ich hoffe, wir verlieren Sie nicht«, hatte Lydia noch eben gesagt, als sie durch das Erscheinen von Kundschaft in der Fortsetzung ihrer so überaus humanen Behandlungsart unterbrochen wurde. Sie trat drei Schritte zurück, wohlgefällig Giselas Geschicklichkeit in der Bedienung betrachtend, wobei ihr überhaupt erst auffiel, daß Gisela ganz allein war, zumal sich die Kundschaft, es war eine Dame, nach Jelka erkundigt und auf den

Bescheid, daß sie zwei Tage verreist sei, mit merkwürdig fragendem Ton nur noch gesagt hatte:

»Ach?«

»Fräulein Jelka ist wohl prinzipiell nicht vorhanden, sobald ich erscheine?« sagte Lydia überaus spöttisch, nachdem sich die Kundschaft verabschiedet hatte. »Und Fräulein Margot?«

Sie sei nur kurz in der Werkstatt hinten.

»Da werde ich einmal nachsehen«, versetzte Lydia.

Offensichtlich fiel Klein-Gisela ein mächtiger Stein vom Herzen, als die hohe Dame wieder zum Laden hinaus war. Ja, sie schien sogar froh zu sein wie jemand, der glücklich einer peinlichen Schlinge entgangen war und also auch nicht zu gestehen brauchte, was er allenfalls wußte. Herr Zwirner hatte sie nämlich schon längst vom wahren Stand der Geschäftslage unterrichtet und sie lediglich gebeten, noch auszuharren, bis alles vorbei sei. So plitzplatz ginge das mit der Erledigung auch wieder nicht. Nichtsdestoweniger fühlte sich Gisela arg in Bedrängnis geraten, da ihr das entgegengebrachte Wohlwollen auch gefiel und Lydia ihr beinahe leid tat. Mehr als einen Seufzer brachte sie aber nicht zuwege, und mehr konnte man auch nicht verlangen, zumal sie in letzter Zeit genug hinunterzuschlucken hatte, allein schon durch Jelkas Nervosität. Und was ging es sie schließlich auch an? Sollten das doch die Herrschaften unter sich ausmachen! Daß Lydia sie später perfid nennen mußte und als abgefeimteste Schmeichelkatze bezeichnete, lag das an ihr?

Nun, vorerst schritt Lydia, reichlich beflügelt, dem Hinterhof zu, dessen armselige Lichtlosigkeit so geradezu schreiend vom glanzvollen Pomp der Vorderfront abstach, daß es in der Tat höchste Zeit schien, dieses ganze überkommene Flickwerk abzureißen, um einer besseren Zukunft Platz zu machen. Die Teppichstange in ihrem Winkel und die Müllkästen dazu, das war wirklich ein Hohn. In unbefleckter Größe gab Lydia das kund, und so war sie auch nicht überrascht, zufällig auf Karsunke zu treffen, der dort herumstrich. Er mußte es sein. Obwohl beide bisher noch nicht den Vorzug gegenseitiger Bekanntschaft genossen hatten, errieten sie auch so, wer jeder von ihnen war.

»O, Herr Karsunke! Das wird aber Zeit«, hatte Lydia denn auch gesagt, und dann hatte sie ihn in ein hochinteressantes Gespräch verwickelt, aus dem sie den besten Eindruck gewann.

Auf Karsunke, obwohl er sich an Liebedienerei nicht genugtun konnte, war der Eindruck allerdings weniger günstig gewesen. Er hatte sie kurz studiert, halb schräg von oben herab, und dann hatte er zu seiner Auguste gesagt: »Die hat ja Hungerbeine, die Frau.« Die Auguste, die ihnen durchs Kellerloch zugesehen hatte, hatte das aber zu wörtlich genommen und erst lange mit ihm gestritten, da sie an Lydias formvollendeten Beinen – sie selbst hatte ja Wasser darin – nichts Verhungertes bemerkt haben wollte, bis sie endlich begriffen hatte, was der auch in diesem Fall so untrüglich sichere Polizei-Instinkt ihres Aufpassers damit festgestellt hatte, nämlich daß diese Frau darauf aus sei, im letzten Moment ihren finanziellen Hunger zu stillen. Und das sehe er ihr an den Beinen an? – »Auch das«, hatte Karsunke unwiderruflich erklärt, ehe er hinzugefügt hatte: »Die redet ja einen gottvollen Mist, diese Fregatte.« Hatte Lydia ihm doch zu verstehen gegeben, daß er eigentlich einen viel einflußreicheren Posten verdiene, ein Mann von seinem Karat, und daß sie sich demnächst beim Polizeipräsidenten für ihn verwenden werde. Und das war ihm wohl über die Hutschnur gegangen.

Selbstverständlich wußte Karsunke über die bei Morawé herrschenden Fieberschauer besser Bescheid als sonstwer, und wäre es nicht gerade Morawé gewesen, sondern irgendeine Firma am Kurfürstendamm, so hätte er längst gesagt: ›Da müßte man Anzeige erstatten.‹ Nach seiner Meinung gehörte ja überhaupt die Hälfte der Menschheit auf die Anklagebank, denn Dreck am Stecken hatte fast jeder. Nicht jeder aber hatte so gute Verbindungen nach überallhin wie er. Er kannte die Leute von der Steuerbehörde ebensogut wie den Gerichtsvollzieher, der hier im Umkreis weit häufiger ein- und ausging, als das Publikum ahnte, was bei der reichlich ins Kraut geschossenen Kreditwirtschaft auch nicht zu ändern war. Da wurde immer wieder ein Loch aufgerissen, um das andere damit zu stopfen, und die Nebengeschäfte waren oft nahe daran, die Zentrale zu überwuchern. Die Töchter, geschäftlich gesehen, waren fast alle illegitim, aber sie schafften eben das herbei, was den Lebensstandard dieser Herrschaften erst ermöglichte. Genau betrachtet, grenzte das in Karsunkes Augen bedenklich an Hochstapelei, und vom Gesichtspunkt seiner ja gleichfalls spendierten Chefzigarre aus war da immer ein Fall gegeben, dessen Spitzmarke treffender war als die amtlich beglaubigte. So war ihm auch der vor Ostern abgewickelte Frachtverkehr bei Morawé nicht entgangen, der ganz danach ausgesehen hatte, als ob die Ratten das Schiff verließen, nachdem der Rausch in den Ostereiern zu heiß geworden war, um ihn noch länger unterderhand zu verscherbeln. Karsunke kannte ja den Mosjöh. Das Vorkommnis mit der Giftschachtel damals, die er vom Fußboden aufgelesen hatte nach dem vorausgegangenen epileptischen Anfall, das hätte er eigentlich zu eigenen Gunsten ausnutzen sollen. Leider war er aber nicht so vigilant gewesen, zu entscheiden, in welcher Richtung, ob in Richtung auf eine Beteiligung an dem Geschäft, was er ganz gern getan hätte, oder ob in entgegengesetzter Richtung, was dann allerdings als Erpressung hätte ausgelegt werden können. Im Interesse der Firma, namentlich des verewigten Herrn von Zembrowski, wie er meinte, hatte er aber darauf verzichtet, nicht ohne sich jedoch auch weiterhin in allerlei Andeutungen zu ergehen, wie beispielsweise auch jenem Labisch gegenüber, dem auf Gisela angesetzten Kriminalsekretär. Er hatte kein doppeltes Spiel getrieben, das nicht, er hatte ja auch nichts herausgeholt, aber er hatte sich auch nichts vormachen lassen. Gesetzt, es wäre zum Klappen gekommen, hätte er jedenfalls dagestanden wie einer. Unterdessen hatte sich aber die Situation schon wieder verändert, das ging ganz rapide. Wie ihm auf Umwegen über die Hausverwaltung zu Ohren gekommen, lag sogar ein ernsthaftes Angebot vor, und zwar nicht nur auf Geschäftsübernahme, sondern auf Grundstückserwerb schlechthin. Das Angebot soll aus Krefeld gekommen sein. Von dorther plante man, wie es hieß, den Abriß des ganzen Gebäudes zwecks Errichtung einer Modezentrale, jedenfalls etwas dergleichen. Mit Morawé war es dann also aus, dann kamen Textilien. Immerhin schien es dazu zu passen, daß vorher, um das Maß vollzumachen, erst noch die letzte Verwandtschaft eintraf. Na, die konnte man ja begrüßen. Das war dann schon Jacke wie Hose.

Kurz bevor Lydia aus der Werkstatt zurückkam, wo Margot an ihr vorbeigehuscht war, ohne sich zu erkennen zu geben, war nämlich wieder einmal jene ältere Dame erschienen, offenbar gleichfalls eine Verwandte. Sie befand sich im Laden, manchmal auch in Jelkas Privatkabinett, obwohl man bei ihr nie wußte, was sie dort suchte, denn sie hatte meist nur Entschuldigungen auf den Lippen, hauptsächlich darüber, daß sie noch lebte.

Sie sei noch auf freiem Fuß, hatte sie erst neulich zur Belegschaft gesagt, was nun wirklich der reinste Unsinn war, aber davon abgesehen, habe sie lauter Kristalle im Nacken und die drückten auf ihre Nerven, bis in die Arme hinunter. Bei Doppeldoktor Mambrey habe es sicherlich ebenso angefangen.

»Aber einer muß wachen«, hatte sie noch gesagt.

Das konnte doch nur die geborene von Hassewitz sein – empörenderweise.

Im Dunstkreis der hinteren Fabrikationsräume, deren schmuddliger Zustand so manches zu denken gab, so daß es die höchste Eisenbahn schien, hier gründlich Wandel zu schaffen, war Lydia gleichfalls mit Achtung, aber auch unter Wahrung eines neutralen, um nicht zu sagen maskierten Ausdrucks empfangen worden, so als sagte ein jeder gesenkten Kopfes: ›Sieh dir das an!‹ und als behielte doch jeder seine Meinung für sich. Da stak jeder in seiner Schale, verkapselt in seinen Beruf, keinesfalls gewillt, sich herauslocken zu lassen und sich über seinen Posten zu äußern. ›Rede du, was du willst, wir glauben dir doch nicht!‹ Das ungefähr schien der einzige Kehrreim. Der Meister, von dem sie nicht einmal zu hören bekam, daß er Wunnicke hieß, tat den Mund überhaupt nicht auf, und die Häseloff, die sicherlich allerlei wußte, benahm sich eher kokett, auch wenn sie so bereitwillig war, Lydia sogar in Zembrowskis Privatbüro zu führen, wo allerdings nichts mehr an irgendwie abartige Gepflogenheiten des alten Alleinbesitzers erinnerte. Wider Erwarten ließ sie auch kein Wort über Jelka fallen, geschweige sonst eine Art von Beschwerde. Höchstens fiel an ihr eine unfreiwillige Lustigkeit auf, eine Neigung zum Scherz, der da sagte: ›Das ist die Bescherung!‹ Davon ließ sie übrigens auch nicht ab, wenn Lydia die Brauen hochzog, um darzutun, mit welch tiefsinnig-komplizierten Bedenken sie umging. Schließlich stand sie nur noch gelangweilt da, so daß Lydia wie abgeblitzt war, weshalb ihr denn auch kein besserer Ausweg blieb, als sich zu empfehlen.

Nichtsdestoweniger juckten die Rosinen über eine künftige humanere Geschäftsführung Lydia nur so im Kopf herum, angefangen beim Entschluß zur Erneuerung bis zur waidgerechten Ausschlachtung einer sozialen Partnerschaft mit steuerlichen Vergünstigungen und musischer Freizeit. Der Alltag sei das Perpetuum mobile, sagte sie sich. Alles zirkuliert, es ist eine Art Kreisverkehr. Der Anschluß an die Zirkulation ist die Voraussetzung, um anständig zu leben. Da zapft jeder etwas für sich ab. Es ist das Prinzip: gewußt wo? Aber manchmal fragt man sich auch: wer steckt unter wessen Decke? Wer deckt hier wen? Oder wer paktiert mit wem? Aber sie werde arbeiten, wie sie noch niemals gearbeitet habe, sie werde ins Innere der Arbeit steigen, in die Goldmine hinab, und es erfreue sie schon jetzt die Befriedigung, die ihre Sinne nach getaner Arbeit empfinden würden. Einmal müde sein, so richtig nach Kräften und nicht aus Nervosität, sei das nicht gleichfalls berauschend? Ihr Programm war jedenfalls hörenswert, ihre Vorsätze waren vorzüglich, ja beinahe derart, daß sie schon wieder beängstigend waren. Es kam jetzt nur auf die Maßnahmen an.

»Wert hat nur, was mich anregt«, sagte sie noch. »Tradition ist nur, was mir als Fundament dient.«

Damit war sie zwar in Widerspruch geraten zu manch früher Gesagtem, wo sie oft genug erklärt hatte, daß es an der Zeit sei, wieder einmal von vorn anzufangen, aber erstens war das vor Bekanntwerden ihrer Erbschaft gewesen, und zweitens hatte sie mittlerweile die Erfahrung gemacht, daß der Widerspruch im Sinn einer fruchtbaren Spannung zu ihrem Wesen gehörte. Schien ihr doch seitdem überhaupt nichts beachtlich, das nicht persönlich geerdet war, das heißt ans Stigma der dazugehörigen Situation geknüpft. Selbst Anarchisten, meinte sie nun, beriefen sich auf Idole. Außerdem bedeutete Brücken abbrechen keineswegs, daß sie nicht wieder aufgebaut werden könnten. Es fragte sich nur: im Geiste wessen?

Das ganze schöne Kartenhaus, das sie dergestalt vor sich aufgeführt und durch dessen Maximen sie sich so wunderbar angewärmt hatte, stürzte aber mit einem einzigen Stoß – es war wie ein Stich in die Galle – zusammen, als Lydia beim Wiedererscheinen im Laden auf die ihr nur allzu vertraute Gestalt der geborenen von Hassewitz traf. Die Hassewitz machte sich gerade an der Kasse zu schaffen, nicht freilich, indem sie dort Geld gezählt hätte, sondern indem sie sie eifrig und liebevoll putzte, nachdem sie sich aber auch schon herausgenommen hatte, Fräulein Margot zur Bank zu schicken. Die Konten dort waren nämlich gesperrt, und da mußte doch einmal nachgefragt werden. Lydia war wie eine Brise dahergekommen, voll Verlangen, in irgend etwas hineinzufahren, das ihrem aufgerufenen Tätigkeitsdrang eine Spur von Sinn gab. In der Werkstatt hinten war sie so gut wie überflüssig gewesen, das hatte sie wohl gespürt, um so mehr, als sie dort nicht ihre Finger gebrauchen und mitten im heißen Kakao hatte herumrühren können. Hier jedoch fühlte sie sich am Platz, hier war etwas zu entscheiden. Eigenmächtig, unerhört, skandalös, schlechthin empörend, ein Sturm der Entrüstung brach in ihr los, den sie lediglich mit Rücksicht auf Gisela und auf womöglich eintreffende Kunden zurückhielt, was ihr aber auch nur gelang, bis sie die geborene von Hassewitz nach hinten beordert hatte, in Jelkas Privatkabinett.

»Wer hat dir eigentlich die Erlaubnis erteilt, dich hier herumzutreiben?« sagte Lydia sofort.

Das war nun weder human noch rein geschäftlich gefragt, eher schon inquisitorisch, so daß sich bei Mama von Rechts wegen ihr bekanntes Gesichtszucken hätte einstellen müssen. Es geschah jedoch nichts dergleichen. Vielmehr sagte sie ziemlich gefaßt:

»Ich dächte, wir sollten uns erst mal begrüßen, nach so langer Zeit. Findest du nicht?«

Damit hatte Lydia im Traum nicht gerechnet. Außerdem fühlte sie sich belehrt, und das war ihr schon ganz zuwider.

»Prost!« sagte sie deshalb. »Prost Mahlzeit!«

Das war nun aber gleichfalls eine Entgleisung, von der sie wohl selbst nicht hätte behaupten können, daß sie ihren eigenen Direktiven entsprach. Die geborene von Hassewitz blieb denn auch unerschüttert. Es war schon beinahe schändlich, daß sie so normal blieb wie selten bisher. Ja, sie benahm sich geradezu, als ob sie seit langem hier angestellt wäre und als ob das ganze Privatkabinett mit Geschäftsbuch und Telefon und mit diesem ekligen Fleck an der Wand, der einfach so zugepappt war, nachdem der junge Herr Morawé von dort herabgestürzt war, als ob diese wichtige Zentrale und Zelle – eine Zelle schon wieder! –, als ob das ein erblich zugesicherter Tagungsort wäre, mit Mama als der Hauptperson.

»Es freut mich, daß du wieder zurück bist«, sagte die geborene von Hassewitz lächelnd, und dann fügte sie noch hinzu: »so einigermaßen heil«, was nun allerdings ziemlich anzüglich klang, um nicht zu sagen penetrant.

»Falls du damit wieder einmal nichts gesagt haben willst«, rief Lydia erregt, »mache ich dich darauf aufmerksam: ich verstehe sehr gut. Aber das sag ich dir auch: wer mich besudelt, besudelt sich selbst.«

»Bei der Schule, die du armes Kind hast durchmachen müssen, trifft das wohl zu«, sagte die geborene von Hassewitz, die sich offenbar vorgenommen hatte, sich hier als Mama zu gebärden.

Aber das sollte ihr nicht gelingen. Das hätte ihr schon so gepaßt, einen Bodensatz aufzurühren, der hier überhaupt nicht zur Debatte stand, und wieder einmal lauter private Nebensächlichkeiten zum besten zu geben. Auszurechnen war ihre Wirrköpfigkeit zwar nicht, man brauchte tatsächlich ein Dutzend Ratten im Kopf, um das zu verstehen, schließlich ging es hier aber um Rechte, und die Hassewitz hatte nicht das geringste Recht, das hatte sie ein für allemal abgetreten. Sie sollte gefälligst nicht vergessen, wer hier im Besitz einer Vollmacht war.

»Ich habe sie dir nur abgetreten«, sagte die Hassewitz, als

Lydia sie darauf hinwies. Und dann sagte sie wahrhaftig: »Das beste wäre, du gibst sie mir wieder zurück.«

Lydia glaubte nicht recht verstanden zu haben.

»Du willst die Vollmacht wieder zurück?« sagte sie drohend. »Bestehst du darauf?«

Es war das erste Mal, daß die Hassewitz endlich erschrak, nicht zuletzt auch in Gedanken an ihren bereits ausgefertigten Nachruf. Es schien aber gerade dieser plötzlich hereingebrochene Schreck zu sein, der sie ganz außer sich trieb, denn sie hätte sonst kaum gesagt:

»Und wenn ich darauf bestehe?«

»Dann bestehe ich darauf, daß du dich hier augenblicklich entfernst«, sagte Lydia entschieden. »Hast du verstanden? Oder ich lasse dich wegen Hausfriedensbruch verhaften. Wer das noch erträgt, der hat kein Gehirn.«

Lydia sei ja überhaupt nicht im Bild, begann die geborene von Hassewitz kläglich. Sie wisse ja überhaupt nicht Bescheid. Während ihrer Abwesenheit habe sich alles verändert, und da habe sie selber das Steuer ergreifen müssen. Herr Zwirner habe es ihr bescheinigt.

»Dieser Verräter?« fragte Lydia rhetorisch, indessen so aufgebracht, daß Gisela draußen zusammenfuhr, zumal sie den Namen ihres Gönners oder auch Liebhabers schon mehrmals direkt durch die Wand vernommen zu haben glaubte.

»Und dir will ich mal etwas flüstern«, fuhr Lydia, aber durchaus nicht im Flüsterton, fort. »Eingeschlichen hast du dich hier. Du hast zeitlebens deinen Mann dirigiert, und nun hast du nichts mehr zu dirigieren. Es war also zu erwarten, daß du dich nach etwas umsehen würdest, das sich wieder einmal dirigieren ließ. Und das sollte nun Morawé sein. Ich aber lasse mich nicht dirigieren. Ich bin kein Mitglied. Ich war immer Solistin.«

Papa sei ein Wirtschaftshamlet gewesen, nun gut, er habe immer Gespenster gesehen. Sie aber sei verrückt, sie sei unzurechnungsfähig und gehöre in eine Anstalt, noch besser aufs Totenbett. Sie bilde sich ein, davon leben zu können, daß sie vor sonstwelchen Dezennien auch hochgestellte Persönlichkeiten in der Familie gehabt habe, lauter Kammerherrn und Exzellenzen, und daß deshalb aus ihr ein blaues Blut spricht. Ihr Blut sei aber verseucht, es sei alles Zersetzung und Hysterie, und was daraus spreche, das seien vielleicht noch Kulturen, aber Kulturen von Mellakokken oder Clyphoten oder sonst einem Gezwerch. Nächstens verlange sie womöglich noch, daß man ihr eine Phalanx von Enkeln beschere zwecks Fortsetzung der Dynastie. Sie werde sich aber hüten, sich nur deshalb künstlich befruchten zu lassen und Drillinge zu werfen, damit sich diese Schreckschraube von Mama auch noch als Großmutter fühlen könnte.

»Ich trete diese Erbschaft überhaupt nicht an«, rief Lydia plötzlich. »Das ist keine Tradition mehr, das ist nur ein Haufen Schutt. Ich bin kein drittes und viertes Glied, ich bin für die Aufführungsweise meiner Vorfahren nicht verantwortlich, nicht einmal für meine Geburt. Was ich der Zukunft zu bieten habe, habe ich in mir. Ich habe mich selbst entdeckt. Ich bin als Wächter über mich selbst gesetzt. Und wenn du es darauf anlegst, so kann ich meine guten Manieren auch vergessen. Dann sage ich: raus!«

Derart vulgären Szenen sei ihr Nervensystem leider nicht gewachsen, sagte die geborene von Hassewitz. Sie war kalkweiß im Gesicht. Nur an der Schläfe liefen einige blaublütige und, wie es schien, sichtlich verängstigte Äderchen umher. Wenn sie trotzdem nicht gleich davonging, so wohl wesentlich deshalb, weil ihr Herr Zwirner zugesagt hatte, sich heute noch blicken zu lassen. Andererseits war aber trotzdem noch eine Gewißheit in ihr, die sie, wie sie glaubte, hoch über Lydia erhob. Sie hätte das nicht in Worten ausdrücken können, Lydia hätte sie ja auch niedergewalzt, zusammengefaßt würde es aber gelautet haben: Motzkus.

»Man lebt ja nur gezwungenermaßen«, seufzte sie schließlich. Dabei senkte sie den Kopf, wie innehaltend im Nicken. Dann senkte sie ihn noch tiefer.

»Das Konto ist ja gesperrt«, hauchte sie vor sich hin.

Diese nichts als klägliche Niedergeschlagenheit hatte aber nur noch gefehlt, um Lydias erwachtes Geschäftstalent wieder auf Touren zu bringen, denn sie fragte sofort, wozu denn, wenn die eigene Bank nicht funktioniere, beispielsweise ein Institut wie die Kundenkreditbank vorhanden sei. Kundenkreditbank! Allein diese Firmenbezeichnung war ihr schon immer ein Dorn im Auge gewesen, ein Dorn, wozu sie nun aber die Rosen zu liefern gedachte. Diesen Plan hatte sie ja schon immer gehabt. Also! Schon um diese peinliche Auseinandersetzung abklingen zu lassen, griff sie zum Telefon, nicht zuletzt auch, um es Mama zu beweisen.

»Wen möchten Sie sprechen?«

»Direktor Bleirock«, sagte Lydia, forsch wie gehabt.

»Herr Direktor Bleirock ist noch auf Urlaub.«

»Dann geben Sie mir Herrn Direktor Januschke.«

»Januschke?«

»Auch nicht?« rief Lydia voll Ungeduld aus, denn sie war noch ziemlich in Aufruhr, der sie auch fortfahren ließ: »Präsident Schöneisel wird aber doch wohl greifbar sein.«

Diesem endlich greifbaren Herrn setzte sie dann ihr Anliegen auseinander, ungewöhnlich beredt, wie man zugeben muß, nur leider mit dem Ergebnis, daß Präsident Schöneisel, nolens volens, wie er sagte, bedauern mußte, nicht ohne hinzuzufügen:

»Ja, gnädige Frau, so, wie Sie sich das denken, haben wir die Millionen auch nicht auf Lager.«

Aber Lydia stand nun vollends im Zenit ihrer selbst.

»Woher nehmen Sie dann das Recht, sich Kundenkreditbank zu nennen?« sagte sie ebenso spitz wie graziös. »Ich bin nachweislich ein Kunde. Sie sind eine Bank. Ich brauche einen Kredit. Als Sicherheit biete ich eine Firma.«

Beim Blick auf Mama, die mit einem kaum noch erträglichen Gemisch von Verschüchterung und Bewunderung zugehört hatte, stieg sie aber noch einen Stock höher und sagte:

»Wenn Ihnen das nicht genügt, könnte ich auch Herrn Generaldirektor Motzkus aus Krefeld veranlassen, die Bürgschaft zu übernehmen, zumal er die große Güte besitzt, meine Tongruben zu verwalten.«

»Daran zweifle ich nicht, gnädige Frau.«

»Woran denn sonst?«

Lydia lachte hell auf, wenngleich etwas künstlich. Als ob ihr inzwischen zum Bewußtsein gekommen wäre, daß die Wahrheit dort am schönsten gedeiht, wo es keine Rücksicht mehr gibt, da ja doch nichts mehr zu verlieren ist, sagte sie noch:

»Erwarten Sie etwa von mir, daß ich es bin, die Ihnen die Aktien besorgt? Etwa vom Mars? Kapital, das ist ja doch Ihre Sache.«

»Erlauben Sie mal!« sagte Präsident Schöneisel erstaunt, worauf Lydia jedoch nur ungemein vornehm erklärte:

»Ich erlaube hier gar nichts. Ich erwarte etwas. – So ein Dilettantismus! – Gute Nacht.«

Damit hatte sie ihm aber gründlich Bescheid gegeigt, diesem sterilen Finanzpolyphem. Es tat ihr regelrecht wohl. Allerdings hatte sie damit auch jede Aussicht auf Erschließung anderer Hilfsquellen zur Förderung des mehr oder weniger persönlichen Gemeinwohls geopfert. Aber war es nicht auch ein Triumph? Mochte Mama auch dasitzen wie eine zitternde Espe.

Sie selbst war jedenfalls ganz beherrscht und auch nicht aus der Fassung zu bringen, im Gegenteil, sie beherrschte sich nur noch mehr, als gleich darauf vorn im Laden eine ganze Gesellschaft von Leuten erschien, eine ganze Versammlung, die sie alle zu sprechen wünschten.

»Was ist?« hatte sie zu Gisela gesagt, die aber nur stumm zur Kasse hinwies, wo sich irgendein Unhold zu schaffen machte. Das war der Gerichtsvollzieher.

Gleichzeitig streunte aber auch noch lauter anderer Besuch umher, ungemein interessiert, wie bei Eröffnung einer Kunstausstellung. Sie suchten an den Wänden entlang, verständigten sich untereinander mit Blicken und hielten es dann fürs beste, sich zu erkennen zu geben. Das war aber gar nicht nötig, man sah es auch so.

»Darf ich Ihnen behilflich sein?« sagte Lydia ironisch.

Sie kannte ja das Benehmen solcher Gestalten, die das Gegenteil von Ganoven waren, aber irgendwie doch dazugehörten. Auch in deren Fall färbte der Beruf etwas ab, auch wenn sie sich die größte Mühe gaben, es sich nicht anmerken zu lassen. Allein schon die Art, wie sie die Morawéstäbchen und den Ingwer berochen, war sehenswert, was Lydia nicht ohne Pikanterie verfolgte. Nur als Mama von hinten erschien und neugierig hinzutrat, schoß in ihr etwas Wütendes hoch, dies erst recht, als die geborene von Hassewitz fragte, ob sie nun beide verhaftet würden. Offenbar sehnte sie sich danach.

»Wir bringen hier nur den Vorgang zum Abschluß«, sagte einer der Herren, und nach kurzer Beratung gaben sie ihrer Meinung dahin Ausdruck, daß es empfehlenswert sei, wenn sich die Herrschaften alle ... inzwischen war auch noch Margot erschienen, ferner die Häseloff und Karsunke und als letzte aller denkbaren Mißgeburten schließlich Herr Zwirner, der gleichfalls wiederholte, daß es empfehlenswert sei, wenn sich die Herrschaften alle – was sagte er da, der Hanswurst? – nach Hause begäben.

Darin gipfelte dann auch der Abschluß des kriminalpolizeilichen Vorgangs: das Geschäft wurde geschlossen.

»Ich kann«, sagte Lydia, nachdem sie mit Herrn Zwirner eine dringende Rücksprache in Mambreys Rechtsbüro vereinbart hatte, »ich kann keine Menschen mehr sehen. Es ist alles die gleiche Promenadenmischung.«

3 Zwischen Ostern und Pfingsten war das Wetter sehr flau. Es war so unbeständig und fraglich, daß selbst die Nachbarschaft zugestimmt hätte, wenn es sich darum gehandelt hätte, es durch Mehrheitsbeschluß überhaupt abzuschaffen. Es hatte sogar noch einmal geschneit und gleichzeitig gedonnert, was nun wirklich nicht zu verantworten war, so daß Lydia, bei allem, was sie sonst noch zu bewältigen hatte, erklärte, daß das Klima von Rechts wegen verklagt werden müßte. Das sei ja die reinste gerichtsnotorische Rückfälligkeit. Wer sowieso Rheumatismus hatte, hatte ihn plötzlich doppelt, und wer zufällig einem Schlaganfall ausgesetzt war, bekam noch einen zweiten dazu, reineweg gratis. Und das war doch wahrlich nicht gutzuheißen! Andererseits kam diese himmlische Unsicherheit Lydia auch wieder zustatten, namentlich auf ihren Einkaufswegen, wo alle es eilig hatten und rasch aneinander vorüberhuschten, ohne viel Lust, ihrer Lieblingsbeschäftigung nachzugehen, nämlich das Neueste aus der Nachbarschaft durchzuhecheln. Selbst das Ehepaar Ecklebe, von dem sie einst so wohlwollend ermuntert worden war, schlich mehrmals mit eingezogenen Köpfen vorbei, wahrscheinlich, wenn nicht aus anderen Gründen, weil beiden die eigene Haut näher war als selbst die bewundertste. Wenn aber trotzdem jemand ihr zurief: »Wieder zurück?«, so genügte es meistens, es genauso zu machen und zu erwidern: »Schon lange. Ein Wetter ist das.« Und damit war zumindest fürs erste die lästige Notwendigkeit zur Rechtfertigung umgangen. Im übrigen lief Lydia auch weiterhin durch ihre Gegend wie eine, die jeden Moment fotografiert werden konnte, nachdem sie vom Gremium der eigenen Denkmalspflege sozusagen als schutzwürdig anerkannt worden war.

»Mein Schmuck bleibt nicht bei mir«, seufzte sie manchmal. »Er verläßt mich oder zerbricht.«

Diese äußere Gunst oder auch Ungunst enthob sie allerdings

nicht der Fatalität jenes rastlosen Triebs, dank dessen ihr Wunsch nach Selbstbehauptung fast dauernd in einer Art Kreuzverhör stand, nur daß dieses Kreuzverhör sich weniger auf eigene Fehler bezog, denn sie konnte, wenn sie in sich hineinsah, einfach keine entdecken, als eben auf den Skandal dieser allseits sichtbaren Fehlerhaftigkeit schlechthin. Gesetzt, es wäre ihr bei Erschaffung der Welt ein Mitbestimmungsrecht eingeräumt worden, wie es eigentlich von jedermann verlangt werden konnte, nun, sie hätte es besser gemacht. Jeder einigermaßen vernünftige Bäcker, so schien ihr, hätte die Welt kunstgerechter geformt und einwandfreier zurechtgeknetet, als es bedauerlicherweise der Fall war, und dann wäre es auch nicht so blamabel gewesen, daß alles, was rings geschah, nicht die geringste Rücksicht auf die Vorstellung nahm, die man sich davon machte.

Es hatte sie ja schon mehrmals das Bild einer Wirklichkeit angeblickt, von deren spezieller Beschaffenheit sie lediglich lauter Bruchstücke kannte, andere Bruchstücke wieder, als andere sie kannten, aber eben nur Bruchstücke, nur hieroglyphisch, zum mehr oder weniger eigenen Gebrauch. Und manchmal nicht einmal das! So war sie von Doppeldoktor Mambrey mit einer ganz anderen Weitherzigkeit und Einfühlungsgabe durch den blühenden Park der Geschäftsbücher geführt worden als vor deren Beschlagnahme von diesem mediokren Herrn Zwirner, der ihr außerdem dargelegt hatte, daß von Vermögenswerten kaum noch die Rede sein könnte, da in diesem Revier, das durchaus kein lieblicher Park sei, in letzter Zeit förmlich gewildert wurde, nicht zu reden von all den Fiktionen, vor allem den doppelten Buchungen, deren einfachste bereits jeder annehmbaren Grundlage entbehre.

»Ein lukrativer Bankrott, in seiner Art klassisch«, hatte diesbezüglich Herr Zwirner gesagt, worauf Lydia erstaunt zurückgefragt hatte:

»Klassisch?«

»Natürlich betrügerisch auch.«

Jeder eben vom Studium gekommene Buchprüfer könne ihr das bestätigen, jeder Adept. Es sei überhaupt keine »freie Masse«

vorhanden. Sich selbst aber hätten sie ein Gehalt ausgesetzt, das das übliche ums Zehnfache übersteigt, auch der Spesensatz sei abnorm, auch die Abschreibungen, wie überhaupt alles.

Dabei hatte Herr Zwirner, was Lydia ganz besonders schokkierte, seinen aufschlußreichen Bericht mit einer so aufgesetzten Selbstgefälligkeit unterbreitet, um nicht zu sagen gewürzt, als ob er sich offenkundig an der haarsträubenden Unvernunft des Tatbestandes ergötzte, etwa einem Chefarzt vergleichbar, der über der klassischen Konsequenz eines Krankheitsverlaufes in tollstes Entzücken gerät und vor lauter Entzücken die Person des Patienten darüber vergißt.

»Aber Sie sind ja Künstlerin«, hatte Herr Zwirner gesagt. »Sie werden schon ihren Weg machen.«

Außerdem sei ja auch die Frau Mama noch da, diese reizende Dame. Ihr nicht zuletzt wie ihren Beziehungen zu Herrn Generaldirektor Motzkus sei es zu danken, daß durch Einschaltung von dessen potentieller Finanzkraft das Ganze noch rechtzeitig hätte umstrukturiert werden können. Umstrukturiert! Der Vertrag mit der Hausverwaltung sei in Kürze perfekt. Es sei ein schmalhüftiges Hochhaus geplant, firmiert als Modehaus Alice. Morawé sei dann erloschen, selbstverständlich die Vollmacht auch. Das sei dann nur noch eine formale Sache fürs Handelsregister. Der Rest sei Angelegenheit der Gerichte.

»Gnädige Frau?« hatte Herr Zwirner zum Schluß gesagt. Es lag eine Frage in seinem Ton. Aber sein Versuch, sich auch noch mit der eingespielten Geste eines Turnierreiters zu empfehlen, war glücklicherweise mißlungen. Lydia hatte es sich versagt, ihm die Hand zu reichen, und so war es ihm auch nicht vergönnt, sich durch einen kindischen Handkuß in ein günstiges Licht zu rücken. Alles, was recht ist! Eine Lektion war diesem spilligen Gernegroß denn doch zu verpassen.

Zu Hause hatte Lydia es allerdings nicht so leicht, sich mit ihrem Kreuzverhör abzufinden, zumal niemand da war, vor dem sie sich hätte verteidigen können. Sie besaß nur ihr unnachahmliches Ich, dessen richterliche Hoheit jedoch mitunter versagte. Dann stieg eine unerklärliche Angst in ihr hoch, die verzweifelt der Angst vor irgendeiner Art Martyrium glich, auch wenn es ihr gelang, sie rasch wieder abzuschütteln, hauptsächlich unter Berufung auf die ihr ja trotzdem verbliebene, moralische wie intuitive Generalvollmacht. Der Verlust von Morawé war aber ein Schlag, der ihr nichtsdestoweniger zu schaffen machte, dies um so mehr, als er auf die Dauer weder zu eigenen Gunsten umgefälscht werden konnte, noch vor der Nachbarschaft zu verheimlichen war, selbst wenn man berücksichtigt, daß wider Erwarten Alice es war, der gewissermaßen der Hauptgewinn zufiel. In den Augen der Nachbarschaft mochte das sensationell sein, in Lydias Augen jedoch war es paradox, was aber noch milde ausgedrückt war, denn es grenzte, wie sie meinte, auch an Verrat.

Sie hatte in der Nacht nach ihrem Besuch bei Herrn Zwirner von Löwen geträumt, die Rotkohl fraßen, Beweis genug, daß er sie mit seiner Aufführungsweise fast matt gesetzt hatte, und seitdem konnte sie keinen Rotkohl mehr sehen, ob roh oder gekocht. Es wurde ihr schlecht, und das war nun, sobald ihr etwas zuwiderlief, auch sonst der Fall. Ja, einmal hatte sie auch an Selbstmord gedacht, wobei sie sich vorgestellt hatte, daß ihre Zuckerdose beim Frühstück voll Gift war, angefüllt mit einem Pülverchen à la Tarnier oder ten Dam. Auf eine Sekunde hatte das Gift auch gewirkt, sie hatte die größte Lust verspürt, sich zu erbrechen. Schließlich war der Geschmack der Süßigkeit aber doch stärker gewesen, nicht zuletzt auch der Trieb zur Verdauung, und nach der Rückkehr vom Thron ihres Klosetts hatte sie sich auf Grund ihrer derart entschlackten Großherzigkeit zum Weiterleben verurteilt. Sie hatte sich, was längst fällig war, mit Schreieck in Verbindung gesetzt.

»Umbringen? Nein!« hatte Schreieck schon immer gesagt. »Nicht die Bohne!« Diesen Gefallen werde er dieser Gesellschaft nicht tun. »Das könnte der Blase so passen.«

Es war in der Tat ein nahezu sakraler Moment, reineweg atavistisch, wie Lydia meinte, als sie eines Tages vor Schreiecks Wohnungstür stand, nachdem sie sich nicht ohne Bangnis die vier Treppen bis zu seinem Olymp hinaufbemüht hatte. Allein schon vom Treppensteigen schlug ihr das Herz, nicht zu reden von anderen Gründen. Andererseits lag in der Unvermeidlichkeit dieses Schritts, zumal Schreieck ein Recht darauf hatte, ihn zu erwarten, auch ein Grund mehr, ihn in entsprechender Haltung zu tun, und so hatte sie sich vergleichsweise zur Haltung einer akkreditierten Gesandtin entschlossen, die im Auftrag ihrer Regierung ihr Beglaubigungsschreiben zu erneuern oder die Peinlichkeit eines unvorhergesehenen Zwischenfalls zu bereinigen hat. In Voraussicht dessen hatte sie auch schon einige Punkte mit Katrix geklärt, zumindest oberflächlich sondiert, nachdem sie sich kürzlich – welch ein Zufall! – in die Arme gelaufen waren, wenn auch leider, um völlig gewappnet zu sein, ein paar Tage zu früh.

»Wie geht's dem geliebten Schreieck?« hatte Lydia gesagt. »Was macht die Aspasia?«

Und dann hatte sie die Zerstreute gespielt und mit liebenswürdigstem Aufwand versichert, daß sie ihm aus Nizza eigentlich eine Nachricht hatte zukommen lassen wollen.

Da Katrix längst wußte, wie es um Morawé stand, und ihr auch Schreiecks Meinung bekannt war, denn er hatte genug in die Luft trompetet, begnügte sie sich mit wenigen Worten, teils halb zögernd und achselzuckend, teils freilich auch nicht ohne Lichtblick insofern, als Schreieck schon immer gesagt haben soll, daß er nichts anderes erwartet habe. Seine nicht weniger sarkastischen Reden über ten Dam, der ja alles mögliche gewesen sein soll, von der Unterwelts-Exzellenz bis zum glattbehosten Versteller, behielt sie aber für sich, wie nicht zuletzt auch den Umstand, daß beide, Schreieck sowohl wie Lydia, ihr nachgerade unheimlich wurden, gemessen zumindest an den klaren Entschlüssen Alices, bei denen man wenigstens wußte, woran man war und durch die man auch selbst zu einer Stellung gelangen konnte. Das war praktisch, und das hatte sogar die ihrer Einnahmequelle nachtrauernde Loschwitzer begriffen, sie im Grunde schon längst, auch wenn sie nach Schreiecks Meinung wie eine Gardine herumlief, die ihre Predigt loswerden will.

Katrix hatte ihren Schreieck zwar nie recht verstanden, und das hatte auch niemand verlangt, am wenigsten er selbst, denn er hatte sich meistens darin gefallen, sich einzunebeln, sie hatte aber an ihn geglaubt, vor allem auch an seine Aussichten in Sachen Aspasia, einschließlich des Goldregens, der über ihn niedergehen würde. In letzter Zeit war sie aber doch irre geworden. Wenn sie ihn nämlich ein wenig angepufft hatte mit der Warnung: »Du wirst noch einmal verrückt oder sonstwas!«, so hatte er gar nicht mehr aufgemuckt, sondern einfach erwidert: »Verrückt war ich nie«, und wenn sie hinzugefügt hatte: »Aber das fängt einmal an«, so hatte er lediglich aufgelacht wie einer, der sich selbst nicht mehr ernst nimmt. Wenn er sie wenigstens angekläfft hätte, so wäre das immer noch besser gewesen. Zwar beschäftigte ihn die Aspasia nichtsdestoweniger, denn er hatte sie nicht in die Ecke gepfeffert, doch gab er auch zu verstehen, daß dieses Biest, je länger er mit ihm verkehre, sich um so komplizierter gebärde, wie denn aller Voraussicht nach – und das war es, was Katrix nicht faßte, nicht fassen konnte! – aller Voraussicht nach die Zeit für eine Aspasia im künstlerischen wie im politischen Sinn noch nicht reif sei, selbst wenn er ihre Körperlichkeit mit einem Geflimmer transversiver Spiralnebel durchtränkte und ihr ein Gehirn einsetzte, im Vergleich zu dem das zweifellos aparte Gehirn der antiken Aspasia nur ein kokettes Käsestück war. »Laßt sie einen Schinken draus machen, wie sie alles verhunzen!« hatte Schreieck erst kürzlich unter Hinweis auf Olaf und dessen betriebsame SELAK-Gruppe gesagt. »Und dann scheißen wir drauf.«

Schreieck war tatsächlich nicht im geringsten erschüttert. »Futsch ist futsch«, sagte er ohnehin gern, sobald ein Konzern zusammenbrach oder überhaupt ein ökonomischer Faktor versagte. Dabei ließ er die Praxis seines unvergleichlichen Einmannbetriebes keine Minute im Stich, was für Schwierigkeiten auch immer er ihm bereitete. Ja, es schien sogar, als ob jede Art Erfolg im Rahmen seiner Erwägungen überhaupt keinen Platz einnahm, wenn er ihn nicht überhaupt als störend empfand, als Verführung ins Ungemäße. Jedenfalls lag das außerhalb seiner Interessen. Das änderte aber nichts daran, daß ihn die Sache als solche, gleichsam als Idee und Phänomen, sobald sie erst in ihm aufgekeimt war, um so nachhaltiger ergriff. Mit seinem Aspasia-Entwurf war es genauso. Es war eine Lichtgaukelei, von der der

Rezensent Haukohl, wenn er kein Nachtlicht gewesen wäre, hätte entzückt sein müssen und angesichts derer mehrere Millionenerbschaften hätten zusammengeschossen werden müssen, um dieses Elaborat zu verwirklichen. Realität als Erscheinung, Erscheinung als konzentrierteste Realität, das ungefähr wäre die Basis gewesen, auf welcher die Terminologie dafür überhaupt erst hätte geschaffen werden müssen. Dabei wäre es völlig abwegig gewesen, etwa von einem Triumph der Technik zu sprechen. In Schreiecks Augen war es überhaupt kein technischer Vorgang, es war ein Zauber des Lichts, es war eine mehrfache Polarisation, aus der sich die Lebewesen von selbst erschufen. Später würde sich das alles natürlich als Binsenwahrheit erweisen. Zunächst aber war es noch ein Problem, und das Hauptproblem war, inwieweit es überhaupt möglich sein würde, diese einzigartige Aspasiafluktuation ins Gehirn derer zu strahlen, deren ganzer Stolz lediglich darin bestand, daß sie einem Hund einen Eselskopf aufsetzten oder ein Pferd durch ein Auto ablösten. Solang es aber noch nicht geglückt war, die Glatze eines Studienrats zu befruchten oder die Physiognomie eines Konsistorialrates von der Physiognomie eines Terroristen zu unterscheiden, bestand leider auch keine Aussicht auf eine sinngemäße Aufbereitung der künstlerischen und kritischen Urteilskraft. Davon abgesehen, stak auch die optische Aufnahmefähigkeit des Publikums noch ganz in den Anfangsgründen.

»Herein in die Hölle!« rief Schreieck vom hintersten Zimmerwinkel herüber, als Lydia noch draußen im Wohnungsflur stand, wo sich Katrix nicht ohne Ehrfurcht um sie bemühte.

Schreieck hatte sich nicht in Gala geworfen. Er hatte auch sonst keinerlei Anstalten getroffen, geschweige sich irgendwie vorbereitet. Er hatte auch nicht nach Worten gesucht, nach Sarkasmen oder Bonmots, um Ihre Hoheit zu empfangen. Was sollte das alles? Kultiviert oder nicht, bei ihm wetterleuchtete es dauernd. Er war aber unverkennbar bei Laune, und das machte das Ganze so einfach, daß Lydia sich tatsächlich setzte, eben wie man sich hinsetzt, zumal sie erst gar nicht dazu kam, irgendwelche Formalitäten zu äußern. Dieser Schreieck, so schien es, war längst im Bild, und der Nullpunkt, auf dem sich schließlich beide befanden, schien ihm gerade das Rechte.

»Mir schwimmen sofort sämtliche Felle davon, sobald man mich nach meiner Arbeit fragt«, sagte Schreieck ohne viel Federlesens. »Besten Dank also, daß Sie erst jetzt aufkreuzen.«

»Ich habe zu danken«, sagte Lydia beglückt.

»Naja«, fuhr er fort. »Manche sind da die reinsten Tenöre. Sie stellen sich hin und streichen sich dreimal den Bauch, bevor sie ihre Pläne verkünden. Die reinsten Klempnermeister! Sie kommen mir alle wie Skatbrüder vor, deren Aufgeblasenster sagt ›Heute nacht fabriziere ich aber ein Kind, das bestimmt mal ein Prachtkerl wird. Es wird bestimmt mal Vorstandsmitglied der Klempnerinnung.‹ So ungefähr! Und dann jodeln sie ihre Programme hinaus.«

»Aber eine Idee?« sagte Lydia behutsam. »Die muß man doch schließlich verkünden.«

»Auch wieder«, meinte Schreieck.

Er war überhaupt sehr beweglich und sah alles von mehreren Seiten. Freilich hatte er auch bemerkt, wohin Lydia mit ihrem Einwurf zielte.

»Gewiß, das Dasein ist eben chaotisch, und wir sind immer bestrebt, unser System daraus zu retten. Aber wissen Sie, wenn man am Rand der Gesellschaft sitzt, wirkt vieles reineweg farcenhaft: Geburtstagsfeiern, Begräbnisse, Tagungen, Hochzeiten und Scheidungen. Dieses Zurschaustellen ist dann die reinste Selbstreklame. Und Reklame wofür? Das muß man doch fragen.«

»In dieser Hinsicht liegt freilich vieles im argen«, stimmte Lydia hoffnungsvoll zu, obwohl an sich gar kein besonderer Anlaß zur Bekundung von Hoffnungen vorlag. Eher schon kam es ja darauf an, sie zu begraben. Es war aber trotzdem ein Schimmer in ihr, der sie aufhorchen ließ. In der Tat hatte Schreieck sie plötzlich so merkwürdig angestarrt, den Kopf in beide Fäuste gestützt, die Ellbogen ohne geringsten Zwang auf dem Tisch.

»Sehen Sie sich das doch mal an!« sagte er lässig, indessen wie einer, dem das eher Vergnügen bereitet.

Es sei ja kaum auszuhalten, täglich mitansehen zu müssen, wie selbst die höchsten Galane, diese Kanzler, Kapitäne und Präsidenten, ihre besten Möglichkeiten verspielten. Daß bei ihren Bällen und Banketten, ihren Trauer- und Empfangsfeierlichkeiten, überhaupt bei ihren Aktionen nicht wenigstens einmal einer hervortrete, hervorzutreten sich anschicke, und sich mit männlicher Klarsicht um die Gunst einer echten Aspasia bewerbe, das sei schon blamabel. Ihre eigenen Schrunnen und Ritzen, ihre angeheirateten Glucken, wie sähen sie denn allesamt aus? Keine Spur von Welt umfächle ihr Wesen, kein Hauch von Grazie umspiele sie, keine Geschmeidigkeit, keine Dezenz, nicht auch der leiseste Hinweis darauf, daß das Parkett der Weltgeschichte auch die entsprechende Inkarnation an Weiblichkeit fordere, eine Frau von Kultur, bewandert in Wirtschaft und Politik, eine Frau, die alle Vorzüge in sich vereinigt und geschickt genug ist, um die Nachteile gleichfalls mit einzubeziehen, sozusagen, indem sie sie umdreht. Was wäre das für ein Betätigungsfeld! Welch ein wahrhaft berechtigtes Spiel! Statt dessen dominiere, wohin man auch blickt, die Quadratur des männlichen Machtanspruchs, und die Weiblichkeit hänge ihm beifällig an. Würde aber, und sei's aus dem finstersten Urwald, eine Aspasia erscheinen, durchgebildet bis ins Letzte des Letzten und fähig zu geistvoller Mitbestimmung, dann wäre die Mehrzahl nur noch ein Haufen Zeloten, die ihr hölzernes, lächerlich ideologisches Steckenpferd ritten. Sie schmorten im Saft ihrer Banalitäten, und ihre Tiraden wären so ranzig, daß alles davonlaufen würde. Nur noch als Politikaster, als Ausschreier und nationaler Schaubudenbesitzer, als Häuptling parteipolitischer Schrebergärten wäre diese Sorte verwendbar.

»Aber darin sind wir ja einig«, sagte Schreieck. »Das hat uns zusammengeführt.«

Und dann löste er eine der Fäuste, auf die er den Kopf gestützt hatte, spreizte vom Wangenknochen herab alle fünf Finger, daß es aussah, als ob sie ihm von der Hand fliegen würden, und indem er auf Lydia blickte, fragte er lächelnd:

»Himbeergeist oder Cognac, was wollen Sie lieber? Das stärkt das Rückgrat.«

»Danke«, sagte Lydia. »Ich nehme nichts. Ich hatte es schon als Kind nicht nötig, einen Geradehalter zu tragen. Das überließ ich Alice.«

Darauf lachten sie beide, ziemlich verschmitzt, zumal sie die Erwähnung Alices als gemeinsame Pikanterie empfanden.

»Ich hätte eine Villa gemietet«, warf Lydia ein. »Ich hätte Parklandschaften und Liebesgärten entworfen. Ich wäre meinetwegen in den Sportpalast gegangen und hätte dort die Aspasia gespielt«, sagte sie nicht ohne Geste, worauf Schreieck zwar etwas grinste, aber beifällig fortfuhr:

»Ich bewundere jeden Charakterfehler. Diese ganze Folie von Minderbegabten und reduzierten Existenzen hält uns natürlich für größenwahnsinnig. Wenn aber jemand schon dort anlangt, wo er wirklich nichts weiter besitzt als seine Überzeugung, dann sollte es ihm auch an Mut nicht fehlen, sie abzufeuern. Man muß das natürlich bezahlen, und wenn man nichts hat, so zahlt man mit dem, was man ist. Davor befällt jeden Durchschnittskanaken die größte Angst, denn es kostet womöglich die Existenz. Zusehen, wie einer zugrunde geht, das ist dann die Rache. Na, man darf natürlich auch nicht vergessen, daß selbst unsere liebsten Bekannten unser Leben nicht für so wichtig halten, wie wir selber es tun. Für uns ist es das einzige, das wir haben, für die andern ist es nur eines von vielen, ein Schauspiel. Also wundere dich nicht, wenn du allein stehst! Übrigens: der einfache Mann ist es nicht, dem ich das sage. Es ist das Affengeschlecht dieser Opportunisten und Rückversicherer, dieser unmaßgeblichen Scheinintelligenz, die glaubt wunder was leisten zu können, indem sie sich überall einmischt. Mir hat erst neulich so ein Saugwurm von Besserwisser die Leviten gelesen, nur hat er dabei vergessen, sich selbst im Spiegel zu sehen, denn sonst ...«

Schreieck unterbrach sich. Er sah Lydia beinahe brüderlich an, während sie wohlwollend nickte.

»Diese Herrschaften werden sich alle sanieren«, sagte er dann, »und wir sitzen da mit unserer Idee. Sie sanieren sich immer. Da kriecht jeder in seinen Posten. Auch die SELAK-Gruppe macht ihr Geschäft, wobei es ihr nicht darauf ankommt, ob so oder so, wenn's nur Geschäft ist. Selbst wenn sie noch so beschränkt sind – wo ihr Vorteil liegt, das riechen sie instinktiv. So ist es, so war es. Diese Holzköpfe zittern, deshalb raffen sie alles zusammen. Aber sie zittern auch vor der Idee, schon weil sie dadurch zur Kenntnis gelangen, daß sie eben nur Holzköpfe sind. Und ich kann mir nicht helfen, Frau Lydia, das ist doch auch lustig. Es ist doch auch lustig, mitanzusehen, wie sie den Kopf einziehen, sobald sich das Schreckgespenst einer Idee die Vollmacht erteilt, dem Mißwuchs ihres aufgewärmten Pantoffeldaseins einen unverrückbaren Maßstab entgegenzuhalten. Ich kann mir nicht helfen, mag's kosten was immer, es ist doch auch lustig.«

Eine Zeitlang starrte Schreieck lediglich vor sich hin, nicht ohne Genuß an dieser Art Selbstbefreiung. Er war ungemein aufgeräumt, und Lydia, wie sie im stillen längst festgestellt hatte, war es eigentlich auch. Sie war es schon deshalb, weil sie sich ihren Besuch viel schwieriger vorgestellt hatte. Sie hatte befürchtet, es könnte dabei zu Ausbrüchen kommen, zu Vorwürfen und phantastischen Szenen. Von Rechts wegen hätte er sie beschimpfen und schlechtmachen, er hätte sie hinschlachten können als Opfer ihrer Selbstherrlichkeit, und es wäre dann der reinste Bußgang gewesen. Sie hätte sich flehentlich entschuldigen, hätte ihn um Verzeihung bitten müssen, weil sie ihn, wie er hätte behaupten können, für sich eingespannt hatte, weil sie ihm das Größte versprochen hatte: Erfolg und Ruhm. Statt dessen war beinahe ein Wunder geschehen. Er hatte sich mit ihr solidarisch erklärt. Und das war großartig. Sie konnte nicht umhin, ihn zu bewundern.

»Sind wir denn unserer Zeit so voraus?« sagte sie zaghaft. »Begreift man uns deshalb nicht?«

Schreieck hatte sich etwas zurückgelehnt. Eine Antwort darauf hielt er offenbar nicht für nötig. Vielmehr erhob er sich langsam. Dann ging er zu einem Regal, und dort holte er ein Bündel Papiere hervor, um sie Lydia zu überreichen. Merkwürdigerweise geschah das nicht ohne Förmlichkeit, ja so zeremoniell, daß Lydia gleichfalls in eine Haltung verfiel, wie es schon anfangs von ihr beabsichtigt war.

»Darf ich mir erlauben, Ihnen dieses Exzerpt zu überreichen?« sagte Schreieck so höflich, wie er es eben vermochte. Es war zweifellos etwas gespielt, aber doch ernsthaft. »Es ist mein Aspasia-Entwurf. Es steckt alles darin, was ich Ihnen verdanke und was ich für Sie empfinde.«

»O!« sagte Lydia mit einem Augenaufschlag, in dem ein ganzes Rudel lichtvollster Ausblicke schwamm. »Ich nehme es an.« Und dann erlaubte sie sich, noch hinzuzufügen: »Im Namen der Vollmacht, mein lieber Schreieck.«

»Verzeihen Sie«, sagte Schreieck, »aber unter vier Augen wird man gesprächig. Es ist ja die einzige Situation von Wert und Gehalt.« Er versicherte noch, daß er die Aspasia wahrscheinlich in sein interstellares Universalpoem aufnehmen werde. Dort mag sie dann leuchten.

Ihre Sitzung war damit beendet.

»Kann er nicht doch auch nett sein?« fragte Katrix bekümmert, als Lydia sich draußen verabschieden wollte.

Katrix, diese märkische Kiefer mit ihrer possierlichen Intelligenz, hatte die ganze Zeit in der Küche gesteckt. Dort hatte sie sich ziemlich sinnlos zu schaffen gemacht, hauptsächlich aber gelauscht, voll bangster Erwartung, ob sich zwischen beiden wohl etwas ereignen würde, das feindselig war. Sie hatte sich schon die Rufnummer der Feuerwehr und des Überfallkommandos eingeprägt. Es war aber alles glattgegangen.

»Nett?« sagte Lydia. »Viel mehr als das.«

Dann empfahl sie ihn ihrer Obhut.

Sie hätte später wohl kaum zu sagen gewußt, mit welch einem flimmernden Hochgefühl sie die vier Treppen wieder hinabgelangt war. Ihr Aspasia-Projekt unterm Arm wie ein diplomatisches Schriftstück, hatte sie die Straße betreten, im Bewußtsein, daß sie aufs schönste gerechtfertigt war. Er hatte sie nicht nach ten Dam gefragt, Katrix sie übrigens auch nicht. Während Katrix aber wohl Angst gehabt hatte, sich zu verplappern, hatte er bewußt auf alles Intime verzichtet. Man hätte das alles auf Tonband aufnehmen müssen, so meinte sie nun, um es bei der Grundsteinlegung eines neuen Jahrhunderts einzumauern, zum Zeichen dessen, daß nicht alles der reinste Mischmasch war, was sich heute begab, und daß es sich trotzdem lohnte, gelebt und gewirkt zu haben, und sei es selbst in der einfachsten Hütte.

Beim Blick aufs Geviert der Häuserfront rings, deren Fenster so gleichgültig blinkten, und in Anbetracht auch der Nachbarschaft, deren größter Teil berufstätig war, sofern man sich nicht auf andere Weise gebettet hatte, sei es durch Heirat, sei es durch Renten, befiel sie allerdings ein unangenehmes Gefühl der Befremdung. Es war das gleiche Gefühl, wie sie es schon von früher her kannte, sobald sie dem nichts als nüchternen Alltagsverkehr gegenüberstand. Die meisten waren jetzt in Werkstätten und Büros, bei Theaterproben und Filmaufnahmen, und es schien überhaupt, als ob alle, ob freiwillig oder nicht, in einer Art Zwangsjacke stäken, die sie lediglich aus Illusion vor sich selbst und zur Stützung der persönlichen Eigenart als ihren Beruf ansahen. War es nicht aber doch nur die Geißel der Existenz, die Notwendigkeit zum Erwerb? Wenn das am späten Nachmittag oder nach Geschäftsschluß, wie sie es oft genug beobachtet hatte, aus dem Schacht der Untergrundbahn hervorgequollen kam, wie ein Maulwurf so drohend, wie ein vorsintflutlicher Drachen, eine Vielgliedrigkeit, ganz hungrig nach Licht, hungrig auch nach dem kleinen Stück Ich, das sie alle belebte, dann hatte sich Lydia schon immer gefragt, wie sie ihrerseits dem Gesetz dieses überdimensionalen Anspruchs standhalten sollte. Es war keine andere Frage als jene, die sie seinerzeit veranlaßt hatte, sich vorübergehend zu Alice zu flüchten, unter dem Vorwand eines Besuches. Aber was nun? War es nicht so, daß sie leider, wenn man es praktisch sah – und wie anders sollte man's sehen? – nach all ihren Ausbruchsversuchen nun wieder dort angelangt war? Die Einsicht in diese Tatsache regte sie auf, nicht zuletzt auch, als sie die eigene und das hieß eben doch nur Alices Wohnung betrat. Wie sollte das werden, wenn Alice wieder zurückkam, nun gleichfalls angesteckt von ihrem Beruf, dazu noch erfolgreich, wahrscheinlich mit der Absicht, die Wohnung hier aufzugeben und sich ganz der Zusammenarbeit mit Motzkus zu widmen, um dann am Kurfürstendamm ihre Triumphe zu feiern? Sollte sie dann einfach danebenstehen, sollte sie sich ihr etwa unterordnen, und dies auch noch im Zustand der leichten Entfremdung, wie sie zwischen ihnen doch aufgetaucht war? Das war doch, wie immer es auch wieder eingerenkt werden mochte, unmöglich!

In diesem Fall sah sich Lydia begreiflicherweise kaum in der Lage, der Zukunft mit gleicher Gelassenheit entgegenzusehen, auch wenn sie sich hundertmal vorerzählte, daß sie ja im Grunde die Talentiertere sei, wie sie denn von Kindheit an die Überlegene war. Bis Ende der Woche wollte Alice aus Krefeld zurück sein. Sie wollte dann, wie aus merkwürdig kühlen und überaus kurzen Ferngesprächen ersichtlich, alles Nähere mit Lydia besprechen. Dafür blieben aber nur knappe drei Tage, dann mußte sie wieder zu Motzkus, selbstverständlich geschäftlich.

»Ich möchte doch wissen, was das Herz über mich denkt, das mich täglich mit Blut speist«, meinte Lydia beim Rundblick auf ihr Solarium, das ihr manchmal so abseitig vorkam wie das vermaledeite Tusculumzimmer in Antibes.

»Was sagst du zu Lydia?« hatte Katrix nach deren Weggang zu Schreieck gesagt. »Ich dachte, ihr nächster Brief käme aus Kairo oder vom Kap der Guten Hoffnung. Statt dessen ist sie selber erschienen. Ich war so erschrocken. Ich wußte nicht, ob ich mehr Angst als Furcht vor ihr haben sollte oder mehr Furcht als Angst.«

»Eine Venus kann zur Not noch ihre Schamhaare verkaufen«, hatte Schreieck gelästert. »Sie aber ist eine Mischung aus Reiher und Dromedar. Sie will angestaunt sein.«

»Ach, pfui!«

»Ja, zusehen, wie uns jemand was vorlebt, das hat seine Reize«, hatte Schreieck weiter gesagt. »Das ist, als ob man ein hypnotisierter Zuschauer wäre, der vorn auf der Bühne ein Schauspiel verfolgt oder eine Komödie. Man kommt dabei gar nicht auf den Gedanken, sich einzumischen. Man ist gänzlich mit der eigenen Passivität beschäftigt.«

»Aber du hast sie ja selber bewundert. Mach mir hier bloß nichts vor.«

»Sie hat 'ne Souffleuse in ihrem Bewußtsein«, hatte Schreieck darauf erwidert. »Und jetzt wartet sie auf ihr Stichwort.« Aber dann hatte er doch noch hinzugefügt: »Die einen können nicht ohne Jesus leben, die andern nicht ohne Buddha, die einen berufen sich auf ihren Marx, die andern auf Machiavelli. Das einzige, was ich an deiner Lydia bewundere, ist der Umstand, daß sie sich einzig auf ihre Selbstherrlichkeit beruft. Sie trägt dabei alle Zweifel und Lasten. Ihr Triumph ist auch ihr Martyrium.«

»Davon kann sie aber nicht leben«, hatte Katrix vorsichtig einzuwerfen gewagt, worauf Schreieck aber nur abgewinkt und das Radio angedreht hatte, nicht ohne in sich hineinzumurmeln:

»Ich lebe ja auch.«

Unterdessen war es im Umkreis der Künstlerkolonie längst nichts mehr Neues, daß die Herzogin von Wilmersdorf, wie man sie nannte, die umliegenden Straßen und Plätze wieder mit ihrer Anwesenheit beehrte. Beim Gespräch mit entfernteren Bekannten pflegte sie meistens zu sagen, sie wüßte ein Lied zu singen, und die Art, wie sie es sagte, war so bedeutend, als hätte das Lied schon begonnen. Das bekam schließlich jeder zu spüren. Reichlich mit Erfahrungen eingedeckt war ja auch jeder, nur freilich, daß der Zuschnitt dieser Erfahrungen nicht einfach vertauscht werden konnte. Was im einen Fall paßte, war im andern Fall nicht verwendbar und umgekehrt. Da bezog jeder seine Erfahrung aufs eigene Zentrum, alles andere blieb ohne Belang. Fräulein Skepsgardt zum Beispiel, die einzige übrigens, die sich um Mambreys Befinden kümmerte, fand einen ganz besonderen Trost darin, daß Lydias leider nicht abgeschickter Brief an sie deren Schutzengel gewesen sein soll. »Das freut mich«, hatte sie bei einer ersten Begegnung gesagt, »das gibt mir den Glauben wieder, daß eine gute Regung belohnt wird« – während Dicky hinwiederum, in Anbetracht des durch ihn angerichteten Unheils, erklärte, er könne keine Weiber mehr sehen, das seien alles nur Löcher. Jede Frau sei ganz schrecklich. Das Aparte an ihr, auch an dieser Lydia Faude, lenke lediglich von der Hauptsache ab. Die Dame an sich sei eben nur reizvoll, um nicht schrecklich zu sein.

So hatte fast jeder etwas zu sagen.

Lydia nahm das alles mit Interesse entgegen, mit einem Ausdruck, der, flüchtig gesehen, voll Verständnis und Einsicht war, obwohl es ihr auch an innerer Abwehr nicht fehlte. Es war nichtsdestoweniger ein Schwur in ihr, der sich beträchtlich über jeden Akt aufgetauchter Schadenfreude erhob, und das war auch der Schwur, sich weder täuschen noch kleinreden zu lassen, sei es von wem auch immer, also dann auch nicht von Alice.

4 Es war, als hätten sie sich seit Jahren nicht mehr gesehen, obwohl es doch höchstens zwei Wochen waren, als Lydia am Flughafen Tempelhof Alice auf sich zuschreiten sah, pünktlich zum vereinbarten Termin. Sie hatte sie schon vor Erreichen der Sperre entdeckt, war aber auch etwas stutzig geworden, ob das wirklich Alice wäre. Erstens waren sie einander in solch einer Situation noch nie begegnet, und das rückte auch das vertrauteste Bild in ein anderes Licht, und zweitens war die Veränderung, die mit Alice vorgegangen sein mußte, tatsächlich sehr groß. Sie trug ein neues Kostüm, sehr hell, sicherlich ein Modell aus Paris oder ein eigener Entwurf, und sie hatte überhaupt eine Art, gleich weltfähig und korrekt, wie es an ihr bis jetzt noch kaum bemerkt worden war. Sie trug sogar eine Brille wie sonst nur bei der Arbeit, nur wesentlich eleganter, als diente ihr die Optik nebenbei auch als Schmuck. Die reinste Modeschöpferin, so kam sie daher.

»Alice!« rief Lydia überschwenglich, wenn auch nur zur Hälfte wirklich entzückt. »Bist du das auch?« Der Rest galt eher der heimlichen Frage, wie sie ihrerseits in Alices Augen, gleichsam durch die Brille gesehen, dagestanden haben mochte.

An die Empfangshalle im Flughafen Tempelhof hatte Lydia nicht gerade die besten Erinnerungen, besonders im Hinblick auf Herrn ten Dam, obwohl sie nicht gewillt war, die Einzigartigkeit ihrer Beziehungen nachträglich abzuwerten. Vielleicht lag es daran, daß sie reichlich nervös war und vor allem auch, daß ihr die Töne ihrer Sympathiebekundungen so leicht verrutschten, abgesehen von anderen Perspektiven, deren lauernde Erwartung nie ganz ausgelöscht blieb. Hinzu kam aber auch, in all der erschreckenden Banalität, der Umstand, daß Alice – es läßt sich nicht anders sagen – eben erfolgreich war, was immer auch wieder gegen die Beweiskraft des puren Erfolges gesagt werden mochte. Schreieck war da ganz groß gewesen. Nur paßte das nicht hierher.

Eine gewisse Gespanntheit war demnach unvermeidbar, und es war immerhin ein schönes Zeichen gegenseitiger Anerkennung und Rücksichtnahme, daß beide darauf bedacht waren, zunächst nur ein rein neutrales Gebiet zu beziehen, eine jede in ihrer Ecke. So saßen sie auch in dem Taxi, das sie nach Hause brachte.

Alices Handschuhe waren sehr chic, demgegenüber hatte Lydia ihre Hände leider nur in bereits bekannten Utensilien versteckt. Aber Motzkus ließ grüßen. So, so? Ja, der herrliche Bringfried! Ganz so herrlich war er wohl auch wieder nicht. Ja, arbeiten muß man, meinte Alice. Es arbeite sich aber sehr gut mit ihm, stets kollegial. Und der Pferdekopf, den er geheiratet habe, nachdem Lydia darauf verzichtet hatte, sich durch ihn zur Millionärin machen zu lassen? Das ginge man so, meinte Alice, zumal seine Eheleuchte klug genug sei, ihm den nötigen Spielraum zu lassen, allein schon im Interesse der Nachkommenschaft. Vielleicht sei er im Privatverkehr etwas kleinlich, dafür könne er im Offiziellen und Repräsentativen aber auch großzügig sein. Das hätten diese Typen so an sich, meinte Alice, worauf sie das Verlegenheitsthema ihres Geplauders indessen wechselte und sich ebenso nichtssagend wie gewandt nach den Zuständen in ihrem angestammten Wohnblock erkundigte.

»Da braucht man ja nicht erst ins Kino zu gehen oder ins Theater«, sagte sie lächelnd. »Das besorgen die Nachbarn untereinander viel besser, meist sogar glaubhafter.«

Was sollte das heißen? Sie hatte wohl bemerkt, daß Lydia nicht sogleich darauf einging, deshalb schwächte sie ihre Bemerkung etwas ab, indem sie auf das Verhalten der Geschäftsleute hinwies, von denen sich die meisten nur so lange wie Kavaliere benähmen, als sie sich nicht als Konkurrenten entpuppten. Dann beginne das Faktum selber zu reden.

Sie waren mittlerweile die sattsam bekannte Strecke gefahren, wobei Lydia sonst immer die größte Lust gehabt hatte, ›das war in Schöneberg im Monat Mai‹ vor sich hinzusummen, wozu es ihr diesmal aber an Laune fehlte. Sie stellte im Gegenteil unwillkürlich Vergleiche zwischen jetzt und damals an, und es läßt sich wohl kaum behaupten, daß ihre Vergleiche zugunsten der Gegenwart ausfielen. In Schöneberg gab es auch Mord und Prostitution. In den Kinos an der Ecke, wie aus entsetzlich geschmacklosen Plakaten ersichtlich, wurden meist Räuberpistolen gespielt oder nach wie vor Liebesaffären, teils besser, teils schlechter, und auf den Straßen wurde triebhaft durcheinander gekrebst, während sich von Kiosk zu Kiosk die Buntheit ausgehängter Illustrierten entbot wie schmutzige Wäsche. Ein Salon der Öffentlichkeit war das nicht, ihr jetziges Gespräch aber auch nicht. Das stand jedenfalls fest.

Am gleichen Vormittag, bereits in höchster Unruhe vor Alice, die sich für nachmittags angesagt hatte, hatte Lydia noch eben durch Katrix erfahren, daß Olaf bei Schreieck einen Versuch gemacht hatte, ihn für die Mitarbeit an seiner Art Aspasia-Film zu gewinnen, ein Ansinnen, auf das Schreieck zum Schein auch eingegangen sei, aber lediglich um zu erfahren, wieweit die Machenschaften der SELAK-Gruppe schon vorgeschritten seien. »Was hat sie denn gehabt?« soll Olaf dabei in bezug auf Lydias Auftritt während der spukhaften Gründungsversammlung gesagt haben. »Eine Idee. Die hat aber mancher, vom ewigen Streichholz bis zum Perpetuum mobile. Entscheidend ist, was man draus macht. Da bleibt mancher auf seinem Einfall sitzen. Da gehört nämlich etwas mehr dazu als der weiße Handschuh der guten Absicht. Da muß man auch bereit sein, in der Drecklinie zu stehen wie unsereins immer.« Und dann hatte Schreieck ihr vorgemimt, selbstverständlich mit den dazugehörigen Fratzen, welch ein Dialog sich zwischen Olaf und ihm entsponnen hatte.

Der Produzent sei da, habe Olaf, wenn auch etwas zerknautscht, gesagt. Er habe da einen, im Augenblick etwas verkracht mit der Branche, aber versiert, mit Beziehungen zum Verleih, tipptopp, Spezialist. »Ich sag's nur ungern«, habe Olaf genuschelt, »wegen geheim. Aber der Mann ist Klasse. Er hat einen Zug am Leib, einfach super. Und er hat auch den Apparat.«

Wer denn das sei, dieses exzeptionelle Massenprodukt?

»Machunze«, habe Olaf gesagt, worauf Schreieck aber nur aufgekreischt habe. Ja, er habe sich förmlich gekrümmt.

»Wie? Wer? Was? Das Hinkebein? Der Machunze vom Grunewald drüben, der warme Bruder, der Produzent von ›Sodom und Gomorrha‹? Aber Olaf!«

»Ich hab's ja gewußt, daß keiner von euch Bescheid weiß«, habe Olaf gejammert. Aber Schreieck sei standhaft geblieben.

»Wer hat dich denn geritten, daß du gerade auf den verfällst?« Ob er etwa die hochwohllöbliche Absicht habe, ins Kloster der Schwulinskis einzutreten?

Da sei Olaf aber ausfällig geworden. Sogar mit Drohungen habe er nicht gespart. Andererseits sei er seiner Sache so sicher gewesen, daß er offen zugegeben habe, von Anfang an seine eigenen Wege verfolgt zu haben.

»Laßt sie sich erst mal ausrasen und abwirtschaften!« habe er sich gedacht. »Dann kommen wir.«

»Und womit?«

Fest stehe jedenfalls, daß es, wie geplant, ein Monumentalfilm über Sitten und Gebräuche der griechischen Hochkultur wird, mit Perikles, Alkibiades, Sokrates und ähnlichen Pappfiguren. Bei dem allgemein herrschenden Wohl- und Mißstand verbürge dergleichen die größte Zugkraft, namentlich durch das eingebaute Symposion mit freier Erotik, dem unter dem Deckmantel des Bildungswertes keine Zensurbehörde etwas anhaben könnte. Der Clou aber werde die Nassenheim sein, mit der die Verhandlungen kurz vorm Abschluß stünden. Der Planungsbeirat habe das alles gebilligt, Innenministerium sowohl wie Senat seien gleichfalls daran interessiert.

»Rätz mich, schuwanze!« habe Schreieck da aufgelacht, bevor Olaf sich davongetrollt habe. »Kaku ka potschke!«

»Ich hoffe, das freut dich, Lydia.«

Die gleiche Naivität wie Katrix hatte Lydia freilich nicht aufbringen können, und so war sie auch jetzt auf der Hut, sich Alice gegenüber etwas anmerken zu lassen, auch wenn sie bei deren Erwähnung der Nachbarschaft, ob das nun mehr so hingesagt war oder nicht, etwas unangenehm berührt worden war. Zweifellos würde Alice hier mehr erfahren als sie. Das war nun mal so bei der Mentalität des Gewürms, daß man hintenherum viel mehr über sich erfuhr als unmittelbar. Wer wollte das ändern? Im übrigen konnte sie nur bedauern, falls ihre liebsten und nächsten Mitmenschen ihre Handlungen etwa mißbilligten oder falls sie dahin gelangt sein sollten, sie für egoistisch oder exzentrisch zu halten. Das wäre ein Vorwurf gewesen, so billig, daß sie sich solcher Skrupel von vornherein entschlug. Es war ihr doch nur darauf angekommen, dem eigenen Anspruch Paroli zu bieten. Und wer hätte je etwas erreicht, indem er seine Absichten, wie Bernhard das tat, vor seinem Bewußtsein verbarg? Das Pochen aufs eigene Recht, zumal wenn es ein höheres war, war letzthin gleichbedeutend mit dem Pochen des Schicksals. Nur war das alles, wie sie nun meinte, auch submarin, ja, irgendwie submarin. »Dann leiste ich mir eben den Luxus, mir meine eigenen Feinde zu halten«, hatte Lydia schon einmal gesagt. Sie konnte nicht umhin, dabei auch auf Alice zu blicken, die so gleichwertig neben ihr saß, so ebenbürtig.

Ihr Gespräch war etwas ins Stocken geraten, und zwar um so mehr, je näher sie dem eigenen Viertel zurollten. Allerdings gab es auch viel zu sehen, das ablenkend wirkte. Überall wurde gebuddelt, typisch berlinisch, es wurde fortwährend, um mit Herrn Zwirner zu reden, umstrukturiert, und es schossen auch überall Bauten hoch, voller Lob auf die dahinterstehende Aktivität, was besonders Alice nicht ohne Beifall quittierte. Lydia wußte natürlich, warum, obwohl sie vermied, es zu erkennen zu geben. Sie war es nicht, die damit anfangen konnte. Alice indessen schien gleichfalls beschlossen zu haben, erst einmal zu Hause zu sein, und so konnte man ihren Versuch, sich in der Manier einer Touristin dahingondeln zu lassen, so als käme sie nur zu sich selbst auf Besuch, möglicherweise auch aufreizend nennen, was sich Lydia aber, allein um der Selbstachtung willen, versagte.

»Laß nur!« meinte Alice bei der Entlohnung des Fahrers.

Lydia indessen hatte offenbar das Bedürfnis, als Verfechterin eines huldvollen Mehrwertes zu gelten, sie gab ihm ein Trinkgeld extra, und so hatte sie die Genugtuung, mit einem Blick beehrt zu werden, der, in schriftlicher Fassung, dem reinsten kultiviertesten Dankesdiplom gleichzuachten gewesen wäre. Nun, das Schriftliche folgte zwar auch, jedoch nur in Form einer an Alice ausgehändigten Quittung, die anscheinend bereits zum Beweis für ausgelegte Geschäftsspesen diente. Das lernte sich wohl am schnellsten, wie Lydia nicht ohne Anflug unwillkürlicher Mißbilligung meinte.

Alice war keineswegs in der Absicht gekommen, hier aufzuräumen oder auf irgendeine Weise Tabula rasa zu machen. Es war weiter nichts geschehen, als daß sie durch Motzkus ein Wirkungsfeld gefunden hatte, das um mehrere Stufen höher lag als das bisherige und dessen Maximen sie sich mehr oder weniger verpflichtet fühlte. Verwandtschaftliche Rücksichten waren in diesen Bezirken ausgeschlossen. Es zählte nur der Nachweis von Vorbildung, Fertigkeit, Umsicht und Arbeitskraft, und allenfalls war noch von Nutzen, was dem üblichen Klischee der Stellenangebote zugrunde lag. Sonstige Eigenschaften und Nebentalente, geschweige der von Lydia so hochgeschätzte Geist, bei dem man sowieso nicht wußte, wo er eigentlich anfing und wo endete, blieben dem persönlichen Tick überlassen, als Zugabe gleichsam, als private Charaktermischung. Im übrigen diktierte die Konjunktur von Saison zu Saison alles Weitere von sich aus. Nicht auszuschließen war natürlich der Umstand, daß man, sei es geklagt oder nicht, auch ein Privatleben hatte oder irgendwelche familiären Verpflichtungen, wie etwa Mama gegenüber. In diesem Fall war es von Vorteil, wenn klare Verhältnisse herrschten. Sie stärkten den Ruf, stärkten den Kredit, den man genoß, und sie grenzten auch die Befugnisse ab. Hineinzureden gab es da nichts. Lediglich auf Klarheit in dieser Beziehung hatte auch Motzkus gedrängt, auf sonst weiter nichts, ein Vorbehalt, den in Rechnung zu stellen er allerdings auch seine Gründe hatte, darunter auch solche, die Lydia betrafen, denn er kannte sie ja.

»Nun komm schon heraus damit«, dachte Lydia, nachdem beide in ihrer Tintenburg sich's soweit bequem gemacht hatten, daß es beinahe wieder wie früher war. »Komm schon heraus! Du bist doch kein sprachloses Veilchen.«

In Lydias Gliedern, spürbar bis in die Handgelenke, hatte allmählich etwas zu zittern begonnen, und das setzte sich auch in gewisse Affekte der Ungeduld um, in Parallelität mit ihrer oft nur mühsam in Schach gehaltenen Gedankentätigkeit, dies besonders beim Studium Alices. Sie hatten beschlossen, den Abend ganz unter sich zu verbringen und überhaupt so zu tun, als ob sie wieder zusammenlebten, ein Vorsatz, der gewiß rühmenswert war, den durchzuführen aber mit Schwierigkeiten verbunden war, eben allein schon insofern, als ihnen fortwährend die Gedanken durchgingen, auch wenn sie etwas ganz anderes sagten. Es war eine dauernde Prüfung am Werk, die sie aneinander vollzogen, und dabei war sich auch jede bewußt, daß die Hauptsache noch bevorstand.

»Trägst du die Brille jetzt ständig?« fragte Lydia anscheinend nur zur Erkundigung, worauf sie ohne Umschweife zu hören bekam:

»Am besten ja.«

»Ich kannte einen Heldentenor«, sagte Lydia, »der zu seiner Angebeteten, es war eine Chemiestudentin, als sie sich schlafen legten, absurderweise gesagt haben soll: Wenn du die Brille trägst, seh ich dich besser. Behalte sie auf!«

Nach kurzem Gelächter meinte Lydia indessen:

»Etwas streng siehst du ja aus, so gewappnet.«

Nach dem anekdotischen Witz wie bei allem, was dabei mitschwang, war das vielleicht etwas anreißerisch gewesen. Jedenfalls verbarg Alice nur künstlich eine gewisse Verlegenheit, namentlich in bezug auf die ihr angedichtete Strenge. Gerade an dieser Strenge oder am Mut dazu fehlte es ihr, wie sie wohl spürte. Dazu war ihr auch die Brille nicht eben behilflich, obwohl sie fast jedes frühzeitige Fältchen an Lydia erkannte, um nicht zu sagen den kleinsten Fehler. Aber das wäre auch sonst unvermeidbar gewesen, denn sie saßen sich ja gegenüber, während sie bisher in trauter Gemeinsamkeit gehandelt zu haben glaubten. Schließlich entschloß sich Alice aber doch, auf bereits telefonisch gemachte Andeutungen zurückzukommen, wobei ihr nicht entging, daß Lydia sich leicht verfärbte, während sie dachte:

»Na endlich!«

Dieses Vorgeplänkel und all die Ausweichmanöver hatten sie reineweg auf die Folter gespannt, übrigens beide, nur daß Lydia bis an den Rand ihrer Selbstbeherrschung mit sich immer mehr steigerndem Explosivstoff angefüllt war. Es half nichts, es mußte doch sein. Aber sie würde Alice auch nichts durchgehen lassen.

Diese Dame begann natürlich damit, daß sie es bedauere, daß die Dinge sich so entwickelt hätten. ›Genehmigt!‹ dachte Lydia. Es habe eben noch etwas mitgespielt, das nicht in beider Hände gelegen habe. Durch die Aussicht auf den Besitz von Morawé und die dadurch erhoffte Bewegungsfreiheit sei in ihnen ein ganzer Fuhrpark dahinschießender Möglichkeiten entbunden worden, und der sei sozusagen mit ihnen durchgegangen. ›Du bist ja am Ziel‹, mußte Lydia denken, wohingegen Alice meinte, daß sie das immer mit Sorge verfolgt, es aber auch, vornehmlich um Lydias willen, geduldet und bis zu einem gewissen Grad auch mitgemacht habe. Sie werde gewiß nicht von Rechthaberei geplagt, sie sei sich ihrer Rolle dabei durchaus bewußt. ›Ein schönes Früchtchen‹, mußte Lydia denken, sagte aber noch nichts. Es hatte sie plötzlich eine unerklärliche Neugier gepackt, was Alice noch vorbringen würde. Sie habe ihr ein Refugium gewährt, habe sie als Gast willkommen geheißen und sie schließlich kaum noch als solchen empfunden, sondern einfach als Mitglied, obwohl, was sie aber so gut wie vergessen habe, obwohl ihre Anwesenheit ursprünglich nur als vorübergehend ausgemacht gewesen sei. Es sei aber alles so kurzweilig verlaufen und gelegentlich auch so stürmisch, daß sie selbst davon angesteckt worden sei. Ja, sie habe ihr auch viel zu verdanken. ›Das will ich meinen‹, bestätigte Lydia durch ein mechanisches Nicken. Ihr Talent werde ja überall anerkannt, ihre Persönlichkeit, wenn sie den Ausdruck gestatte, werde geachtet oder jedenfalls unwillkürlich gespürt. Das habe sie schon insofern erfahren, als immer von ihr die Rede gewesen sei, als sich alle nach ihr erkundigt hätten und als man, von einigen Skeptikern abgesehen, die es ja überall gebe, ihr jederzeit zugetraut habe, etwas Außergewöhnliches auf die Beine zu stellen. Das heiße hier nicht, dem Affen Zucker zu geben, das sei ein Faktum. Nur sei die Art ihres Talentes, wie Motzkus einmal gesagt habe, eben sehr schwierig und nicht so leicht zu bestimmen. Es sei mehr ein Wesenstalent. Aber das zu entscheiden, fühle sie sich nicht befugt. Es führe ja auch zu weit, und es stünde auch nicht zur Diskussion, ihrerseits jedenfalls nicht, denn sie glaube an sie, auch jetzt noch.

»Was dich aber nicht hindert, mich zu verraten«, sagte Lydia plötzlich ungemein scharf. Das war so aus ihr herausgestürzt, obwohl sie es selbst als verfrüht empfand. Es war auch eine ganz andere, weniger gepflegte Stimme.

Sie könne das nicht unterschreiben, meinte Alice, seltsamerweise fast ungerührt. Ja, sie sei überzeugt, daß Lydia in die Irre gehen würde, wenn sie diese Annahme weiter verfolgte.

»Aha!« sagte Lydia, in der es nun schon zu kochen begann. »In die Irre bin ich bekanntlich immer gegangen. Jetzt höre ich es doch endlich. Jetzt bekomme ich es doch endlich zu hören. In die Irre! Jetzt fehlt nur noch, daß ihr mich für verrückt erklärt, daß ihr mich selbst als Irre hinstellt.«

»Wenn du alles verdrehst«, sagte Alice.

»Du siehst es von dir aus«, erklärte Lydia, »da wirst du mir wohl gestatten, es von mir aus zu sehen.«

»Ich finde, wir sollten jetzt sachlich bleiben«, meinte Alice. »Wir verderben uns sonst den Abend.«

Die Frage war allerdings, was hier noch zu verderben sein sollte. Nach Lydias Meinung war lediglich etwas zu klären, zumal ja längst feststand, daß Alice ein schlechtes Gewissen hatte, trotz ihrer Behauptung, daß Motzkus – ›immer dieser Bier- und Pausback!‹ mußte Lydia denken – sehr vernünftig mit ihr gesprochen habe. Sehr vernünftig? Das war doch wahrhaftig zum Lachen.

»Was habt ihr eigentlich miteinander getrieben?« fragte Lydia. Dabei strengte sie sich an, es so zweideutig wie möglich zu sagen. »Habt ihr nur fortwährend disponiert? Oder seid ihr so vernünftig gewesen, zu überlegen, wie ihr es anstellen könnt, mir eine Millionenerbschaft zu stehlen und meine Aspasia-Idee dazu?«

»Aber Lydia! Überlege doch, was du da sagst!«

»Die Idee zu deinem Aspasia-Kostüm stammt von mir«, rief Lydia empört, und empört war sie ja gern. »Ihr habt überhaupt nur an euch gedacht. Ihr habt immer nur zugesehen, zugesehen auch, wo ihr bleibt. Morawé wäre zu retten gewesen. Eine Bürgschaft von Motzkus hätte genügt. Zumindest hätte er mir erlauben müssen, mich bei der Kundenkreditbank auf ihn zu beziehen. Das wäre ein Vorschlag gewesen, ein anerkannt nobler. Die Tongrubenpapiere Mamas, ob wertlos oder nicht, hätte er aufwerten können, er hätte sie, wenn er nur gewollt hätte, bevorschussen können. Das wäre ein Fundament gewesen.«

»Präsident Schöneisel hat mit ihm über dich gesprochen«, sagte Alice.

»Na, siehst du.«

»Er hat sein Erstaunen über dich ausgedrückt.«

»Na also«, sagte Lydia.

Dann schien sie aber begriffen zu haben, daß es ganz anders gemeint war.

»Leider«, sagte Alice.

Aber das brachte Lydia erst richtig auf.

»Es ist ein Komplott«, rief sie erregt. Dabei fuhr sie mit allen zehn Fingern hoch durch die Luft und quirlte darin herum. »Es ist ein Komplott. Und ihr steckt alle dahinter, alle. Ihr habt einen Notstand ausgenutzt. Das ist das Infame. Ihr habt Morawé bankrott gehen lassen, um euch selber hineinzusetzen. Ihr seid über Leichen gegangen, ohne geringsten Versuch zur Wiederbelebung, nicht zu reden von Pietät. Dieser edle Herr von Zembrowski, dieser junge Herr Morawé, Genialitäten, das war für euch Asche. ›Tot?‹ habt ihr euch gedacht. ›Nebbich!‹ Dabei sind doch die Toten die Untergrundbewegung der Welt. Unter uns Lebenden aber ist verweigerte Hilfeleistung strafbar. Und ihr habt euch strafbar gemacht. Das auch. Damit ihr das wißt! Die Angeklagten seid ihr. Wenn einer ins Zuchthaus gehört, dann nicht ten Dam, sondern ihr. «

Während Lydia den Siedegrad ihrer Erhitzung genoß, die sie förmlich hinaufgejagt hatte bis zur Verfluchung, hatte Alice ihr nachdenklich zugesehen. Das war denn doch zu grotesk, um es ernst zu nehmen. Selbst als Anzeichen von Verfolgungswahn konnte man es nicht gelten lassen. Außerdem kannte sie Lydia viel zu gut, um nicht zu wissen, wie gern sie sich hinreißen ließ, sobald irgendein Aufruhr in ihr oder die Dramaturgie der Szene es verlangte. Bei aller Nachsicht, obwohl Lydia in diesem Fall rätselhaft stark war, konnte Alice natürlich nicht durchgehen lassen, daß der Tatbestand auf den Kopf gestellt wurde und nun gegen sie sprach, dies um so weniger, als sie sich stets für Lydia eingesetzt hatte, auch bei Motzkus. Ihr war es schließlich zu danken, daß er sie in Nizza nicht hatte sitzenlassen, trotz seiner Meinung, sie dort getrost erst einmal sich die Hörner ablaufen zu lassen, damit sie aus ihrem Traum erwachte. Dankbarkeit war zwar nie Lydias Stärke gewesen, und angesichts des Dilemmas, in dem sie sich befand, des größeren auch, in dem sie sich schon immer befunden hatte, war das auch nicht zu erwarten. Aber andererseits war es doch wohl auch berechtigt, sie an all das zu erinnern, zumal sie überhaupt nicht einsehen wollte, daß ihr Leben bislang nur Stückwerk war, einschließlich ihrer Beziehung zu Herrn ten Dam. Sie mußte sie darauf aufmerksam machen, ob es ihr nun gefiel oder nicht.

»Hast du dir schon überlegt, ob du nicht doch zuviel verlangst, von dir wie von uns anderen«, sagte Alice behutsam, nachdem sie zu Lydias Verblüffung auch schon von Stückwerk gesprochen hatte. »Und hast du dir schon überlegt, ob du deshalb nicht auch zuviel erwartest? Du lebst ja mit einer Beule im Kopf, die fortwährend eitert. Du spielst dir immerzu etwas vor, wodurch du dich im Grunde selber verfluchst.«

»Ich bin eben talentiert«, sagte Lydia patzig. »Und wer Talent hat, zahlt doppelt.« Dann reckte sie sich aber wieder empor, ehe sie fortfuhr: »Ich bin bei dir hängengeblieben, das war meine einzige Schuld. Keine Tochter kann die Mutter ihrer Großmutter sein, wenn sie deren Enkelin ist. Ich bin das Produkt meiner inneren Stimme. Das sowieso. Und wo das der Fall ist, gibt es auch Neid. Dich lieben alle. Das ist kein Kunststück. Von mir aber weiß alle Welt, daß ich dauernd im Schmelzofen sitze. Und das wußtest du auch. Also war es auch deine Pflicht, mir beizustehen. Es war aber auch dein Vergnügen, es hat dir sehr wohlgetan. Außerdem brachte ich dir das Leben.«

»Mir scheint eher, du läufst am Leben vorbei. Entschuldige, wenn ich das sage. Du siehst es ja gar nicht. Du schwebst fortwährend im siebenten Himmel. Mußte da wirklich erst der beste Mann des Jahrhunderts kommen, um dir die Augen zu öffnen? Der beste Mann des Jahrhunderts!«

Im Moment war Lydia nicht mehr sie selbst. Die Erwähnung ten Dams war wie ein Geißelhieb über sie hingezuckt. ›So eine Gemeinheit!‹ mußte sie denken. Es war wie ein lautloser Aufschrei, wie ein Schmerz aus einer offenen Wunde, so daß sie mit wirren, teils fliegenden Blicken unfaßbar ins Leere griff. Es waren Blicke, die nirgends zu haften vermochten, nahezu heimatlos unter der Bleichheit der Stirn.

Er war es also, den man ihr unter die Nase rieb! Und deshalb also wäre sie in die Irre gegangen und sozusagen selber verrückt oder verflucht oder schlechthin ein Stückwerk? Das war ja doch nur ein Gelächter wert, nun wirklich nicht ganz geheuer. Aber schön! Dann sollten sie das Gelübde, das sie längst abgelegt hatte, auch erfahren.

»Ich ging umher«, sagte Lydia. Sie sagte es nur zu sich selbst, ganz ohne Beziehung. »Ich ging umher und suchte immer nur ihn. Ich traf aber nur auf Passanten. Ich wartete auf ihn, zu dem ich hätte sagen können: ›Geh mit mir bis ans Ende der Welt!‹ Ich horchte auf die eine, von unten heraufkommende Stimme. ›Du‹ wollte ich sagen und ›Wir‹. Ich hatte Angst vor der Liebe. Warum soll es denn nicht erlaubt sein, sich vor der Liebe zu fürchten? Da dreht man sich immer im Kreis, und das Ding im Kopf dreht sich von selbst. Erst hinterher merkt man, daß es eine Spirale ist. Ich blickte hinab und sah ganz unten mein Ich, mit Augen wie Näpfe voll Grauen und Sud. Er war so durchblutet. Er riß mich hin. Und er hat mir Dinge gesagt, wie sie kein Mann sonst sagt. Ja, es war märchenhaft. Es war einfach märchenhaft. Ich war seine Aspasia. Außerdem war er mir hörig. Dafür hat er bezahlt.«

Alice traute den Ohren nicht. Er ihr hörig?

Aber Lydia war schon ein einziges Schluchzen, das plötzlich aus ihr hervordrang. Es war ein Gemisch aus Gewimmer und Wut.

»Stückwerk?« rief sie. »Das hat mir noch niemand gesagt. Aber glaubt nur nicht, daß es euch gelingt, ihn aus seiner Höhe herunterzureißen. Ten Dam steht hoch über euch. Hört ihr? Hoch über euch. Denn er war es. Er war der beste Mann des Jahrhunderts und ist es noch immer. Hört ihr? Ist – es – noch – immer. Dein Motzkus ist nicht einmal wert, ihm die Schuhriemen zu lösen. Pfui!«

Noch während ihres Ausbruchs hatte Lydia das Zimmer verlassen. Die Hände vorm Gesicht, war sie in ihr Solarium geeilt, in den Schutz ihrer unvergleichlichen Zelle. Dort warf sie sich auf den Diwan. Was sie an Verwünschungen auftreiben konnte, das trieb sie dort auf, wie aus dem Rinnstein geholt. Dann erst war sie völlig apathisch. Es war jedoch auch noch ein Trieb in ihr, der von alledem unberührt blieb und witternd zur Tür hin lauschte. So gewissenlos, meinte sie, konnte Alice schließlich nicht sein, daß sie es gewagt hätte, sich überhaupt nicht zu melden. Es war doch einfach ihre Bestimmung, sich um sie zu kümmern. Nicht zuletzt, um sie dazu zu zwingen, streckte Lydia die Glieder der Länge nach aus, und so blieb sie auch liegen, ganz starr, wenn auch nichtsdestoweniger zutiefst befriedigt.

»Ich bin nur froh, daß es gleich zum Austrag kam und daß wir es nicht erst mit uns herumgeschleppt haben«, sagte Alice einen Tag später.

Sie hatte ihr selbstverständlich den Gefallen getan und sich um Lydia gekümmert. Allein schon der Schreck, den Lydia ihr eingejagt hatte, hatte sie veranlaßt, nach Lydias heroischem oder auch komödiantischem Abgang nach dem Rechten zu sehen. Ja, um der inneren Eintracht willen war sie sogar noch einen Schritt weitergegangen. ›Es war trotzdem immer sehr schön mit dir, Lydia‹, hatte sie gesagt. ›Verzeih, wenn ich dir weh getan habe. Denke meinetwegen, ich wäre deiner nicht würdig.‹ In früheren Zeiten hätte Lydia zweifellos protestiert, keineswegs gewillt, das anzunehmen. ›Du brauchst dich nicht selbst zu erniedrigen, um dich selbst zu erhöhen.‹ Das hätte sie doch wohl hinausgeschleudert, voll Triumph und Hohn. Nun aber hatte sie's gelten lassen. Sie waren noch übereingekommen, diese ganze peinliche Kopflosigkeit für sich zu behalten und auf sich bewenden zu lassen, als ihr innerstes Geheimnis, sich selbst wie jedermann gegenüber, und sie hatten diesen Beschluß auch durchgeführt.

In den Tagen ihrer Anwesenheit hatte Alice nach überallhin für ›schön Wetter‹ gesorgt. Ihre Auskunft war immer gleichmäßig freundlich. Schließlich hatten sie beide von Kind auf alle ihre Erfahrungen gemeinsam gemacht. Sie hatten einander umarmt, hatten eine die andere geküßt, und sie hatten auch ihre Maße studiert, von Kopf bis Fuß, bis in die Tiefen des Unterleibs. Alice hatte das wieder vor Augen gestanden. In Erinnerung daran zog eine unerklärliche Macht sie auch jetzt wieder dorthin, wo das alles noch wahr sein könnte. Noch im Abreisezustand, auf dem Rücksprung zu Motzkus und in vollster Gewißheit ihres Aufstiegs rumorte ein innerster Wunsch in ihr, es wieder wahr sein zu lassen, wie unerfüllbar, wie unmöglich auch immer.

5 Seit Lydia eine eigene Wohnung besaß, in der sie nach Kräften schalten und walten konnte, wurde sie oftmals in Begleitung eines jungen, salopp gekleideten Malers gesehen, der hier in der Gegend noch unbekannt war. Er war etwa fünf Jahre jünger. ›Wenn Sie nichts dagegen haben?‹ hatte er gesagt. ›Alfons Mumprich.‹ Wider alle Gepflogenheit hatte sie sich auf offener Straße von ihm ansprechen lassen, genauer gesagt: nach einem Kreuzfeuer in der Untergrundbahn, wo sie sich gegenseitig im Hinblick auf ihr inneres Magma gemustert hatten, und sie hatte ihn auch, angetan von seinem heiteren und gewissermaßen hurtigen Wesen, ermuntert, sie zu besuchen. ›In meinem Haus‹, hatte sie gesagt. Ihre Wohnung, beziehungsweise Behausung, war zwar die gleiche wie bisher, aber nach ordnungsgemäßer Übereignung durch Alice hatte sie sie neu herrichten lassen. Seitdem sprach sie nur noch von ihren Räumlichkeiten oder auch ihren Tapeten, und den kleinen überdachten Balkon mit dem Ausblick auf den schon immer als Park bezeichneten Platz erhob sie nicht nur zur Loggia, sondern, wenn sie in Stimmung war, in Erinnerung an ihren Rivieratrip auch zur Terrasse, wie sie denn auch in Alices einstigem Arbeitsraum eine Keimzelle zur schon längst geplanten Galerie Lydia sah. Das waren zwar nur vier Wände, es war aber nicht erstaunlich, zumal um diese Zeit die Privatgalerien in Berlin nur so aus dem Erdboden schossen, und sei es auch nur in Form eines Schuppens im Hinterhof. Auch ihr junger Verehrer fand nichts dabei. Er nahm alles so hin, wie es gemeint war, und nachdem er ihr einmal gestanden hatte, man könnte mit wenigem leben, es müßte nur etwas Entscheidendes sein, kein Stumpfsinn im eigenen Saft, war sie derart entzückt, daß sie am liebsten aufgejauchzt hätte. Es hatte sie bewogen, ihn in ihre Erfahrungen einzuweihen, wobei sie sich auch nicht gescheut hatte, ihre Enttäuschungen anzudeuten, und da hatte sie die Genugtuung erlebt, daß dieser noch junge

Mann, sichtbar beeindruckt, es einfach zur Kenntnis nahm mit der Bemerkung:

»Da kann man nur sagen: fahren Sie aus der Haut, aber vergessen Sie nicht, sie mitzunehmen. Sie könnten sie später wieder gebrauchen.«

Auf so unbefangene Art hatte sie bisher noch niemand bestätigt. Und es war doch so einfach gewesen. Es lag auf dem Teller wie eine Tomate.

Manchmal fanden bei ihr auch Sitzungen statt, aber nicht in der Art wie einst bei der Gründungsversammlung, sondern eher in Form von Zusammenkünften bei Backwerk, Chianti und Tee, und das nannte sie ihren Salon. Es waren meist jüngere Leute in Gefolgschaft von Mumpa, wie der Klüngel Gleichaltriger, den er stets um sich hatte, männlich wie weiblich, ihn nannte, lauter aufgeweckte Gesichter, die nach Leben verlangten und sich nichts daraus machten, daß schon der Umstand, wie man auf die Welt kommt, ein Gütezeichen von Schlamperei war, denn so ging's ja auch weiter. Keine Kleinigkeit, meinten sie, wenn man bedenkt, daß heutzutage alle drei Wochen eine neue Epoche beginnt und daß der Appell ihrer Eltern an den gesunden Menschenverstand einfach verpuffte, schon weil nicht herauszufinden war, was denn das sein soll.

»Unsereins soll stets mit jedem i-Punkt identisch sein«, pflegte Mumprich zu sagen, »sonst leuchtet man uns unter die Finger.« – »Unter den Bart«, rief da sein weiblicher Anhang aus, und dann gab's ein Gelächter, so fröhlich wie auf dem Meer oder, wär's möglich, wie unter Pinguinen.

Es ist kaum erwähnenswert, daß Lydia dabei der Mittelpunkt war. Das verstand sich von selbst, nicht minder auch, daß Mumprich ein Recht auf sie hatte, denn sie hatte es ihm ja eingeräumt. Vielleicht hatte sie ihn sogar eingeführt in die Schamteile ihrer untersten Lippen. Jedenfalls sah er trotz seines schmächtigen Bartes nicht wie ein Heiliger aus. Daran war aber nichts problematisch. Wichtig war einzig, daß in Lydia eine Verkörperung dessen vorlag, was sie alle ersehnten: ein Vollblut mit legendärem ›Avec‹. Da war kein Zeigefinger moralisch, noch jede Handreichung war eine Geste, und es war überhaupt ein Konzentrat, das mehrmals im Leben ›ich‹ gesagt hatte.

»Ohne Größenwahn kann man nicht leben.« Das sagte sie selbst, und sie sagte es wie auf der Kippe, halb scherzhaft, halb ernst. »Wer will denn etwas zustande bringen, wenn er nicht ›ich‹ gesagt hat? Und wer ›ich‹ sagt, erhebt sich über sich selbst. Aber das rechtfertigt auch die Kritik. Sie sorgt schon dafür, daß ihr keiner über den Kopf wächst.«

Zu Hause war dergleichen niemals zu hören gewesen.

An besagter Kritik hatte es allerdings nicht gefehlt und fehlte es, um so weniger, als Lydia noch lebte, auch jetzt nicht. Aber erstens war auch der Größenwahn der Kritik nicht allmächtig, obwohl es nicht üblich war, sie auch ihrerseits zu kritisieren, und zweitens stand jedem frei, sich gelegentlich auch mit den Augen derer zu sehen, die uns betrachten. Einmal kam dann vielleicht auch der Tag oder die Nacht, wo sie erstaunten.

Schon in letzter Zeit hatte Lydia von überallher, oft aus Horizonten, aus denen sie es am wenigsten erwartet hätte, eine Flut von sympathisierenden Grüßen und anerkennenden Lebenszeichen erhalten, so daß sie geradezu die wunderbarste Briefmarkensammlung hätte anlegen können. Vorerst bestand diese Flut zwar nur aus drei Ansichtskarten, die Freundlichkeit aber, mit der der Postbote sie ihr entgegengestreckt hatte, war der reinste Golfstrom gewesen. Es war auch eine Karte von Dicky dabei, aus Reading bei London, wo er studierte. Ferner hatte sich Frau Loschwitzer, wie es schien, auf die Beine gemacht und per Charterflugzeug in angenehmster Reisegesellschaft nach Spanien verfrachtet, fast bis nach Marokko, wahrscheinlich, um dort Wiedersehen mit ihren einst feilgebotenen Datteln zu feiern. Sogar der Rezensent Haukohl, der sich bildungshalber unter lauter Trümmern in Griechenland aufhielt, hatte es sich nicht nehmen lassen, ihr den lackierten Papierabguß einer Athene, Artemis oder Aspasia zu senden, doch wohl aus Protest gegen die Verhunzung ihrer Idee durch die SELAK-Gruppe. Das größte aller Rätsel traf jedoch auch noch ein: es war, kaum glaublich, ein per Einschreiben übermittelter Scheck von Mustapha el Danguir aus

Cannes, übereignet im Auftrag von irgendwem, der namenlos blieb, als Ersatz, wie es hieß, für entgangene Freuden. Auch Motzkus hatte sich schließlich – sieh an! – eine Abfindung abgerungen, rein geschäftlich, für die Urheberrechte an der bereits in Anlauf befindlichen Aspasia-Saison. Das war der Lohn dafür, daß sie Alice kurz vor der Abreise noch mit allerlei Modetips aus Botanik und Tiefseefauna versorgt und ihr einen wahren Rivierarausch vom Terrassenkleid bis zur Abendrobe, vom Sportdreß bis zum Gesellschaftsdécolleté eingeimpft hatte, so daß sie sich guten Gewissens sagen konnte: ›Das hat sie doch alles von mir.‹ Eigentlich fehlte in diesem Konzert nur Bernhard. Er wußte aber nur von Plutarch, daß es eine Wonne gewesen sein soll, ihre Stimme zu hören. Und wessen Stimme? Nicht einmal die der Aspasia! Bei ihm reichte es nur bis zur Kleopatra, aber auch nur der Quellen wegen. Professorenweisheit! Phantasieloser Ohrwurm, das!

»So ist das«, hatte Mumprich gesagt, den sie nun auch schon Mumpa nannte. »Für jedermann reicht's nicht. Aber es ist auch nicht jedermanns Sache.«

Das war nun wieder bezaubernd.

Im falschen Haus geboren, wie sie manchmal geglaubt hatte, war Lydia jedenfalls nicht. Ja, sie konnte sich vor Angeboten, also auch vor lauter Bestätigungen, kaum retten. Eines Tages erschien doch wahrhaftig die Fumfek bei ihr, diese krasse Person, die Baronin.

»Geh nicht gleich in die Luft!« sagte sie schon an der Wohnungstür draußen.

Als sie wieder davon war, stand ein Duft in Lydias Salon, ein Duft, der allerdings mehr ein Geruch war, obwohl es das beste Parfüm von Paris gewesen sein soll: Guerlain! Aber das war es nicht, weshalb Lydia eine Zeitlang mit sich gehadert hatte. Erst nach Rücksprache mit ihrem Mumpa und nach Unterbreitung vor dessen Corona, in der sie bereits ihre Schülerschar sah, schoß allerseits ein flammender Jubelschrei hoch. Eine der berühmtesten Freilichtbühnen im Norden Berlins, eine wahre Leuchte des angestrebten Kulturzentrums, suchte hilfeflehend eine Ausnahmekraft für die Rolle einer Indianerin. Die auserwähltesten Schauspielerinnen waren entweder besetzt oder auf Urlaub, oder sie konnten das Gewünschte nicht leisten. Es fehlte ihnen an Kultur, an Hochsinn und archaischem Stolz, an der freien Verfügung über sich selbst. Da war nur Lydia übriggeblieben, unter kniefälligsten Bitten sowohl von seiten des schon restlos verzweifelten Intendanten als auch von seiten der Fumfek, die ihm versprochen hatte, das richtige Prachtexemplar zu beschaffen. – Die Jugend hatte Lydia umgestimmt, allein die sie umgebende Jugend, die es großartig fand, großartig bis zum Jux, als Lydias pantomimische Indianerschar gleichfalls mitmachen zu dürfen. Unter dieser Bedingung kam der Vertrag denn auch zustande.

Noch bevor die ersten Proben begannen – die Aufführung selbst fiel leider ins Wasser – hatte Lydia die tollsten Stadien durcheilt, beglückt hauptsächlich durch ihren Verkehr mit dem immer das rechte Verhältnis findenden Mumpa. Mehrmals hatte man sie des nachts auf ihrem Balkon gesehen. Dort stand sie wie eine Statue, ganz entblößt, wie im Zwiegespräch mit einem die Nachtluft erfüllenden Äther. Das sprach sich herum. Das Kleinvolk auf den von allerlei Buschwerk umwucherten Bänken vermehrte sich zusehends. Lydia konnte das aber nicht stören. In ihren Augen war es eine Terrasse. Eingehüllt in die Schauer der Nacht, ging sie ihrer Erinnerung nach, einer weithin sich vertiefenden Wasserfläche entgegen, den Lichterketten zu, die vom Ufer gegenüber ihr Perlencollier entboten. Jetzt noch wölbte sich ihr die Brust, sobald sie das alles in ihr innerstes Wesen zurückrief. Wer wollte ihr denn verwehren, sich als das zu empfinden, was sie immer schon war? Gewiß konnte sie jederzeit sagen: so habt ihr an mir gesündigt. Und was hatte sie nicht im Laufe des Lebens geopfert? Eingestürzte Hoffnungen waren schlimmer gewesen als komplette Ruinen. Aber hatte denn, wer nicht bereit war, der hohen Idee dieser Welt sein Opfer zu bringen, gelebt? Modelle, Illusionen, Utopien, dies alles steigt auf und verzweigt sich. In ihr aber war es verwurzelt. Träume sind da, um geträumt zu werden. Die Aspasia war trotzdem der schönste Traum des Jahrhunderts. Man sollte darauf gefaßt sein, daß alles Erträumte unsterblich ist. Es taucht wieder auf, wie immer die Zeiten sich ändern. Selbst Völker mögen darüber vergehen. Es steht wieder auf. Und das höchste Aspasiagelübde konnte nur lauten: hier stets die erste und dort stets die letzte zu sein – die erste, wo immer es sich um Lebensart handelt, die letzte, wo immer die Furien losgehen.

»Ich flehe euch an, ihr Zierden der Völker«, hatte sie einmal mit erhobenen Armen, wenngleich zum Gekicher derer, die sie belauschten, in die Runde gestöhnt, »bemüht euch um die Verwirklichung!«

Dieser Vorgang wiederholte sich nicht. Einige Nachbarn hatten sich beschwert und mit polizeilicher Anzeige gedroht wegen Erregung öffentlichen Ärgernisses. Diese Biedermänner waren die Narren, das stand doch wohl fest. In ihrem Solarium hatte sie das Bildnis des jungen Herrn Morawé hängen. Diesem Dandy fühlte sie sich verwandt, allein schon auf Grund ihrer höheren Vollmacht. Wem zur Ehre, wem zum Ruhm? Und da konnte sie wahrlich nur sagen:

»Soll ich denn nichts als niemand sein?«

Wilfried F. Schoeller
Nachwort

Mehr als drei Jahrzehnte nach dem Roman »Herrn Brechers Fiasko« veröffentlichte Martin Kessel einen zweiten voluminösen Roman. Während es bis zu diesem Zeitpunkt ausgesehen hatte, als habe der Schriftsteller sich – kaum mehr als jeweils einmal – in der Rolle des Romanautors, Geschichtenerzählers, Essayisten, Lyrikers, Aphoristikers erprobt, als wolle er nur das Register seiner Möglichkeiten aufblättern. Mit »Lydia Faude« wies er auf die Konstanz und die innere Verklammerung seiner intellektuellen Motive über alle Wechselfälle der Geschichte hin. Der Roman mißt sich allein schon seines Umfangs wegen an »Herrn Brechers Fiasko« über die Welt der Angestellten, mit dem die Weimarer Literatur wenige Wochen vor dem Machtantritt der Nazis ihren Schlußstein fand. Die Gemeinsamkeiten dieser Romane sind offensichtlich: beide spielen geradezu notorisch in Berlin, entwerfen ihre Schauplätze wie Bühnen, widmen sich dem Studium menschlicher Verhaltensweisen im kleinen Rahmen – dort das Büro, hier die Künstlerkolonie und die Confiserie am Kurfürstendamm. Sie entfalten sich nicht im Ablauf einer realistisch begründeten Handlung, sondern widmen sich mit verschwenderischer Sprechlust einem Bewußtseinsstrom, in dem Spottlust und Ironie mit Tiraden der Sehnsucht sich mischen. Hier wie dort geht es um ein »Fiasko«, das die Hauptfigur erfährt, um ein tragikomisches Scheitern in der Wirklichkeit. Max Brecher ist der durchschauende Intellektuelle, der die Wirklichkeit mit sarkastischen Sottisen mustert und an ihr zerbricht, Lydia Faude die geborene Schauspielerin, die mit einem aus alten Zeiten entlehnten Ausdruckswillen und ihren hochfliegenden Gestaltungsplänen Schiffbruch erleidet.

Der zeitliche Bogen, der vom einen Roman zum anderen führt, ist durch die für Martin Kessel besonders prekären Nazijahre bestimmt. Im »Brecher«-Roman wird Deutschland gemustert als »das Land der Postbeamten, Dienstwilligen und Oberkellner«, als »das Land der Venus mit der Nähmaschine, das Land der Übermenschen der Leistung«. Kessel gehörte – seiner antinazistischen Haltung wegen – nach eigenem Verständnis einer Generation an, »die unser Kunsttapezierer, das zynisch-neurasthenische Halbtalent aus Braunau, Herr Hiedeler, um reichlich zehn Jahre unseres Lebens und Schaffens betrog«. Wer wissen will, mit welcher Souveränität Martin Kessel *seinen* Abstand im Dritten Reich hielt, kann Erkundungen in mehreren Sujets anstellen, vor allem jedoch in der Künstlergeschichte »Die Schwester des Don Quijote« (1938). Man kommt bei diesem Buch nicht auf die Charakteristika der »Inneren Emigration«: auf die doppelwertig verwendeten offiziellen Wörter, das Wortfeld der Finsternis und der Dämonie als Verweis auf die Sphäre der totalitären Macht; auf die historischen Kostüme, um die Auseinandersetzung mit Gegenwart zu verkleiden, das Ausweichen auf naturmagische Ersatzmetaphern, die – von Georg Britting bis Elisabeth Langgässer – zum Repertoire des indirekten Sprechens gehören. Martin Kessels Variante des Don Quijote hat von all dem nichts. Das Buch erweist sich im schmalen Format und in einer Art Schule der Geläufigkeit als ein Versuch, den Erzähler exterritorial zu setzen. Aus dem soziologischen Entwurf einer Schicht, in der im »Brecher«-Roman eine »Komödie der persönlichen Beziehungen« stattfand, ist ein gesellschaftsloser Aggregatzustand weniger Figuren inmitten von Berlin geworden. Wenn von Gesellschaft nicht zu reden ist, soll man von ihr schweigen. Dieser Schluß jedenfalls wird in »Die Schwester des Don Quijote« suggeriert. Entworfen wird Gegenwart, als sei sie eine Chimäre: »Was für die Gegenwart bleibt, ist ein Gebiet, an Wahnwitz reich, tastend zwischen Wert und Schein, zwischen Zuversicht und Verdacht, ja man könnte so weit gehen zu sagen: zwischen Wirklichkeit und Gespenst.« Eine Balance in der Luft wird geboten, eine unerbittliche Paradoxie erweist die Kunst auch als einen Hieb ins Nichts. Das ist die altmodische Wahrheit dieser Künstlergeschichte im Dritten Reich: die Autonomie des Bildes – im Nirwana. Das Buch enthält das absolute Bekenntnis zur Kunst »aus Finsternis, Wollust und Sterngeäder der Nacht« – was am Vorabend des Zweiten Weltkrieges nicht gerade wehrhaft und völkisch klang.

Eben dieses Grundverständnis von der Autonomie des Geistigen hat Martin Kessel unverändert über die »Stunde Null« hinweg bewahrt. Er hat nach dem Zweiten Weltkrieg dort wieder angeknüpft, woran er seit »Brecher«, dem Geniestreich eines Einunddreißigjährigen, unbeirrbar gearbeitet hatte: bei der Verteidigung der Kunst an sich und bei der Kunst des distanzbewehrten Einzelgängertums. Er veröffentlichte 1951 »Gesammelte Gedichte«, in denen er noch einmal mit der ihm eigenen Diskretion auf die Nazizeit zurückblickte. Zum Beispiel in »Zuflucht«: »Nun bist du hier, bist dem Polyp entflohn, / kannst atmend ruhn im Ungefähr der Stunden, / der Frühling ruft, und ob auch zaghaft noch, / so hast du doch den rechten Puls gefunden. / Du lebst doch wieder, rückst dich neu zurecht, / gibst acht auf all die unentdeckten Zeichen, / der Himmel dich umringt, und irdisch nah / lernst du dich wiedersehn und dich vergleichen.« Das Ich ist die einzige Wahrheit, aber keine eindimensional bestimmte, sondern eine prismatische; es in den Farben des Widerspruchs aufleuchten zu lassen, auch wenn es dabei untergeht, ist die Aufgabe des Schriftstellers nach Martin Kessel. Der Roman »Lydia Faude« verteidigt erworbene und in den Nazijahren gehaltene Positionen. Er spielt im Wirtschaftswunder-Berlin, und doch bleibt die aktuelle Gegenwart unbestimmt; sie wird wie durch eine Milchglasscheibe gemustert. Der Roman setzt sich direkt nur wenig mit ihr auseinander.

Die Motive, die Lydia Faude bestimmen, sind im Werk Martin Kessels also schon längst vor dem Entwurf der Figur ausgebreitet. Man kann sie zum Beispiel in dem Band »Romantische Liebhabereien« von 1938 finden, der Sammlung von sieben Essays, die den Grundbestand jener Selbstbestimmungen bieten, die Kessel an anderen Autoren vorgenommen hat. Der Anarchist Max Stirner, Grabbe, Wedekind und Gogol sind seine dem kritischen Blick ausgesetzten Gewährsleute. Stirner, Begründer des Individualanarchismus, der »heilige Max«, wie ihn Marx und Engels nannten, ist der Exponent des sich autark setzenden und darin scheiternden Ichs. Wenn es von ihm heißt, sein Reiz liege »in der unfreiwilligen Tragikomik einer Mission, einer Selbsteinschätzung, der alles, wozu sie sich berufen fühlt, fehlt, und die ein klassisches Beispiel abgibt für eine Hochgestochenheit ohne Verpflichtung«, so ist damit auch Lydia Faude mitcharakterisiert. Eine, Grillparzer nachgeschriebene, Bemerkung, »daß man die Berühmten nicht versteht, wenn man die Obskuren nicht durchgefühlt hat«, könnte als Motto den Roman über Lydia Faude begleiten. Max Stirner ist das Vexierbild Max Brechers und eine Maske des Autors, könnte mit seinen hochfahrenden Selbsterklärungen jedoch auch einen Vater Lydia Faudes abgeben. In Grabbe entdeckt Kessel das satirische Talent und ein romantisches, hochironisches Motiv, das ihn selbst leitete, nämlich die Erforschung seiner selbst im Spiegel, eine Begabung, »die geradezu darauf ausging, sich selbst wie nicht minder die Welt als Besiegten vor sich zu sehen, gleichsam als sich auflehnenden oder mit Narrheit tröstenden Doppelgänger«.

Gogol schließlich ist für Kessel neben Laurence Sterne der Kardinalsatiriker, ausgestattet mit einem »imaginären Zentrum« außerhalb des gesellschaftlich anerkannten, mit Widersinn und in einer spannungsgeladenen Position, die gerade durch Satire und Selbstparodie das Gleichgewicht der Welt wiederherstellt. Überschrieben ist diesen »Phantasie- und Charakterstücken« ein Motto von Novalis: »Die Welt muß romantisiert werden. So findet man den ursprünglichen Sinn wieder.« Daß diese Absicht nur eine Illusion ist und eine Verirrung im Imaginären enthält, zeigt Lydia Faude, die Wunschheroine des Romans.

Das Motto von »Lydia Faude« spielt auf Herrn Brecher an: »Jeder Mensch wird als Zwilling geboren; als der, der er ist, und auch als der, für den er sich hält.« Brecher hatte gestanden, daß er umherlaufe »als die leibhaftige Parodie auf das Ebenbild, das ich erträume«. Und genauso wird – im Wirtschaftswunder-Berlin der fünziger Jahre – das Leben, wie es ist, mit den großen Augen der Wünsche gemustert. Es geht um die Traum-Fluchten einer von vornherein Gescheiterten, um einen ebenso geistreichen wie schnoddrigen, amüsanten wie bissigen Riesensermon über eine Frau, die sich als unauflösliches »Gemisch von Lampenfieber, Generalprobe und Premiere« auffaßt.

Zwischen der Wilmersdorfer Künstlerkolonie am Breitenbachplatz und dem Kurfürstendamm pendelt Lydia Faude als verkrachte Existenz hin und her. Sie war ehemals Schauspielerin in der Provinz von Viersen und Krefeld, hat angeblich einige örtliche Textilmillionäre ausgeschlagen, hat eine Ehe mit einem erotisierten Wissenschaftler hinter sich, ist bei ihrer Schwester, einer Modistin, in der Künstlerkolonie untergeschlüpft und nennt als ihre Zukunft: »Nicht durch das, was ich leiste, durch das, was ich mir leiste, bin ich ein Mensch.« Sie beruft sich zu Höherem, zum »besten Mann des Jahrhunderts«, der zu erfinden oder zu erschaffen ist. Sie rechnet mit einer Erbschaft: Der Besitzer der vorsintflutlichen Confiserie Morawé am Kurfürstendamm, ein entfernter Verwandter, ist gestorben. In Erwartung größerer Summen schmiedet sie gigantische Pläne: Sie will eine Filmgesellschaft gründen, sich selbst als Aspasia, als eine Kombination von Hetäre und Göttin, verschwenden und noch vieles andere mehr wie Dividende kassieren, eine Galerie aufmachen und Künstler protegieren. So geht es vorneweg auch gar nicht um Morawé, um Pralinen, Hojes, Kognakbohnen und Geld, sondern um die »Vollmacht«, um »etwas Größeres, Differenzierteres, Geistvolleres, nämlich um die so sträflich vernachlässigte Kultivierung des guten Geschmacks, um die Kultivierung des Reizes, die Kultivierung der Köstlichkeit, sozusagen des Züngleins der Intimität, und damit auch um die Erhaltung, beziehungsweise Wiedergewinnung alles dessen, wodurch der Sinn fürs Edle, Erlesene, Sorgfältig-Kostbare im Menschen geweckt wird« – um eine Selbstermächtigung zu großen Taten und gehobenem Ausdruck.

Dabei kreiert sie sich, die Bühne mit dem Trottoir verwechselnd, gefangen im »Nerventheater«, dauernd aufs neue, über alle Niedrigkeiten hinweg, ist Membran aller gehobenen Augenblicke und Zukünfte, elastische Selbstdarstellerin. Sie lebt auf eine Fata Morgana hin. In der Künstlerkolonie wirkt dieser somnambule Transrealismus ungemein: Das Gerücht von ihrem bevorstehenden Erfolg breitet sich mit Riesententakeln aus; ein Schwung von illusionären Plänen wird an sie herangetragen. Die Luftrouten ihrer Passion für sich selbst führen in den Süßwarenladen am Kudamm, »eine Art Spieldosen- und Operettendasein, voller Anklänge an Großmutters Zeiten oder wohl gar an Jahrmarktseindrücke«, ins Büro eines arrivierten Dahlemer Rechtsanwalts und »Doppeldoktors«, den später der Schlag trifft, in ein Wilmersdorfer Zentrum »hierorts ansässiger

Kleindarsteller, Verlegenheitskünstler und Geistesexhibitionisten«; an die Côte d'Azur, zu Glückstiraden und himmelhochjauchzenden Erwartungen. Die mögliche Erbschaft gerät ihr aus dem Blickfeld, »Rechnungswirtschaft« lehnt sie für sich ab. Sie ist auch als Gegenfigur zum Materialismus der Wirtschaftswunder-Gegenwart angelegt. Das bedeutet: sie muß die Rechnung bezahlen. Ihr unsterblicher Liebhaber, in dem sie den Einzigen als ihr Eigentum erkannte, erweist sich als Dealer und Betrüger. Schließlich fällt alles zusammen: Lydia Faude samt dem Personal von Morawé, das an einem internationalen Rauschgiftring beteiligt war; der Bankrott war von vornherein angelegt. Das Buch ist von ferne Heinrich Manns letztem Weimarer Roman »Die große Sache« in seiner Verbindung von undurchsichtiger Kolportage, Märchenmotiven und karikaturistischen Szenen nicht unähnlich. Kessel arbeitet mit verdeckten Karten: über eine Art wissendes Geraune, daß diese obskure Theatralikerin auf einem kriminellen Humus aufblüht, von dem sie nicht das Geringste ahnt, geht die Handlung nicht hinaus. Die Kolportage ist eine Art Treibmittel für die von Lydia Faude erregten Don Quijotes in diesem Roman. Er bietet die »Charakterkomödie« einer rettungslosen Illusionistin, das ausschweifende Benennungswerk eines Humoristen. Der arbeitet, getreu seinen Ahnherren Laurence Sterne und Jean Paul, mit einem Überschwang an verbaler Zuwendung. Nur durch einen Großmonolog wird die Zärtlichkeit des karikierenden Erzählers für sein Objekt der Lächerlichkeit ruchbar.

Aber die komisch lächerliche Figur hat auch eine Wurzel im Autor selbst. Martin Kessel gab 1946 in einem Essay »Der Weg zu den Büchern« einen Blick frei auf sich selbst, und das, was er bei dieser nicht unironischen Selbstbetrachtung fand, wirkt wie ein Umriß von Lydia Faude: »Es hatte sich ein Sinn für Komik in mir entwickelt, den ich auf alles, auf Freunde, Umwelt und schließlich mich selbst, übertrug, und der dadurch entstanden war, daß ich meinen eigenen Irrtümern und Enttäuschungen ein Recht auf persönliche Entschlußfreiheit und ein unendliches, in Lebens- und Sinnesart begründetes Vertrauen auf die Notwendigkeit des eigenen Weges entgegensetzte, mochten meine Pläne und Hoffnungen noch so oft durchkreuzt, mochte ich selber, zur Selbstkritik und zur Wachsamkeit neigend, zuweilen wie eine leibhaftige Parodie auf mein erträumtes Ebenbild dastehen. Daß das Leben es auf nichts anderes abgesehen habe, als demjenigen, der sich mit Plänen trägt, keinen Reinfall zu ersparen, daß der Mensch heute vergißt, was er gestern behauptet hat, wie denn die Scham von gestern das Gelächter von heute sei, das stand für mich fest (...)«

Lydia Faude ist, hochgradig empor, wie sie will, nur wenig im Passepartout der fünfziger Jahre zu sehen. Und doch lebt in den Wünschen dieser Selbstentzündungsexistenz etwas Verschollenes aus früheren Zeiten wieder auf. Sie will das Vergangenheitsprogramm der Belle Époque wiederbeleben, in ihre Schwärmereien für Kavaliere und groß geartete Herren spielen Zeitechos aus dem feudalen 18. Jahrhundert hinein, Romantik und Ancien régime sind nicht fern. Mit dem Zeitrahmen, den man dieser Figur anlegt, entfernt man sich unversehens aus der Gegenwart: »›Die Menschheit‹, sagte Lydia, begleitet vom rollenden Untergestell ihres sie so wundervoll erwärmenden Selbstgespräches, ›diese Menschheit gleicht ohnehin einem Mann, der eine große Erbschaft gemacht hat, der aber, statt von den Zinsen zu leben, das Kapital angreift und es mit vollen Händen zum Fenster hinauswirft. Was aber, wenn das Erbe verpraßt ist? Es ist ja doch keiner imstande, wieder von vorn zu beginnen, nicht so, von vorn vielleicht schon – selbstverständlich von vorn! – aber nicht so, nicht als Höhlenmensch und Neandertaler. Es beginnt überhaupt niemand ganz von vorn. Schon durch die Geburt empfängt man ein Erbe in Form von Sprache, Sitten, Gebräuchen, selbst der Ärmste empfängt das. Man braucht ja nur um sich zu blicken: außer der Mode ist nichts von heute. Reden wir nicht von hundertjährigen Firmen! Selbst das neueste Kunstwerk, einst ausgetragen im Anonymen, ist eine dargebotene Erbschaft, ein früher oder später klassisches Erbe.‹« Im Irrealis von Lydia Faude, im Hochgenuß ihrer Selbstbespiegelung, reden andere Zeiten mit. Die Gegenwart ist in diesem Buch nie ganz gegenwärtig, auch wenn man erfährt, an welchem Zeitort mit welchen Verspätungen oder Morgenabsichten sich die Figuren befinden. Die Gegenwart ist für Lydia Faude nur ein Exil, das man widerrufen kann. Sie ist immer zugleich schon antik, und sie ist in die Zukunft offen. Einige Kritiker haben bei der ersten und bisher einzigen Ausgabe des Buches 1965 kopfschüttelnd bemerkt, daß Martin Kessel als Krisenrealist der Nachkriegszeit vollständig versage. Daß er planvoll, absichtsgewiß und hemmungslos an dieser Erwartung vorbeiplauderte, blieb außer acht. Kessel ist bei diesem Riesendenkmal einer komischen Theaterfigur mit dem Entwurf einer Zeitvermittlung befaßt, mit etwas, was die Aktualität aufhebt, mit einem Fernbild von Zeit, mit einem, sagen wir: humanen Raum, der von Vergangenheiten bevölkert und von Vorschein erleuchtet ist.

Das und die hemmungslose Plauderseligkeit des Erzählers erstaunen noch heute. Doch wird gerade in dieser Vorstellung ein Widerstand gegen das Konforme der Aktualität, gegen den Verbrauch von Gedächtnis und Möglichkeiten, gegen die Begradigung des einzelnen, gegen das »Getriebe« spürbar, wie ja auch die Confiserie Morawé als gegenwärtiges Geschäft nur ein süß verklebtes Nichts darstellt. Ähnlich verhält es sich mit dem unerschöpflichen Wortreichtum des Erzählers Kessel. In seiner Zungenvielfalt und Benennungslust, in dieser Worterotik ist ja eine bestimmte Form des Schweigens enthalten, eine stumme Trauer über den Niedergang des einzelnen und seiner Stadt, seiner Lebenswelt des Wünschens.

Die komischen Luftnummern dieser Hochhinaus-Existenz kann man mit dem Aphoristiker Martin Kessel mustern. In seinem Band »Gegengabe« von 1960 ist eine ganze Enzyklopädie aus Sekundentexten und Blitzlichtwörtern enthalten. Aus der Beispielreihe, betitelt »Stadien der Komik«:

»Das Leben am Geist, den Geist an den Alltagsformen des Lebens zu brechen, ist die schönste Aufgabe der Komik.

Wie immer sie erklärt und philosophisch bestimmt werden mag, das eine ist sicher: die Komik vertritt die Sache des Lebens. Sie ist eine Zuckung des Lebens und eine Gymnastik.

In der Komik feiert die Verzweiflung ihre Selbstüberwindung.

Die Komik spielt mit den Möglichkeiten der Katastrophe.

Alle Komik ist ein abgewandeltes Schrecknis.

Die Komik entspringt dem Fiasko.

An der Fratze und Grimasse der Komik erkennt man deren Beziehung zum Schmerz.«

Demnach haben alle Kapriolen, die mit nimmermüder Laune vorgeführt werden – die Pfauenräder einer geistigen Existenz auf verlorenem Posten –, ein übersprochenes Motiv: die Trauer über die Unrealisierbarkeit des einzelnen.

Zu entdecken ist ein Autor, der nach Alfred Döblin der getreueste Chronist Berlins genannt werden kann. Lydia Faude hält die Stadt für die »unentbehrlichste aller Metropolen«. Diese Auffassung teilte Martin Kessel mit seiner Figur. Mit seiner Zuneigung hatte es sich schon immer so verhalten. Von Max Brecher hatte es bündig geheißen: »Er hatte jetzt eine zuverlässige Geliebte, wenn man so will: Berlin.« Schnittpunkt der Paradoxien ist diese Stadt für Martin Kessel auch nach dem Zweiten Weltkrieg geblieben: »Berlin muß man fortwährend wiederentdecken, sonst verflüchtigt es sich.« Wer anders als er konnte mit solcher Andacht von seinem Wohnort sprechen, wie in dem Text »Januskopf Berlin« von 1957: »In vielen Fällen ist ein Urteil über Berlin geradezu gleichbedeutend mit einer Intelligenzprobe derer, die sich dazu berufen fühlen. Das ist zweifellos ein besonderer Reiz, dialektisch und sokratisch insofern, als er auch innerhalb des eigenen Stadtgeistes in Form der Selbstkritik mitwirkt. Die den Stadtgeist und dessen Weltgeltung inspirierenden Elemente bilden dabei ein Feld, dessen Fluidum, allen Zeitumständen und Moden zum Trotz, eine konstante Kraft ausstrahlt, etwas bei allem Wechsel Beständiges und Charakteristisches.« Die Mankos und Malheurs der Stadt ergeben den Grundriß für die Figuren, die einheimischen Slangs und Redensarten ihren Körper. In diesem Werk ist eine Gegend ohne ein Gramm Preußengips und ohne bornierte Provinzmeierei zu finden. An diesem 1990 gestorbenen Schriftsteller ist etwas Selbstverständliches gutzumachen: Aufmerksamkeit für einen Verschollenen. Martin Kessel hatte, sich begnügend mit seinem Abseits, auf ein Später gehofft, wie er in dem Text »Die Nachwelt« (1958) enthüllte: »Ein jeder, der sein Bestes zu geben versucht, verspürt auch den Drang zur Rechtfertigung vor einer Instanz, die vorurteilsfreier ist, als es die zeitgenössische zu sein vermag, und selbst der Erfolgreichste fragt sich zuweilen, inwieweit der Erfolg ein Kriterium ist und wie er dereinst vor jener Instanz besteht. Nicht, als ob die Nachfahren grundsätzlich klüger wären als die jeweiligen Zeitgenossen, das ist ganz unwahrscheinlich; aber durch den Wegfall der konventionellen Hilfsstützen und modischen Anklänge enthüllt sich die innere Kraft und Lauterkeit eines Werkes und damit die eigentliche Radialkraft seiner Substanz.«

Inhalt

SERIE
PIPER

Martin Kessel

Herrn Brechers Fiasko

Roman. 564 Seiten. Serie Piper

Berlin, Ende der zwanziger Jahre des letzten Jahrhunderts: Max Brecher arbeitet in der Werbeabteilung der UVAG, der »Universalen Vermittlungs-Actien-Gesellschaft«, wo ein bemerkenswertes Personal aufeinandertrifft: zuerst das dissonante Freundespaar Max Brecher und Dr. Geist, dann die in Menschlichkeit dilettierende Gudula Öften, ihre extreme Schicksalsgefährtin, die verwitwete Frau Geheimrat Schöpps, deren kapriziöse Tochter Mukki und die allzu tüchtige Lisa Frieske. Alle erkennen wir wieder: Es sind die typischen Gestalten unseres Büroalltags, Menschen der »sitzenden Lebensweise«, Angestellte in der Normalität der Arbeitswelt. Max Brecher wird jedoch in einem langsamen und unwiderruflichen Prozeß an den Rand gedrängt und erlebt schließlich seine Kündigung. »Herrn Brechers Fiasko« ist eine große Entdeckung, neben Alfred Döblins »Berlin Alexanderplatz« einer der bedeutendsten deutschen Großstadtromane des 20. Jahrhunderts.

Radek Knapp

Herrn Kukas Empfehlungen

Roman. 251 Seiten. Serie Piper

Ein Reisebus wie ein umgestürzter Kühlschrank, voll mit Wodka und Krakauer Würsten – und mittendrin Waldemar, der sich auf Empfehlung seines Nachbarn Herrn Kuka auf den Weg nach Wien gemacht hat. Was den angehenden Frauenhelden im goldenen Westen erwartet, erzählt der Aspekte-Literaturpreisträger Radek Knapp in seinem Romandebüt so vergnüglich, daß man das Buch nicht aus der Hand legt, ehe man das letzte Abenteuer mit Waldemar bestanden hat.

»Mit hintergründigem Humor erzählt Knapp von erotischen und kapitalistischen Versuchungen, läßt seinen Helden von ›regelmäßigem Steinzeitsex‹ delirieren und in böse Fallen tappen – und zimmert aus den Verwirrungen des Zauberlehrlings Waldemar eines der unterhaltsamsten und durchtriebensten Bücher der Saison.«
Der Spiegel

SERIE
PIPER

Josef Škvorecký

Der Seeleningenieur

Ein Roman über Frauen, Liebe, Tod und Spitzel. Aus dem Tschechischen von Marcela Euler. 768 Seiten. Serie Piper

Danny, ein sympathischer Windbeutel aus einer böhmischen Kleinstadt, ist erwachsen und Schriftsteller geworden. Als 1968 die Sowjets in sein Land einmarschieren, emigriert er nach Kanada und sucht als Literaturprofessor Zuflucht in der scheinbar friedlichen Welt des Campus. Nicht nur die politische Naivität um ihn herum stört ihn, insgesamt fühlt er sich wie ein Wesen von einem anderen Stern. Zwar läßt er sich trotz bester Vorsätze von seiner hübschesten Studentin verführen, in Wahrheit verzehren ihn aber das Heimweh und die Sehnsucht nach den Frauen, die er in der Heimat geliebt hat. Ein privates, kritisches und dabei oft sehr komisches Buch.

»In Josef Škvorecký haben wir einen großen mitteleuropäischen Autor, den es noch zu entdecken gilt.«
Sigrid Löffler in der »Zeit«

Wenedikt Jerofejew

Die Reise nach Petuschki

Ein Poem. Aus dem Russischen von Natascha Spitz. 172 Seiten. Serie Piper

Die absurde Reisebeschreibung einer feuchtfröhlichen Zugfahrt ist seit 1978 ein zum Dauerseller mutierter Geheimtip. Auf dem Weg zum Kursker Bahnhof in Moskau beginnt dieses Selbstgespräch des Trunkenboldes Wenedikt Jerofejew, das sich zu einer Reisebeschreibung entwickelt, die in ihrem scharfen Witz und in ihrer bodenlosen Albernheit innerhalb der zeitgenössischen sowjetischen Literatur einzigartig ist. Wenedikt, Einwohner von Moskau, der den Kreml noch nie gesehen hat, weil er im Suff immer wieder daran vorbeigefahren ist, besteigt mit einem Köfferchen voll Schnaps den Vorortzug nach Petuschki. Die Reise wird zu einer einzigen Sauftour: Wenedikt trinkt, die Mitreisenden trinken, Oberschaffner Semjonytsch, der von den Schwarzfahrern statt einer Kopeke ein Gramm Wodka pro Kilometer kassiert, trinkt...

SERIE PIPER

Sándor Márai

Die Glut

Roman. Aus dem Ungarischen und mit einem Nachwort von Christina Viragh. 224 Seiten. Serie Piper

Darauf hat Henrik über vierzig Jahre gewartet: Sein Jugendfreund Konrád kündigt sich an. Nun kann die Frage beantwortet werden, die Henrik seit Jahrzehnten auf dem Herzen brennt: Welche Rolle spielte damals Krisztina, Henriks junge und schöne Frau? Warum verschwand Konrád nach jenem denkwürdigen Jagdausflug Hals über Kopf? Eine einzige Nacht haben die beiden Männer, um den Fragen nach Leidenschaft und Treue, Wahrheit und Lüge auf den Grund zu gehen.

»Sándor Márai hat einen grandiosen, einen quälenden Gespensterroman geschrieben, einen Totengesang der Überlebenden, denen die Wahrheit zum Fegefeuer geworden ist. Die Glut hat ihnen das Leben zur Asche ausgebrannt.«
Thomas Wirtz in der
Frankfurter Allgemeinen Zeitung

Sándor Márai

Das Vermächtnis der Eszter

Roman. Aus dem Ungarischen von Christina Viragh. 165 Seiten. Serie Piper

Vor zwanzig Jahren hat der Hochstapler Lajos, Eszters große und einzige Liebe, nicht nur sie, sondern auch ihre übrige Familie mit Charme und List bezaubert. Eszter hat es ihm nicht verziehen, daß er ihre Schwester Vilma geheiratet hat. Nun kehrt er zurück, um die tragischen Ereignisse von damals zu klären und die offenen Rechnungen zu begleichen. Bei dieser Gelegenheit kommen drei Briefe zum Vorschein, die für Eszter gedacht waren, die sie aber nie erhalten hatte ...

»Mit großem Geschick, in einer aufs Wesentliche verknappten und suggestiv aufgeladenen Sprache, verknüpft Márai die Fäden einer desaströsen Liebes- und Lebensgeschichte, die in einem existentiellen Kampf gipfelt, den die Frage bestimmt: Wird Lajos wieder siegen und seinen letzten großen Betrug erfolgreich abschließen?«
Süddeutsche Zeitung

05/1382/01/L   05/1381/01/R